十尾兔 ——

著

你心向上，
我心向你

［上册］

青岛出版社
QINGDAO PUBLISHING HOUSE

图书在版编目（ＣＩＰ）数据

你心向上，我心向你 / 十尾兔著.--青岛：青岛出版社，
2019.5

ISBN 978-7-5552-7999-0

Ⅰ．①你… Ⅱ．①十… Ⅲ．①长篇小说－中国－当代
Ⅳ．①I247.5

中国版本图书馆CIP数据核字(2019)第033123号

书　　名	你心向上，我心向你
著　　者	十尾兔
出版发行	青岛出版社
社　　址	青岛市海尔路182号（266061）
本社网址	http://www.qdpub.com
邮购电话	010-85787680-8015　13335059110
	0532-85814750（传真）　0532-68068026
责任编辑	郭东明
责任校对	胡　方
特约编辑	崔　悦
装帧设计	李红艳
照　　排	梁　霞
印　　刷	三河市良远印务有限公司
出版日期	2019年5月第1版　2019年5月第1次印刷
开　　本	32开（880mm×1230mm）
印　　张	17.5
字　　数	320千
书　　号	ISBN 978-7-5552-7999-0
定　　价	59.80元

编校印装质量、盗版监督服务电话　4006532017　0532-68068638

建议陈列类别：畅销·青春文学

目录 [上册]

目 录 [下册]

第一章
小女王乔暖

炎炎夏日，车里空调温度再低也透着一股沉闷，京市二环以内，正值寸步难行的时候。

杨达周小心翼翼地偏头，压低声音，保持平稳的音调。

"老板，前面出了事故，堵上了。"

荣谨微微睁开眼，眼神并不犀利，也不带其他情绪。

杨达周低下头，绷直脊背："今天的晨会……"

旁边的男人动了一下："通知何蓝延后，企划部把昨天的文件再改改，其他部门急事上报，其他延后。"

不急不缓，低音炮似的声音并没使杨达周放松下来，反而让他越发压低了呼吸。

"是。"杨达周轻轻地应了声。

随后杨达周在手机上把一条条指令传达下去，没敢发语音。

电话那头的何蓝收起手机，板着一贯的冷脸："会议推迟。"

坐在下首额头直冒汗的男人越发紧张，最难受的不是铡刀落下的时候，而是还没落下又随时可能落下的时候。

毕竟今天，是他和荣氏"会谈"的日子。

其他人站起来，各忙各的，进进出出，井井有条。

杨达周发完消息，收起手机，车子也开始一点点慢慢挪动。

旁边刚闭上眼睛的男人又突然睁开了眼睛，皱着眉，杨达周心里一咯噔。

他抬起手，指了指旁边的停车场："等会儿走。"

杨达周松了口气，随即想通——司机开得再好，这样慢慢挪动也是受罪。

那司机把这辆低调的黑色轿车开进停车场，车里安安静静的，和旁边的空车没什么两样。

"老板，广贸派来的人说今年政策有变，他们和我们的合同没什么利润……"杨达周一边轻声说，一边小心打量荣谨的脸色。什么政策有变，不过是一个冠冕堂皇的抬价借口。

没听到旁边人的声音，杨达周有些紧张地抬起头。

荣谨正直勾勾地看着外面。

杨达周循着他的视线看过去，那是年轻的一男一女。男人高大俊秀，正跟在女孩后面，满脸的纠结。

清秀可人的女孩红着眼眶，穿着正装，但高高扎起的马尾和精致的一张脸，还是使她看起来异常稚嫩。

这是位很好看的姑娘，第一眼不惊艳，却总让人想看第二眼，越看越让人觉得好看、有韵味。

"暖暖，你听我说！"

男人追上女孩，抓住她的胳膊，那女孩却立即挥开了他的手。

两人在车子旁边站定，杨达周动了一下，荣谨轻轻地抬手，他又安静下来。

"暖暖，这是我父母的安排……"

男人张张嘴，说得有些艰难，那女孩微微抬头。

她像是想把眼泪倒回去，哽咽着说："余航，你的父母不会允许我们在一起的，既然没有结果，就不要开始。"

"暖暖……"男人张张嘴，没了后文。

"真的，我们本来也是刚认识不久，现在叫停正好合适。"

那男人更加难过："我是喜欢你的……"

"但你也知道我们不可能！"女孩提高了声音，表情平淡，却能看出她的倔强和坚强。

她缓了口气，勉强道："今天和你相亲的那女孩看起来挺好的，你好好对她。"

那叫余航的男人好半天才说："暖暖，你是个好姑娘。"

女孩表情依旧平淡，故作坚强地说："咱们还是朋友，只求不要影响工作上的事。"

余航上前一步，急切地说："不会的！我们本来就是要和元夏合作，我回去催一下。暖暖，我们还是朋友吧？"

"当然！"女孩微微露出一个笑，很是好看。

余航的表情略显纠结，还没等他说什么，电话就响了。他拿出来，表情顿时就不自然了。

还是女孩说："是她的电话？你先去吧，我自己回去。"

"我送……"

"我们只是朋友，不用。"女孩说完，余航的表情含了一份心疼。

"合同我会催的……那暖暖，我就先走了。"在女孩点头以后，男人迅速离开，背影带着一丝落荒而逃的意味。

作为资深秘书，杨达周觉得自己从这简单的对话就能得出人物关系，而且绝不可能出错！

那位叫"暖暖"的姑娘和那个叫"余航"的男人刚认识不久，两人还算互有好感。但男人家里正好给他安排了相亲，对方他也中意，就在两个姑娘中间徘徊，最后被这位虽然性子冷，但人很单纯的姑娘发现了，她主动退让。

杨达周轻轻嗤笑一声，这就是个渣男欺骗小姑娘的剧本，只是可惜了这个小姑娘。

然而令他诧异的是，他那不苟言笑的老板，竟然看得津津有味！

杨达周继续看向外面，随即浑身一僵。男人走远后，那刚才还故作坚强的女孩转过身来，已经收起了眼泪，满脸嘲讽。

等等……这剧本好像不太对！

那姑娘慢慢向他们靠近，杨达周下意识屏住了呼吸。

她对着他们的车窗放下高高扎起的马尾，随意抓了两下，放在一边，瞬间显得成熟不少。

而后她微微弯下腰，让脸靠近车窗，拿出一支口红，一点点上色。

杨达周看着她和老板近在咫尺的脸，倒吸了一口气。

她用的是正红色，涂好后还对着老板的脸抿了一下唇，这才打着伞，慢慢走开，不急不缓，看起来气场惊人。

然而这都不是杨达周在意的，他惊恐地看向老板，却见对方并未皱眉表达愤怒，反而等人走后，摇下了车窗，使得热气扑面而来。

"老板……"杨达周语塞。

"广贸既然不想合作，就让他们离开，荣氏全面终止和广贸的合作。"

杨达周愣了好一会儿，才明白老板这是在回答他之前的问题。

他咽了咽口水，把消息通知公司，这才擦擦冷汗。

今天真是邪门儿了！

乔暖平静地走回公司，这里离公司不远，没几步路。

她年纪是不大，但已经在这儿工作一段时间了。元夏是所大公司，里面人才济济，自然竞争也大。

当生存都成了问题，其他什么情情爱爱，都是浮云。

余航这男人她第一次见就知道他自大、以自我为中心，这样的人喜欢的无非是天真单纯的小姑娘。

真是抱歉，她乔暖不是。

"早。"

"早。"

乔暖和来来往往的其他员工点头问好，不够热情，也不会让人觉得冷漠。

"暖暖，你来了，这么早？"姚宁以一副熟络的态度追上来，和她一起踏入电梯。

"你不也是。"乔暖淡淡地说。

4

这种大公司就是这样，同一个部门，背地里恨不得掐死对方，见面依旧带笑。

两人相安无事到业务部，乔暖回到自己的办公桌，低头认真办公。

"我真是服了，她整天摆着那张脸给谁看？"刘雨琪嘲讽一笑，对着镜子补妆。

"人家别是以为自己这次真能当组长吧？组长虽然走了，姚宁姐还在啊！"程红嗤笑道。

"脸大呗，高中文凭，这才来多久？得意个屁！"

两人正说得认真，背后的厕所门就被打开了，被议论的主人公出现在后面。

刘雨琪补妆的手一顿，程红更是尴尬得不知所措。背后议论嫌弃和当面撕破脸还是有区别的，尤其是她们在说这个不知道什么来路的乔暖……

乔暖一贯没什么表情，高跟鞋踩在地上，"嗒嗒"地往镜子前面走。

两人心口一跳，对方的脚步声像是踩在她们心上，洗手间安静得没了其他声音。

乔暖打开水，认认真真地洗手，又对着镜子端详了一下自己的仪态，微微整理了一下头发，随即抽出一张纸擦手。

乔暖下巴微抬，连眼神都没施舍给她们一个，但从僵硬的两人旁边过时，乔暖停了一下。

"知道古代文官为什么大多活不长吗？"

两人愣神，呆呆地看着乔暖。

"因为，话多。"

乔暖说完这话，最靠近她的程红莫名脊背一麻，大脑一片空白。

等她踩着高跟鞋走了出去，程红险些瘫在地上，刘雨琪喘了口气。

"撕破脸就撕破脸，怕她？！"

"这次组长肯定是姚宁姐！"

刘雨琪说完，程红缓了缓气息，像是找到了底气："对！肯定是姚宁姐，她一个不知道怎么进来的女人，就想凭几个单子当组长？"

"就是嘛，而且姚宁姐说了，这次她很有信心！"

这情形，两人是彻底和乔暖势不两立了。

此时荣氏。

"何秘书，你不要吓我啊！"广贸派过来的人险些跪在地上，吓得满头大汗。

荣氏不和广贸合作自然还能和其他人合作，但是广贸只能依靠荣氏啊！

这次敢突然长了狗胆过来要提高利润占比，也是公司两大董事内讧的结果。他本来以为荣氏不同意最多就打回去，哪想到人家直接让广贸滚。

这就是传说中的作死？

"你是觉得我会骗你，还是认为我们老板会开玩笑？"

随后何蓝伸手，做出一个"请"的姿势，那男人眼前一黑。

全完了！

"那两个怎么了？"向敏意有所指地对那边努努下巴。

乔暖头也不抬，一边翻手上的资料，一边做笔记："跳梁小丑，翻不起什么风浪。"

"噗！你要不要这么直接。"向敏摇摇头，突然压低身子，"她们这么狂，是不是自信姚宁能当组长？"

"可能是吧。"

向敏的声音微微高了一度："你不怕？！"

乔暖的手顿了一下，在心里叹了口气。怕有什么用？她活这么大，要是每次都怕，早就跌入尘埃了。

"兵来将挡，水来土掩。"

"总感觉她们有后手。"向敏用手指敲着下巴，一脸深思。

元夏是一所营销策划公司，其中最大的一个部门就是业务部，业务部一个经理、两个组长，都是每天可以去顶楼开会的，含金量十成十。

业务部的两个组长，历年来都是一男一女，原组长赵佳慧回归家庭，就空了个位置。

男部员都知道没戏，也就没指望，女员工们却抢破了头。

能在这样的大公司的业务部干下来的，都不是省油的灯。

而这次最热门的人选就是姚宁和乔暖，姚宁本在赵佳慧准备走的时候就基本被内定下来，但没想到乔暖进来了。

6

她虽然是新人，很多地方不如姚宁，但她来了六个月，拿到的大单子却是姚宁一年的总和。有些虽然是原来的客户，但乔暖进来后拿到的新单子也比姚宁多得多。

　　在公司的考核标准里，业务能力的占比绝对相当重。

　　"暖暖，你加油啊！还是小心她们一些。"向敏已经算是公司的老人了，但实力一般，能当上组长早就当了，所以这次她是一点想法也没有。

　　乔暖终于放下手上的笔，抬起头："放心。"

　　她站起来收拾东西，向敏惊讶地问道："你干吗？"

　　"下班了，去SPA。"

　　向敏愣了一下，随即抓起包跟上："哇，我也去。"

　　乔暖开车，向敏坐在副驾上。

　　"乔小姐，你这物质生活可真够奢侈，可以采访一下，这么辛苦挣的钱这么快花出去是个什么感受吗？"向敏转头，调笑她道。

　　乔暖交际圈广，但真朋友少，离开工作岗位后，紧绷的神经放松下来，也有了开玩笑的心情。

　　"向阿姨，您难道还不开始保养吗？皱纹都快出来了。"

　　"乔暖！你要不是在开车，我就要打死你了！"

　　"向小姐，武力值不够的时候，请不要挑战比自己强的。"

　　向敏被她气得牙痒，这时候车也到了美容院旁边。

　　"走，下车。"

　　技师离开以后，乔暖慢慢闭上了眼睛，每天的这个时候，是她一天中最轻松的时刻。

　　"暖暖，你这么拼是为了什么？"向敏问她。

　　"为了生活。"乔暖的声音有些悠远，像是想到了什么，眉头微微皱起。

　　"你……这么有实力，为什么没读大学？"向敏不解，她越是了解乔暖，就越是想不通这样有能力，对金融知识也了如指掌的乔暖，竟然只有高中文凭。

　　乔暖今年二十四岁，从业六年。

　　旁边床的人没说话，向敏微微偏头，乔暖正闭着眼，不知道在想什么。

好半天乔暖才说："只有抓到手上的，才是自己的。"

嗡嗡嗡，乔暖的手机振动了起来，她第一时间拿了起来，看清来电显示后却没有立即接听。

向敏是个识趣的人，没说话。

看过乔暖谈生意的她，可是对乔暖佩服得五体投地，这家伙……深谙心理战术。

直到最后一声，乔暖才划了一下手机屏。

"喂，余航啊。"

向敏搓搓自己的胳膊，这说话一向冷言冷语的乔暖，声音瞬间温柔下来。这柔和的声音，配上面无表情的脸，着实让向敏为电话那头的人担心。

"真的? 行，我现在就过去! "挂了电话，乔暖立刻揭开那片贵到让向敏咬牙的面膜，丢进垃圾桶，迅速穿衣。

"你干吗? "

"加班。"

她一边扎头发一边往外走："我先付钱，待会儿忙完过来接你。"

"喂! "向敏抗议了这一声，又把想说的话咽了回去。

这家伙，真是天大地大工作最大!

这世界最可怕的事就是比你有天赋的人比你还努力，乔暖明明可以靠着自己的那张脸吃饭，却偏偏要用才华来过日子。

向敏边想边按着面膜躺下去。这种生活是有追求的人过的，像她这种没追求的，还是得过且过吧。

有了这个想法，向敏继续美滋滋地享受起来，这可不是她能天天来的地方。

又过了两天。

程红那两人又挤在一起窃窃私语，乔暖置之不理，等她升了组长以后就好了，她会有个小单间。

"乔暖，经理叫你。"另一个组长王嘉禹走过来笑着对她说道。

"好的。"乔暖笑着站起来，往经理办公室走。

8

看着程红和刘雨琪毫不掩饰的笑意，乔暖的眼神幽深。

在这个确定组长的敏感时期，看来对方是下好了套，准备收网了。

乔暖敲了敲门，里面很快传来经理的声音："进来。"

乔暖走进去，果然，姚宁也在。

"经理。"

李楠把手上的东西往桌子上一摔，直直地看着她："你在干什么？！平一不打算跟我们合作了！"

乔暖愣了一两秒，意味深长地看了姚宁一眼，原来是在这儿等她。

"是有什么不满意吗？"她平静地说道。

李楠一看她还不温不火的样子就十分来气："人家说你让他们感受不到诚意，要不是姚宁，平一这个单子就废了！"

和平一公司的合作是业务部目前相对重要的，原来由赵佳慧直接负责，后来分给了乔暖。像他们这样的营销策划公司，靠的就是无数的合作单子，无怪乎李楠现在这样生气。

"乔暖！你当初进来的时候是怎么说的？！能让合作这么久的公司要走，你可真是人才！

"你要是不行，就把手上的大单子都给姚宁。

"你说说，你这样还能干什么？！"李楠言下之意是，乔暖就别想当组长了。

乔暖深吸了一口气，直勾勾地看着姚宁，嘴角的笑绝对算不上友好。

姚宁被她看得越来越稳不住脸上的笑容。

"既然不行……"

"李经理。"乔暖微微抬起下巴，李楠收住了下半句，等她说话。

乔暖不疾不徐："平一的合作是我故意怠慢的，等着他们解约。"

"什么意思？"李经理微眯起眼睛。

"我和余创已经谈好了。"

姚宁向后退了一步，扶着桌子。

"真的？！"经理李楠喜形于色，要知道那可是余创啊！

乔暖从手上的文件夹里拿出一份合同，递给李楠。两人这才注意到，乔暖是带了文件夹进来的。

李楠笑着接过合同，在看到内容的时候，笑容越发灿烂。

当然，这合同还需要双方签字。虽然乙方元夏的代表是乔暖，但作为乔暖的上级，他总能沾点光的。

"乔暖做得很好！哈哈哈。"李楠的态度骤变。

乔暖看着姚宁微笑："不是说不干涉别人手上的项目吗？姚宁姐，你不会和平一续约了吧？"

"我……我……"姚宁张了张嘴，李楠也愣了一下。

"余创不愿意？"李楠喃喃。

"毕竟是竞争公司嘛！虽然平一达不到余创的级别，但同一时段做两个竞争公司的竞争项目，余创忌讳……"

李楠也是个聪明人，权衡了一下，拿起桌上姚宁给她的续约合同，又递给姚宁。

"想办法退了。"

"可、可……可是。"

"没有可是，以后还是各做各的项目，不要自作主张，有问题可以沟通。"

姚宁扶着桌子，脸色泛白。

"乔暖，你的实力我们都知道，好好干，余创的项目一定要帮他们做好。"经理拍了拍乔暖的肩膀，乔暖能够拿到余创的单子，这证明了她的实力。

同时李楠心里也有了一些忌讳和不悦：乔暖已经定下了才来汇报，是不把自己放在眼里？

"会的。"

"那行，你们出去忙吧，我去趟楼上。"

乔暖点点头，率先出去，姚宁慌慌张张地跟上。

两人出门走了几步。

"乔暖你是不是故意的？"姚宁盯着她，一副恨不得吃了乔暖的模样。

乔暖接到了大单子，而她姚宁却接手了一个烂摊子，不仅没占到乔暖的便宜，还成全了她的美名！

作为乙方莫名解约，背锅的就成了她姚宁，平一恨她，她自己的业内名声也多少受影响。

乔暖微微偏头："你猜。"

看着乔暖似笑非笑地离开，姚宁扶着墙大口喘气。

"好一个乔暖！"姚宁牙根紧咬道。

"乔暖啊乔暖，啧啧，你可真行！余创的项目都能拿到。"向敏蹭在乔暖旁边，一脸崇拜。

乔暖只轻轻地笑了一下，合同拿到了就行，不枉她辛苦这么久，还要和余航周旋。

"看见她们几个的脸色没？笑死我了。"

"那是自作自受。"

向敏一脸八卦："真是你下的套？好家伙，人姚宁都气病了。"

她是真讨厌姚宁，当年刚进公司，她把对方当作好前辈，结果没多久，单子就全被对方抢了！

乔暖看了眼时间，又到了下班的时候，边收拾东西边说："我要是给她下套，她现在就不是病了，是卷铺盖走人了。"

"幸好我慧眼识珠，不顾你的冷脸和你做了朋友！"向敏眨了眨眼睛，一脸欣慰，"对了，你真冷待平一了？"

乔暖有时候也是服了向敏，其他本事没有，打听消息倒是一等一。上午办公室发生的事，到了下班时间，她就全知道了。

"平一不是我冷待，是姚宁给的利益足够，余创没确定，我不可能冷待他们。就是余创确定了，我也不可能踢了合作伙伴。"

这是她能立足的根本，对得起别人的信任，否则她跳槽数次，绝不可能积攒下这样的人脉。

乔暖十八岁就出来工作，对工作勤勤恳恳，对合作伙伴负责，这才让她一步步从小工作室走到今天。

"什么意思？"

"我自己不会经手两个同性质的项目，但可以给别人啊，互不干预。"

向敏大惊，跟上往外走的乔暖："余创没说不接受咱们公司也做平一的项目？"

"你觉得余创会在意平一？"

这两个的投资、格局和目标，都不是一个级别。

"我去！乔暖你真是可以，这姚宁是倒了八辈子血霉才来害你。"

"没那个脑子，还想做跳梁小丑。"

向敏深以为然，又问："哎，明天周末，你去哪儿？"

"上课！"

"……"

乔暖没开玩笑，她真是去上课，早几年她是在夜校上课，后来又去蹭了国内最厉害的金融大学的课。

她这两年太忙了，没怎么去，不过如果学校有大型讲座，她也拜托了熟人通知她。

这个周末校方邀请的是荣氏集团总公司企划部的经理——徐恪。

这人从荣氏集团现任当家荣谨接手公司时就开始跟着荣谨，因为荣谨很神秘，所以出面的大多是他。

金融界的顶级大学当然有资格邀请这些大佬，不过徐恪这次算是临时安排过来的。

乔暖听里面的老师说，他们本来邀请的是荣谨，这也是他们第四次邀请，可惜还是没有请到。

荣谨为了表示自己的诚意，安排了徐恪过来。

乔暖穿着卫衣、牛仔裤，扎着马尾，慢慢走进学校。

十九岁那年乔暖第一次进来，她是红着眼眶进来的，这么多年过去了，她再进来也已经没什么情绪了。

乔暖轻车熟路地往礼堂走，果然，门口站着几个迎宾的老师。

其中一个三十来岁，一见她立刻上前。

"暖暖来了。"

"嗯，宋姐。"

"先进去挑个好位置坐下，马上就要放学生进去了。"宋姐笑着推推她，现在还不是学生进去的时候，所以外面排着长长的队。

乔暖望了一眼，估量了一下自己的身板，默默先进去了。

里面的人不多，除了最中间贴了贵宾席的两排，其他位置都可以随便坐。

乔暖径直走到最里面第六排，坐在靠边的地方，拿出笔和速记本，默默地等着讲座开始。

距离讲座开始大概还有二十分钟的时候，学生陆陆续续地进场了，乔暖的旁边也坐了一个人。

她不经意地看了眼，就顿住了。

那是个男人，看不出年龄，从长相上看应该是二十多岁，但从沉稳的气场上看又像是三十来岁。

这不是个学生，显然也不是个老师。

她把视线放回台上，多年的经验告诉她，有些事不能太好奇。

前后座闹哄哄的，差不多到了时间，礼堂的光线就被调暗，两人夹在密密麻麻的学生当中，一点也不显眼。

"欢迎……"乔暖面无表情地听着主持人激动地介绍着嘉宾，直到徐恪上台，才坐直了身体。

徐恪很年轻，才三十岁，正是男人的黄金年龄。他事业有成，又嘴角带笑，下面的小姑娘一通尖叫。

荣谨皱起了眉头，他讨厌过于吵闹的环境，后排传来的尖叫像是要扎穿他的耳膜。

幸好右手边是个男生，左手边的姑娘又极为安静。

"大家好，我是徐恪。"

下面又是一通尖叫，他笑着抬手，示意激动的观众冷静一下，随后开始自己的讲座。

这男人确实有实力，说的很多观点都很新颖，乔暖时不时记上两笔。因为光线很暗，她记得有点乱。

差不多快到尾声的时候，徐恪笑着说："来，给大家出一道题，来荣氏面试的时候可以带上答案，能加分哟！我们荣氏，绝对是大家从业的最佳选择！"

礼堂的光线又亮了起来，而后就是提问环节，有人拿着手机拍着PPT上的题，有人激动地举手提问。

乔暖微微低头，拿着笔在本子上写那道题。它有很多组数据，她算了一下，才发现是道经济走向的开放题。

也对，堂堂的荣氏集团经理，不可能真给道没用的计算题。

荣氏这两年招的新人也不少，一个个能力不错，又有干劲儿，不缺只会做计算的。

"请问徐恪先生，贵公司的老板荣谨先生是个什么样的人？"

乔暖一愣，抬起头看向徐恪。

显然徐恪也愣了下神，随即一笑，第一句是："老板很帅。"

大家都没想到徐恪会这样说，全场安静了下来。

乔暖放在膝盖的本子滑落在地上，她正准备低下头去捡的时候，旁边的男人先一步出手了。

老实说，荣谨捡起来以后，也愣住了。

这么好心，真的是他？

荣谨拍了拍本子上的灰尘，正要递给她，然而看清她的脸时一愣。

是她？

"你好，可以还给我吗？"乔暖微笑着，态度客气又疏离。

荣谨低头看了眼正翻开的页面，笑了笑："你很有才。"

"谢谢。"乔暖接过速记本。

"你叫什么名字？这学校的？"

"嗯，李菲。"

荣谨的嘴角微微上扬，这姑娘可真是满嘴谎言的小骗子。

他只看着她笑，让乔暖微微皱了眉。

正好问答环节结束，主持人又代表学校感谢了徐恪，就安排散场了。

乔暖率先站起来，对旁边的男人说："先生，借过。"

他站起来，让她从前面过，在和她并列的时候，荣谨低下头，正看到那樱桃小嘴，顿时有些口干舌燥。

他以前不喜欢涂脂抹粉的女人，但想起那天她对着他一点点晕开的红色……

她好像叫……暖暖？

荣谨突然低声道："你适合正红色口红。"

乔暖顿了一下，头也不回地走了。

没想到对方衣冠楚楚，却是个流氓！

荣　　　流氓　谨等人走得差不多了，才站起来慢吞吞往外走。他在车子里坐了一会儿，才等到摆脱了校领导的徐恪。

"哎哟喂，累死我了！老板，加工资！"

"加多少？"

徐恪挑眉："总得加个三五十万吧。"

荣谨淡淡地看了他一眼："老板接送，扣一百万。"

"啧啧，得，惹不起。"

今天这事说来也巧，徐恪的车刚开出停车场就抛锚了，正好荣谨今天自己开车出来，没让司机送。

徐恪就恬不知耻地缠上了自家老板，坐在副驾驶上，非让荣谨等着讲座结束再送他回去。

"咦？老板，心情不错？"

到底是这么多年的兄弟，荣谨的情绪是什么样，徐恪还是能感觉到的。

荣谨突然说了句："帮我挑一支红色口红。"

徐恪最懂这些。

如果说刚才徐恪是惊讶，现在就是惊恐了。

"你你你……恋爱了？！"

荣谨白了他一眼，没说话。

"我的妈呀，老干部的春天来了？！"

荣谨一个转弯，把车停在路边。

"下去。"

"老板！我错啦！"

周一的早晨是一周的开始，乔暖很快就把周末遇见的男人忘在脑后，开着车来到公司。

她有预感，今天是个好日子。

果然，一到公司经理就笑着说："乔暖，最近把余创的项目处理一下，B组给你打下手，过后就跟我去楼上开早会吧。"

办公室瞬间安静下来，这意思就是说……余创项目过后，乔暖就是组长了，这个才来这儿不久的女人，挤下了姚宁，升任组长。

姚宁的脸色开始变得难看起来，刘雨琪和程红同样一脸僵硬，她们都是B组的，相当于乔暖的直系下属。

可她们早把乔暖得罪透了啊！

15

经理走后，王嘉禹走过来笑着对她说："加油！"

组长的职位到底还没确定下来，所以他没说恭喜，其他人也笑着对她点头，唯有那三人低垂着头。

中午饭后。

"你看见那三人没？笑死我了！"向敏笑着说。

乔暖嚼了颗口香糖去去嘴里的饭味儿，随后一边收拾东西一边说："收拾收拾跟我去余创。"

"去余创带这么多东西干吗？"

乔暖微微压低身体，看着她微笑，眼光犀利，气势凌人："这几天住在余创。"

"……"

这一百步都走了九十九步，最后一步，断不能出错，没走到最后，就不是庆祝的时候。

余创。

"白总，元夏的人来了。"

"乔暖？"白珍珠的脸色相当不好看，她额头细细的皱褶和梳得一丝不苟的头发，都昭示着这个女人的性格。

和元夏签约也不是不可以，但她本来是有安排的，结果他儿子背着她和这女人签约了，现在她还敢上门？

"是她。"

"让她进来。"

没多久，门被轻轻推开，那女人带着另一个女人走了进来，脸上微微带笑。

"白总好。"

这确实是个漂亮的女人。

这是白珍珠的第一印象，随即板着脸："怎么？还想再勾搭我儿子？"

向敏皱着眉，微微低下头，压抑怒火。

乔暖很平静："贵公子这个星期都会和未婚妻在外旅游，无论是对余创这个项目还是对其他各方面而言，最好的办法，难道不是这个星期就让我们把需要面谈的内容拿定吗？"

白珍珠的眼睛微眯，这女人可真会抓重点。

"再者，白总，我和贵公子清清白白，不过是见面聊过几次合作而已，您用'勾搭'这个词，用得不准确。"

"哼。"白珍珠冷哼一声。就是因为乔暖没什么其他行动，全是她那不成器的儿子自己遐想的，所以她才拿这女人没办法。

"既然白总没意见，那我就在外面办公了。"

乔暖说完就带着向敏出去了。白珍珠狠狠把手拍在桌子上。

秘书走进来，小声问："白总，给她们安排在哪儿？"

"不安排！"白珍珠瞪眼。

等到秘书再过来送材料的时候，欲言又止。

"怎么了？"白珍珠心情正不好。

"她们……"

"她们怎么了？"

"在门口……"

白珍珠一脸疑惑，站起来，走过去拉开玻璃门。

外面有个秘书用的咨询台，秘书办公也在外面，方便进出，也能阻止其他人闯进来。

那令白珍珠不悦的乔暖带着她的助手，在咨询台旁边安了个简易的桌子、凳子，就在那儿开始办公。

白珍珠先是愣神，随即脸一黑。她们东西带得还挺齐，是料到了她不让进？

"白总……"

"不管她！"

"是……"

白珍珠说完生气地进去了。

向敏低头偷笑："你可真是机智。"

乔暖头也不抬："好好工作。"

白珍珠自己就是个工作狂，下午六点才收拾东西下班，出门却发现那家伙还在外面坐着。

外面就她一个人了，她挺着笔直的脊梁，平静地看着电脑屏幕，敲敲

17

打打，在这小小的简易桌子上办公，却像是硬生生提高了几个档次。

白珍珠愣了一下，随即冷哼一声，从她旁边走过。

第二天一大早，白珍珠到门口的时候，正好遇见个员工，一边吃早餐一边进来。

她皱着眉看了眼时间："还有三分钟八点，希望你在八点前解决。"

那员工一脸苍白，结结巴巴道："是……是是……"

白珍珠的眉头皱得更紧，她有这么吓人？

她脚步匆匆上楼，走出电梯，转了弯，脚步一顿。

她怎么还在？！

白珍珠假装没有看见乔暖似的走进了办公室，然后秘书走进来。

"白总，这是今天的日程表。"

白珍珠接过，却没有翻开，反而低声问："她昨晚没回去？"

秘书摇摇头："保安说八点走的，今天早上七点半到的。"

白珍珠咳嗽一声，假装不在意地摆摆手："行了，出去吧。"

乔暖知道有问题去问白珍珠她也不会回答，因此她都是和秘书以及公司的经理商量。

等白珍珠刻意忽视乔暖三天以后，有天中午白珍珠出门吃饭，听见这女人和她的秘书、经理们在外面聊天。

"楼珺阁的虾确实挺好吃。"

白珍珠必须承认，这女人的声音虽然不热情，但很好听。

"哈哈！既然暖暖没意见，待会儿我们就去吃虾！"

"啊，全伊轩大闸蟹！"

"苏经理不要难过了，我刚刚定了全伊轩的大闸蟹，等我们到楼珺阁，他们应该也送过去了。"她晃了晃手机。

随即白珍珠看见她那个一向对人不热情的苏经理勾住那女人的肩膀。

"暖暖，你怎么让他们送外卖的啊？！"

"我和他们老板认识。"

"啊，真是个好丫头！"

白珍珠脸黑如墨。所以她以为冷待几天就会在公司过得很痛苦的乔暖，已经和她的员工打成一片，还能一起约饭了？

白珍珠的心情究竟有多复杂暂且不谈，下午乔暖就带着初定方案到了

18

她办公室。

"白总，您看看有没有不满意的。"

白珍珠冷冷地看着她，对面的人气定神闲，不为所动。

白珍珠猛地伸手接过，翻开，认认真真地看起来。

老实讲，就是挑剔如白珍珠，对这方案也相当满意，如果不是乔暖，她甚至会点头夸赞，但就因为是乔暖，所以她相当不愉快。

白珍珠一边翻一边拿起手边的咖啡喝完，递给她："给我煮杯咖啡。"

乔暖听话地接过，去了茶水间。

片刻，乔暖端着杯子回来了，小心翼翼地递给白珍珠，温度适宜，味道完美，让她无可挑剔。

白珍珠喝完，又递给乔暖："再给我倒杯。"

乔暖接过，过了会儿才回来。白珍珠正看得入神，随手接过杯子递到嘴边，一口喝下去，突然将杯子重重地放回桌上。

"你给我喝的什么？！"

她满脸不悦，侧头紧紧地盯着她，眉头皱起来。

对方很淡定，一边抽纸把桌子上溅出来的几滴液体擦干净，一边说道："普洱，养胃，白总今天喝了四杯咖啡了。适当饮用可以，过量对胃不好。"

白珍珠看着她，对方淡定回视。

过了几秒，她把方案递回去，沉着脸说："相当垃圾，重做！"

乔暖接过，一点也没生气地点点头，走了出去。

白珍珠看着她依旧挺得笔直的脊背，心里有了些莫名的感受。

白珍珠低头烦躁地翻了翻文件，又看见旁边的杯子，转开视线，一会儿又移了回去，不耐烦地端起来喝了口，随即又喝了口。感到胃里暖洋洋的，白珍珠的眉头慢慢松开。

嗯……普洱也还不赖。

一杯喝完，白珍珠按铃让秘书进来。

"给我倒杯……普洱，没有的话让小王去买一盒。"她又低声道，"就要今天那丫头煮的那种。"

秘书愣了一下，笑着说："乔小姐留了一整盒在茶水间。"

19

白珍珠哼了一声，不置可否。

第三天．乔暖又进来送方案，大体没什么改变，只是细节更加完善。

"你没改过？"

乔暖轻笑，拖过一旁的椅子坐上去："这是很好的方案了，白总也是满意的吧。"

白珍珠突然想到那盒普洱，微眯着眼："乔暖，你很自以为是啊！"

乔暖轻轻晃了一下身子，相当放松的状态："可我以为的都是对的。"

她很自信，也很有魅力。

白珍珠突然想到余航现在门当户对的女朋友，确实比不上乔暖。

可乔暖心机太深，不是余航能玩得过的。

"你和余航不能有任何工作以外的关系。"

乔暖淡淡回道："我并不想和贵公子有工作以外的任何关系。"

得，人家看不上余航。

白珍珠被哽了一下，但不得不承认，乔暖说得对，不看家世，她那头脑简单的儿子，确实配不上乔暖。

这个女人长袖善舞，她让你觉得贴心又没有刻意讨好的意味，你看着她就觉得你们是平等的，一个甲方，一个乙方。

她不谄媚，又莫名让人满意。

乔暖比她年轻的时候还可怕。

白珍珠突然看着乔暖出神，好一会儿才说："就按这个方案做吧，希望效果令我满意。"

乔暖难得笑出了牙齿，站起来，伸出手："起始虽然不光彩，但结果一定会惊艳。白总，合作愉快。"

白珍珠盯着那双白皙的手好几秒，才缓缓伸出手。

"我年轻的时候觉得自己一定能成功，什么都不在乎，无情无义，在职场血拼。

"后来碰得头破血流，还是靠了一个不成器的男人才起来。不过庆幸的是，我终于做到了。那些觉得我这个女人不可能登上巅峰的男人们，终于臣服了。

"乔暖，你如果单打独斗，不一定比我现在成功。"

乔暖把对方签过字的方案放在文件夹里。

白珍珠年轻的时候确实狠，不对，现在也狠。她的男人也确实不成器，余创当年还没这么辉煌，她进了公司，架空了自己的丈夫，后来更是逼得对方没了一点权力，赋闲在家。

可余创就是从那时候开始，一步步走向辉煌，余创如果一直在她丈夫手里，早晚得败个干净。

"我不打算和您比。"

乔暖说完转身离开，推开门的时候停了一下，回头，脸上带着微笑，眼里有关心，说出的话更是贴心。

"白总，那家普洱不好找，在外地。您喝完了让陈秘书告诉我一声，我再给您送一盒过来。"

在白珍珠愣神的时候，乔暖离开了。

白珍珠看着门好久，突然觉得，乔暖不一定达不到她的高度。

哪怕是单打独斗。

"恭喜……"姚宁带着程红、刘雨琪过来祝贺。

乔暖已经升任组长了，甭管以前如何，现在都是她们的顶头上司。

三人忍着憋屈，对乔暖笑脸相迎。

"好好工作就行。"

刘雨琪一听她这高高在上的语气就来气，瞪了她一眼。

乔暖淡淡地说："既然经理让你们协助我完成余创的项目，那现在，刘雨琪、程红去帮我和财务部邓经理汇报一下预算。我现在去和李经理、王组长开会，你们待会儿拿着审批条子直接过来找我们。"

她说完把文件夹拿起来，踩着黑色高跟鞋往经理的办公室走，一身正装紧紧勾勒出身形。

留下三人脸色难看，尤其是刘雨琪、程红，脸色已经苍白。

"你没事招惹她干吗！"程红和刘雨琪一起往财务部走，路上对刘雨琪抱怨了两句。

"我哪儿招惹她了？是她一直高高在上！"

"她现在是组长，你收敛点，要不然咱们也不用来财务部找邓经理。"

刘雨琪顿时气焰熄了，邓经理快四十岁了，是老板的亲戚，实力是一等一的好，但脾气也是一等一的差。

她们报账但凡被她抓到点问题，定会被骂得狗血淋头。

"气死了，那个老处女脾气……"

"小姑娘，说谁呢？"

两人僵硬地站在原地，看着从旁边茶水间走出来的女人。

邓容虽然已快四十岁，但保养得宜，看起来就像是三十来岁。她穿着精致，化着淡妆，脖子上的珍珠项链透着温润的光芒，可那双犀利的眼睛，吓得两人腿软。

邓容也不在意，慢吞吞地往前走："跟上。"

两人低着头，小心翼翼地跟上，苦着一张脸，一阵绝望。

"报什么？"

程红抖着手把手上的资料交给她，对方接过，随即翻了几下。

邓容涂着红色指甲的手指在第一行轻轻敲了两下："这个需要这么多钱？"

两人愣神，对方说："这怕是明显的虚账吧，还有这个、这个……多的钱是你们业务部要自己吃了吗？"

"不，是乔……"

"乔什么乔？小姑娘，年纪轻轻还是要学学做人。

"你要说你们长得多好看，以后嫁给好男人我也就不说什么了。长这样要自己出来混也得拿出实力啊！还什么名牌大学毕业，你们怎么混到文凭的？

"别的女人是长胸不长脑，你们倒好，不长脑也不长胸，这么多年的饭都用来长头发了吗？"

两人瞪大了眼睛，开始遭受狂风暴雨般的摧残。邓经理骂了半小时没停过。

此时会议室——

"暂时就是这么个情况，等财务部批了经费以后，就可以着手宣传了。"

乔暖双手交握放在桌上。这是业务部的小会议室，地方并不是特

22

别大。

王嘉禹一脸笑意地看着她，李经理也点点头，乔暖的工作能力，确实让人放心。

"那行，就这样，财务部那边……"

"我让刘雨琪和程红去了，很快应该就会过来。"

王嘉禹眼神幽深，李经理没说什么，没一会儿那两人犹犹豫豫地进来了。

李经理皱眉："那边怎么说？批多少？"

刘雨琪张张嘴，没出声。

"说话！"

"没批……"

李经理把手大力往桌子上一拍："没批是什么意思？！"

"她……她……说我们……虚假报账，数量……浮夸。"

李经理脸黑如墨。那清单在乔暖定好后他看过，没问题，能让对方直接不批，必定是这两人得罪了对方。

那是老板的亲戚，一向是他们不敢惹的，不能怪她，只能怪面前这两人了。

"你们在公司待了这么久了，怎么还这么蠢啊！出去自己反省！"

两人眼眶都红了，低着头走出去。

就连乔暖都有些吃惊，这两人简直比她想得还"能耐"，本来她让这两人过去就是挨挨骂，结果对方直接没批。

这两人也是人才，元夏业务部在哪儿招的人才？

"经理，我去吧。"乔暖站起来，毕竟是她派的人，出了问题还是得自己兜着。

李经理点点头："批下来以后直接开工，早点完成余创的单子，争取长期合作。"

"好。"

乔暖慢慢向财务部走去。她来元夏半年，和邓经理只打过几次交道。以前业务部和她关系最好的是赵佳慧，小项目各做各的，大项目大投入都是赵佳慧来找邓容的。

"邓经理。"乔暖轻声说。

"哟，这不是业务部新上任的乔组长吗？"对方转着笔，摇着椅子。

乔暖把清单放在桌上："邓经理，请您过目。"

她低头看了眼："我不是说不批吗？"

"余创的项目老板也很在意，下周一早会就要报告这个项目。"

"你威胁我？"邓容眼睛微眯。

"陈述事实。"

"小丫头，不要张扬。"

乔暖轻轻笑，她不怎么笑，所以一笑就特别好看，犀利的光芒都被收敛起来，好看得紧。

"活得自在点，挺好的。"

邓容看着她，突然拉过清单，在最后一页唰唰唰写下自己的名字。

乔暖在她合上笔的时候拿起来："谢谢邓经理。"

对方不说话，就平静地看着她，一脸不屑。

"那邓经理再见。"乔暖转身，一步步向外走，脚步不急不缓。

对待不同的人要用不同的态度，对这个时间、这个性格的邓容，乔暖说得越多越容易错，索性直接把她当作普通的财务部经理。

现在最重要的是，余创的第一个项目可以开工了。

月底工资一发，乔暖看了眼数额，对于一个大公司业务部组长而言，这个工资可以说相当高了。

毕竟所有项目的提成，就占了她总工资的百分之八十。

她直接划出一半，往一个熟悉的账户汇过去。

她刚洗完澡，就来了电话。乔暖穿着薄薄的睡衣，也懒得吹头发，接起电话。

"暖暖，王阿姨说你……又给我打钱了。"那头的声音有些苍老，但言语间满是关心。

乔暖紧绷的神情逐渐放松，躺在沙发上，嘴角带笑。

"没事，应该的。"

"你这孩子，钱还是留着自己用吧，你挣钱不容易……"

"我挣钱挺简单的，乔妈妈。"她轻声说。

那头叹了口气："你这丫头从来不说自己苦，但哪能不苦！"

眼看那头就要哭了，乔暖赶紧说："我挺好的，乔妈妈注意身体，需

24

要什么就跟我说。"

"我不需要,什么都有,娇娇照顾得很好。你……照顾好自己就行,别太拼了,一个人在外面,一定要照顾好自己!"

那头又是一番细细的叮嘱,两人又说了几句就挂了电话。乔暖挂了电话以后,在沙发上坐了几分钟,才去书房继续工作。

深夜温度慢慢降了下来,她也懒得去裹衣服。

"这个广告可以。"荣谨很难得地夸赞了一个广告屏。

杨达周抬头看了一眼,作为称职的秘书,他几乎立刻就说出:"这是余创宣传的新项目。"

这个广告屏确实很走心,位置更是合适,不会让人看着就烦,反而会让人耐心看完。

荣谨点点头,没说其他。杨达周悄悄地打量一眼,思考着需不需要把前因后果挖清楚。

下午临近下班的时候,杨达周就带着一摞资料脚步匆匆地进来。

"老板,余创的项目是元夏做的,从宣传到上市,全都委托给元夏了。乙方代表……乔暖。"

不怪杨达周要特意提一下这个名字,毕竟对着老板涂口红的女人,即使只有一张简单的一寸照,他也能一眼就认出来。

荣谨手一顿,把元夏的资料扔到一边,单独拿出乔暖的那一份,熟悉的面孔映入眼帘。

真是踏破铁鞋无觅处,得来全不费功夫啊!

他嘴角微微上扬,仔细阅读乔暖的简历。学历那栏高中毕业几个字被加粗,荣谨用手指轻轻敲打桌面,想起了那本记着笔记的本子。

他站起来:"下班了。"

荣谨留下抱着资料一脸傻样的秘书,直接下楼,开车奔向元夏。

余创的项目正在进行,后续的事还有不少,乔暖又刚刚接任组长,手上有一大堆的事。

今天的工作好不容易告一段落,她看了眼时间,已经六点半了……

乔暖站起来,脑袋眩晕了一下,扶着桌子摇摇脑袋,等恢复视觉她才摸摸额头，感到额头滚烫滚烫的。她的感冒还没好，现在演变成发烧了。

乔暖一手拿包一手拿外套，直接往对面公交站走，她这情况不适合开车。

车子很快就来了，人不多。乔暖直接走到最后一排，在靠窗的位置坐下，轻轻靠在窗上，闭目养神。

她很少慢下来，从来都是脚步匆匆，甚至很少思考工作以外的事情。

她已经习惯了高强度的工作，以至于闭上眼睛，脑袋里都是各个项目各个单子。

哪一个单子必须先处理，哪两个可以同时进行，哪一步可以分给别人盯着，哪一步又要自己亲自守着⋯⋯

车子慢慢移动着，乔暖的呼吸越来越平稳，两颊泛红，脑袋随着车子一晃一晃的。

李崎是个公交车司机，但现在他正精神高度集中，时而加速，时而减速。

旁边有辆奇怪的宾利跟着他！

他快对方也快，他慢对方也慢。

李崎心想：自己一个油腻的中年男人难道还有人惦记？

他不能大意，既然是变态，没准想法就和常人不一样！

再说，他脸不行，可是心肝脾肺肾是好的呀！这年头只有想不到，没有变态做不到的。

这样一想，他立即把车开出了极限花样，他一会儿这边，一会儿那边，还时不时超一辆车，把公交车开出了新玩法。

荣谨觉得这司机有毛病！

车开成这样还能当公交车司机？一会儿这边一会儿那边，明显技术不行啊！

这是对乘客的严重不负责！

这样想着，他抬头看了眼上方靠着窗户的姑娘。

她睡得真香！

她长得可真好看！

荣谨越看越满意，不知不觉，就开着车子跟着她。

等红绿灯的时候，荣谨更加明目张胆地打量起她。

她两颊泛红，睡着的她较平时惹人怜惜，没有犀利的眼神，瞬间就变成了娇小的小姑娘。

荣谨眼睛眨也不眨，直到公交车重新动起来，这才赶紧跟上。

不知道过了多少站，久到司机已经懒得躲着那辆宾利了。

忽然，荣谨的电话响了，他接通，听到那头说："老板！你去哪儿了？说好的商量公事呢！"

听着徐恪在那边咆哮，荣谨突然一愣，他怎么像个变态一样跟踪人家小姑娘？

这念头一起，他紧急刹车。

荣谨冷静了几秒，看着渐渐开远的公交车，小姑娘的睡颜也看不见了，这才掉头。

回程的时候，荣谨的嘴角不自觉地上扬。

那丫头看起来凶巴巴的，但睡着了是真可爱，她肯定坐过站了，不知道待会儿醒过来，看见已经过了站后，那张平静的脸会不会出现其他情绪？

她看起来一丝不苟，没想到是个能在公交车上睡……

荣谨瞳孔微缩，突然一个急转弯，直接往公交车远去的方向冲过去。

越发临近终点站，公交车上已经没几个人，跟踪的那辆宾利也没追上来，李崎开始哼起小曲儿。

在倒数第二站的时候，他停下，看着车里仅有的几个乘客又走下去一个。

他发动车子，然而还没等车身移动，前路被突然出现的宾利拦住。

这变态又来了？

李崎正瞪圆了眼睛，那停在他面前的宾利车上下来了一个男人，脚步匆匆。

即使光线已经暗淡下来，这个男人惊人的气场也让李崎大惊。

这好像……不像是会对他有所企图的男人。

这样想着，男人在门旁边站定，示意他开门。

李崎的大脑还没恢复思考能力，手上却已经按了下去，男人直接一步上来。

对方一米八九的个头，一身穿着考究，看着就有那种不疾不徐的上级领导的感觉，即使脚步迈得很快，脸上也没什么特别的表情。

他直奔最后一排，走到一个穿着职业正装的女人旁边，然后伸出手轻轻碰了一下她："乔暖？"

对方毫无动静，男人的手贴在她的额头，他是背对司机的，李崎也就不知道他现在的表情。

他只看见对方伸手轻轻松松地把人给抱了起来。

"你干吗？！"

荣谨一只手紧紧把人搂着，另一只手掏出一张身份证，往李崎那儿一扔。

"我先把人送去医院。"

荣谨说完直接下车，小心翼翼地把人放在副驾驶上。

那辆宾利很快驶离他的视线，李崎咽了咽口水，看了眼手上的身份证。

没错，是本人。

在后面车子的喇叭声中，司机重新发动了车子。

现在这些小情侣真是奇怪，一个坐公交一个开车跟着，搞什么情趣啊？

还有，这家伙能找到自己拿身份证吗？

荣谨开得很快，这时候的路况也没之前那么堵了，等红灯的时候，他抬头摸了一下乔暖的额头，已经滚烫。

荣谨一咬牙，见前方没人，直接超速冲了过去，他太清楚高烧时间过长会有多大的影响。

"医生！医生！"

荣谨是抱着人进来的，病了的小姑娘娇娇小小的，埋在他的怀里，带给他从来没有的感受。

不过他更多的，还是着急。

医护人员上前接过，直接将乔暖送到急诊室，荣谨一直跟在旁边，看着他们量体温、做检查、打针。

"怎么样？怎么样？"

医生摇摇头："今晚观察一下，烧退了就没事了。"

荣谨提着的那口气还是放不下来，转头看着病床上两颊通红的乔暖。

医生护士忙完就出去了，病房里只剩下荣谨和乔暖两人。

他慢慢上前，给她掖好被角，在旁边坐下。

他好多年没这么为人着急了，还是为个就见过两次的"陌生人"。

荣谨自嘲地笑了笑，就这样守到了凌晨三点，乔暖的温度才彻底降下来。

他最后一次试探她的温度的时候，伸出的手一时没收回来，眼睛盯着她的唇。

她的唇这会儿已经没什么颜色了，只透着苍白。

看着看着，他的心脏就开始怦怦直跳，抖着手指轻轻点了一下她的唇……一种酥麻感瞬间从手指传到了心口。

荣谨慌慌张张地收回手，从兜里拿出一支正红色口红，放在她枕边，面红耳赤，落荒而逃。

荣谨，你这个变态！

"您应该再休息一天。"护士查房时看到乔暖自己拔了针，连忙劝道。

乔暖一边穿鞋一边摇摇头："不用了。对了，请问是谁送我来的？"

"啊？不是你爱人吗？"

乔暖眉头紧皱："我没有爱人。"

护士同样很吃惊，昨晚那男人那么着急，不像是不认识啊。

"长什么样？"

"很高、很帅，黑色西装，三十来岁。"

乔暖回忆了一下自己认识的人，实在不记得有这个男人。她随意一瞥，注意到床头那支崭新的口红。

乔暖拿起口红，疑惑地皱眉，很快又松开，把口红放在了兜里。

现在不是想这个的时候，她还有更重要的事，今天是她的第一个早会。

"你现在不适合下床，至少还得打两天的吊瓶。"护士苦口婆心地劝道。

乔暖只管站起来，拿起包和外套，对护士笑笑："谢谢关心，不过我现在还有事，再见。"

她的第一个早会，不容有失。

第二章
凭什么女人就要靠男人才走得下去

参加顶楼的会议是每个员工的追求。乔暖一身正装，她的浓妆不只掩盖了稚嫩，还遮住了憔悴。

最先到的永远是组长，随后是各经理，一级级向上，最后将上首的位置空了出来。

"乔暖不要怕，有什么不懂的就问我。"李楠在她旁边，对她友好地说道，但语气里还有着一丝居高临下、宣告主场的意味。

乔暖微微低头："好的，谢谢李经理。"

八点半一到，他们的boss准时走了进来，所有人立刻起身迎接。

顾国华五十来岁的模样，面带微笑，一脸和蔼，眼神却相当犀利。

"都坐都坐。"他在上首坐下以后，所有人才坐下来。

"今天添了个新人，乔暖是吧？"

"对，是乔暖。"这话是李楠说的，没给乔暖开口的机会。

乔暖镇定自若，面带微笑。

"很厉害的姑娘，好员工，开会以前，你先汇报一下余创的进展吧。"

乔暖点点头，也没有看其他文件，手指捏着笔，侃侃而谈，顾国华不住地点头。

李楠的表情有点僵硬，尤其是对上邓容那似笑非笑的表情，越发难堪。

业务部是元夏最重要的一个部门，但这并不意味着业务部的经理是所有经理里面的领头人物。

元夏当初还没有这么大的时候，李楠确实风光了一段时间。可随着业务部两组长的设立，和两组业务互不干预的规则制定过后，他就越发感觉自己的权力受到了削弱。

层级制度，哪有下层跳过上层直接和上上层对话的？

可现在就出现了这样的情况。

按理来说，余创这样的大公司大项目，就算与乔暖谈好了，他们也会再和业务部经理对话。可对方却直接与乔暖接洽，尤其是当李楠企图接手，余创那边竟然表示不愿意！

原本这个项目的分红是乔暖的，她能拿到项目的风头也是出够了。

然而对方只认乔暖的态度却给她大大增加了筹码，否则这个项目即使是乔暖在做，牵头人也会是李楠，现在做汇报的，也必定是他。

白珍珠那个女人不是善茬，为什么会这么信任乔暖？

李楠微微低头，脸上的表情千变万化，但很明显，没有"高兴"这种情绪。

乔暖的第一个早会，就把她的名字在高层心里落下印记。

"老板？"

杨达周小心翼翼地出声，太不可思议了，他的工作狂老板今天已经出神好几次了！

荣谨回过神，咳嗽一声："那个……什么事？"

"中午王老板想约您吃饭。"

"不去。"荣谨回答得毫不犹豫。

杨达周也没觉得他会同意："好的，我这就去婉拒他。"

他走了没两步，背后的人又说了句话，听上去声音有点虚。

"你帮我在元夏周围看看有没有适合开店的地方。"

杨达周："……"

他回过头，难得对荣谨有些无奈道："老板，您昨晚闯了三个红灯，还在公交车站停了。"

荣谨看着他，等他说出下句。

杨达周深吸一口气："老板，您的驾照需要重新考了。"

荣谨："……"

"必须重新考试？"

杨达周笑了笑："或者可以让乔小姐出示相关证明，老板只是救人心急……"

荣谨打断他："帮我报名科目一吧。"

杨达周："……"

这么怂，真的是他那可怕的大boss吗？杨达周在心中怀疑道。

荣谨虽然怂了几秒，但到底是荣谨，说要开店，元夏对门的那家商铺就易了主。

那家商铺原是两层，上面是咖啡店，下面是美食店，现在两层都归了一家，就卖咖啡和甜点。

荣谨本就不是为了开店赚钱，不亏就可以，所以店中商品标价有点贵，顾客也不多。

"暖暖，咱们去看看呗。"向敏央求她。

乔暖只摇头："我手上的工作还没完。"

"我等你！再说，工作是做不完的，明天继续也可以！据说那家的咖啡、甜点都特别棒，就是贵，不过偶尔去一趟也还是可以的！"

乔暖没说话，手上动作不停，好一会儿才关掉电脑，站起来："走吧。"

向敏兴奋得跳起来，她是真的想去尝尝，据说对方还有个贼帅的老板，就是不经常在那儿。

等乔暖收拾好，又带上自己回家办公要用的一些东西，两人这才前往对面的咖啡店。

乔暖到的时候荣谨还在路上，两家公司不远，荣谨也是每天处理完公司的事才过来。

"两位女士要点什么？"服务员声音柔和，浅笑着看着她们。

乔暖随意点了杯咖啡，打量了一下周围的环境，点点头，这里装修很有品位，环境也不错，还挺适合办公。

向敏点了不少，她本来就是来吃甜品的，等服务员走了，吐吐舌头："真贵！"

"你自己要来的。"

"尝尝嘛，希望对得起它的价格！"向敏这才又笑了起来。

见乔暖没说话，向敏接着说："你之前早会大放异彩的事全公司都知道了，李经理……"

乔暖眼睛看着窗外："李楠迟早会看不惯我。"

他不会喜欢任何一个组长的。

"王组长忍了蛮长时间了，一直听李经理话才能走到今天，李经理要是想害你，办法也有的是。"

先上的是咖啡，乔暖放了两块糖，轻轻搅动。

"余创还在我手上，顾总又不是傻子，李楠还不敢有什么大动作。"

向敏摇了摇头，这乔暖把什么都想得清清楚楚，这样的人是朋友还好，一旦是敌人，真是令人寝食难安。

"我总是有点担心，李楠在经理的位置坐了这么多年，手段不少。"

"嗯，我会小心他的。"

乔暖端起咖啡喝了口，皱皱眉，又加了块糖，虽说糖吃多了不好，可偶尔放纵一下也是可以的。

生活已经够苦了，何必再苦上加苦。

"两位，请慢用。"声音低沉磁性，但乔暖没心思关注这个。

"我没点这个。"乔暖眉头紧皱，紧紧盯着面前的盘子。

那是一份……蛋炒饭。

"服务员"低笑了两声："这是赠送的，晚饭时间，吃点饭好。"

乔暖骤然抬头，眼睛微眯："是你？"

荣谨心口一紧，她记起是自己送她去医院的了？

再看她眼睛里没有一丝善意，荣谨又有些失望，那天的事她是没有一点记忆了……

34

"好久不见。"他说。

乔暖眉头皱成了死结。荣谨放下东西就离开了，不敢久留，他再待着估计她就跑了。

向敏眨巴了下眼睛，看看乔暖难看的脸色，又看看荣谨的背影。

她想说你和这帅哥怎么认识的？

你们很熟？

最后向敏只张张嘴，看着蛋炒饭说："好一个中西合璧！"

蛋炒饭配咖啡配甜品！

乔暖最后也没吃这份蛋炒饭。向敏吃完了自己点的甜品，意犹未尽地看着她面前的盘子，但乔暖没说话，她也不敢要。

甜品已经够好吃了，菜单上没有的蛋炒饭又被人特意送上了，味道肯定更是一绝。

走的时候，向敏还频频回头，但乔暖不重口腹之欲，自然不会白吃别人送的。

两人结账后，一旁站着的高大帅气的男人说："乔小姐，那支口红好用吗？"

乔暖瞳孔一缩，眼前只有荣谨上楼离开的背影。

"怎么回事？"向敏憋不住好奇。那男人是真的极品，从气场到穿衣打扮，绝对是极品中的极品。

乔暖愣了一会儿才摇摇头："我还要再问问。"

楼上的荣谨哼着歌站在落地窗前看着她的背影，之前他还担心她出去后，她就可能不会再来这家店了。

不过现在……她明天一定会来的！

乔暖确实准备第二天再来一趟，无奈计划赶不上变化。荣谨沉着脸等了一下午，也没等到人。

乔暖去谈合同了，不是作为乙方，而是作为甲方的合同。

这同样是余创项目中重要的一环。因为这个项目是容不得差错的，所有的关键环节，都是她亲自出马。

"这违约金……"明达的马经理看着合同有些迟疑。

乔暖淡淡接话："余创项目要得急，一环扣一环，我也是知道的，七

35

天你们肯定能完成。你们要是违约，我们就没办法按期交给余创，违约金给得再高，也弥补不了我们的损失。"

马经理擦擦汗："明白，明白，保证七天完成。"

乔暖点点头，在对方仔细看过合同签字后，收了回来。

"等李经理签了字，明天我让人把另一份给你。"

"好的，好的。乔组长你放心，我们明达一定在七天内完成。"对方经理笑了笑，毕恭毕敬，面前这女人他打过几次交道，实在不敢小觑。

职场里或多或少有些歧视女性，但面对乔暖他不敢有一点敷衍。

乔暖站起来，精致的妆容和优雅大气的动作确实显得她很有气场，她脸上微微露出一点笑："千万不能有一点差错。"

"肯定不会的，您放心。"

看了眼时间，已经八点过了，乔暖直接开车回了家。

那边荣谨还坐在店里，沉着脸，咬牙切齿道："你就是……这么对待救命恩人的？！"

一旁的杨达周缩缩脖子，心里暗暗说：关键你这"救命恩人"居心不良啊！

又一日，乔暖把合同交给李楠，对方仔细看过后，签字还给了她。

"好好干，这一环可不能出差错。"他笑着说。

乔暖点头，敛下眼睛里的思绪："是。"

走出办公室，她让人把其中一份合同交给马经理，另一份仔细收好。

等那边交工的时候，余创的项目也就收尾了。

不知道为什么，想到李楠刚才的那句话，乔暖的心里就有种莫名的感受。

是错觉吗？

"陶阳。"

"组长，怎么了？"陶阳是B组的，乔暖对他印象还不错。

"你最近帮我盯着点明达，明天下午开始，就不用上下午的班了，去厂子里看着点。"

"是！"陶阳声音激动。

乔暖微笑点点头，她向来谨慎，明达的任务重要，就干脆让人盯着。

"老板，下午还去吗？"

"去什么去！"荣谨明显是恼了。

杨达周赶紧硬着头皮说："那做其他安排吗？"

荣谨继续瞪他。

杨达周越发皱眉，他以前觉得老板冷漠得让人害怕，现在有了小情绪，更让人害怕！

"昨天乔小姐好像去谈合作了，今天应该没有什么安排……"

"你跟我说这个做什么？！很闲吗？没事就出去，今天加班！"

杨达周："……"

他缩缩脖子，老板看来是不去那边了，真是恼了乔暖？

他走出门，后面也传来了脚步声。

"老板？"疑惑出声。

对方走了两步才哼了一句："下班。"

杨达周："……"刚才义正词严凶我的是谁？！

这一天荣谨得偿所愿，一进店门就看见坐在角落的女人，她带了电脑，很明显还在办公。

荣谨刚刚还绷着的脸，瞬间像是被戳破了的气球。他三两步就走上前，直接坐在了乔暖对面，直勾勾地看着她。

乔暖合上电脑，抬头，直奔主题："是你送我去的医院？"

荣谨咧嘴一笑："对啊。"

他可不是做好事不留名的人，上次要不是被吓到了，一准儿留那儿等她醒。

乔暖还是一身职业正装，但她瘦，身形被勾勒得极为好看，化妆也精致，口红烈而不艳，眉形也修得很好看，眉尾被轻轻拉长。

一看见她，荣谨就觉得自己前三十年简直白活了！

乔暖一时语塞，想了想，说："谢谢。"

这个男人给她的印象不太好，但他确实又救了她。

荣谨只笑：“不介意的话，陪我吃顿饭吧。”

他说完就站了起来，自顾自去了厨房。乔暖静静坐那儿，皱着眉也不知道在想什么。

荣谨再次出来是好一会儿以后了，端了两盘……蛋炒饭。

“尝尝。”

“你会做饭？”

“当然！”荣谨说这话时挑眉，不无得意。

乔暖点点头，说：“你救了我，以后我力所能及的事可以找我。”

“那正好，你以后多来照顾我的生意就行。”

乔暖淡淡地看了他一眼，这可不像是缺钱的主。

她拿起筷子尝了口，没说话，只手上动作不停。

荣谨偷笑，也开始动筷子。

吃饭时两人都很安静，他先吃完饭，她也很快放下筷子，擦擦嘴，开始问话了。

“你是怎么送我去医院的？”

荣谨看着她，张嘴就撒谎道：“我下班回家，遇见你在前面的公交车上不省人事，一车人都闹哄哄的。我就停下来看看，那会儿他们让叫救护车，我一看是你，就直接送你去了医院。”

乔暖点点头，司机注意到车里有乘客不省人事，自然整个车都会有动静，这合情合理。

她再次道谢：“谢谢你。”

“不客气。”他笑着端着盘子去了后厨。

这家伙虽然一看见乔暖就有点走不动路，但到底是人精。

荣谨要想让她经常来，就得让她觉得在这儿感觉不错，她自然就愿意再来。

乔暖打开电脑，继续手头的事。

旁边就有插座，光线也合适，坐着舒服。她其实不爱喝咖啡，就叫了白开水，一直有人小心翼翼过来帮她续杯。

在这里不会被人打扰，她每次端起杯子，又总有温度适宜的白水，不吵闹，也没有在家的冷清。

她这一坐就到了八点，荣谨就趴在一旁的柜台，盯着她看。

38

她真是好看。

乔暖结账的时候从水到蛋炒饭都是收了费的，不算便宜，也不算贵。

但这却让她放下了心，对"救命恩人"点点头，离开了这家店。

荣谨美滋滋地哼着小曲儿，同她前后脚离开。

果然，乔暖第二天下班直接提着电脑就过来了。

目睹一切却不敢说话的咖啡店负责人摸了摸下巴，荣谨果然是荣谨，不得了啊。

只是这个进度条……会不会太慢了？

他把这问题问了出来，一旁的另一个女员工微微白了他一眼："追乔小姐是能快起来的？"

她说完便又和另一个女员工讨论乔小姐今天的穿着打扮。

"她的包可真好看！"

"是很合适，乔小姐太会搭了！"

"对对对，她昨天那双鞋已经够好看了，没想到今天这双更棒！"

"啊啊啊！她的项链也好看！是卡地亚！"

"乔小姐简直是人生赢家！"

"哎呀！要添水了，我去我去！"

"我去！"

就在两人争执期间，一旁的另一个女员工已经小跑过去，红着脸小心翼翼地倒水，乔暖对她微微一笑。

小姑娘回来的时候有点飘，压着嗓子激动地道："乔小姐跟我笑了！"

看着小姑娘激动得不成样子，负责人："……"

老实讲，他这种喜欢温柔小意女人的中年男人，实在不懂现在小姑娘的想法！

乔暖是很好看，可那冷冰冰只知道工作的模样，到底哪儿吸引人了？

他这样想着，就看见他们老板大踏步进来，很明显，荣谨还捯饬了一下头发。

负责人："……"得，看来真是他老了，老板的眼光总不可能出

39

错吧!

　　就这样过了两天，这天下午五点半，正是准备下班的时候，乔暖刚走到大办公室，陶阳就急匆匆地跑了进来。

　　乔暖皱眉道："怎么了？"

　　陶阳用只能让两人听见的声音说："我怀疑明达在拖工期，到今天为止，只完成了三分之一。"

　　乔暖的瞳孔一缩，已经四天了，他们却只完成了三分之一！

　　她走了两步突然回头，姚宁没来得及收回的笑意被她收入眼底。

　　对方显然没想到她会回头，顿时笑容一僵。乔暖眼睛微眯，给了对方一个危险的眼神。

　　对方脊背一麻，努力挺直腰板。

　　乔暖意味深长地转头，大步离开。她先是给马超打电话，但对方手机关机，便又打到明达。

　　"我找马超。"

　　"马经理出差了。"

　　"元夏的项目说好了七天，你们能完成吗？"

　　"啊？不是十五天吗？"

　　"合同上清清楚楚地写了七天，你们是要付违约金吗？"

　　对方明显也是一愣："可马经理说你们签约定的是15天啊。"

　　"我下午会带着合同去明达，你们最好提前准备，违约金的数量相信你们也是知道的。"乔暖直接挂了电话，看来问题出在马超身上。

　　这种类型的文件，乔暖都是锁在柜子里的，她这会儿正要打开柜子。

　　"乔暖，你过来！"李楠的表情相当难看。

　　乔暖皱眉："李经理，我现在……"

　　"我说过来！"

　　乔暖跟着他往外走，李楠在窗户旁站定："是不是项目出了问题？！"

　　"不是。"

　　"你不要嘴硬，要是有什么兜不住的大问题，别让我跟着你倒霉！"

李楠表情难看，乔暖眼睛微眯。

这可真是有意思，那边刚刚出事，所有人就都知道了。

"不会有事的，就算有事，也是明达违约的事。"

"你！"

"李经理，还有事吗？我现在要去明达了。"

李楠皱着眉看她，乔暖直接转身离开。

这件事就算和他没关系，他也一定是知情人，甚至在其中推波助澜了。

她回到自己的小办公室，突然一愣。

她三两步上前打开柜子，果然，和明达的合同不见了！

这事只要用脑子想就知道是别人下好的套。

乔暖蹲在那儿闭着眼睛思考，马超和她签合同的时候没问题，但后来肯定是有人找上他，所以他才会"出差"。

这种算计的手段很拙劣，出手的应该不是李楠，但他肯定是知道的，所以会在刚才叫自己离开办公室，这事对他只有好处没有坏处。

所有人都想她犯错，给上头留下不好的印象，甚至被撸下组长的岗位。

这手法虽然破绽百出，但却掐准了一条，余创的项目出了问题，不管乔暖是不是被陷害，她都难辞其咎。

所以现在最紧要的是逼着明达那边赶工，赶工这种赔本买卖，还是必须得用合同压着。

想通了一切，乔暖就立刻站起来，看见桌面上只有一份审计检查部门送回来的材料。

已经下班了，外面还没走的员工没几个，但姚宁和刘雨琪都在，一直在用余光打量着乔暖。

乔暖冷哼一声："谁进了我办公室？"

"那就多了去了，比如刚才陶阳就去了啊。"姚宁轻笑道。

乔暖嘴角挂上冷笑，直勾勾地盯着姚宁："真是……好本事。"

这女人在元夏做了这么多年，还真是积攒了些东西。

乔暖心里有了思绪，直接向外面走去，在这层楼的转角处，等到了程红。

"程红，审计那边送过来的材料是你放在我桌上的吧？"乔暖微笑，程红是业务部负责材料整理这块的，一句"送材料"，就能让她名正言顺地进自己办公室。

"是……是啊，你没在，我就帮你放在桌上了。"

乔暖抓住她的手，走向一旁的安全出口，打开门，再反手关上，里面的光线很暗。

"我知道是你！告诉我，你把合同放哪儿了？"

程红后退一步，但乔暖紧紧抓着她的手，力道极大，程红根本跑不开。

"什么……什么合同？"

乔暖使劲甩开她的手，即使光线很暗，程红也能看见她眼底的怒火。

明明是大难临头，对方除了眼睛里怒火冲天，依旧保持着她的姿态，脊背挺直，下巴微抬。

"蠢货！"

程红一愣。

"你以为你们藏起合同我就没办法了吗？你以为这样就能把我从组长位置撸下来了？"

她向前走了一步，程红下意识地后退，看着她的眼睛，一脸茫然。

"姚宁让你偷的吧？她这是送你去死！"

乔暖继续向前，一双眼睛犀利地盯着她。

"余创的项目毁了，你以为元夏会开除我吗？我告诉你，我除了余创，还有大大小小二十多个项目，我不可能被开除。"

乔暖伸出一只手捏住她的胳膊："可是你会！你偷了合同是当上面的人都是傻子吗？"

"我……我……余创……跟我没关系。"程红结结巴巴道，她被乔暖这模样给吓住了。

乔暖闻言，语气越发嘲讽："我说你真是蠢货！你以为余创是我乔暖的项目吗？这是整个元夏近期的首要项目，出了差错你们一个也跑不了！"

"不然你以为，我为什么还有心思在这儿跟你废话？"

乔暖低头，轻声说道："你知道吗？你那好朋友姚宁，在送你去死。余创项目一旦出事，白总可不是好惹的，必定会找元夏的麻烦。顾总勃然大怒，我铁定挨罚，可你呢？开除？不，你得坐牢！你真是蠢货！分不清是非！"

程红已经吓傻了，坐牢？姚宁姐不是说不会出什么事吗？

"只……只是……合同。"

"只是合同？呵，明达毁约，后续跟不上，之前的努力全都白费了。余创这个项目已经到了官宣的时候，到时候上不了线，他们一定会告元夏的，你觉得……元夏会给你担责任？"

"我知道，你是被姚宁蛊惑，你告诉我合同在哪儿，我去逼着明达履行职责，余创的项目不会出一点意外，咱们都能平平安安。"

"我……"程红咬紧下巴。

乔暖一推把人按在墙上："你这种没有脑子的，真是让人无话可说！姚宁自己不出面，把什么责任都推给了你，余创项目一追责，全是我们俩的错。我，最多当不了组长，而你，只有监狱可以待了。"

"所以，告诉我，合同在哪儿！"

最后一句乔暖大吼出声，程红的腿已经软了："在……在……回收室。"

乔暖瞳孔一缩，扔下她快步走了出去。

程红抖着腿大喘气，好一会儿才站起来，往业务部的办公室走。

办公区已经没其他人了，姚宁和刘雨琪还在等她，程红眼神幽深，隐隐带着恨意。

"回来了？处理好了没？"姚宁眼睛一亮，三两步上前。

她伸出的手被程红躲开，姚宁一愣。

程红的眼眶已经红了："枉我把你当好朋友，你却想送我去坐牢。你要害乔暖，我就帮你去偷文件，我这么信任你……你想过余创的项目毁了，我会有什么下场吗？这合同拿不出来，明达毁约，余创告元夏，老板肯定会弄死我的！"

"你……听谁说的？"姚宁傻眼了。

"乔暖。"

啪！姚宁一巴掌打在程红的脸上，对方捂着脸瞪大了眼睛。

43

姚宁气得两手直抖："你、你把合同给她了？"

"你害我还打我？"程红不可置信。

姚宁气得浑身颤抖："滚！蠢货！"

一连被两个人骂，程红扶着桌子，眼神茫然。

姚宁真的从来没见过这么蠢的人，别人说什么她就信什么。

"乔暖的话你也信，她给你说什么了？"

姚宁已经处于崩溃的边缘，她花了这么多钱，走动了所有关系，连李楠也隐隐在搭手，却被这女人毁了！

"她是不是告诉你余创项目会毁掉，你也完了？"

程红僵硬地点了点头。

"你真的是傻子！那个贱人的话你也信！你以为我们公司只有明达一个下线吗？！你以为对方违约咱们公司就没办法了吗？！

"合同没了，李经理会很快接手，重新找公司合作，能以最快的速度补救回来！

"余创的项目除了多花两个钱，不会有一点后患！这项目也会归了李经理，全部的过错都在负责人乔暖身上！

"这是乔暖的项目！和你没有一点关系！"

姚宁眼睛里喷火，余创的项目一移交到李楠手上，根本不会追究程红什么责任！压根就不会继续查，高层也只会治乔暖一个失职。

这项目只对乔暖有很大影响，对公司而言，就是下属失职，多搭点钱和心思而已，所有的事都有李楠在前面顶着。

乔暖那么急着要拿合同，就是不想放手余创，也不想在高层面前留下不好的印象罢了。

姚宁颓然地瘫在椅子上，早知道她就自己冒险处理了，但因为程红负责收送材料，姚宁想一点把柄不留，才让她去办的。

"也……也不是，我把合同和其他几份废弃的材料都送到了回收室，小吴正在碎纸，可能已经……碎了。"姚宁一点拨，程红就知道自己被乔暖诓了。

姚宁眼睛一亮，又重新燃起了希望。

"小吴，你还不下班吗？"另一个同事问。

"哎，我老公在加班，还要一会儿，我把这些材料先整理一下。"

"你可真勤快，我先走了。"那人感叹了一句，就提着包下班了。

小吴伸手拿起程红之前送过来的废纸，随意地看了眼，没放在心上。

小吴把废纸一点点往碎纸机里丢，嘴里哼着歌，也没看手上的东西，她每天要销毁的资料太多太多。

小吴刚把手上的一部分资料扔进碎纸机里，门就被人用力推开，那著名的业务部乔组长正站在门口。

对方平日里素来平静的神情，竟带了几分焦急。

"程红送过来的废纸呢？"她问。

小吴愣愣地晃了晃手："这儿。"

乔暖走过去，步子又恢复了沉稳，接过小吴手上的纸张，翻了两次，随即抽出一份。

"谢谢，她把重要合同给我丢了，幸好找到了。"乔暖浅笑道歉，她笑起来很好看，小吴作为一个女人，都有些晕晕乎乎。

"不、不……不客气。"

乔暖含笑离开，高跟鞋踩在地上，身材纤细，却让人莫名放心。

那三人还在办公室，乔暖是带着笑回来的，手上拿着的几张纸，裹成一个圈。

她在进门时站定："姚宁，你等着。"

乔暖嘴角带着冷笑，姚宁扶着桌子，有些恍惚。

乔暖是典型的"会咬人的狗不叫"，同时也是正儿八经的一条毒蛇，姚宁从来没见过她威胁别人。

这是第一次，却也是实打实地令姚宁感到害怕了。

乔暖进去小办公室，很快又带着电脑和文件夹出来，从她们面前走过。

姚宁不敢相信自己就这样输了，慌慌张张地直奔回收室。

"小吴，乔暖来过了？"她勉强扯出一个微笑。

"对啊。"

小吴继续碎纸，笑道："程红把资料送错了，姚组长来拿回去，幸好来得及时，不然就被我碎了。"

她摇摇头，一脸后怕。

姚宁一阵眩晕，全完了！

乔暖走出公司大门，脸立刻沉下来，直奔对面咖啡店，她现在需要冷静思考一下。

"乔小姐，还是白水吗？"几个小姑娘兴奋地上前。

乔暖随意点点头，走到熟悉的角落坐下来。

今天她耽误了一会儿，荣谨都以为她不来了。

柜台后的荣谨一瞬间站直，正准备打个招呼，就看见对方沉着脸坐在角落，明显神游天外。

她心情不好？

荣谨有些担心地看了眼，随即转身去了厨房。

乔暖现在的心情相当糟糕，她把手上攥紧的"合同"扔在桌上，"合同"被摊开在桌子上，俨然是几张废弃的资料。

她到的时候合同已经被粉碎掉了。

乔暖伸出一只手揉了揉太阳穴，待会儿还要联系明达，本来她准备现在就直接过去，可是合同……

她盯着桌子的一个角，慢慢就放松下来，这么多年比这可怕的她见得多了去了，没有什么好怕的。

就在她一边思考后续一边揉太阳穴的时候，有人在她面前放下了一个盘子。

黄白色中又添了一抹红，是蛋炒饭。

乔暖抬头，那张英俊的脸又出现在她的面前。

荣谨带着笑容，将另一盘放在她对面，并坐了下来。

在乔暖不悦的眼神中，荣谨打开金属盒子，拿出两个勺子，递给她一个。

乔暖不接。

"拿着呗，勺子虽然没筷子雅观，但用来吃炒饭，最是合适。"

他说着把勺子放在她盘子旁边，自顾自吃了起来，嘴角带笑，吃得很香的样子。

乔暖突然就饿了，慢慢伸出手，拿起来勺子。

"这才对嘛，哪有人一直讲究姿态，偶尔放纵一下，没什么不好。"

乔暖不说话，只慢慢吃着。

她以前挨饿的时候，别说什么勺子了，就是手都能用。

她有时候也不是故作姿态，不过是吃够了苦，想把自己变成以前最向往的模样罢了。

荣谨笑着吃，得意扬扬道："我的手艺真是没话说！"

"你只会蛋炒饭吗？"乔暖一针见血。

荣谨低笑："当然不可能！"

他缓了缓，说："我还会西红柿鸡蛋炒饭。"

说着荣谨还看了一眼两人面前的饭，表示这就是自己的成果。

乔暖："……"

吃过饭，荣谨收走了盘子。

乔暖思绪被一顿饭打岔，又吃饱喝足，她的心情突然好了很多。

她打开电脑，找到当初拟定的合同的电子版，拷贝出来。

忙完了这一切，乔暖这才站起来，结账回家。

临走前乔暖难得对荣谨笑了笑，表示感激。

荣谨随意摆摆手，一边喝水一边滑手机，装作不放在心上，耳根却微微泛红。等人转身，他立刻抬头看着对方背影，咧嘴傻笑。

店里的负责人捂住脸，有些不忍直视，这是他们的老板？！

晚上九点，乔暖拨通了明达马经理秘书的电话。

"你们明达可以停止和元夏的项目了。"她很冷静，语气里又隐隐带了怒气。

"啊？"合同的详情秘书也不是很清楚，现在更是一头雾水。

"我们元夏已经在联系其他公司了，周一正式起诉明达，你让马超准备好赔偿吧。"乔暖利落地挂了电话，靠着落地窗，沉稳地看着外面。

第二天早上一大早，乔暖刚到公司，就有人说："乔组长，马经理在等您……"

乔暖脚步不停："那就让他等着。"

一直到上午十一点，乔暖才抿了口水："让马超进来。"

马超这次的态度比上次作为乙方还要谦卑，赔笑道："乔组长！真是对不起，我这一出差，手下就闹出这么大的事！"

乔暖冷笑道："怎么，马经理同姚宁确定合同没毁，立刻就出差回来了？"

她的语气极尽嘲讽。

马超擦擦汗："我是真出差，这次的事都是我的错，乔组长大人大量，不要同我计较。"

他看了眼乔暖的办公桌，那份合同就那么大大咧咧地放在那儿，昭示着她的自信，乔暖的手指在上面轻轻敲打。

这每一下都像是敲在马超的心上，这要是治他们违约……

"我如果不同你计较，哪儿来的钱去重新联系新的公司？"乔暖笑了，有些张扬，马超心里却越发瘆得慌。

"乔组长，咱们合同还没到期限，怎么能说明达就完成不了呢？你们现在中止合同，就是元夏违约。"明达赶工肯定是亏本的，但亏损的这点儿和赔偿比起来却微不足道。

"你威胁我？"乔暖眼睛微眯。

马超咬牙，这一次是真的把乔暖得罪狠了，以后元夏的项目估计也不会再找他。不过要让明达赔这天价的违约金，更是要他的命！

"不敢……"

"你马经理还有不敢的？"她拍桌子，马超浑身一颤，第一次被一个女人吓到发抖。

乔暖盯着他，直盯到对方头越来越低，突然笑了："这次的事就算了，我和马经理合作还是挺愉快的。"

马超一愣，什么……意思？

对方对他招招手，那笑容让他从后背冒出大片大片鸡皮疙瘩。

她说："帮我一个忙。"

送走马超后，乔暖难得心情不错，明达的事解决了，有些恶心的苍蝇也该拍死。

至于马超这男人，呵，来日方长。

路过办公室的时候，乔暖对一直偷偷看她的姚宁微笑，对方忙低下头，双手握紧成拳。

她走路带风，气势惊人。

但乔暖轻松的心情并没有维持太久，下班的时候小办公室的门被人推开。

"王组长？"来者俨然是王嘉禹。

王嘉禹长得还算清秀，个子也高。他走进来，反手带上门。

王嘉禹看着她，打开手上的密封袋，把里面的东西倒在她的桌上，那些碎过的纸片还能依稀看见部分字眼。

"乔组长，你真的找到了明达的合同吗？"

乔暖定定地看着他，眼睛微眯："王组长……"

王嘉禹在对面神态自然地坐下，手指把玩着碎纸片。

"暖暖，女人不用这么逞强的。"

他把那"暖暖"两个字轻咬着吐出来，像是情意绵绵。

"我能解决。"

"暖暖……这个要是落在别人手上了，明达一定不会按合约来，余创的项目你也就握不住了。"

他看着乔暖眼睛，伸出手，盖在她放在桌上的手上。

"暖暖，让我照顾你。"

乔暖被握住的手下意识想抽回，却被他紧紧抓住。

乔暖放在桌下的另一只手握紧，指甲掐进掌心。

王嘉禹见她犹豫，继续道："你刚来，不懂李经理有多狠，我们都是组长，互相扶持，最是合适。"

乔暖任由他握住，轻轻露出一个微笑，语气难得温柔："让我考虑一下好吗？"

"好，我等你。"

他松开手，站起来，也不拿带来的碎纸，笑着出去。

小办公室里安静了足足十分钟，乔暖用手捏住碎纸，力道之大使得手背青白，细白的手背上青筋暴起。

王嘉禹如果在的话，一定会被乔暖的眼神吓到，因为里面全是狠厉。

她这辈子最讨厌的就是在职场企图潜规则的男人，王嘉禹虽不是赤裸裸的潜规则，却也是趁火打劫！

凭什么女人就要靠男人才走得下去？

乔暖站起来，快步向洗手间走去，洗了十几次手才抬头看向镜子。

她一边擦手一边和镜子里的自己对视，嘴里无声地念出："王嘉禹！"

八点了，乔暖今天应该是不来了。

荣谨有些失望地摇摇头，坐在乔暖最喜欢的角落，这种见一面都难的日子可真难捱。

"你说，我直接跟乔暖表白，成功的概率是多少？"他问店里的负责人。

那负责人闻言，表情有些奇怪。

"怎么？"

"老板，您想听真话还是假话？"

"好了，我不想听了。"

"……"

两天一过，明达那边加班加点地赶出了元夏要的东西。

乔暖继续后续工作，八月一日这天，余创的新项目正式上线。

作为项目的乙方代表，乔暖向白珍珠发去贺电。

对方好久才回复她：乔暖，你确实很厉害。

她轻笑，回复：嗯，我知道。

白珍珠又说：你们元夏破事一大堆，来我们余创吧。

乔暖愣住了，紧接着毫不犹豫地回复：谢谢白总好意，有始有终，我既然来了，不到山穷水尽，就得拿到成绩再走。

对方好久才回复：常联系。

乔暖笑了，白珍珠这是真的认可她了。

至于什么拿出成绩，她对元夏可没那么深的感情，良禽择木而栖，有更加合适的公司，她肯定不会留在这的。

可现在京市在这个领域做得最好的公司，除了元夏就是广贸。但业内谁不知道，广贸快完了。

她已经来了大公司，就不可能再委屈自己去小公司，换领域更不可能，人生没有那么多的六年可以重新再来了。

除了元夏，她也没更好的选择。

至于白珍珠说的，去余创——乔暖知道白珍珠这一刻是诚心的，可是等她去了以后呢？

白珍珠就一个儿子，公司早晚要给余航，而一旦乔暖接触他，白珍珠有再多的好感也会没了。

破事？

哪个公司没有，尤其是竞争性极强的业务部，这种环境她一点也不怕。

因为她知道，自己能杀出一条血路。

第二天晨会。

"余创的项目正式结束，白总跟我夸了乔暖，这次乔暖是功臣，你放心，公司都是记着的。"顾国华笑眯了眼，颇有些赞赏。

乔暖含笑微微低头，并不显得骄傲，很谦逊。

李楠的脸色有些不太好看，王嘉禹的则意味深长。

"乔暖针对这次的项目来对大家做个总结吧。"

"是。"乔暖点点头，随即开口，侃侃而谈，头头是道。

"余创项目就是这样的，不过……"总结结束，乔暖话锋一转。

"怎么？"顾国华追问。

"不过白总好像知道了我们之前和明达的纠纷，有些不太高兴。"

"明达纠纷？怎么回事？"

李楠脸色大变，他完全没想到，乔暖敢把这种事拿到晨会上来说！

就是王嘉禹也大吃一惊，乔暖……这胆子也太大了吧。

"是这样的，我们和明达谈好的是七天，但后来马经理听我们这边有人说元夏放宽了时间，变成了十五天，险些出现纰漏。所以昨天白总就提了一句……"

"谁说的？"顾国华眼睛微眯。

乔暖微微偏头，对着李楠微笑。

李楠的额头冒出汗珠，两手紧握，绷直了脊背。

乔暖缓缓启唇："姚宁。"

李楠明显松了口气，上首的顾国华却眉头紧皱。

51

"审计检查部去……"

"顾总，我去吧。"早会很少出声的邓容突然说话，让顾国华有些吃惊。

她看着乔暖笑道："这事儿怪有意思的，在公司兴风作浪、破坏项目的员工，留不得。"

顾国华点点头："嗯，那交给你了。"

乔暖微微皱眉，这事儿她在早会抖出来的目的只有一个，让姚宁滚。

顾国华对她刚刚有的一点欣赏暂时会消退，这也是她不敢扯到李楠的原因。

只一个员工，轰走就轰走，换成一个经理，乔暖就不一定能撼动了。

她料到顾国华会让审计部门的来，自有后续能扭转印象。可这邓容横插一脚，就有些棘手了……

"你太大胆了！"回到小办公室里王嘉禹指责道。

乔暖继续翻手上的资料，并不理他。

"乔暖，你这样是跟李楠硬碰硬，你今天吓了他，明天他一定会报复回来的！"

"我没有扯到他啊，后续也不会扯到他。"

"他不会这样想！"

乔暖骤然合上文件夹，抬头看向王嘉禹："王组长，李楠不会因为我们对他多恭敬而放弃侵占我们的利益。"

王嘉禹一愣，对面的女人正在对他笑，她很少笑得这么开怀，一般都是客套的浅笑。

他眼里有一闪而过的惊艳，直勾勾地看着她，只听她说："王组长，李经理当元夏经理这么多年，除了在自己手下抢利益，一无是处。"

"这点顾总肯定也知道一些，所以有了我们，可是咱们这种组长要是一直听他的，就永远抬不起头。"

乔暖声音放低，很温柔，略带蛊惑："王组长该崭露头角了，您也是资深员工，经理……也当得起。"

对方眼睛一亮，上前一步，就那么看着乔暖。

"王组长，你放心，我会帮你的。"

她声音温柔得可以滴水，笑容毫无破绽。

邓容说管这事儿就开始查了，乔暖为了避嫌，不敢打听太多。

她一下班就提着电脑走了，前往对面的咖啡厅，她已经快习惯那儿了。

热情的女服务员们，安静的环境，还有老板偶尔做的蛋炒饭。

"乔小姐，您的白水。"可爱的服务员对她微笑，脸颊染上嫣红。

乔暖突然想逗逗她，她低声说："你真可爱。"

对方压低过后的声音带点磁性，温柔缱绻，服务员的脸瞬间爆红。

被夸赞的服务员小跑着离开，还差点撞翻了椅子，乔暖这回真的笑出了声。

几个小姑娘也聚在一起叽叽喳喳，好不兴奋。

"啊啊啊！想嫁给乔小姐！"

"乔小姐太撩了！她浑身上下无一不精致！"

"我喜欢她的锁骨……"

"我喜欢她的柳腰。"

……

荣谨内心有些不是滋味，瞪了几个姑娘一眼，别人正说得开心，压根儿没注意已经出来的老板。

"我喜欢她的红唇，太诱惑了！"

这话一出，荣谨的内心更加不是滋味了，看了眼说话的小姑娘。

好，我记住你了。

他三两步上前，在乔暖面前站定。

"乔小姐……"

对方抬头，荣谨的眼睛正对她姣好的脸，看着她微微上挑的眼睛，高挺的鼻梁，再往下是……诱惑的红唇。

荣谨咽咽口水，忘了自己想说什么。

乔暖皱眉，荣谨立刻回神。

"乔小姐，在这儿吃饭吗？"他压低声音，有种缠缠绵绵的味道，一时间听得人耳朵有些痒。

"我不饿……不用每次都给我提供晚饭的。"对方是一家咖啡厅，老是给她做饭确实会让人产生一些其他想法。

"乔小姐……"

荣谨一瞬间情绪低迷，喃喃道："是我唐突了，我们这儿生意不好，我就总想多卖出点儿东西。至于吃食还在开发阶段，后续也会开卖，总不能让这店倒闭吧。"

乔暖一愣，随即抬头扫视了一下整个大厅。

这里确实没什么人……怪不得她觉得这儿格外安静，原来是生意不好，没什么顾客。

看高大的男人低垂着头，乔暖说："那好吧，给我一份，正好懒得回去做饭。"

荣谨瞬间露出一个微笑，点点头向厨房走去。

乔暖有些疑惑地敲敲桌子，这儿的东西不差，前段时间她和向敏过来的时候，客人还不少。

怎么最近顾客少得可怜？

她抬头看向窗外，外面人来人往，偶尔有一个人在门口张望，最后又离开，没有进来。

这家店是怎么把生意做成这样的？店长不行啊！

店长："……"

他这个店长大概是最苦逼的店长了，刚才亲眼看见荣谨进门的时候，顺手给门挂了个牌子。

从里面看是：欢迎光临。

从外面看是：暂停营业。

他再也不说老板情感人了，人顺手挂个牌子，再进来卖惨，这是情商低？！

店长在柜台吐槽，小姑娘们小声叽叽喳喳说不停，乔暖在工作，看起来倒是分外和谐。

荣谨将一个碗放到乔暖面前，得意扬扬道："今天换花样了，来，尝尝！"

乔暖慢吞吞地放下东西，看向眼睛放光的男人，而后低头……

"你这是泡面吗？"

54

"……辛拉面！"

乔暖："……"好吧，总算不是蛋炒饭了。

辛拉面的味道也还不错，她吃饱了继续办公，直到八点，才和荣谨等人点点头，离开了店里。

"这样进展好像真的有点慢……"荣谨摸摸下巴，一脸沉思。

"您这样怎么可能追到乔小姐！"店长忍不住了，荣谨这种所谓的循序渐进，实在是太慢了！

荣谨抬头，瞥了他一眼，店长立刻浑身僵硬。

他……他差点忘了老板的脾气！他在乔小姐面前温柔，可不会在他们面前温柔啊！

荣谨淡定地往一旁走，店长苦逼着一张脸，喃喃："老板……我错了！"

他竟然质疑老板！老板能没谱？不可能！

正当店长脑补的时候，刚才走了的男人又回来了，和他挨得很近，压低声音："那你说，我应该怎么做？"

店长："……"

"有趣。"邓容抿嘴笑了，这事儿可真是有趣。

邓容说查真相就是查真相，这才两天，事情的来龙去脉她就弄了个清清楚楚。

邓容站起来，往业务部走。

姚宁这两天惴惴不安，脸色苍白，她总有不好的预感。

她偷偷看了眼正在和两个员工商量工作的乔暖，对方淡定冷静，这两天没露出一点儿情绪，谁也不知道她在想什么。

邓容过来的时候姚宁可以说浑身一震……要宣判了。

"乔暖。"

对方不在意她，一进来就喊乔暖。

"邓经理，有什么事吗？"她转身看向邓容，露出客套的微笑。

"你伪造合同这事儿怎么说？"邓容似笑非笑道。

所有人都大吃一惊，尤其是姚宁，险些晕倒在地。

"乔暖！原来合同是你伪造的！"程红一听就炸了，因为她被骗，乔暖翻盘，还倒打姚宁一耙。

"闭嘴！没看见别人在说话吗？"邓容冷冷看了她一眼，程红立刻哑了。

乔暖轻笑道："形势所迫，都是为了元夏。"

邓容嗤笑一声："姚宁、程红开除，乔暖等待上面处置。"

她来也匆匆去也匆匆，不顾瘫软的姚宁，大步离开。

"你满意了吗？！你满意了吗？！"姚宁站起来，跌跌撞撞地走过去，抓住乔暖的手。

姚宁双目瞪裂，恨不得咬死她。

乔暖只用另一只手把她的手掰下来，紧紧掐着，面无表情道："什么满意？犯错的就该接受处罚，讨厌我可以，算计我项目的我不会放过，公司也会处理你们。"

她用眼睛扫视了一下，冷漠犀利，所有人都下意识挺直了脊梁，后背莫名发凉。

这一招杀鸡儆猴过后，乔暖是真的在元夏组长位置站稳了脚，再没人敢动歪心思。

乔暖这一招太狠了，从被设局，到伪造合同，最后到姚宁滚蛋，只让人脊背发麻。

尤其是姚宁走的时候，在办公室大骂乔暖，乔暖也只是冷冷地看着她在那儿一桩桩数着自己的冷血手段。

乔暖就那么平静地看着，任由她骂。

姚宁骂了好一会儿，就有警察来把姚宁带走了，原来乔暖已经报了警。

邓容说是要惩罚乔暖，最后也是不了了之。

这天下班乔暖没直接离开，反而去了财务部经理的办公室。

邓容也正在收拾东西，乔暖敲门："邓经理，喝咖啡吗？"

对方一愣，回头盯着她看了好几眼，应了下来："行。"

乔暖微笑，和邓容结伴去了对面的咖啡厅。

"乔小姐，您来了！"服务员热情地上来帮她提东西，这个热情程度让邓容偏头看了好几眼。

待两人坐定，邓容问道："你很熟？"

这没头没脑的一句，乔暖却懂了："还成，下班后喜欢过来办公。"

邓容眼睛一眯："这么努力？"

乔暖只笑着摇摇头："不努力不行。"

"说吧，找我什么事？"邓容双腿交叠，靠在沙发上，直勾勾地看着她。

乔暖抿出一个笑容，道："谢谢您。"

"谢我干吗？"

"不是因为您，我这次肯定会受到处罚的。"

她盯着邓容眼睛，一脸真诚，没有夸张的肢体动作，也没有夸张的表情，就那么平平淡淡的一句。

邓容突然觉得这铁血的乔组长还是有血有肉的，早前还觉得她太冷血。现在想来，她不过是只小刺猬，有人伤害她，就竖起了刺。

但她不是无害的小兔子，也不是冷血的毒蛇。

邓容论年纪比她大多了，这会儿被小姑娘真诚地看着，就有些不自然地咳嗽一声。

"谁帮你了！"

乔暖只是感激地看着她，微笑。

"叫我邓姐……"

"姐。"

"……"

在不远处偷偷打量二人的荣谨，嘴角抽了抽，这姑娘要想讨好一个人，可真是容易。

大概是因为第一次见面就反转，再到第二次的"李菲"，他实在不觉得这丫头会是现在这般模样。

不过……这样软化下来的乔暖，可真好看！

那角落的两人已经天南海北地聊了起来。

"你们李经理这次是把你恨得牙痒痒了。"

"没事儿，李楠不足为惧。"她说这话时相当自信，表情也是淡淡的。她说不在意，就是真的不在意，既不是高傲，也不是装模作样。

"你跟我说这个，不怕我……"

"您要是会搭理李楠，就不是大名鼎鼎的邓经理了。"乔暖一边笑着一边接过服务员送上来的甜品放在两人中间。

"大名鼎鼎的老处女？"邓容冷笑道。

乔暖拿起一块甜品，笑着说："不，这是单身贵族。"

邓容也笑了，看了眼甜品，没动手。

乔暖推了一下："吃吧，您会喜欢的。"

她不爱这些甜滋滋的东西，不过乔暖一直在邀请，她就拿起一块尝了尝。

见她皱眉，乔暖敲敲咖啡："和着咖啡吃。"

邓容一口咖啡，一口甜品，觉得这玩意儿虽然甜腻，吃下一块确实让人心情不错。

两人之间氛围相当不错，邓容突然来了一句："那小伙儿看了你十几次，是看上你了？"

乔暖下意识循着她的视线看过去，正对上荣谨那双深邃的眼睛。

荣谨也没想到她会回头，一愣过后，淡定地点了点头。

他一颗心脏怦怦直跳，幸好多年的性格使得他很快缓了过来。

乔暖转回来，看向邓容，对方眼神调侃，她颇为无奈，只道："他那是看顾客的眼神……"

邓容有些不信："你别诓我了，他那明明就是看上你了。"

"他是看上我……的钱包。"乔暖难得俏皮，邓容有些愣神。

她又听乔暖说："你逛商场吗？"

"嗯？"

"想一想导购看我们的眼神。"

邓容摸摸下巴，同样是对男女之情没什么了解的女人，突然觉得她说的还挺有道理。

"好像也是。"

说着邓容又看了眼荣谨，只觉得越看越眼熟，却想不起在哪儿见过。

邓容肯定是见过荣谨的，对方虽然神秘，但到底不是山顶洞人，总能在一些场合偶尔见到一面。

可之前邓容见他的那一次是在酒会，荣氏集团大老板本来就不是她可以随便打量的。

那会儿对方气场强大，即使笑着，也让人脊背发麻。

而现在这"咖啡店老板"，虽然带了点贵气，可邓容还是很难把他和高高在上的荣谨联系在一起。

毕竟……堂堂的荣氏集团大老板，会过来开一家咖啡店吗？

邓容摇摇头回过神来，好奇地问道："你这么年轻，应该还不会考虑感情问题吧？"

"不考虑。"乔暖抿了一口咖啡。

邓容确实和其他人不一样，从业这么多年，不乏很多关系不错的年长女性。可她们大部分说法都是年纪到了，可以考虑，邓容却觉得乔暖还年轻，不需要考虑这个问题。

"真是事业心强，女孩子不太看重感情是好事。"难得她对乔暖说了这番剖心的话。

乔暖却突然走神，她想起记忆深处那个对她大喊的男孩，想起他一贯傲慢的神情全都变得扭曲。

"你怎么了？"邓容见她出神，便问她。

"没事儿。邓经理是怕男人拖你后腿，所以一直不愿意恋爱吗？"乔暖揉揉太阳穴，调笑道。

邓容嗔了她一眼："你这丫头真是没礼貌，我这年纪……"

"所以邓经理是觉得自己老啰？"她笑得开怀，邓容没忍住，也跟着笑了起来。

邓容见惯了对她恭恭敬敬的人前，要不就是疏离的人后，这"没大没小"的乔暖，倒是让她有了"朋友"的感觉。

两人聊得很愉快，最后相约第二天下班一起去SPA后，才各自开车回去。

荣氏。

"老板，广贸的王总过来了。"杨达周看向对面的荣谨。

荣谨皱眉道："所以？"

"老板，见吗？"

"我不是说过广贸的人不见吗？你是不记得我说的话了？还是觉得我很闲？"

杨达周一愣，随即微微低下头，额头冷汗直冒。

这种问题确实需要他直接决定见不见，可最近老板在咖啡店的好说话，让他差点忘了荣谨到底是怎样一个人！

"我……"

"还留在这干什么？喝茶吗？"

杨达周落荒而逃，荣谨手指转着笔，从落地窗看向窗外。

他好像就昨天见过那丫头的笑脸，乔暖……乔暖……笑起来才暖。

她什么时候能对他笑笑？

想着那场景，荣谨自己倒是先傻笑出声。

第三章
只觉得余生有她相伴，足矣

　　"王总……"秘书小心翼翼地看向自家老总，自从上次得罪荣谨以后，广贸一直企图挽回，却没有任何作用。

　　今天他亲自拜访，依旧被拒之门外，广贸……

　　"荣氏不能指望了，通知业务部，鹏程科技的项目一定要不惜一切代价拿到！"他最近明显老了好几岁。广贸不同于其他公司，内部本来就飘摇，如今再没有外部助力，就彻底完了。

　　他断不会让辛辛苦苦建立的广贸彻底毁了，所以鹏程的项目，他志在必得！

　　元夏早会。

　　"余创的项目既然圆满收尾，业务部有没有新的打算？"顾国华一脸笑意地向业务部询问。

　　李楠笑道："咱们准备接洽鹏程科技。"

　　顾国华点点头："嗯，有信心吗？"

　　"有，鹏程科技的项目不难拿，对方早年和我们有过合作，对我们挺满意的。"李楠笑眯了眼，仿佛这项目已是囊中之物。

"那你和他们谈吧，早点确定下来。"

李楠笑得更高兴了："没问题，不过我最近想去试试荣氏，所以鹏程这个项目，我想推荐咱们部门最厉害的业务员——乔暖。"

一旁安安静静的乔暖一顿，随即礼貌微笑，李楠推荐她一定有他的算计！

"荣氏？哈哈，好样的！李楠你要是拿到荣氏，我给你加薪！"

荣氏一个项目的地位，比余创加鹏程科技还重，不过听说对方衔接了外企，估计拿到的可能性不大。

不过李楠有这个想法，顾国华没道理不鼓励。

"乔组长可以吗？"顾国华问乔暖。

"老板您可不要小瞧我们乔组长，这可是巾帼不让须眉！"李楠又替她接话，接得很自然，不给她说话的机会。

"也对，那乔组长就接下吧，好好干。"顾国华不在意地说道。

"是。"乔暖点点头，一边淡淡微笑，一边把头发别在耳后，眼神幽深。

这项目一定有问题！

李楠这是把她往火上架，能拿到自然好说，这项目要是拿不到……

她用余光看向李楠，正对上对方的眼睛，对她点点头，一脸鼓励。

散会后，顾国华先走，各经理跟上，李楠和策划部经理谈笑着离开。

邓容等了她一下，有些担心道："你小心些。"

乔暖拍拍对方的手背，点点头："你放心，他是在给我送业绩。"

她的眼睛很有神，虽然她对鹏程那边两眼一抹黑，对李楠的算计也还没个底，但她有这份应战的信心。

邓容点点头，自己是真的没看错人。

其他人陆陆续续地离开，还有另一个人在等着她，王嘉禹。

"乔暖，他这是要害你！"王嘉禹说得义愤填膺。

乔暖本来不想理，脚已经走了一步，又顿住，回头看向王嘉禹。

她还是一贯的冷脸，但眼睛里的气愤却是清晰可见。

"这个王八蛋！"

王嘉禹听到她的骂声才放下心，想拍拍对方的肩膀，却被躲开。

62

他手僵在半空，又不在意地收了回来："那行，有需要我帮忙的就说一声。"

"好，谢谢王组长。"

等王嘉禹走了，乔暖就把眼睛里的愤怒收了起来，业务部的这几个人，都不是好糊弄的。

她随即有些皱眉，手指在会议桌上敲了敲，鹏程科技这里面有什么道道？

李楠说去荣氏试试，其实也是早有这个想法，自从乔暖来了，就给了他很大的压力，近来就连王嘉禹都有些冒头，如果李楠能拿到荣氏的项目，就是他不可撼动的根本。

不过他更多的是想把鹏程科技推给乔暖罢了。

他拿不到荣氏的项目，没人会怪他，可乔暖拿不到鹏程科技，这就……

李楠擦擦汗，走向荣氏前台。

"老板，元夏想做我们原本对口广贸的项目……"杨达周小心翼翼地说，这本来是可以毫不留情拒绝的，但他想了想，还是同荣谨通通气。

"元夏？来的是谁？"他果然有了点儿兴趣。

"业务部经理李楠。"

荣谨拿手指在桌面敲了敲，一脸深思："拒绝他，不过透露点年底有新项目，还没招标……"

"这是？"杨达周下意识就问，随即一脸僵硬，他又话多了！

没成想荣谨心情不错，回复了他："这是放长线钓大鱼。"

杨达周倒吸了一口气，这是钓鱼？！

这是钓乔小姐吧！

李楠恍恍惚惚地离开荣氏，就连他自己都没想到，杨秘书竟然有那番话。

这是……下一个项目，元夏也可以争取？！

李楠顿时喜形于色，喜滋滋地回了公司。

在李楠打听荣氏的时候，乔暖也在打听鹏程科技，如果没做点准备就直接上门，很容易误事。

这鹏程算是新晋的科技公司，不同于余创这样有资历的公司。但同样因为年轻，充满干劲和创意，对口的客户多是年轻人。

当然，这都不是乔暖注意的重点，她更想知道的是李楠究竟给她下了什么套。

"鹏程科技的项目究竟怎么回事？"向敏问她。

乔暖盯着电脑屏幕的聊天界面："还在等。"

"嗯？"

这时候一条消息发了过来，乔暖看完一愣。

"广贸？"

在向敏疑惑的眼神中，乔暖呼出一口气："怪不得是个套，这是广贸要抢。"

"那就抢啊。"向敏有些疑惑，和别的公司竞争单子不是罕见的事，怎么就成了套？

乔暖摇摇头："你错了，广贸现在拿鹏程科技的单子和我们目的不一样。他们不是为了赚钱，是为了稳定军心。荣氏不合作对他们而言是伤了根本的事，所以需要这单子来稳住内部人心和外界的猜测。"

"那这样这单子他们就不可能放了！"

"对，而且哪怕亏损一些，广贸都要拿到这单子。"

向敏吸了一口气，广贸可以接受亏损，元夏不行，乔暖如果用没赚头的价格和对方谈好了，公司一定会批评她的。

再者鹏程科技也更可能选择"实惠"的广贸。

"那你怎么办，这项目拿不到顾总可不会听你解释！"向敏有些担心，这事只怪李楠的套下得太好。

乔暖拿上包站起来："别担心了，车到山前必有路。"

"哎，你去哪儿？"

"和邓经理约了SPA，你要去？"乔暖挑眉。

向敏果然缩了缩脖子，满脸都写着"不去不去"，让她和邓经理去约，不是要了她命吗？！

说起这个，她就又要表达对乔暖深切的崇拜了，这个公司大概也就乔暖一个敢约着邓容去干吗干吗。

两人往那儿一躺，技师按摩，两人闲聊着。

"真不担心？"

"担心没用。"乔暖淡淡地说。

邓容不自觉点点头，聪明的人看事情都通透，广贸不会因为元夏要就让出这个单子，鹏程科技也不会因为乔暖要就不顾其他和她签下。

所以担心没有一点作用，该来的还是会来，倒不如养精蓄锐，等待即将到来的战争。

人不能被自己吓到，这叫不战而败，人在任何时候都应该全力以赴，在夹缝里抓机遇。

"你这丫头就是招人喜欢。"

"那待会儿同我去买两套衣服。"

"……"

邓容很不喜欢逛街，乔暖也不爱去，但自从和邓容熟悉以后，她便致力于把邓容带去逛街。

"你为什么就一定要我去？"

"培养感情。"乔暖语带笑意。

"免了，我和你没感情。"

"所以才要培养啊！"

"……"

邓容无奈，被她带去了商场，两人就如同普普通通的行人，而非别人口中的铁血女人。

"你有目标吗？"

"有，看上了两件。"

"那你让她们给你送家里去啊！"邓容难得抓狂。

"我想去店里试。"乔暖眨眨眼睛，带着邓容直奔目的地。

肖月就是一个普普通通的女研究生，一般来说她那点儿微薄的收入是绝对逛不起这种大牌的店的。

但她老公曹金阳刚升了职，又考虑到妻子要进一个公司了，非得带她来，两人新婚燕尔，正是浓情蜜意。丈夫工作的公司也越来越好，作为公司最初的一批程序员，曹金阳的工资还是相当可以的。

到底两人都没买过这么贵的衣服，一时间看这也好看，看那又觉得贵了。

"要不就不买这家？太贵了。"肖月扯扯曹金阳的衣摆。

她老公只宠溺地微笑："你周一第一天上班，穿件好的怎么了？又不是买不起！"

对了，他们是同一大学的师兄妹，肖月毕业后顺理成章跟着去了丈夫的公司。

她只嗔笑道："钱也不是这么花的。"

外地人北漂不管多么辛苦，手头难免拮据，单单房子一项，就可能让人一辈子负债累累。

"没事儿，要不你试试这件？"她老公指了一套黑色正装。

肖月还有些犹豫，导购瞥了她一眼，有些不悦。

她终于鼓起勇气看向导购，正要说什么，就见对方眼睛一亮，整个店里的员工一时蜂拥而上。

"乔小姐，您来了！"

肖月回头，一愣。

那是个相当漂亮的女人，与她的漂亮相衬的是她的气质。对方下巴微抬，一张脸极为精致，高跟鞋踩在地上的声音都因她而变得迷人。

肖月从来没见过能把正红色口红衬得这么美的女人，不艳不俗。

"是要试试刚来的那两件吗？"

乔暖点头，刚才还高冷地站那儿的导购就屁颠屁颠地跑去取了两件酒红色的正装过来。

她接过，对旁边的女人点点头，进了试衣间。

肖月这才注意到她旁边的女人，同样气势惊人，只是眼角细细的纹路昭示对方不再年轻。

她态度自然，往一旁的沙发上一靠，伸手接过导购递给她的茶水，用手指按压太阳穴，顿时那些个导购安安静静地不再说话。

肖月有些羡慕。

试衣间很快打开，刚才的"乔小姐"走了出来，一时间店内没了声音。

正装还能穿得这样漂亮的，肖月也就见过这一个！

她整了整衣领，对着镜子看了看，自顾自点点头。

"怎么样？"不同于一般的女性声音，她的声音带点磁性，让肖月有些腿软。

邓容点点头："适合你。"

"嗯，可以。"她淡淡地说，随即进去换了原来那套。

导购们都很开心，其中一个说："乔小姐，您看的另一套要试试吗？"

"不适合你。"邓容指着导购拿出的黑色那套说。

乔暖微笑，上前把邓容拽起来："适合你。"

对方显然愣住了，原来不是乔暖想买衣服，而是想给她买，上次邓容随便一句"想买套款式新颖的正装又懒得挑"她认真记下了。

乔暖连人带衣服推了进去，一手撑在门上，颇为暧昧地说："邓经理，需要我帮忙吗？"

砰！回应她的是大力关上的门。

乔暖笑着摇摇头，在沙发坐下，这回轮到她等人了。

曹金阳刚刚确实在看乔暖，这样的女人能吸引所有人的注意力，但其他心思倒是不会有。

他看向一旁的妻子，没想到对方比他还夸张，眼睛恨不得贴上去，还放着光。

曹金阳往前一站，挡了一下，随即说："她试试这个。"

店里的导购这才注意到两人还没走，有些不情不愿道："你们买吗？我们衣服不能乱试。"

导购这话说得不礼貌，也是自作主张，怕乔暖觉得她们的衣服有无数人穿过。

"她们不是在试吗？"见妻子有些尴尬，曹金阳站了出来。

导购嗤笑道："乔小姐是老顾客，诚心买……"

"谁说我要买了？"乔暖打断她，导购明显傻眼了。

肖月"扑哧"一笑，乔暖站了起来，从一旁拿了套蓝色的。

"你适合这个。"

肖月脸红了，咬紧下嘴唇，微微低头，随即她小心翼翼地接过衣服进了试衣间。

曹金阳如果刚才对乔暖还是欣赏，这会儿就带了敌意了。

邓容先出来，肖月紧跟着，永远不要怀疑乔暖的眼光，两人穿着都极为好看。

就连一贯心疼钱的肖月都觉得，身上这件值了！

她抿抿嘴，从包里拿出一张名片，这是今天刚印的，庆祝自己签了工作。

"那个……认识一下，肖月。"她脸颊泛红。

乔暖接过，微笑道："乔暖。"

随即她拿出卡，交给导购："三件。"

肖月一愣："不行不行，我们自己给。"

曹金阳赶紧拿出卡，眼神相当不悦，这女人当着他面勾搭自己的妻子！

乔暖对肖月眨眨眼："我高级VIP，七折，你转给我就行，我给你省省钱，你给我积下分。"

积分这么大众的两个字从乔暖嘴里出来，一下子就接了地气，没了距离感，肖月更加喜欢她了。

"啊，谢谢。"她的脸变得更红。

乔暖留下号码后就和邓容离开了，走了老远，邓容才问："你什么时候对陌生人这么热心肠了？"

解围她想得通，毕竟乔暖提过，她刚刚工作那几年，也是吃够了苦。

导购这种看不起人的行为让她不高兴很正常，但后续的什么积分，就让邓容吃惊了。

乔暖笑了，看起来很高兴，她举起手，食指和中指夹着那张名片。

刚才那姑娘显然是太紧张，拿成了丈夫的名片。

鹏程科技有限公司，技术部副经理，曹金阳。

邓容愣住，好一会儿才说："你不会知道他们今天……"

乔暖止不住笑了："我又不是神，怎么可能知道，这真是老天都在帮我。"

她抬头看天上一眼，显然心情相当不错。

"然后？你要联系这个号码？"

"我等他们联系我。"

邓容一头雾水，也没问了，这毕竟是乔暖的事，她早就过了什么都好奇的年纪。

"现在回去？"

乔暖抿嘴一笑："我去剪头发。"

"你要剪掉你的长发？"

"嗯嗯，早就想剪了，一直不得空。"

那边的两人正气氛和谐地前往理发店，而这边肖月和曹金阳则被导购笑着送出门，肖月脸颊的红色才刚刚消退。

她伸出手拍拍脸蛋儿："啊啊啊啊！乔小姐太撩了！"

曹金阳脸一沉。

只听他妻子又说："赶紧把钱转给她！"

"正在转。"

曹金阳照着那女人刚刚写下的卡号输进手机，而后他一愣："少了一位数。"

"啊？"肖月上前，仔细对比。

"还真是，那怎么办啊？"她眉头紧皱，一脸忧愁。

曹金阳也愁啊，是他想给媳妇儿买衣服，怎么最后倒成了那女人买的！

"我去问问导购知不知道。"他转身进去，肖月跟上，两人向导购询问联系方式。

"这是客人的隐私……"导购相当犹豫。

"可是我们是给她还钱，你不给我，我怎么还？"

"好吧，不过我也只有微信，你加一下吧。"导购无奈，见纸上确实少了一位数，透露了微信。

肖月点点头，申请添加好友，但好一会儿都没人理她。

"乔小姐上微信的时间少，你们可能要等好久了。"

"啊？真不知道还有没有机会见到她。"

肖月一脸气馁，随即又打起精神："总会回复的，没准儿还能趁机和她交朋友！"

曹金阳："……"

对于那女人他是一点也不放心。

"她回复了你告诉我一声，不许单独见她！"

肖月偏头，摇摇头："唉，乔小姐声音真好听！"

"……"

"我们去买口红吧！"

"你想要？"

"我买支正红色，下次有机会见到乔小姐送给她。"

"……"

荣谨再见乔暖是周日，她提着电脑来咖啡厅办公。

对方一头利落的齐肩短发，微卷，修饰着一张精致的脸，口红还是正红色。她推门进来，整个店都安静下来。

荣谨本以为她不来了，所以霸占了她的位置，这会儿见她进来，立刻站了起来。

"没事，你坐。"乔暖微笑。

荣谨回了她一个微笑，把电脑移到桌子的另一边："顾客是上帝。"

乔暖摇摇头，坐在了他的对面，两人成相对而坐的姿态。不过桌子不小，中间又隔了两台电脑，倒也不尴尬。

"乔小姐，还是白水吗？"

"先给我一杯咖啡吧，清醒一下，待会儿再换成水。"

"好的。"

"谢谢你。"这是她看着小姑娘说的，眼睛对眼睛，极为真诚。

荣谨看着小姑娘的脸以肉眼可见的速度红了起来，对方脑袋点了两下，一溜烟跑了。

荣谨："……"

他问："你真勤劳，老板加薪吗？"

乔暖晃了下脑袋，让头发往后一点，这动作她做起来，极为优雅。

"反正也没有其他事。"她说道。

送咖啡的时候换了另一个服务员，荣谨可以想象她们在后厨为了谁来给"乔小姐"送咖啡进行了一通怎样的商量。

乔暖接过，在兜里拿出几块巧克力，递给服务员："来，请你们吃。"

这一个比上一个淡定，笑着接过，道谢离开。不过她手上攥得紧，脚步有点乱，估计到了后厨，巧克力也快化了。

乔暖端起咖啡喝了口，埋头工作，荣谨不敢打扰她，余光看了她几眼，也低头工作。

一时间相当安静，氛围良好。

店长小心翼翼挪到门边，挂上熟悉的牌子，看着这牌子，他的内心在滴血，都是钱啊！

店长挂上牌子以后，等到店里的顾客陆续离开，再没人进来。

乔暖本来准备中午就回去，荣谨却问她："在这儿吃午饭吗？"

她想了想："炒饭吧。"

"好。"

等到炒饭上桌，乔暖终于出声："你叫什么？"

荣谨一愣，拿着勺子的手明显僵硬："张俊。"

这时候还是不要挑战"荣谨"两个字在业内的知名度了，李菲、张俊，也公平。

乔暖没说什么，把头发别在耳后，安安静静地吃饭。

这儿不靠窗，在角落的位置，只有昏黄的灯光，柔和的颜色映在她的脸上，显得她无一不精致。

乔暖解开了衬衣最上面的一颗扣子，锁骨清晰可见。荣谨微微皱眉，太瘦了……

他是不是要再去学学厨艺？好好给她养养。

荣谨用余光看着她，他活了近三十年，第一次有这种岁月静好的感觉。有这么一个人，让他只觉得余生有她相伴，足矣。

"张俊。"

"啊？"正在收盘子的荣谨愣了两秒才反应过来，她是在叫他。

他现在叫张俊。

对面的姑娘微微偏头，眼角带了点笑意："你长得挺贴合名字的。"

荣谨："……"

荣谨手一抖，盘子险些摔在地上。他心里怦怦直跳，这丫头……在调戏他？

显然，没被人撩过的荣谨被撩得不成样子。

71

乔暖并没在意荣谨在想什么，已经打开笔记本继续工作了。

乔暖想要拿到鹏程科技的项目，就一定要有精准的规划和设计方案，要有能打动他们的东西，使得元夏在广贸的"低价"面前有竞争力。

周一这天早上。

乔暖从柜子里拿出一套西装，搭配白色衬衫、高跟鞋，最上面一颗扣子没扣，最后戴上细细的项链。

乔暖对着镜子看了看自己的着装，整理了一下头发，这才轻轻戴上耳环，全程面无表情，动作不急不缓，行云流水。

一身装扮得体后，乔暖提着包，向外走去。

在她去鹏程科技以前，还得先回自己公司，她还要去拿些资料。

她到公司时也是正巧，赶上公司招新人，业务部也缺了两个位置，即将由新人补上来。

她不在意这个，只拿了东西出去，哪知道在门口看见一个姑娘正蹲着哭。

乔暖皱眉，元夏的员工还是相当守时的，这个时间门口没什么员工来往。但偶尔有那么一个，都是元夏的客户，看见了对公司影响不好。

章唯正哭得上气不接下气，就见面前伸出了一只手，上面还托着一包纸巾。

她红彤彤的眼睛顺着那只极为好看的手看上去，连抽泣都忘记了。

"你怎么了？"她轻声问。

章唯张了张嘴，有些羞愧。

见她明显不想说，乔暖只把纸巾递给她，道："不要哭了，眼泪是女孩子的宝贝。没什么大不了的，笑着站起来，不要再丢掉宝贝了。"

她说这话时一板一眼，但奇怪地让人听了进去。

章唯小心翼翼地伸出手，想拿纸巾，却被人顺势握着手腕拉了起来。

"别哭了，哭花了脸不好看。"

乔暖说完就离开了，章唯回头看着她的背影，张了张嘴，还是没出声。

章唯是来找工作的，毕业这么久了，她还什么工作都没找到，今天也是，已经不用回去等消息，她就知道已经黄了。

然而知道和接受是两回事儿，她哭了一场，又被这样一个女性安慰，她重新找回了动力。

她现在要做的是去另一家公司面试，她要像刚才那女士一样！

乔暖没把这个小插曲放在心上，也就不知道有个姑娘以她为目标，不断努力，并且在很久以后，为她提供了怎样的助力。

"我们董经理正在见客……"秘书支支吾吾道。

乔暖瞬间明白，是广贸的人。

"没事，我等等。"她淡定地坐在一旁，接过助理递上的水，小口抿着。

好一会儿广贸的人才出来，是业务部的黄长富经理。

对方显然也看见她了，眼睛一眯。

他们广贸对乔暖可以说印象深刻，这人到了元夏没多久，他们瞄上的单子已经被抢了好几单了。

尤其是上次余创的项目，白珍珠本来有意广贸，被这女人横插一脚，她就反悔了。

"怎么，乔小姐也来了。"

"黄经理不也来了吗？"乔暖也微眯眼睛，笑意不达眼底。

"对啊，我们对广贸相当重视，怎么，你们李经理不来，让个小职员跑一趟？"

乔暖嘴角微勾，上前一步。

"元夏项目多，不比广贸，整个公司的精力都可以放在这儿。"

"你！"

黄长富先是勃然大怒，随即讽刺："一个女人，有时间就找个男人结婚，别回头和你们邓经理似的。"

乔暖眼睛一厉，她最讨厌这种想法的男人！

她冷笑道："黄经理搞砸了和荣氏的合作，竟然还能待在广贸，啧啧，这得多缺人啊！"

"放肆！"

"呵，我最看不上你这种男人，比不过女人还看不起女人。"

"乔暖！你……"

"你除了像一只鸭子一样只知道叫以外，还会点什么？"乔暖一只手插在兜里，另一只手撑在桌上，下巴微抬，满脸都写着嫌弃。她看黄长富的眼神，有着毫不掩饰的恶心，像是在看待垃圾。

被她看着的黄长富大口喘气，梗着脖子，气到两脸通红。

"我会让……"

"是不是要让我好看？那来呀！只知道干号过个瘾？蠢货。"

最后两个字让黄长富揪住心口的衣服，眼里的愤怒都快烧了出来，狼狈极了。

乔暖只嗤笑一声，一点不把他放在眼里。

"乔小姐，董经理有请。"秘书是个女人，满脸笑意地看着乔暖。

助理年纪更小些，上前接过她手上的杯子，两颊微红，一脸崇拜。

乔暖点点头，从他旁边走过，姿态从容，气质非凡。

乔暖一走，秘书的脸立刻冷了下来，冷哼一声："黄经理，还有事吗？"

黄长富敢跟乔暖顶，却不敢和鹏程科技的秘书顶。

"没，没事。"他干笑两声，脸色难看地离开了。

乔暖走进经理办公室，董瑞一脸笑意："乔组长来了？"

董瑞和乔暖接触过的所有客户都不太一样，他是典型的笑面虎，嘻嘻哈哈一张脸。所有人都觉得他不错，然而他阴起人来却毫不手软。

乔暖其实不太爱和这种人打交道，心思太深，一言一行都要极为小心。

"董经理早。"

"早早早，吃饭了吗？"他笑着问，很贴心。

乔暖点点头："吃过了，这才来找您谈工作。"

"哈哈哈，我的荣幸。"

"不知道董经理对于这个项目有什么想法？我们元夏诚心想和贵公司合作。"

"我们都是打工的，能有什么想法，还是得老板说了算。"

董瑞突然压低声音："也是我和你们元夏熟，悄悄告诉你，老板的意思还是竞标。"

他声音压得低，一脸真诚，说的话也仿佛在理。

乔暖却是眼睛一眯，这哪是关系好，这分明就是压价。

"是看价格竞标？董经理，鹏程科技和元夏合作过，你们一定知道，元夏从来不走便宜路线。实惠不等于廉价，我知道你们肯定在担心我是不是能做好。前段时间余创的项目您应该也看见了，鹏程科技的项目交给我，我保证不会比余创那项目的效果差。"

董瑞还是笑，他说："我还要和老板商量一下，乔组长要不就先回去，我现在要去开会了。"

"好的。"乔暖站起来，并不显得着急。董瑞这人，就是油盐不进！

走出鹏程科技的大门，乔暖也不着急回去，从董瑞这边没办法着手，就只能从其他方面来了。

鹏程科技外面有个美食城，乔暖在入口那家奶茶店坐下，靠窗。

她点了杯奶茶，喝了口又皱着眉放下，打开文件夹看了起来。

曹金阳一眼就看见了那个女人，她气质出众，几乎从这儿过的都要看她一眼。

然而他第一反应是拽上妻子的手："老婆，我不想吃……"

已经晚了！

"乔小姐！"肖月差点跳起来，丢开曹金阳的手就往里跑。

站到乔暖面前，肖月才开始紧张："乔小姐……"

乔暖淡淡抬头，先是疑惑，随即眼睛微眯："是你们啊！"

曹金阳还没说话，他那妻子已经快跳起来了："对对对，是我们。乔小姐，我们还欠你钱啊！"

乔暖偏头，有些疑惑。

肖月赶紧解释："哎呀，那天那个账号少了一位数，没转进去，加乔小姐微信也没回应……"

"抱歉，我不怎么上微信。"

"没事儿没事儿，老公快转钱。"

"你们先坐吧。"

曹金阳皱眉："不……"

"好啊！"他的妻子已经坐下。

曹金阳："……"

乔暖也没客气，报出自己的账号，曹金阳顺利地转了进去。

"乔小姐……加一下微信吧。"

75

肖月说完，乔暖明显一愣，随即点点头，成功加上。

"对了，乔小姐，送给你！"肖月颇为不好意思地拿出那支口红，递给乔暖。

对方一脸错愕："为什么送我？"

"谢谢你。"

乔暖摇摇头，并不接。

"你收下嘛！"肖月一脸期待。

乔暖无奈地接过："那你送我口红，我也没礼物送你。"

"不不，不用……"

乔暖打断她："吃饭了吗？要不请你们吃顿饭吧。"

"好呀！"

曹金阳："……"

我妻子可能真的弯了！

几人在一家饭店坐下，这是一家很普通的美食城店，肖月本以为乔暖这样的人会与这里格格不入。事实上除了她格外好看，并没有多违和。

她觉得自己更喜欢乔小姐了！完美女神！

"乔小姐，你怎么在这儿啊？"

"不要叫我乔小姐了，叫乔暖吧。"

"暖暖。"肖月叫得美滋滋的，完全不理会丈夫的脸色。

"过来谈生意。"

"生意？"

"嗯嗯，对面那个鹏程科技。"乔暖喝了口水，说得漫不经心。

肖月一愣，不自觉发出声："咦？"

曹金阳皱眉，这么巧？

他随即想，他们那天去服装店只是临时起意，所以遇见乔暖也是巧合。

后来她帮忙解围、付钱，账号少了一位，加好友……

乔暖如果有想法，那为什么不通过好友申请？

今天也是肖月先送口红，对方才无奈请客。

应该是巧合吧？

曹金阳眉头微微松开，就听着他妻子激动地说道："真巧，我们就是鹏程科技的！"

对方也是毫不掩饰的吃惊，随即回过神："也对，你们在这儿吃午饭，是对面的员工也理所当然。"

曹金阳也没放过她所有的表情，见她这般反应，把心放了下来。

"什么生意啊？方便透露吗？"肖月一脸八卦。

乔暖把一缕头发别在耳后，笑道："有什么不方便的，你们本来就是员工，知道的比我还多才对。我来是为了你们的新项目，刚才和董经理已经见过了。"

肖月对公司不熟，倒是曹金阳，技术部经理，这个职位对于一个科技公司而言，含金量十足。

"你是元夏的？"他虽然不管这个，也知道这个项目想拿的公司不少，不过公司方面好像更倾向于广贸。

"你知道？"

曹金阳淡淡地说："元夏乔暖，大名鼎鼎。"

乔暖还没说什么，肖月已经一脸兴味："就知道乔小姐这样的人肯定不平凡！"

乔暖表情越发无奈，又听肖月说："那怎么样？咱们能合作吗？"

话音一落，对面的女人眉头微皱，她五官过于精致，这小小一个动作，也极为显眼。

"还不清楚，董经理说要竞标。"

肖月看向曹金阳，他比她了解得多一些。

曹金阳也皱眉："竞标？"

"对，所以这次这个项目应该拿不到了，元夏从来走的就是质量不是价格。广贸开的价我们做不出来，没有任何收益，还要倒贴。"

"啊？公司想要和广贸合作吗？"肖月追问。

乔暖点点头："广贸黄长富亲口说的，他开的那个价格，我们老板会杀了我的。"

她微微笑，好像并没有因为这个项目拿不到而有多难受，态度由始至终没多大变化。

曹金阳想的就要多些了，一个元夏完全不能接受的价格，广贸却轻松地开了出来，他们的低价……

77

"这事董经理负全责，项目给谁也是他定。"

乔暖点点头："就可惜了之前做的方案，董经理还没看。"

"可以给我看看吗？"

乔暖吃惊，随即从包里拿出来，递给他："看吧，这是我们的方案，就算没用了，你们也不能用。"

她这样警告，曹金阳越发放心，翻看了起来。

老实说，他压根儿不懂这个，只能看出很复杂，后面甚至还有技术板块。

"你们不能压价做吗？"肖月问，她毕竟刚来，有些话问得毫无禁忌。

乔暖吃点饭菜，随意说道："你们公司是科技公司，宣传这块要达到好效果，能不多投点儿吗？"

"什么意思？"

她动了一下，往肖月那儿倾斜一些，咽下嘴里的东西："这样说吧，我其实不太爱接科技公司的项目，你们是科技项目，我们哪怕是做个海报，都得有技术含量。"

"还有那些小视频，压价就是本来3D的用2D，效果可以吗？当然也还行，可这是技术项目，我们定方案的时候就得考虑这些。"

"钱赚不了多少，还特别费心。"

曹金阳合上方案："那为什么你们还来争取？"

乔暖淡淡挑眉："辛苦的又不是老板。"

两人瞬间就懂了，这项目有利润，但是很辛苦，员工觉得受罪，老板就无所谓，看钱就行。

肖月还想问什么，被曹金阳拦住了，乔暖装作没看见。

一顿午饭过后，他们俩就回去上班了，乔暖平静地继续吃东西，动作优雅，不急不缓。

事实上她没打算让曹金阳帮她什么，只要给他埋下一颗种子就行。他更想新项目有成绩，这会儿知道找的公司有可能粗制滥造，就一定会想办法。

毕竟这项目的技术人员是他，他也是因为这个项目才升职的。

乔暖要的只是个机会，董经理明显是站在广贸那边的，方案给他也不一定有用。

等她吃完饭，这才提着包往回走。

"乔小姐最近是在谈鹏程科技的项目，和广贸竞争。"杨达周低声说。

"你给我说这个干吗？"

杨达周一愣，看着荣谨深沉的眼睛，他五官深邃，单看脸绝对碾压小鲜肉，就是那双眼睛，让人脊背发凉。

"我……乔小姐和广贸……"

荣谨眉头一皱，瞪一眼："你很闲吗？"

"不不不，我这就去忙。"杨达周小心翼翼地出去，合上门一个大喘气，而后翻了下白眼，乔小姐两天都没去店里，这老板就跟吃了枪药似的。

你有本事别怂，直接去找乔小姐啊！

杨达周吐槽且不谈，乔暖确实很忙，她忙着争取鹏程科技的新项目。虽然她和曹金阳两人说得轻松，哪知道她几乎等于立了军令状，对这项目志在必得。

一直到周四，鹏程科技那边才有消息过来。大概意思就是，如果她下午有时间，就去鹏程科技谈谈项目。

乔暖自然带着资料欣然前往，这是她的机会了，至少没被一棒子打死。

而会有这一出的最根本原因是鹏程科技内部出现分歧，技术部经理和董经理发生了争执。

她虽然没在现场，但听肖月描述了两句，再推测一下，基本懂了个大概。

董瑞在晨会推荐了广贸，也分析了理由，几乎要拍案决定的时候，和这个完全不相干的技术部经理竟然说话了。

他也没说其他，只是说："广贸那么低的价格，真的能达到技术要求吗？"

当然，他还稍微说了一下项目最好的呈现方式，他是设计者，自然最有话语权。

董瑞虽然意属广贸，但也不能让老板有想法，就提出让两个公司都来，商量决定。

本来还有些小公司，全部被老板否决了。

这才有了下午两个公司齐聚鹏程科技的场景，广贸来的人还是黄长富和助理，元夏是她和陶阳。

"来，都坐。"董经理含笑招呼，对两人仿佛没有任何差别。

要不是乔暖知道他已经推荐了广贸，差点被他这副模样给骗了。

"汤总好，董经理好。"

上首的汤鹏笑着点头，几人却一点不敢小瞧对方，这男人白手起家，走到今天绝对不简单。

客套一番，董瑞笑着说："好了，言归正传，咱们对两位相当信任，难以取舍，一时间有些纠结……"

话说到这儿就差不多，黄长富迅速接话："哈哈哈，咱们广贸和元夏都是老牌了，效果方面都放心，不会出什么岔子。"

他话锋一转："不过我倒是觉得我们公司更加适合这个项目一些，而且元夏好像很忙，鹏程的项目不知道能不能腾出手。"

他笑着说，一边夸广贸，一边不着痕迹地诋毁元夏。

乔暖双手抱臂，靠在椅子上，平静地看着他，不反驳也不说什么。

等到他吹够了，她才微微冷笑。

"乔小姐有什么想说的吗？"董瑞笑着问。

乔暖这才放下手臂，交叠放在桌面上："黄经理倒是把我要说的给说完了，不过……贵公司现在还能接下鹏程的项目吗？"

"什么意思？"

"呵。"乔暖冷笑一声，看向汤鹏。

"汤总，元夏不是不愿意在价格上让步，是让不了。公司现在确实还有些其他项目，但我们对鹏程是抱了热情的，我会从头跟进到尾。"

"我们也可以！"黄长富插嘴道。

乔暖轻笑："业内都知道广贸得罪了荣氏，上个星期王董上门被荣氏拒之门外。偌大一个公司，已经没有支撑下去的项目了。汤总，您觉得他们真的会让利拿到鹏程的项目吗？"

汤鹏皱眉，乔暖继续说："广贸拿到鹏程的项目就要靠这个吃饭，给你们的价格又低，最后的效果……真的是你们想要的吗？"

"乔暖，你胡说！"

黄长富勃然大怒，站了起来："汤总、董经理，鹏程拿这个项目一是稳定军心，二也是为了展示我们的实力。不像某些公司，只需要赚钱就可以。"

"咳，所以你们公司做项目不需要赚钱？职员们的工资自己贴？"她眉梢带了笑意。

"你！"

"好了，别围绕价格说话，我们不是只看价格。"

乔暖闻言微笑，如果之前只有百分之二十，那现在……百分之五十了。

她站起来，嘴角上扬，微微抬手，陶阳立刻恭敬地把手上文件放到她的手上。

"这是我们定的初版方案，请过目。"她捏着手上的资料，从容淡定地向汤鹏和董瑞走过去，一人一份。

两人随意翻了翻，一时无话。

黄长富急了："方案我们公司也在制定，不过王董说，最好的服务是要先了解客户需求，我们……"

"您是在为你们公司找借口吗？既然整个公司都在指望这个项目，为什么没有提前的了解呢？是还在等荣氏回头吗？"

乔暖这话一落，汤鹏淡淡地看了眼黄长富，合上手上的材料。

董瑞说："我能感受到广贸的诚意，你们元夏呢？"

乔暖平静地回视他："最后的效果就是我们最好的诚意。"

她顿了顿："还有另外一个问题，鹏程这个项目是技术项目，确定委托方的时候不是还应该考虑技术问题吗？我们技术这块，绝对会提供物有所值的服务。"

汤鹏沉思了一会儿："叫曹金阳过来。"

乔暖的嘴角微不可见地上扬。

"广贸的我没看见方案，不过元夏的设计理念倒是挺符合主题，技术方面确实是目前能达到的最好的了。"

曹金阳平静地说，他也没鼓吹元夏，不过是说元夏目前的方案达标，至于广贸，没看见方案自然没办法发表看法。

汤鹏点点头，用手指在桌面敲打，明显还在考虑。

董瑞也皱着眉，他确实意属广贸，一个是对方和他关系更好，另一个则是同等服务下面，广贸便宜了不少。

但现在乔暖句句直指广贸提供的价格做不好这个项目。

他们难道指望对方倒贴钱？就算广贸是真的倒贴钱，这时候也没人信。

"广贸是老牌了，我们……"

乔暖打断他："这个项目技术含量高，你们不一定能做。"

"你是说广贸的技术不如元夏？笑话，荣氏的项目我们都能做这么多年，鹏程的项目不可能做不下来！"

乔暖嘴角的弧度越发大了，黄长富太急了，毕竟这个项目拿不到，他就得从广贸滚蛋。

人不能太着急，一急就容易出错，容易口不择言。

果然，黄长富自己说完就愣住了，他偏头看向汤鹏，对方脸上已有不悦。

"不是，我是指……"

"汤总，元夏最大的让步是八个点，再多真的就有些为难了。"

这是乔暖的最后一击，在目前形势已经倒向元夏的时候，提出让步八个点。

乔暖离开鹏程科技的时候带走了合同，她笑着走出来，每一次胜利，带来的都是更进一步。

黄长富还没走，他就在门口等着乔暖，怒火已经快点燃了他。

"乔暖！"

乔暖停住脚，平静地转身看向黄长富，她冷静的脸和对方形成鲜明对比。

"你不要太狂妄了。"

嗤笑一声，乔暖回他："我有资格，不是吗？"

"你乔暖和我广贸是结仇了，我倒要看看，你能笑到什么时候。"他眼神阴狠，三番两次的吃亏已经让他对乔暖的愤怒到了极限。

"至少，我现在是笑着的。"

这样说着，乔暖向黄长富走近，她的脚步很慢，高跟鞋的声音让人心悸。

"对了，黄经理为什么要说你们广贸，您还能继续在广贸工作？"

黄长富的脸一白，退后一步。

乔暖逼近："最好还是找找下家，不过黄经理的光荣事迹怕是业内已经传遍了吧，您工作如果不好找，我们元夏欢迎你。"

她顿了顿："我还缺个助手。"

乔暖说完转身离开，只留了一个漂亮自信的背影。

黄长富牙根紧咬，让他堂堂一个经理去给对手做助理？！

好一个乔暖！

业务部乔组长顺利拿到了鹏程科技的项目！

李楠险些砸了电脑，乔暖对他太有威胁了，这不可能拿到的单子都被她拿到！

他用手指按压着太阳穴，闭着眼在办公室沉思。

手下有实力是一回事，实力强过上司又是另一回事。

果然，第二天晨会，顾国华大肆夸赞乔暖，年终奖必定是天文数字。

业务部本来就是元夏的核心，整个公司都是指望着一个又一个的单子吃饭，乔暖一时声名大噪。

"乔暖，你下午去SPA吗？"邓容问她。

"去，邓容姐一起？"

"嗯，一起。"

两人提着东西，一路在低声议论中走了出去。

"什么时候能坐到邓经理和乔组长的位置……"

"嘤嘤嘤，羡慕，两人都好有气质！"

"还有钱。"

"我更崇拜乔组长，听说她也是从底层一步步爬上来的。"

"这个我知道，她那么年轻就做到现在的程度，以后还不知道会怎么样！"

"她会升任经理吗？"

"不知道哎，业务部李经理不是还没准备退休吗？"

"可他也没业绩啊！感觉业务部现在都是乔组长撑起来的……"

李楠沉着脸听她们交流，他悄悄退后，回了业务部。

在办公室待了好一会儿，李楠终于拿起手机："刘雨琪，你进来一下。"

"我在你这么大的时候，可挣不到月薪五十万，你现在薪水真是员工里的第一人。"在美容院里邓容说了这么一句。

乔暖按了按面膜："又不是每个月都有这么多。"

"得，你还嫌少不成？"

"钱没人嫌多。"她轻笑。

邓容挥挥手，让技师出去，她坐了起来，盯着乔暖。

"你要升经理吗？"

乔暖一顿，也坐了起来，两人面对面，"当然。"

"有野心。"

"对，我有很大的野心。"

她从来不掩饰自己有野心，为什么要掩饰呢？没有人会不想更进一步。

"李楠是老人，顾国华不会赶走他的。"

"没事，我还不急。"

"我知道你在想什么，但只要他不犯大错，顾国华就不会撸了他的职位。"

乔暖没说其他，只道："所以再等等吧。"等到时机成熟，不用顾国华，我自己把他弄下来！

邓容是为乔暖好，毕竟她还年轻，万一被吹晕了头脑，犯了错就彻底完了。

只是邓容没想到，乔暖从小到大的经历，让她成了暗夜的猎手，最懂得如何潜伏。

要么不出手，要么……一招毙命。

邓容离开以后，乔暖心情还不错，想着自己好久没去咖啡店了，便提着东西过去。

"乔小姐！"不知道是不是错觉，乔暖觉得店长看她的眼神在放光。

一众小姑娘不提，每每看到她来都是一脸兴奋。

那"张俊"也在，不过见她进来，只挺直了腰杆，没抬头看她。

乔暖没坐熟悉的位置，她走到离柜台最近的桌子坐下。

服务员送上白水，"张俊"依旧没抬头。

乔暖说："最近忙吗？"

对方不出声，店长看看荣谨又看看乔暖，硬着头皮接话："不忙不忙。"

乔暖点点头，回过头继续喝水，难得没工作，拿了本书在看。

荣谨："……"

你说这个就完了？

他有些恼怒，见她水喝了一半，又提着水壶去倒水。

他的动作有些粗鲁，非要引起她的注意。

然而对方毫无动静，荣谨有些丧气，又更加恼怒，他也不知道自己在恼怒什么。

"张俊。"

他走了两步，那"无情"的女人出声了。

他想一走了之，然而脚却迈不动，只听后面淡淡一句："我饿了。"

等他回过神，已经在厨房拿鸡蛋炒饭了。

"这女人真是……"后面荣谨接不出来了，一边不痛快，一边做着蛋炒饭。

哐！

荣谨相当大力地把盘子放在乔暖面前，转身就要走。

然而衣角被人拽住，他顺着那只白嫩的手看过去，那女人眉眼带笑。

"你在生什么气？"

荣谨一愣，对啊，他生什么气。乔暖是顾客，他是老板，人家爱来不来。

不过是因为之前乔暖每天都来，人家突然中断几天，他有什么好气的？

他心里这样追问自己，那隐隐压不下去的一点难过还是让他微微皱眉。

乔暖松开他，看着这家伙站在原地，既不向前走，也不回头。

荣谨等了一会儿也没听见后面那人说话，突然转身，坐在了她的对面。

他一双眼睛直勾勾地看着她，里面像是有把火，要烧个干干净净。

乔暖淡定地吃着，任凭荣谨盯着，不为所动。

"乔小姐……真厉害。"一小姑娘咽咽口水，扯了扯旁边的人。

没得到回应，她抬头，瞬间僵硬。

"店长……"

店长正一脸嫌弃地看着她："很闲？"

"不不不！"小姑娘一溜烟跑开。

等小姑娘走了，店长悄咪咪继续偷看，低声感叹："这乔小姐真是厉害。"

这边乔暖淡定地吃完一整盘炒饭，拿起一旁的纸巾，擦擦嘴。

"张俊，谈过恋爱吗？"

荣谨僵住，耳朵微微动了动，一时间脑袋里嗡嗡嗡直叫。

她什么意思？

为什么问这个问题？

我该回复什么？

没谈过会不会很丢人？

一大堆问题转得他头皮发麻，还没等想出个所以然，乔暖就说："一大把年纪还没谈过？"

荣谨出奇地愤怒了，一大把年纪没谈过恋爱能怪他？

一贯是鱼与熊掌不可兼得，他十几岁跟着爷爷打理荣氏，二十出头爷爷就丢下他去世了。

他那个年纪接任荣氏，公司内忧外患，他哪还有时间想别的，除了工作还是工作，就连学校都没怎么去。

到底人的精力有限，他忙着这头，就没空管那头，那时候他的周围都是算计来算计去的人精。

也是这两年理顺了荣氏，他才稍微能腾出一点时间。

以前他没精力恋爱，等到他有精力的时候，周围人看他的眼神都是恭敬，他自己也不想恋爱了。

近来他好不容易看上一个，但貌似……对方有点看不上他？

"谈过。"他稳了稳情绪，一本正经地说。

乔暖点点头，说："你喜欢我？"

"噗——"店长一口水喷了出来，随即转身就走。

"我什么都没听见！"

他这番欲盖弥彰的行为，倒是缓解了荣谨的尴尬。荣谨重重呼出一口气："是，我喜欢你。"

乔暖嘴角微微上扬，这男人初见气势惊人，却没想到感情上像一张白纸。

这要是其他男人，必定顺竿上爬，他倒好，尴尬承认就没了后文。

"行了，我回去了。"

乔暖站起来，荣谨傻眼了。

她这就走了？撩完就跑？

她走到他旁边时顿了一下，调笑道："张俊，你很可爱。"

荣谨老脸一红，站起来："我送你。"

"不……"

"走吧。"他很固执，已经拿起了钥匙。

乔暖也随他，但到了停车场，她停下来，挑眉道："好了，就送到这儿吧。"

"送你到家。"

乔暖已经打开车门，跨上去，坐在了驾驶座，摇下车窗，左手手肘撑在上面。

她对着他笑道："可是我也有车，难道你送我回去以后，我再送你吗？"

乔暖笑着说完，发动了车子。

"再见。"一溜烟离开。

荣谨："……"

追求的对象会开车，并且还有车，真让人没有发挥的余地！

乔暖一直挺忙的，鹏程大项目她要全程跟进，不过不用再跑单子，相对前几天还是轻松不少。

手机微微震动，她伸手拿起来，随意瞥了眼。

张俊：新学了咖喱饭，晚上记得来吃。

她回了个"嗯"字，就继续手头工作。

"暖暖，晚上一起吃饭吗？"向敏伸出脑袋，对她眨了眨眼睛。

"有约。"

"邓经理？"

"不是。"

"啊，又要谈生意啊？"向敏就要缩回头，这工作狂！

乔暖手一顿，想了想，说："约会。"

"什么？！"向敏脖子僵在半空，满脸惊恐。

"你你你，你谈恋爱了？！"

乔暖睨了她一眼："成年人，恋什么爱。"

向敏："……"

"你要耍流氓？！"

乔暖不理她了，继续工作。

向敏看着她精致的侧脸，突然觉得，如果是乔暖的话，好像光撩不负责，对方也值了……

她随即哀号："啊，女流氓，把我三观还给我！"

第四章

恨不得把一切捧到她面前

"老板，刘经理和夏总已经说好了，但夏总表示希望见你一面。"

"嗯，明天上午。"荣谨淡淡回复，表示在听。

"这儿还有五份审批文件。"

"念。"

"……"

杨达周一边念一边用余光偷瞄荣谨。

荣谨穿着厨师服，眼神专注地煮着咖喱，那本该拿着签字笔指点江山的手，正拿着汤勺小心勾兑，他正看一眼菜谱，再操作一步。

违和……着实违和啊！

念完后，杨达周恭敬地说："暂时就是这些。"

荣谨没说话，不知道在想什么，气氛越来越紧张，杨达周低声问："是有什么问题吗？"

对方沉思几秒，点点头。

杨达周脊背一寒，有问题他没发现，就是他的问题！挨骂？扣工资？完了完了！

他小心翼翼问道："什么……问题？"

"好像有点咸。"

"？"

"你尝尝。"

"！"

杨达周想：他老板可能是疯了……

乔暖来的时候荣谨正在张望，但一见她走过来，立马低头，假装忙着正事。

"乔小姐来了！"

乔暖先对小姑娘们点头微笑，随即提着电脑到了自己熟悉的位置。

一直等着她上前打招呼却被无视的荣谨："……"

山不来就我，我就去就山！

他大步走过去，在她对面坐下："饿了没？"

乔暖点头："饿了。"

"等着！"男人站起来，直奔厨房。

盛上两碗饭，淋上咖喱汁，端起来直奔乔暖处。

"来，尝尝。"

她嘴角微扬，接过荣谨递过来的勺子，在他火辣辣的眼神中，喂进嘴里。

"嗯，不错。"

荣谨依旧板着脸，微微红的耳根和无处安放的眼睛，还是昭示着男人的紧张。

这个男人，是真的挺可爱，乔暖这样想。

自打那天开始，荣谨就负责了乔暖的晚饭，他不断在尝试新的菜品，在厨房不知道什么样的情况下，呈给她的还是相当不错。

两人关系不远不近，荣谨急啊！可他再急也没办法，乔暖不表态，他就不敢表现出来。

"听说你在追求一个女人？"徐恪一脸八卦。荣谨心动，可不就是枯木逢春、老树开花嘛。

荣谨睨了他一眼，不理他。

徐恪丝毫不怕，上前一步："谁啊？上次送口红的女人？"

荣谨手一顿，这次抬头，盯着他，冷冷开口："很闲？"

"不不，但兄弟人生大事更重要！"徐恪拍拍他肩膀，不顾他的黑脸说道，"怎么样？在一起了吗？"

荣谨白了一眼，没说话。

"我去！这都多久了，你竟然还没动静？！不行啊，兄弟！"

荣谨合上文件夹，相当不快道："你废话很多。"

"哎呀，不要恼羞成怒嘛，我还可以帮帮你！毕竟你知道，活这么大，还没我拿不下的女人！"

荣谨表情没什么变化，但耳朵动了动。

"兄弟，你们到几垒了？"

"……"

"不是吧，你也太逊了吧？"

"……"

"唉，你听我讲，拿下女人有三步。"

荣谨抬头，视线已经对上他了，显然在听。

"第一，情感攻势。送花、表白、情话，挨个儿来一遍！先送花，一定要先送花。如果对方不是特别喜欢，再送只小宠物，兔子一类的。趁着看宠物的机会，就能登堂入室，运气好第一招就拿下了！"

"第二，金钱攻势。情感软化对方以后，是时候展现你的财富。开上你的跑车，送点贵重的礼物。"

"第三，双重攻势。展现你的财富以后，再表白只爱她一人，然后趁她感动，一举拿下！最好全垒打，先做再爱！"

徐恪说得得意扬扬，终于能给他这无所不能的老板当老师了，那是相当高兴！

荣谨看着他，冷冷地看着。

"怎……怎么了？"徐恪被看得心里发毛。

荣谨说："她从一无所有起步，在职场摸爬滚打好多年了，心肠比你硬。年薪百万带提成，还有上升空间……"

徐恪眨眨眼，说："……她在哪儿工作，我准备去面个试。"

"……"

91

徐恪最后自然是被荣谨轰了出去，说面试其实也是开玩笑，他自己年薪比乔暖可多了不少。更不要说荣谨，典型的资产阶级，可乔暖和他们情况到底不同。

一无所有出来闯荡的女人，几年间做到这个程度，任谁听了都知道这中间的心酸以及这女人现在的复杂心思。

人说男人不坏女人不爱，事实上换个角度也是成立的。乔暖的忽远忽近，忽而冷漠忽而撩人，都让荣谨越发惦记。

他一天不见她就想得慌。

他看了眼时间，提着东西下楼，准备开车去咖啡店。

荣谨走到一半的时候，突然停了下来，下车纠结了一会儿，这才皱着眉去了一旁的花店。

徐恪感情经历丰富，他的招数没准还是有用！

他小心翼翼把一束玫瑰放在她一贯坐的位置，而后嘴角微扬，这才赶去厨房做饭。

乔暖还是按照以往的时间过来的，荣谨在柜台偷瞄着，看着她进门，看着她的眼睛转向那个角落。

他不敢明目张胆地看，但余光偷偷打量，耳朵一动一动的。

她靠近了！靠近了！

荣谨的心脏怦怦直跳。

在众人的视线中，乔暖慢吞吞向那张桌子走过去。

她近了……越来越近了。

到桌前的时候，乔暖脚一转，在旁边桌子坐下。

店长差点笑出声，忙别开脸，忍了忍，嘴角有些抽搐。

荣谨："……"

他大步上前，气势汹汹。

然而那姑娘只顾整理自己的东西，荣谨一时不知道怎么开口。

"怎么了？"终于，她抬头了，淡淡看着他。

荣谨："……饿了吗？今天是乌冬面，你吃吗？"

"可以。"

"好。"

荣谨心里暗恨：荣谨你的胆呢？！

荣谨离开以后，乔暖的手停了下来，眼睛向旁边瞄了一眼，那束玫瑰凄惨地躺在那儿。

她眼里渐渐盛满了笑意，这男人比她想的还可爱。

乌冬面很好吃，乔暖喝完了最后一口汤才放下勺子。

她擦擦嘴，称赞道："张俊不做厨子，真是屈才了。"

荣谨撇嘴，心里说道，我要是做了厨子，才是真的屈才了。

"你喜欢就好。"

回应他的只有微笑，荣谨突然有些泄气，第一招送花失败。

他想了想：难道要用第二招？

第二天下午。

乔暖依旧是以往的时间过来，荣谨站在柜台背后，看见她时眼睛一亮。

"乔暖，你过来。"

她疑惑地走过去，看向他。

荣谨弯腰，提起笼子，俨然是一只小白兔。

"我最近有点事，不在京市，你能帮我养养朋友放在我这儿的兔子吗？"他眨眨眼睛，一脸真诚。

乔暖眼睛盯着兔子，眼神恍惚，神游天外。

荣谨心里美滋滋的，看来是有效！她再铁血，到底是女……咦？她在皱眉？

乔暖眉头越皱越紧，荣谨的心也越来越悬起来。

"怎么了？"他试探道。

乔暖倏地抬头："张俊，我不喜欢养宠物，你找别人吧。"

荣谨嘴角一僵，点点头："好。"

"对了，你要出去几天？那我最近就不过来了。"她准备回趟H市。

荣谨："……"

这就是传说中的偷鸡不成蚀把米？！

等到乔暖走后，店长问："老板，这只兔子……"

荣谨眯着眼，阴恻恻地说："给徐恪送过去，让他好、好、养、着！"

93

正在替荣谨加班的徐恪打了个喷嚏，摸摸自己发凉的脊背，为什么有种不祥的预感？

……

因为兔子的事，乔暖明显情绪不太好，这勾起了她很多不好的回忆。

乔暖不太回忆以前，想要那些恶心的回忆就留在记忆深处，再也不要被拉扯出来。

然而那些事情怎么可能想忘就忘？

乔暖小时候被舅舅舅妈收养的时候，被宠得无法无天的表弟带回了一只兔子，他不养，都是乔暖精心地照顾着。

后来……她靠在驾驶座缓了缓，闭上眼睛还能想起满地鲜红和兔子被分开的四肢。

乔暖倏地睁开眼睛，吐出一口气。

都过去了……她这样告诉自己。

这个周末，乔暖把手头所有的事都安排了出去，开车回了H市。

乔暖来到熟悉的疗养院，走了进去，她很久没来了。

找到熟悉的房间，乔暖轻轻推门，里面的老人正在看电视，她和她的视线对上。

"暖暖？！"对方惊喜地出声，就要下床。

乔暖上前扶住她，语气柔和："乔妈妈，躺着。"

乔秀芳又躺了回去，眼眶湿润地打量着乔暖，又上下摸了摸："又瘦了。"

"不瘦，乔妈妈的身体怎么样了？"她问道。

"好好好，我很好，娇娇把我照顾得很好。你要是忙就不用回来，我没事，注意身体，不要……"

她絮絮叨叨的，像是有着念不完的话，乔暖微笑着听着，没有一丝不耐烦的情绪。

"乔妈……"乔娇看见乔暖，后面一下子收住，脸立刻冷了下来。

乔娇也不理她，只熟练地给乔秀芳摆上饭菜："乔妈妈，吃饭了。"

乔秀芳笑得更灿烂了："娇娇，你姐姐来了。"

乔娇没吱声，但又不想乔秀芳担心，就对乔暖点了点头。

"暖暖，来吃点东西。"

"乔妈妈你自己快吃，我带……乔暖出去吃点。"

乔秀芳笑眯了眼："你们两姐妹去吧，别管我了，我好得很！"

"走吧。"

乔暖点点头，对乔秀芳笑笑："那乔妈妈我先出去了。"

"快去快去。"

两人相继出去，一下楼乔娇就沉了脸："你来干什么？！"

乔暖叹了口气："来看看。"

"这儿不需要你！"

"乔娇，你对我没必要抱有这么大的敌意。"

"呵，我可比不上你，心狠无情，看完了就赶紧走！"乔娇极为不耐烦。

"明天走吧，来都来了。"

乔娇闻言，嘴角的微笑越发嘲讽，她最看不惯乔暖只知道工作的样子，也不管她，转身自己离开。

乔暖看着她的背影，表情平淡无波。

乔娇和她不是亲姐妹，不过是她们两人都被乔秀芳养在身边，跟了她姓。

以往那些苦中作乐的幸福日子，早已经远去，跟在她后面哭喊着"姐姐"的小丫头也渐渐长大成人。

两人之间的关系，倒是越发紧张。

乔暖说留一天就是留一天，不多不少，H市距离京市有点远，她来回几乎一整天都在路上，真正待在H市的时间不过是一个晚上。

第二天看过乔秀芳以后，乔暖又匆匆忙忙离开。乔暖自己有工作，她要拼命工作，能抽两天出来，已经是不容易。

……

"乔组长，早。"

"早。"

她一路和人点头微笑招呼，直奔楼上准备晨会。

李楠和王嘉禹已经在会议室了，乔暖微笑道："早。"

"早。"两人态度都相当好，就连李楠也在对她微笑，她心下疑惑，面上不显。

顾国华进来的时候表情有些不愉快，不知道是什么事惹到了他。

不过等到开会的时候，他克制了一下情绪，仔细询问乔暖鹏程科技项目的进程，她也一一作答。

"对了，老李，荣氏怎么样了？"

李楠笑道："他们下一个项目，我们有六成希望。"

纵是顾国华心情不佳，这个消息也让他展颜："好一个老李！"

李楠余光瞥向乔暖，她只是轻笑，仿佛一点也不在意。

他眼睛微眯，里面深不见底。

"李楠怎么能拿到荣氏的项目呢？！"王嘉禹急得团团转。

乔暖坐在原处，依旧淡定："急什么？还没谈成呢。"

"六成！他敢说这个，就是有保证了！"

"那又如何？拿到手上的都能丢，别说还没拿到的。"

乔暖说完，王嘉禹的脸色变得有些难看，拿到手上能丢……可不就是他吗？还是被"好经理"拿走的！

"你别晃了，我头晕。"她睨了一眼，一脸冷漠。

"我急啊！李楠势大，我们……"

"荣氏下一个项目大概时间是十二月，九月开始竞争，距离现在还有一个月。"

乔暖看不上王嘉禹这种不动脑子的慌慌张张，有困难就想办法解决，抱怨毫无用处。

"只有一个月了……"

乔暖抬头，直勾勾地盯着王嘉禹："王组长，李经理既然想要荣氏的项目，就让他好好去谈。"

"怎么可能？荣氏项目到了李楠手上，他的地位更难以撼动了！"

乔暖嘴角上扬："荣氏的项目不仅可以是馅饼，还可以是……陷阱。"

王嘉禹瞳孔一缩，追问："什么意思？"

"你忘了广贸是怎么凉了的吗？"

"这……这太危险了！万一牵连元夏，那后果不堪设想。"

元夏才是根本，没了元夏，他们又得从头再来。

"富贵险中求，王组长，你的薪酬、地位早就不该止于此，不能再让李楠算计我们了，你还要丢掉多少个项目才反击？"

王嘉禹纠结了两秒，咬牙："我们要做什么？"

乔暖微笑道："王组长，你先帮忙做几件小事……"

下班的时候，乔暖撞上慌慌张张从李楠办公室跑出来的刘雨琪，两人撞在了一起。

"对不起，对不起！"

乔暖微微皱眉："怎么了？"

"没，没事。"刘雨琪慌慌张张地离开。

乔暖看了眼李楠的办公室，心中一动。

她拿出手机："邓容姐，帮我查一下刘雨琪的住址。"

乔暖又在办公室待了会儿，等到李楠离开才走。

乔暖一出门面前就停了一辆普通的奔驰，车窗摇下来，露出她所熟悉的男人的面孔。

对方眉头紧皱："乔暖，你这几天跑哪儿去了？"

她挑眉："回了趟老家，我现在还有事，先走了。"

"你等等。"荣谨下车，自打上次兔子那事，她就再没去过咖啡店了，今天才总算见她出现在公司，荣谨自然上来堵人。

"如果因为兔子的事，那我道……"

"你很闲？"乔暖打断他。

"啊？"

"那你送我吧。"

送她？

荣谨足足愣了小半分钟才懂她什么意思，这时乔暖已经坐上了副驾驶。

他赶忙上前，脚步匆匆，有些拘谨又有些激动。

他那一张不苟言笑的脸，嘴角正扯着奇怪的弧度。

对面咖啡店门口，徐恪和杨达蹲在一起。

"这就是老板看上的女人？"

杨达周点头，重重地。

"啧啧。"徐恪只说这么一句，他今天会在这儿是因为前两招都失败了，就想来看看是个什么女人。

荣谨喜欢的，真是不同寻常啊！

"怎么了？"杨达周扭头，看向徐恪。

对方吸了口烟，吐出一个烟圈，惆怅道："大冰山看上个小冰山……"

"……"好像也对，那他们这日子怎么过？

杨达周这样想，也就问了出来。

车子早已远去，徐恪眯眼看他："我也想知道，大冰山和小冰山怎么过。"

这边荣谨开着车，放在方向盘上的手指收紧，用余光看着旁边。

她给了他地址以后，就开始闭眼沉思，也不知道在想什么。

乔暖虽然闭着眼睛，但旁边那人炙热的眼神像是要烧了她，自然不可能毫无感觉。

"看够了没？"

荣谨一愣，喃喃："没……"要看一辈子。

乔暖倏地睁开眼睛，微微偏头，带了点笑意："看路，可别祸害我。"

他嘴角同样微微上扬，咳嗽一声，和她搭话："你这是去哪儿？做什么？"

乔暖伸出一只手在车门上轻轻敲打，眼珠一转："做坏事，去吗？"

荣谨心口一紧，怦怦直跳，被这双眼睛看着，让他做什么都去。

……

刘雨琪住的地方不远不近，但在一个老式的小区里，没什么人来往，相当僻静。

荣谨的车开到小区对面不远停了下来，摇下车窗。

"在这儿做什么？"

乔暖眯着眼睛，从包里拿出望远镜，四下打量。

荣谨："……"

"你哪儿来的这个？"

"办公室借的。"她一边说一边继续观察。

女人的直觉是很准的，刘雨琪今天慌慌张张出来的模样让她留了个心，总觉得这其中有些问题。

她看了好几遍，周围什么也没有，颇有些失望。

"回吧。"

"不找了？"

"找不到。"

"要不要我……"

"不用，不是多大的事。"乔暖这样说着，轻轻放下望远镜，在副驾驶乖巧地坐着。

荣谨只得掉头往回走，乔暖偏着头，随意看着。

车子掉头还没走多远，乔暖倏地坐直："张俊，停车！"

荣谨猛地一脚刹车，两人往前一倒。

"抱歉。"

乔暖没理他，只管盯着窗外，摇下了车窗，看着不远处的饭店。

她要找的刘雨琪正从饭店里面走出来，让她大吃一惊的是她旁边的人。

李楠。

这两人……

她拿出手机，咔咔拍了起来。

李楠和刘雨琪两人搂搂抱抱向小区走过去，荣谨不傻，立刻掉头跟上。

"往前。"她皱着眉说道。

她话一落，荣谨开着车从两人旁边过，乔暖就在这时五连拍。

拍完后，乔暖拿手机翻着看了眼，嘴角微微上扬，有些坏，又有些……迷人。

荣谨心脏直跳，张了张嘴，问她："你这是拍谁呢？"

乔暖嘴角还保持着弧度，看起来异常高兴。

"拍有意思的人。"

荣谨轻笑，语带宠溺："你呀。"

乔暖拍的照片清晰度有限，第二天她又请了"专业人士"。好几天后，手上就拿到了一些相当清晰的照片。

她坐在办公室，回忆了一下她了解的李楠。

他近五十岁，实力中等偏上，年轻时还是很强悍的，但因为早年就跟着顾国华，便一直在最有实权的业务部做着经理。

他也有妻子，对方家庭不错，据说是个有涵养的女人。还有一儿一女，都已经成人，算是家庭美满幸福了。

可这男人骨子就歪，非要做这偷腥的猫。

"乔组长！"

听见王嘉禹的声音，乔暖迅速把桌上的照片一股脑扔进抽屉里，面色平静地抬头看着走进来的人。

"怎么了？"

王嘉禹皱眉，反身紧紧关上门，在她对面坐下。

"你让我做的事搞定了，你到底要干什么？"

"等等你就知道了，你放心，我不会害你的。"

王嘉禹眯着眼，不知道在想什么，好久以后才开口："李楠应该从程鹏科技的项目开始就要害你了。"

"嗯？"

"我看他昨天在找陶阳说着什么，那傻小子虽然忠诚，但脑子有点呆，应该是给人套话了。"

乔暖双手抱臂，看起来很平静，她自从剪了短发以后，看起来越发犀利，琢磨不透。

当然，她也更加好看。

他心中一动，站起来，往对方那边走过去，站在她的背后，俯下身，在她耳边暧昧道："暖暖，我们的事考虑怎么样了？"

乔暖眉头紧皱，转了一圈椅子，立刻和他面对面，拉开了距离。

"急什么，大敌当前，先把李楠解决了再说。"

王嘉禹站直了身体，推了推眼镜，笑得一脸无害："你要注意鹏程科技的项目。"

乔暖轻轻勾起嘴角："李楠没有机会害我了。"

"什么意思？"

她反手拉开抽屉，王嘉禹站着，正好看见。

那些照片清晰地映入眼底，他瞳孔一缩。

——业务部李经理出轨了！

"暖暖！昨天你去出差了，没看见这出大戏！"

"什么？"她眨眨眼睛，看向一脸激动的向敏。

"昨天上午李经理出轨的照片被发在了咱们公司的论坛上，下午李经理妻子就来公司，打了刘雨琪两耳光，说要跟李经理离婚！"尽管向敏压低了声音，依旧透着压不住的高昂情绪。

乔暖用余光向外看了几眼，偶尔两人凑在一起，一种你懂我懂的表情，嘀嘀咕咕。

这事显然影响范围很广啊！

"真是没想到，李经理竟然是这样的！怪不得刘雨琪经常有恃无恐，原来是李经理在背后撑腰啊！"

"他们人呢？"乔暖的表现完全符合一个听八卦的态度。

"请假了呗，这两天还怎么待在公司，唉，暖暖，你说李楠是不是就完了啊？"向敏咋舌道。

她不比乔暖，有实力所以心大，她也没和李楠对上过。她的上司是王嘉禹，李楠之于她就是上头的大山，离她太遥远。

所以听闻这事，她除了八卦之外，剩下的就只有咋舌。

乔暖嘲讽一笑，挑眉道："李楠现在不会倒的，这事还打击不了他。"

"啊？为什么啊？"

"他有两条路，一条是安抚妻子，开除刘雨琪，压下风波，他还是李楠，李经理。一条是和妻子离婚，补偿给够，只要他能迅速解决，顾总不会开除他的。"

"可是名声……"

乔暖淡淡地说："世道就是这样，女人出轨不可饶恕，男人最多就是多个桃色新闻，谁会去在意某个公司的经理是不是出轨过呢？"

向敏叹了口气，高昂的八卦情绪没了，她看着乔暖，像是发现了新大陆。

"暖暖，我发现你剪了短发以后，好像更加……帅了？"

回应她的是乔暖淡淡的白眼。

"向女士，如果没什么事的话，请不要打扰我工作了。"

"行行行，你这个工作狂。"向敏说完，笑着摇头离开。

等她走出乔暖的办公室，里面的人把手上的文件扔在桌子上，轻笑。

今天李楠不会倒，明天可就不一定了。

李楠比乔暖想象中的来得更早，他休息两天就来了，显然是家庭那边已经安排妥当了。

乔暖和人事部张传仪经理关系不错，听他说刘雨琪已经被公司除名了。

李楠是真的有些实力和底气。

这天晨会，乔暖依旧坐在李楠旁边，对方脸色不太好，一看见她就更不好了。

这次的事他想来想去只可能是乔暖动的手！

顾国华来了以后，淡淡看了李楠一眼，只说："公私分明，我们公司不提倡办公室恋情，同时也不希望有人把私下的事弄到公司来。"

李楠的脸色变来变去，低着头，一脸愤怒。

"对了，李楠，荣氏是明天谈吗？"

荣氏就是他的底气，这样想着，他脸色好看了些，扯出一个微笑。

"对，明天谈。"

"嗯，好好干，争取拿下。"

"是。"

散会以后，李楠一边收拾东西，一边对旁边的人说："是你吧，乔组长。"

"什么？"乔暖眼睛微眯，有些疑惑。

李楠显然不相信她这个样子："别装了，这事肯定是你做的。"

他说完嘲讽一笑，"你以为这样就能把我拉下来？做梦。我要让你知道，到底谁才是业务部经理。乔暖，你还太嫩了。"

乔暖手一顿，把文件捏在手上，下巴微抬。

"李经理，年龄大了，该休息了。"

她说完大踏步离开，这是她第一次走在李楠前面。

对方高跟鞋踩在地上发出的声音，配着她摇曳的身姿和微微晃动的卷发，让这个女人浑身都散发着危险与魅力。

李楠在原地咬牙切齿，抬头正好看见王嘉禹盯着他。

"看什么！"李楠狠狠一瞪，大步走了出去，每一脚都很重，透着愤怒和气恼。

王嘉禹微微眯眼，好，李楠，很好！

"荣氏那边你到底要怎么做？你让陈东平干了什么？！"王嘉禹急得瞪眼。

乔暖之前让他帮忙找个人，要李楠身边熟悉的人，于是他凭借自己在李楠的手下干了这么多年的人脉，找到了李楠的助理陈东平。

可不知道乔暖和他谈了什么，对方一点风声也不肯透露，王嘉禹自然着急。

"你放心，到时候就知道了。"

"我怎么放心？那可是荣氏！李楠要是拿到了项目，他就可以翻盘，李楠要是把荣氏得罪狠了，咱们元夏也没好果子吃！"

王嘉禹在乔暖面前一贯还是保持着气度的，但这会儿是真的急到不在意形象。

乔暖依旧不咸不淡，只眼角透露了点兴味："真想知道？"

"你说。"王嘉禹上前一步。

乔暖轻笑："我让你找的人把李楠的方案调包了。"

王嘉禹一愣。

"你放心，李楠发现不了。"

她说完低头工作，并不把面前的男人放在眼里。

王嘉禹咬牙，转身走了出去。

他在办公室想了好久，乔暖用他找的人调包，这中间的事又不肯告诉他，就连陈东平也闭口不谈，这让王嘉禹实在不相信乔暖，他悄悄叫了陶阳进来。

牛穗脚步匆匆地走进乔暖的办公室，把文件递给她，这一刻低头道：

"他叫了陶阳。"

乔暖嘴角带上微微笑意，挥手让牛穗出去，她们接头的时间太短，就像是只交一份材料似的，并不引人注意。

晚上七点半。

业务部除了两个加班的员工，再无一人。

"陶阳，下班了，明天再来做吧。"另一个加班的员工揉揉脖子。

陶阳摇摇头："我做完再走，你先回去吧。"

"那行，别熬太晚了。"

"好的。"他咧嘴一笑，质朴单纯。

那人走后，陶阳把电脑上的文件一一保存好，随即手离开键盘，整栋大楼也黑了下来。

他立刻打开手电筒，捏着一份文件，向乔暖办公室走去。

陶阳拿出一把钥匙，直接打开了锁着文件的柜子，嘴角微微上扬。他把手上的文件压在最下面，又把柜子好好锁上，站了起来。

"陶阳。"

他一愣，险些摔倒在地上，抬头看向门口。

乔暖正靠在门上，手提着台灯，对他轻笑。

整栋大楼都是黑的，乔暖提着的台灯分外明亮，她嘴角挂着微笑，却只叫陶阳脊背发麻。

"怎么样？搞定了没？怎么这么久？"王嘉禹追问。

陶阳坐上车，擦擦汗："搞定了，就是太害怕，耽误了点时间。"

王嘉禹放下心来，露出一个满意的笑容："你放心，等我斗倒他们，就让你做组长。"

陶阳兴奋地微笑，一张单纯的脸满是热情："谢谢王经理！"

王嘉禹笑出了声："我不会忘记你的，你在乔暖那儿卧底了这么久，终于偷到钥匙。明天记得还回去，别让她发现了。"

"嗯，没问题！"

李楠是个谨慎的人，临出门前检查了一下材料，大致确认齐全，这才提着包匆匆忙忙往荣氏赶。

那荣氏富丽堂皇，就连门口的前台都透着不一样的气息。

"我是元夏李楠，想和荣总聊聊项目，有预约的。"

前台微笑，请他进去。

元夏也是好几层楼，但比不得荣氏，一整栋都是他们的。

荣谨的办公室在十一楼，李楠忐忑地往上走，深深呼气。

"老板，元夏李经理来了。"

荣谨微微挑眉："让他进来。"

"是。"

很快一个中年男人进来，他面上挂着笑容，高兴和忐忑掺杂得恰好，很容易让人产生好感。

这种项目本来不需要老板亲自过目，李楠也想不到，为什么荣谨会见他。

他只归于荣氏很重视这个项目，他拿到的机会很大。

"荣总，您好！我是元夏的业务部经理李楠，很高兴见到您！"他一脸笑容，眼睛笑得眯在了一起。

荣谨淡淡抬头，看着他："坐吧，为了新项目？"

李楠顺势坐下，点点头："是的，元夏很渴望和荣氏合作，希望荣总能给我们这个机会，我一定会……"

"有拟定的方案吗？"

他眼神犀利，就算是淡淡地看着李楠，也让他脊背发凉，结结巴巴。

"有有有！"

李楠赶紧翻出策划，轻轻翻开，放在荣谨面前。以前谈合作不用提前制定方案，近两年竞争大，为了更好地拿到项目，乙方几乎都是提前制定初步方案，让甲方放心。

荣谨翻看着，李楠小心翼翼地喘息，愿意看就好，就怕对方看都不看。

事实上荣谨一看见李楠就有了想法，他记忆力很好，前段时间和乔暖才偷拍过他。

所以一看见文件上的问题，荣谨就有些想笑，不过憋住了。

若是李楠真是普普通通的甲方，方案出现这样的纰漏，荣谨肯定会让

105

人请他出去，不会再和他合作。

但因为他是元夏业务部的经理，这方案不管有没有问题，他都暂时不会签约。

鱼儿还没上钩，这诱饵谁都不能吃。

"李楠。"

"嗯？"李楠微微前倾，一副洗耳恭听的模样。

"你们元夏可真是有意思。"

李楠微诧。

"所以你们给我的诚意就是所有投入缩减成一成？"

"什么？"他有些愣，没懂荣谨是什么意思。

荣谨手指敲打在纸上面，念道："宣传推广投资，不超过五十万……主题广告2D……"

李楠一张脸唰地白了，给甲方看的方案一定要包括各方面投资占比，以及上限，避免项目后期乱花钱。

可他明明制定上限为五百万，主题广告这次采用4D技术，荣谨念出来的却是2D……

"不是，我们制定的是……"

"你还想说什么？你自己看看！真是一无是处。"荣谨将策划案扔在李楠的脸上。

李楠一看，果然，阿拉伯数字的小数点向前了一位，4D写着2D。

他没想到会有人在这个项目害他，更没想到用的是这么拙劣却有效的办法！

"荣总，再给我一个机会，我给您解释……"

"不管为什么出了纰漏，我不可能把我的项目交给这么不谨慎的人，出去吧。"

"荣总！"李楠抬头着急解释。荣谨眯着眼，气势相当危险。

杨达周带人进来，将李楠拖了出去。

荣谨在椅子上转了个圈儿，轻笑了起来，他迫不及待地想知道那女人现在有多高兴。

乔暖确实很高兴，几乎在李楠被扔出荣氏的那一刻，她就知道了。

元夏还没有风声，李楠可能会压一下，不过有她……他不可能压得下去。

所以等李楠正焦头烂额想着怎么补救的时候，整个元夏已经知道他被荣氏扔出来的事情。

荣氏那边也传来消息：荣谨说他一无是处，荣氏的项目不可能交给这样的人。

顾国华震怒，立刻亲自上荣氏拜访，被荣谨拒之门外。

下午李楠被顾国华叫上了楼，好久都没下来。

"我的妈呀，李经理是完了，顶楼的骂声在电梯里都能听得见！"向敏咋舌道。

乔暖轻笑："他犯了错，就该受罚。"

向敏只管啧啧："他这次是真的完了吧？"

乔暖手指一顿，轻声说："应该是了。"

顾国华到底是个公私分明的人，李楠这番滔天大祸，再加上之前的出轨事件，已经是触了他的底线。

元夏也不是广贸，没有内乱，当天下午五点，李楠就被停职。

乔暖拿着包，心情不错地准备下班。

显然，王嘉禹的心情也相当不错。

"乔组长！厉害啊！"

乔暖睨了他一眼，想到夜里那份文件，微微嘲讽道："没有王组长厉害。"

他显然太高兴了，没注意乔暖这句话的深意，只拉住乔暖的手："暖暖，所有问题都解决了，我们在一起吧！"

王嘉禹知道乔暖是个难得的人才，如果她肯答应和他在一起，全心帮助他，那他可以让陶阳取走那份文件，乔暖继续做她的组长。

然而乔暖只是抽出手，抬头看着他，笑道："癞蛤蟆想吃天鹅肉。"

王嘉禹一愣，乔暖已经在一旁抽出一张餐巾纸，一边擦一边走了出去。

他一脸错愕，随即咬牙，这女人！

乔暖走出元夏大门，心情不错，看什么都很爽快。

107

她终于做到了，一路走来哪怕荆棘遍地，她还是走了过来。

她的未来，才刚刚开始。

乔暖轻笑，还有些晃眼的太阳显得格外明媚，就连大厦外面的男人，也异常……可爱。

"乔暖，吃什么？"荣谨的手插在兜里，笑着问道。

乔暖上前，一步步走过去，离对方越来越近，直到让对方有些愣神。

她踮起脚尖，在他耳边暧昧道："我想吃你。"

荣谨："……"

他足足愣了一分钟，才伸出手把人往胸前一摁，低头："你说真的？"

乔暖眼里犹有星光，一片灿烂。

荣谨心口一紧，有些手足无措，拽紧她的胳膊，往停车场走去。

等两人上了车，他喘口气："去我……"

"去我那儿。"乔暖报了个地址。

荣谨从来没这么紧张地开过车，握着方向盘的手都在发抖。

离目的地越来越近，他的身体越发紧绷。乔暖只在一旁看着他，眼里带着笑意，那双眼睛……美得像妖精。

"别……看我。"他的声音已经变哑了。

乔暖只道："停一下。"

荣谨一愣，她……后悔了？

乔暖指了指街边的便利店，红唇微启，吐出一个字眼："套。"

荣谨下车的时候忘了关门，进便利店的时候撞在了玻璃上，结账的时候摔了手机……

他回来的时候耳根通红，手上抱了好几盒。

乔暖看着他，妖精一般地笑了，这副模样和她平日里的正经模样完全不同，荣谨的心跳已经快到了疯狂的边界。

荣谨一踩油门，很快走完了剩余的一段路。

几乎在乔暖打开门的一瞬间，她就被人抱了起来。荣谨反身踢上门，把人压在门板上。

他的动作看似粗鲁，实际上落在她身上的力道很轻。

乔暖的脚还没着地，就被人封住了唇。

一夜过去。

旁边的人睡着了，荣谨却精神亢奋，他趴在一旁盯着她，眼神火热。

她五官精致，极为漂亮，浑身上下也无一不美好，这会儿轻轻浅浅地呼吸着，两颊还有一些红晕。

他那些夜深人静难以启齿的炙热臆想，终于在今天得以实现。

荣谨小心翼翼地伸出手臂，从她的颈部下面穿过，把人揽在怀里。

"暖暖……"他轻轻念出这两个字，在嘴里含了含，觉得像是有一只隐形的手拉扯着心脏，让他生出浓浓的情谊，满嘴弥香。

乔暖醒来的时候床上只有她一个人，她动了动，有些皱眉。

长久以来的习惯让她忍着难受爬了起来，很快地穿衣洗漱。

她走出房间门，随即一愣，那男人正在厨房做着饭，嘴里哼着歌，相当愉快。

"张俊……"

乔暖出声。

里面那人立刻回头，一看见她有些不好意思，却强迫自己盯着她的脸，嘴角露出一个温柔的笑容。

他走了过来，笑着说："怎么不多睡会儿？"

这一刻他想：如果对方嘴里念出"荣谨"二字，又是什么感受？

乔暖摇头："还要上班呢！"

"休息一天吧？"

"不行。"乔暖毫不犹豫地拒绝，显然不可能放弃去上班。

荣谨有些无奈，摇摇头，伸出手扶着她："那你坐会儿，我去盛饭。"

他煮了粥。

他昨晚几乎整夜都没睡，一大早天没亮就起来了。

发现乔暖的冰箱里空荡荡的，荣谨就去早市给她添满，直到微凉的风吹在脸上，才让他大脑逐渐清醒，嘴角的笑容压也压不下去。

他以前也没去过早市往家里添东西，不过乔暖仿佛比他还夸张。如果以后两人住在一起，荣谨想，这些琐碎的杂事，他也是愿意做的。

两人在餐桌上面对面坐着，桌上是一碗白粥，蒸好的鸡蛋，还有两个清淡的小菜。

"你不要给我夹菜了。"乔暖很无奈。

他显然乐在其中："多吃点，你辛苦了。"

乔暖手一顿，说道："没你辛苦，毕竟都累哭了……"

"咳！"荣谨险些被呛到，瞪她一眼，有些不好意思。

昨夜有一瞬间，幸福和满足让他眼眶湿润，没成想被她记住了，怕是要被她嘲笑很久。

"吃饭！"他努力找回自己的威严。

"害羞了？"

"乔暖！"

乔暖嘴角微扬，低头吃饭。

荣谨看着就觉得异常满足，从心底深处升起的幸福和满足感，让他想把时间永远停住。

他想了想，道："我会负责的。"

乔暖："……"

她惊讶抬头，随即说："成年人，负什么责，你情我愿的事。"

这回换荣谨愣神，什么意思？

乔暖已经站了起来，把碗筷扔进洗碗机。

等她收拾好，换了一套正装，一点点细致地整理妆容，和昨夜的妩媚迥然不同，俨然又是平日里那个严肃的乔组长。

若非荣谨知道她昨晚是何种风情，定会觉得她是高高在上、冷冰冰的女人。

"我要上班了，一起走还是待会儿你自己走？"

荣谨站了起来，跟着乔暖出去，一路上都皱着眉，直到把人送到元夏。

"再见。"

乔暖下车，却被荣谨拉住。荣谨看着她，眉头紧皱："我以为我们已经在一起了……"

"张先生，大家都是成年人了。"她还是那一句，而后直接挥开他的手，往公司楼上走去。

荣谨在原地皱眉，为什么有种……被人占便宜的感受？

荣老板今天相当不正常！

杨达周小心翼翼地打量着荣谨，对方时而皱眉，时而疑惑，时而满脸笑意，又时而耳根泛红……

他前一秒还在凝眉思考，后一秒又咧嘴笑。

杨达周抖了抖鸡皮疙瘩，简直不敢相信这是他老板！还是在开会的时候！

荣谨的异常不止一个人发现了，但有胆子过来追问的，也就徐恪一个。

"老板，你怎么了？思春？"他挑眉，往荣谨身边挤过去。

对方只懒懒地瞪了他一眼，明显有其他的忧愁，只盯着一个地方，神游天外。

"啧啧。"

徐恪越发好奇，拖了把椅子在他旁边坐下，盯着他。

"我懂了，一定是为情所困！讲讲呗，我给你出招。"

徐恪一脸激动，荣谨只是嫌弃地看了他一眼，当初的什么三步还言犹在耳。

"真的，上次回来我对这类职场女性做了研究，绝对有了独到的见解！"

他唧唧歪歪，非要荣谨说说。

最终荣谨还是告诉了他。徐恪虽然看起来相当不靠谱，实际上还是有两把刷子，至少比他一个人想要好些。

而且，这里面未尝没有炫耀的意味，他这位被嘲讽多年的"老干部"，终于也有了心仪的对象。

徐恪听完有些蒙，突然声音高了一度："这小冰山和大冰山还真在一起了？！"

荣谨眼睛微眯，徐恪赶紧谄媚地笑："你这是被占便宜了……"

"滚。"

"别生气，别生气，你也不亏嘛！处男之身终于送了出去。"

眼见对方的眼神越来越危险，徐恪赶紧正经地回答。

"你早上那话就没说对，你不应该说负责的话。"

荣谨眉头微皱，一脸疑惑。

"乔暖那样的女人和一般人不一样，说句实话，心可能比秤砣还硬，她和你睡了一晚上，心里应该是对你有好感的，但并不代表她就要和你过一辈子。

"而且这样的职场女强人，大多都是女性独立思想，严重点的还可能看不上男人。"

感觉到荣谨眼神又开始危险，徐恪立马改口："当然，你家乔暖还是比较正常的。"

"你们是平等的，在她看来，她不是吃亏的一方，你要对她负责，那她也要对你负责。

"你下意识说出对她负责的话，会和她的观点相冲突。对了，她这样的性格肯定不会和你说清楚，因为她如果不喜欢，大概就会不再联系你了。"

荣谨眉头越皱越紧，他没有其他意思，不过早上那种情况，两个人名不正言不顺，他迫切需要一种关系能够让两人联系在一起而已。

"我该怎么做？"他问，这向来在外高冷的男人已经被逼到主动询问的程度了，"情"这一字，最是缠人。

徐恪拍拍他，叹口气："你就当作被她占便宜了。"

荣谨："……"

这边如何教学且不谈，乔暖淡然地往办公室走。

她除眉目间多了点风情以外，与往常没什么差别。

"乔组长早！"

"乔组长早！"

她一路踩着高跟鞋，昂首挺胸，脊背挺直，回应别人的问好。

对背后隐隐传来的议论，她置若罔闻。

"乔组长太帅了！"

"每次看见她穿正装就嫌弃自己的……"

"能把正装穿那么好看的，这还是第一个！"

"你们别废话了，知道乔组长身上的正装多少钱吗？说出来吓死你们。"

"听说乔组长是全公司员工里工资最高的！"

"那当然，你看她拿到手的项目有多少。"

……

乔暖向楼上走去，一夜之间，业务部像是所有的风波都平息了。

只偶尔有两个人说着闲话，李楠的办公室紧闭，王嘉禹正在收拾东西，马上要准备晨会了。

她放下东西，又拿上记录本和笔，直接向楼上走去。

顾国华坐在上首，难得来得这么早，却沉着脸异常愤怒。

乔暖进来的时候，他稍微调整表情，点了点头。

她现在对于元夏，是撑场面的存在，顾国华还是给面子的。

所有人进来的时候都明显一愣，顾国华竟然已经来了？大家赶紧坐好，再看他沉着脸，相当不悦，所有人都赶紧低下头。

这个晨会，顾国华只说了两件事，一个是业务部经理李楠暂时请假，业务部所有事情交由乔暖和王嘉禹商量决定。

如果两人不能定的，上报给他。

而第二件事倒是让人吃惊，业务部新添了一个组长——黄长富，原广贸业务部经理。

他在广贸虽然失手了两次，但到底有一定的实力，经验丰富，相较起来，他甚至比李楠强些。

乔暖眉头微皱，不过也没什么好怕的，面对手下败将，她能赢一次就能赢第二次。

倒是对方担任组长……让乔暖和王嘉禹心中一动。

李楠如果不回来了，乔暖和王嘉禹之间必有一个升为经理。

至于是谁……就是鹿死谁手的问题了。

黄长富是下午来报到的，由人事部张传仪亲自带过来，同业务部的人互相介绍。

"大家好，我是黄长富，以后就是同事了，请多关照。"

黄长富和办公室的所有人客套了一番，就见王嘉禹走了出来。

黄长富相当热情，上前握住他的手："王组长！久仰大名！"

"哪里，哪里，倒是黄组长，早就想认识了，我们的前辈！"

两人仿佛一拍即合，聊得热火朝天，乔暖就是在这个时候走出来的。

事实上总会有人觉得，她和业务部并不搭，单看她漂亮的长相以及精致的穿着，一身非凡气质，完全联想不到她从事着"跑业务"的工作。

虽然乔暖身材纤细，笔直的背还是让人不敢小瞧，眼尾微微上挑，一眯着眼就透着犀利的光芒，让人脊背发麻。

很少有人见过她大发雷霆的模样，但即使她从来不发火，整个业务部最怕的还是她。当然，最喜欢的也是她。

黄长富一见到她立刻眼睛一眯，听张传仪介绍道："黄组长，这是……"

"乔组长！"黄长富已经笑着上前，伸出了手。

乔暖点点头，伸出的手刚刚一握就立刻抽了回来。

"我跟乔组长可真是有缘啊！"

乔暖微笑："当然有缘，早前黄经理还在广贸的时候我就说过，没工作了可以来元夏，我们欢迎您。"

黄长富的脸色立刻变得有些难看，不过他忍了下来，他在元夏没有根基，不可能一来就对上乔暖。

张传仪继续带着黄长富去熟悉公司，乔暖眄了眼王嘉禹，就在对方的视线中回了办公室。

但这一天并不平静。

临下班时李楠就来了公司，这才一天，这个男人就有些邋遢，脸色苍白，来了直指乔暖。

"是不是你？调包了我文件的是你乔暖对不对？！"

他情绪已至癫狂，被元夏辞退，再加上当初和家庭的矛盾，他日后的日子实在令人难以想象。

"你在说什么？我听不懂。"乔暖很淡定，另外两个组长已经过来了，就连外面的员工也竖着耳朵在听。

"不承认是吧？顾总马上就来了，我就算滚蛋，也要拉着你乔暖一起。"

她看着他，微微皱眉，没有接话。

顾国华很快就来了，板着脸瞪了李楠一眼："你还在闹什么？！"

他显然很了解顾国华："公司内部有了奸细，为了上位害我，毁了和荣氏的单子。顾总，这样的人你也敢用吗？"

顾国华皱眉，看了眼在场的所有人。

李楠上前一步："顾总，我跟了您这么多年，从公司起步开始，难道真的要我不明不白地走吗？"

顾国华看了眼乔暖，李楠回来直指乔暖，显然是掌握了什么证据，如果真查到是乔暖能怎么办？

这样的人才他不可能放出去，但不惩罚又成了纵容，因此他并不想深究，但现在这么多人看着，不查又……

他还在想措辞，黄长富已经道："你不能冤枉人，我们乔组长是有大智慧的人，不可能做这种事。"

黄长富这句话看似为乔暖开脱，实际上是一步步逼着她。

果然，李楠更加闹着要寻求真相，顾国华终于点头。

李楠大喜，王嘉禹的眼中更是流露出掩饰不了的喜悦。

他们先翻过了乔暖的桌子，而后又管她要钥匙开柜子门。

她眼睛微眯，很是危险，把钥匙扔了出来，静静看他们翻找。

然而什么都没有！

李楠大吃一惊，王嘉禹同样瞳孔一缩，满脸的不可置信。

"怎么……可能？"

"事实是我并没有动你的东西。"

"你以为我会相信你？乔暖，你我有嫌隙，害我的肯定是你！"

乔暖上前一步，她声音骤然提高了一点："你觉得我会害你吗？你出了事，几乎所有人都会怀疑我，我会傻到在你我明面有仇时害你？这明显的一箭双雕都看不出来！"

"我们俩鹬蚌相争以后，谁获利最大？动点脑子。你要是不相信，把整个元夏都检查一遍啊！我倒觉得，你应该防备的人是让你对我产生怀疑的人。"

她冷冷说完，提着包，对顾国华点点头："顾总，我先走了。"

乔暖的态度过于自然，若非王嘉禹知道确实是她干的，定会和其他人一样，动摇了怀疑。

乔暖踩着高跟鞋离开，就连钥匙都还扔在桌子上，显然是生气了。

顾国华无奈摇摇头，看向李楠，语气冷了下来："闹够了？可以走了吗？"

李楠心中一动，他想到乔暖刚刚说的话，莫名有些怀疑王嘉禹。

"不行，我要检查整个办公室。"

"李楠，不要太过分了。"

李楠相当执着，他不找出真相就不肯离开。

他在这个时候收到了一条陌生号码发来的语音，像是对话，但只截留了一个人的声音。

"放好了？"

"你放心，等我当上经理，就让你做组长。"

……

虽然是没头没脑的两句，但在这时候却让所有人都懂了。

"王、嘉、禹。"李楠咬牙切齿。

他脸色一白，看向陶阳，眼神像是淬了毒的刀子。

"不是，这不是我说的！"他辩解。

顾国华眼神冷漠："翻一下他的柜子。"

如果是乔暖他可能还会保一下，但只是王嘉禹，他就暂时没表态。

王嘉禹的柜子就不比乔暖的干净，里面竟然还有接私活的单子！

顾国华的脸彻底黑了，王嘉禹瘫在地上，一阵眩晕。

全完了！

第五章
荣谨的求生欲

乔暖虽然走了出来，但后续的事她一清二楚，开着手机，听着顾国华那句："王嘉禹停职接受调查。"

员工接私活是大事，不管单子大还是小，都会受到严厉的惩罚。

乔暖摘下耳机，嘴角微扬，就是看见面前的男人，也没有丝毫影响她的情绪。

"张俊。"

对方上前，紧紧盯着她，皱着眉也不知道在想什么。

她也不说话，想听听他第一句说什么。

荣谨不知道怎么开口，走的时候徐恪耳提面命，一定要对自己默念：就当被她占便宜了。

他在心里默念了一遍，竟然念得有些委屈。

徐恪说的话、教的方法，全部抛之脑后。

他说："乔暖，你要对我负责。"

"……"

老实讲，乔暖本以为荣谨是个很放得开的人，而看着现在站在自己面前的男人，她很难把他和初见的模样联系在一起。

这个一身凌厉气息的男人会系围裙做饭，这个不苟言笑的男人会皱着眉说"你要对我负责"……

乔暖表示，果然还是活久见。

"张俊，我觉得……"

"乔暖。"他打断她，走上前一步，低头在她耳边轻声说，"我不逼你，但你也不能避我如蛇蝎。"

他很高，哪怕乔暖穿着高跟鞋，依旧像是被他笼罩在怀里。

她挑眉，只道："怎么？睡了一晚离不开我了？"

乔暖眼里带了点儿笑意，依稀又有了昨夜妩媚的模样。

荣谨心中一动，仅有的理智告诉他，如果现在点头，这女人铁定一去不回头。

"很久没遇见这么干脆的了，找谁不是找，倒不如咱们合拍些。"

"不要负责了？"她继续调侃。

荣谨笑："你想负责也可以。"

最终还是去的她家，乔暖心情不错，男欢女爱、锦上添花。二人难免放纵，辗转多个地方。

她闭眼睡去，两颊粉红，荣谨还是把人搂在怀里，侧头轻轻吻了一下她的额头。

怪不得男人们都热衷于这事，以往他不感兴趣，周遭人都道荣氏集团老板不能人道，就连他自己都快信了。

到头来不过是没遇见对的人，人说美人怀是温柔乡、英雄冢，她虽然不温柔，却是他的冢。

夜晚的她放肆风情，但天一亮她又是一身冷艳的西装。"我送你？"

荣谨把碗放好，屁颠屁颠过来："好呀。"

"……"

乔暖开车，荣谨坐在副驾驶上，两人偶尔说上一两句无关痛痒的话。

"到了。"她偏头，挑眉。

"晚上……"

"不约，休息。"

荣谨眉头一皱，这种被人占便宜的感觉越发强烈……

他跟着她下车，眼看两人就要分开。

"那晚饭过来吃吧。"他说的是咖啡店。

乔暖依旧摇头，调侃："我有约了。怎么？这么想跟我吃饭？"

荣谨挑眉："你可是我们店的大主顾，我这是揽客而已。"

"揽客？"

乔暖意味深长地挑眉，而后摸出几张红票，往他心口一按："乖。"

她踩着高跟鞋远去，背影婀娜多姿，荣谨愣在原地。

荣谨看了眼自己下意识按住的票子，嘴角一抽。

这性质比占便宜还恶劣！

他要当自己是只鸭子？

元夏业务部今天氛围相当诡异，一连倒了两个领导，不说人心惶惶，但大家也确实各有心思。

"暖暖……"向敏欲言又止。

"嗯？"她淡淡出声，手指在键盘上飞速敲打，头也不抬。

向敏看着她精致的侧脸，漂亮得不似凡人，不爱笑，又一贯喜欢正装，看起来像是冷冰冰的石头，但偶尔透露出的温柔，又叫人极为感动。

业务部的乔组长严肃冷静，但为人却也是最好的那个，又让人怕，又让人爱。

可现在……

昨天王嘉禹走的时候，嚷嚷李楠是乔暖买通他助理害的，现在还来陷害自己。

顾总当即就呵斥他，同事们也是不相信居多，但只有向敏知道，他说的可能是实话。

乔暖久久没听到声音，转头，看向她："怎么了？"

向敏咬紧了下唇："李楠是你……"

"嗯，是我做的。"

向敏一愣。

"你帮我打听了陈东平家里出的事，我就借此买通了他。"

她承认得太利落，以至于向敏不知道该说什么。

"为什么？你想升经理？"

"想。但这不是根本原因。"

向敏越听越糊涂，一头雾水地看着她，只听面前的女人平静地说："李楠从鹏程科技的项目开始，就已经在害我了，荣氏的项目如果被他拿到，我的处境会更难。"

"那王组长呢？"

乔暖微微挑眉："你以为王嘉禹是好人？"也不等向敏说话，随即冷哼一声，"我要是不够警惕，昨天李楠就能带人在我柜子里翻出东西了！"

向敏知道业务部不单纯，就是他们员工也是争来争去，没想到上级们竞争更激烈，手段也更可怕。

乔暖微微叹气，往后面椅子一靠，揉了揉太阳穴，眉头微皱。

向敏突然有些心疼，她太强势了，以至于让人忘记她才不到二十五岁。她这么年轻，就要这么拼命，还得小心翼翼地机关算尽……

"暖暖，我会帮你的，无论你做什么。"

乔暖一愣，随即抬头一笑，露出灿烂的笑容，像是霎那间烟花盛开，让人心里一软，恨不得把一切捧到她面前。

向敏离开以后，乔暖继续工作，仿佛刚才的烦恼、疲惫统统没了。

下午下班后，乔暖和邓容约了一起去SPA。

两人一同走出大厦，却被人拦住了，是刘雨琪。

乔暖看向邓容，对方识趣地先去开车，留着两人在原地。

"是你吧。"

乔暖看着她，一脸平静，毫无情绪。

就在这样的眼神中，刘雨琪咬紧牙根："我告诉你，我不会放过……"

对方突然过来拽着她，一路往大厦背后人少的地方去。

"你干什么？！乔暖你听着，你要是……"

"闭嘴！"

刘雨琪立刻哑了，被拉到角落，乔暖立刻松开手。

"说吧，要说什么？"

刘雨琪咬牙道："你害我没了工作！"

乔暖睨了她一眼，手叉着腰道："我帮你解决了李楠。"

刘雨琪一愣："你、你……你都知道……"

刘雨琪说不出话，好一会儿又突然号啕大哭，双手捂住脸蹲在地上："两年了，已经两年了，我一拒绝，他就说开除我，给我抹黑，让我以后再也找不到工作。我忍辱负重，结果到头来……还是……全都没了！"

她哭得稀里哗啦，乔暖叹了口气，这就是她最痛恨的所谓的职场潜规则。刘雨琪大学毕业，找了个大企业，自认为一步登天，结果……

第一次李楠一吓，她就哭着从了，然后有一就有二，陷了进去就相当于被他抓住命脉，回不了头。

"刘雨琪你知道自己错在哪儿吗？"

刘雨琪哭红了眼，抬头看着乔暖。

乔暖还是那个姿势，只不过眼神更加认真，声音满是坚定："如果是我就一定会曝光李楠，你害怕别人的流言蜚语，全世界被潜规则、性侵的女人都害怕流言蜚语，那么一个个人渣只会活得越来越好。"

"你怕没工作，你担心你的未来、前途，可未来前途都是你自己争取的，而不是寄于一个人渣。"

"我……斗不过他。"刘雨琪抽泣。

乔暖微微抬头，这世界对女性还不够友好，无论是"受害者有罪理论"，还是莫名的"女性贞操观"，都是不该存在的东西。

"斗得过的，只是你没想斗，你看我，早晚走上巅峰。"

刘雨琪一愣，喃喃道："你是个女人……"

乔暖蹲下，一只手臂横在膝盖上，露出一个微笑，很浅，但很美。

"你有这个思想，就是潜意识里觉得女人比不过男人，刘雨琪，我会让你看到，不靠潜规则的女人是怎么上位的。人渣就该有人渣的自觉，早晚会一个个下地狱。"

刘雨琪愣愣地看着乔暖，乔暖对她的冲击太大，不避讳阴谋算计，名正言顺地告诉她，她要上位。

"你不适合待在元夏，能力不行。"

刘雨琪恼怒，就见面前这人递过来一张名片。

"这是我待的第三个小工作室，氛围不错，不适合我，但适合你。"

将名片递给刘雨琪后，乔暖就站了起来，还是一贯的高傲姿态，刘雨琪却觉得，她是真的漂亮。

背对刘雨琪的乔暖依旧笑着，她这番话七成真、三成假。

刘雨琪自己身受其害，却转身算计其他女人，女人何苦为难女人，可很多人就是想不通这个道理。

上一次姚宁算计她的余创项目的时候，她就想让三个参与者统统滚蛋，要不是发现李楠在保她，刘雨琪不可能被留到现在。

还有向敏认为她太辛苦了，可是毫无根基、背景的人，能过上她现在的富裕生活，本身就是辛苦换来的。

她已经是付出和收获比例相当划算的一部分人。

向敏是好人，是她的朋友，但不是她欣赏的人。

她欣赏的人……乔暖看着前面靠在车上的邓容，两人相视一笑。

依旧是等技师走了，她们才开始聊公司的事。

"李楠最近到处托人帮他求情，反省自己，顾国华没做表示。"

乔暖闭着眼睛，好一会儿才开口："怎么？咱们顾总还念旧情？"

邓容道："给你讲讲李楠年轻的时候吧。"

"他那时候不像现在这么蠢，业务能力很强，一腔热血。顾国华正是艰难的时候，广贸只手遮天，元夏但凡有个人才都会被挖走。

"广贸给李楠开出了很高的条件，那些福利拿到现在也是相当不错。但他没走，顾国华都快发不起工资了，李楠也没走。

"后来广贸和元夏抢单子，李楠在那时候为了见委托方一面，在门口等了三天，人见到了，自己也晕了。

"这让对方看见了元夏的诚意，签了元夏，也是从那时候开始，元夏慢慢成长。再后来你也听过，广贸前老总去了，两兄弟同管，争来争去，内乱不断。"

说到这儿邓容叹口气："可惜李楠自从当了经理，娶了有钱的妻子，就越来越面目可憎了。以前有没有能力不好说，但热情是真的，现在……唉。"

乔暖能猜到李楠年轻时候一定对顾国华有很大的贡献，不然顾国华不可能任由这样的人当了这么多年的经理。

她倒是没想到，他以前还挺有能力。

"这次他回不来了。"

"你这么肯定？"邓容下意识地挑眉，随即按了按面膜。

她只听旁边传来一句："你就等着看好戏吧。"

邓容一笑，她就喜欢看乔暖算计的模样，又美又坏，还很淡定。

李楠忙了很多天，还找到了原来同样帮过顾国华的老员工求情，终于等到顾国华同意见他一面。

这两天他被整得有些惨，脸色憔悴，他也就顶着这副凄惨的模样来了元夏，甚至比在外面更惨。

"顾总……"李楠期艾艾道。

顾国华看见他这副惨样就皱了皱眉："怎么把自己弄成这样？"

李楠一把鼻涕一把泪地哭诉："您要开除我，我岳父说保不住工作就让我和丽丽离婚，一大把年纪了，还整离婚，孩子可怎么办！"

"你犯错在先……"

"顾总！"李楠差点跳起来，"我都查清楚了，是乔暖那个贱人害我，我没对不起元夏！"

顾国华皱眉，不知道怎么想的。

李楠又哭道："您以前让我跟着您干，一定会富贵一生，可我现在……"

他没把话说完，有些事要对方自己想起来，才能勾起愧疚之心。

顾国华想到当年他拿回项目的时候，自己说过，只要有我顾国华一天，你李楠就大富大贵一天。

顾国华叹了口气，道："老李，年纪一大把了，别跟着小孩子去争，乔暖有实力，我器重她，但谁也越不过你啊！两个组长揽权，你轻轻松松收钱不好吗？"

李楠心想：可我收的是小头啊！当然，他面上不敢表示出来，反而连连点头。

"我知道错了，我怕他们威胁我地位……"

顾国华冷哼了一声："你就是贪心不足蛇吞象。"

李楠也不恼："顾总，我明天可以回来上班了吗？"

他笑得谄媚，顾国华微微叹气："回……"

"顾总！"门骤然被人推开，秘书一脸着急，慌慌张张的。

"警察来了！"

李楠被抓走了，是因一堆难以启齿的罪名被抓走的，公司上下议论纷纷。顾国华砸了办公室，又让人清理了李楠的所有东西。

元夏业务部经理李楠，彻底下台。

啪啪啪！

黄长富拍着巴掌进来："乔组长，厉害厉害！"

乔暖停下手上的动作，抬头："谁让你进来的？"

黄长富一愣，没想到她什么都不问，就直接让他出去，一时不知道说什么。

"滚出去！"

"你！乔暖，你别太得意。"

乔暖冷笑："谁给你的脸，刚来公司就想打压老员工？我再说最后一次，滚。"

乔暖的手已经压在一旁的电话上，黄长富气得龇牙，到底不敢挑战乔暖，摔门出去了。

乔暖继续低头工作，有些人都不值得为他浪费一秒时间。

中午乔暖出去吃饭，本来她在员工餐厅吃点也可以，但对面咖啡店的那家伙，每天都花样诱惑她，最后乔暖的午饭也被他承包了。

乔暖路过大办公室，几个员工聊着，没注意她出来了。

"哎，那个刘雨琪竟然和李经理这种关系。"

"啧啧，怪不得在公司的时候耀武扬威没人惩治她，原来啊……"一人说得一脸暧昧。

"也真是，不过她为什么又要告李经理呢？"

"谁知道啊，可能是分手费……"

"因为她是个人。"乔暖的声音骤然出现，所有人安静下来。

乔暖提着包慢慢走过去，面上十分严肃，几人脊背绷直，一句话不敢说。

她走近，停在几人面前。

"她是个勇敢的女人，至少她敢把自己的遭遇讲出来，避免了这样的人渣继续耀武扬威，祸害更多的人。

"以前她有错，但至少在这件事的处理上，她是个堂堂正正的人，她避免了下一个刘雨琪受害。

"而你们的指指点点、无端猜测，却是让一个受害者二次受害。你们可以说她讨厌，可以说她过分，但没有资格在这件事上，对她进行恶劣的揣测。"

乔暖说完就离开了，剩下的几个员工面面相觑，有些羞赧。

直到走出大厦，乔暖的心情才好了一些，呼出一口气，又恢复她冷静自持的模样。

"乔小姐今天真的要来？"小服务员第五次询问。

店长看见几个小姑娘眼巴巴的模样，无奈点头："真的！没看见店长在厨房做饭吗？"

"真好！"

"水烧好了吗？"

"已经开了。"

"那先给乔小姐晾着。"

……

店长眯着眼看着几个姑娘笑着去一旁晾水，她们嘴里全是乔小姐。

"乔小姐，乔小姐，就知道乔小姐。"店长碎碎念。

"乔暖来了？"厨房的那个拿着铲子就出来，还穿着厨师服。

店长："……"

乔暖就是这时候进来的，受到了小姑娘们的热烈欢迎，那个男人也已经做好了饭，一一端了上来。

"暖暖，饿了没？"

"还好。"她放下包坐下来。

店长帮忙把最后一个菜端上来："好了，请用餐。"

乔暖抬头："一起吃吗？"

店长看了看荣谨微眯的眼睛，坚决摇头，他还不想失业！

等他走了，乔暖问道："怎么这么丰盛？"

对面男人一笑，不回答这个问题，只问她："怎么样？"

乔暖点头："很不错。"

荣谨轻笑，声音略沙哑磁性，听得人耳朵一动。"我的手艺越来越好。"随即压低声音，"技术也会越来越好……"

"今晚去我那儿。"

对面的男人一愣，随即嘴角上扬。

但有些人就是容易得寸进尺，骤雨初歇，某人就哑着声音在她耳边念叨。

"每次来都挺不方便的，要不我搬过来？"

怀里的女人即使看似已经神智不清，但张嘴说出的话，依旧是毫不留情的一个字："不。"

荣谨："……"

他咬牙，把人翻过来："坏女人，那就再来一次。"

乔暖试着推了一下，没推开，便又勾住他，陷入风波。

荣谨第二天醒来时有些暗恨，他本来是想通过诱惑让她同意他搬进来，没成想对方意志坚定。倒是他，被她一牵引就忘了身在何处，丢盔弃甲。

他俯下身，咬牙切齿地低声道："你这个没心没肺的女……流氓。"

我再也不听你的了！

一只手从被子里伸出来，轻轻拍了拍他的头，声音慵懒："帮我拿一下衣服。"

"好嘞！"

日子就这样没羞没臊地过着，业务部经理的人选还没定，但大家基本默认是乔暖。

顾国华也几乎把业务部的所有权力都交给了她，但所有人都知道，还差点什么。

乔暖虽然实力强悍，到底是个新进元夏不久的人，直接把经理一职交给她，实在有些……

可能是因为这样，顾国华让她暂代经理一职，还没任命。

她这人严肃较真，但又总会在不经意间让员工喜爱。

比如——加班的时候。

乔暖从办公室走出来，双手抱臂："加班就别聊天，赶紧的，威零这

126

个项目要得紧。"

"是！"

她又看了眼时间，道："赶紧的，赶紧的。"

"可以先吃点东西吗？"

"我定了福禄轩的小龙虾和盒饭，不能吃辣的有清淡的粥和水果沙拉，就快到了，赶紧的，速度快的就先去经理办公室吃。"

她说完转身就走，后面一阵欢呼。

"乔组长我爱你！"

乔暖背着众人，脸上微微带了笑意。

又比如——犯错的时候。

"你是傻子吗？这么简单的道理都不懂，别人降价，你也跟着降价？"

"这项目你降这么多已经没有任何赚头，可以准备赔本了，按照规定，所有的亏损都由你自己负责。"

那员工都快哭了，她是新人，项目是跟另一个外企竞争，对方降价，她也就跟着降下来。现在有可能亏损，且所有的亏损都是她一个人负责的话……

"乔组长……"

乔暖揉了揉脑袋："以后再有这种情况，对方降价你就绝对不能降，要从各方面暗示对手降价是有问题的，懂了没？"

"懂了懂了！"她连连点头。

乔暖还是拿过合同唰唰地签了字，递给她。

"这项目先批了，再有下一次，你就直接滚出元夏。"

见对方吓得发抖，乔暖又道："你拿着它去找陶阳，合着他的单子让乙方一起做了。"

员工眼睛一亮，看她的眼神充满了感激。

"谢谢乔组长！谢谢！"

……

多起事件充分巩固了乔暖的领导地位，可上面还是没有给乔暖升职的打算。

"顾国华是什么意思？要我帮你问问吗？"邓容皱眉。

"算了吧，你和他关系本来就一般般，他知道我们的关系，就算有什么也不可能告诉你。"

"那你就这样等着？"

乔暖微微抬头："当然不可能。"

邓容一脸疑惑，乔暖嘴角微扬："荣氏的项目可还没签呢！"

"你疯了！"

邓容一脸震惊，紧紧盯着她。

"荣氏集团老板荣谨，那可不是好说话的人，你忘了李楠是怎么离开的吗？好不容易对方没追究我们，你再上赶着过去，万一……"

"不会的。荣氏的项目一定要拿到，顾国华不升我职，肯定还在考虑。我要是不拿到荣氏的项目，他在外面再去挖个人过来，我难道还在组长的位置上挣扎几年？"

她说完一阵沉默，邓容不说话了，所谓的富贵险中求，乔暖上进心强，组长的位置压得她难受。

"你小心些，我帮你打听打听他的爱好。"

"嗯，谢谢。"

"跟我还客气？"邓容挑眉，乔暖上前和她挨近，相视一笑。

……

既然要攻克荣氏，乔暖做了不少了解，但是奇怪的是，她怎么也搜不到荣谨的照片，当然，乔暖也没在意这个问题。

荣氏集团老板荣谨，薄情寡义、不能人道……

当然这个只是传闻，对方到底能不能人道，自然是没人爬床上去验证验证。

制定了简单方案以后，乔暖就准备去荣氏了，从头到尾她都没跟顾国华报备，因为这要是告诉他，她就去不了了。

所以她直接去荣氏。

"请问您有什么事吗？"前台的柳榴好久没见过这么有气质的小姐姐了，一时有些发愣。

"请帮我联系一下荣总的秘书，就说元夏的乔暖来了。"

她说这话的时候就像对方知道似的，所以前台下意识拨出了那个电话。

"杨秘书，元夏乔暖想见您。"

"见什么见？！有预约吗？没预约见个屁！"这几天那乔小姐太忙，没空搭理老板，荣谨在荣氏就像是到了更年期，惹不得惹不得。

"哦……好。"

"以后没预约不许打电话，管他什么乔暖不……等等，你说谁？"

"乔暖。"

柳榕听见电话那边一阵匆忙，什么东西摔了一地。

"你等等，别挂电话。"

杨达周扔下电话，一脸惊恐地往荣谨办公室跑。

"老板，老板！"

荣谨冷冷地看了他一眼："慌什么慌？荣氏破产了？"

"乔小姐来了……"

"什么？！"荣谨站起来，下意识就要下楼，杨达周拦住他。

"哎哟喂，老板，乔小姐以为你叫张俊！"

荣谨一愣，他光顾着乔暖来了，都忘记了对方还不知道他的身份。

荣谨顿时急得团团转。

"老板，你快想想办法，乔小姐还在楼下呢！"

"我这不是在想吗？！"

荣谨狠狠瞪他一眼，随即道："不能被她发现了！"

他顶着张俊这名字两人还能慢慢培养感情，这要是被她知道，那不是凉了吗？

"元夏这项目不能合作！这样，你让徐恪……不行不行，让郑经理去见她，客客气气，委婉拒绝。"

"……"郑经理是个四十岁的女人。

徐恪还是听到风声跑去了，他对这女人可是充满了好奇，这可是能把荣老板变成开会时候又笑又愁的女人啊！

"乔小姐是吧？"徐恪笑着进门。

乔暖站起来，回了一个微笑："徐经理。"

"久仰久仰。"对方道。

乔暖只当他是客气，便笑着说："是我久仰你徐经理的风采。"

"别别别，别这么说。"你再夸，我上去就得挨打了！

129

乔暖只笑，她总觉得对方眼神有些其他的意味，即使两人又闲聊了几句，这感受依旧强烈。

"徐经理，咱们说正事吧。"

"你说你说。"

"咱们这项目……"

"项目啊？好说好说。"这话一落，何蓝推门。

"徐经理，荣总叫您。"

徐恪立刻站起来，对她眨眨眼睛，这徐恪确实有让女人疯狂的资本。

"乔小姐，对不住您了，这个项目不能给你。"

乔暖眼睛微眯，既然不给，为什么要扯这么久？

何蓝倒吸一口气，这徐恪是活得不耐烦了？

……

徐恪被荣谨怎么收拾暂且不谈，这边乔暖回了元夏，也和邓容进行了交谈。

"我就说不可能，荣老板不会见你的，但徐恪见你倒是奇了怪了，你今天没和他好好谈谈？"

"这不是谈不谈的问题，李楠得罪的是荣谨，这项目要拿到，还是得从荣谨着手。"

邓容点点头："道理是这样的，可是荣谨不见啊！"

"我明天再去。"

"暖暖，你也真是不撞南墙不回头。"

乔暖看着她，抿嘴笑："错了，我撞了南墙不是回头。"

"什么？"

"是把南墙撞穿！"

"……"

第二天乔暖又来了荣氏，这次她不准备打招呼，打算直接出现在荣谨的面前。

"柳榴。"

"咦？乔小姐来了，还是上去找荣总？"昨天乔暖上去只见到徐恪的事，前台是不知道的。

她只知道乔暖是何蓝亲自送下来的，那面瘫还对乔暖说，以后有需要帮助的可以找她。这样一来，柳榴自然是当她已经见到荣谨，还把她当作贵客。

"我给……"

"不用。"乔暖按住她的手，俏皮地眨眨眼睛。

"我直接上去。"她道。

"啊？这……"

"没事儿，我来突击检查，他不敢怪你。"

前台："？！"

乔暖继续眨眼，留下一脸晴天霹雳的前台小姐姐。

待会儿如果荣谨生气，她就担下来，事后再去找找何蓝，不让柳榴受到一点牵连就行。

她进了电梯，慢慢往顶楼走。

此时顶楼。

"老板，宁总说在明仪轩福字房等您。"

"嗯，行，走吧。"荣谨站起来，杨达周跟在背后，两人一块儿往电梯走。

这一栋电梯有两部，一部是老板专用，当然，说是老板专用，但也不可能只允许荣谨一个人乘坐。

偶尔员工电梯不方便，或者有急事的，都可以使用老板电梯，荣谨自己也是哪个方便哪个来。

正比如现在，员工电梯正在下一层，箭头向上，于是荣谨按了这一部的按钮。

他又对杨达周说道："你通知咖啡店那边，提前准备，我待会儿过去。"他又一脸嫌弃地感叹一句，"这宁轩和可真烦，还非得见面说。"

"……是的，老板。"杨达周叹口气，又得赶时间了。

员工电梯这时上来了，里面没人，他们俩进去，电梯很快往下走。

这会儿是工作时间，员工电梯也快。

旁边的电梯缓缓上来，门打开，里面俨然是乔暖。

她向荣谨办公室走过去，长长地呼出一口气，在心里回忆了一遍开场白，贸然上来，荣谨很可能会勃然大怒。

131

她要说些什么才能熄灭他的怒火，这些都在乔暖的考虑当中。

　　当然，老板办公室是最严格的，在门口有秘书、助理，这会儿就是何蓝和两个助理在。

　　"乔小姐？"何蓝有些疑惑的声音传来。

　　"何秘书。"她对何蓝一笑。

　　"您怎么在这儿？"

　　"荣总在吗？"

　　"不在……有约了……"

　　"哦。"乔暖点点头，仿佛不在意，又说道，"其实我是来找您的。"

　　荣氏的最顶楼有会客厅，也不是不允许人上来，但她贸然直接上来，若是对方要追责也说得过去。

　　所以乔暖现在平静的外表下面，也是极为忐忑。

　　乔暖说完，何蓝明显一愣："您找我？"

　　"对，上次和何秘书一见如故，还没来得及多聊聊。对了，李楠已经被开除了。"她笑着，很自然的模样，手指不着痕迹地捏住衣服一角。

　　"哦。"何蓝点点头，她这人不经常笑，也不知道要怎么向乔小姐表达出高兴的情绪。

　　比起乔暖现在的心情，何蓝更怕得罪她，当然，两人都不知道。

　　但相互示好的心绝对是一拍即合！

　　"下午可以一起吃饭吗？"她笑着问，很自然的模样。

　　何蓝纠结了一下，实在不好拒绝她，遂点头。

　　……

　　"老板！乔小姐和何蓝吃饭去了。"杨达周大惊道，一手拿着手机，一手在空中比画。

　　荣谨比他还蒙："谁？暖暖和谁？"

　　"何秘书……"杨达周咬牙，表示何蓝你自求多福吧。

　　果然，面前男人的脸瞬间有点黑："她们怎么走到一起了？"

　　"何蓝说乔小姐是直接上了顶层，可能是去找您，将将错开，所以她邀请了何蓝。"

　　随着这句话，荣谨一口气提了上来，又轻轻呼出，一脸庆幸："幸好和宁轩和有约，真是危险，这宁轩和立了大功！"

得，现在不嫌弃人家耽误他时间了。

杨达周可劲儿地点头，一脸赞同："可是老板，乔小姐要是再去？"

"你回去给前台开个会，以后乔暖再过去，就用各种理由搪塞，比如老板出差、老板太勤劳见客户去了等……对了，礼貌点、客气点。"

"……好的。"

乔暖早晚会有知道"张俊"身份的一天，这会儿要是给她气受，以后……凉凉。

宁轩和一见到荣谨就觉得有些不对，这家伙……什么时候这么热情了？

他不是一向看自己都相当不满意吗？

"阿谨，你没吃错药吧？"

荣谨睨了他一眼："滚！"

宁轩和松了口气，还是那个荣谨！

……

"何秘书……"

"叫我何蓝就行。"何蓝硬着头皮说道。

"何蓝，那你叫我乔暖吧。"

她很会聊天，何蓝本来以为徐恪口中的"小冰山"会像老板一样很难相处，事实上和乔暖聊天很舒服，她的言语像淡淡的流水，和她冷艳的外表完全不一样。

说着说着两人就约了下次，可以说两人真的"一见如故"，彼此性格差不多，又都是独立自强的女人，很是聊得来。

以至于两人分开的时候，天已经快黑了。

"暖暖，下次再约啊！"何蓝笑着说，这回是极为真心的。

"好的，何姐。"

何蓝看着乔暖离开的背影，确定她走远，立刻拿出手机，直接打给荣谨，一句句汇报清楚。

夜里……

眼看乔暖洗了澡就要睡去，荣谨一急，抱住她，轻轻晃了晃。

133

"暖暖啊，你今天晚饭去哪儿吃了？"他试探着问道。

以往荣谨把人揽在怀里，就是做了再多次，也还是意动，但这次他心里有事儿，只关注着她的细微表情。

"和……朋友。"

"什么朋友啊？"

她眼睛半眯半睁，睨了他一眼："你问这么多干吗？"

荣谨尴笑："没，关心一下你，今天在荣氏门口看见你了。"

这回乔暖的眼睛全睁开了，看着他："你在荣氏做什么？"

"我朋友在荣氏工作，今天去见他，就看见你来着。"荣谨眯着眼笑，相当心虚。

"哦。"她没追问。

荣谨咳嗽一声，不自然地动了动，又问她："暖暖，如果你被人骗了怎么办？"

乔暖不睁眼，轻轻在他怀里一蹭。荣谨心中一动，但忍了下来，想听她怎么说。

"就是说假话骗了你。"

"骗我……那……"

荣谨眼睛瞪大，紧紧盯着她的唇："什么？"

"弄死他。"

"……"

荣谨脊背一麻，忙往被子里钻了钻。这才刚进入秋天，怎么这么冷？

……

"乔组长最近在忙什么？怎么没看见签新单子？"黄长富一脸笑意，这是晨会，这话让所有人都看了过来，就连顾国华也看向她。

乔暖很淡定，微微抬头："黄组长才拿了几个小合同就扬扬得意了？急什么，要拿好的单子，就得慢慢磨。"

她这样说，黄长富一噎，其他人倒是点点头，尤其是顾国华，他知道乔暖向来不乱打包票。

"乔暖你好好看着业务部，单子不急，黄组长刚来，有什么问题向乔暖请教就行。"顾国华说完，黄长富的面色变得有些难看。

他看着乔暖对他嘲讽地睨了一眼，心里很是不痛快。

散会以后，黄长富走过来："乔组长，您说的大单子是什么样的单子？有多大？让我见识见识？"

乔暖嘴角微动，道："黄组长，你见识浅薄，为什么还要问出来呢？"

说完就和邓容相携离开，邓容问道："荣氏这单子你真的必须拿到？"

"嗯，必须，趁他们还没定出去。"

......

一连"出差"三天的荣老板让乔暖微眯了眼，颇有些疑惑。

这荣氏到底什么意思？按照以往，如果同意就同意，不同意就明言拒绝，再不许上门。

但他们现在这个态度就是不敢得罪又不想答应？

还是说荣老板是真的出差了？

乔暖眼睛一厉，慢慢走出大门，像是往常一样。

柳榴吐出一口气，给杨达周打了个电话："杨秘书，乔小姐走了。"

挂了电话，柳榴感叹一句："这都是什么事儿啊！"

有这个想法的不只她一个，楼上徐恪也说："这都是什么事儿啊。"

荣谨睨了他一眼，喜欢的人就在楼下，他还要将她拒之门外，内心也是极为难受，恨不得跑下去把人抱上来！

"我能怎么办？"他说得有气无力。

徐恪身子往他方向倾斜，道："要不你直接坦白吧，这万一直接抓到……"

荣谨坐起来："你告诉我，坦白的后果是什么？"

"只有一个。"

"什么？"

"凉了啊！"

"……"

徐恪眯着眼摇摇头："那是乔暖，和其他女人不一样，我也不知道你被发现到底会有什么下场。不过不破不立，你总不能一辈子就这样瞒着她吧？"

"我想先和她有点感情再坦白，现在……"

"现在什么？"

"……"我能说她现在把我当免费鸭子吗？

"行行行，我看你不愿意自己交代，后面被她发现了，那就好看啰。"徐恪幸灾乐祸道。荣谨拿起桌上的书就砸过去。

"你去咖啡店？"徐恪和荣谨一边往外走，一边说着。

荣谨淡淡地"嗯"了一声。

徐恪咋舌："爱情，真是让人头疼的东西！它把我们伟大的老干部荣谨，变成了一个煮夫！"

荣谨睨了他一眼，并不理会他。

不是身在其中的人是不能体会这种感受的，他无论做东西多辛苦，只要被她吃下，他就高兴。

两人走到大厅，柳榴向他们问好，两人随意点头，推开门出去。

"徐恪，距她生日还有一个月，你说我送……"

"张俊？"荣谨的耳边突然传来熟悉的声音。

两人僵住，慢慢抬起头。

乔暖站在前面看着荣谨，眼神疑惑，视线从他身上挪到了徐恪的身上，眉头微微隆起。

荣谨心里一咯噔，顿时慌了："对……"

"乔小姐，怎么了？来找我家张俊？"徐恪笑得很自然，和荣谨挨紧，手从背后戳了他一下。

徐恪内心念叨：拜托，这可不是犯傻的时候！他嘴里虽说不破不立，想看他们笑话，但乔暖的性格谁说得清，别破了就立不起来了。

到时候荣谨凉了不说，必定会牵连到他啊！

他可不当背锅侠。

荣谨的求生欲还是挺强的，立刻道："乔暖，来，介绍你认识一下，徐恪，我朋友，就是我说在荣氏上班的那个。"

乔暖眉头松开，对两人点点头，她心里升起一个念头，不强烈，但不可忽视。

不过她也没说出来。

"徐经理，我希望再和您谈谈。"

徐恪突然哈哈大笑，暧昧道："哎呀，我都不知道你和张俊感情这么好。"

乔暖没说话，面上看不出她的想法。

荣谨心虚啊，又虚又愧疚，于是便道："暖暖，刚刚徐恪才同我说起，他们有项目和你合作！"

这回她有了反应，眼睛微亮："真的？"

徐恪尬笑道："真的真的。"

这家伙既然怕被发现，干吗还把人往眼皮底下拉，是嫌死得不够快吗？！

"徐经理，有空一起吃个饭吗？关于合作的问题……"

"哎呀，这不巧了，我还有其他事儿啦！张俊啊，替我陪陪乔小姐。"

徐恪说完就溜了，把两人留在原地。

荣谨想：这回乔暖肯定要质问他了，或者会不会压根儿不理他了？

他心里一急，忙道："暖暖，你不生气吧？"

对方盯着他的眼睛，微微一笑，向他走近："我怎么会生气，高兴还来不及呢，是你给徐恪说了什么，对方才答应的吧？"

荣谨摸摸鼻子："他们一直没定下来，就是在纠结，和你们合作是最合适的。"

"你一个卖咖啡的还懂这个？"

"徐恪讲的啊。"

他话音一落，手被乔暖轻轻拍了一下："饿了，吃饭。"

对方已经先行离开，背影一贯的高冷贵气。

荣谨咧嘴一笑，追上去，大着胆子握住她的手，她小手纤细，手指葱根似的，被大手紧紧包裹住。

乔暖挥了挥，没挥开，就任由他牵着。

两人渐行渐远，徐恪从不远处的汽车后面出来，抖了抖鸡皮疙瘩。

"和冰山谈恋爱是这样的吗？我的妈呀。"

正好这时何蓝从大厦走出来，徐恪眼睛一亮："蓝蓝！"

对方的脚一顿，随即假装没听见，走得更快，徐恪连忙跟了过去。

接到荣氏的电话时，顾国华差点以为自己听错了。

荣氏？！

乔暖去谈好了？！

徐恪亲自打的电话，狠狠夸了乔暖一顿，以至于顾国华来晨会的时候，还有些愣神。

"……以上就是我手头项目的进展，明正汽业的项目也已经在接洽了。"黄长富报告完自己的项目，面上春风得意。

顾国华心情很好，笑着点点头，又看向乔暖。

乔暖只点点头，轻轻把一边的头发别在耳后，道："我这边也都进展顺利。"

顾国华还没来得及说什么，黄长富又开始日常攻击乔暖："乔组长有关心最近项目的进程吗？也不知道忙什么，好多天没看见了，是去接洽大合同了？"

乔暖看着他，嘴角带了个奇怪的微笑，也不说话。

黄长富莫名脊背一凉。

上首的顾国华突然哈哈大笑："对！乔组长不愧为业务第一人。"

所有人一愣，抬头看向他，他毫不掩饰地满脸兴奋："乔组长拿到了荣氏的新项目，那边表示我们如果做得好，就可以考虑长期合作。"

顿时有人喜有人忧，黄长富更是一张脸唰地全白了。

他就是折在荣氏上的啊！

他求而不得、又念又怕的荣氏项目，竟然被乔暖拿下了？！

顾国华接下来的话更是让黄长富瘫软，他道："有目共睹，乔组长为我公司做的贡献实在太大了，年底奖金三倍！"

这回所有人都有些眼热，乔暖接了那么多的单子，奖金本就是天文数字，这回还给她翻三倍？！

这是要让她拿到的比小股东还多啊！

乔暖只是淡定地道谢："为了公司未来，应该的，应该的。"

"哈哈哈，业务部以后乔组长多费心了！"顾国华笑着说，而后又说了些其他事，叮嘱乔暖好好完成荣氏的项目，这才散会。

乔暖很高兴，比三倍奖金更让她在意的是那句"多费心"，这是要让她接任业务部经理一职了。

其他相熟的经理走的时候都道了句恭喜，而黄长富还坐在那儿，有些不能接受。

乔暖慢吞吞站起来，轻嗤道："黄组长，您放心，荣氏我会做好的。"

黄长富窘迫在原地，脸黑了又青，青了又白，好生难堪。

"热烈祝贺你即将荣升经理。"邓容笑着说，乔暖心情不错，两人在清吧坐着聊天，

"谢谢，希望一切顺利。"

邓容撇嘴："还有什么不顺利的，你拿到了荣氏，顾国华只要还给你面子，就不可能压着你。毕竟，你是在给他挣钱。"

乔暖嘴角微扬，这确实是。

"再说，业内最厉害的，所有同属性公司都知道，是元夏乔组长，顾国华就算想换个人上，也没得选择。"

她拿起杯子，对着乔暖："来，提前祝贺你。"

乔暖回视："谢谢。"

两人在清吧坐了很久，不少男人打量她们，想来试探，却终究都没过来。

"乔组长，你的气势已经压得男人不敢搭讪了。"

"邓经理，彼此彼此。"

两人相视一笑。

难得放纵，第二天又不用上班，乔暖多喝了些，她以前还在小工作室的时候，业绩就是靠酒量拼出来的。

她喝得再多，也不会有什么症状，邓容的酒量也不差，但两人喝过酒，就没敢开车。

邓容叫了人来，乔暖便也叫了荣谨。

他来得很快，邓容叫的人还没来，荣谨已经下车一脸担忧地跑过来。

"你喝酒做什么，肠胃本来就不好。"

乔暖看了他一眼，有些风情："知道了，张先生。"

说着，乔暖又转头看向邓容："我们先把你送回去吧。"

邓容只摆摆手："你们赶紧走，他也来了，别管我。"

乔暖点点头，她知道邓容不是客套，便顺着荣谨的力道往车上去。

邓容在后面看着他们的背影，有些疑惑。

咦？这个男人……真的很眼熟。

喝过了酒，她一时也想不来，而且她叫的人也来了，就把这事抛在脑后。

这边荣谨带着乔暖回去，小心翼翼地把人放在沙发上，又开始熬粥做饭。

乔暖趴在沙发的靠背上，看着荣谨忙碌的身影，心情好再加上喝了酒，只眯着眼道："张先生，你这么好，我以后离不开你怎么办？"

荣谨头也不回，手上切着她爱吃的苦瓜，嘴里回应："你还想离开我吗？不可能的。"

得，他已经自问自答了。

"为什么不能？我们只是露水情缘，就像是一根线，扯久了就会断。"

荣谨手一顿，回头，对着她的眼睛，一张严肃的脸越发认真。

"我们的线很粗，就算你能扯断，那我就接上好了。"

荣谨回头继续切苦瓜，乔暖只是娇笑，她醉了……真是勾人。

荣谨伺候人吃完饭，再伺候人把澡洗了。荣谨感叹："乔暖啊乔暖，我这辈子多少第一次被你占了。"

他怀里女人就轻轻微笑，她笑的时候太少，以至于荣谨格外珍惜她的笑。

荣谨叹了口气："乔暖，既然占了我这么多第一次，就请把我第一次和人白头偕老也占了吧……"

对方没回应，只抬头吻上他的唇，荣谨一个翻身，把人压在身下。

……

第二天，乔暖睡够了起来，准备在家里做荣氏项目的安排，便把荣谨赶了出去。

"乔暖，你忘恩负义！"他咬紧牙根，恨不得啃她一口。

对方只是眨眨眼睛，道："谢谢，我还很薄情寡义。"

荣谨："……"

不过门合上以前，乔暖把什么东西扔在了他的怀里，伴随着一句：

"今天不许吵我。"

门就被合上了。

荣谨低头，随即咧嘴一笑。

——是钥匙。

周一再去上班，乔暖还算满怀期待，如果她要晋升经理，那么就应该是今天了。

她正在办公室收拾东西准备晨会，突然接到财务部发给她的消息。

从此以后，她所有项目的利润提成上升五个点，基本工资上涨百分之两百。

乔暖一愣，随即眉头紧皱。

不对！

要开会了，乔暖来不及细想，她拿着记录本往楼上走，眉头微隆，脑子里各种情绪翻腾。

邓容比她还急，匆匆往她这边赶过来，两人在业务部门口撞见。

"你涨工资了？"邓容皱眉直接问。

她是财务部经理，却几乎是和乔暖同一时间接到通知，这通知是直接由顾国华的秘书发的。

乔暖停了一下，重重点头："边走边说。"

邓容点点头，和她一同上楼。

"是涨了，五个点。"本来乔暖的工资就不低，上涨了五个点以后，可能比正牌的业务部经理工资还要高了。

但这很不寻常。

"顾国华这是什么意思？是先涨你工资，再给你升职？"邓容皱眉。

乔暖摇摇头："想不通，按理来说，经理职位也没有其他人更合适。但升了经理工资才会随着上去，还没升就涨工资，安抚？有人空降？"

邓容叹口气，拍拍她："不要多想，对方不管是什么样的大牛，顾国华都不能让人越过你去。他上周说过，业务部从今往后都要你负责了，这时候不管什么样的大牛，都比不过你手上的利益。"

"顾国华不是傻子，没道理自毁前程，让其他员工寒了心。"

乔暖也希望是自己多想，如果真有空降，到底是怎样的大牛才能让顾国华宁愿伤她这样的员工？

会议室已经有不少人到了，涨工资这消息自然不可能传出去，所以公司高层都还没人知道。

两人落座的时候，神色自然地和其他人打招呼。黄长富脸色难看，今天元夏应该是要升乔暖职务，到时候对方就成了他的顶头上司。

不知道她会怎么打压他。

黄长富咬咬牙，看着对方面无表情的脸，有些气愤。这女人实在让他愤怒，从自己在广贸做经理开始，一碰到她，他就处处落下风！

顾国华今天来得有点晚，一来就满脸微笑："周末过得怎么样啊？"

所有人都笑起来，和老板客套，聊了好一会儿闲话才进入正题。

前面的汇报工作、做这周的安排等会议流程没有任何异常，顾国华还着重问了荣氏的项目。

"我们和荣氏的项目已经签了，你多费点心，争取长期合作。"

乔暖点头："是的，顾总。"

"有问题多和荣氏衔接，让他们满意最重要。"

"好。"

上首的顾国华笑道："你办事，我放心。"

顾国华又问了些其他，直到最后的时候，他咳嗽了一声。

所有人看向他，乔暖也盯着他，重点来了。

"业务部乔组长虽然才来公司不久，但在业务部的作用是众所周知的，我公司因为乔暖，在业内的地位也有所提升。"

邓容笑了，就连乔暖的嘴角也有些微动，其他人一脸理所当然。

这是升职的前兆。

"我很感激乔暖，所有对我元夏有贡献的员工我都一一记得。"

他狠狠夸了乔暖，从各个角度都摆明了自己对乔暖的器重和欣赏。

"所以我宣布，乔暖担任业务部副经理一职，以后业务部所有事都归乔副经理和经理一起商量决定。"说完顾国华顿了顿，"乔暖你放心，你对公司的付出我都记得清清楚楚。"

全场愣住，什么意思？

业务部什么时候有了副经理一职？

真有空降兵？！

乔暖第一次在众人面前有了其他表情，眼睛微眯，脸色难看，谁也不知道她在想什么。

乔暖内心翻天覆地——到底空降了谁？谁能够让顾国华不惜打破多年的惯例，设置了业务部副经理一职安抚她？

她这么久的辛苦经营就要前功尽弃了吗？

"今天的会就到此结束，乔暖待会儿来我办公室一趟。"

顾国华说完，匆匆忙忙离开，像是躲避着什么。所有人都坐在原位置，有些尴尬。

"哈哈哈，恭喜乔组长，不对，是乔副经理。"唯有黄长富一个人哈哈大笑，面露喜色。

乔暖盯着他，就那么平静地盯着，那一双眼睛，像是第一次极为正式地看着他。

黄长富莫名有些害怕，轻轻掐了自己一下，又笑着说："也不知道新经理是谁，能让我们乔副经理屈居人下。"

"你说够了吗？"

乔暖的打断，使得黄长富一愣。

"新经理不管是谁，都不会是你。

"你被我从广贸经理的位置拽下来，现在又来元夏做个组长，被我管着，不觉得很丢人吗？

"对了，黄组长今年也将48岁了吧？快五十了。一大把年纪难为你了，真是越活越回去。"

"乔暖！你不要得意，费尽心思什么也没捞到，赶走李楠、王嘉禹，又来了新经理，心里不难受吗？"黄长富大笑，他就是不想看到乔暖痛快的样子。

新经理必定忌惮乔暖，到时候他伸出橄榄枝，两人一定能压过乔暖的气焰。

"所以你一个有着几十年经验的大男人被我一个女人抢了几次单子，又被我死死压在头上，心里不难受吗？

"我以为你好歹有点能力，现在看来不过是只纸老虎罢了。"

她冷冷嘲讽，嘴角微扬，冷艳又该死的勾人。

"你！"

"黄长富，我再怎么样，现在也是你的上司。"

她眼睛里透露出的意思相当明确：我有的是办法弄死你。

黄长富顿时不说话了，乔暖站起来，提着包在众人的视线中，一步步走开。

乔暖留下的还是自信的背影，虽然瘦弱，却饱含力量。

乔暖，你不能哭！

眼泪是弱者的象征。

抬头，挺胸！想想你学的礼仪，对，就是这样，你还是乔暖，百折不挠的乔暖。

你不能哭。

从业六年多，色狼、潜规则、抢单子、抢功劳、压工资……你遇见的还少吗？

这和你遇见的所有风波一样，你早晚能轻松化解，含笑面对。

乔暖，你不能低头！

这世界没人能打倒你，你自己不倒，就永远不会倒……

她慢慢走出会议室，眼睛里面的水光褪去，她昂首看着前面。

不就是一个经理吗？

你已经等了这么久，还在乎再等一段时间吗？

你能赶下去一个，就能赶下去第二个，笑到最后的，才是赢家。

她眼睛里迸发出光芒，犀利冷冽，却又光彩夺目。

她虽然心里有了计较，但该做的还是要做。

比如顾国华所谓的去见他，对不起，乔暖提着包直接离开了公司。

她这时候的"任性"，才能为自己拿到更大的利益。

"顾……顾总……"

"怎么？乔暖来了？"

"没……乔副经理同人事部说休假一段时间，这会儿已经联系不上了。"

顾国华一愣，随即叹了口气："是我对不起她。"

"所以……"

"让她休息休息吧，最近业务部的事我先处理着，别让其他人接她权

144

力。对了，上涨的五个点，把她以前的也算上，早点补给她。"

"是。"

这事本来风波不会太大，但乔暖的突然离开让业务部也慌了，谁也不知道空降兵是谁，到底为什么能占了那么优秀的乔暖的位置？

一时有些人心惶惶，他们现在做的不少单子都是乔暖拿到的，如果乔暖不回来了，这些甲方会跟着走吗？

各种猜测让业务部有些乱糟糟的，一时间顾国华的头都大了。

至于乔暖。

她到了H市，一是看看乔妈妈，二是给福利院送点东西。

"乔暖，你不要买这么多东西了，挣钱不容易。"王贵萍的眉头紧皱，看着一车车送到福利院的东西。

她和乔秀芳是两个类型，她不爱笑，说话也伤人，一直是属于严母的形象。

以至于乔暖以前很讨厌她，觉得她对孩子们不好。

现在想来乔暖倒是想笑，王贵萍就是因为对孩子们好，才格外严厉。

"没事儿，王姨，我涨工资了。"

王贵萍打量了她的穿着，点点头，说道："那行，你一直有主见，我也不说什么，就代表孩子们谢谢你。不过，为什么突然涨工资了？而且今天不是工作日吗？"

乔暖嗤笑一声："因为老板给我空降了一个上司，我休息休息。"

王贵萍的眉头又皱了起来，看着乔暖的脸，严肃道："你还年轻，不要激进。"

乔暖点头："王姨你放心，我都知道。"

乔暖往里面看了眼，孩子们很激动地围着下货的车子，她很快移开了视线。

她虽然爱往这边送东西，却不爱进去，到底有些记忆不太美好。

"那我就去看乔妈妈了，王姨你注意身体。"

"嗯，去吧。"王贵萍干瘪瘪的一句话，也不留她。

她也不生气，平静地离开。

……

乔秀芳还是在床上看电视，她下不了床，只得这样磨着。

早些年刚生病的时候，她自杀了三次，不想拖累乔暖她们。后来乔暖辍学，乔秀芳终于想通，好好接受治疗。

"乔妈妈。"

"暖暖！"她激动地坐起来，乔暖赶紧上前扶她。

"躺着，躺着。"

"哎！"她笑嘻嘻地应道。

乔娇在上课，这会儿没在，这边就她和乔秀芳两人。

乔暖坐在旁边给她削苹果，听着乔秀芳念叨。

乔暖放在一旁的手机响了，抬头看了眼，挂掉。

她虽然暂时屏蔽了一些号码，但还有很多客户是不可能屏蔽的，不过这会儿打电话的是张俊。

过了会儿，电话又响了，乔暖接起来。

"你在哪儿？"他直接问。

"我在老家。"

"我去找你。"

"不……"

电话已经挂断，看来这次元夏的事闹得有点大，咖啡店的老板都知道了。

乔秀芳突然笑眯了眼："暖暖，是对象吗？"

她下意识地否认："不是。"

乔秀芳毫不掩饰地一脸失望，她有些沮丧，好一会儿才说："暖暖，你该恋爱了，找个人陪着你吧。"

她只摇头。

乔秀芳好一会儿才试探着问道："暖暖，你还是忘不了梓晨吗？"

乔暖一愣，摇摇头。

但她脑子里突然闪过一个片段，有个男孩子哭着大喊："乔暖你没有心！"

乔秀芳叹气道："都是好孩子，你有试着联系他吗？"

她还在走神，门突然被推开，乔娇进来，脸色很难看道："乔妈妈你别说了，她有什么资格联系梓晨哥！"

146

"乔娇！"乔秀芳大声呵斥，这两姐妹一直是她的心结，小时候两人亲得恨不得穿一条裤子，随着长大，却越来越疏离。

"暖暖，不要和娇娇生气。"乔秀芳轻声说。

乔暖只摇摇头，继续削苹果。

显然乔娇有些气呼呼的，她拖过凳子在床的另一面坐下，也跟着削苹果。

"乔妈妈吃我削的！"

乔暖把手上这个苹果削完，放在盘子里，站起来。

"我先去买饭吧。"

乔娇眼睛一瞪："买什么饭啊！钱多得没地方花了吗？"

乔娇看见乔暖眼底微微的青色，别开眼睛："累不死你！"她说完就往厨房过去。

乔秀芳拉住乔暖的手："坐坐坐，暖暖坐着。"

乔暖又坐了下来，听着乔秀芳念叨："你不要生她的气，她其实是爱你的，就是说话难听，还跟你闹别扭呢！"

乔暖点点头，是啊，闹了六年了。

她看着乔娇在里间的小厨房忙碌，嘴里喃喃道："我不会和她生气的。"

"好孩子，乔妈妈看见你们好好的，就心满意足了！"

乔暖拍拍她的手："嗯，我们会好好的，乔妈妈也要好好的。"

两人又聊了一会儿，乔娇就把饭菜做好了，放在了乔秀芳面前的床桌上。

她只盛了两碗饭，乔秀芳一碗，自己面前放一碗。

"乔娇！你再这样我就要生气了。"乔秀芳呵斥她，就要把自己的碗推到乔暖面前。

乔暖摇摇头，放了回去。

"我自己去盛。"

"我可没做你的！"乔娇别开眼睛，乔暖太了解她了，只笑着去厨房，那饭锅里的饭显然是三个人的量。

"很久没吃过乔娇做的饭了。"乔暖坐下，伸出筷子。

"大忙人哪有时间吃我做的饭，大酒店随便点，哪看得上这些。"

147

乔暖只微微带笑，乔娇嘴里骂着她，做的又全是她爱吃的，这丫头不管多少年过去，还是那个样子。

一顿饭吃完，乔娇收拾碗筷，乔暖要帮她，又被她冷言冷语地骂了出来。

乔秀芳就在病房的床上呵斥乔娇，她对乔暖也很好，但到底跟乔娇会更亲密一些。就像是家里来了客人，有些口角，她会骂的从来就是乔娇，从未指责过乔暖一句不是。

当然，这里面未尝没有愧疚的因素。

她怎么好像在哪儿都不会有家的感觉？乔暖暗叹一口气，站了起来。

"乔妈妈，我下次再来看您。"

"哎！暖暖你要是忙，就不用经常过来，好好照顾自己。娇娇，你送送暖暖。"

乔娇从厨房出来，沉着脸也不说话，只随着乔暖到了楼下，两人一路上都是沉默。

"回去吧。"乔暖说。

乔娇骤然抬头，盯着乔暖的眼睛："我看见乔梓晨了。"

乔暖一愣。

"他好像和以前很不一样，你……"小心些。后面的话乔娇没说出来，转身就走了。

乔娇有时候也会想：她恨乔暖真的是因为她对不起梓晨哥吗？还是说她更恨的是……乔暖辍学？

这个问题她自己都想不清楚，更不要说别人了。

乔娇走后，乔暖在原地愣神——梓晨真的回来了？

她突然有些迷茫，眼神毫无焦点地看着前方。

荣谨一赶过来就看见这一幕，心里一痛，几步上前，把人拉入怀里。

"暖暖，我来了。"

荣谨身上的温度从两人相贴的地方爬到了乔暖的身上，他的怀抱温暖有力，就像是能为她撑起一片天一样。

乔暖伸出手，紧紧抱着他，微微抬起头，正对上他低下的眼睛。

"张俊，我们做吧。"

"好。"

他什么都依她，两人就在附近找了家酒店，昏天黑地地做到了半夜。

　　到后来乔暖竟然哭了，明明是这么强大的女强人，当初就是第一夜也仿佛久经沙场般强大。但是今天晚上，最后那颗烫得荣谨烧起来的水珠，确实是真真切切的。

第六章

他的桀骜不驯

她终于安静地睡了过去，微微皱眉，面色苍白，仿佛方才的眼泪只是荣谨的幻觉，清醒就不见踪迹。

他拨开她额头的碎发，轻轻吻了一下，喃喃道："暖暖，我爱你。"

你要什么我都给你，求你不要再流下让我害怕的眼泪。

……

第二天早上，乔暖从梦中醒来，一双眼睛迷茫地看了看，随即很快清醒。

和往常的每一个早晨一样，她起床洗漱、穿衣，再化好妆，随即提着包出门。

等荣谨带着早饭回来的时候，房间里已空无一人。

他愣了一下，咬紧牙根："乔暖你这个女流氓！"爽过就跑！

在京市这样干就算了，他辛辛苦苦地追到H市来，也是一睡就跑？！

这女人心真狠！

……

杨达周看着荣谨黑沉沉的脸，有些害怕，缩了缩脖子，心道：这又是在生什么气？

"老板，乔小姐是因为原定……"

"别跟我提她。"他抬头，冷冷地看着他，眼睛里的恼怒已化成犀利的刀剑。

杨达周的脊背一麻，默默收声，如果跟乔小姐扯上关系，这气就有点大，千万不要乱说话……

"出去。"

"是。"他赶紧往外退，到门口的时候又听荣谨出声了。

"告诉元夏，咱们荣氏只跟签合约的人合作。"

杨达周："……是。"

他捶胸顿足，老板哟，你生气的时候可以再有点志气么？！

你一边生乔小姐的气，还一边护着乔小姐！

……

顾国华没想到荣氏竟然打电话过来说这么一句，他皱了皱眉，有几分纠结，但很快又转为坚定。

元夏空降的业务部经理明天上任！

乔暖已经回公司了，从H市回来就到了公司，顾国华没再找她，反而发了新经理即将上任的消息……

她嗤笑一声，看来这经理来头有点大啊！

"向敏。"

"哎，暖暖，怎么了？"她很快进来，在她对面坐下，看着她。

"你帮我打听一下新来……"

"不用了，我来告诉你！"邓容走进来，眼睛直勾勾地盯着乔暖。

向敏识趣地走了出去，带上门，只留两人面对面。

"怎么回事？"乔暖也没客气，直接问她。

邓容在她对面坐下，眉头皱在一起："乔暖，经理的位置在顾国华还当董事长的期间内，你就别想了。"

"为什么？"

"因为新上任的业务部经理是未来的董事长，顾国华的儿子——顾清明。"她一字一顿说出来，看着乔暖的表情。

乔暖一愣，随即轻笑："怪不得，这时候谁都得给他让位啊！"

邓容道："乔暖你如果聪明的话，就不能再生气了，更要紧的是和顾清明搞好关系，他未来是你的顶头上司。你在他初期的时候就帮着他，未来等顾国华卸任，你就是他最器重的员工。"

乔暖呼出一口气："顾国华那天找我应该就是想说这个。"

"对。"

乔暖倏地抬头："邓容姐，你有没有想过一个问题，为什么顾国华要让顾清明做业务部经理？"

邓容也是通透人："实力。"

乔暖点头："对，实力，要董事会认同的实力。那么，我手上还能攥着比经理更多的项目吗？"

这回换邓容愣神了，她还没想到这么多。

"所以，顾国华就是让我给顾清明铺路的！"

邓容喃喃："那你……"

乔暖轻笑，眼睛里流光溢彩，光彩夺目："就要看他值不值得了。"

这要是值得她铺路的人，在她铺路的时间里，上有顾国华会补偿她，下有顾清明会信任她。

等到对方真正执掌元夏的时候，就是她乔暖大翻身的时候。

乔暖道："这是一次危险利益各一半的机会，到底买不买这一股，我要了解顾清明以后再说。"

邓容轻笑，她倒是想岔了，这丫头比她有主意多了。

……

下班以后，荣谨紧紧盯着桌上的手机，他有预感，那丫头一定会给他打电话的！

他不会接受她的道歉！绝对！

半个小时以后……

如果她保证再也不犯，还是可以接受道歉的，姑且原谅她！

一个小时以后……

她如果打电话过来，他就原谅她啊！

两个小时以后……

她为什么不给我打电话？她怎么还不给我打电话？

"老板……还不走吗？"杨达周小心翼翼地问。

荣谨眉头紧锁，咳嗽一声，低声道："你……问问咖啡店，她去了没？"

荣谨的表情相当不自然，至于他说的"她"是谁，杨达周保证，他要是问了这个问题，明天就不用来上班了。

"是。"

他正要出去，荣谨又道："就在这儿打。"

杨达周："……"那您怎么不自己打？！

"喂，乔小姐今天去了吗？哦……"杨达周看着荣谨，对方正微微睁大眼睛，紧紧盯着他。

杨达周：莫名有点想笑。

挂了电话，杨达周看向荣谨："老板，乔小姐今天没去。"

荣谨："……"

杨达周："老板，要让司机送你到乔小姐那儿吗？"

"去什么去，回家！"说完荣谨就摔了东西站了起来，大踏步往楼下走。

直到把荣谨送回家，杨达周还有些奇怪，老板真的就回家了？不去乔小姐那儿？

这个问题显然司机也好奇："杨秘书，今天就送到这儿吗？"

杨达周摸摸下巴："嗯，回去吧。看来老板是找回了英武不凡的气质，嗯，很好，很好。"

他不知道的是，不到半小时，他口中"英武不凡"的老板又跑了下来。

荣谨自己开了辆车，往熟悉的地方开去。

"我只是去找乔暖算账！"他是这样安慰自己的。

……

乔暖心情不怎么好，一回来就躺在沙发上，大脑放空，不想吃饭也不想动。

再加上生理期的突然造访，她就想放纵自己一回，躺在沙发上睡一晚上。

她这样冷冰冰的家里没有一丝人气，这天气还没冷下来，但房间里仿佛已经入了冬，冷得让人呼吸困难。

乔暖无神的双眼微微闭上，房门就是在这一刻被打开的，随后客厅的灯亮了起来。

她偏头，看见了熟悉的男人。

他一米八几的个子，在玄关处换鞋，黑色风衣搭配黑色裤子，使得男人看起来有些冷漠。

她正对他的侧脸，英俊刚硬，不同于时下流行的玉面书生，他铁骨铮铮，极为硬朗。

唯一破坏他气质的大概是手上提着的大鱼大肉和蔬菜。

"张俊……"乔暖喃喃道。

荣谨这才注意到乔暖就躺在沙发上，光着脚，她没开灯就窝在沙发上？

"没吃饭？"他的发问带了肯定意味。乔暖没回答。

"等着。"他把菜往餐桌一放，随即脱下外套，展开往乔暖身上一扔，正好盖住她露出来的脚和小腿。

荣谨身上只穿了一件深色衬衣，他一边打量桌上的菜，一边把袖口挽起来，大概在思考做些什么吃的比较好。

有了眉目后，荣谨提着东西走到厨房，很快就传出水声、切菜声和开火声。

乔暖的眼睛再也闭不起来，这个房间突然有了人烟味儿，她反而有些不习惯。

耳朵里听着那些声音，乔暖把头转了过去，荣谨只留给她一个忙碌的背影。

锅里在煲汤，他在切苦瓜。

就这么平静地看了一会儿，乔暖站起来，慢吞吞往荣谨那儿走过去。

她脚步很轻，对方又太过投入地做饭，没察觉到有人到来。

乔暖和他挨得极近，把额头很用力地贴在他的后背。

按理来说这点力道对荣谨而言根本不算什么，但这一刻他犹如被大山压住，浑身僵硬。

暖暖……为什么对他这么亲密？

对方没有任何言语，荣谨纠结了一下，张张嘴："暖暖……怎

154

么了？"

他说话时小心翼翼的，身体还僵硬着，就怕力气大了，挣脱开她。

这样的好事还是第一次，他又激动又害怕。

乔暖轻轻地喘息，她觉得自己和这个男人最亲密的一刻就是现在了，甚至远超床上的亲密。

"我饿了。"她最后只说出这三个字，就没了后文。

荣谨一愣，下意识就说："马上就好。"

他感到后背一空，那人已经离开了。乔暖又趿着拖鞋慢吞吞向沙发上走去。

荣谨有些失望，很快又打起劲儿做饭。

工作的时候她就像一台先进的机器，没有任何知觉、高效率地工作着，从不知疲惫。但只要一松懈下来，她又立刻变成了老旧的机械，拖着疲惫的身躯艰难运转。

但这一刻好像身边突然出现了一个人，试图维修这机械，被维修的自然会下意识抗拒。

她恢复平静坐了没多久，荣谨就把做好的菜一一端上来："快来吃饭。"

乔暖站起来，走过去，和他面对面地坐着，一顿饭吃得很安静。

她不说话，他好几次想出声都忍了回去，就这么维持到了两人放下碗筷。

"你先去洗漱吧，我来收拾。"荣谨终于说话了。

乔暖回视他，平静道："你回去吧，我经期，不能……"

荣谨咬牙打断她："那有什么关系，并不是睡在一张床上就一定要做什么的！"

他气恼她把自己想得这么不堪。

乔暖转身，背着他的嘴角微微上扬，眼睛里还带了点笑意。

……

两人第一次躺在一张床上却什么都不做，乔暖有些睡不着，动了两下。

荣谨哑着声音按住她："不舒服？要喝红糖水吗？"

乔暖摇摇头，肚子虽然不舒服，但她也没想折腾他再起来一次，只皱眉忍着。

很快，身边的男人察觉到了什么，一只手把她揽在怀中，另一手在她的肚子上不断地揉着。

乔暖先是僵硬了身体，后来总算慢慢放松，很快就睡了过去。迷蒙中感觉有人喂她喝了什么东西，从小腹处涌上来的暖流使得她紧皱的眉头松开。

"唉……"荣谨叹口气，把手上的红糖水放到一边，给她掖好被子，微微低头，在对方的额头印下一吻。

"你每天都能这样乖该多好……"

荣谨说完又自嘲地一笑，如果真是骤然间变得温顺，那就不是她乔暖了。

……

第二天一早，这是荣谨第一次在乔暖后面醒来，等他走出卧室房门，乔暖正在厨房——做饭。

荣谨差点不相信自己的眼睛！

"暖暖？"

对方头也不回，就在荣谨按捺不住想要进去看的时候，她已经出来了。

她一只手端着牛奶，一只手拿着面包片。

"果酱在冰箱，喜欢哪种自己拿。"她已经自顾自吃了起来。

荣谨眉头紧皱："你早饭……吃这个？"

"你不吃？"她挑眉。

荣谨摇摇头，认命地坐下来。得，有的吃就不错了。

到底是乔暖做的，就是面包片都被他吃出不一样的味道，而后他又喝了她热的牛奶，收拾好餐盘。

这时候乔暖已经化了妆，正在涂口红，还是正红色，一圈抹上去，轻轻抿一下……荣谨咽咽口水。

"送你到咖啡店？"乔暖问。

"可以。"他哑着嗓子回答。

车子一溜烟就到了元夏，乔暖在咖啡店门口把人放下来。

荣谨下车以后，又弯下腰，把脸对着她："来个告别吻呗。"

当然，他其实就是开玩笑，已经做好被人喷尾气的下场。

突然脸上一热！

车子已经开走好久，荣谨还傻乎乎地站在原地，过了好一会儿又开始咧嘴笑。

"哎呀！老板在那儿！可总算找到了！"杨达周带着司机连忙赶过来，上午有会，可把他给急死了！

车子在荣谨旁边停下，杨达周匆匆忙忙下来，恭敬道："老板，要开会了！"

对方还在咧嘴笑，杨达周脊背发麻，荣谨的脸已经完全转了过来："你说什么？"

"嘶——"

杨达周倒吸一口气，那鲜红的口红印差点闪瞎杨达周的狗眼！

……

经过荣谨一打岔，乔暖的心情也变得不错，残留的情绪消失殆尽，她又昂扬起斗志。

今天，顾清明就要来了。

乔暖下巴微抬，还是一张冷漠的脸，高跟鞋哒哒哒地踩在地上，交织成乐曲，一只手臂夹着公文包，大步流星，一路上同员工们点头示意。

"哇，乔组长又帅了！"

"昨天还有个男的说乔组长这次被伤惨了，就该让他看看乔组长的自信！"

"对，闪瞎他的狗眼！"

"老板这回也真是的。"

"嘘！不要议论老板，乔组长肯定有办法的，她是我见过的最厉害的女人！"

"好崇拜她！嘤嘤嘤。"

……

对后面的声音乔暖置若罔闻，她的眼睛只看着前方，气势凌人。

等乔暖在电梯里站着的时候，旁边的男员工下意识往边上挤了一点。

"哟。这不是乔组，不对，乔副经理吗？"黄长富嬉皮笑脸地凑过

157

来，他今天也是做好了准备，一定要和新经理打好关系。

乔暖压根儿不理他，眼睛平视前方，完全忽视他。

几个小姑娘努力地憋笑，黄长富脸色变得有些难看。

电梯门即将合上时，一个小姑娘冒冒失失地冲了进来。

"啊！等等！"

她手上提着包子豆浆，朝着电梯扑过来。

乔暖下意识皱眉，随即伸出一只手扶住她，小姑娘扑在她的手上，避免了和电梯地面亲密接触。

被扶着的小姑娘动了动鼻子，一股清雅的香味弥漫在鼻尖，她抓着的这只手白嫩细腻……

小姑娘抬头："谢——乔组长？！"

她的眼神先是震惊，随即脸微微红，大口呼吸。

"谢、谢、谢谢乔、乔组长！"小姑娘结结巴巴、紧张兮兮地拽着衣角。

黄长富的眉头皱成了个死结，这些女员工难道不应该妒忌乔暖吗？为什么一个个见她都是一脸……崇拜？

"慌慌张张、毛毛躁躁，哪个部门的？！"黄长富呵斥她，小姑娘脸一白。

"财务部……"

"没人告诉你不可以把早饭带进公司吗？还有，你身边不是乔组长，是乔副经理！"

小姑娘的脸已经白得不能看了，电梯往上了两层，停下，有人下去，门又合上，继续往上走。

其他人在里面安静如鸡，一声不吭。

乔暖轻轻拍了拍小姑娘，道："没事，下次记得别带早饭进公司了，叫我乔组长也可以，都是一个代号而已。"

小姑娘眼眶一红，这时候电梯又上了一层，乔暖动了动："黄组长，还不下吗？"

黄长富甩甩袖子，怒气冲冲地离开，乔暖也跟着下了。

电梯里的小姑娘好一会儿才眼泪汪汪地在财务部的大群里面发了句：乔组长真好！

……

黄长富气得摔东西，他觉得乔暖就是在跟他作对！

"好一个乔暖！"

黄长富随即整理整理衣服，提前去楼上准备晨会，他一定要给新经理留下好印象！

乔暖也带着东西直接上了顶楼，该来的总是要来，是该会会新经理了。

她的赢面很大，就算和顾清明相处不和谐，对方也拿她没办法。

早前顾国华默认她为业务部经理，整个业务部她都管理过了，该笼络的笼络，该抓把柄的抓把柄。

顾清明如果对她不满意，她轻轻松松就能让他寸步难行。

当然，这是下下策，她还想在元夏干一天，就不可能去得罪未来老板和现任老板的儿子。

乔暖心里想得透彻了，也就有底了，坐在自己的位置上相当平静。

很多已经来开会的员工偷偷打量她，竟然发现她的心情好像还不错！

邓容来的时候两人相视一笑，对方对她满意地点点头，乔暖果然从未让她失望。

"乔副经理，身体好点了吗？"人事部经理？张传仪和乔暖关系不错，她之前休假用的理由是身体不舒服。

"好多了，谢谢张经理关心。"她笑着说。

"今天顾经理要来，乔副经理就是身体再不舒服也是要来的。"黄长富笑着搭话，讽刺意味十足。

他也知道了新经理顾清明是顾国华的儿子，未来的元夏老板。

话一落，没人接话，乔暖不理他，就是张传仪也不说话了，一时黄长富尴尬不已。

仿佛还嫌不够，邓容冷冷看了他一眼："黄组长，一个大男人不要总爱嚼舌根。"

黄长富在乔暖带了笑意的眼神中涨红了脸，幸好这时候顾国华来了，缓解了他的尴尬。

"都来了？"

"顾总好。"

"都好都好。"他在上首坐下，眉开眼笑，心情是极好。

"先给大家介绍一位新同志，他还年轻，希望各位多照顾照顾。"

他的关心溢于言表，说明顾国华很在乎这个儿子。

所有人都有了这个明悟。

"乔副经理、黄组长，他以后就是你们同事了，做得不好的多担待，如果太过分了就直接告诉我，我来收拾他。"顾国华又笑着对乔暖和黄长富说。

在这一刻他就像是一位普通的父亲，为儿子面面俱到。

黄长富已经笑眯了眼："没问题！没问题！顾经理是留学归来的人才，又在国外工作过一年，应该是我们请教他！"

顾国华满意地点点头，又看向乔暖，等她表态。

这一刻所有人的视线都聚集在乔暖身上，只见她嘴角微扬："那是当然。"

顾国华拍手大笑，对着外面喊了句："清明，快进来，认识认识同事。"

所有人都看向大门，乔暖也带着笑侧头。

"这孩子还害羞，顾清明？"顾国华又喊了声。

门被骤然推开，新来的经理很年轻，虽然西装革履，可微微后梳的头发和犀利的眉眼，昭示着他的桀骜不驯。

乔暖脸色一变，极为惊讶。

所有人都注意着顾清明，没人把视线分给面色苍白的乔暖。

"大家好，我是顾清明。"他的声音很好听，说话时眉梢一挑，又一身贵气，仿佛打小长在贵族家庭。

只有乔暖知道，他曾经哭花脸不敢一个人吃饭的模样。

——顾清明，就是乔梓晨。

乔暖小时候就不太爱说话，在舅舅舅母家养成了阴郁的性格，七岁才到的福利院，虽然日子艰苦，可摆脱了舅舅舅母让她很开心，记忆也变得不再糟糕。

但福利院的孩子多了，大的欺负小的、抢食物、抢玩具、作弄……

乔暖刚去的时候被人欺负了一番，事后乔秀芳温柔地给她擦药，就是从那时候起乔暖把乔秀芳当作了亲生母亲。

那时候乔秀芳身后总有个小女孩，就是乔娇。

她对乔暖很好，有吃的也会省下来给她，甜甜地叫她"姐姐"。

乔娇如果是福利院最讨人喜欢的，那乔梓晨就是那个最不让人待见的。

他整天脏兮兮的，又瘦又小，有时候那些强壮的孩子抢了他的吃的，他就饿着肚子吃树叶子。

他不说话，不和别人玩，当然，也可能是没人跟他玩。

乔暖和他的交集大概是那群孩子又抢他午饭的时候，他跑到了乔暖背后。

那群孩子见此，干脆要连乔暖的一起抢了。

她那时候就清楚地意识到，如果被他们得手了，她就会沦落到和后面那孩子一模一样的境地。

所以乔暖反抗了，在对方还没动手前，摔了自己的吃食，扑到对方身上，砸了第一个人的。

不是每个人手上都有吃的，有些已经吃过了，但还没来得及吃的乔暖就给毁了，而已经吃了的就来打她。

她用手用牙，虽然最后浑身是伤，依旧没让对方讨到好处。

他们最后都被王阿姨罚了，午饭也都没吃到。

过后对方不甘，又来了第二次，依旧没吃成饭。

乔暖太狠了，宁可鱼死网破，就是不肯让他们得手。

后来那群人也就不来了，自己吃自己的，乔暖饿了几顿以后，终于能安心吃饭。

但她的后面……拖了一条脏兮兮的尾巴。

他眼巴巴地看着她，她走到哪儿，他就走到哪儿。

大概那段时间打架事件太多了，院长找了几张陈旧的桌子，在大院放着，就在那儿分了吃，她们看着。

乔暖一边是乔娇，一边是……乔梓晨。

"乔副经理？"

她晃晃脑袋，从记忆中剥离出来，顾国华正笑着看着她。

"嗯？怎么了？"

顾国华笑道："待会儿就由你带清明去熟悉熟悉。"

161

"顾总，我带顾经理熟悉吧！"黄长富自告奋勇道，这是他亲近顾清明最好的机会！

顾国华眼看就要应了，顾清明却挑眉："还是乔副经理带我吧，我还有很多问题想要向她请教。"

"黄组长也都知道，我待……"乔暖就要拒绝。

"就这么定了。"顾国华已经拍案决定了。

乔暖微微皱眉，顾清明不言不语地坐在她旁边——业务部经理的位置。

他只看着顾国华，也不看乔暖，仿佛真的是初次见面的陌生人。

散会以后，乔暖呼出一口气。

其他高层们忙着和顾清明打招呼，乔暖站起来，想悄无声息地离开。

"乔副经理？不带我去看看吗？"后面传来声音，她回头，顾清明正眯着眼睛看她。

她不说话，顾清明继续和其他人寒暄，直到乔暖站得腿有些不舒服，不自在地动了动。

他这才站了起来。

"今天先聊到这儿，咱们下次有机会好好聊，乔副经理忙，就不耽误她的时间了。"

他说完走了过来，手插在兜里，一副桀骜不驯的模样。

"走吧，乔副经理。"最后几个字轻得像是咬着吐出来的，带着说不清的情绪。

乔暖已经收起了所有的情绪，平静地带着他往业务部走。

"这是员工的办公区。"她的声音平缓。

"你以前坐哪张桌子？"顾清明突然发问。

乔暖停顿了一下，随即脚步不停："办公区前段时间调整过格局，我以前坐的位置不在了。"

顾清明不置可否。

"那是您的经理办公室。"乔暖指了指中间的那间办公室，随即又指向两边，"我和黄组长的办公室在您旁边，有需要可以找我们。"

末了，乔暖冷静道："顾经理还有其他疑惑吗？没有我就回去了。"

顾清明这回把手从兜里拿了出来："我想跟着乔副经理去看看你是怎

162

么办公的。"

乔暖缓了口气："对不起，我办公不喜欢有其他人在场。"

她说完直奔办公室，顾清明跟了过来，反手关上门。

"顾……"

话没说完，对方已经走到了面前，伸出一只手从她旁边过去，按在桌上，把人拦在面前。

乔暖后退了几步，抵在了桌子上，眉头紧皱。

顾清明的嘴角勾起奇怪的笑容，压在她耳边说："暖姐……我回来了，你有想我吗？"

乔暖眼神一厉："梓晨……"

"请叫我顾清明。"

乔暖吸了一口气："顾总，请注意影响。"

他的脸色突然变得极为难看，站直了身体，甩袖离开。

乔暖站了一会儿，这才转身回到位置上，继续办公。

中午她下班直接去了对面的咖啡店，没注意后面有个人跟着。

顾清明看着乔暖出去也跟着站了起来，对方往对面而去，他不远不近地跟着。

然而她进去以后，等他到门口，咖啡店的门上已经挂了牌子：暂停营业。

顾清明眼睛微眯，眉头紧皱。

他转了一个方向走了几步，正好从侧面看见一个英俊的男人端了两盘饭菜上桌，坐在了她的对面。

顾清明听不见他们说什么，只注意到乔暖面无表情的脸微微露出了一个笑容。

顾清明看着男人背影，攥紧拳头。

……

"可以吧！"

"不，张俊先生，我强烈建议你以后给我准备的午饭只有蛋炒饭，不要再有这种莫名其妙的菜了。"她冷静地讥讽他。

荣谨也不在意，挑眉道："乔暖小姐，你知道你现在的行为是在阻拦大厨的成长吗？"

乔暖被他厚脸皮的模样给逗笑了，嘴角微微上扬。

荣谨见她笑了，说得越发起劲。

中午的时间永远短暂，乔暖以前还会带着电脑过来，珍惜时间工作，不知道从什么时候开始，她就不带工作过来了。

"我上班去了。"她微微挑眉。

荣谨看了眼时间："去吧，下午我来接你，我们一起回去。"

乔暖点点头，站起来拿着包就往外走，外套搭在手上，踩着高跟鞋，一路上同其他同事点头问好。

刚到业务部，顾清明办公室的门就被打开了，他站在门口冷静地说道："乔副经理，最近的资金分配我有几个不太明白的地方，你过来给我讲讲吧。"

乔暖微笑："顾经理，这部分前段时间归了黄组长。"

"对对对，顾经理，我给您解释吧。"黄长富也已经出来了，急忙笑着走向顾清明，乔暖趁机回了办公室。

顾清明脸色难看，黄长富跟着他走进办公室，见此微微一笑，上前一步。

"顾经理，乔副经理一直是这个性格，早前李楠还在的时候就经常口角，后来……李楠经理就走了。"

这话的暗示意味太明显了，就差没直接说：乔暖能把经理拉下来！

顾清明眼睛微眯，挑眉道："哦？真是这样？"

黄长富兴奋了："众所周知，乔副经理很有手段的……"

顾清明突然笑了，拍拍黄长富的肩膀："所以你的意思是李楠不该离开吗？"

黄长富一愣，随即脸色变得难看："不不不，李楠本来就该走！不过乔……"

顾清明嗤笑了一声："行啦，我知道了。这个财务分配我又看了下，都看得懂，你先回去吧。"

"我……"

"回去！"

"是……"

黄长富战战兢兢地走了，顾清明靠在椅子上，满脑子都是乔暖的脸。

164

"你还是没什么变化……暖姐，我回来了，你要怎么补偿我？"

……

下午下班，荣谨的车已经在外面等着了，乔暖脚下步子加快。

"乔副经理。"她后面传来熟悉的声音。

她停住脚步回头，看见顾清明笑着跟了过来。

"这是直接回去？"

"是的。"

顾清明越过她看向停着的黑色车子，挨近乔暖，撒娇般喃喃："暖姐……"

乔暖一愣。

荣谨的眼神极其危险，摇下车窗，和顾清明目光相对。

乔梓晨，不，现在应该说顾清明，这一声"暖姐"唤起了乔暖不少的回忆，那些藏在记忆深处的酸甜苦辣仿佛重现。

如果说她还能惦记着的几个人，大概就是乔秀芳、乔娇和顾清明了。

她问道："你这几年过得怎么样？"

顾清明本来和荣谨对撞的眼神突然顿住，浓烈的情绪淹没了他。

"乔暖，你竟然还关心我过得好不好？！"他收回视线看向乔暖，就那么看着她的眼睛。

乔暖张了张嘴，喃喃道："对不起……"

顾清明眼底各种情绪交织，毁天灭地般。

是不是有那么一个人，你本来做好准备，一定要她付出惨痛的代价。可当她温柔地对你说了某句话，你就会溃不成军。

"不要说对不起，乔暖，重来一次，你还会那么做吗？"他上下唇微抖，竟问出了这个问题，随即满脸懊恼。

乔暖没说话，有时候沉默是金，有时候……又是默认。

她的沉默使他的懊恼僵硬在脸上，有些不可置信。

很快，顾清明收起眼底所有的情绪，双手插回兜里，冷冷地看着她。

"暖暖，该回去了。"荣谨这时候出声，很温柔，挑衅意味也很明显。

乔暖点点头："我先回去了。"

她转身，下阶梯再上车。荣谨看了眼顾清明，车子一溜烟离开。

留在原地的男人将手紧握成拳，指甲掐进肉里，眼里深不见底。

荣谨第N次偷瞄乔暖，对方合着眼睛靠在座位上，一动不动。

"你还要看多久？"正在他猜测对方是不是已经睡着的时候，乔暖说话了。

清清浅浅的声音，听不出情绪，她的眼睛也没睁开，依旧闭着。

她怎么知道自己在看？这家伙还有第三只眼睛？

"刚才那是……"

"新经理，顾清明。"

"你们好像……认识？"

这个问题让对方沉默了几分钟，她才慢慢张嘴："嗯，以前一个福利院的。"

荣谨一愣，下意识追问："你们关系不好？"

乔暖叹口气，摇摇头，也不知道什么意思。

好还是不好，也没给个答案，或者说她自己也没有答案。

"乔暖……你和他是不是有过感情……因爱生恨？"他试探问道，这个疑惑像是一根刺，快长在他的心上了。

乔暖倏地睁开眼睛，眯着眼睛看着荣谨。

荣谨内心一片凉凉，完了……看来是真的，心上人和她新来的上司曾经有一腿……

最关键的是上司长得又嫩又帅！

关于"老"这个问题……荣谨一直不太想面对。以往乔暖身边没情敌的时候，还能自欺欺人，现在有了对比……就有了伤害……

乔暖看着他面色变来变去，就差没直接写着：凉了。

她突然有些想笑，一扫刚才的阴郁心情，心情豁然晴朗："他以前是个很可爱的男生，我把他当亲弟弟，后来……是我对不起他。"

乔暖这话说完，荣谨好久没接话，她疑惑地抬起头，只见他上下唇微动，一脸别扭："你把他……怎么了？"

乔暖："……"你这看强奸犯的眼神是哪般？！

这一闹，她的坏心情基本就消失不见了，荣谨虽然情商不高，但也知道，有时候与其追根究底去问爱人以前，倒不如珍惜眼前，让她现在心里只有自己。

更何况乔暖现在心里还不见得有他，他怎么可能去追问她的从前？！

他只能旁敲侧击，巩固墙脚。

"暖暖。"

"嗯？"

"我刚才看了个新闻，蛮吓人的！"荣谨把在乔暖对面的凳子挪到她旁边。

她从吃过晚饭就开始在书房办公，荣谨在她对面。

新经理的到来给她带来了不少麻烦，事情也极多。

"嗯。"她只淡淡出声，表示自己在听。

"这有个新闻，说是有个女人已经有对象了，可是她又和另一男人勾搭在一起……你猜最后怎么了？"

乔暖："……"

"被男朋友给杀了！"

乔暖："……"

"还有，还有，我看这评论说，现在男女平等，不管是男是女，都要有责任心。"

乔暖："……"

"责任心是个相当重要的东西，是人之根本，是……"

"张俊，你到底想说什么？"

荣谨放下手机，坐直了身体，一本正经地看着她："我需要名分了。"

乔暖："……"

……

自从有了乔小姐，对于老板的时不时抽风，杨达周表示已经习惯了。

比如说现在，他抱着电脑，一脸认真地百度着什么，而旁边的文件已经一摞了。

杨达周顶着发凉的脊背，上前去提醒他。

"老板，这些文件需要尽快处理。"

对方盯着屏幕看得认真，好半天才偏头："你说什么？"

杨达周走近，重复一遍，抬头时正好看见屏幕上硕大的几个字：如何圈住女友的心。

前面还有保留着的标签：我女朋友是个渣女。

杨达周觉得自己整个人都有些不好了！

……

渣女乔暖最近过得也不太美好，顾清明总是有意无意地找她麻烦，她不太想用原本设计好对付新经理的手段来对付他。

所以就成了对方无休无止地找她麻烦，不大，都是一些恼人的小麻烦，但她也没有回击。

"乔副经理，你昨天交的申报表我看了，很多地方我觉得有问题，你再重新做一个。"

乔暖眉头皱得死紧："顾经理，我还有很多其他的事，那份按照模板做的，我已经做过几次，没出问题。"

"那你来我办公室，给我解释一下那几个问题，就不用重做了。"

"您现在直接问我，我解释给您听。"

他摊摊手："Sorry，我忘记是哪些问题了。"

乔暖眼睛微眯："好的，顾经理，我重新做一份，下午送到您的办公室。"

这回换顾清明皱眉，随即什么都不说，甩袖离开。

关于顾经理和乔副经理的不对付，业务部只要长眼睛的都能看出来。众人态度不一，员工们怕他们闹起来让自己站队，一直观摩两人的"战斗"。

但这两人好像都是小打小闹，而且氛围相当……奇怪？

只有黄长富最高兴了，恨不得仰天大笑，每天最爱做的事就是跑顾清明办公室，从各个角度黑乔暖。

顾清明的态度也很暧昧不清，黄长富好几次递了橄榄枝，对方就是不接。

你说他不想和乔暖作对吧，可是有眼睛的又都能看出来他在折腾乔副经理。

可你说他想和乔暖作对吧，黄长富几次想要递橄榄枝又被他假装不知道地推拒了。

所以这顾清明到底是什么意思？

这事不只公司员工注意到了，就是顾国华也知道了。

168

所以这天中午，他把顾清明叫到了楼上。

"清明啊，你觉得乔副经理怎么样啊？"他也不好直接问，顾清明是他唯一的孩子，快成年了才被找回来，两人之间还有隔阂。

他还给自己起名"清明"，是个有主意的人，实在让顾国华不怎么敢说重话。

前段时间他突然说要来元夏上班，顾国华是又惊又喜，但到底是有人接班了，自己甚至不惜让乔暖给他铺路。

"很好啊，是个人才。"顾清明用手指在桌面画了画，如实说道。

"哦，这样啊，她以后是你的员工，乔暖是个有实力的，你用好这样的下属，爸爸的公司交给你就放心！"

他说得有些感慨，但顾清明只嗤笑了一声："她那么无情无义的人……"

顾国华虽然对他说出这句话有些奇怪，但还是试图调解他和乔暖的矛盾。

"清明，乔副经理是个合格的手下，私下的性格并不重要，越是大公无私，对上司而言就越好。爸爸希望你以后能少走些弯路，乔副经理一定要笼络好。"

顾清明不置可否，顾国华只当他想通了，笑着说："今晚你做东，我邀请乔副经理，咱们吃顿饭，她就不会怪你了。"

对面的男人收起漫不经心，嘴角带笑："行！"

……

"荣总，宁总约您晚上到德贵轩一起用餐。"

"不去！"

杨达周："……"

这时候候荣谨手机一响，见是乔暖消息：今晚有事。

"等等……告诉宁轩和，可以。"

杨达周一愣，竟下意识地多嘴问了句："乔小姐下午有事？"

"嗯。"荣谨嘴角微扬。

不应该，乔小姐有事，老板竟然会开心？！

杨达周百思不得其解。

荣谨当然开心！

169

乔暖给他发消息说有事，这证明了什么？证明她把他放在心上啊！

以前乔暖有事可是直接忙自己的，压根儿不愿多说几个字。

"今晚有事"这四个字，代表着革命胜利，代表着希望！代表着未来！

当然，他现在满心喜悦准备去德贵轩，一定不会想到——有"惊喜"在等他。

……

"顾国华请你吃饭？"邓容眼睛微眯。

乔暖叹了口气："嗯，多半是为了顾清明，想让我们和解。"

"哪是你们和解，只要顾清明不闹事，你还能欺负老板儿子不成？"邓容挑眉，顾清明的行为让她很不能理解，乔暖自然也不可能把自己和乔梓晨的那些说不清的往事拿出来说。

"希望他能想明白。"

"对了，你们去哪儿吃饭？"

"德贵轩。"

邓容点点头，两人一同往外走。

顾清明开着车在楼下等着，一见乔暖就挑眉："走，一起。"

他这话说得是半分不容拒绝，还打开了车门。

乔暖却是不在意，只睨了他一眼，看向邓容："开车了吗？要不要我送你？"

"不用，我开车了。"邓容笑着离开，留下两人在原地。

乔暖这才看向顾清明："我自己开车了，谢谢。"

她说罢就往停车场去。顾清明有些气恼，大步上车，发动了却没有开走，等到她出来，这才跟了上去。

乔暖知道他跟着，也没在意，只要不来找麻烦，她对他一向宽容。

这些年她不是没想过他过得怎么样，但到底不会太差。

当年的事她心怀愧疚，但即使重来一次，结果也不会有丝毫的改变。

两人一前一后到了德贵轩，报上名字就有人领着去订好的包间。

顾清明还是不远不近地跟在乔暖后面，这是个熟悉的距离，他熟悉，她也熟悉。

这楼梯用了上好的木材，乔暖的高跟鞋走在上面都没什么声响，上了楼梯就是个走廊，两边都是错落的包间。

房间不多，外面看只有屏风隔着，里面还有小门，可以关上。

顾清明跟她保持着一定的距离，总让她想起在福利院的时候，顾清明也是这样，怕她生气，不敢靠她太近。

可太远了他又不愿意，这个熟悉的距离，刚刚好。

她的情绪开始有些波动，这个状态并不适合和顾国华那样的老狐狸说话，于是她加快了脚步，企图拉开距离。

她想摆脱顾清明，也想摆脱纷乱的情绪。

然而在转角的地方，乔暖和另一个人迎面相撞了。

她的脚一歪，这时有两只手伸了出来扶住了她，一只手是后面那人，一只手是前面的那人。

顾清明几乎是一直盯着她的，她刚被人撞到，他就动了。

而前面那人则是下意识地出手，只刚刚握住她的胳膊，就被人打了下来。

打他的是顾清明，他走到乔暖前面，冷冷地看着面前有些尴尬的男人。

"走路长点眼睛。"

他又转头看向乔暖，眼底的担心都藏不住："你没事吧？"

乔暖摇头，轻轻活动了一下脚："我没事。先生对不起，是我刚才没注意。"

"没事儿，你没事就好，我也太急了。"对方只笑，挠挠头。

乔暖跟着微微点头，尽量也摆出微笑的模样，她一身正装，身材纤细，脊背挺得笔直，五官精致，整个人散发着惊人的气场。

对方眼底有一闪而过的惊艳，随即再次伸出手，这次是想握手："你好，我姓宁，叫……"

"该进去了。"顾清明冷淡地打断，用眼神威胁了一下男人。

果然，不管过去多少年，不管乔暖穿校服还是破破烂烂的衣服，从来不缺前仆后继企图吸引她注意力的男人。

顾清明又想起那天和乔暖一起走的男人，有些恼怒。

他们下班了一起回去……这个想法一冒出来就立刻被他自己掐断，不愿想下去，也不敢想下去。

乔暖对面前的男人歉意地笑了笑，转身进了一旁的包间，留着男人在原地笑了起来。

没两分钟，门口出现熟悉的男人身影，宁轩和立刻动了起来。

"我说荣大老板，约你吃个饭真不容易，啧啧。"

荣谨瞥他一眼，一脸嫌弃："你以为都跟你一样？"

他说着大步上楼，宁轩和跟上："你最近忙什么啊，以前还能经常约个饭，现在人都找不到了！"

对方没理他，他继续叽叽歪歪。

"不会忙着谈恋爱吧？这不可能，你这铁树怎么可能开花，啧啧。"

"你才铁树。"这回荣谨回话了，他哪儿是铁树，他呵护了最娇艳的一朵花，世界上最美的玫瑰。

宁轩和一边推包间的门，一边蹭在他旁边："话说我好像知道我喜欢哪款女人了……刚才撞见了一个，一身正装，啧啧，贼撩，贼带感！"

荣谨的手微微一顿，突然想到了乔暖，还能有人比她一身正装更带感吗？

他已经进了包间，耳边传来宁轩和的声音："长得真好看，我们公司怎么就没有这样的女人，啧啧，太酷了，你们公司有吗？"

显然，他没有得到回话，因为他对面的高冷男人一想到心上人，就神游天外了。

顾国华已经在等着了，作为让老板等着的员工，乔暖并没有觉得有多荣幸。

无事献殷勤，非奸即盗。他看中乔暖的能力，现在更是希望乔暖用心替他儿子铺路，自然态度就不一样。

"乔暖来了，坐。"顾国华笑着说。

"顾总。"她也含笑打了个招呼。

人齐了，点好的菜自然鱼贯而上。时下最常见的就是：饭桌上说事情，酒桌上谈生意。

"今天这顿还是清明请咱们的，地方也是他挑的，菜也是他点的，你看看喜不喜欢？"

乔暖微笑着点头说喜欢，顾清明视线转开，有些艰然。

这一桌子确实是乔暖喜欢的，一大桌红彤彤的辣菜。

难得顾清明这么多年过去了，还能记得她的喜好。可惜遗憾的是……乔暖早就不能吃辣了。

乔暖刚刚出来工作的那几年，酒喝得太多，伤了胃，平时不太敢吃辣，一顿下去，得疼好几天。

很久不吃，也就不习惯吃了。

"清明这孩子人很好，就是太稚气，你是我最信任的人，多担待他一点。"顾国华语重心长道。乔暖笑着端起杯子抿了口，随即皱着眉头放下。

顾清明却在这时候按了铃，服务员立刻就进来了。

"请问有什么需要吗？"

"把这位女士的酒换成白水。"

"好的，请稍等。"

顾国华愣了一下，随即笑道："乔暖不能喝酒？你看吧，这孩子是不是很好，细心，就是太年轻，需要人引导。"

话到这个分儿上，再不接话就是乔暖不识抬举了："顾经理确实很好，赤子之心，待人真诚。"

"对啊，这孩子就是嘴硬，你别看他最近总跟你开玩笑，其实对你挺佩服的。他还小，有什么不对的你直接指出来，他要是不听，你就来找我！"

乔暖还没搭话，顾清明自己就先拆他爸的台："您可真是够了，乔副经理可就大了我六个月。"他们一个生在盛夏，一个生在寒冬。

顾国华吃惊了，顾清明是他儿子，他本来就怎么看都觉得他还小。

乔暖平日里给他留下的老练印象，实在很难让人回忆起她的年纪。

这回乍然一跟自己的儿子比，才发现她年纪也没有多大。按着正常的人生历程，二十四不到二十五，快一点的研究生毕业，慢一点的也才本科毕业不久。

而她已经摸爬滚打到让自己想把她作为儿子未来心腹的位置。

话题就由年龄谈到以前，顾国华再喝点酒，又开始讲自己那几年刚刚创业的事情。

顾清明不打岔，乔暖捧场，场面一时热闹。

顾国华说得高兴，拿公筷夹了菜放在乔暖碗里。

"快吃快吃，都没看你吃点什么。"

"她不吃芹菜。"顾清明冷冷说道。

乔暖心里一咯噔，果然就看见顾国华疑惑的眼神，她笑着说："我挺喜欢吃芹菜的啊！"

乔暖淡定地夹起芹菜，一口口吃下去，顾国华又说起了其他，乔暖没放松警惕，又自己夹了两次。

本来就是不能吃的辣菜，又是芹菜，乔暖胃里翻江倒海，犯着恶心。

等到一顿饭吃完，顾国华也说够了，这才结束这一餐。

他也是难得和儿子一起吃饭，很是高兴。

乔暖起来的时候手按在桌面上，借力才起来，面上有些白，她嘴角微微上扬，看起来这白仿佛是灯光的问题。

"你开车了吗？"顾国华笑着问她，他两颊有点红，但也没有喝醉。

"开了。"

"哦，这样啊，那清明就跟我回去吧。"

顾清明手插在兜里："我帮您叫了王叔，我把乔副经理送回去吧，她最开始喝了点，要是出事了就不好了。"

顾国华以为他想通了开始笼络人才，只笑着点头："行行行。"

他率先走出包间，乔暖和顾清明跟上，旁边的包间正好也有人出来，余光里她看见第一个，正是刚才自己撞到的那个人。

顾国华显然也看见了，而且相当激动。

"宁总！"他笑着上前。

"顾总，你……你们也在这儿吃饭啊？"后面半句话宁和轩因为看见了乔暖，语气更加温和。

"是啊，可真是巧！上次还说有机会聚聚。"顾国华笑眯了眼。

门内另外一个人走了出来，顿时在场的三个人都愣住了。

顾清明自然是脸黑了，乔暖有些惊讶和疑惑。

至于荣谨……心里只剩下一堆"！"了。

"宁总，这位是……"顾国华看着荣谨有些疑惑道，他只觉得面熟，心里有个答案，但还需要对方肯定。

顾国华的眼睛转向荣谨，嘴角微微带笑，一副很是友好的模样。

这要真是那人……他再怎么讨好也不为过。

荣谨这心里七上八下的，脑子里一团糨糊，凉了凉了……

他虽然没见过顾国华，但也是参加过几次商会的，虽然时间短，但只要顾国华看见了他，这次就一定能认出来！

"哦，这位是……"宁轩和笑着介绍起荣谨。

他的手机却在这一刻响起，宁轩和看了眼名字，愧疚地笑笑："抱歉，接个电话。"

荣谨重重呼出一口气，对他们笑道："抱歉，我还有事，先走一步。"

顾国华张了张嘴，实在没有理由留下他，叹了口气，心里有些遗憾，毕竟这是荣谨，很难遇见。

要是能多说上几句该多好，真是遗憾！

乔暖的手机也响了一声，一条来自"张俊"的消息：我在外面等你。

她平静地按灭手机，塞进包里，抬起头："顾总、顾经理，我朋友在外面等我，我先走了。"

顾清明眼神一厉，顾国华已经笑着说："去吧去吧。"

乔暖点点头，走了出去。

乔暖把车钥匙交给站在门口的接待，让他找人把车开回去，她今天不开车了。

而后看向不远处停着的一辆车，乔暖踩着高跟鞋慢慢走过去，驾驶座的男人赶紧下来给她开门。

乔暖看也不看他，只在副驾驶坐好盯着前方。

荣谨也坐了进去，深呼了一口气，看向乔暖："重新认识一下。"

他伸出手，侧过身温柔地看着她："你好，我叫荣谨，我喜欢你。"

乔暖不做反应，仿佛并没有听见，眼睛看着前方，不知道在想什么。

荣谨的手僵住，停顿在半空，好半天才哑着嗓子说出一句："对不起。"

"很好玩吗？"旁边的女人终于轻声说道，就这一句，让听着的人心脏一抽一抽的。

荣谨不知道怎么解释，太多的阴差阳错，如果最开始他就告诉她：我是荣谨。他和她可能再没有后续的交集，乔暖可以心安理得地吃"张俊"做的饭，但不可能是"荣谨"。

所以哪怕是再来一次，为了和她走到一起，他依旧不会说自己是"荣谨"。

有时候他也会恨不得自己真的就是"张俊"，只是一个给她做饭的咖啡店老板。

"对不起……"他喃喃道。

"先回去。"她轻轻靠在椅子上，也不知道在想什么。

荣谨心头一喜，这是原谅他了？

"哎！"他赶紧发动车子，嘴角微微上扬，余光看着旁边的女人，心里暖暖的。

"晚上想吃什么？"他没话找话。

"吃过了。"

"哦……"他想问为什么和顾家父子吃饭，又忍了下来。

他刚犯了错，正是夹紧尾巴做人的时候，那什么陈年老醋，酸死也不能拿出来说啊！

这车就在荣谨纷乱的思绪中开到了乔暖住的地方，他把车开进了停车场。

车子停下以后，乔暖松开安全带，对他伸出了手。

"钥匙。"

荣谨下意识把自己兜里那把每天要摸N次的钥匙递给她。

乔暖接过，一边下车一边说道："你以后不用来了。"

荣谨愣住，这句话像是惊雷将他所有思绪都炸飞了，脑子里一团糨糊。

什么意思？

荣谨愣了好一会儿，突然打开车门冲下来，他太急了，甚至车门都没关好就跑出来了。

他一路跌跌撞撞地追了过去，到电梯的时候，只来得及透过合上的门看见女人冷静的眉眼。

他跑过去，疯狂想按开电梯门，然而那数字没有停顿地往上走。

不能让她离开！

她收回了钥匙，今天不解释清楚，就再也没有机会了。

荣谨一脸焦急，这别人口中冷静自持的老干部，这一刻慌慌张张得像

176

个孩子。

他转身就从旁边的楼梯往上跑，一步两三个台阶。

等他满头大汗到乔暖那一楼时，她早就进门了。

荣谨敲门，急促的节奏和他的呼吸相应。

他跑得太急，楼又太高，令他双腿发软，恨不得直接瘫在地上。

"乔暖，你开门！"

他的语气僵硬，带着固执。

然而久久不开的门让他越来越有气无力，以至于到了最后，他只是茫然地靠着门蹲在地上。

"暖暖……"

那是乔暖啊！

他之前竟然以为她原谅了自己？

荣谨靠在门上，这个男人活到这么大，第一次遇见让他如此无措的事情。

这不是用谈判那一套理论就可以搞定的事，他不会说甜言蜜语，那个女人也不需要甜言蜜语。

他除了茫然地等待，并不知道自己能做什么……高智商没有给他的情商加持。

一直到下半夜，那扇门依旧紧闭，荣谨双手捂住脸，心脏抽疼。

"暖暖……"

事实上里面的人同样不好受，她很少这么生气，或许这一刻她才知道，自己很在乎外面的那个男人。

第二天一早，乔暖看着镜子里的自己惨白着一张脸，眼底还有青黑，叹了口气，拿出化妆品。

等她出门的时候，已经恢复了以往的姿态，仿佛昨夜对她没造成任何影响。

乔暖拉开门。

荣谨在她开门的瞬间，立刻就站了起来，紧紧地盯着她。

"暖暖……"

"荣先生。"对方态度疏离而又客气，一边关门一边往下走。

荣谨茫然地跟上，有些手足无措，又不知道说什么。

"对不起……"

"嗯，没关系。"

她说着没关系，荣谨却一点也不开心，他像个尾巴跟在她的后面。

好几次荣谨试图说点什么，但一看见对方的冷脸，就委屈巴巴地闭了嘴，直到车子开走，也没再说上一句话。

荣谨眼神迷茫地看着车屁股，像是一只被抛弃的小狗，眼睛里都闪着水光了。

乔暖从后视镜看着他，经过一晚上，她其实已经差不多想通了。

但这家伙今早的表现很让她不满意！

乔暖心想：他出生的时候大概把所有的费用都充给了智商，情商绝对是个零蛋。

……

荣老板失恋了！

他失去了他那一段可能还是单恋未来有希望发展成双恋的恋爱。

以至于荣氏整个高层都散发着低压，大家喘口气都害怕惊到正在崩溃边缘的老板。

一直到快中午，以往这个时候荣谨已经准备去咖啡店等乔暖了，但今天他有些茫然。

他想了想，把徐恪叫了进来，他也是病急乱投医，急切地需要有人帮他出主意。

元夏。

乔暖看了眼时间，已经快中午了。她突然想到，荣氏老板的日常应该是很忙的吧。可他还要抽出时间负责她的早午饭，突然有些愧疚。

难得的，她在脑海里回忆了男人平时的好处，虽然……尸+从，造字，但到底还是对她好。

说起"怂"就让乔暖皱眉，"张俊"的怂给她的印象太深了，以至于上次在荣氏遇见，她都没把他和荣谨联想在一起。

她想，中午去咖啡店一趟，让他做一碗炒饭就原谅他。

随即有些自嘲地笑笑，她竟然这么轻易就能原谅他，真是……

呵，恋爱中的女人。

178

荣氏。

"你真是凉了凉了……"徐恪吧唧了一下嘴，有些看好戏的意味。

荣谨斜了他一眼："我让你来是出主意，没主意就出去，我还要去咖啡店。"

"你还去咖啡店？！"

"嗯。"

"你傻啊！你觉得那女人……"

"嗯？"

"行行行，老板娘，老板娘。你觉得老板娘那样的性格今天会去咖啡店？"

"那我做好给她送过去？"

"你这是迫不及待送上门让她回忆起你用'张俊'骗她啊！"

荣谨皱眉，突然觉得徐恪说得有道理。

"那我做什么？"

"什么都不做，就是最近别出现在她面前，等她气消了。"

"不行，我每天都想见她。"

"忍几天吧，你这几天出现在她面前只会让她更加生气！"

荣谨点头，一脸不情愿："行吧。"

徐恪嘲笑："呵，恋爱中的男人。"

元夏。

中午乔暖多加了会儿班，等她回过神，已经快一点了。

拿出手机，没有熟悉号码的任何消息，乔暖皱眉。

她想了想，拿起包下楼，去了对面。

打开门的时候，她一眼就注意到柜台后的店长，眼睛转了一圈，没有熟悉的人。

"乔小姐来了！"

"嗯，给我一杯咖啡带走。"她微笑道。

那男人没来！

这句话已经是肯定地晃过她的眼前，等咖啡打包好，她提着往外走，

179

面沉似海。

好一个荣谨！

荣氏。

"不看到她我这心里不好受，你真没骗我？"

"我骗你干吗，再说，她的性格你还能不知道？"

荣谨一想也是，忍住了去见她的欲望，抓心挠肝。

"为了早日得到原谅，忍住！"

徐恪说完，荣谨重重点头。

当然，很久以后，当荣谨知道乔暖对这一天的想法时，沉默了很久。最后只拿出手机，打了个电话，大喊一句："徐恪！活该你追不到心上人！"

因为徐恪的馊主意，他的恋爱之路崎岖又坎坷。

面对恋爱中的人，怎么能用她平时的性格去估量她呢？！

元夏。

乔暖明明提的是咖啡，可她的脸色却像是提了炸药，相当难看。

就是和黄长富撞了一下，她也只是冷冷离开，并没给对方任何一个眼神。

黄长富一愣，看见办公区员工们偷笑的模样，咬紧牙根，随即不知道想到了什么，嘴角微微上扬。

乔暖，你以为你还能狂吗？

她把咖啡放在桌子上，一手叉腰一手按在桌上，眼神危险，一脸的怒气。

她真是被气糊涂了，竟然买了不喝的咖啡。

乔暖花了好一会儿才缓过这口气，摇摇脑袋，决定把那家伙抛在脑后。

时间在她的忙碌中流逝，不经意间抬头，就看见他们经理顾清明靠在门上，也不知道看了多久。

"有什么事吗？顾经理。"

顾清明整理了一下情绪，站直了身体："跟我去谈生意。"

乔暖下意识地皱眉，对方只道："博力格公司，你应该比我了解。"

她和博力格有过合作，顾清明本来就是生意场上的新人，让她把把关很正常。

乔暖点点头："什么时候？"

"现在。"

她提着包站起来，跟着顾清明出去，黄长富从开了条缝的组长办公室门后偷偷看着，眼睛里精光一闪。

第七章
我滚了，又滚回来了

荣谨真的是有些忍不住了，这才一天不到，他这心里就跟被挖掉了一块似的，做什么都提不起精神。

我就去偷偷看一眼！

他是这样告诉自己的，随即就提起了一点兴致，拿着钥匙直奔元夏，马上就是他们下班的时候。

可是他这一等，直到人都走得七七八八了，也没看见乔暖出来。

难道她又在加班？

他想了想，回到店里让店长找人打探一下，又过了一会儿，店长回来了。

"老板，乔小姐和他们的顾经理提前下班了，再多的就打探不到了。"

荣谨的脸一黑，元夏就一个顾经理，就是顾清明！

他有些恼怒，想到自己茶不思饭不想，对方还有心情和经理"同进同出"，这心里就越发不是滋味。

这女人是不是把他抛弃了，准备换目标了？！

不行，不行，他得想点办法了！

……

乔暖和顾清明来到了一家会所，两人坐了一会儿，博力格公司的代表才过来，还是熟人。

"咦？暖暖？"

乔暖抬头，微微一惊："陆星星？"

"真是好久不见……"

两人叙旧，顾清明就在旁边帮忙端茶倒水，也不说话。

陆星星是乔暖以前的朋友，年纪在三十左右了。事实上乔暖很多朋友年龄都比她大，一个是她成熟，交得朋友也就成熟，另一个则是她出来工作时年龄太小，和她一起成长的，大多比她大一些。

不过这并不影响她们互相吸引，陆星星是个有实力的女人，乔暖一直很欣赏她。

好一会儿，直到两人说够了，这才进入正题。

顾清明其实并没有他说的那么需要乔暖，他自己已经提前做足了准备，对博力格的了解不比乔暖少，所以侃侃而谈，神采飞扬，极为自信。

这笔生意很成功，他们商量好了以后，站起来握手。

"合作愉快。"

"合作愉快。"

握住乔暖的手后，陆星星就不撒手了，不用聊生意，她便问："暖暖……你和顾经理……"

她的语言、姿态极为暧昧。

乔暖睨了她一眼："别瞎说。"

"行行行，不说不说，那咱们一起吃顿饭吧？好久没见了。"

顾清明这时候出声："我做东吧，我们公司不远处新开了一家海鲜店，两位女士想尝尝吗？"

"荣幸至极。"乔暖还没说话，陆星星已经答应了。

……

"老板？"

听见店长的声音，荣谨把神游天外的思绪拉了回来。

"您没事吧？"

荣谨摇摇头，垂头丧气地拿着外套出门，然而走出大门的时候脚一顿。

从停车场走出来的两个人，一男一女，都长得异常好看。

女人面色清冷，男人手插在兜里，看起来满不在乎，余光却紧紧盯着旁边的女人。

荣谨心中一痛，他们已经私下约会了吗？

他眼里已经没有乔暖旁边的女人了，只盯着那一男一女看着，视线随着他们进入不远处的一家餐厅。

就在这时候，荣谨做了件极为丢人的事情……

他偷偷跟了上去！

这种以前如果有人告诉他，他一定会嗤之以鼻的龌龊行为，他竟然不知不觉就做了！

荣谨一边嫌弃自己，一边跟了上去。

这里面的环境简直极为适合偷听，他看见他们坐在靠里面的倒数第二桌，便从柜台这边绕过去，小心翼翼地，迅速从那个角转过来，坐在顾清明背后。

沙发很高，遮挡了大部分视线，他微微趴着，那边就看不见人影了。

待会儿他们离开，也不会走到后面这桌来，荣谨挑了个好位置。

"女士先请。"顾清明把菜单递给两人，客气地说道。

陆星星把菜单放在自己和乔暖中间，一边点菜一边询问她。

"我的酱料要辣的，这位女士不要放辣，顾总，您呢？"

顾清明皱着眉，没回答这个问题，反而问："乔副经理不吃辣？"

隔着沙发低着头的荣谨无声张张嘴：傻子吧，暖暖肠胃炎，不能吃辣，就这样还敢肖想暖暖，谁给的勇气？

"我记得暖暖胃不太好，不能吃辣。"

她又转头看向乔暖，笑着说："我记得前年咱们在酒桌上遇见了，王永康爱吃辣，点了一大桌，非让你吃还让你喝酒。你也是硬气，忍着吃了下去，可惜后来直接送了医院。"

乔暖微笑道："是啊，然后得罪了王永康，我的人生又多了一笔失败的生意。"

陆星星摇摇头："你失败次数太少，每一次都这么记着吗？"

乔暖只笑，并不答话。

顾清明的脸色变得极为难看，他想问乔暖为什么不说，又埋怨自己不够细心。

这些年他一直以为她抛弃了自己后顺风顺水，毕竟他回来时，她已经是业内大名鼎鼎的人了。

他本来是为了报复她的，但现在从别人口中窥探到她的辛苦，他又心中绞痛。

"王永康是哪个公司的？"他问了这个问题，眼神深不见底。

"协展。"

顾清明没有说什么，背后的荣谨听了后，把编辑框的"王永康"前面加上"协展"，发给了杨达周。

荣谨微微咧嘴，露出白森森的牙齿，有些人真是送上门来让他出气！

这时候又一个服务员过来，在荣谨旁边站定，这地方虽然沙发靠背比较高，但他要是坐正了，对方也能看见。

所以荣谨是弓着背的，这会儿一看见服务员，立刻随便指了个菜，就想打发她走。

对方显然愣住："只要这个？"

他点点头，恨不得她赶紧走，免得引起注意。对方奇怪地看了眼他，这才离开，在柜台的时候还和另一个服务员说些什么，两人一同看了过来。

荣谨显然不在意这些，随着餐厅的人越来越多，他虽然不显眼了，但要竖着耳朵努力听才能听见隔壁的对话。

陆星星对乔暖确实很好，这顿饭的聊天话题多数是围绕乔暖，除了前面那个不经意透露出的辛苦，她后面没再说乔暖的心酸，反而旁敲侧击，想看看经理对乔暖的态度。

毕竟顾清明，不出问题就是未来的元夏老总。

"顾总，暖暖看起来面冷，是不是很贴心？"乔暖对上司一向很贴心，陆星星不知道他们以前的恩怨，自然就有了这番话。

顾清明挑眉，这模样有些调笑的意味："乔副经理，你觉得你对上司怎么样？"

"自然是恭敬。"她是这么回答的。

185

顾清明不置可否，只顺手给她空了的杯子倒上一杯开水，再把养胃的汤放在她面前。

陆星星见此轻轻笑了，她和乔暖虽然没什么联系，但却是很好的朋友。

她们在两个地方打拼，平日里不会约着见面，甚至不会在网络上聊天，只偶尔遇见，才会聚一聚。但有些友情不会因为距离变淡，她们平日没联系，却知道自己如果有天无家可归，有个人会无条件地收留自己。

这也是性格冷清之人的友谊，平日里努力经营有利益关系的人脉，费尽心思，到了真朋友这儿，反而就淡了。

乔暖心里有些暖，放在桌下的手轻轻握住了陆星星的。

她的朋友本质性格和她都差不多。

这时候荣谨点的也送了上来，是一碗汤……乌鸡白凤汤……

荣谨显然并没在意这个，只继续偷听，听到有些入神的时候，下意识拿起勺子尝了口，而后微微低头。

这什么汤？味道还行。

他随即又喝了两口，这才继续"偷听"。

……

"我送送你们吧。"顾清明笑着说，背后的荣谨心里一咯噔，这人想干什么？！

"不用不用，我和暖暖一起，今晚我住她那儿。"荣谨刚刚放下的一口气又提了起来，住乔暖那儿？！

他偷偷伸出脑袋，看了陆星星一眼。

正挽着乔暖的陆星星脊背一麻，总觉得有什么可怕的东西在看她……

陆星星最后还是没能住在乔暖家，她那个和她纠缠了好多年的男人又开始闹脾气了，要死要活的。

乔暖只笑着送她离开，而后才开车回去。

她视线从后视镜看向后面那辆黑色的车，这家伙今天跟了她一晚上了……

乔暖上楼的时候往后瞥了一眼，嘴角微微上扬，上楼以后合上门，就坐在沙发上等着某人上来。

楼下的荣谨抬头看向乔暖的那个房间，心里跟猫抓似的，恨不得直接

186

冲上去。

但想到徐恪说的话，荣谨忍住了。

"她还没消气……出现在她面前肯定会更生气……"他这样想着，而后就在楼下站着。

乔暖等到十点钟，毫无动静，她眼神危险，站起来，自顾自洗漱睡了。

好一个荣谨！

……

第二天。

乔暖下楼的时候荣谨还在，就在小区外面站着，他实在憋不住了，他想见见她，打探一下她现在的情绪。

他酝酿了一个晚上的情意，这一刻忍不住全部喷发出来，他太想她了。

也许他出现在她面前，她不一定会生气，徐恪说的话，也不一定都对。

"暖暖……"

他轻轻出声，就站在三米以外的地方看着她，不敢上前。

乔暖提着包的手收紧，咬牙切齿："滚！"

荣谨："……"完了完了，她还在生气，徐恪说得对，我出现在她面前，她好像更加生气了！

乔暖已经丢下他开车走了，荣谨这家伙，气人的本事倒是一流。

……

王永康最近还算是春风得意，虽然实力一般，可谁让协展老板是他亲哥？他没要协展这公司，他哥就对他格外宽容。

今天也不例外，他在公司转了一圈就出去约妹了。

可刚走出大门，他亲哥的电话就来了，一阵怒吼，他立马屁滚尿流跑回去。

"哥，怎么了？"

王永健把笔狠狠摔在桌上，怒骂道："你怎么惹上元夏的？！"

"啊？"王永健一脸茫然。

"你惹上不该惹的人了，哥不能再留你在公司。"

"哥！你不能这样对我，我是你亲弟弟啊！"

"是你自己得罪了人！"王永健愤怒了，他也不愿意赶走自己弟弟，可他公司的实力和元夏的堪称天壤之别。

"元夏？元夏！乔暖，我就和她有过节！"王永康突然想到什么，眼睛一亮，毕竟当年那女人他很想上手，却连吃两瘪。

"不可能，放出风的是顾经理，你得罪的是顾国华的儿子。"

"我都没见过他！"王永康眼睛瞪圆。

"我不能留你在公司了，你放心，我也不会不管你，我……"说到一半，王永健的座机响了。

"怎么了？"他语气不耐烦，不知道那头说了什么，王永健"腾"地站起来。

"怎么可能？！为什么会突然崩盘？！谁干的！查！给我查！"

挂了电话，王永健愣了好久，才颓然地跌坐在椅子上，一脸茫然。

"哥……怎么了？"

"股市……崩了，协展完了……"

"怎么可能？！是元夏干的？！"

王永健只茫然地看着前方，好一会儿电话又响了，他赶紧接起来。

不知道对面说了什么，王永健愣愣地丢了电话，麻木地看着王永康。

他上前一步："哥，怎么了？"

王永健喃喃道："荣氏……荣氏……你到底干了什么？！"

被亲哥带着恨意的眼睛看着，王永康害怕得缩了缩脖子。

……

杨达周看了眼办公室沉着脸的老板，叹了口气，真是天凉王破啊！

这让一个小公司崩盘，也是要花出去不少钱的，那大把大把的钱看得杨达周心疼，不过也是协展本身缺德。

本来荣谨让他查王永康，两人都没想要让协展完蛋，但他查出来的东西，可真是触目惊心。

两年前的事还是好查，何况当初一度闹得还有些大。乔暖那时候还在另一家小公司上班，要和协展合作。本来这已经是谈好的事，但王永康来了，一眼就对乔暖动了歪心思。

其后就能猜到，王永康可劲折腾乔暖，用了些心思，最后也没成功。

188

王永康就反悔了，还要让乔暖失业，协展也顺着他，真毁了约定，没签合同，害得乔暖丢了工作。

杨达周吧唧了一下嘴，荣谨本来就在气头上，这还查到有人这么欺负过乔暖，炸了对方也不奇怪。

"杨达周！"

"哎！"一听荣谨喊他，他赶紧缩着脖子进去，最近老板是随身携带炸药包的，所有员工都得夹着尾巴做人。

元夏。

顾国华看着面前的儿子，一表人才又聪明，虽然性格冷漠，毕竟在福利院吃了那么多年的苦。

他一直对他很愧疚，这孩子还年轻，有时候想得就比人少。

"清明啊，听说你给协展施压了？"他装作不经意地问道。

"嗯，不喜欢王永康。"顾清明平静地回道。

"哦，这样啊，协展也是倒霉，已经快完了。"

顾清明皱了皱眉，没说其他的。

顾国华喝了口水，笑着说："清明，你觉得乔副经理怎么样啊？"

他有些不自在，把手插在兜里："嗯，就那样。"

顾国华注意着他所有的小动作，把视线放在他的脸上："我是挺喜欢乔暖这丫头，你要是有什么想法，年龄到了，也是可以的。"

顾清明脸上微微泛红，别开视线："什么想法，我没想法。"

"哈哈哈……"顾国华只是大笑。

"没事我就先走了。"顾清明落荒而逃。

顾国华的脸立刻沉了下来，打了个电话："黄长富，上来。"

顾国华的话在顾清明的脑海里挥之不去，他斜靠在椅子上，透过窗户看向窗外。

他怎么可能喜欢她呢？

她当年抛弃了他！

顾清明想到这个，心里又是怨恨又是痛苦，他回来是要她付出代价的！

乔暖，你为什么要背叛我、抛弃我？！

189

......

博力格的项目是要整个业务部研讨的，所以这天下午，顾清明组织了业务部开会。

"博力格的要求就只有一个，有新意，大家都有什么看法？"

他的视线转了一圈，很多人低下了头，黄长富是最给他捧场的。

"那自然是要有和其他项目不一样的地方，我看还是从宣传片着手。"

顾清明不置可否，转头问不知道在想什么的乔暖："乔副经理，你有什么看法？"

乔暖用两只葱根似的手把玩着签字笔，特别客观地说道："宣传片的很大一部分是广告商的创意，博力格应该是想让我们在推广上面有些特色。"

顾清明点点头，看起来倒是挺赞赏的。

"你倒是说得简单，推广的创意咱们不少了，这次博力格要新花样，你有让他们满意的方案？"黄长富嘴脸难看，条件反射地怼起乔暖。

乔暖只是挑眉："这不是在讨论吗？什么都让我来想，你黄组长还有存在的价值吗？"

黄长富的脸一黑，随即不知道想到了什么，脸色又没那么难看了，只看着顾清明，等待他的安排。

"方案的话就由乔副经理负责了。"

乔暖皱眉："我手上项目……"

"能者多劳嘛。"顾清明笑着说，他这意思很明确，乔暖也就不做无谓的挣扎。

博力格这项目虽然是陆星星谈的，她也能给乔暖透露不少东西，但说到底负责的还是她上司，这项目对乔暖而言也是个难题。

正在她思考怎么完成这个项目的时候，顾清明走了进来。

"乔副经理遇见了难题吗？"

她看着他，只见对方笑了起来："如果乔副经理做不了记得告诉我一声，也不会把你怎么样的。"

"顾经理，我没问题的。"她平静道，和他的视线相对。

顾清明脸色骤然难看："乔暖，你就要一直这么逞强吗？"

190

她不说话，平淡无波地看着他。

顾清明愤然离开。

等他走了，她才叹了口气："真是个长不大的孩子……"

……

顾国华已经想了很久，关于他儿子和乔暖的事。

乔暖是个有实力的，如果能全力帮助顾清明，那清明以后的路定然好走。

可她要是有其他的心思呢？

白珍珠就是业内的实例，乔暖保不齐就是第二个白珍珠。

他老了，再过个十几二十年，这个公司他就再操不了一点心。乔暖没有歪心思还好，如果她有坏心思，顾清明根本压不过她。

况且她看起来对清明也没那个想法，完全是清明一头热。

以后不管两人走不走到一起，乔暖对顾清明而言，都是威胁。

顾国华想到这儿，心里像是有根刺扎一样，极其纠结。

但乔暖那样的人，在元夏这么久也知道不少东西，如果放她出去，保不齐会对元夏有伤害。

顾国华的眉头越皱越紧，不到万不得已，顾国华也不愿意对乔暖下手。

顾国华想了想，决定先从其他地方着手。

……

"今天那姑娘怎么样啊？"顾国华笑眯了眼。

显然他儿子顾清明相当不高兴，刚才为了打发那姑娘也是费了心思，这时面沉如水："我暂时不想考虑婚姻，请您不要再给我相亲了。"

他的眼神极为坚定，看顾国华的眼神像是在看一个陌生人。

顾国华一阵难过，他承认之前亏待了儿子，可杜薇那女人抱着孩子上门的时候他已经结婚了，正是艰难的时候，怎么可能接受孩子？

没想到那女人心那么狠，孩子那么小就到处乱丢，后来竟然送到了福利院。杜薇也是知道他一直求子不成功，这才把孩子找到，给他送过来。

但她拿了一笔钱，就拍拍屁股走人了，她对清明哪儿有一点母爱？

顾国华就顾清明这么一个孩子，自然百般在乎，被他冷冷这样看着，纵使有再多心思，也只能说："行行行，爸爸不给你牵线搭桥了，你也年纪不小了，有喜欢的人吗？"

顾清明不自在地移开了视线，嘀咕了一句："不考虑这个。"

顾国华含笑看着他，也不知道在想什么。

……

"顾总，您还记得顾经理以前待的福利院在哪儿吗？"

顾国华凝眉思考，好一会儿才说："好像是H市，清明不爱提以前的事，我也没在意。"

黄长富的眼里精光闪烁："之前还不能肯定，但最近您让我观察的事有了点眉目。"

"什么？"

"顾经理对乔副经理可能不只是感兴趣，他们渊源颇深啊！"

顾国华皱眉看着他，等着下文。

黄长富也不敢卖关子，压低了声音道："乔副经理也是H市福利院出来的……"

话到这儿就打住了，顾国华脑子一转，想到了清明以前的名字：乔梓晨。

他瞳孔一缩："黄长富，你还查到了什么？全部都告诉我。"

"已经过去六年了，我的人过去本来是打听不到的，后来机缘巧合，找到了几个当时同样在福利院的孩子。虽然也都是一知半解，但多方打听，还是知道了个大概。

"顾经理的母亲找到他的时候他还没成年，她要按照手续把顾经理带回去。当时顾经理不愿意跟丢弃了他的母亲走，但毕竟没成年，抵抗不过。

"顾经理的母亲强制带走他的时候，顾经理跑了，藏了起来。他再过几天就成年了，顾经理的母亲也就不能强制带走他了。

"后来的事有点不清楚，只知道好像是乔副经理带着顾经理的母亲找到了他，之后顾经理就被带走了。

"乔副经理当年不太地道，好像是收了顾经理的母亲的好处……出卖了顾经理。"

黄长富打量着顾国华的脸色，对方面沉如水，只对他挥了挥手。

等到黄长富走了出去，顾国华愣了好一会儿，拿出手机，拨出一个他

192

本以为再也不会打的电话。

"喂，杜薇，我有事问你……"

……

乔暖接手博力格的推广以后，手头的事情就多了起来，关于荣谨的事也被她抛诸脑后。

荣谨却是坐立难安，有时候在咖啡店守着，有时候在她楼下。

"唉……"

熟悉的叹息声，杨达周抬头看了荣谨一眼，自己老板变得唉声叹气以后，杨达周觉得，他就算再怎么反常，他也不会在意了。

"唉……"

就在杨达周以为荣谨今天又会在这样的叹息声中度过的时候，他"腾"地站了起来。

"今天下午我要去见暖暖。"他已经憋不住了！

杨达周："……"

事实上荣谨注定扑空，下午乔暖就被顾国华叫到了办公室。

"乔暖啊，我觉得咱们这次和香港慈易的交流你去最合适了。"

"啊？"她有些惊讶，这种交流会一般都是公司真正的高层去的，她只是一个年轻的副经理，怎么可能是她去？

"我想来想去，慈易一直和荣氏有合作，荣氏现在是你负责，还是你去最合适了。你放心，就三天，一结束就回来。"

乔暖倒是不担心能不能回来，她只是觉得有些奇怪，这样的事为什么会落在她的身上？

而且慈易举办的这个交流会，参加的都是业内竞争公司，让她去……

"我手上还有些项目，荣氏也脱不开手……"

"先让清明接着吧。"他笑着说。

乔暖瞬间有些懂了，对方这是想让顾清明拿到她手头的资源……

但是不应该啊，她就去个几天，等她回来了，顾清明也得还给她啊。

这一来一回，是个什么意思？

乔暖有些疑惑，偷偷打量起顾国华。

"那就这么说定了，乔副经理记得按时出发，明天早上就得和慈易碰头了。"

她点点头，虽然她还是想不通，但顾国华的安排她也不敢违背，只得打包东西去了香港。

荣谨扑了个空，再一打听，乔暖要三天才能回来！

他这个心呀，拔凉拔凉的。

关于乔暖出差三天这事，顾清明也很疑惑，特地去问了顾国华。

"你还不熟悉，我又走不开，让其他董事去，那和乔暖去没差别，我信任她的实力。"

听了他给的解释，顾清明也不好说什么，只得转身离开，

他一走，盯着电脑的顾国华就抬起了头，看着他的背影，久久都没回神。

……

原本他们两人还在同一片土地上，他还能偷偷瞄两眼，现在隔了万水千山，这荣谨心里就越发思念。

一整宿都没睡着以后，他顶着青黑的眼眶，看着杨达周。

"慈易那边打个招呼……我想过去看看……"

"你说怎么就有这么绝情的女人呢？"荣谨就有些想不通，怎么乔暖说走就走，他发消息说要去，对方也没个表示。

杨达周："……"

荣谨把交叉的双腿换了下位置，一脸埋怨："说走就走，人说一夜夫妻百日恩，这女人没恩也就算了，怎么能说走就走？"

杨达周看他说得认真，微微眯了眼，有些不忍直视。

"是是……"

"你是什么啊是？跟你有什么关系？不要诋毁她，她人还是挺好的。"

杨达周："……"

荣谨看了眼窗外，距离机场还有很远一段路，他看了没一会儿，又没了耐心。

"怎么就有这种女人呢？我问问她坐哪一班飞机她都不回复，你说这女人怎么这么过分？"

杨达周："……"

"哎？你怎么不说话，你难道觉得她不过分？"

194

杨达周："……"

"算了算了，跟你说了也不懂。"他又把脸转向窗外，一副坐立不安的模样。

杨达周："……"

两分钟以后。

"你说怎么有这么过分的女人？我就是……"

得，又开始了……

杨达周："……"乔小姐救命啊！

……

事实上乔暖是真的没空回他，也没空拿出手机看短信。

乔暖一到香港就有慈易的人过来接她。这次交流会更是因为荣谨要到场，它的性质或多或少发生了变化，相继有其他公司的高层决定赶来。

就连本来心有算计的顾国华，也打电话说明天早上会到。

慈易是业界的龙头公司，而元夏虽然在京市还算有名，但放到国际上就有些不够看。

乔暖本来就有些不能理解顾国华为什么不到场——这是慈易的老板李贵接任他老爸李总的班后，举办的第一次交流会，按理来说顾国华应该来的，但他不仅没来，还让乔暖来，这本就奇怪。

现在听说荣谨要来，顾国华改了主意，那乔暖的任务就不是开会，而是帮顾国华打前阵，提前和该见面的人见见面。

所以等到她看见荣谨的消息，已经是深夜一点了。

乔暖想了想，到底没回。

那头的荣谨刚刚下飞机，又是一番"控诉"："这女人还没气过吗？我都跟着来香港了！"

杨达周看了看不远处的人，硬着头皮上前一步："老板，慈易的人来了。"

荣谨虽然还在为乔暖的事苦闷，但到底智商是在线的，虽说荣氏这两年越来越有傲视群雄的底气，但到底没有哪个公司不用跟人合作。

李家和荣家是世交，李贵的大伯和他还沾亲。慈易对他们以后的发展也还大有作用，荣谨不是个傻的。

"荣总！"慈易也是诚意满满，新上任的老板李贵在凌晨一点亲自来机场接机。

李贵可是极为感动，他的实力确实不如他爸，以至于这次有好几个公司推辞了交流会，但荣谨一说过来，那些公司也都赶了过来。

他自然以为荣谨是看在他大伯的面子上，特意照顾他。

"李总，好久不见。"荣谨伸出手，暂时把乔暖放在脑后。

"我大伯、父亲他们可想你了！"

"李叔身体还好？"

……

等李贵把荣谨送到酒店，已经是凌晨两点。

"查到了吗？住哪儿？"

"楼下6115……"

"我要去好好收拾她！"

话音一落，某人就一脸愤怒地下楼去了。

杨达周缩了缩脖子，他老板不会打乔小姐吧？

他要不要去看看？还是回去睡觉？

他纠结了一会儿，才终于决定，先偷偷去看看，待会儿再回来。

要是怒火中烧的老板把乔小姐给打了，明天指不定得后悔。

这样想着，杨达周小心翼翼地下楼了。

乔暖的房间比较靠里，杨达周悄悄过去，暂时没有听见动静，他稍微放了点儿心。

他再走近一点，听见了一个男人低低的声音，温柔暧昧。

"暖暖，我错了，你给我开开门啊！我来找你了。"

"暖暖，我好想你啊！"

"暖暖……"

杨达周："……"

他小心翼翼地缩回脚，离开这个地方。

他有预感，如果被荣谨发现了他，他未来将活在水深火热之中！

毕竟……说好的收拾乔小姐呢？！

……

那天晚上荣谨到底有没有进房成了一个未解之谜，至少杨达周不知道。

因为第二天的荣谨既没有面色憔悴，也没有面露喜色，反而是一会儿喜一会儿忧的模样。

杨达周表示：老铁树的心思你不要猜啊不要猜。

事实上荣谨昨晚确实没进去，但却见到了乔暖。

时间倒回到晚上。

他念叨了一会儿，门骤然被拉开，乔暖穿着酒红色的真丝睡裙，一根丝带松松地系着。

荣谨素了太久了，眼睛直冒绿光，到底记得自己还是"戴罪之身"。

"暖暖，原谅我吧。"荣谨的声音已经哑了，老处男一开荤，还没过瘾，就又被打入冷宫，这是何等的令人难以忍受啊！

然而站在门口面色清冷的女人只上前一步，轻轻整理了一下他已经乱了的领带。

"很晚了，影响不好，快回去睡觉。"

随后就是关门的声音，以至于荣谨今天一整天都精神恍惚。

所以她到底是原谅他了呢？还是原谅他了呢？还是原谅他了呢？！

开玩笑，大晚上的，乔暖敢把荣谨放进去？这酒店可是住了不少同行，指不定就被人看见了。

顾国华一早就到了，乔暖和他会合以后，就跟着他忙来忙去。

因为荣谨的到来，白天大家都各有安排，而所有的主题都放在了晚会上。

荣谨这一整天就在不停地见人，压根儿没机会找乔暖。

……

"你先回去休息吧，昨天辛苦了。"顾国华笑眯眯地说道。

乔暖眼神一变，表面却没任何反常："好的。"

转身离开以后，乔暖眼神幽深：顾国华这是要见什么人？为什么要把她支开？

他让她来香港又是什么意思？

一大堆的谜团让乔暖眉头紧皱，这么多年的经验告诉她，这次顾国华一定有所算计，可他到底在算计什么？算计谁？

乔暖的脑子转着，脚下却是没有停顿地往酒店走，她还要准备一下前往晚会。

"我只是丢了卡，我儿子给我了。"

"我们这儿就是这个规矩。"

"那你帮我打一个电话吧。"

"我们这儿可不是你想打电话就能打的，你知道住楼上的都是什么人吗？"那个前台的态度相当不客气，她觉得这老头子极有可能是小偷。

那老头直跺脚，他穿着汗衫、布鞋，看起来确实与这里有些格格不入，以至于前台不仅不让他进去，还怀疑他是小偷。

"你就帮我打个电话，不碍你什么事！"

"你电话呢？"

"我说被人偷了。"

那前台还有些不情不愿，现在小偷的套路多，楼上住的都是重要宾客，要是出点什么事，那她就完了。

两人还在争执，乔暖上前："请问您想给谁打电话？有号码吗？"

老头子看见乔暖已经拿出了手机，这才一脸愁地说道："我就是手机丢了，没号码，想让她给住在楼上一位叫荣谨的顾客打个电话。"

乔暖一愣，随即道："我帮您打给他。"

"你认识？"

她随意点点头："您叫什么名字？"

"李德忠。"

乔暖手一顿，诧异抬头，正好电话已经被对方接起，声音惊喜。

"暖暖？！"

"李老先生找你，就在酒店一楼。"

"哦，好的，我马上下来。"

乔暖随即就挂了电话，对面前的老人笑了笑，递给他一瓶没开的水："您先歇歇，他马上下来。"

随后她不顾李德忠的挽留，自顾自地上楼去了。

这酒店最不缺的就是电梯，荣谨下来的时候乔暖已经上去了。

他有些失望，又很快打起精神，上前搀扶李老先生。

"李叔你怎么来了？我准备明天去看您，哪用您跑一趟。"

老头子只笑眯了眼。

说起这李德忠的人生也是一段传奇，他年轻时候叱咤风云，娶了京市荣家的女儿，也就成了荣谨家的亲戚。

本来慈易该是李德忠的，可后来他妻子去世了，连带妻子肚子里的孩子也没了。

李德忠大病一场，调整了两年才走出阴影，也不管事了，在乡下买了块地，种花去了，——大片一大片的玫瑰，都是种给他妻子的。李德忠就这么过了好多年。

李德忠上一次出山，还是荣谨刚刚接手荣氏，他站了出来，让慈易全力支持荣谨。

虽然现在的慈易已经需要依靠荣氏了，但荣谨还是记得这个恩情。

这老人对荣谨是真不错，知道他来了，住这儿，就自己跑了过来，可惜在公交车上，被扒手偷了手机和钱包。

荣谨先带着老人去吃了点东西，又给他买了个手机。

"李叔，宴会您去吗？"

"我去那儿做什么？我就来看看你，你既然还好，我也就放心了，你让人送我回去吧。"

"住一晚上再走吧。"

"不住不住，我的花没人看着不放心，还有我的狗也没人喂饭。"

他顿了一下，笑着说："你小子眼光不错，刚才那姑娘挺好的。"

荣谨只笑："是挺好的。"

"我看你还差得远，赶紧追到了，带来让我好好看看。"

"好。"他也急啊！可是急也没办法！

等到李德忠走了，荣谨看了眼时间，晚会也差不多该开始了。

乔暖那样的女人，肯定会提前到场，而且也不可能和他一起去。荣谨叹了口气，认命地带着杨达周过去。

乔暖已经在里面转了一圈了，遇见几个认识的，就说了几句，也不显得尴尬。

顾国华显然没有带她认识人的义务和想法，只和其他老板一边聊着一边等荣谨。

她看了眼时间，估计荣谨也快来了。

果然，她刚这么想，某人就出现在了门口。

荣谨一身正装，双腿长而有力，气势凌人，在黑色西装的映衬下，他本就高大的身躯越发显得富有魅力，格外出挑。

荣谨一眼就在人群中看见了乔暖，尽管她穿得极为普通，可茫茫人海，他就是能一眼认出她。

乔暖确实穿得极为普通，在这样的晚会，她又不是主角，谁敢穿得喧宾夺主？那些所谓的在宴会上争妍斗艳，在商会上基本不可能。

也就荣谨这样的，无论他穿什么，所有人都会围着他转。

但他越是出挑，越是让人钦佩——他有才有貌，担得起顶级单身男士的称号。

不过"单身"这个看法是别人以为的，乔暖怎么以为的他不知道，但荣谨自己绝对不以为！

虽说大家都想贴上这个"黄金单身汉"，但也没人有太明显的动作，这毕竟是荣谨啊！

有适龄单身姑娘的家庭那是相当心疼，可没人敢太直白地展现出来。去年的事还历历在目，触碰到荣谨的底线，那就没什么好下场了。

荣谨被人团团围住，说东说西，他用余光看了眼，估摸着自己今晚和乔暖又说不上话了。

"哎呀，荣总……"

"陈总……"

荣谨这边又是一番应对。

那边的乔暖也正有些惊讶地看着面前的男人。

"李总？"俨然是慈易的李贵。

"乔小姐。"对方对她笑笑，紧接着说明了自己的来意。

"家里的长辈让我代他道谢，乔小姐有用得上我的地方，说一声就行。"

乔暖恍然大悟，原来是为了李老爷子来的："客气客气。"

李贵显然对她也有所了解，而人才向来值得尊敬。

"乔小姐考不考虑来慈易发展，咱们……"

"李总。"荣谨在远处一声呼喊。

"哎！这是我名片，你先拿着。"李贵着急忙慌地塞给她一张名片，立刻就往荣谨那边飞奔而去。

乔暖微微抬头，视线正好和荣谨相对，对方眼底的情绪一览无遗。

埋怨?

呵，他还有何可埋怨的?

这样想着，乔暖转开了视线，打量着形形色色的人。

倒是被她看见个有趣的，广贸的王总竟然也来了，正在对旁边的人觍着脸笑。

广贸近来是真的过得不容易，来的这个王总是老大王恒，留在京市的是弟弟王权，这两人向来不和，导致广贸内乱不断。

这王恒虽然也是个举棋不定的男人，但到底比弟弟王权要好，王权好高骛远，如果只是王恒接手公司，广贸不至于变成现在这样。

不过她听邓容说，王恒最近压住了王权，就看他这次能不能彻底解决了王权。

他靠近不了荣谨，就只能和其他公司的人聊天攀关系，乔暖看着他一杯又一杯地敬酒，看着他觍着脸笑。

这王恒也是尽了心，放得下身段。

她正看得认真，对方仿佛也感觉到了，回头看了她一眼。

对方肥胖又憨厚的脸上的笑容一僵。元夏乔暖……这人对广贸可以说是颇有"贡献"，踩了广贸好几脚，她有实力是有实力，可惜是对头公司的人。

这样想着，王恒瞪了乔暖一眼，又把脸别开。乔暖也不在意，收回视线，看向向她走来的顾国华。

"乔暖，刚刚李总跟你说什么?"顾国华笑着，可笑意不达眼底。

乔暖站直了身体，微笑道："没事，就是问问我是哪个公司的。"

顾国华不置可否地点点头，又转身离开，和其他人说话去了。

乔暖眼睛微眯，顾国华最近相当不正常……他到底是什么意思?

一场与她无关的宴会很快就结束了，乔暖回到酒店洗漱过后却没有立刻睡觉，反而坐在沙发上等着。

果然，没一会儿就有人敲门，传来她熟悉的声音："暖暖。"

这声音低沉沙哑，带了点酒气，又情意绵绵，荣谨把两个字念出了千般情意。

乔暖走过去，打开门，男人眼神朦胧，被秘书杨达周搀扶着。

"老板……喝醉了。"杨达周轻笑道，一脸羞赧。

乔暖平静地看了他们好一会儿，这才拉开门。杨达周把人放在沙发上，立刻就往外溜。

"乔小姐，拜托您了。"

合上门的那一刻，杨达周的内心是崩溃的，他仅有的那一点点良心在痛……

门内乔暖去倒了杯水，一边喝一边往沙发走。

"别装了，起来。"

躺在沙发上的人置若罔闻，时不时翻个身，仿佛醉得厉害。

乔暖的嘴角抽了抽，这家伙晚上就没喝多少，她可不信堂堂的荣氏老板，就这点酒量。

"既然醉了，那就是进不了房间了，就在这儿睡吧。"她说完就放下杯子，一副要进去睡觉的模样。

"别走！"沙发上那人跳了起来，一脸谄媚，紧紧盯着她，眼底灿若星辰。

乔暖挑眉，对方立刻顺竿上爬，蹭了过来："暖暖，好暖暖，我们和好吧。"

她还没说话，就已经被人抱在怀里，宽大的胸膛把她包裹住了，又暖又可靠。

"去洗澡。"她嫌他一身酒气，太臭。

荣谨几乎立刻露出灿烂的笑容，把人往怀里一带："一起。"

……

闹到大半夜，某人眷念地蹭着身下的女人："好暖暖，以后不要吵架了好不好？不要生我的气。"

"下去。"

"不！你不答应就不下！"

"下去……"乔暖的眼神已经有些危险了。

荣谨和她对视了三秒，认命地滚到一边，把额头埋在她的脖颈处。

"暖暖……你太无情了，刚刚还喊着要的……"

"闭嘴！睡觉！"某女人恼羞成怒。

某怂货看不懂脸色："暖暖，不要对我这么凶嘛，你看我有钱有貌，器大活好，你会舍得不要我？"

"滚！"

"你再这么凶巴巴我就真滚了！"

"快滚！"

某人撇嘴，一个圈翻到床沿，又一个圈翻回来。

他支起身子看着正在恼怒的女人，眼里满是笑意，灿若星辰，低头吧唧一口亲在她脸上。

"我滚了，又滚回来了。"

"……"

第二天一早，乔暖终于把某个没羞没臊的男人赶了出去，这才收拾收拾准备回京市。

她拿出化妆品，正要对着镜子化妆时突然一愣。

镜子里的女人面若桃李，眼底若有水光，两颊微红，就是以往有些苍白的唇，如今也是一片丹红，甚至因为它昨夜被男人啃咬，还微微有些肿。

她伸出手按了一下，有些愣神，不知道从什么时候开始，她本来的憔悴已经消失不见，眼底常年的微青也不见踪迹。

乔暖突然有些恼怒，镜子里的女人简直满脸都写着：我恋爱了！

正好这时候熟悉的号码打了进来，男人声音暗哑："亲爱的，要一起回去吗？"

回应他的是一声"滚！"和骤然挂断的手机。

荣谨拿着手机愣住了，眨巴了下眼睛："她……她……怎么了？"

杨达周："……"

荣谨一到京市就去咖啡店蹲着了，他给乔暖发了消息，让她下班来咖啡店，虽然对方并没有回复。

"你说她会来吗？"荣谨第N次问了……

店长已经听得耳朵生茧子了，撇撇嘴，忍不住搭话："为什么不来？"

"唉……也不知道她究竟有没有原谅我……"

"乔小姐在生您的气？"

荣谨睨了他一眼，对于这个没眼色的手下有些嫌弃。

"你不算算她多久没来了！"

"哦。原来是生气了……怪不得乔小姐上次竟然来买咖啡。"店长恍然大悟。

"买咖啡？"

"对啊。"

"什么时候？"

"上周五啊。"

他说完，只见他老板眼睛一亮，直放光："上周五暖暖来过？！"

"对啊，买了杯咖啡就走了，我还奇怪……"话没说完，面前的男人已经飞奔出去，直奔对面的元夏。

店长看看一旁一脸呆滞的杨达周，问道："老板……干吗去？"

对方幽幽地看了他一眼："发疯去……"

"你不跟上？"

杨达周叹了口气，放下杯子，认命地跟了出去。

他以前觉得有个阎罗王般的老板极为可怕，可当他眼睁睁看到阎罗王老板陷入爱情后……杨达周只能告诉当年的自己，太傻太天真！

……

荣谨刚到元夏，还在踟蹰，对着跟上来的杨达周小声嘀咕道："我这样上去会不会不太好？"

杨达周幽幽地看了他一眼："乔小姐今晚估计不会让您进门。"

"那算了，我就在这儿等。"

过了好一会儿才到元夏的下班时间。

"怎么没人出来？"荣谨皱眉。

杨达周也微微吃惊地挑眉看向里面，真是毫无动静。

"加班？"

杨达周刚说完，就见员工们扎堆出来，他们都是一脸震惊的表情，正热烈地讨论着。

"乔副经理怎么可能出卖公司机密？！"

"嘘！你小声点，顾总亲自说的！"

"好想看看后续，可惜不让我们留着。"

"是不是没升经理怀恨在心？"

"不可能！乔副经理不是这样的人！"

204

"我也觉得，乔小姐不像那样的人。"

"老板总不能说假话吧？"

"对啊，知人知面不知心，谁也不知道她在想什么，她一向有心机。"

这时候警车的警笛声响起，所有人都愣住。

"顾总……报警了？"一个员工愣愣开口。

荣谨直接推开站在门口的人，直往楼上冲，杨达周赶紧跟上。

杨达周心道：坏了！

楼上的乔暖正紧咬下唇，她一向冷静，但这会儿她的手竟然微微颤抖，指着顾国华："好一个顾国华，我乔暖在你元夏做了多少你心里清楚，现在却联合黄长富算计我！"

顾国华极为冷静："是你泄露公司的机密，又收取大笔回扣，已经构成刑事犯罪。"

乔暖呼出了一口气，微微闭眼，楼下的警笛声也传到了她的耳朵里。

再睁开眼睛时，乔暖眼底一片战意，犀利地看向面前几人——顾国华、秘书、助理、黄长富。

"你们说，我泄露的是荣氏项目的机密？"她的眼睛看向几人的时候，莫名让人有些瘆得慌。

黄长富上前一步："乔暖你真是胆大包天，荣氏的项目是我们公司最重要的项目，你不仅损害了公司的利益，还有荣氏，荣氏也不会放过你的！"

"顾国华，你可真是舍得，为了把我送进去，连荣氏的单子都可以拿来牺牲。"

顾国华还是静静地看着她，对他而言乔暖这样的人，不能留就得直接毁了，她离开元夏不管去了哪个地方，都可能威胁到元夏。

而且单单只让她离开还可能给清明一个念想，只有彻彻底底地让她消失在清明视线中，才是最安全的办法。

不是万不得已，顾国华也不愿意走到这一步，可他调查得越多，就越是害怕。

就算清明恨着乔暖，依旧一看见她就心软，除了小打小闹，一点不敢伤到她。

205

现在已经这样了，要是清明知道当年……岂不是对这女人更加死心塌地？顾国华也是想了好久，才决定绝不能留她！

至于荣氏的单子，他只要把影响降到最低，低调处理这件事，就还来得及补救。

"你早点认罪吧，证据确凿。"

乔暖嘴角露出一个嘲讽的笑容："真是聪明反被聪明误。"

她这个笑容有些违和，这个时候还能笑出来……那几人有些愣神。

"乔暖，你没资格再狂妄了！"

"闭嘴，黄长富，你不就是一只仗着顾国华给你撑腰就乱叫的狗吗？一个四五十的男人，还不是被我踩在脚下，我能让你当不了广贸经理，就能让你连元夏也待不住，你信不信？"她嘴角的笑容让黄长富脊背发凉，汗毛直立。

"你……你……还有什么资格狂？你自诩天下无敌，狂妄自大，不过是个黄毛丫头，到最后无人撑腰。我有后台怎么了？你有吗？"

门骤然被人踢开，门口的男人一身风衣难掩气质，目光犀利，面沉如水，额头有汗珠，还喘着粗气。

"她的后台是我。"

几人皆愣住了。

"荣……荣……荣总……"黄长富结结巴巴，他对荣谨的感情最复杂，又是怨恨又是害怕。

若非因为荣谨，他还是广贸高高在上的黄经理。

可有的人就是这样，当恨的人强势到可以轻轻松松碾死他的时候，他就不敢恨了。

黄长富敢逮着踩过他两次的乔暖不放手，却不敢对真正把他碾入尘埃的荣谨有一丝报复的想法。

这会儿一听他的话，黄长富已经彻底傻了。

顾国华也没好到哪儿去，但他很快冷静过来，张张嘴："荣总，您怎么在这儿？"

荣谨眼睛微眯，冷冷扫过两人，额头有汗珠，整个人越发显得犀利起来。

"我女朋友被你们欺负，我还不能上来？"

顾国华愣住了，根本没想到这位传说中不近女色的荣氏集团老板，竟然会和乔暖扯上关系。

乔暖也看着荣谨，对方感受到她的视线，眨了眨眼睛，眼底全是安抚。

荣谨迎着她的视线走近，把人揽在怀里，轻轻拍了拍她的后背。

"没事儿，我来了，不怕了。"

她活了二十多年，见惯了风雨，披荆斩棘，一路都是自己一个人，这还是第一次有人护着。

乔暖挑眉，这感觉……竟还不赖……

这时候警察上来了，看着面前几个表情奇怪的人，皱了皱眉。

"是谁出卖内部机密？"顾国华报警的时候说得可是清清楚楚，但这会儿警察一问，就没了动静。

"谁报的警？"几个警察皱眉，又问了一次。

荣谨看向顾国华，微眯着眼睛，意思不言而喻。

顾国华硬着头皮上前："对不起警察同志，误会一场……"

他假意解释了一番。警察紧紧皱眉，狠狠批评了他，这才在他的再三保证之下，离开元夏。

"暖暖，走吧。"

荣谨话音刚落，顾国华已经笑着说："乔暖，我一直器重你，所以有人信誓旦旦拿着证据说你叛变。我太生气，一时糊涂，现在荣总也来了，我是相信你断然不可能出卖荣氏的信息，你就原谅我一时糊涂吧。"

他这锅丢得好，立刻就把罪名放在了黄长富的身上，黄长富想说什么，最后憋住了。

乔暖轻轻挣开荣谨，走近顾国华，只冷静道："把我的辞职报告批了吧。"

顾国华一愣，荣谨还看着他，他张了张嘴："乔……"

"我说，请立刻批准我的辞职报告。"乔暖冷冷地重复了一遍。

等到顾国华抖着手签完字，他心里才一片苍凉。

算计乔暖，是他做得最错的一件事情……他不仅没打倒对方，还得自己吞下这枚恶果。

"走吧。"荣谨再一次揽住女人，要带她离开，她也顺着他的力道往

207

外走。

骤然间有一个人跑了上来，是顾清明。

"怎么回事？！"

他一脸震惊，顾国华把他和邓容支了出去，所以当他知道的时候他还在外面。

荣谨眼神一厉，揽着乔暖加快脚步离开。

他愣愣地看着两人的背影，好一会儿才对顾国华说："你为什么要害她？"

他的眼睛里有愤怒，还有埋怨，顾国华心底深处冒出来阵阵凉意。他处心积虑和顾清明维系着的这一点亲情，经此过后，必然会降到冰点。

顾国华愣愣地想：自己是怎么做出要害乔暖这一决定的？

……

乔暖走出大厦，转身正对荣谨："谢谢你。"

第一次被她用感激的眼神看着，荣谨有些手足无措："没、没事……应该的。"

她的嘴角微动，眼底有了笑意。

"你来荣氏工作吧。"荣谨突然眼睛一亮，乔暖的实力是有目共睹的，让她来荣氏给他做秘书，两人就可以一起上下班，想想就美。

哪想到乔暖只摇摇头："荣氏不适合我，我还是做老本行吧。"

她最开始从这行入道，自然就想从一而终，荣氏的项目基本都是甲方，而她却是个专业的乙方，做中间服务的。

"我们公司……"

乔暖打断急切的荣谨："我有安排的，你放心，我饿了，先去吃饭吧。"

荣谨无奈，只得同她先去吃饭。

一直被忽视、从未被想起的杨达周："……"

……

邓容打了电话过来，也是问她以后的安排，乔暖只说再思考两天，这次的事闹得有点大，她需要冷静思考。

顾国华卸磨杀驴的事情瞬间就在业内传遍，荣谨送她回家的时候，香港的慈易就打了电话过来，表示慈易欢迎她。

208

一些其他同行也都发了消息过来。

真正的人才，走到哪儿都不会没有饭吃。

"行了，你送到这儿就行了。"

"我想上去……"

乔暖笑着摇头："明天过来吧，今天我想自己思考一下。"

荣谨瞬间垂下了脑袋，耳朵都耷拉了下来："你不会想去慈易吧，在香港哎……"

"我还在想。"

"别去吧。"他一脸委屈，像只大狗。

乔暖没忍住揉了揉他的头顶："我还得想想。"

慈易确实是她现在最好的选择。

她打开车门上了楼。荣谨委委屈屈地看着她的背影，随即又打起精神，不就是去香港嘛，他大不了在香港开个分公司！

他总不可能放手让她走了啊！

……

乔暖走出电梯时突然一顿，她的门上斜靠了一个男人，对方嘴里叼着根烟，眼神朦胧，看不清情绪。

"什么时候学会抽烟了？"

乔暖熟稔的态度让顾清明一愣，好一会儿他才说："刚学会……"

乔暖伸手给他拿下来，掐灭："既然还没上瘾，就离这玩意儿远点。"

她说完伸手想开门，被背后的人一把抱住，下巴搭在她的脖颈上，有湿漉漉的泪珠滚落在她的肌肤上。

"暖姐……我不报仇了，不埋怨了……你还喜欢我好不好？"

乔暖叹了口气，顾清明到底还是个没长大的孩子。

"梓晨，你怎么跟个孩子似的，别哭了。"

"暖姐你不要喜欢荣谨，喜欢我好不好？"

乔暖一愣，她这才发现，她这好多年没见的弟弟好像有了其他的心思了。

乔暖想掰开他搂着自己的手臂，对方固执地不肯松开，乔暖不断用力。

209

"顾清明，你该长大了。"

顾清明一愣，乔暖顺势掰开他，开了门进去。

门外的男人好一会儿才无助地贴在门上滑了下来。

……

距离乔暖离职已经有一个月了，元夏到底是大公司，顾国华也是有能力的人，用铁血手腕镇压了这件事，把罪过往黄长富身上一推，倒没有谁再传他什么不好听的话。

乔暖离开以后一团乱的业务部在顾清明的手上也慢慢恢复了平静，原本乔暖手上的单子也转了部分在顾清明的手上。

有顾国华亲自督促，大部分公司还是给面子的，只有小部分和乔暖关系特别好的，还在观望。

乔暖闭门不出，谁也不知道她有什么打算。

业内有传闻，乔暖即将就职荣氏，也有传闻，她要去香港慈易。

顾国华之前还关注她，很快又把视线放在了即将开始的一个国有项目上。

这项目要招标，别说元夏了，就是慈易老板李贵也亲自来了，可见业内对这个项目的重视。

在招标开始之前，元夏针对这个项目召开了无数次会议，可以说是煞费苦心。

顾国华说："慈易毕竟是香港的，竞争力还是不如我们京市的企业，外企就更不用说了。所以这次我们是很有希望拿到这个项目的，作为元夏的一员，希望大家严肃对待，拿下项目。"

这种国家项目本来关注度就高，尽管是小项目，也足以让所有公司抢破头。

很快就到了招标的这一天，记者们拿着相机拼命地拍。

"哎！慈易，慈易来了！"

"哇，老李总也来了！"

"那边是宏辉！"

"宏辉来的人真少，是觉得肯定争取不到？"

"元夏也来了！"

"顾国华的儿子确实长得一表人才，据说实力也是相当可以。"

"是啊是啊！"

……

顾国华带了顾清明和黄长富等人，在大家的议论声中走到内场，和李贵等人握手打了招呼。

无论私下打成什么样子，大家面子上还是表现得相当友好的。

"哎呀，好久不见！"

"这是顾经理吧，真是年少有为！"

"哎，老陈你也来了，这边这边！"

一时间热闹非凡，差不多快到时间的时候，大家就陆陆续续入座。

"都来齐了……"

门正要关上，一旁有人说："广贸的人还没有来。"

"广贸来不了了吧，王总生病了，估计来不了了。"

"这广贸是废了……"

接待的人突然在门口道："广贸业务部的经理来了。"

已经半掩的门又被拉开，一只穿着酒红色高跟鞋的脚迈了进来，往上可以看见一双修长的腿。一个眼神犀利却面带笑意的女人进来了。她下巴微抬，齐肩短发微卷，妆容精致，红唇如烈焰。

"抱歉，广贸业务部经理乔暖来迟了。"

第八章
乖，叫姐夫

　　她迈进来以后在门口停顿了一下，两只脚并拢，捏着略厚的文件夹，微微一笑。而后她在所有人的视线中，向她的位置走了过去。

　　王恒没来，乔暖理所当然地坐在了广贸的主位，和顾国华齐平。

　　她还对顾国华笑了笑，客气又疏离，仿佛毫无嫌隙。

　　坐在那儿的三人呆呆地看着她，乔暖去了广贸?!

　　"你怎么会在广贸?!"黄长富失声吼出。他已经成了元夏业务部的组长，被赶走的乔暖却占了他原本的位置，他怎么可能不生气?

　　顾国华在众人的视线里沉下了脸："黄长富，坐下。"

　　黄长富偏头对上老板的眼睛，脊背一麻，赶紧坐下。

　　这事不说对黄长富的刺激有多大，就是顾国华和顾清明也相当难以置信。

　　元夏和广贸以前的斗争有多狠暂且不谈，乔暖也是三番两次给广贸没脸，再加上广贸现在已经大不如前，乔暖的选择真让人猜不透。

　　不只元夏一行人，就是其他公司的人也相当诧异，现场随处可见交头接耳的人，谈话人的视线不断滑到乔暖的身上。

在慈易和广贸中选广贸的，都是傻子。

只是乔暖显然不是个蠢的，那么她挑选广贸的原因就很耐人寻味了。

"乔经理，你怎么一个人过来了？"这是另一家竞争公司的经理问的，他们公司是外企，这次所有人都知道，相较于元夏和广贸，外企拿到项目的概率会低一些。

元夏现在实力强悍他们不敢得罪，但已经摇摇欲坠的广贸一直是他们嘲笑的对象。

尤其是近来广贸为了拿项目维持下去，老板王恒亲自上阵了好几次，这种需要老板跑项目的情况，确实丢了不少人。

这会儿对方讽刺乔暖，元夏的乔组长虽然有名，可到底他没和乔暖打过交道，不知深浅。

这会儿话一落，熟悉乔暖的人立刻诧异地看着他。

乔暖倒是没怎么，就是冷冷看他一眼，道："我一个人就够了。"

"是你们……"

"请问你们公司的人都这么八婆吗？"

全场一顿，很多人没忍住捂嘴笑了，那男人气得有些脸黑，还要再说，却被他上司瞪了一眼。

对于对方上司投过来的不悦的眼神，乔暖不做任何回应，也不在意。

管你高兴不高兴，同行是冤家，不是表面维持友好就是真的友好。两个竞争对手，难不成还把手言欢？

她把视线放在上首，那儿坐了个平淡无奇的男人，常州平。他待在人群中就很容易被人忽视，一点也不起眼。

这会儿常州平面带微笑地看着大家，时间还没到，他也不进入正题。

乔暖猜想，他现在应该是在观察，从细节可以看出一个公司的很多问题。

乔暖早已递交标书上去，这是乔暖对广贸的第一份诚意。

老实说，最初她确实是考虑慈易的，慈易各方面都不错，不像广贸，破事一大堆，还得担心有没有人拖后腿。

可最后也不知道为什么，她不想离开这座城市，想了好久，她联系了王恒。

对于乔暖想在广贸就业，王恒的第一句话竟然是："你又有什么阴谋？”

乔暖一阵无语，王恒这个老板是真的不太聪明，不过傻有傻的好，不会像顾国华那样，卸磨杀驴。

于是她便说拿这次这个项目作为诚意，王恒才晕晕乎乎地挂了电话。

"既然大家都来了，咱们就开始吧。"上首那人说话了，所有人立刻正襟危坐，尤其对国有项目懂一点的都知道这个人绝不是表面看起来的这么和蔼。

乔暖看着他，这个项目她费了不少时间和心思，也做了很多研究。

况且……她还有个一手消息。

常州平一个个展示他们的项目要求，这其中有三个公司最为显眼。

慈易不用谈，他们围绕的中心就是"精"，价格上相对偏高。

元夏也是格外出众，围绕"宜"规划的，几乎每一样都恰到好处，最关键的是他们样样擦着边界线：用相对便宜的价格，去提供超过价值的服务，各部分比例适宜。而且考虑到是国有，他们便没怎么在推广宣传上投入大笔资金。

另一家公司是刚刚讽刺乔暖的那家，但比前两家差些，到这时候，他们也不怎么抱希望了。

最出乎所有人意料的是广贸，乔暖的这份标书……嗯……相当一言难尽。

她唯一出众的大概就是便宜，相当便宜，而且几乎所有资金都分配在宣传和推广上了，而选择衔接的公司报价都比较低廉，规模也小，她这就像是花钱打了个大广告。

顾国华皱眉，不知道为什么，他总觉得乔暖不会无的放矢，这个女人从今天进来起就让他觉得有侵略性。

看见不少人的嘲笑眼神，他微微松了口气，这个项目虽然是个小项目，但政府还是在意的，她这个方案绝对不可能中标。

这样想着，顾国华终于呼出了口气，继续看着常州平，等待后续。

坐在前面的几人在低声讨论，剩下的人都安安静静地坐着，好一会儿常州平才点点头。

"这次项目已经有决定了，我们将和……"

所有人两手紧握，顾国华更是紧紧盯着常州平。

"广贸合作，其他公司也很优秀，不过这次最适合我们的还是广贸，谢谢大家的到场。"他在上面客套地寒暄，让下面的所有人都极为震惊。

谁也没想到……会是广贸。

顾国华愤恨地抬头，乔暖已经在准备和常州平签约了。

"为什么？她这标书有什么好？！"黄长富已经恼怒地问了出来。

常州平微微沉了脸，但没说话。

"你在质疑？"乔暖轻问道。她知道常州平不好说，于是便替他解围，果然，对方放在她身上的视线更加柔和了。

黄长富看着常州平张张嘴，最后没敢说话。

今天这标给得莫名其妙，很多人回去继续深入打听，乔暖能拿到项目的原因到底是什么。

而这边乔暖拿着合同出门，荣谨正开着车等她，一见她出来，立刻下来打开车门。

"结束了，顺利吗？"

"嗯。"她坐好，系上安全带，车子这才发动。

"那就好。"

"荣谨，谢谢你。"她真诚地说，这次如果不是荣谨告诉她这个项目的深意，她也拿不到。

所有人都以为这是个国有小项目，恰恰相反，这是个大项目的第一步。

这个项目的目的就是宣传，至于后面的大项目荣谨没说，但因为荣氏有参与，所以透露了一点给乔暖。

对方别开头，有些不好意思："谢什么……"

荣谨那是相当得意，乔暖留在了京市，不会离开他，也原谅了他，可以说他现在看着前面的红灯都是爱的形状。

王恒已经知道广贸拿到了项目，犹豫了好久，这才给乔暖打了一个电话。

"喂……"

"嗯？"

"那个……项目拿到了？"问完王恒呸了自己一声，问的这是什么废话！

乔暖轻笑道："拿到了。老板，明天我可以去广贸报到了吗？"

"咳咳……你真的要来广贸？"

"对啊，我什么时候说过废话？"

"……"王恒一噎，这女人说他在说废话！

王恒咳嗽了一声："那个，明天来的时候记得把合同带上！"

说完王恒就挂了电话，乔暖挑眉，突然觉得……去广贸好像比她想得还好？

"王恒怎么了？"荣谨看向她，一副有人欺负了她的模样。

"没事，只让我明天带上合同。"乔暖又轻笑一声，"这人估计现在还在惴惴不安，去的是他员工，又不是他老板。"

荣谨看她这副模样，皱起了眉，终于回忆起王恒是个一大把年纪的老头，这才放下了心。

"咱们买点菜吧，冰箱里的存货都快没了。"

"行。"

……

等两人大包小包回到门口的时候，那儿已经站了一个人，顾清明。

他在这个小区买了房子，每次都能名正言顺地进来。

"清明，怎么了？"乔暖问他。

荣谨一听她这语气，眉头皱成了死结，这女人可从来没用这么温柔的声音和他说过话！

"暖姐……我想和你单独说说话。"他装可怜。

"孤男寡女，说什么说。"荣谨不悦地出声，语气相当不客气。

顾清明挑眉："我和暖暖说话，你插什么嘴，我和她从小一起长大，她把我当弟弟，怎么？你介意？"

他那小模样相当狂妄，最近顾清明改变对乔暖的态度了，见他们住在一起，就总想破坏，已经不介意用"弟弟"这个称呼打掩护。

荣谨先是皱眉，很快眉头松开，上前勾住顾清明。

"怎么会介意呢？你是暖暖的弟弟，就是我的弟弟，我不会介意的。来来来，姐夫给你做饭吃。"

他一边开门，一边把顾清明往里带。

"你放开我！"

"清明不要跟姐夫客气，进来坐，你先休息会儿，姐夫去给你做饭！"

顾清明气得咬牙切齿，眼底怒火直冒。他和荣谨都是一米八左右，对方高他大概两厘米，可因为身材结实、刚劲有力，轻轻松松就勾着他进屋了。

虽然这是他一直很想进的房间，但自己进和被别人拉进来又是两回事，一向淡定的顾清明气得额头冒烟。

"荣谨！"

荣谨微笑，把人往沙发上一按："坐好，姐夫给你弄点饭吃。"

在乔暖面前被荣谨压制得死死的顾清明觉得有些丢人，他愤怒地站了起来。

啪！

荣谨一巴掌烀？在他身上，把人打蒙了，顺手又把顾清明按在沙发上坐着。

"这像孩子，跟姐夫客气啥，好好坐着。"

荣谨按着他的肩膀，以至于顾清明根本站不起来！顾清明双目喷火，像是恨不得杀了荣谨。

荣谨就像是没看见，点点头："这才乖嘛！"

说罢，荣谨就去整理刚才随手丢在门口的菜，乔暖也提着自己手上的放到了餐桌上。

乔暖看了眼顾清明那愤恨的模样，给了荣谨一个警告的眼神。

荣谨侧头对着乔暖吧唧一口亲在脸上，余光里看到顾清明已经黑成炭的脸，终于心满意足。

叫你冒充"弟弟"得意！

乔暖刚给顾清明倒了杯水，荣谨就在厨房喊她。

"暖暖，过来一下。"

还沉浸在愤怒中的顾清明听着对方的喊声越发火大，就见一贯不喜欢厨房的乔暖慢吞吞地走了过去。

锅里滋滋作响，顾清明坐在沙发上听不见待在厨房的两人说话。但他能看见乔暖慢吞吞地走过去后，男人低头笑眯眯地说了什么，没皮没脸地笑。而后他就看见他那性格冷淡的暖姐竟然拿出纸巾给他擦汗！这放在任何一个女人身上都很正常的动作在乔暖这儿就算惊悚了！

顾清明心口一阵阵地生疼，随即咬牙，恨不得扑上去和荣谨同归于尽。

乔暖从厨房出来，刚和顾清明说上话，里面那个又开始喊了。她一阵无语，但还是走了进去。

就这样来回好几次，在乔暖的耐心即将耗尽的时候，荣谨做好了饭。他走出来，一边擦汗一边对顾清明道："清明在这儿别客气，去把饭菜端出来吧。"

顾清明瞪大眼睛盯着他，对方毫不在意："你这孩子真是不懂事，这么大了可别让你姐姐老操心。"他这样说着，就三两步走上来，把顾清明从沙发上提溜了起来。

"走走走，端菜去！"

顾清明就这样被他推推搡搡地弄到了厨房，荣谨把一盘菜往他手上轻轻一丢，要是他不接着准倒在衣服上。顾清明只得咬紧牙根端着，又被一手一盘菜的荣谨推推搡搡地给弄了出来。

"来，清明快吃，姐夫做得怎么样啊？"荣谨一边不断给顾清明挑菜，一边催他赶紧吃。

他好几次愤怒得想要丢掉碗筷，荣谨就道："咋了？嫌弃姐夫做的不好吃？还是在给你暖姐脸色看？"

一扯上乔暖，顾清明就埋着头扒饭，他今天丢人丢到无颜见她。

"吃完了啊？再来一碗？"说着，荣谨已经拿过碗去盛饭。

"我吃饱了。"顾清明一字一顿地说着，眼睛紧紧盯着面前这一碗满满的米饭。

"就吃这么点儿？怪不得这么弱！"

"……"顾清明咬牙，低头扒饭。

一顿饭吃完，顾清明都快直不起腰杆了，撑得有些难受。

"我先回去了……"他对乔暖笑着说，不过笑容有些牵强。

他走了，而荣谨还留着，顾清明心里着实不好受！

哪知道话音一落，有人大力把他往沙发上一拉，突然的失重感让顾清明胃里一阵难受，险些丢人地吐了出来。

荣谨笑眯眯地攀着他："清明怎么就要走了？姐夫还没跟你聊聊人

218

生呢。"

顾清明："……"

等到荣谨终于放顾清明走的时候，已经很晚了，乔暖早就回房间洗漱了。

那一刻顾清明几乎是迫不及待地飞奔出去，从那重重的关门声就可以猜到——这家伙短时间内不会再来了。

荣谨站在客厅阴恻恻地笑了：我让你来呀，姐夫好好招待你！

荣谨扭头看向紧闭的房门，嘴角坏笑："暖暖，讨厌鬼滚了，我来了！"

……

第二天，广贸所有人都正襟危坐，就连老板王恒也是一副坐立难安的模样。

很快，秘书进来了。

"王总……乔经理来了。"

王恒立刻站起来，随即一顿，又别扭地坐了下来。

"请她进来。"

一分钟左右，一个女人慢吞吞地走了进来，姿态虽然不显得高傲，却自带拒人千里的气场。

她走进来，把合同放在王恒面前："王总，这是合同。"

王恒小心翼翼地拿起来，眯着眼睛看，不自觉嘴角就带了点笑意。

王恒咳嗽了一声："那个……你在元夏什么待遇，来广贸也一样，以后表现出色还可以再讨论。"

乔暖点点头，见对方还拿着合同，一副爱不释手的模样，颇有些无语："王总，该开会了。"

"哦哦好。"王恒站起来，打开抽屉，把合同小心翼翼地放进去，又拿把锁锁上，紧紧地捏着小钥匙。

乔暖："……"

这种合同顾国华都不会收着，乔暖本来就是让王恒看看，结果……

不过他收着也好，乔暖省得麻烦。

王恒在前面，乔暖离他不远不近，将将落后半步跟着。

一走进会议室，原本叽叽喳喳的房间瞬间安静下来，所有人都眨着眼

219

睛看向王恒后面的那人。

著名的业务大牛乔小姐，拒绝前景广阔的慈易，来了强弩之末的广贸。

"这是业务部经理乔暖，大家熟悉一下。"王恒说完，扭着肥胖的身躯坐在了上首的椅子上。

乔暖看了眼，左手边第二个位置是空着的，便走了过去。

王恒的左边第一个是王权，右边第一个是他秘书，乔暖在左手第二个，一个是业务部的地位，另一个则是广贸给她面子了。

她坐下的时候听得旁边人一哼，微微皱眉。

王权是王恒的亲弟弟，偏瘦，虽然两人只差了一岁，但王恒因为太胖了，便显得不如王权年轻。

对方还算保养得宜，只看脸倒有些儒雅的味道，可惜一双眼睛看起来犀利阴毒。

"哟喂，乔副经理怎么来了咱们广贸啊？当初不是瞧不起广贸吗？"王权讥讽出声，黄长富还在广贸的时候就是他的人，乔暖说过什么，都有人转给他。

乔暖没说话，只双手抱臂，微微抬着下巴，嘴角还隐隐有笑容。

"怎么？乔副经理说不出来了？咱们庙小……"

"王副总。"她打断他。

对方立刻把视线转了过来，全场也都看着她。

"刚才没听到王总介绍吗？那我再介绍一次。广贸业务部经理乔暖，王副总，您好。"

对方一愣，就看着旁边的女人微笑道："还要再介绍一次吗？毕竟王副总不仅耳朵不好，记忆也不好。"

"你！"

"王总。"乔暖看向上首的王恒，对方这才从有人怼王权的惊喜中回过神。

"嗯？"

"咱们公司买养老保险吗？"

"啊？"

"我有点害怕以后老了像王副总一样，耳朵不好记忆不好，还得拖着

220

身体来上班才有饭吃……"

"噗——"这回所有人都没忍住，王权的脸色变得铁青。

"你等着！"王权站起来，甩袖离开。

见所有人都呆呆地看着她，乔暖笑道："王总，不是开会吗？"

"对对对，开会！"

乔暖微微笑，即便今天王权不主动说话，她也会拿他开刀。

乔暖一来就是经理，相当于空降兵，不管她名气再大，都需要镇一镇其他人，这样她在广贸的日子，才能迅速进入正轨。

拿一般人开刀没用，她只有怼上王权，才最为合适。

而且她对自己的定位明确，她的上司是王恒，对手就会是王权。

广贸内部一团乱麻，但她毕竟是对外的，可不能让内部的人扯了自己的后腿。乔暖这一来就怼上王权确实镇住了人，同会议室的其他人都时不时地偷偷看她一眼，莫名有些害怕。

但其中有一个人却是异常兴奋，章唯自从在元夏面试失败，乔暖给她递了纸巾过后，她就以乔暖为偶像。

现在乔暖来了广贸，可不让她惊喜嘛！

开完会，王恒明显心情不错，叫上乔暖去了办公室。早前王恒对乔暖的两分疏离，在她怼完王权以后，统统没了。

王恒大致交代了广贸现在的业务情况，又让乔暖自己挑助理。王恒最后说："乔暖，来了就好好干，广贸现在……"

"王总……"秘书推开门，尴尬地打断了他们。

"怎么了？"

那秘书期期艾艾，面色不太好看。

"到底怎么了？"王恒狠狠皱眉，胖乎乎的脸挤成一团。

"程记说……咱们那个安排他们不满意，让您过去一趟。"

王恒站起来，撸了撸头："他们哪里不满意？！"

"没说……"

他咬了咬牙，广贸现在不如从前，根本没两个单子在手上，他一个也不敢得罪，就程记这种小小的项目，也能三番两次地撒野。

想着，王恒便拿起桌上的钥匙："走！"

"等一下。"

221

乔暖突然出声，王恒回头看向她。

只见她微眯了眼："说不满意就不满意，程记是个什么东西？你告诉他们，王总事务繁忙，有问题来广贸找业务部乔暖！"

她的眼神很认真，认真到秘书李丽当即就应了一声："是。"随即一愣，立刻看向王恒。

王恒比她还蒙，呆呆地看着乔暖："这个项目……"

乔暖嗤笑一声："广贸的格调真是越降越低，这种单子都要。记住，你是广贸的老板，以后业务上的事，不管对方是谁，都没资格让你去。"

乔暖说完这话就站起来走了出去，那嫌弃的模样让王恒心口一梗。

好一会儿王恒才对着秘书道："这家伙不会是元夏派来的卧底吧？蓄意破坏广贸的项目？"

李丽："……"

乔暖回到她的办公室，挪动了一下椅子的距离，这办公室明显在她来之前整改过了，前主人的痕迹基本消失不见。

椅子也很是小巧，一看就是为女性准备的。

乔暖点了点头，坐了下来。

很快就有不少人从门口"路过"，眼珠不经意地转一转，如果对上乔暖的视线，就尴尬地笑笑。

乔暖放下笔，有个姑娘已经从门口经过三次了。

她走过去，扎堆乱跑的业务部员工立刻各归各位，只小心翼翼地偷瞄着她。

"很闲？"

整个办公室鸦雀无声。

"现在在做什么项目？"

先是沉静了一会儿，有个姑娘小声说："程记和国行酒业还有……"

乔暖："……"

这回换乔暖傻眼了，她知道广贸现在的情况不乐观，却怎么也没想到，整个业务部的项目竟然只剩几个芝麻大的。

这个价格的项目乔暖有两年没碰了，她接的项目规格比较高，除了大公司项目要她去争取，很多中等级别的都是自己拿着合同找过来的。

所以广贸现在的这个情况，一时让她有些愣神。

222

"开会！"

话一落她就进了办公室，外面的人愣了好久，这才赶紧收拾东西往业务部的会议室走。

……

业务部的会议室，坐上首的自然是乔暖，她转了转笔盖，眼神犀利地扫了一圈众人。

"有分组吗？"

"没有……"

她微微地敛上眼帘："现在业务部分为三个组，A组葛浩然暂代组长，B组刘坤，C组史丹阳，其他成员待会儿随机分配。孙磊暂时做我助理，散会后去通知人事部再招两个人，到时候我会参与面试。"

乔暖噼里啪啦一通说完，下面的人还处于愣神的状态。

乔暖不是随便指的人，从这三人坐的位置以及周围人对他们的态度就可以看出他们稍有领导能力，先让他们做个临时组长，需要变动的时候再考虑。

"程记和国有酒业由葛浩然带A组负责，B组负责科易乐、家家、美斯密，C组做……"

她说完就站了起来，这一会儿，就把跟着她过来的小项目全部分了出去。

这些项目都是小公司的，那些资源是从前跟着她到了元夏，又从元夏跟着她出来，不管她在哪个公司，到了什么级别，那些项目她都会好好给他们完成。

这是她的立足之道，从未改变。

当然，对元夏的仇她肯定不可能这么轻易地放下，除了这些项目，还有她在元夏接的项目，也要一一拉过来。

那些元夏已经启动，拉不过来的资源，她会在下一个项目衔接过去，争取抢过来。

乔暖出去了，留下业务部一群人像傻子一样坐在那儿。

"我没听错？"

"……应该没？"

"啊啊啊！乔经理威武！"

"我天，她太帅了！"

"不是应该说美吗？"

"帅！就是帅！和她比起来，上次健身房遇见的小哥哥好像都不帅了！"

"帅！本帅了！"

"孙磊！你还坐着干什么？！不去帮乔经理的忙就把助理位置让出来！"有个女人已经忍不住对着新助理咆哮，不是暂代吗？那就是可以换了！

孙磊一听，立刻脱离神游天外的状态，站起来咧嘴笑，一边往外走一边道："不！不让！"

就这一个会，业务部就像找到了主心骨，以至于王恒来的时候吓了一跳。

"你们这是……"

"乔经理给安排项目了！"

"什么项目？"

"有……"

听着员工一个个地列举，王恒倒吸一口气，好一会儿才道："这顾国华脑子没毛病吧？"

李丽："……"我觉得有。

王恒在办公区转了好几圈，这才想起来他来是为了什么，赶紧往乔暖办公室走。

他一进门便道："程记的人来了，你去见？"

乔暖淡淡地看了他一眼，王恒一僵，他感觉到了对方视线里——满满的嫌弃。

"谁来了？"

"廖经理。"

"哦，让他等会儿，我现在没空。"乔暖说完又低头工作。

王恒下意识地想说话，又憋了回去。

"算了算了，随便你吧。"

王恒转身出去，他想到乔暖一来就给业务部带来的变化，昨天业务部还是死气沉沉，今天已经是另一番气象。

王恒想：就算乔暖得罪程记的人，违约金他也给付！

这样想着，王恒也不再在意程记，上楼去忙自己的事了。

廖传文坐在接待室里黑了脸，这广贸真是好大的胆子！

可是让他甩袖离开又有些不甘心，只得想着待会儿怎么威胁广贸，才让自己稍微坐得住了些。

就在他等到没脾气的时候，门口传来高跟鞋的声音，人刚刚进门，就传来一句：

"久等了，廖经理。"

他从对方冷艳的脸上回过神，立刻板起脸："哼！你们广贸好大的胆子，怎么？是想违约吗？"

乔暖诧异道："怎么？合作期限到了？还是广贸违反了哪一条合约？"

廖传文一哽："你们做的方案我们不满意！"

"哪儿不满意？"

"就没有满意的地方，我希望……"

"好，我们改。"

廖传文一愣，随即笑了起来，只当乔暖是怕了，冷哼一声，还准备说点什么，对方却率先开口了。

"不过我最近要做荣氏的项目，程记的过段时间再说吧。"

她已经站了起来，一副要离开的模样。

"什么意思？！什么叫过段时间？！"他刚从"荣氏"两个字中回神，就注意到对方说再等段时间，立刻不管什么荣氏，就炸了毛。

"怎么可以等？！我们那边……"

"时间没到，我没空，就可以等。"她半只脚已经踏出了大门。

廖传文急了："我告你们违约！"

她回头，嘴角挂上一个嘲讽的笑容，眼睛微眯："那你就去啊，看法院判不判。"

"你！"

"对了，程记和广贸签了合同的，这个项目除非你们赔违约金，否则就不要在此期间找别人做哟。"她嘴角的笑容显然是威胁，明晃晃地告诉他，广贸肯定会拖到最后一天。

225

乔暖离开了接待室，眼底毫无多余的情绪。这种小公司她见得多了，作为甲方就高高在上，不断折腾乙方，那方案乔暖看过，没有一点问题。

乔暖走得干净利落，留下廖传文气得直拍心口。

下午乔暖又忙着安排还不熟悉的业务部，等到一看时间，已经过了六点。

若是以往，她手头还有工作就肯定留着做完，但鬼使神差地，她带着没做完的工作，提着包下班了。

果然，门口停了一辆熟悉的车。

那人仿佛时刻看着大门，一见她出来，立刻就下车给她开门。

"下班了？"

"嗯。"

等她系上安全带，男人就开着车子离开了广贸。

"你现在在广贸工作，离家有点远，考虑换地方吗？"

乔暖微微皱眉，确实，广贸和她住的那个小区有点远。

荣谨用余光打量着她的脸色，咳嗽一声："咳，我住的地方挺近的，你要搬过来吗？"

他继续用余光紧紧地盯着她，时刻注意她的脸色。

乔暖倒是松开眉头，平静道："不用，也没太远，搬地方麻烦。"

"不麻烦！我给你搬！"荣谨几乎是立刻接道，那急迫的模样，恨不得她现在就住进去。

"不用。"她态度坚决。

……

夜里。

酣畅淋漓的一场较量并没有让荣谨放下他的想法，毕竟"住进他家"离"嫁进他家"，也就差一个字了。

"暖暖，搬我家去吧，地方大，床大，你要是不习惯，我照着这边装修一下。"他埋头在她脖颈处。

"不。"乔暖毫不留情地拒绝。

荣谨放在被子里的手突然动了，乔暖一僵。

他只坏笑道："搬不搬？"

"滚！"

这套路他熟，收回手，掀开被子，往床沿滚过去，正在他要停住的时候，一只脚突然伸了过来。

砰！

某人被踢到地上。

荣谨也不生气，一个鲤鱼打挺跳了起来，眼睛放着光。

"暖暖！"

他显得有些兴奋，又爬回床上，把女人抱住："暖暖我爱你！"

这个向来冷情的女人，已经在不知不觉间学会了怎么和他打闹。

乔暖脸上带了点羞恼，她这人向来是冷言冷语，把人隔绝在生活以外，工作上她能言善辩，但要想融入她的生活却是很难。

现在遇上这么个没皮没脸的男人，着实让她束手无策。

以前怎么从来没听说过，那个不苟言笑的荣氏老板在背后竟然是这样的？！

当然，荣谨要是知道她这么想，铁定说：我只在你面前这样。

他的心情太好，以至于搂着乔暖打算再战一场的时候说："暖暖，咱们生个小宝贝吧。"

他这话一落，怀里的女人明显一僵，伸出手轻轻地推开他："我困了。"随即转身，背对着他闭上眼睛，脊背绷得直直的，显然是抗拒。

荣谨愣在原地。他这会儿从兴奋中清醒过来，脑袋里第一次这么清晰地想问题。

乔暖确实对他最特别，可看她的态度，她显然还没想过两个人的以后，甚至在她看来，可能他们并不会有以后。

荣谨的怀里空了，温度也陡然间没了，好像能传染似的，他的心也变得空荡荡的。屋里的暖气像是突然停了下来，外面的冷空气悉数打在他的身上。

好一会儿，荣谨叹了口气，伸出手把人抱了回来，紧紧揉进怀里。

乔暖的身型相对于他而言极为娇小，小小的一只抱在怀里，瞬间填满了他空荡荡的心。

"你这个没良心的女人，你等着！"

等着什么？

荣谨自己也不知道，但就是要这样说，才能让他稍微发泄心中的郁气。

乔暖还是没什么反应，只不过伸手环住了他。

荣谨的脸上露出了一个笑，又很快僵住，他觉得自己太好哄了！但他又舍不得和她生气，磨磨牙。

"你给我等着！"

这回意思明确，你给我等着，等着我……娶你。

今天乔暖没让荣谨送她，因为广贸和荣氏不顺路，送她过去再去荣氏就要经过中心大道，一条常年堵车的路。

她眼睛看着前面，心思却有些飘远，荣谨昨天生气了。

乔暖知道，但她确实没打算顺着他，未来太遥远，她不敢承诺。

尤其是……孩子，她从小到大的经历使得她暂时没有办法接受一个小生命。

在她撑不起一片天的时候，孩子的事，基本上是不纳入她的考虑范围的。

一直到广贸，她也没想到该怎么办，荣谨是第一个让她彷徨的男人。

广贸这会儿正是上班的时间，乔暖没有迟到的习惯，但也不会提前到，所以正是人最多的时候。

一路上不断有人同她打招呼，恭恭敬敬地喊她一句"乔经理"，她微笑着回应。

乔暖带着不太好的心情到了办公室，一推门愣了一下。

昨天还很单调的房间多了很多装饰，像是电脑旁边的多肉，桌上一角含苞待放的玫瑰花……给这个房间增添了一抹色彩。

乔暖下意识向办公区看过去，那些家伙也正偷偷地看她，一对上她的视线立刻移开。

这些家伙啊……

她嘴角微微上扬，一扫刚才不太美好的情绪。

"暂时就是这样，王总希望您下午和他去一趟九路。"

"嗯，可以。"乔暖点点头。

李丽说完，微笑着转身。

"李丽。"

李丽回头，疑惑地看向乔暖。

"咳……中午可以陪我出去一趟吗？"乔暖的表情有些不自然，微微别开了视线，这还是乔暖第一次这样。

"啊？"

下午下班。

"乔经理再见！"

"再见。"

"乔经理再见！"

"再见。"

……

广贸和元夏完全是两个氛围，元夏的员工怕她，所以对她恭敬疏离。广贸的员工也有些怕她，但更多的还是……喜爱？

每个员工下班时都要同她打完招呼才离开，乔暖笑着同每一个员工说再见。

等到员工差不多都离开了，她才提着包出去，荣谨果然在下面等着了。

靠着车子的荣谨已经在白天想清楚了，乔暖的性格和别人不一样，他要用更多的耐心对她。

荣谨整了整衣衫，兜里揣着一枝玫瑰。

"暖暖，下班啦。"

"嗯，等了多久了？"

"也没多久。"他咧嘴一笑，准备掏出玫瑰哄一哄乔暖，虽然不一定有用。

"送……"

"送你一样东西。"

荣谨："！"怎么抢我台词？！

他刚这样想着，乔暖打开包，拿出个东西递了过来。

钥匙？

"嗯？"

"钥匙，那边那个小区的。"她指了指那边的一片住宅区，那地方介于广贸和荣氏之间，是两人上班最方便的地方。

荣谨眨眨眼睛，好一会儿才兴奋道："你要搬家了？！"

229

"嗯。"

她随口嗯了一声，就打开车门进去了，荣谨还愣在原地。

怎么感觉……自己被包养了？

那自己怎么还这么……兴奋？

还站在原地的男人突然咧嘴大笑，又拉开副驾驶车门，扑在已经坐好的乔暖身上，捧着乔暖的脸狠狠吧唧了一口。

"乔暖！你怎么这么可爱！"

被亲了的女人脸色难看，使劲地推他："你给我滚！"

"往哪儿滚？"

"滚！"

"我只往你心里滚。"

"……"

荣谨这没皮没脸的男人又笑了一会儿，才乖乖开车带她回去。

一路上都在讨论什么时候搬家，当然，荣谨的意思是越早越好，最好是今天，乔暖无所谓，不过今天是真的太急了。

"那周末吧，不能再拖了，咱们正好一天搬家，一天整理。"

"两天？"

"嗯，我东西多。"

"……"我有让你直接把家搬进去？

荣谨嘴里哼着小曲儿，他最高兴的是即将摆脱顾清明，那家伙自从上次过后来找乔暖的次数并不多，但同住一个小区，他总还是会时不时冒出来。

他心情太美好了，哪怕是看见兜里的玫瑰只剩了个柄，也笑嘻嘻地插在了荣家的花瓶里。

……

"老板，对不起！我我我……"财务部经理哭丧着脸，她犯了个错，刚刚杨达通知她的时候，她恨不得直接晕在地上。

按照荣谨的性格，这次她……凶多吉少。

荣谨从手机上抬头，看着面前财务部经理苦着一张脸，恨不得跪下来。

"你……"

他一出声，财务部经理已经是半瘫了，随便给她一根稻草，她就能立刻晕过去。

"你下次注意。"

"……"？！

"出去吧。"

"！"

没了？

财务部经理晕晕乎乎地出去了，看着坐在对面的何蓝。

"何秘书，老板……怎么了？"

何蓝淡淡看了她一眼："心情好。"

"！"这是心情好吗？这是心情超级好啊！

因为荣谨的"心情好"，整个荣氏都洋溢着一片祥和，美好得有些不真实。

乔暖为了他搬家，荣谨的心情能不好吗？又可以摆脱那个"弟弟"，他看这个世界已经自带温柔。

不过……这心情也只持续到周日，他们搬家的那一天。

"你这些不带过去了？"他眨眨眼睛，疑惑地指着柜子上的东西。

"嗯，不带，你想要什么再布置。"那套房子不错，李丽对那边相当了解，半天时间就帮乔暖找到了合适的房子，装修精致，价格虽然贵，但以乔暖的经济能力也不必特别在意。

荣谨的眼底有光，锃亮锃亮地看着她，乔暖别开了视线，被两个灯泡照着的感受相当不美好！

荣谨一边笑着一边开门，在看清门口男人的时候，脸瞬间就黑了。

"你怎么来了？！"他咬牙道，紧紧盯着顾清明。

对方不理他，只看向乔暖，眼神忧郁："暖姐……搬家也不告诉我吗？"

里面的人只道："说什么？你想去就直接过去啊！"

她说得语气平静。顾清明眼睛一亮，荣谨黑着脸伸出手，勾住他脖子。

"清明，既然来了，就帮着姐夫搬家吧。"

"……"

231

"开工！"

"为什么不找搬家公司？"

"东西没多少，自己搬呗。"

荣谨嘴里这样说着，没一会儿就偷偷发了个短信给搬家公司：不用来了。

……

在顾清明满头大汗跑完第四趟的时候，咬紧牙根道："到底要搬到什么时候？！"他已经濒临崩溃，龇着牙，随时要上来咬死对面男人的模样。

荣谨就好受了吗？

并不！顾清明搬了几趟他就搬了几趟，他这会儿也是满头大汗。

"清明啊，你忍心让你姐搬吗？咱们两个男人，这点事都做不了？"

"……"顾清明龇了两下大白牙，继续跟着荣谨有一趟没一趟地搬着。

乔暖在新家烧水做饭，那两个男人较劲儿，她懒得掺和。

一直到下午，他们才彻底搬完。

两个平日里衣冠楚楚、高高在上的男人瘫在沙发上，有一下没一下地喘着粗气，汗流浃背，一向整洁的衣服也变得乱七八糟。两人毫无坐相地瘫着，荣谨嘴里还念叨：

"你小子不行，比我少跑一趟。"

荣谨一说完，顾清明就给了他一个大白眼，懒得理他，这男人太不要脸了！

荣谨仗着对乔暖家里的东西熟悉，每次给他的箱子都特别沉，自己还假模假样地抱个比他的大的箱子，一路上净诋毁他。

虽然路上是自己的车运，但两边上下楼那可都是人工，把这两个男人累得够呛，但也是活该。

"行了行了，赶紧吃饭。"乔暖端出几碗面，两人扑上桌，一通抢食。

"没了？"

"没了。"乔暖皱眉，她忽略了这两个男人今天太累了，格外能吃。

"我再去做点？"她问道。

"不用。"两个声音斩钉截铁。

顾清明对她笑着说："暖姐不用辛苦了，你做的面真好吃，我想起我们小时候……"

不好！荣谨心里一咯噔，这家伙一出击就开始对乔暖"追忆往事"！

他眼珠子一转，端过乔暖剩下的半碗面："暖暖，我帮你吃了吧，咱们两个无所谓的。"

最后几个字荣谨翘起舌尖，说得那叫一个暧昧，顾清明受不了刺激，落荒而逃。

荣谨大获全胜！

荣谨对乔暖挑挑眉，一边吃面一边得意扬扬，她只是无奈地看着他。

然而过了两天，荣谨就感受到了来自小舅子的暴击。

隔壁那一栋楼新搬来了一位住户，单身男性，他叫——顾清明。

那是顾清明第一次主动叫"暖姐，姐夫"，要是在平时荣谨听见肯定扬扬得意，可惜这会儿对方正在指挥搬家公司搬着东西。

荣谨咬紧牙根，轻轻拽着乔暖离开。

"暖姐，我想吃你做的面了！"后面传来顾清明的声音，带着浓浓的挑衅。

乔暖回头："待会儿忙完了上来。"

这话一落地，拽着她的男人手一紧，脚步微微快了点。

"姐夫，你不帮我搬东西吗？"

荣谨脚下一顿，随即脸黑如墨，眼底喷火，这小子学坏了！

这一次，顾清明大获全胜。

荣谨再不开心，顾清明也搬进了他们这个小区。荣谨暗暗咒骂了两天，才接受了这个事实。

而即将投入工作的乔暖，显然没将这些放在心上。

房子那边稳定了，业务部这边也已经熟悉了，乔暖就开始着手工作上的大动作了。

作为广贸业务部的新任经理，乔暖要做的事自然是给广贸"拉生意"。早前她从广贸抢走的一个个项目，她现在又要去谈回来。

但这很困难，毕竟大部分项目都是直接和元夏签的，顾国华在乔暖离开后，迅速接手了这些项目。以至于乔暖想要抢走它们，基本上不可能。

可她本来的目的也不是那些已经签好的单子，而是未来的单子。

即使那些公司还在犹豫，但因为乔暖的有意争取，便让他们不急于和元夏续约。

企图压价的有，还在观望的也有，乔暖统统不在意。

她只要时间。

只有这些人不和顾国华把续约定下来，她才有机会。有一些和她相熟的，很快就和她签订了以后的合作协议。还有一些公司虽然信任她，却不怎么相信乱七八糟的广贸，她一一跑过，这些公司的心才彻底放下了。

乔暖看了眼时间，就开车去赴和邓容的约，这是她离开元夏以后，两人的第一次见面。

"我还以为你不来了。"邓容看向她，乔暖出事的时候她没在公司，等到她回来，木已成舟。

乔暖不想留下来了，邓容作为她的好朋友，自然不可能勉强她。

"我怎么可能不来。"乔暖微笑，在邓容的对面坐下来，态度自然。

对方紧紧盯着她，突然笑了起来。

"工作是工作，私下交情是私下，走，SPA。"两人相视一笑，和以往一样，前往熟悉的地方。

等到技师离开，邓容问她："在广贸还好吗？"

"嗯，还成。"

"哟，广贸那烂摊子也觉得没关系？"邓容有些惊讶。

乔暖轻快的声音传了过来："烂摊子是真烂，不过……环境不错。"

邓容笑眯了眼睛："你这样的人，哪个公司都是争着抢着的。有能力的人，到哪儿都饿不死。"

"广贸……比我想得好些。"

"你们那个小王总怎么处理？"

说起这个乔暖就有些皱眉，自从她来了广贸以后，对方就没来了。王恒很高兴看到这个场景，可乔暖却觉得，对方在憋大招。

"别光说我了，你呢？"她抬起头，眼底满满的关心。

"我还不是老样子，你又不是不知道，财务部就那么大点儿的地方，全公司都怕我嘴毒，日子过得潇洒着呢！"

"那就好。"

"顾国华也是个傻的，就这么轻易把你放了。"

乔暖陡然间睁开眼睛，嗤笑道："他哪是想放过我，分明是想直接害死我。"

邓容叹口气，问她："你和荣谨是什么关系？听说他……"

"嗯……朋友。"乔暖微微别开眼睛，不知道为什么，她竟然找不到一个词能准确形容他们的关系。

邓容没把她这有些尴尬的模样放在心上，又说起其他："你还是防着顾国华一点，我走的时候听说他在大发雷霆。"

乔暖嗤笑，没说其他，只说："这就受不了？"

邓容看她这不肯罢休的模样叹了口气，说起来她还是顾国华的亲戚，也是很早以前就在元夏工作的老员工。

邓容看着他老了，糊涂了，竟然犯下这样的错，以至于招了乔暖记恨，现在也只能眼睁睁看着乔暖往广贸拉单子，不知道未来乔暖还会给元夏带来什么影响……

邓容都猜对了，顾国华确实是相当愤怒，尤其在上午知道有两个公司已经和乔暖重新签约了，就越发不痛快。

可他这不痛快到最后，就又成了后悔。乔暖是多有实力的一个人，一个人能抵无数个人，而且背后又有荣谨撑腰。

顾国华要是提前知道乔暖和荣谨谈恋爱了，怎么可能有之前那事。至少他不可能直接用荣氏的项目下手，也不可能现在就下手。

"唉……"顾国华失望地叹了口气。

这时候电话响了，他连忙接起来。

"喂。"对面不知道说了什么，顾国华刚才微微放松的表情顷刻间就消失了，脸色变得铁青。

"好。"那头电话已经挂了。

来电话的是荣氏的秘书，早前顾国华面对荣氏项目的喜悦已经没了，这会儿倒成了进退两难。

负责项目的乔暖突然离开，但荣氏这项目已经快好了，荣谨不好再反悔。

但因为当初签合同有一点，对方只认乔暖。这会儿乔暖走了，他们就以各种借口为难，这电话又是为难顾国华的。

235

他将电话砸在墙上，重重喘气，气得不行还没办法申诉的感受使得他胸口像是有大火在烧。

"顾总。"黄长富笑着站在门口，一脸谄媚。

顾国华微微抬头，等待对方下句。

"业务部的员工有些不得用了，乔暖又离开了，现在人手有些紧缺。"他小心翼翼地说完。

那些员工也不知道为什么，不怎么听他安排，他再稍微调整一下以前的规定，就变得一团乱麻，显得人手严重不足。

顾国华额头的青筋直跳。业务部和之前比少了什么？就一个乔暖而已！

现在竟然让人觉得业务部人手不够！

这个人就有这么大的影响力，使得业务部原本井井有条的秩序被打乱，仿佛人手极为紧缺。

黄长富这个广贸的经理，一点用也没有！要不是清明还能撑着，就黄长富，业务部已经变得乱七八糟的了。

顾国华忍了又忍，最后没忍住，把桌上的文件夹狠狠往黄长富砸过去。

黄长富并不太疼，却相当惊诧。

"顾总……"

"滚！"

……

乔暖和邓容的聚会到了晚上七点才散，本来对方还想和她一起吃饭。乔暖想到了荣谨，鬼使神差地拒绝了。

待两人分开，她开着车回到了新的住所。那地方已经被荣谨牢牢占据，不同于在原来的房子，那会儿她如果有事，荣谨也就不过去了。

现在不同，他下了班总是要回去的，她没事荣谨就接她一起回去，她有其他安排荣谨就在家里等她。

这样一来，乔暖已经有些习惯要回去吃饭了。

她走到半路突然下起了雪，一片片雪花往下飘落，乔暖加快了速度。

车子停在小区停车场，她走了出来。他们这个小区安保措施严格，停车的时候要刷卡，停好车还得从出口出来。

她看了眼外面的大雪，呼出一口气，快步走出去。然而刚刚走到出口，乔暖脚步一顿，看到一个高大的男人正拿了件大衣站在外面的路灯下面。

他高大的身影比他头顶的路灯还要显眼些，挺着笔直的脊背，像伟岸的大山，令人踏实安心。

"荣谨？"

"回来了，快上去吃饭。"对方立刻眼睛一亮，对她咧嘴笑了起来，走上前把大衣裹在她的身上。头顶的雪还在往下落，他把有些愣神的女人揽进怀里，快步往楼里走去。

这段距离有些长，他担心她被雪打湿了着凉，就下来接她。

"冷不冷？"顶着雪花，荣谨轻声问她。

"不冷。"她被他抱得很紧，雪都没碰上几片。

她虽说不冷，他还是把她搂紧了，一路带回家里。

"你先洗澡还是先吃饭？"他眨眨眼睛，问道。

"你先洗澡。"乔暖这样回他，相对于他而言，她反而没有被沾湿一处，倒是他自己，这会儿进了有暖气的房间，肩头的大衣已经变了颜色。

他咧嘴一笑，快速进去洗澡换衣服，乔暖看了眼还热气腾腾的厨房，先行过去端菜。

等到荣谨出来，他做好的菜已经被摆上了桌子。

"快来吃饭。"

"嗯，好。"他笑着走过，坐在乔暖旁边，对方递给他一双筷子。荣谨对上她的视线，笑得更加开心，眼底光芒闪烁。

"吃吧。"

"嗯。"他端起饭碗。

"咚咚。"

门口响了两声敲门声，荣谨微微皱眉："谁啊？"

外面本来还有一点声响，但两声敲门以后就什么都没了。

荣谨站了起来，从猫眼往外看了眼，突然打开门。

"你怎么把自己整成这样？"他这语气相当嫌弃，手上却赶紧把人提了进来。

那平日里一脸骄傲的顾清明像个没家的孩子，一身衣服湿漉漉的，上

237

面还能看见一两片没化的雪。

他鼻头红彤彤的，头发也乱七八糟的，显然冻了好一会儿了。

"清明，你怎么了？"乔暖赶紧放下碗上前，语气有些担忧。

荣谨摆摆手，把人往浴室拖："暖暖你先吃饭，这小子得洗个澡再说。"

荣谨说得很是嫌弃，那表情也是一副恨不得丢掉这人的模样，只手上还是把人扔进浴室去，又去房间里找衣服给他。显然荣谨没打算再帮他洗澡，衣服往里一挂，就关上了门。

"他一个人可以吗？"乔暖偏头看了眼紧闭的门。

荣谨撇嘴道："总不能让咱们给他洗吧？走走走，咱们先吃饭，别管他。"

乔暖还是有些担忧，荣谨已经搂着她走了出去。

"这小子就是冻着了，别管他，等他洗澡出来吃点热的，就什么事都没有了。"

"哦……好吧。"乔暖点头，顺着他的力道在餐桌旁坐下，重新拿起筷子。

顾清明出来的时候他们正在吃饭，一见他出来，荣谨一边去给他盛饭一边埋怨："没事儿在外面瞎跑什么？多大的人了，跟个小孩子似的。"

荣谨将饭递给他，顾清明接过，乔暖给他夹了菜放在碗里。

这一刻他突然就觉得有个姐姐姐夫好像也不是坏事。

这念头刚升起，他就赶紧摇摇头，暖姐是他的，荣谨是侵入他们世界的男人！

"不要你管！"他恼怒地瞪眼。

荣谨撇嘴道："你还当谁想管你，要不是怕暖暖担心，早把你扔出去了。"

顾清明一双眼睛喷火："你！"

荣谨一巴掌呼到他的头上："赶紧吃饭！"

顾清明："……"

等他把饭吃完，乔暖才问他道："到底怎么了？"

"没怎么，吵架了。"

顾清明没说和谁，但乔暖和荣谨也能猜到，只有顾国华了。

就在顾清明已经等着他们追问的时候，荣谨站了起来，把他提了出去。

"好了，既然没事就赶紧回去。"

"你！"

门已经关了，顾清明傻眼了。

很快又拉开，那男人伸出一个脑袋："衣服不用还了，姐夫送给你的。"

砰！

门又被关上，顾清明站在门口目瞪口呆，他没想到自己就这么被人……扔出来了。

门内的乔暖也是一愣，还没来得及说什么，荣谨已经轻轻揽着她："他吃饱穿暖了，也该回去了。那么大个人，自己的事要学会自己处理，你不能一直包容他。"

他说得冠冕堂皇，事实上荣谨就是不想顾清明占用乔暖一秒的时间。

乔暖："……"

"走走走，咱们睡觉了。"

"……"

乔暖无语，被他推搡着进了房间。再出来就是第二天早上，她发了个消息确定顾清明没事，就把他忘在脑后了。

第九章
暖暖！我爱你！

广贸的事情不少，她接手这堆烂摊子后，上上下下的事基本都交给了她，一刻也分不开身。

"乔经理，王副总来了。"她的临时秘书低声说。

乔暖微微皱眉，他怎么来了？

"让他进来吧。"

她的话刚落地，门已经被推开了，王权人还没进来，声音倒是先传了过来。

"乔经理可真大牌，还要我亲自过来见你。"

乔暖笑道："王副总要是想见我，让人通知一声我就过去了。"

"你会这么听话？"

"当然，您是副总。"

王权好像听到什么好笑的，哈哈大笑，笑够了才说："我不想当副总，让给你当？"

乔暖一顿："不敢不敢。"

"你乔暖胆子大得很，没什么敢不敢，看你想不想。"王权说得似是而非。

乔暖客套地笑了笑，王权站了起来："乔经理还忙我就不打扰了，告辞。"

他说完大步离开，乔暖等门合上，突然变了脸。

这家伙的野心真是毫不遮掩，他说让乔暖当副总，那他呢？自然是更上一层楼。

他这是想让乔暖帮他。

当然，更多的还是试探，若利诱不成功，就不知道他的下一步会是什么了。

王恒拿到了公司的权力，虽然还有一些董事站王权，但他到底还是压住了王权。以至于对方来公司转了一圈，竟然没有任何事可以做，又铁青着脸离开。

乔暖暂时将他放在脑后，忙了一上午，中午的时候向敏联系了她。

自从她离开元夏，向敏好久都没和她联系了。

"喂，向敏。"

"哟哟哟，乔经理没把我忘了啊？"向敏语带调侃。

"忘了。"

"你这个没良心的女人，我在这边想你，你竟然想都不想我！太没良心了！"

乔暖嘴角微微上扬，低声笑了起来，那头还在叽叽喳喳。

"没良心！抛弃了我，乔暖，你这是始乱终弃！我的命可真苦，遇上个渣女。"那头还假模假样地抽泣起来。

"行啦，别装了。"

"你呀，真是一点情面不留。"

"那我挂了。"

"你你你！"

"你不是说我没良心吗？那我挂了。"乔暖眉梢带了点笑意，听着那头抓狂。

过了一会儿，那头突然问："暖暖，广贸怎么样？"

"嗯，还不错。"

"那我去广贸吧。"

乔暖一愣："什么？"

"我已经辞职了。"

好一会儿乔暖才叹口气，揉了揉太阳穴："你没必要……"

"你走了，这元夏也没什么好待的，怎么，你不愿意？"那头的声音带了威胁。

"怎么会，欢迎之至。"广贸现在和元夏还没得比，向敏虽然实力不是特别出众，但也相当不错了。

这样的人才广贸当然稀缺，但广贸对她却不是一个好的选择，毕竟广贸以后还说不准。

"那说定了，我明天去你们人事部！"

"唉，向敏，你……"

"乔暖你不要说了，我是觉得元夏是真没意思才准备去你那儿的。我是跟着你走，你以后要是不在广贸待了，或者要出去创业，我也跟着你一起去。"向敏说得认真，以至于乔暖都愣了好一会儿。

"你说得对。"乔暖突然笑了，广贸再乱又怎么样，有她就能稳住。

这些跟着她的人，她不会让他们过得不好，就算以后不在广贸，有人跟着，她也能自立门户。

"这才对嘛！"

"向敏，谢谢你。"谢谢你让我想清楚，要有自己的班子。

那头的声音有些别扭："跟我客气啥，请我吃大虾就行！"

"好。"

乔暖挂了电话，眼睛里光芒闪烁，像是突然间亮起来的星星。

下午六点。

"你做完了吗？"黄长富咆哮。

"没……"

"没做完你还想下班？！"

面前的陶阳低着头，眯着眼睛相当愤怒，拳头攥紧。

"明天还不急着用，可以明天再来……"

"不行！做完才准离开！"他说完倒是自己走了，留下陶阳阴着脸看着他的背影。

242

陶阳承认自己不是个好人，但他掩饰得很好，一副天真的模样，所以当初才会帮着王嘉禹陷害乔暖，被乔暖吓到以后，又反手算计王嘉禹。

他这人记仇，黄长富惹到他了。

等他做完，已经过了八点，他揉了揉僵硬的肩膀，向外走去。

停车场这会儿已经没人，他往自己的那辆车走过去，一个转弯，突然一愣。

只见熟悉的女人靠在车上，对着他微笑。

那笑容像极了上次他企图放东西进乔暖办公室那晚的笑容……

他心脏怦怦直跳，只听她说："陶阳，有兴趣换个工作吗？"

……

乔暖打开副驾驶坐了进去，驾驶座上的荣谨皱着一张脸，用有些酸酸的语气说："就为这么个男人等到这么晚？"

乔暖的心情显然相当不错，微微挑眉，自信张扬。

"值得，这男人有心机能隐忍，是个人物。"

荣谨看着她洋溢着自信的脸，不管看多久，他还是会因为她而感到惊艳。

她的脸有魅力，比她的脸更有魅力的是她这个人。

荣谨伸手按住怦怦直跳的心脏，那里面鼓声如雷，像是随时可能跳出来一样。

他忍不住喃喃："暖暖……"

"嗯？"

对方抬头。

荣谨突然倾身吻了过去，这个优秀的女人这一刻属于他，以后的每一天，也会属于他……

砰！

顾国华把东西扔在桌上，对着顾清明和黄长富大发雷霆。

"三个，三个！你们就让那女人挖走了三个！"

他按住心口，仿佛一口气喘不上来。顾清明皱眉，上前给他递了杯水。

243

顾国华一愣，这两天他和顾清明因为乔暖起了口角，这会儿对方还关心他……

顾国华抿了口水，缓过这口气。

"剩下的人不许再走了，黄长富，再走一个人，你也给我滚！"

黄长富点头哈腰道："是是是……"

"你先出去，清明留下。"

"好的。"

等到黄长富出去，顾国华看着顾清明，叹了口气："还在生气？"

顾清明动了动脚，看着他："那你就告诉我，你为什么要害乔暖？"

顾国华上下唇动了动，有些恼怒。他能怎么说？说因为你喜欢她？因为我怕她变成下一个白珍珠？我是为你好？

这些话一旦说出口，顾清明和他的关系怕是再难缓和。

顾国华叹了口气："清明，我说过了，我被黄长富骗了，不然像乔暖那样有实力的，我怎么舍得赶走？我本来只是想让警方协助调查，还她清白就让她继续上班。我也没想到乔暖性格这么刚烈，直接就辞职离开……"

顾清明看着他，紧紧抿着嘴。

"我说真的……是我对不起乔暖……"顾国华说得难过起来，眼底都是忏悔。

顾清明难辨真伪，只道："那你为什么还留着黄长富？"

"清明，你还年轻，不能意气用事。我们业务部现在人才紧缺，再让黄长富走了，我这么多年建立的大厦岂不是毁于一旦？"

听了顾国华声情并茂的一段话，顾清明微微皱眉，无可挑剔的言论使得他无力反驳，抿着嘴转身离开。

他很怀疑顾国华话里的真实度，可他又想不到对方排挤乔暖的原因。甚至于他有很大的怨气，却依旧得老老实实地坐回经理办公室去。

顾清明是这时候才明白很久以前乔暖说的责任，他要担起业务部经理的责任，同时也要担顾国华儿子的责任。

他可以因为乔暖回来，却不能因为她离开。

这头的顾清明还在沉思，那头的荣谨却是春风得意。

整个荣氏都沐浴在一片阳光中，在这寒冷的冬季，荣氏员工却如沐

244

春风。

老板不发火，等于上司不发火，等于……和谐生活啊！

荣谨把桌上的文案一一翻看，下达了一条又一条的指令。

"宁总给的方案接受。"

"是。"

"元夏手上那个项目继续挑刺。"

"……是。"

"让老吴赶紧着手下一个项目，嗯……广贸乔经理如果要的话，可以考虑一下。"

"……是。"

"明天上午十点约秦总见个面。"

"是。"

"对了……帮我了解一下女人喜欢的首饰……"

"……好的。"

荣谨正要摆手让杨达周离开，门就被人叩响，很快又被拉开。

"哟，还买上首饰了？问我啊！我熟！"这话一落地，荣谨冷冷地看了他一眼。

"你咋还不信我？我的情场实力……"

"你先把何蓝搞定再说。"

徐恪尴尬地咳嗽了几声，拳头抵在嘴角，微微低头："你说她们这款女人，怎么就这么难追？我都把所有办法用尽了，难道职场混到顶级的女人都不需要对象了？"

他这话带了疑惑，向来情场得意的徐恪在对上何蓝的时候，简直毫无办法。

荣谨只冷哼了一声："那是你。"

他自己可幸福着呢。

徐恪一个白眼："得了吧，老板，你可还没名分啊！"

杨达周心里一咯噔，果然，空气中的温度突然降低，像是一阵阵冷风刮过。

嗖嗖……嗖嗖……

暖春已久的荣氏一瞬间入了冬，整个下午，徐恪都没敢出门。

245

他走到哪儿都是一片指指点点，大家一脸埋怨。

这该死的杨达周又乱说！

……

相较于荣氏一秒入冬，广贸却是始终春回大地。

有项目就有钱拿，有钱就有动力，有动力就有好的成品，好的成品就能给公司带来收益。所以广贸个个精神抖擞，再加上添了不少新鲜血液，有了竞争，大家更加努力。

这种现象乔暖喜闻乐见，王恒更是欣喜若狂。

向敏和陶阳以及另一个从元夏过来的人才都被乔暖安排妥当，除了陶阳直接担任秘书，那两个都是融入集体当中。

他们三人乔暖倒是不怎么担心，向敏打探消息厉害，是因为她和谁都能说到一处，所以向敏才来一个新的环境半天，乔暖就看见她已经和其他女同事约着去哪儿吃饭了。

陶阳也是长了一张天真的脸，娃娃脸看起来极其无害，他嘴又甜，办公室的小姐姐们都格外喜欢他。

当初乔暖都险些着了他的道，可见对方表现出的无害有多大的杀伤力。

"乔经理，王总找您。"说到陶阳对方就出现了，对她笑着说。

"嗯，好。"

她站起来，和陶阳一起往王恒那儿去。

"怎么样？"

没头没脑的一句话，陶阳却听懂了，笑嘻嘻道："很好。"

乔暖点点头，到顶楼转角的时候，一个小姑娘险些撞到他们。

她扶了一下："小心些。"

小姑娘像是刚挨了骂，眼睛红红的："谢……谢谢乔经理。"

她一看见乔暖的脸，刚刚还煞白的脸瞬间变得红彤彤的，眨着眼睛盯着她。

乔暖带着陶阳离开。这小姑娘，也就是章唯，看着她的背影，一脸崇拜。

"你看什么？"

陶阳回过头，嘴角笑意越发明显："小姑娘很喜欢你啊！"

乔暖诧异地睨了他一眼，对方这才道："这是王权的助理，能力不错，王权对她还算信任。"

她瞳孔一缩，到了王恒门口，也就没说其他的。

"王总。"

"乔经理来了？快坐快坐。"王恒笑眯了眼，他站起来一张脸就成了个大包子，皱巴巴的，眼睛处两条缝，无端显得阴险。

乔暖："……"怪不得当初王恒老婆惦记着王权。

"什么事？"她调整了表情，认认真真地看着他，这老板的形象是不行，但作为上司却是相当可以，他还是比较给她面子的。

"王权领了个华人街挖回来的大牛，哈佛商学院毕业，想让他做副经理。"说这话时的王恒又变得有些忧愁，那大牛他去见过，对方眼高于顶，显然是王权的人，根本看不起他。

乔暖冷哼一声："真是可以啊！"

王恒肥肉一抖，感觉到了乔暖的怒火，不知道为什么，他明明是她的上司，却感觉有些怵她。

"明天开会应该就会带来，我会提前和董事会打招呼，不过……你还是做好迎战的准备。"

王恒的眉头又皱了起来，董事会近来越发有些脱离他和王权的战争，有点坐山观虎斗的趋势。

乔暖也是明白，点点头。

王恒实力平庸，董事会不怎么站他，但王权任性妄为，脾气来得莫名其妙，董事会怕他失控，也不愿意站他，所以就徘徊在两者之间，谁掌权支持谁。

广贸最初是王权占上风，业务部经理黄长富也是他的人。后来王权惹事，黄长富又不经用，就被王恒占了上风。

王权自然是相当不满意，尤其乔暖来了以后，董事会毫不遮掩地表示自己站王恒。

广贸渐渐有了起色，董事会又开始有了心思，所以能不能阻止那个大牛，还真是件说不清的事。

乔暖走出王恒办公室的时候，眼神犀利，里面光芒尽显，高跟鞋踩在地上的声音也格外地重。

陶阳还算了解她，乔暖这不仅是生气了，还有了战意。

毕竟……那是哈佛商学院毕业的华尔街大牛，而乔暖……高中毕业。

"陶阳。"

"在。"

"今晚12点以前，把能收集到的所有信息全部发给我。"

"是！"

荣谨这一天都在抓心挠肝，徐恪的话简直像一根刺扎在他心口。

因为他说的是实话！

说生孩了就给冷脸，也不愿意搬进他家，买了房了让他住……等等，这怎么……这么像金屋藏娇？！

他出离愤怒了，谁让他竟然是那个"娇"啊！

以至于他见到乔暖的时候，脸上还带了情绪，幽怨、气恼……

他想着要和乔暖摊牌，他必须要个名分！所以他稳当当地坐在驾驶座上，没去给她开门。

他要她发现他生气，而后关心他的时候顺势说出来！

荣谨的计划是很好的，可惜乔暖今天的状态显然不一样，她提着电脑风风火火过来，压根儿没在意荣谨有没有在外面给她开门。

他目瞪口呆地看着她坐了进来，直接打开电脑，放在膝盖上开始敲敲打打。

荣谨："……"

"我开车啰？"

"嗯嗯。"

只得到敷衍回答的荣谨有些恼怒，开着车往小区走。

"暖暖……很忙？"

"嗯嗯。"

"暖暖……饿吗？"

"嗯嗯。"

"吃葱油拌面吗？"

"嗯嗯。"

"！"荣谨泪流满面，她不吃葱的啊！

248

这悲伤一路持续到进了家门，荣谨实在憋不住了："暖……"

"嘘！"

乔暖一根手指头横在他的唇上，挑眉道："吃饭再叫我，我有工作。"

她说话的时候眼神明亮，以至于荣谨觉得自己有再大的事都不想打扰她了。

一直等到荣谨做好饭，乔暖还在书房忙碌。

荣谨一边解围裙一边过去看她："暖暖，吃饭了。"

"嗯嗯。"乔暖的手指正在疯狂敲打键盘，她也沉浸在自己的世界当中。

荣谨撇了撇嘴，走近。

"咦？你在调查沈辉？"

他这话刚刚砸在地上，椅子上的女人就诧异地抬了头，一双大眼睛直勾勾地盯着他，语气中带着惊讶："你认识？"

荣谨伸手，抽了两张纸把手上的水擦干净，捧着乔暖的脸抿嘴笑："想知道？先亲一个再告诉你。"

他笑得很是荡漾，眼睛里星光闪烁，仿佛已经看见了乔暖主动献吻。

乔暖对着面前的大脸愣了足足半分钟，这才睨了他一眼，挣脱他的手掌："哦，不想知道。"她转身，继续敲打键盘。屏幕的光打在她的脸上，显得越发冷硬和……惊艳。

"你怎么会不想知道呢？！"他的态度瞬间变得有些急切，蹭在她旁边。

不应该啊？！

她抱着电脑这么久不想知道？！

见乔暖不为所动，荣谨气得咧嘴，气恼的话到嘴边还是变成了乔暖想知道的，他真是没了一点原则！

荣谨埋怨般地嘟囔："你这女人就是吃准我喜欢你了。沈辉在荣氏工作过。"

"他在荣氏工作过？"乔暖的语气相当诧异，显然没想到还有这事。

"嗯，那时候我刚接手荣氏不久，同几个董事争得你死我活，沈辉刚

249

毕业，就来我们公司做实习生。"

"嗯嗯。"乔暖看着他认真点头，示意自己在听。

"实习生？"

"嗯。"

"你记得这么清楚？"这么多年了，荣谨对一个实习生记得这么清楚……

"嗯，他实力很不错，当时刁难我最厉害的陈董事赏识他，要提拔他。"荣谨说到这儿冷讽了一声，毫不掩饰地嫌弃。

"然后？"

他挑眉："那陈董事想让他做女婿，提拔过头，我就借着机会把沈辉开除，顺便阴了姓陈的。"

"……"

"这家伙竟然回来了？"

"也就是说……这家伙和你有仇？"

荣谨摸了摸下巴："我和他没仇，他自己就不知道了。"

沈辉怕是恨惨了他！

荣谨逼着人家在国外工作这么久！

乔暖沉默了几秒，默默合上电脑："好了，没有合作的可能性。"

这回换荣谨愣神了："不看了？"

"不看了。"看了也没用。

乔暖站起来，走了出去。荣谨在原地站了好一会儿，突然像是被针刺了一样，嗷呜一声跑出去。

"暖暖！我爱你！"

突然被人从背后抱起来的乔暖大发雷霆："你给我松手！"

"不松不松！一辈子都不松！"

他太高兴了，本想把沈辉拉到自己阵营的乔暖在知道对方和自己有仇以后，就放弃了这个想法。

这说明什么？

说明她把他们当一体！

所以她理所当然地认为憎恨荣谨的人就没有合作的必要，这是夫妻思想啊！

乔暖好不容易推开他，坐在饭桌上，门又被敲响了。

荣谨带着笑过去开门，一看是顾清明，对方垂头丧气，显然心情不好。

"清明来了，快来，姐夫做了很多好吃的，快去吃。"

顾清明眨了眨眼睛，看着荣谨一脸的笑容，谁能想象得出一个长相偏冷硬的男人能笑得像个二百五吗？

见他不说话，荣谨继续道："快进米，外面冷。"

顾清明摸了摸有些发凉的手臂，伸出手，又重新拉上门，转身就走。

这肯定是有阴谋！

他才不会上当！

荣谨："……"

既然没有合作的可能性，那乔暖和沈辉就是敌对关系。

她还是一身正装，蓝色系，正红色的口红给她的脸上增添了一抹娇艳。荣谨把她送到广贸门口，心中邪念一起。

乔暖顺着抓着她的那双手看过去，就见荣谨目不转睛地盯着她，温柔又缱绻，眼底像是有好多好多情绪要告诉她。

火热、赤诚。

"暖暖。"

"嗯——"

她的后半个音被堵在了嗓子里，唇上一热，某男人已经轻车熟路地撬开她的贝齿。

真是熟能生巧，某人的吻技相较于之前简直不是一个级别，乔暖本来反抗的手已经不知不觉地搂住他，然后回应他。

等到两人分开的时候，荣谨双眼迷蒙："暖暖，咱们回去吧。"

乔暖："……"

"回去睡觉。"

"滚！"

乔暖补了个妆就往广贸走去，两颊微红，原来的冷漠缓和了不少。

"乔经理早。"

"早。"

"乔经理早！"

"早。"

她一路点头，心情看起来不错，时不时还对着和她打招呼的职员笑笑。

"陶阳，东西带了吗？"

"带了。"

"好，走，跟我去开会。"

这广贸和元夏还是有区别的，比如元夏组长的地位相当可以，能和经理一起上楼开会。

但广贸的组长能不能上去开会是由经理乔暖定的。

显然，乔暖不会给自己找对手。如果组长坐大了，她不能保证他们不会威胁到自己，因此她只带陶阳上去。会议室已经有不少人到了，今天人来得格外多，那些个不经常到场的董事也陆陆续续地来了。

乔暖和人笑着打招呼，王恒则摸着大肚子，愁眉苦脸地走了进来。

没看见王权，王恒越发皱眉，下意识把视线放在乔暖身上，见对方极为平静地坐着，又有了点底气。

"来了。"

"王总早！"

"早早。"

"早啊，哥。"一个声音从门口传来，所有人俱是一愣。

从来不把王恒当哥的王权竟然管他叫哥？

"来，沈辉来跟他们打个招呼。"王权对后面的男人笑嘻嘻道。那个跟着他的男人身材修长，皮肤偏白，金丝边的眼镜遮住了他眼底的复杂心思，显得温顺纯良。

"王总早，各位董事、经理们早。"

"早……"

王权笑了："沈辉去坐乔经理旁边，你以后要协助她管理业务部呢！"

王恒脸色一变，这家伙一来就占了先机！

"王副总？"

252

"嗯？乔经理想说什么？"王权笑眯眯地看着她，眼底有威胁。

沈辉的嘴角也微微上扬，看起来一片纯良，很是温柔。

"王副总真是好人。"

她这没头没脑的一句，让在场的所有人都愣住了。

她是什么意思？

"不忍心看我太忙，竟然给我送个助理，协助我完成工作。"她看起来真像是在感激王权，就那么站着望着他。

"你瞎说什么，沈辉的实力就是当经理也绰绰有余……"

乔暖好像也不生气，被所有人注视着也没见脸上有丝毫变化。

"好了，经理是乔暖，王权你就不要乱说。"王恒出声，这已经不是乔暖和沈辉的利益纷争，而是他和王权的博弈。

王权笑了，有些阴狠："各位董事说说，这沈辉的实力有没有资格当副经理？咱们广贸一向惜才，以前乔经理和咱们不管有多大的仇怨，这不还是进来直接担任经理嘛。"

"沈辉的实力在业内绝对是数一数二，他肯来我们公司，是咱们的福气。"

乔暖眼睛微眯，犀利的光射了出来，这王权几句就把她的过去点清楚了。

和他们有仇的乔暖能进，大牛沈辉为什么不能收下？

见其他董事已经快点头了，乔暖诧异出声："这位先生很出名？"

王权挑眉："当然，沈辉在华尔街就是知名业务员。"

乔暖接着笑道："沈先生为什么回来高就啊？"

"总是要回国的，落叶归根。"他笑得很温柔，眼睛看着乔暖的时候很真诚。

"沈先生真是人品高尚啊！"

她一笑别人就有些摸不着头脑，就连王恒也一直看着她，想知道她要做什么。

"谢谢乔经理的夸赞。"沈辉推推眼镜，像是不好意思一样。

"乔暖，你在卖什么关子！"王权斥责她。

这时候王恒就不依了："他们小辈说话，王权你插嘴做什么？"

两人互相瞪着，好久没针锋相对的两兄弟重新闹了起来，互相仇视。

"好了好了，不要争了。"一个董事赶紧出来打圆场，也不发表看法。

王权只瞪眼："我还不能安排一个人进公司了？人才少有，沈辉好不容易回来，你们想让他去元夏工作？"

这话一出，不止所有董事沉默了，就连王恒都不知道说什么。

他们能说什么？说我怕你安插人进来，抢走公司？

"我就觉得沈辉这小伙子不错，就让他留下来吧。"一董事笑着，所谓的什么留下来，就是让他空降副经理。

王权不掩得意："沈辉去和乔经理挨着坐。"

"是。"

沈辉走了过来，乔暖笑道："我是真的欣赏沈先生这样的人。"

这一句话瞬间吸引了所有的注意，就连王权也诧异地看着她，王恒更是眼底喷火。

在所有人的视线中，乔暖话音一转，坚决道："不过我不同意沈先生担任副经理。"

乔暖吐字清晰，每一个字都轻轻落下来，顿时令在座所有人皆是一愣，就连沈辉也眯着眼睛，没了温文尔雅的姿态。

"为什么？"王权跳脚道。

"国内国外有很大的区别，沈先生的实力我是相当相信的。不过要接触一个崭新的圈子，我还是希望能有人带着学一学，沈先生应该没有国内工作的经验吧？"

她的表情似笑非笑，沈辉对上对方了然于心的表情，心中升起莫名的感受……

"确实没有国内工作经验。"

沈辉不敢说实话。乔暖的表情太过自信，他如果说了当年在荣氏有工作经验，必定会牵扯更多。当初哪怕是荣谨算计的成分更多，可最后的结果对他却相当不利。

于是他瞒了下来。

乔暖笑得更加开心，眼角上扬，张扬又犀利。

"是吧，沈先生学习一段时间，适应适应，我业务部欢迎沈先生。"

王权急了，上前一步："你这是想把沈辉放在身边算计！"

乔暖面色一变，手按在桌上，发出轻微的碰撞声。

"那沈先生还是跟着王副总吧，由他亲自带着。"她也不在意，仿佛真心想让沈辉熟悉国内业界。

"我不……"

王权还想说什么，乔暖打断道："毕竟没有国内工作的经验，还是要熟悉过后再说。沈先生，你说呢？"

乔暖强调了好几次"国内工作"，沈辉绝对有理由怀疑这人知道了什么。

"乔小姐说得对，人都说乔小姐实力惊人，今日一见，果然名不虚传。"沈辉在笑，笑得很谦虚，乔暖却一点也不敢小瞧他。

"过奖了，沈先生也很让人惊喜。"

有了当事人拍案同意，王权有再大的不如意也得忍下去。

王权转念一想，对这结果也不是那么不可接受，毕竟沈辉已经进了公司，要担任副经理也要不了多久。

散会以后，王恒单独留下乔暖。

"你怎么就把他留下来了啊！"他摸摸自己的头顶，有些焦急。

乔暖双手抱臂，挺着腰板坐得笔直："今天能阻止他们吗？"

王恒噎住："那怎么办？"

"能缓多久缓多久，你要是能把王权解决了，还用得着担心沈辉吗？"她挑眉，实话实说。

"我倒是想把他解决了，人捏着百分之二十五的股份，要是惹毛了他直接抛掉，广贸就没了！"

王权还留在广贸，对于王恒而言如鲠在喉。可他又没办法彻底解决王权，每当这个时候，他就特别痛恨自己那个父亲做下"兄弟同管"的决定。

"那你就别急，既然知道不是短时间的事，就不要急功近利。沈辉这个人我来处理，你小心别被王权算计。"

一听这话，刚才还愁眉苦脸的胖子瞬间笑眯了眼，丑得清奇，令乔暖微微别开头。

沈辉就这么留在了广贸，整天跟着王权，时不时来业务部"学习"，

255

其他时候倒和往常没什么不同。

乔暖不会为他浪费太多时间，就让陶阳盯着沈辉。她还要继续争取项目，这一次是熟悉的合作方——余创。

她和余创谈的第一个项目是为了元夏，当初白珍珠意属广贸。

这才半年，她就要以广贸经理的身份去余创。

余创和半年前差别不大，只是一些细微的格局做了调整，门口的盆景也换过了。

"你好，我预约了白总。"

"好的，乔经理。"

"你认识我？"乔暖诧异地看着前台。

对方两颊微微泛红，急促道："您之前来过……"

乔暖的嘴角微微上扬，对她抿嘴一笑："你叫什么？"

"我我我……我叫廖静。"

"好，下次我也记得你。"

廖静的两颊越来越红，手指揪着衣角，极为羞涩的模样。

"咳咳，乔经理跟我来吧。"白珍珠的秘书笑着出声。乔暖回头同她问好，随即跟着她往楼上走。

"小雪，最近忙吗？"她问秘书。

这会儿没了外人，肖雪立刻同乔暖亲密起来，语气抱怨："你可真是太忙了，我和苏经理一直想同你聚聚，可你没得空。"

"你知道我的，刚换个地方，事情多得脑门儿疼。"

"你就骗我，谁不知道你最喜欢工作，反正不管，周末得聚一次！"

"好好，去瑜家山庄泡温泉吧。"

"啊啊啊，瑜家山庄！暖暖，我爱你！"

乔暖只笑，肖雪压低脑袋："对了，让你带茶，带了吗？白总昨天刚喝完。"

"你放心，带了的。小雪，谢谢你。"

"哎，咱们还说这个，周末别忘了哟！"

这时候电梯到了，肖雪立刻和乔暖拉开了一点距离。

倒不是两人真有什么私下交易，肖雪是个有职业操守的秘书，事实上她透露给乔暖的都是无关痛痒的小细节。但作为甲方的秘书，和乙方太好难免引人怀疑，到时候"回扣"这顶帽子一压，双方都不好受。

"白总，好久不见。"乔暖笑着走进去。

白珍珠坐在椅子上，看见她时表情缓和了一些。

"来了，快坐。"

她顺从地在对面的椅子上坐下，面对着白珍珠。

白珍珠认真打量起乔暖，好久没见她了，临近年关，对方的衣服也穿厚了不少。

但因为乔暖身材瘦削，最外又是正装，看起来还是格外清瘦，脸上依旧是精致的妆容，正红色口红自信张扬。

但她平静的表情又为她添了一抹沉稳，让人放心。

"白总，您应该知道我的来意。"乔暖率先出口。

"当然，项目合同。"白珍珠挑眉。

"没错，希望您……"

"我们上次是和元夏合作的，我很满意，为什么这次要换？"

乔暖微微前倾，直勾勾地盯着她的眼睛："白总，您上次不是和元夏合作，是和乔暖合作的。"

白珍珠眯眼回视她，两人看了好久，突然相视一笑。

"你还是没变……"

"您也还是没变。"说这话的时候，乔暖已经伸手拿过白珍珠放在桌面的咖啡。

她用手指贴在杯子外面试了试温度，发现咖啡已经凉了。

她便站起来，把手上的资料递给白珍珠："您先看，我去换杯水。"

白珍珠看着空了的桌角，若有所思地笑了笑。

没一会儿乔暖就回来了，热乎乎的一杯普洱茶放了白珍珠的手边。

"你带茶做什么？"

乔暖轻笑："我猜白总喝完了又不好意思管我要……"

白珍珠瞪了她一眼，拒人千里的气场瞬间没了。她端起来喝了一口，从胃里暖到心里："乔暖，来给我做秘书吧。"

乔暖微笑："那肖秘书岂不是得失业？"

对面的女人把手肘撑在桌面上："就看你愿不愿来。"

"白总，您这样也不怕我们王总追着您闹起来。"乔暖眼底有了笑意，嘴角是调侃的微笑。

白珍珠收回手："行吧，你乔暖的工资，我们余创也付不起。"

她倒是没开玩笑，乔暖的工资确实不低，而且对于这人而言，做秘书屈才了。

"您说笑了。"

"行了行了，项目你做？"

"当然，但凡我拿到的项目，都是我全权负责。"

"那行，准备合同签约吧。"

这边乔暖和白珍珠定下合同又坐着聊了会儿天，那边刚下班的荣谨追到余创来等她。

怎么办？他现在下班不见她就心里难受得紧。

"杨达周。"

"老板，在。"

"你说怎么才能一天24小时都和暖暖在一起呢？"

杨达周一愣，随即哂笑，不敢搭话。

他可不敢告诉荣谨……你就是在做梦！

荣谨也没想要个答案，只皱紧眉头，他又想到了乔暖"白嫖不负责"的行为。

难道她嫌弃他？还想挑选别人？

荣谨晃了晃脑袋，小声嘀咕："荣谨啊荣谨，你什么时候变得像个怨妇……"

听不清楚荣谨在说什么的杨达周：老板又是叹气又是摇头的样子……真辣眼睛！

荣谨在楼下等着，楼上的乔暖和白珍珠说够了也在互相告别。

"那既然这样，我就先告辞了，明天再带着合同过来。"

"你要是忙随便让谁来都行。"白珍珠体谅她。

"没事，我还忙得过来。"

白珍珠点点头，乙方越是真诚，她自然就越是高兴。

"你快回去吧。"

"好，白总，再见。"

"再见。"

乔暖说完就夹着文件夹往外走，嘴角微微上扬，无论过去多少年，每拿到一个项目，她依旧会很开心。

乔暖乘坐电梯到楼下的时候，门打开了，一个高瘦的男人走了进来，两人视线相对，皆是一愣。

"乔暖？！"

乔暖："……"她怎么会把余航给忘了！

"你好。"她调整表情，微微点头示意。

"暖暖……好久不见。"

余航的表情太过复杂，眼底各种情绪变幻，以至于乔暖第一次恨不得赶紧跑开。

电梯到了一楼，乔暖微笑着客套道："我先走了，再见。"

乔暖不给他反应的时间，快步出去，脚步匆匆，像是后面有洪水猛兽。

"暖暖！你等等我！暖暖！"

这声音使得她走得越发快，不过到底对方是个大长腿的男人，怎么可能比不过一个穿着高跟鞋的女人呢？

余航很快就追上了乔暖，委屈道："你怎么见我就跑呢？咱们这么久没见了……"

乔暖第一次抓狂到想爆粗口，他既然看见别人在溜，为什么还要追呢？！

她刚谈妥的合同，可不能因为他就被毁了！

乔暖正恼怒着，视线一转，正好看见不远处车子旁边的男人。

那男人面沉如水，一双眼睛喷火似的盯着余航的背影。

这一刻，荣谨心里冒出一大堆奇怪的念头，但总结起来，都变成了——弄死那小三！

就在他想着怎么虐待对方的时候……

"荣谨，快过来，给你介绍个朋友。"

荣谨："……"这都要让小三拜见正室了？

不对！他算哪门子正室，就是个没名没分的男人。想到这儿，荣谨顿时在内心泪流满面……

"荣谨。"乔暖对他使眼色，正在悲伤的荣谨没看出来，只慢慢吞吞地走了过去，背着乔暖的眼睛狠狠瞪向余航。

余航一脸蒙，看向乔暖，像是有千言万语要说。

"这是我朋友余航，这是我男朋友荣谨。"

余航："！"

荣谨："！"

两个男人这一刻的心情迥然不同，一个心中一痛，一个……

"你好，我是暖暖男朋友。"荣谨已经伸出手，满脸笑容地握住余航的手。

余航不理他，一脸沉痛地看着乔暖："暖暖，你恋爱了啊……"

"是的。"

"暖暖……"

"祝你幸福，请你也祝我幸福。"乔暖继续客套地笑着，她心里实际上都快烦死了。按照她的性格，本来对这个男人一顿冷嘲热讽就完事，哪用得着费这心思。

但这男人是白珍珠的儿子！她要是让这男人过于记恨她，估计和余创的合作也得凉了。

她要是和余航相处和谐，或者让对方对她抱有不应该存在的想法，那和余创的项目也是完了。

一个处理不好，这就将是她职业生涯的败笔，甚至好不容易和白珍珠建立的关系也将变成势不两立。

"暖暖！"余航这声叫得一个哀怨，仿佛对乔暖有多么深刻的情感。

男人的红白玫瑰理论一直存在，余航的内心甚至可能更爱他未婚妻一些，可朝夕相处的白玫瑰未婚妻，并不见得会让他完全遗忘曾经见过的红玫瑰。

尤其是这朵玫瑰花好像被别人给摘了……

荣谨在这一刻终于想起这男人是谁了！

大概是初见时她对着车窗的红唇太过诱惑，以至于他忘了在那之前还有过一场大戏，男主角就是面前的男人！

想起当初，荣谨看余航宛若看一个智障。

"余先生，这是我女朋友，我未来的妻子，你心里应该想你的女朋

260

友，请和我的女朋友保持距离。"荣谨微眯着眼睛说道。

余航下意识地后退了两步，看着荣谨搂着乔暖，一脸温柔的样子。

突然他的内心竟升起愧疚，对自己未婚妻的愧疚……

"可以让一下吗，我和我女朋友要回家了。"

余航再次后退，嘴里喃喃："对不起，对不起。"

荣谨搂着乔暖从他旁边离开，乔暖回头看了眼，见对方正在拿手机，彻底放下了心。

当初为了在元夏立足，她必须要拿到余创的项目，所以在面对余航的时候，给了他想象的空间，以至于现在有些棘手，不过这次应该是彻底解决了这人不切实际的憧憬吧。

乔暖再抬头看向紧挨着自己的男人，眼底有些笑意，这家伙今天表现不错。

荣谨却目不斜视，只沉着脸直勾勾地盯着前面，心里想着怎么"教育"一下怀里的女人。

两人坐上车，荣谨收回手，板正了脸，准备开始训话。

"乔暖。"他低沉着声音念出了乔暖的名字，难得叫了全名，显得更为正式。

荣谨组织了语言，酝酿好情绪，张开嘴……突然肩膀一沉。

他愣住了，旁边的女人正靠着他的肩膀，阵阵幽香袭来。

"借我靠一下。"她说。

"哎好！"他乖乖地应了声，绷直了身体，不敢再动。明明是被轻轻地靠着，他却像是被大山压住的孙悟空，一点也不敢乱动。

"你刚刚想说什么？"乔暖轻声问。

荣谨咧嘴一笑："我问你累吗？晚上想吃什么？"

"还好。都行。"

简单回答了两个问题，乔暖就没说话了。荣谨忍了好一会儿，还是没憋住。

"暖暖，你和刚才那个男人……"

乔暖眼睛都没睁开："我眼光没有那么差。"

荣谨嘴角上扬，眉飞色舞。

"三心二意的男人们啊……"

她像是随口感叹一句，荣谨瞬间急了："什么是们？暖，你不能一棒子打死所有人啊，我就不三心二意！"

"哦。是吗？"

"当然！哪能所有人都三心二意啊！你不能随意地把我和他们混为一谈，我爱你就只爱你，从头到尾都不会变。"他语气急切，因此肩膀抖动，让乔暖坐直了身体。

"承诺可以这么轻易说出？"天地可鉴，乔暖这句话绝对没有讽刺的意思，有的只是疑惑。

但荣谨急了，捧着她的脸，拿额头抵着她的额头："暖暖……我会承诺是因为我能做到，我不能做到就绝对不会承诺，你应该信我……"

乔暖抬头，看着他的眼睛，里面饱含情意，真挚、灼热……

荣谨被女人微微迷蒙的眼睛看得心肝儿颤，伸出一只手遮住她的眼睛，低头吻了上去。

坐在驾驶座的杨达周闭着眼睛缩了缩脖子，再缩……再拼命缩……

然而他想藏起来的愿望落空了，因为……乔暖推了推荣谨，皱眉到："干吗？有人呢！"

荣谨一愣，看向驾驶座埋着脑袋的杨达周，突然勃然大怒。

"你怎么在这儿？！"

杨达周："……"

不是你说让我送你过来，你坐乔小姐的车，让我把车开走吗？！

我还没怪你又莫名其妙上来吓着我的小心肝儿呢！

你以为我想长针眼？！

老婆不在身边的男人就可以被忽视吗？！

狗子就没有人权吗？！

秀恩爱了不起啊！

杨达周内心疯狂咆哮，脸上却觍着笑："这就下车，这就下车。"

"不用了，荣谨坐我车吧。"乔暖说着拉开了车门。

"好嘞。"荣谨温柔地应了一声，跟上乔暖后，还不忘回头瞪了杨达周一眼。

杨达周："……"

在驾驶座上坐了好一会儿，杨达周拿出手机，拨出熟悉的号码。

"老婆！啥时候回来，来我公司给我送爱心便当吧！"

老子要秀死我老板！他媳妇儿可不会给他做爱心便当！

杨达周的感想荣谨可没心思去想，他跟在乔暖后面，屁颠屁颠地上了副驾驶。

老实说，以前有谁提到荣谨，看法基本都是：这是一个铁血的男人。

但两个强硬的人相对，总有一个要放下脾气，柔和下来。

荣谨愿意做放下脾气的这个，并且乐在其中。人生苦短，让他这样喜欢的女人，也就这一个了。

面对乔暖的时候，荣谨不祈求她回报什么，只要她心安理得地接受他付出的一切，他就开心。

她吃他做的饭，他开心。

她对他笑，他开心。

他们住在一起，他开心。

就连现在，她开着车他坐在副驾驶，他也开心。

和爱的人在一起，做什么都开心。

"荣谨。"

"嗯？在！"

"别傻笑了，很蠢……"

"……"

乔暖这样嫌弃着，嘴角却越扬越高，握住方向盘上的手指轻快地敲打了几下。

空气也变得轻快，车里像是弥漫着粉色泡泡。

等回到家里，谁都没有提做饭的事，几乎就在进门的那一刻，他们搂在一起，继续刚才未完成的事情。

那些跟过来的粉色泡泡，发出咕噜咕噜的声音，一个个飘起来，又一个个绽开，散发出令人脸红心跳的味道。

"真和余创谈好了？！"王恒撸了撸头顶，一脸惊喜。

"对，待会儿过去签约。"乔暖坐着没动，这王恒真不适合当老板，遇见点事儿就一惊一乍，完全没有顾国华的半分沉稳。

不过，这是个好上司，很好的上司。

"什么待会儿，赶紧去啊！"王恒急了。

"这还有工作没做完……"

"哎哟我的姑奶奶，你有什么让助理或者秘书帮你就行，人家都快下班了，待会儿过去都没人了！你的秘书是不是不够？再给你配一个？"

乔暖难得翻白眼，关闭正在看的资料，拔掉优盘："不用了，我现在过去。"

"乔经理，有什么我可以帮你的？"门口一个男人笑着出声。

王恒脸色一变，假如这家伙用乔暖的电脑岂不是就拿到了一手信息？他正要拒绝，旁边的女人却说话了。

"好呀。"

沈辉一愣，他也只是随口一句，显然没想到乔暖会应下来。

"乔……"

她拍拍还想说话的王恒，对沈辉招招手："来，坐这儿，就用我的电脑。"

"好……"

沈辉狐疑地坐了下来，乔暖打开两个文件夹："帮我把信息库的资料核对一下，尤其是电话号码哟。"

他眼睛一亮，信息库？客户信息库？！

"好！"

乔暖走了，顺便拖走了王恒，留沈辉坐在那儿看着屏幕。

有这么多客户？

密密麻麻的一页，看得沈辉眼睛都快瞎了，他眨了眨眼睛，突然一愣。

只见最上面一角写着：顾客问卷调查信息库……

顾客……不是客户……

再低头看了眼页码，沈辉僵在原地……1/213。

沈辉："……"

淡定如他也忍不住爆了粗口：这要核对到明天吧！

他退出这个界面，乔暖电脑的桌面干干净净，显然她的资料从来不保存在电脑里。

沈辉再打量了一下四周，抽屉都有上锁，还是质量很无敌的锁头……

这乔暖真是谨慎得可以!

"沈助理,乔经理让我转告你,辛苦你了。"陶阳伸进来一个脑袋,笑得灿烂,大眼睛一眨一眨的,仿佛天真的孩子。

沈辉咬牙道:"……不客气。"

"你要防着沈辉一点,那可是王权的人啊!"

"你听见我说话没?咋这么不让人放心!"

"可不能见他长得好看就忘了他是谁的人,谁知道他和王权打什么主意。"

"你要防……"

乔暖大步甩开还在疯狂念叨的王恒:"我先去余创了!"

她步子极快,留下王恒站在原地揉了揉腰杆:"哎哟,这乔暖真是不让人放心!"

不让人放心的乔暖开车去了余创,半途荣谨给她打电话。

"你去余创?"他收到乔暖消息说别去接她,几乎立刻就猜到她去哪儿了。

"嗯。"

"行,我在余创门口等你。"

"你来做什么?"

"我不放心你。"

乔暖:"……"我……真的……让人不放心?

事实上这个"不放心"是不一样的,荣谨不放心的是余航,于是屁颠屁颠地跟了过去,监视他们。

挂了电话,乔暖深深地反省自己为什么不让人放心……

她就这么一路"反省"到余创,拿着文件夹就往楼上走。

"乔小姐来啦!"前台小姑娘笑眯了眼,乔暖回了她一个微笑。

"廖静,你好。"

廖静眼睛一亮,极为激动,乔小姐说记住她的名字,还真是记住了!

她还以为乔小姐只是开玩笑!乔小姐太撩了!要是个男人……

嘤嘤嘤……想嫁……

"那我上去了。"乔暖微笑。

"去……对了,元夏的黄组长在上面,有一会儿了……"前台压低了声音。

乔暖表情不变，对她笑着说："谢谢。"可眼睛里的笑意却不达眼底，黄长富……她还没空料理他，他就送上门来了。

乔暖踩着高跟鞋往楼上去，这时候的楼上也正热闹。

"白总，您之前和元夏有过合作，不是说下一次也考虑元夏吗？为什么换成了别的公司？！"黄长富眼睛瞪圆，紧紧盯着白珍珠。

白珍珠歉意地笑道："我已经和对方说好了，而且对方的实力我相当放心，这个项目和她合作很合适。元夏也很不错，下次有机会再合作。"

"白总！您再考虑给元夏一个机会啊，你知道我们的，现在业内绝对算前列，除了我们，国内没有更好的选择啊。"黄长富还在苦口婆心道。

"我和她合作过，很是满意，所以这次也愿意选择她。"白珍珠笑着说，对黄长富的态度慢慢有些疏离。

"谁？"他疑惑。

白珍珠突然眼底堆了笑意，微微抬起下巴点了点，示意门口："喏，她来了。"

黄长富回头，就见那个他十分忌惮的女人正慢慢走了进来。

"好久不见，黄组长。"

乔暖在笑，黄长富却遍体生寒，这个余创的项目元夏是不能指望了……

自从乔暖离开元夏以后，大量的单子被她引走，伴随着广贸一步步有了起色，顾国华却是越来越易怒。

他可以想象自己待会儿回去会面临顾国华怎样的怒火。

"黄组长还有其他事吗？"

乔暖微微疑惑地出声。黄长富回头看了眼白珍珠，见事情已毫无转机，立刻就走了出去。

"白总，请等我一会儿。"乔暖说完跟了出去，走到电梯口叫住黄长富。

"黄组长。"

黄长富回头，微微皱眉，满脸都写着不快："怎么了？"

乔暖笑着上前，她的微笑看起来有些危险，低头在黄长富耳边缓缓说了句话。

黄长富骤然瞪大了眼睛，一脸惊惧。

她刚刚说的是："不能把我碾入尘埃，就等着我的反击吧。黄长富，我乔暖会看上你的每一个单子。"

不管黄长富对手上的单子有没有信心，被这样的人威胁，自己肯定会胆战心惊。

他和顾国华都知道，乔暖这样的人，如果无法让她再也起不来，就只有等着她站稳脚跟后的反击。

"乔暖！"黄长富怒吼。

乔暖伸出手，一根手指头按在唇上，带着笑意说："现在不要激动，等所有单子都被我抢了以后再激动吧。"

"你还是不是个女人，如此狠毒！"黄长富被她这句话刺激到了，瞪着眼睛跳脚。

乔暖冷哼一声，看向丑态毕露的男人："你们男人可以恶心狠毒，怎么，女人如此你就受不了了？"

"乔暖！你别太狂妄！"他瞪着一双眼睛，企图用愤怒掩饰自己的惊惧。

乔暖嘴角一扬，似笑非笑，转身离开，背影挺拔，又从容又优雅。

可黄长富却遍体生寒，内心一片慌乱，她这是……

十尾兔 —— 著

你心向上，我心向你

[下册]

青岛出版社
QINGDAO PUBLISHING HOUSE

第十章
没羞没臊的男人

他恍恍惚惚下楼，脚步蹒跚。

不！他不能认输！

乔暖并没有那么可怕，她一个在福利院长大的女人，而且只有高中文凭，有什么可怕的？

他还有顾国华撑着，并不需要怕这个女人！

黄长富瞬间提起精神，脚步越来越快，他脑子里盘算着怎么彻底打压乔暖，他相信顾国华和他是同一条战线上的。

他们既然已经彻底得罪了乔暖，那么就只有斩草除根！

思考中的黄长富眼神阴狠，走出余创大门的时候却是脚步一顿，诧异地盯着坐在车子里的男人。

荣谨？！

黄长富下意识迈腿上前，觍着脸走到车窗旁边。

荣谨靠在座位上，眼睛盯着方向盘转也不转，慢慢地回忆昨天的暖暖……

她最近越发风情，笑容也多了，最关键的是……她仿佛已经习惯他的存在。

荣谨的嘴角越扬越高，眼睛里笑意越来越明显。

"荣总，您也在这儿呢？"

人在出神的时候最容易受惊，荣谨这会儿正神游天外，被突然出现的声音惊得他浑身一震，心口直跳。

好一会儿才回过神来，荣谨轻轻地呼出一口气，平稳气息。

他刚刚脑袋里浮现的那张精致脸庞，也被车窗旁边那满脸褶子的谄媚笑脸给吓没了。

这哪儿来的神经病？！

荣谨眉头紧皱，语气极为不悦："什么事？"

"只是太久没见荣老板了，上来打个招呼……"黄长富弯腰笑道，小眼睛眯成一条缝，恨不得把脑袋伸到车里面来。

"那你打完招呼了吗？"荣谨微微往后靠，如果是平日他还可能应付两句，这会儿他正是恼怒的时候。

黄长富的笑容一僵，尴尬地咧嘴，到底知道讨好不了就不要讨人嫌，所以准备转身离开。

"那我就先走了……"

"你等等。"那车子里的人又出声。

"哎！"黄长富笑着回头，有些兴奋。

荣谨犹豫了一下，还是问了出来："乔暖什么时候下来？"

他这会儿从回忆中回神，就格外想她，想见到她。

黄长富面色一变，随即调整笑容："应该还早吧，才刚上去。"

荣谨点点头："行。"随即他又摆摆手，"你走吧。"

"好的，荣总再见。"黄长富转身以后，顿时收了起满脸的笑容。

他当年是高高在上的广贸经理，就因为荣谨，让他一步步变成了现在这个样子。自己摒弃前嫌讨好这个男人，依旧被他踢开。

黄长富没走远，反而在不远处藏了起来。

等了好一会儿，他才看见那个让他恨得咬牙切齿的女人走了出来。随后，刚才还高冷地坐在车上的男人立刻下来，体贴地为女人拿包开门……

车子离开，黄长富沉着脸走出来，直勾勾地看着车子离开的方向。

"乔暖和荣谨真的是……恋人。"

顾国华陡然间站起来，上次荣谨来元夏他还有所猜疑，这会儿黄长富的话不过是佐证了上次荣谨的话。

他站在原地，眉头紧紧皱着，仔细思考。

"她真和你说要报复我们？"

黄长富点头："对！"

乔暖的原话虽然不是这样，但在黄长富看来大致意思没差别……即使乔暖说的不是顾国华，他也会扯上顾国华。

"不能让她再嚣张了。"顾国华沉着脸说。

"可是荣谨……"黄长富上前一步。

顾国华看着窗外，幽幽道："我们当然不会对乔经理怎么样……不过，广贸一直都挺混乱的……"

黄长富眼睛一亮。

这边的顾国华和黄长富紧张交谈，那边的荣谨和乔暖却是相当轻松。

他推着购物车，乔暖跟在他后面。她其实不爱逛超市，在她看来，这完全是浪费生命的行为。

然而某个男人，热爱浪费生命……尤其是和她在一起时。

用荣谨的话来说，和乔暖在一起只要不工作，做什么都可以。

毕竟某个女人，一工作就看不见其他。荣谨表示，身为"男朋友"竟然比不过工作，想想就是心酸……

两人在商场是极其惹眼的存在，虽然他们已经换下了正装，可光是惊人的气场就极为引人瞩目。

来来往往的人总是不自觉地看向他们，乔暖微微凝眉。

章唯正和朋友挑零食，面对两种薯片相当纠结，这时候她的朋友撞了撞她。

"章唯！啊啊啊！你看那一对！"

章唯抬起头，骤然一愣。

"颜值逆天！要命，果然长得帅的都和长得美的谈恋爱了！"

"乔经理……"

"你认识？！"

章唯在朋友惊讶的眼光中点点头："就是新来的业务部经理乔

271

女神……"

"啊！这么美！"朋友捂着嘴，激动到想跳起来。

她从章唯口中听了太多的乔暖、乔女神，以至于她也成了一个小迷妹。

这不难理解，世界上没有人会不喜欢真正做到独立、自强的女人。古往今来，女人都是"温柔"、"水"的代名词，但这并不是上天赋予每个女人的东西，也不是社会强制要求的东西。

真正的平等是不贴任何标签，你想做什么样，就做什么样。

乔暖做得太好，以至于光听着就让人崇拜，她是男人的眼中钉，却是女人的梦想。

仿佛感受到两人灼热的目光，乔暖看了过来，目光落在章唯脸上，微微一笑。

"啊啊，她跟我笑了！"朋友捂嘴，兴奋到脸红。

章唯拍开她："明明是跟我笑，她又不认识你！"

"你这样我都好想去你公司！"

章唯摇摇头："咱们公司挺混乱的，要不是乔经理过来，估计我都失业了。"

那一对已经离开，朋友收回视线，挽住章唯的手臂。

"对了，你上司好像和乔女神不太对付，他们要是争斗起来，你站在哪边？"

章唯一愣，随即满脸纠结。

"我……我不知道……"

这两人继续讨论"乔女神"暂且不谈，乔暖和荣谨走到了零食区。

"你刚看什么？"荣谨好奇地追问。

乔暖摇摇头："一个公司的员工。"

"一个员工你也这么在意，男的女的？"

乔暖睨了他一眼，没说话。

关键这个员工……是王权的助理，按理来说就是王权的人。

"暖暖，你吃这个吗？"荣谨低声问她，把她从思考中拉了出来。

他声音磁性悦耳，乔暖眨眨眼睛，突然耳朵有点……痒？

"不吃。"

"真巧，我也不爱吃。"荣谨动作迅速地将东西放了回去。

乔暖："……"

到了水果区，这回不用问，荣谨只管拿起一些乔暖喜欢的水果。

工作的原因，她经常吃的水果都是清火的，荣谨却知道，乔暖更爱几种容易上火的水果。

但她太克制，要不是荣谨和她朝夕相处，估计也不会知道这些。

他一边放她爱吃的水果，一边放清火的水果。

乔暖见他这样，目光柔和了下来，被人照顾的感觉……还不赖。

到了蔬菜区，荣谨的动作更是熟练，仔细挑着晚餐需要的食材。好像不知道从什么时候起，只会做蛋炒饭的荣谨已经能做出满满一桌子的饭菜了。

他的进步在不知不觉中，也是在不知不觉中，高高在上的男人可以就拿着菜刀、围着围裙在厨房忙碌。

他弯腰挑选青菜的动作很好看，袖口被规规整整地挽了起来，只一身贵气瞬间染上了烟火气。

这是乔暖第一次觉得，或许再这么下去，她会离不开他的。

"荣谨。"

"嗯？"荣谨回头疑惑地看向她。

乔暖轻声问："你都不用回自己家吗？"

荣谨一愣，挑眉："你房子不是给我买的？不是我家？"

说好的金屋藏娇呢？

乔暖："……"

你是不是……有什么误解？

况且……你还缺套小房子？！

他挑完菜，擦了擦手，见乔暖退后了一步，突然坏笑。

荣谨伸出双手紧紧握住她的。乔暖赶紧挣扎了两下，没挣脱开，随即就嫌弃地别开了脸。

乔暖就这样被某不要脸的男人牵着去结账，在靠近收银台的时候，荣谨脚步一顿。

乔暖疑惑地顺着他的视线看过去，瞬间僵硬在原处……那里放着的是避孕套。

某不要脸的男人仿佛还嫌不够，低声问道："你喜欢哪种……"

乔暖先是一愣，随即立刻转身，没有丝毫停顿。

她实在做不到在人来人往的超市和旁边那人讨论避孕套的种类！

这男人的脸皮真是越来越厚！

荣谨也不恼，抓了一盒就推着购物车跟上去。

"暖暖，你生气了？"

"暖暖，别不好意思嘛，孔圣人都知道食色性也，人之常情。"

"暖暖！你耳根有点红哎，是不好意思了？"

"暖暖……"

"滚！"女人恼怒地吼道，荣谨没脸没皮地拉住她的手。

"你害羞真好看！"

乔暖挣扎了几下，没挣脱出来，再看见对方满脸笑意的模样，也就由他去。

荣谨偷笑，一双大手紧紧握住她细嫩的小手，心化成了一摊水。

他好像怎么爱她都爱不够似的。

收银员抬头看了眼面前双手紧握的两人，眼睛不自觉就从他们的手上滑到了乔暖的脸上，不由得愣了愣。

荣谨原本还笑着的脸瞬间就阴沉了下来，微眯着眼睛盯着收银员。

没看见别人有男朋友吗？！一般男人是不要脸，这人是不要命吗？

收银员被吓得后退一步，赶紧收回视线，迅速帮他们结完账。

两人转身，后面传来轻轻一句："这男人也太吓人了吧！"

乔暖拽了拽他的手，睨了他一眼："你吓别人干吗？"

荣谨一只手提着大袋子，一边紧了紧握着女人的手："那男人眼睛不好好看，我只好提醒他注意职业素养。"

他说的时候对乔暖咧嘴笑了笑，眼睛微微地眯起来，里面透着星光，讨好的意思不言而喻。

乔暖别开视线，两人刚好走出超市大门。外面路边上积了雪，天空中还时不时飘下来一朵。冷风吹来，乔暖忍不住打了个哆嗦。

她刚紧了紧衣服，浑身就是一暖。

旁边的男人拉开了大衣的扣子，把她裹进怀里，手臂紧紧抱住她，用大衣完全盖住了女人。

她和他比起来，娇小得可以。这没皮没脸的男人……某些时候也相当温暖。

"还冷吗？"荣谨追问道，仿佛她只要点头，就能把衣服脱给她。

乔暖摇摇头："不冷了。"

她虽然这样回复，但荣谨还是把人继续往怀里紧了紧："好，那我们就这样回去吧。"

他喜欢这个姿势，显得他们格外亲近，乔暖不喜欢在人前和他亲密，所以每一次都让他格外珍惜。

两人一起走进白雪皑皑的天地，天空中的雪来越密集，积雪的地方留下两人一深一浅的脚印。

"暖暖。"

"嗯？"

"真好。"

"……"

"晚上试试新套……"

"滚！"

"暖暖……"

"今晚休息。"乔暖的语气斩钉截铁。荣谨撇了撇嘴，没说话了。

但男人到了某个时候，会变得格外没脸没皮，荣谨平日在乔暖面前已经足够不要脸，到了晚上……再度刷新下限。

乔暖刚做完工作回到房间，就发现男人已在床上呼呼大睡。

"荣谨？"

没有回答。

乔暖冷哼了一声："别装了，去隔壁睡。"

床上的人依旧没有动静，乔暖皱眉，以为他睡着了，也没摇醒他，只掀开被子，躺了上去。她有些困了，伸出手关上灯。

乔暖闭上眼睛过了一会儿，半梦半醒间，感觉旁边"睡着"的男人压了过来，动作十分熟练。

以至于还有些迷茫的乔暖一时没回过神，等到对方一个热吻再摸向她敏感的地方后……

她只剩下缴械投降了。

275

这男人！已经开始学会玩这种把戏了！

第二天，一大早悄悄起来做好饭的荣谨小心翼翼地趴在床沿上。

本来愧疚的男人越看她越笑得开心，从她的额头看到她闭着的眼睛，再看到她的小嘴。

她的唇很薄，听说薄唇的人薄情，荣谨皱眉，低头吻了上去……

乔暖一睁开眼就看见一张大脸，她的脸黑了黑。

"滚！"

男人眨眨眼睛，不滚反而蹭得更近，吧唧一口，眯着眼睛露出满意的笑容："暖暖，我煮了你爱吃的乌冬面，快起来吃早饭。"

她伸手推开他的脑袋，对方顺从地往后一仰，倒在地上。

乔暖一愣，就见对方立刻又跳了起来，眼睛灿若星辰："不生气了吧，快吃面了！"

乔暖抿嘴，不说话。

荣谨蹭过来："不要生气啦，要不你再推推？或者打我一顿？"

"你会改吗？"乔暖阴恻恻地问。

荣谨咧嘴："会改……一点点。"

乔暖突然就泄了气，昨晚说好的教训也没落实，她动了动，微微皱眉。

这家伙的"能力"出众，放纵他一晚上能要半条命。

"暖暖，我帮你穿衣服！抱你出去！"他拿着一旁的内衣咧嘴笑。

乔暖一把扯过来，勃然大怒："滚！"

理亏的某人摸摸鼻子，默默走了出去，一步三回头。

乔暖又扔了一个枕头，才终于把人砸了出去。

荣谨合上门，靠在上面轻笑。

乔暖自己都没有发现，她越来越放纵荣谨，也越来越容易放肆欢笑，不再收敛情绪，鲜活生动。

她封闭了二十多年的世界，终于被某男人没羞没臊地挤了进来。

荣谨笑够了，站直了身体去厨房，乔暖快出来了，他得先去把面装在碗里，吃完了好送她去上班。

"早。"

"……早。"

276

"早。"

"早……老板。"

从一楼往上走的荣谨一路上不断跟员工们打招呼，微微带着笑，很是"亲和"。

听见他问好的员工有把手上的东西掉在地上的，有和人撞了的，还有没回过神直愣愣地盯着他的。

等他大步离开，一楼的员工立刻三三两两挨着，叽叽喳喳地说了起来。

"老板咋了？"

"没疯吧？"

"荣氏要破产了？"

"相当怀疑！"

因为迟到刚进门的员工道："你们在聊什么？什么破产？"

"老板对我们笑了……还说早……"

新进门的那个员工愣了三秒，一声尖叫："啊！"

其他人赶紧捂住耳朵，一溜烟上楼，各回各部门。

荣谨也走到了顶楼："上午的会议按时召开，中午帮我约史密斯先生吃饭，先把今天的安排给我。"

"好的。"杨达周迅速将安排表递给他。

荣谨接过，一边进办公室一边道："谢谢。"

杨达周呆呆地站在原地，过了好一会儿，才打了个激灵：我的妈呀！今天下红雨了？

比起荣谨，乔暖就相当淡定，吃了碗热腾腾的乌冬面，她身体的不适就消退了一半。

乔暖到公司的时候，除了脸上带了抹艳丽，其他已恢复如常。

"余创的项目已经签好了，那乔经理就好好干，一定要让他们满意，争取长期合作。"王恒笑眯眯地说道。

乔暖点点头："好的。"

"乔经理。"坐在她旁边的王权插话，似笑非笑道，"这么大一个项目，你一个人肯定忙不过来，让沈辉帮你吧。"

王恒微微变脸，这王权还企图把沈辉送进业务部，估计下一步就是挤走乔暖，让自己的人接手业务部。

他还没来得及说话，乔暖突然一笑："好呀。"

在场的所有人俱是一愣，王恒看着她，以为她像上次一样，还有话要说。

然而她只低头翻看着手上的资料，抬起头时还诧异道："都看着我做什么？"

就连王权都诧异了："我说让沈辉跟你一起做余创的项目！"

乔暖微微眯眼："王副总，我三十秒前刚回答了您这个问题，您这样的记忆力……还来公司上班，真不容易。"

"你！"

"嗯？"她的嘴角微微上勾，威胁之意不言而喻。

王权没说话了。

等到早会结束，他在办公室对沈辉大声道："那女人无法无天的！王恒那个蠢货，招了个狼进公司还不自知，早晚有天啃得他骨头都不剩！"

沈辉没说话，卷着手上的纸张出神。

"沈辉。"王权压低了声音，"这次你一定要借助乔暖和余创有联系，最好能……让她吃个亏，滚出广贸。"

沈辉点头："嗯，明白。"

那边陶阳也在问乔暖这个问题："乔经理，沈辉是王权的人，如果把他放在眼前，余创的项目会不会出问题？"

乔暖轻笑："就是要放在身边才有后续。"

陶阳迷惑地看着她，有些茫然。

乔暖微笑："你还记得你当初是怎么决定和我合作的吗？"

陶阳一愣，他又想到了那晚乔暖的那双眼睛……

他的声音骤然沙哑，喃喃道："您什么时候知道我是王嘉禹的人……"

乔暖似笑非笑道："我一直都知道。"

那你还让我经手那么多核心信息？！就为了让我放松警惕？！

陶阳一个趔趄，怪不得当初他可以获得对方的信任，怪不得当初那钥匙对他而言触手可及！

乔暖回到办公桌前面开始工作，不再看陶阳。

陶阳打了个哆嗦，回头对乔暖笑道："那我们就请君入瓮。"

他以前钦佩乔暖，后来对她从佩服到信服，但从来没有像这一刻一样，对她隐隐带了恐惧。

乔暖太大胆了！

如果当初他把那份文件放了进去……她就完了。

如果沈辉的算计她没能及时应对，王权和沈辉必定如螳螂般扑出来，狠狠咬她一口！

如果他们一不小心没当成黄雀，就得做别人的蝉……

陶阳走出办公室的时候回头看了眼，就见乔暖沉稳地坐在那儿，脊背挺得笔直。

沈辉往业务部走的时候还有些不可置信，难道乔暖就这么轻易地让他参与余创的项目？

不，她绝对是挂羊头卖狗肉。

他想象了自己到了业务部以后，肯定会受到和以往一样的冷待，甚至更加夸张。

尤其是乔暖那个女人，少不了对他一顿冷嘲热讽。

这样想着，沈辉脸上的表情越发冷淡，脚下不急不缓地走进了业务部大门。

第一个出现在他眼前的是以往每次看见都是一番白眼的向敏。沈辉表情不变，等待对方的嘲讽。

"沈助理好！"向敏笑容灿烂，热情洋溢，仿佛两人的关系极为亲昵。

沈辉："……"

"沈助理好！"又一个职员。

沈辉："……"

"沈助理好！"再一个职员。

沈辉："……"

就这样，等到沈辉走到乔暖的办公室门口时，整个业务部的员工都上前和他打过招呼了。

他的头脑有些发晕，这个泰山压顶面不改色的男人第一次一脸蒙。

这业务部怎么了？

正好乔暖办公室门打开，陶阳走了出来，一见他，一张娃娃脸就笑成一团："哎哟，沈助理来啦，快进去，乔经理等您呢！"

沈辉晕晕乎乎地走进去，就见乔暖正坐在办公桌前办公，这会儿抬头看向他。

对方还没说话，他先脸一黑，阴恻恻道："乔暖，你到底有什么居心？"

"我怎么了？"乔暖挑眉，眼神略带疑惑。

沈辉突然一哽，不知道接什么话，总不能说你办公室的人突然对我太热情？

他被自己噎住，乔暖却仿佛没注意到，递给他一个文件夹。

"什么？"

"余创的项目资料。"

沈辉一愣，整个人僵硬在原地，这人……真把信息给他？

"给我？"

乔暖一脸嫌弃："还有其他人？"

他出来的时候还恍恍惚惚，抱着文件夹有些晕乎乎的。

"沈助理，你就在我们办公室办公吧，方便些，不用楼上楼下跑。"陶阳笑得一脸柔和。

其他员工迅速把刚才抬出来的办公桌挪到最中间，擦桌子的擦桌子，放东西的放东西，甚至还有一个给他的椅子安了坐垫。

沈辉："……"

陶阳笑着拍拍他："沈助理需要什么就通知我一声，我给你送过来！不要客气哟，我很乐意的。"

他挤眉弄眼的模样吓得沈辉倒退两步，一脸震惊。沈辉眨了眨眼睛，但面前的陶阳还是一脸笑意。

沈辉更加蒙了。

等到所有人都散去，他才晕乎乎地坐下来。

椅子上的坐垫显然是属于女士的，很软很软，不知道是不是心里作用，沈辉觉得自己有点飘，两脚落不到实地。

沈辉抬头看看其他职员，他们已经全部低头，仿佛在认真工作，沈辉随即也赶紧看乔暖给的资料。

不看白不看，不管有什么阴谋，先看了再说！

他不知道的是，现在有一个叫"业务部大家庭"的群正在进行如下对话——

A：啊啊啊！我一定是最热情的那个！

B：你想多了，明明我才是。

C：你哪儿热情了？我好歹还给他放了盆多肉！

D：你这样说我还放了坐垫。

A：我觉得向敏姐挺热情的，她最讨厌沈辉，今天还对他笑……

E：我投陶秘书一票，他差点吓得沈辉以为陶秘书有特殊癖好！

陶阳：我看见了……

E：啊！陶秘书我错了！

A：哈哈哈！就是她说的，和我们没关系！

C：对对对，冤有头债有主！

B：陶秘书，你天天和乔经理在一起，根本不需要再让她请吃饭好不好？！把机会让给我们吧！

D：对啊！要不是乔经理说了请最热情的员工吃饭，我怎么舍得贡献我心爱的坐垫！啊，我的龙猫！

陶阳：那我就更不能放弃了：）

向敏：不要挣扎了……我正在给沈辉买午饭……

A：啊！坑爹啊！

C：向敏姐，你太阴险了！

……

沈辉就这样在蒙和怀疑中留在了业务部，按照他之前的预想，他在这边绝对是接触不到任何重要信息的。乔暖必定会联合手下，像防狼似的对待他。

哪儿想到……

沈辉看着自己面前的一摞重要资料……有些头脑发晕。

这乔暖难道真以为他是来帮她的？她有这么傻？

他这儿正猜想着各种阴谋论，那儿乔暖打开了办公室的门。

"沈辉，跟我去余创。"

沈辉："！"

281

王权交代的他要尽最大努力做的事，就在第一天完成了？乔暖知道她自己究竟在干什么吗？！

沈辉这样想着，但并不妨碍他珍惜机会，点头应了下来。

"好啊。"

沈辉开着车跟在乔暖后面，她没邀请他上车，只开车引路，他也只有赶紧跟上。

到余创的时候刚过下午两点，乔暖直接带沈辉去找白珍珠。

这是他始料未及的，不过沈辉很快就把所有的情绪藏在心底，偷偷打量坐在那儿的白珍珠。

这位传奇的女强人保养得宜，年纪虽然不小，可浑身上下却很有精气神。不知道为什么，沈辉突然想到，等乔暖到了这个年纪，肯定更加气势凌人。

白珍珠本人并没怎么让他吃惊，最让他吃惊的是乔暖和她之间的态度！

"来了。"

"嗯，来了。"

乔暖应了一声以后，就自顾自放下东西，皱着眉端起白珍珠的水杯。

"这是你们公司新来的沈辉？"白珍珠虽然把话题引到了沈辉身上，但眼睛却是看着乔暖。

沈辉看了乔暖一眼，想到自己的目的，上前一步："对，白总，我是沈辉。初次见面，请多指教。"

白珍珠嘴角微动，乔暖却在这时候出声："你们先聊，我去泡茶。"

沈辉一愣，就看见乔暖已经走了出去，而白珍珠的视线一直放在他的身上。

他收回视线，对白珍珠笑笑，认真地同她攀谈。

白珍珠的态度也挺好的，并没有高傲地对待他，两人友好地聊了一会儿乔暖才回来。

她把一杯茶放在白珍珠手边，一杯自己喝着："沈组长，我只能带两杯茶。"

"没事，我不渴。"沈辉笑着摆摆手。

白珍珠也喝着茶，面上的表情明显更加放松："我还是喜欢你这丫头泡的茶。"

"那您只能督促助理勤奋学习了，虽然拍马不及。"乔暖说得很不要脸，白珍珠却笑了，两人又闲聊几句，这才说起了公事。

两人也不避讳沈辉，对余创项目的很多重点都提到了，仿佛沈辉这人是两人信任的人。

"那今天就先到这儿，我还得和沈辉去另一个地方。"

白珍珠摆摆手："你先去吧，有空再聚。"

"好，再见。"

"再见。"

乔暖说完就走，听了一大堆信息的沈辉赶紧跟上，他边站起来边说道："白总再见，希望有机会再见到您。"

白珍珠笑着点头："我也希望。"

等两人走了出去，白珍珠才摇摇头，嘴角微微上勾，露出奇怪的笑容。

这边沈辉跟上乔暖步子，追问她："我们现在去那儿？"

"去果梨创意公司。"

"果梨？"

沈辉发出这个音并不是因为不知道这个公司，相反，就是因为他知道，才会惊奇。

果梨是长期和乔暖合作的广告公司，如果乔暖的项目要得急，他们就能给她插队，据说对方还给了乔暖相当低廉的价格。

这些都是乔暖谈生意时的筹码，不过这会儿……这人竟然主动带他去？

不管沈辉怎么疑惑，他也跟着乔暖走进了果梨的大门。

没一会儿，他又晕晕乎乎地跟着出来。他没忍住，终于把疑惑问了出来："你来果梨到底要干什么？"

乔暖脚步突然一顿，疑惑地看向他："你刚才不是看见了吗？我来督促他们质量。"

这倒是真的，乔暖刚才在里面看了刚刚设计好的宣传广告和海报，提了些建议，并且叮嘱他们注意质量就带着他出来了。

"这不是你长期合作的公司吗？还需要你来督促？"

乔暖冷哼："跟我合作一辈子也得督促，前几次的完美不代表一直完美，初期不盯着，后期如果有了问题相当麻烦。"

"你为什么要自己来？"

乔暖看向他的眼神更加嫌弃："我还能让谁来？"

沈辉："……"

乔暖盯着他的眼睛，特别认真地说道："我不知道你在国外是怎么工作的，也不知道国内其他人的工作方式，但在我乔暖手上的，就不能有一丁点儿差错。"

她说完就离开了，沈辉愣了一会儿才跟上。

两辆车一前一后离开这个地方，走了好远，乔暖突然停车，下车向他走过来。

沈辉一愣。

这女人是要……杀人越货？灭口？威胁？

就知道她不可能真给他这么多重要信息，绝对是阴谋！

沈辉这样想着，随即决定勇敢面对，他把车窗摇了下来："乔经理，明人不说暗……"

乔暖不悦地打断他："行了，我就是给你说一声，你自己回去，我在这儿接个人。"

沈辉："……"

"我走了。"乔暖说完立刻转身，毫不留恋。

沈辉："……"没……没了？

他一脸蒙，不威胁？不杀人越货？不灭口？

这个乔暖……着实让人猜不透。

沈辉一边想着，一边发动车子离开。

在附近转了几圈，沈辉又看见熟悉的车子，突然愣住，那车子是乔暖的。

所以他绕了这么久又回到了原地？

他好像……迷路了。

不怪他会迷路，沈辉在京市的时间并不久，大学也不是京市大学，只在荣氏工作了一段时间又出了国，这地方更是变来变去，他早就不记得路了。

"可恶！"

沈辉咒骂了一句，拍了下方向盘，一只手拿手机准备导航，微微放低的身体使得他看见了道路两旁的建筑，顿时愣住。

那是荣氏！

他紧紧盯着荣氏的标志，表情变得很是严肃，眼底各种情绪交织，久久不曾离开。

突然门口走出一个气势凌人的男人，一米八几的个子加上一双大长腿，格外引人注目，一身黑色西装显得他越发冷硬。

然而对方没走多远，突然咧嘴一笑，整个人变得格外温柔，微笑着快步走近乔暖。

沈辉彻底傻眼，他记忆中的那个严肃犀利的男人居然笑得像个二百五。

荣谨越来越靠近乔暖，一只手先伸出来，微微一勾，把人揽在怀里，低头吻了上去……

沈辉微微眯了眼睛，眼底恨意一闪而过，那是……荣谨！

乔暖和荣谨原来是这种关系！

他迅速把车掉头，开着导航往元夏而去。

这边乔暖推开荣谨，睨他一眼，语气很是不悦："大庭广众之下你做什么？"

荣谨毫不在意，只咧嘴笑道："暖暖，你竟然来接我，太惊喜了！"

乔暖："……"

"只是刚好在这边……"

"我不管，你就是接我！"

乔暖："……"你开心就好……

她打开车门坐进副驾驶，荣谨自觉地去了驾驶座，开车往家里去。

他现在心情相当美好，脸上的笑容就没消失过。

"暖，以后还是我去接你吧。"

"……我今天真的只是顺路。"

"那你去哪儿了？"他用余光偷偷瞄了眼她的脸色，对方表情自然，手指按压着太阳穴，一副不甚在意的模样。

荣谨有些失望，看来她真不是特意来接他的。

"果梨，工作上的事。"

"你们怎么这么多事？"荣谨撇嘴，语气里满满的埋怨。

乔暖白了他一眼："快到年关了，你公司事情少？"

好吧……貌似一点也不少。

荣谨沉默了，不过很快眼睛就是一亮："暖暖，今年过年跟我去荣家的房子过吧！"

乔暖思考了五秒，摇摇头："我要回老家过年。"

他不可抑制地一阵失望，不过他到底是荣谨，在乔暖面前脸皮最厚的一个，很快调整了过来。

"暖暖，那我跟你去老家！"

乔暖："……"

"你去我老家干吗？"她扭头问荣谨。

荣谨相当委屈，咬牙切齿道："年假那么多天，你就不会想我吗？"

乔暖沉默了，好一会儿才说道："算了，我就年三十回去两天。"

荣谨一阵失望。乔暖既不愿意去他那儿，也不愿意带着他回去，她这是没把他们的关系放在心上吗？

难得荣谨不说话，两人之间的氛围变得有些僵持，车内突然安静得可怕。

沈辉回到广贸，因为提前给王权打过电话，这会儿对方正在办公室等他。

他风一样地往王权办公室走，和刚好从王权办公室出来的章唯撞在了一起。

章唯倒退一步，嘴里下意识发出："哎……"

"对不起。"沈辉看也不看她，匆匆道歉，就走进了王权的办公室，还合上了门。

章唯疑惑地看了两眼，将迈出去的脚收了回来，鬼使神差地轻轻靠近，把耳朵贴在门上。

"怎么了？急急忙忙地让我留下什么意思？"王权皱眉，疑惑地看向面沉如水的沈辉。

286

沈辉盯着他，收起了平时里温文尔雅的模样，格外严肃道："王副总，乔暖应该是有防备的，我觉得要下手的话就要尽快，打她个措手不及。"

王权皱眉，有些诧异："你为什么突然有这个想法？"

"因为乔暖实在是可怕！她对各项目都了如指掌，不能再放任她下去了。再过段时间，等她彻底在公司站稳脚，外面的项目也稳妥后，很难再动摇她的地位。"

沈辉眼神犀利，他只能这样说，如果告诉王权乔暖和荣谨之间关系亲密，王权不一定还会对乔暖下手。

并不是所有人都敢肆无忌惮地去得罪荣谨，广贸沦落到如今这破败模样，除了内斗，未尝没有得罪荣谨的因素。

他本来对乔暖的态度也是不急，但知道了对方和荣谨的关系……沈辉就一秒也忍不下去！

他想起当年被打压得茫然无措地出国的模样，再想起这些年在国外受过的苦，他恨死荣谨了！

"那我们现在应该怎么做？"

沈辉微笑，压低了声音说着他的想法，门外的章唯瞪大了眼睛，一脸惊恐。

……

荣谨载着乔暖一直到家都没再说话。他心里有些气恼，这女人没看出来他生气了吗？为什么不哄哄他？道歉有这么难吗？不道歉说句话都好啊！

难道她还有什么可气的？！

车子停下，乔暖伸手去拉车门。荣谨大力在方向盘上捶了一下，这才紧紧拽住乔暖。

乔暖回头，拉住她的男人也不说话，就那么皱着眉头看着她。

他的眼神幽怨、愤怒又气恼。

乔暖微微偏头，眨了眨眼睛，抬头把唇贴在他的唇上，又很快离开。

荣谨一愣，而后迅速低头，一只手固定住她的头，狠狠吻了过去，动作狂野，像是疯了一般。

等两人分开的时候，乔暖气喘吁吁，两颊微红，荣谨本来愤怒的情绪

287

统统消失不见，心里软塌塌的。

他瞪她一眼，凶巴巴地说道："乔暖，你给我等着，今晚干死你！"

乔暖眨眨眼睛，嘴角微微上扬，已经花了的口红显得她越发妖艳，像极了勾人的妖精。

她微微张嘴："哦。"

荣谨恨恨地磨牙，夫纲不振啊！世道苍凉、人心不古啊！

嗯……至于当天晚上荣谨那句威胁有没有实现，看看第二天容光焕发走出家门的乔暖就懂了。

乔暖到广贸业务部的时候，昨天还傻愣愣坐着的沈辉正在散零食，都是女孩子喜欢的进口零食，引得一群小姐姐们都围着他。

连一向和沈辉不对付的向敏，也在沈辉的办公桌旁边拆着零食。

大冬天的，大家起床都相当晚，通常都是路上买点儿吃的带着，有时候实在又冷又困，就来不及吃早饭。

沈辉带来的这一大包零食，相当讨女孩子欢心。再加上业务部的人都是搞业务的，没一个会害羞，围着他就直接拆着吃。

他正笑着和大家说着什么，见乔暖进来，眼底幽深一闪而过，笑着说："乔经理，吃点东西不？"

乔暖摆摆手："不了，我吃过早饭了。"

乔暖说完就进了办公室。她这人虽然严肃，但只要该做的能做好，其他时候一向对员工很宽容。

让别人敬畏并不需要时时刻刻压着别人。

像这时候很多姑娘在吃零食，她自然不可能让她们赶紧去工作，一整天的工作时间，不差这一点儿。

显然，她的威信还是够的，在她进了办公室以后，围着沈辉的女人们加快了吃的速度。

"乔经理好像不吃零食？"

"没见她吃过。"

"仙女还需要吃饭？"

"哈哈哈。"

"乔经理绝对是仙女本仙了。"

"你少吃点零食也是仙女。"

"那还是算了……"

几个女人笑着开玩笑。向敏咽下最后一口，拍拍手："散了吧散了吧，该工作了。"

这话落地，向敏突然笑着伸出刚吃零食的那只手，拍了拍沈辉肩膀："谢谢啦！"

沈辉看着那只手，眉头皱得死紧，在他还没来得及说什么的时候，向敏就收回了手，转身离开。

等所有人都散开以后，沈辉一边收拾桌子，一边看向乔暖紧闭着门的办公室，眼底幽深，不知道在想什么。

"章助理，你怎么了？"王权的秘书皱着眉看着精神恍惚的章唯，有些不悦。

章唯立刻回神，忙一脸歉意："对不起，对不起，我身体有些不舒服。"

秘书松开皱着的眉头："注意休息，还能行吗？需要请假吗？"

章唯使劲摇头："不用不用。"

"那你需要休息就说一声。"

"好的。"

秘书离开以后，章唯咬紧下唇，一脸纠结。

她是个助理，是王权的助理，职业操守告诉她，她不能出卖王权的任何事情……

可是……乔小姐那么好的人，难道她就这样眼睁睁看着乔小姐掉入陷阱吗？

章唯皱紧了眉头，来回纠结，一会儿情感压制理智，一会儿理智反压情感。

下午五点左右，沈辉从业务部回来后，直奔副总办公室，王权正在里面坐着等他。

沈辉脚步匆匆地进去，合上门。两人讨论了好久，快到下班时间，他们才走出来。这一刻的他眼神深沉，并没有注意到一旁的章唯。

章唯紧咬下唇，盯着沈辉的背影，眼神突然坚定起来，提着包往楼下走。

这会儿乔暖正往停车场走。临近年底，老板到底比员工忙多了，荣谨

289

在加班，非让乔暖去接他。

她有些无奈，但还是准备开车去荣氏，也不是多远的地方。

"乔经理……"

乔暖的脚步一顿，微微偏头，这才看见车子背后还有个女人。

"章唯？"

章唯一愣，她没想到乔暖竟然认识她……还能直接叫出她的名字。

"是、是、是我。"

"怎么了？"乔暖态度还不错，往她那边走了两步。

章唯手指拽着衣角，乔暖越是靠近，她就越是紧张。

"乔经理，沈助理和王副总要害你……"章唯说完低下了头。

乔暖愣住，沈辉和王权要害她本来就在意料当中，她一点也不吃惊。

倒是章唯的通风报信实在让她吃惊，乔暖甚至都想不到她和章唯有何交集，要不是陶阳提醒她这是王权的助理，她可能还记不住这个人。

乔暖上前一步，握住章唯的手："谢谢。"

她没说太多感激的话，也没有表现出激动的模样，但她那双真挚的眼睛，却让章唯觉得值了。

"不不不……不客气。"章唯结结巴巴道。

乔暖轻轻拍了拍她的手，温柔道："你呀，以后小心些，千万不要让别人发现了。"

一旦王权发现了她，对方有的是办法整死一个小职员。

章唯点点头，认真地看着她。

"乔经理……还是要小心些。"

乔暖轻笑："会的，你也是。"

"那……那我先走了！"章唯嗫嚅道。

"嗯，再见。"这儿时不时有人过来，实在是很危险，要是被王权知道了，章唯就完了。

所以乔暖也不留她。

等章唯走了两步，乔暖才回头，小姑娘相当娇小，也不知道怎么迸发出这种勇气的。

章唯这次什么也没管她要，显然是真的帮她……

乔暖摇摇头，把这件事抛在脑后，上车开往荣氏。

她到的时候，荣谨正好下来，因为乔暖来接，他神采飞扬，拉开车门坐在了驾驶座。

乔暖睨了他一眼："这么近还需要接吗？自己开车回去不可以吗？"

荣谨却咧嘴傻笑："这不是想见你嘛。"

当然，他最主要是想让徐恪看看，他是有人接的人！

早年徐恪仗着自己情感经历丰富，对他各种嘲笑，什么老树、老处男都是出自他口。

别人不敢笑他，也就徐恪肆无忌惮，所以现在有了乔暖，荣谨这得瑟的心一时半会儿就有些忍不住。

尤其他在今天看见徐恪企图摸一摸何蓝的脸被打后，荣谨就觉得全垒打的自己不要太幸福！

哪怕没有名分，好像也不那么忧愁了。

毕竟媳妇儿就在身边，现在是他的……

荣谨这种不动声色的男人，一想起自己在办公室对徐恪说的那句"我媳妇儿来接我了，你反正没对象，再加会儿班"，这心里真是爽翻了。

怪不得总有人喜欢秀恩爱，这一边和爱人缠缠绵绵，一面享受别人羡慕、愤怒的眼神，可以说是相当享受了。

"哦。"乔暖应了一声，也不知道信没信，拿出了手机，一直敲敲打打。

荣谨这心口一紧，余光看见乔暖一边打字，一边嘴角还带了笑意。

她在干吗？

她在聊天？！

和谁？！

暧昧的对象？

荣谨越想脸越沉，越想就越是心口痛，秀恩爱的快乐还没持续到家，就又被这股恼怒占满。

荣谨忍了忍，实在忍不下来，咳嗽一声："暖暖，你在干吗？"

乔暖微微挑眉："看有人总喜欢送上门来找死。"

荣谨眉头瞬间松开，乔暖说出这句话，显然是指工作上的人了。

再看乔暖嘴角的笑容，荣谨开始为对方默哀。

……

291

乔暖这人，越是情况危急，或者越是面临战斗，她的态度就越平和，妆容也越精致。

"暖暖，好了没？"

乔暖微微晕开涂好的口红，又立了立黑色西装里面的那件紫色衬衣，对着镜子上下打量，再把刚刚吹好的头发做最后的调整，扫视全身上下，精致得没一点差错。

乔暖这才走了出去。

在客厅抱着羽绒服的荣谨眼底闪过惊艳，很快就诧异道："你今天打扮这么漂亮做什么？"

"平时不漂亮？"轮到乔暖反问。

荣谨一时噎住："……不像今天格外打扮过。"

他这倒是没说假话，今天她化妆的时间，比往常长了很多。

"准备上战场。"她笑着开玩笑。

荣谨刚刚升起的一点疑惑瞬间没了，满心只剩下一堆飘来飘去的泡泡。

她这么自信神采飞扬的模样，真是让人心痒痒！

荣谨上前一步，低头就想吻上去，却被乔暖的一只手抵住，推开了他。

"今天不可以。"

"为什么？"

"因为……妆不能花。"

荣谨撇嘴，见乔暖快要出门，赶紧把羽绒服给她裹上，嘴里念念叨叨："外面冷，你要记得穿件羽绒服。"

"知道啦，荣唠叨。"

"！"

乔暖已经率先出门，荣谨赶紧跟上，而后跟着她离开。

"乔……乔经理早！"

"早。"

"乔经理……早。"

"早。"

"乔经理早！"

"早。"

她一边点头，一边踩着高跟鞋往楼上走去。

陶阳在转角处等着她，一见她立刻上前，压低了声音："和您猜测的一样。"

乔暖眼底的笑意越发明显："那就好。"

"我们不管他吗？"

"先等着。"乔暖说完带着陶阳往业务部里面走。

今天的业务部较以往显得很安静。沈辉今天没带零食，也就没人去围在他那儿。

其他人一个两个扎堆聊着什么，一见她立刻问好。乔暖笑着点点头，就进了办公室。

沈辉看着她的背影不说话，也收起了所有表情，只安安静静地坐在那儿，不知道在想什么。

一个上午都风平浪静的，沈辉安安静静地在业务部工作，而乔暖压根儿没出来，整个业务部都透着一股暴风雨前的宁静。

下午一点，王恒接到了一个电话。

电话的内容让王恒大吃一惊，原来是程记要告广贸。

王恒蒙了，对方的理由是广贸虚假宣传销售量……

对于一个能在业内站稳脚跟的公司，虚假宣传销售量是大忌，要是坐实了这个说法，那么广贸以后基本上就是完了。

很多营销策划类的公司，确实会在一些项目上搞搞虚假销售量，以期待用销量吸引更多的顾客，但这其实并不被允许。而且广贸是大公司，基本不干这种事。

况且程记控诉的虚假销量，并不是指给消费者看的那种，而是指程记的实际销量。

这就让王恒头疼……

几乎是在挂了电话的一瞬间，王恒就给乔暖打电话。

"你上来！"他的语气难得有些冒火。

尤其听到电话那头随意地嗯了一声，王恒的脾气更是到了爆发点。

等到乔暖上来，已经是好一会儿以后，但她动作不急不缓。若是平时，王恒定还夸赞她一句"泰山压顶而面不改色"，可到了现在的境况，王恒就觉得她是不放在心上。

"乔暖！"他一双眼睛瞪大，愤怒地瞪着她。

"你说。"

"你一直不喜欢程记，他那儿的虚假销量是不是你做的？！"王恒越说越怀疑，乔暖这样心机深沉的女人，这种事儿极有可能。早点让对方达到协议销量，对方就能早日从她面前消失。

乔暖听着这句话，眼睛微眯："你觉得……我会做虚假销量？"

那双眼睛直直盯着他，王恒感觉空气中的温度瞬间降低，像是暖气骤停，冷嗖嗖的。

王恒缩了缩脖子，在对方犀利的眼神中嗫嚅道："难道……不是吗？"

乔暖冷哼一声："我乔暖如果要销量，只要多费点心肯定比制造假销量还快，你觉得我有闲心去干这个？"

见她的眼神有些危险，王恒后退两步，直接倒在椅子上。乔暖转身就走。

王恒瞪圆眼睛，抬起手指着对方的背影："你你你！"

他想说她没个对老板的态度，又想说她实在傲慢，但扛不住人家都走出去了！

不过王恒静下心想了想，乔暖确实心思深，但还真没做过一点违背道德的事。

就因为她是一个女人，爬的位置太高，心思又深，谁敢算计她，都没个好下场。

以至于他刚刚听了程记的投诉，立刻就怀疑她了。

不过这会儿不是想这个的时候，程记即将把广贸告上法庭，等事件曝光出来，广贸在业内就彻底没了立足之地。

王恒的眉头皱在一起，已经在思考怎么和程记说和。

而这边乔暖走回自己办公室，路过办公区的时候，那沈辉正低着头认真工作，仿佛什么都不知道。

乔暖的嘴角微微扬起一个笑容，是的，他确实什么都不知道。

陶阳正在办公室等乔暖，一见她立刻上前一步："乔经理，怎么样了？"

"没事。"

"王总……"

乔暖一边拉开椅子，一边把头发别在耳朵后面，只淡淡道："王恒你还不了解？"

陶阳轻笑，一张娃娃脸上满是深意，自从他给乔暖做秘书以后，就越发不喜欢像以前一样装模作样了。

他以前怕她，时间长了，他跟着她学习，便又敬她。跟着她，陶阳做秘书也觉得有意思，更何况……乔暖还年轻，如果以后还能继续发展，自己做个秘书长也不差。

就像荣氏的那个杨达周，可不是走哪儿都有人对他恭恭敬敬的吗？

这一刻陶阳突然觉得自己就像某王爷身边的谋士，王爷还没想法，他就盼着对方可劲往上爬，最好能走到最上头，自己就能做那一人之下万人之上的位置。

陶阳摇摇头，收回自己乱七八糟的思绪，又问道："那接下来怎么做？"

"等！"

她说等就是等，下午五点，已经是快下班的时候，王权踢开王恒办公室的门。

"我说哥，你是要咱们公司彻底破产吗？这是爸留给我们俩的，可不是你想怎么折腾就怎么折腾。"他叫了哥，但里面包含的嘲讽意味可是不言而喻。

"王权你什么意思？！"

王权顿时勃然大怒："程记已经告了我们，再过几天，满世界都知道广贸做出来的项目有假！"

王恒一愣，他下午给程记打过电话，对方明明说再商量，怎么转头就告了？

"这这这……"

"哥，这事儿你看着办吧，你可真是招了个好经理啊！"王权再次嘲讽道。

王恒重重呼了口气，肥胖的身躯有些颤抖，按了下铃，李丽快速进来。

"怎么了？王总。"

"通知所有高层开会！"

李丽一愣，忙点头："是。"

已经快下班了，老板却召开紧急会议，基本上所有人都知道——出事了。

而且不是小事。

大家迅速往楼上跑，陆陆续续地进入会议室，陶阳跟在乔暖后面。

他压低了声音："乔经理，感觉这次是针对你的。"

"嗯，我知道，不只是我，能让王权出这样的大血本，王恒肯定也是跑不掉的。"乔暖夹着文件夹，脊背挺得笔直，带着陶阳走进办公室。

王恒见人来齐了，咳嗽一声，沉着脸道："程记已经准备告我们了。"

这句话像是平静的水面被突然丢进去一块石头，顿时水花飞溅。

所有人都在交头接耳，议论纷纷，唯有王恒、王权、沈辉、乔暖、陶阳五人安安静静。

直到董事原岸咳嗽了一声，整个会议室才安静下来。

"到底怎么回事儿？"

王权冷哼一声："这就要问问王恒招来的好经理了，不想给程记做就别做，嫌弃人程记项目小，也没必要用虚假销量把人家敷衍走。这回好了，程记察觉到了，告了咱们。"

下面一阵嗡嗡嗡的声音，众人交头接耳，还有些早就看她不顺眼的，更是相当不悦地看着她。

广贸是大家生活的根本，动摇根本就是动摇他们的命！

陶阳就要出声，下意识看向乔暖，却见对方脸上毫无焦急之色，眼底也没什么情绪。

他到嘴边的话又憋了回去，上首的王恒也有些不乐意。

"说什么呢？没证据的事就不要瞎说。"

"呵，这还需要证据？乔暖这行为已经是铁板钉钉。"王权冷哼。

乔暖动了动身体，靠在椅子上，以一个轻松的姿态坐好，眼睛一转，就将整个会议室的人收入眼底。

她的眼神太过冷淡，以至于很多正在议论她的人闭紧了嘴。

"王副总。"

"嗯？你还有什么可狡辩的吗？"王权挑眉，他和王恒长得一点也不像，王恒脸上的褶皱显得他憨态可掬，王权脸上的褶皱则让他显得凶神恶煞。

"我们怎么一点消息都还没有，王副总就已经知道对方刚刚把我们告上去了？怎么，王副总和程记关系很好，以至于程记告我们的时候，还提前给您打了个电话？"

她脸上带笑，仿佛真的只是随便一问，但王恒却瞳孔一缩，显然明白了其中的道道。

王权这是在斩他一臂！

王恒眉头瞬间紧皱，对方这是有备而来，可能不只会对乔暖发力。

想到这儿，他立即道："对啊，王权你怎么知道？"

王权一时语塞，张张嘴，不知道说什么，这时候大家都看了过来。

"这还是王副总在法院工作的朋友告诉他的。"沈辉扶了扶眼镜框说道。

王权一拍桌子："怎么？你们怀疑我会害我自己的公司？我可不像有些外人，翻脸不认人，以前把我们广贸打击成什么样，转头就开始对付元夏。"

乔暖轻笑，不理会王权的嘲讽，也不发表看法，对沈辉的解释不置可否。

这场会议开到最后也没个结果，一部分人认为是乔暖，另一部分人则认为不是她。

直到最后，沈辉突然提议："要不咱们再和程记商量一下，看他们到底怎么说，想要什么？"

王恒那张胖脸皱成一团："我已经问过了，对方没给我回复。"

"是在生您的气吗？"沈辉试探道。

王恒继续皱眉，没回答。

"要不让王副总试试？他们之前接洽过，希望程记念点旧情。"沈辉轻声说，仿佛是真的随意提议。

其他董事点点头，经理们都不说话，原岸说："那就王副总去

297

试试。”

王权点点头：“嗯，我去问问。”

乔暖冷笑，看着他们演戏。

会议散了以后，王恒留下了乔暖，带着她去了办公室。

“一定是王权！”王恒又慌又愤怒。

乔暖掀了掀眼帘：“跳梁小丑，您是老板，急什么。”

“乔暖！他们都算到你头上了，再不想办法，我怎么保得住你？！”他那双像线一样的眼睛，瞪成了铜铃大小。

“不用你保。”

“你有办法？”王恒上前一步。

“嗯。”

“什么？！”

“等。”

“……”

等来等去，这就等到了第二天王权传来消息，说对方希望先查到是谁制造的虚假销售量。

这就要开始查了。

那查谁？

自然是所有人都查，对乔暖，更是重中之重。

第十一章
可他的暖暖不是金丝雀

"乔暖！他们肯定会查到的！就是你没有做，也会查到是你！你到底有没有办法啊？！"王恒急到开始咆哮。

乔暖并不把对方的担心放在心上，只是双手抱臂，倚着落地窗。

"我们为什么要让对方查？"她嘴角的笑容有些嘲讽，仿佛对这事感到有些不可思议。

"啊？"

"他们是警察还是什么？不过是一批异常订单，凭什么上广贸来查。"乔暖的声音越来越冷。

"可他们不查就会继续告我们，这事儿闹大了，就是和我们无关，名声也坏了啊！在这行业没个名声，可怎么混哟。"王恒哀号，肥胖的脸皱在一起，像个不太好看的大包子。

"他们闹不大。"乔暖转身，眼睛直勾勾地盯着王恒。

"什么……意思？"王恒彻底傻眼了。

她面带嘲讽道："明天程记的人来的时候，不许他们查。"

"他们会不会一生气直接告我们？！"王恒一脸着急。

"你急什么，你见我什么时候打过无把握的仗？"她看着窗外，下面车水马龙，来往的行人脚步匆匆，所有人都在为生活奔波。

但站得高和站得低，却是有本质的区别。乔暖好不容易走到今天，怎么可能任由别人破坏。

她实在太过淡定，以至于王恒张张嘴，也没再出声。他努力压制自己怦怦直跳的心脏，把惶恐全部压下来。

第二天，程记的人早早就来了，是王权亲自去接的，章唯小心翼翼地跟在他的后面。

他们也不去其他地方，直奔业务部，显然怀疑的对象只有业务部。

向敏、陶阳等人站在门口，把门堵住了，让王权眉头紧皱。

"你们干什么？！"王权怒道，眼睛瞪圆。

"乔经理说，她没来以前，谁都不能进业务部。"向敏并不怕他们，她来广贸就是因为乔暖，只要跟着乔暖，去哪儿没饭吃？

况且她不认为乔暖应付不了这件事，她认识乔暖并不久，可却亲眼见证了乔暖如何在元夏浴血战斗。

一个往高位走的女人，路上不断有人扯后腿，男人们怕被女人踩在脚下，女人们也怕这个女人上位，她的每一步都是游走在钢丝绳上。

再联想乔暖十八岁出来工作，花了六年才和她们站在同一个起跑线上。

上次她遇见了刘雨琪，对方在乔暖曾经工作过的地方上班。刘雨琪现在的状态很好，还一直向她打探乔暖，向敏从她口中听了不少乔暖在那家工作室的英雄事迹。

什么斗败企图潜规则她的上司，什么拒绝有特殊癖好的顾客……那些别人口中的英雄事迹，在向敏听来却有些心疼。

一个十八岁的小姑娘是怎么在这个还带有性别歧视的职场练就金刚不坏之身的？

乔暖性格的坚毅超乎别人的想象，所以她说的，她就真的行。

向敏熟悉她，所以不会像王恒一样，有各种担心怀疑。

"放肆！你们什么意思？！乔暖说，她是老板吗？！你们还想不想在广贸待了！"王权愤怒地破口大骂。

"对不起，您可以请示王总或者乔经理。"向敏继续说。

程记的代表冷哼一声："怎么，你们想让我们把广贸告上法庭？然后你们一起失业吗？"

他说完转身就走，王权拉住他，使了个眼色，让他别太过分："廖经理，不要生气，不要生气，我给王恒打电话。"

王权说完就给王恒去了电话，但对方装死，没接。

昨天乔暖说的时候，把王恒吓惨了，尤其那句"不让程记进去"，可让他吓破了胆儿。

可是他这人主见向来不强，见乔暖太坚定，他干脆装缩头乌龟，手机往边上一丢，早上在家呼呼大睡。

这头王权气得半死，差点砸了手机，狠狠瞪着业务部的人。

这时候业务部里面传来声音，原来是沈辉笑着走了出来，他说道："王副总不要生气，大家也不要生气，就是检查一下嘛，没什么影响的。不点开大家其他信息，或者大家自己打开，让廖经理带来的技术人员看一眼就行。"

沈辉打着圆场。

王权都快气疯了，以前他还在和王恒争的时候，这公司一半是他的。他就是老板，谁敢跟他叫板。

自从这个乔暖来了以后，他在公司的存在感越来越低，她最经常说："有什么事当然是去找王总啊，找副总是个什么事，咱们老板又不是没能力，决定权在老板手上，不是副总。"

王权只想嘲讽，那王恒还真是没实力，要不是乔暖在后面撑着，就凭那没主见的家伙今早敢不接电话？！

业务部的这番行为，更是让王权坚定了花再大的代价也要把乔暖赶出去的想法！

这边陷入僵局，楼下坐在车里和荣谨聊天的乔暖看了眼时间，然后笑着说："我先上去，该我出场了。"

荣谨眨眨眼睛，咧开嘴，把脸伸了过去："亲一个。"

乔暖嘴角一勾，真亲了上去，而后直接打开车门，微眯着双眼，抬头挺胸往楼上走去。

荣谨看着她的背影，一脸傻乎乎的笑，好半天才说："真帅！"

荣谨开着车离开，一路傻笑，压根儿没想起脸上留下的口红痕迹……

"大家都在这儿站着做什么？"乔暖一边走近，一边说道。

"乔暖你好大的胆子！你是要我们公司跟着你一起倒霉吗？！你就是个业务经理，我随时可以开了你！无法无天，你以为你是老板吗？！"王权一通乱骂。

乔暖偏头，疑惑道："王副总，您也不是老板啊，王总说过了，业务部我可以全权负责。"

她的眼神瞬间犀利起来，程记的代表也是勃然大怒。

沈辉又笑着走出来："都不要生气，乔经理，他们就是看看，也没什么影响，还可以早日还我们广贸一个清白。"

"既然是清白的，为什么要让他们进去？"她挑眉。

"这不是还需要确定一下嘛。"

乔暖眼睛一厉，狠狠瞪了沈辉一眼："你给我滚，业务部没你这种吃里扒外的东西！"

王权指着她："你你你！"

乔暖立刻回头，高声道："让程记检查也可以，但沈辉再不可入业务部大门一步！"

沈辉的眼睛瞪圆了，王权给他使了个眼色，表示只要乔暖滚了，其他好说。

今天这情况，王权已经留不下乔暖了，对方显然一点也不把他放在眼里！

"好！"王权替沈辉应下。

沈辉后退一步，不知道为什么，他总觉得脊背发凉，那女人的眼睛像毒蛇，要咬得他再无翻身之地。

"让。"乔暖这才抬起下巴，一脸冷漠道。

所有人纷纷让开，王权已经气得不断按压心口，乔暖真是无法无天！

跟在王权后面的章唯小心翼翼地看向乔暖，眼里全是担忧。

说是挨个儿查，但也不可能跑人家办公室去查抄所有东西。程记出问题的是一批中小额度的订单，这些订单虽然额度不大，可却是同一个ID下单的，并且在近期　起撤单。

这才让程记察觉出了问题，看下单时间，正是临近程记和广贸合约到

302

期时。为了早日达到合约规定的要求，广贸做出这种行为是很有可能的，所以程记直指广贸，并将其告上法庭，要求赔偿。

这会儿他们要检查的是具体ID，王恒最担心的就是乔暖的账号出现莫名其妙的订单。

所以在检查到乔暖的时候，王恒格外紧张。

是的，是王恒。

在王权那个电话以后，他的心里还是相当担忧，便又跑了过来，正好赶上他们查乔暖。

陶阳抱着电脑，技术人员上前，反复确认，同程记来的人摇摇头。

那一批虚假销量的来源不是乔暖？

"乔经理自然不可能自己花时间做这事儿，我们程记早就料到不可能在乔经理这儿查到什么。"那个程记代表冷哼道。

乔暖眼睛微眯："你们程记直接上门查别人的电脑，这事儿要和我们广贸没关系，你们程记能负全责吗？"

"不可能，这种事只有你们广贸做得出来，不用心宣传，等到效果出来达不到要求，才做出这种事！"那代表瞪大眼睛。

"你刚才查过了，不是乔经理。"王恒冷冷开口，小眼睛里带了怒火。

"这不是还有她秘书没查嘛！"代表冷笑道。

这话说得有恃无恐，一旁的王权、沈辉并没有表现出很意外，反而都看向了陶阳。

王恒一愣，瞬间懂了他们的算计在哪儿！那批订单不是乔暖下的，可是查到她的秘书，就相当于查到她！

"你们是怀疑乔经理会让秘书做这种事？"王恒在原地瞪眼，企图阻止他们查陶阳的电脑。

"这有什么不可能！"

听到这句话，乔暖突然笑了，她一步一步走上前。

程记的代表下意识后退一步，他听见乔暖说："你们程记真是好大的胆子！"

程记的代表廖经理心神一乱，紧接着就是勃然大怒。

"是你乔暖好大的胆子，竟然敢用虚假销量糊弄我们！"

乔暖眼神骤然一狠："你确定那批销量和我们广贸有关系？！"

"除了你们还有谁！"廖经理眼睛瞪圆，一脸理所当然。

乔暖突然笑了，很是张扬："廖经理，我申请审核程记在合约期间除开这批不正常销量的其他销量。"

廖经理一愣："什……什么意思？"

"程记在合约期间除开问题销量，剩下的销量早就够了我们的合约要求，我们有必要造假吗？所以您是凭什么告我们？"乔暖上前，步步紧逼。

"不可能！根本不够！"

"那你查啊！"她高声厉喝道。

廖经理一直后退，最后紧紧贴着桌面。他愣愣地看着乔暖，好一会儿才拿出手机："吴钰，查一下合约期的销售量和销售额。"

他说这话时看着乔暖，又用余光看了眼王权。这批异常订单的下单时间是在他们合约期，那天刚刚到了合约销售量，乔暖立刻就和程记解约，所以这次乔暖注定会吃大亏！

廖经理本来就不喜欢乔暖，况且这次帮人不仅有利可图，还能顺带打击乔暖，实在是一举两得。

电话那头好一会儿才有声音，廖经理听着突然脸色一变，整个人站直。

"什么？！"

"凌晨？"

等他挂了电话，表情极为难看，眯着眼睛看着乔暖，说："好样的！"

乔暖只冷笑道："廖经理，我广贸没有任何动机去造假，至于我秘书的电脑，对不起，您没有权力查看。"

"乔经理，既然没有问题，就让廖经理看看，咱们广贸清清白白做人，我是信任乔经理你的。"王权不说还好，一说就像是火上浇油，显然还是想查陶阳的电脑。

"既然我们完成了合同的要求，您有什么资格查看？"她的下巴微抬，又高傲又犀利，一张脸极为冷艳。

廖经理晃了晃身体，抿着嘴："乔暖，这次算你厉害！"

程记的要求广贸是做到了的，他们就根本没资格告他们违约。既然没有资格告他们，程记查电脑就毫无理由了。

廖经理想到这儿，沉着脸带他的技术人员就要离开，陶阳一只手拦住他们，廖经理不悦地瞪眼。

乔暖上前，当着所有人的面，一只手轻轻撑在桌上："廖经理，接下来我们该聊聊诽谤罪以及名誉损失费的问题了。"

廖经理瞪大了眼睛看着面前的乔暖，突然脊背一麻，真是谁惹一下乔暖这女人，就要被她扒掉一层皮！

他的视线立刻转向王权。

不同于广贸的针锋相对的氛围，荣氏现在格外……惊恐。

荣谨推开荣氏大门走了进去，他的嘴角微微有点弧度。

"老……老板好。"前台小姐姐的眼神有点奇怪，看了荣谨一眼立刻低下头。

另一个拿着材料下来的员工在看见荣谨的那一刻，手上的资料立时摔在了地上。

"老、老……老板。"

一路上遇上无数个像这样的员工，荣谨的眉头皱得死紧，他觉得今天自己的这群员工很不正常！

不过他很快将其忘在了脑后，今天乔暖的一吻让他心情相当不错，因此对这些员工的"不在状态"，荣谨也就懒得计较了。

一直到他上楼和杨达周迎面相遇，对方先是瞳孔一缩，然后惊恐地后退了一步。

杨达周结结巴巴道："老、老……老板。"

怎么就连杨达周都这么失态？荣谨这才发现好像是真的不对。

他脑袋里突然闪过乔暖的红唇，那鲜红诱人的颜色……他立刻大步走向卫生间。果然，镜子里那张严肃的脸上有……鲜红的口红印！

荣谨突然捂脸，所以他刚刚顶着这个唇印在楼下逛了好大一圈？！而且所有员工都看见了？！

荣谨：突然想哭！

他伸出手打开水龙头，在捧着水准备洗脸的时候，突然愣了一下，这

305

可是暖暖的吻啊！他舍不得！

荣谨想了想，他拿出手机，对着脸拍了一下，看着那张特写了乔暖唇印的照片，他的嘴角微微上扬。

荣谨这才洗了脸，那鲜红的口红印随着清水离开。他不知道的是，这层楼以下……整个荣氏都炸了。

荣谨刚刚走出洗手间，一个男人冲了过来，大声喊着："老板，给我瞅瞅，听说你顶着唇印来的！"

荣谨："……"

广贸上上下下，除了王权和沈辉，其他人都相当高兴。

这是甲方乙方的斗争，而他们乙方获胜。

现在已经不是程记放不放过广贸的问题了，而是广贸放不放过程记的问题了。

那廖经理斗志昂扬地来广贸，最后灰溜溜地离开，据说他回去以后被老板严厉批评，这次的算计大概是他和王权的私下交易。

现在广贸要扒下他一层皮，他当然要扒下王权的。

廖经理离开以后，广贸依旧开了晨会，一个临近中午的晨会。

王恒一脸笑意，王权则脸色难看，沈辉一脸恍惚，坐在椅子上愣愣地看着前方。

"大家觉得这次让程记如何赔偿最好？"王恒笑眯着眼说。

王权尴尬地扯了扯嘴角："还是宽容一点吧，咱们是乙方公司，做得太绝不太好。而且结个善缘，以后还能合作。"

第一个笑出声的是乔暖，她语带嘲讽："还要结什么善缘？人都想把咱们广贸碾入尘埃，毁了广贸名声，他们对我们可一点也不友善。"

王权嗫嚅。程记不可能真把广贸告上法庭，毕竟广贸未来是他的，只是现在寄存在王恒手里！

他怎么可能毁掉自己的公司？可这话他怎么说？难道承认自己和对方有交易？于是王权只得沉着脸不说话。

那原董事打圆场："乔经理啊，王副总有一句说得对，这次让他们欠我们人情，借此和他们谈判，争取拿到永久合同。"

靠在椅子上的乔暖往前倾，手放在桌上，似笑非笑道："程记的项目

306

就是芝麻大点，就是他们想和我们合作，我都不愿意。原董，您不懂业务上的事，不过不清楚也没关系。"

原董事又被乔暖怼了，张了张嘴没说话，脸红得有些难看。

他觉得乔暖就是说：不懂就闭嘴！

"乔经理，你觉得怎么处理比较好？"王恒笑眯眯道。他对乔暖满意极了，一看见王权吃瘪，他就不是一般的高兴。

乔暖用余光看着一旁的王权微笑："自然是把所有损失计算出来让他们赔偿喽，名誉损失是无价的，他们要不赔，咱们就告他们。"

王权的脸色骤然一白。

"哎，你看见王权那张黑脸没，可把我笑死了！"王恒笑得张大了嘴巴，一张脸更是皱成一团，眼睛眯成一条缝。

乔暖翻了翻手上的几张纸，确定没问题了才递给他："你看看，这是我定的赔偿。"

王恒笑着接过翻开，瞬间瞪大了眼睛："这么多？！"

"嗯。"

"他们会给吗？"

乔暖白他一眼："这是王权给，怎么，替你弟弟心疼？"

"王权会给？"

"呵，他要是不给程记会放过他？他可是有把柄的人，程记对他绝对不会留情。这个价格合适，恰好是对方能接受的底线，再多王权就可能会撕破脸了。"

王恒笑得牙齿全露："就这么多，就这么多。乔暖，真是好样的！"

他是真的高兴，自从乔暖来了以后，他的日子简直不要太好过！那曾经欺压得他毫无还手之力的王权，现在是每每有动作，就会被人打回去。

而这一切的关键是乔暖现在在他这边，和王权对立啊！

"好了，看看这个。"乔暖又递给他一张纸。

王恒接过，疑惑道："这是什么？"

"报账！这是下单程记的单据。"

"……"

王恒哽了好久，终于找到自己的声音："所以你早就知道他们的安排，默默在临近期限的时候下单，然后放任他们做下一步安排？！"

"嗯。"

"乔暖，你把我吓得好惨！"王恒哀号。

她只淡淡道："不这样怎么让他们大出血？"

"王权这次老底要掏光！"想到这个，王恒又笑了起来。

乔暖没说话，这次她的最大收获，大概就是沈辉再也威胁不到她。

那家伙确实有实力，不是乔暖妒忌，但是一个业务部，一个经理也就够了！

沈辉比乔暖想象中还不好过，王权这一次大出血，紧跟着就恨上了他。不过王权到底知道他有实力，又为了对付乔暖，便没赶走他。

但王权对他的态度也好不了，更不会帮他求情。

那时候乔暖的那句"沈辉再不可入业务部大门一步"，也成了真。

现在业务部压根儿不让他进门，他这样的才华，难道真的就跟着王权做一个助理吗？

沈辉一时有些迷茫。

而这次的事件在广贸传遍以后，乔暖的人气越发高涨，每天都有女员工喊着想嫁乔经理。

取代她们每天的"你吃了吗""你好吗"的开场白变成了以下几种：

"啊啊啊，我刚刚遇见乔经理了！"

"乔经理口红好好看啊！"

"乔经理今天的衣服太好看！"

"啊啊啊！你看见乔经理那双鞋了吗？"

所以有谁要是说一句乔经理的不好，那基本等着……被群殴。

姑娘们的战斗力不可小瞧啊！

乔暖还是像平时一样，不过快放年假了，业务部有一大堆的事要处理，她一直忙到年假前两天。

这天王恒自己跑下来，激动地告诉乔暖："荣氏的年会邀请我们了！"

乔暖手一顿，微微偏头看向他："嗯？"

"荣氏邀请！我带你去吧，你多注意在场的人，多留意一下，没准能发展成咱们的客户！"王恒眯着眼笑得一脸奸诈。

乔暖："……"

下班过后，乔暖看向驾驶座的某个男人。

"你年会邀请了广贸？"

荣谨挑眉："你不想广贸过去？"

"荣谨，虽然现在还没有这个问题，但我还是想提醒你，"她直直地看着他，眼神格外认真，"公事是公事，私事是私事。"

乔暖这话清楚地传到荣谨的耳朵里，他不以为然，心道：这世界上的事对他而言可不止分两种，公事、私事……还有一种，是乔暖的事。

但他显然不会当面反驳她，只笑着说："我什么时候公私不分了？荣氏邀请广贸是正常的，你们在崛起，说不定哪天我们就要合作。"

乔暖微微眯眼，也不知道是信还是不信。

"那就好。"

荣谨只笑："我这人公私分得特别清楚，比如现在……"

这是一个路口，前面正好是红灯，荣谨立刻倾过身来，对着乔暖吧唧就是一口。

"现在就是私，你是我女朋友，我可以行使我作为男朋友的权利。"他笑得有些贱兮兮的，嘴角扬起来，露出两排牙齿，眼里放光。

乔暖看了他一眼，对前面要变色的灯抬了抬下巴。

"在行使权利以前，我建议你先履行义务，比如说……保证女朋友的生命安全。"

荣谨愣了一下，随即嘴角上扬，发动车子。车子缓缓行驶以后，荣谨伸出了一只手，紧紧握住乔暖的。

"今天是个特殊的日子。"荣谨提醒她。

然而对方并没有回复这句话，只扯开他的手："好好开车。"

荣谨撇嘴，并不反驳她。

虽然乔暖不让他拉手让他有些不愉快，但她承认了他的身份啊！

毕竟男朋友和老公，就差一张证了！

荣谨看着前方，眼珠子转来转去，咳嗽了一声："暖暖。"

"嗯？"

"今天是个重要日子……"

"什么日子？"乔暖抬头。

荣谨："……"

荣谨突然有些丧气，整个人又变得像是霜打的茄子。

"没什么……"

乔暖颇有深意地看了他一眼，而后道："我待会儿去买件礼服，我们在外面吃饭。"

"哦……"荣谨的回复有些有气无力。

但他手上的方向盘打了个弯，往商场开去。

这个时间正值下班高峰，一路上的行人不少，来来往往，逛街的逛街，回家的回家。

两人从停车场出来，往楼上走去。每每有人挤过来，荣谨都伸出手把乔暖护在身后。

到了楼上就没什么人了，两人并排往店里走。

乔暖穿过的正装不少，礼服倒是只有寥寥几件，两人随意挑了一家进去，导购热情上前。

荣谨对女装没什么审美，不过这满屋子的衣服，他觉得乔暖穿哪件出来应该都好看！

而乔暖本人，自从进门开始，眼睛就放在了最中间的那件衣服上，转也不转，显然相当心仪。

"女士要试一下那件吗？"导购识趣地问道。一个小心翼翼地问这句话的时候，另一个已经将衣服取了下来。

乔暖点点头，回头看向荣谨："你在外面等等我。"

"好。"他应答的时候看向乔暖手上的裙子，一条鲜红色的裙子搭在她手臂上，只依稀垂下来一点点流苏。

不知道是不是荣谨的错觉，这裙子……布料好像有点少。

乔暖进去换衣服，荣谨在一旁沙发上坐好，小导购端上来一杯茶水。

他接过随意地放在桌上，小导购还站在他面前，微笑道："先生，您要试试吗？"

荣谨摆摆手，翻动了一下杂志。

小导购再次偷偷看了眼他英俊的脸，这才一步三回头地离开。

"行了，你在这儿工作，有钱人还见得少？"站在柜台的小姐姐冷笑道。

"这不一样，他长得还好……"小导购的脸立刻变得红彤彤的。

"那你看看人家女朋友，你能比？你看看人家一身昂贵的奢侈品。"

"她身上的东西没准儿是她男朋友给买的。"

小导购的脸色瞬间变得不太好看，应了这么一句。

另一个把乔暖送进试衣间的导购走了回来。

"行了吧，你是在这儿待的时间太短吗？都不会看人。"她说完抿了口水就回去了，站在试衣间门口等着。

荣谨也放下杂志，看向那扇关着的门，不由得有些期待。

他还没见过乔暖穿工作装以外的裙子。

这样想着，就见门被打开了，荣谨痴痴地看着款款走出来的女人。

那条裙子刚到她的膝盖，衬得她的一双细腿白皙如玉，顺着裙摆往上，她纤细的腰部仿佛他一只手就能握住，而裙子肩部的流苏将将垂到腰际，视线再往上……

荣谨微微别开脑袋，有些面红，耳根变了颜色。

显然，兴奋的不止他一个，刚刚进门的一个肥胖男人已经上前。

"哎哟，我说今天是什么指引我走了过来，原来是仙女在这儿。"

他两眼色眯眯的，直勾勾地盯着乔暖的脸。

被盯着的乔暖眼睛微眯，看他的眼神越来越冷，胖子仿佛没察觉，从包里拿出一张名片。

"美女你好，我是新天地设计公司的总经理汤庆，很高……"

他话说到一半，名片就被人抽走，胖子恼怒地回头。

荣谨阴森森地看着他笑，一只手放在他的肩膀上，一个用力，胖子的脸都狰狞了。

"很高兴认识你，汤庆，我记住你了。"

汤庆挣扎了好一会儿才挣脱开，见荣谨站在乔暖旁边，又一表人才，这才抖了抖肥肉。

"原来有男朋友啊，好吧好吧。"

汤庆失落地离开，他本来以为看见了梦中女神，结果女神有主……真是没天理！

"汤经理。"乔暖出声。

311

汤庆立刻激动地转身过来："哎，是要认识一下吗？"

"是啊，是要认识一下。"她说这话时，按住快要爆炸的荣谨。

汤庆笑得眼睛都没了。乔暖走上前，高跟鞋踩在汤庆的脚上，一边用力一边道："我是广贸业务部经理乔暖，汤经理，久仰大名。"

正疼得狰狞的汤庆瞳孔一缩，瞪大眼睛，一副快哭出来的模样。

"乔……乔经理……"

新世纪设计公司是广贸的下线，时常在广贸接单，这会儿汤庆吓傻了。

乔暖继续用力，笑着说道："好久没见你父亲汤总了，告诉汤总，有机会聚一聚。"

"乔经理，我……我……"汤庆都快哭了，这咋还告家长？！

他这人虽然浑，却不代表不知道乔暖啊！

乔暖可是他爸嘴边经常念叨的女人，那个传说中的女强人，他以为会和白珍珠一样，长着一副灭绝师太的模样，哪能想到，乔暖外表看起来就是朵小白花……

不过现在他可不觉得对方是小白花，这力道……

"滚吧。"乔暖的话一落地，汤庆落荒而逃。

乔暖嘴角微弯，偏头见荣谨面沉如水，扯了扯他，道："不要去折腾他，我还有用。"

见她眼里精光闪烁，荣谨突然就泄了气，这女人确实不用他担心她吃亏。

"好。"

"好看吗？"乔暖显然心情不错，笑着问他，转了个圈儿。

"好——"后半截哽住了，荣谨看着她裸露的后背，心口一紧。

"嗯？"

"你就穿成这样？"

"有问题？"乔暖一脸茫然，眨眨眼睛。

"不行不行，这太露了！"荣谨的眼睛都瞪圆了，把人拉过来，往试衣间推。

"我觉得挺好看的啊！"乔暖挑眉，相当不高兴。

"是啊，这位女士穿这件可好看了，这衣服是新上的，到目前还没有

312

卖出去过，很少有女士能衬起这件衣服。"导购笑眯了眼。

"对嘛，就这件，包起来。"乔暖把卡递给导购，那导购愣了一下，随即笑着接过，迅速跑过去结账。

乔暖也进去把衣服换下来，两人被导购们满脸笑意地送了出来。

"妈妈呀……"早前还嫌弃乔暖的小导购倒吸了两口气，一脸震惊。

卖出衣服的那位导购已经有些资历了，她便笑着说："那位女士明显气场就不一样，你们的识人之术有待提升啊！"

"王姐您给我们讲讲嘛。"

王姐一脸高深莫测："那我就给你们讲讲……"

店里的导购们聚在一起如何且不谈，倒是荣谨和乔暖走出来，他轻声问："咱们回去？"

乔暖摇头："先去吃饭吧，今天在外面吃。"

荣谨眼睛一亮，兴冲冲道："你知道今天是什么日子？！"

乔暖疑惑地看着他："什么日子？"

荣谨："……"他心口一凉，只幽幽地看着乔暖，那满脸都写着"你这个负心女"六个字！

虽然他们的晚饭吃得很有格调，却依旧缓解不了他愤然的情绪，荣谨咬紧了牙根，今晚一定要好好教训这个没良心的女人！

吃过饭，荣谨依旧低垂着头，像一只没人理的大狗。乔暖只当作没看见，眼睛看着前方，轻声说："咱们散散步吧。"

"哦……"荣谨的声音有些有气无力。

乔暖带着他慢吞吞地走着，这儿是个游乐场，他们没走多远就到了门口，门口张灯结彩，依稀能听见里面的欢声笑语。

荣谨走在乔暖背后，看着她柔弱的背影，突然觉得有些委屈，今天是他的生日……可是她却不知道。

两人越走越偏，乔暖走得很慢，俨然是消消食的模样。

他们走到湖边的时候，脚下木质的桥踩起来有些响动，明亮的灯光也渐渐变暗，喧闹的人声越来越轻，光鲜亮丽的世界也被抛在了后面。

女人的背影越发暗淡，仿佛随时可能消失……

荣谨心口一紧，上前握住她冰冷冷的手。

这条感情的道路，他可以走九十九步，也可以走一百步。不管乔暖走

313

到哪儿，他都可以跟着去，感情的世界本来就不公平，他拥有乔暖，就平衡了所有的不公平。

"暖暖，我……"

"荣谨。"

女人突然转过来，定定地看着他，让荣谨一愣。

砰!

砰砰!

砰砰砰!

女人的背后突然有烟花炸开，整个世界都变得明亮起来。

又一朵烟花绽开的时候，他看见女人张了张嘴，好像是说"生日快乐"，又好像是说别的什么。

他的耳边嗡嗡作响，脑袋里也是一团糨糊，完全不知道她说了什么。

他只看见女人说完后眼里流光溢彩，随后踮起脚尖，让他的唇上一湿。

天空中的每一朵花都像是开在荣谨的眼里，又像是在心里。

空气凝结，世界变得安静。

只有他那颗就快跳出胸腔的心脏还在传来声音，每一下的跳动，都像是从脚底蹦哒到脖颈。

荣谨从来不知道一个女人可以这么撩人，她明明就只带他吃了顿饭，而后来江边散步，放了烟花……可怎么他就觉得被撩翻了呢?

他这会儿像是个害羞的小姑娘，面红耳赤，甚至连亲吻都是乔暖在主导。

"再说一次，生日快乐。"乔暖的唇离开他的，抬头看着他的眼睛，那娇艳的唇上下动了动，说出这一句。

荣谨愣愣地看着她，好一会儿突然微微颤抖地伸出手，捧着她的脸，低头吻了下去。

这一次他的吻又温柔又缱绻，唇齿间带着浓浓的情谊。天空中的烟花还在继续绽放，天上开一朵，湖里跟着绽开一朵，随着忽明忽暗的光亮，两人的身影也若隐若现。

这一刻荣谨突然有一种感受，心口涨涨的，像是什么满得溢了出来。

他突然想到了一个词语：天荒地老……

过生日的荣谨显得格外幼稚任性，在乔暖说要回去的时候，他竟然提出——逛游乐场。

乔暖："……"

得，寿星最大，她一脸无奈地跟着他往游乐场过去。

两人又从黑暗的湖边走向了灯火璀璨的世界。

"哥哥，给漂亮姐姐买束花吧！"一个小女孩跑过来，手上举着的是那种劣质的塑胶花，小小的一把。

"好。"荣谨一边拿钱包一边笑着说道。

小姑娘眼睛一亮，举着花递给乔暖，鬼灵精道："姐姐，哥哥送给你的花！"

乔暖的嘴角微微上扬，伸出一只手接过这束花，另一只手摸了摸她的脑袋。

等小姑娘拿着钱跑开，荣谨咳嗽了一声："暖暖，别嫌弃，我……"

"挺好看的。"乔暖打断他，微笑着说。不远处喷泉旁边的灯光太过明亮，衬得乔暖一双眼睛泛着珠玉般的光芒，闪得荣谨心慌。

荣谨微微别开脸，指着人潮拥挤处不自在地说道："去那边看看吧。"

"嗯。"乔暖点头。

这个时间的游乐园正值人潮最拥堵的时刻，挤来挤去的人和跑来跑去的小孩子时不时撞上两人。

在路过摩天轮的时候，荣谨伸出手，包裹住乔暖有些冰冷的手。

这天晚上的温度很低，大概是因为人多，或者是有些其他缘由，荣谨的手特别温暖，包裹着她的手没几秒钟，乔暖就暖和了起来。

她没有抽出手，反而动了动，微微张开，五个指头从他手指的缝隙中挤进去。

荣谨一愣，很快就自然而然地握住她的，两人十指紧扣。

她还是一张清冷的脸，面无表情，而他渐渐露出笑容，那一张棱角分明的脸，硬生生被他笑出了傻气。

"那是……老板？"何蓝看着前面的人诧异地问道。

正围着何蓝说东说西的徐恪循着她的视线看过去，一愣，随即张了张嘴，骂了句脏话。

见何蓝迈开腿就要上前，徐恪紧紧抓住她："我的姑奶奶，你这会儿上去老板得恨死你！"

"？"何蓝疑惑地回头。

徐恪拽着她不撒手："咱老板好不容易和乔小姐出来玩儿，你上前去搞破坏，那不就是毁了老板的幸福吗？你工作还想不想要了？"

就像他好不容易把何蓝拐出来，这时候有人破坏他们，他能跟人拼命。

何蓝眉头紧皱，问道："真的是这样吗？"

"是这样！"徐恪斩钉截铁地回答。

"好吧。"她点点头，这才打消了上前去打招呼的念头。

徐恪松了口气，随即眼底带着调侃的笑意，拿出手机，对着那边十指紧扣的两人咔嚓一拍，就是一张照片。

照片上平日里不苟言笑的荣氏老板荣谨，笑得像个傻子。

徐恪嘴角的笑容越发阴险，嘴里却正儿八经地说道："走走走，蓝蓝，咱们继续去其他地方看看，别被老板撞见了。"

"哦……好。"

徐恪趁机握住她的手臂，笑得极为险恶，拉着她往其他地方走去。

何蓝这人别看外表很是冷淡，十次邀约九次拒绝，还有一次理都不理。但他熟悉了却发现——这丫头其实有点傻气。

徐恪爱死了她的小性格，正编织着一张大网向何蓝套过去。

"何蓝。"

后面传来一个女声，很轻，却让两人都听见了。

徐恪一个哆嗦，正要拽着何蓝离开，何蓝就已经笑着回头，对着那边喊道："乔小姐！"

她说着大步走了过去，那边的女人也在往前……

荣谨和徐恪对视了一眼，心里同时喝道：你这家伙在这干什么？！

双方眼中的嫌弃不言而喻，但有什么办法？

两个女人已经顺利碰头，两个男人也只有屁颠屁颠跟过去，四人聚在了一起。

再后来……

两个女人在前面走着，两个男人跟在后面，前面两人聊得相当愉快，后面两人已经用眼神交战无数次了。

荣谨：带着你的女人滚……

徐恪：不敢啊！还不是我的女人……

荣谨：辣鸡！

徐恪：……你是老板，你说了算。

前面两人也低声说到了一处，乔暖眉头有些皱："你怎么和徐恪在一起？"

徐恪这花花公子的名声实在不好听，她对这男人也不了解，不知道是不是和传闻一样。

何蓝微微别开视线，轻声道："他帮了我一个忙，所以让我陪他出来转转。"

乔暖点点头，不再提这一茬。

倒是何蓝又问她："你和老板出来散步？"

"他今天生日。"

何蓝睁大了眼睛，很是吃惊。

"有问题？"

"没，就是老板不过生日，我们都不知道是今天。"何蓝摸了摸鼻头，有些尴尬。不过她再转念一想，荣谨是老板，确实没必要和他们一起过生日。

乔暖倒是很诧异，结合荣谨今晚的表现，她突然有个不可思议的答案。

何蓝和乔暖分开的时候也就是他们要回去的时候，荣谨一路上给徐恪飞了无数个眼刀，割得对方浑身发抖。

四人在游乐园门口分开，徐恪去送何蓝，乔暖则同荣谨一起回去。

两人在车上聊天，说这儿说那儿，多半是荣谨在说，乔暖在听。

"你以前是不是不过生日？"乔暖突然问起这个问题。

荣谨愣了好一会儿才明白她是什么意思，点点头："嗯，不过，自己一个人没什么好过的。"

乔暖偏头看着他，有种莫名的情绪油然而生。

荣谨又道："不过以后每年都过，你给我过！"

他说得很霸道，带点幸福又带点心酸，乔暖没有应下……也没有

317

反驳。

荣谨的嘴角上扬。每一个人的生命中总会遇到这么一个人，遇见她以前，一年三百六十五天都是一个样，遇见她以后，一年三百六十五天就是三百六十五个模样。

荣谨恨不得把所有节日统统过一遍，除了那些重要日子，还有相识纪念日、相识一百天纪念日、确定关系纪念日、确定关系一百天纪念日……

他认识她以后的每一天，好像都被赋予了一个新的意义：幸福。

"暖暖……我今年能跟你去H市吗？"

乔暖立刻皱眉，显然对这个提议很不赞同。

"我一个人在京市也没什么事，倒不如跟你去H市看看。"他解释道，眼睛看着前面，面上没什么特别的表情，仿佛去H市是一件小事，只是他那绷直了的脊背还是出卖了他。

乔暖的眉头还是紧皱，本来回H市对她而言就像是一种义务，她并不太想荣谨跟着过去。

荣谨见她没说话，就知道这件事没指望了。

他看向窗外，这一晚上滚烫的心脏渐渐有些发凉……

"嗯。"

荣谨眼睛一亮："你说什么？！"

乔暖扭过头："什么都没说。"

"我听见了！你答应了！"荣谨的声音陡然拔高，车子的速度又提了上去。

他实在是太兴奋了，迫不及待想要回去紧紧抱住这个女人，吻住她、占有她！

第二天在办公室等着荣谨惩罚的徐恪只看见一张笑得灿烂的脸。

徐恪想象中的秋后算账并没有到来，他一双眼睛都瞪圆了。

"老板，心情……很好？"

荣谨微笑道："还好，今年跟暖暖去H市过年。"

徐恪："！"

这么快？！

徐恪的羡慕嫉妒暂且不谈，又过了两天，到了荣氏年会的时候。这个年会过后，他们就都放假了。

这一天的广贸也格外热闹，年假即将到来，所有人都在期待，年轻的员工们更是时不时看上一眼时间，感叹时间过得真慢。

因为这天晚上荣氏有年会，所以广贸的年会在前一天晚上就举行了，和往年没什么区别。

年终奖也发了下来，乔暖看了眼账户里的数字，点了点头。

王恒这人虽然没什么实力，大方还是真的。

下午五点刚过，王恒就催着乔暖赶紧过去，乔暖被他催得不耐烦，去卫生间换了衣服，又补了个妆就直接出来。

她刚好走出卫生间，就看见前面走着的那个熟悉的背影——沈辉。

这位据说是回来替代她的华尔街大牛，这才短短一个月，就已经没了锐气，背影都透着萧索。

王权既不放他走，又对他有怨气。

王权的日子不太好过，自然就不让沈辉好过，他那样的人又爱记仇，又爱推卸责任。

沈辉自己可能也是不甘心，就这么被一个只有高中文凭的女人踩在了脚下。

经验真的比学识更重要吗？

沈辉在心中这样想着，不自觉就问了出来。

乔暖也是一愣，显然没想到他会问这个问题，不过她沉思了一会儿，说道："是的。"

沈辉愣神，他一直以来的观念受到了冲击。乔暖的年纪比他还小，所以他这么多年的书读下来还不如直接出来工作的人？

仿佛知道他在想什么，乔暖轻声说："业内的哈佛商学院高材生、华尔街大牛有很多，但高中文凭的乔暖只有一个。"

她说完拉了拉裙摆，从沈辉旁边走过，一股淡淡的清香弥留在他的鼻翼间，红得像火的裙子在他眼前轻轻摇曳。乔暖的背影纤细，却仿佛透着顶天立地的力量。

这一刻沈辉突然觉得她是真的"漂亮"，长得漂亮，活得漂亮。

他又想说"你哪儿来的自信"，可是张张嘴，什么都没说出来。

因为她说得对，乔暖就这么一个，或许还有千千万万这样厉害的女性，可她们都不是乔暖。

她用经验走到今天，学识可能并不比他差多少了。

沈辉突然有了信心，他已经有了很高的起点，他也自信六年前的乔暖绝对比不上他！但六年前高中毕业出来工作的如果是沈辉，他可能早就消失在茫茫人海中，泯然众人。

他有比六年前乔暖高太多的起点，只要花一点点时间，再积累一些经验，不一定追不上她。

但现在的他必须承认，他比不过这个花了六年多从底层一点点挤上来的女人。

沈辉的幡然醒悟乔暖并不知道，她只是觉得有些好笑。

总有些人心安理得地享受着别人梦寐以求的东西，还一脸嫌弃。

早些年她去金融大学蹭课的时候就总在想，如果她前十八年的人生能少点磨难，如果她能生在一个普普通通的家庭，有父有母，不用过早地承担她几乎承受不起的责任……那么当年她是不是就能拿着那封录取通知书去上学？

她那一年如果去上学了，或许现在也是刚刚从名校毕业的研究生，也许她的人生不一定能走到现在，但一定比现在走得轻松……

乔暖哂笑，摇了摇头，哪有那么多的如果，她既然选择了这条路，就要好好走下去。

她要走得辉煌，走得漂亮。

她微微抬起下巴，嘴角上扬，自信又张扬，一双眼睛里全是斗志与希望，像是把璀璨的星河都融了进去，熠熠生辉。

乔暖走出广贸大门的时候，王恒已经在等着了，他坐在驾驶座上，副驾驶座上依稀还能看见有个女人。

她只当作没看见，平淡无波地说道："我去开车。"

"开什么车，别下去了。就坐我车呗，反正都去一个地方。"王恒摇下车窗，笑眯眯地说道。

乔暖衡量了几秒，拉开车门，坐在了后排，她也是这个时候才看见副驾驶上的女人的模样。

对方也是一身礼服，巧了，同样一身红色，虽然有了些年纪，不过保养得宜，这会儿又化了妆，看起来不过三十出头。

但显然，她对乔暖不太满意。

"老公，先回去一趟。"

"啊？还回去干吗？都快开始了，别待会儿迟到。"王恒狠狠一皱眉，他好不容易把乔暖催出来，结果他妻子还要回去？

"不要你管！送我回去，要不然我就告诉儿子！"她声音发狠，王恒讪讪，只得从后视镜对乔暖笑笑。

乔暖并没做任何回应，只轻轻靠在后面，一副从容不迫的样子。

这老板娘果然是名不虚传啊！

王恒的妻子是他爸给他定下的，属于商业联姻的性质，不过对方当初好像看上的是王权，也不知道最后怎么就嫁给了王恒。

本来两人关系一般，但王恒性格使然，有点怕老婆。再加上她又给王恒生了个儿子王顺麟，越发像皇太后一般。

这些都是邓容告诉她的，向敏也说了一些，这两人一个见得多了就知道得多，一个则是一惯会打听消息。

车子就在乔暖的纷乱思绪中往王家而去，一路上乔暖都没说一句话。

有些人需要语言去结交，而对有些人你不说话都是错，更不要说在对方正心口冒火的时候开口。

到了王恒家的停车场，王恒回头对乔暖略带歉意地笑道："要跟我们一起上去坐坐吗？"

他这话显然是客套，坐什么坐，他现在恨不得飞到荣氏的晚宴上。

乔暖还没回复，王恒的妻子戴娇美已经"砰"的一声把车门摔上。乔暖眉头死皱，颇有深意地看了车门一眼，这才回头对王恒道："不用了，我在车里等。"

"王恒！快点！"戴娇美又在催他。

"来了来了。"王恒再次对乔暖歉意地笑了笑，立刻就拉开门下去。

乔暖坐里面可以清楚地听到渐行渐远的两人的话语。

戴娇美不悦的声音传到她的耳朵："她不就是个员工，你跟她道什么歉？怎么，这是你找的小蜜？"

乔暖余光看见王恒匆匆去捂戴娇美的嘴巴，两人彻底走远了。

她嗤笑一声，头微微后仰，闭目养神。

两人再下来的时候有好一会儿了，王恒走前面，脚步匆匆，戴娇美跟在后头。

他拉开驾驶座位置，催促道："你快点！"

戴娇美撇撇嘴，拉开副驾驶门坐了进来。她换了一件礼服，贵气的紫色，脖子上戴了贵重的珠宝，也不知道是要压过谁的气场。

王恒把车开得极快，戴娇美嫌弃道："你急什么，这不是还早吗？"

"你当是你逛美容院，想什么时候去就什么时候去？"王恒有些恼怒。

他还只当这女人有什么事非得回去，结果就是和乔暖礼服的颜色一样了！

车子就在两人的争吵中前行，乔暖坐在后面，始终没说话。

等到酒店的时候，正好不少人都在进进出出。王恒把车停在门廊，将钥匙扔给了一旁的门童。

下车的时候有点冷，但他们把衣服放在车上了。

"贵客们，里面请，外面冷。"

等在门口的服务生笑眯眯地领着他们进去，王恒笑着对他点头。

作为今天的东道主，荣谨处理完公司的事后就早早到场，一边接待客人，一边注意到场的人。

今年年会的规模格外大，一是荣氏现在有资格举办这么大的年会，让所有现在有合作或者将来可能有合作的商业伙伴见一面。去年就有人催他，荣谨嫌麻烦，今年倒是有些躲不开了。

二是他自己也想在这个场合见到他心中的那个女人……最好是能揽着她对众人说上一句：这是我妻子。

当然，他现在还是想想就可以了。

王恒三人进来的时候极为引人瞩目，一个胖得有特色的胖子和一个珠光宝气的女人挽着手进来，后面又跟了个极美的年轻女人。

乔暖在同行的名气是够了，可在荣谨这个阶层却鲜有人知。

"乔经理，好久不见。"白珍珠对乔暖招招手，嘴角带了笑意。

乔暖同王恒打个招呼，顺势走过去，荣谨收回他已经迈出去的脚。

即使已经见过她穿这身衣服的模样，这会儿他也被亮得睁不开眼。荣谨很想上前，却也知道现在不是好时候。

荣谨脚下踟蹰了一下，转向了来同他招呼的其他老板。

"白总。"乔暖对着白珍珠笑了起来，脸上眼底皆是笑容。

两人客套了两句，今天这场合白珍珠也有不少想结识的人，自然不可能一直陪着乔暖。

在邓容对她笑的时候，乔暖识趣地同白珍珠道别。

"你们怎么才来？"邓容抿了口酒，低声问她。

乔暖撇了撇嘴："我们老板夫人回去换衣服了。"

"嗯？"

"她也是红色。"

"噗——"邓容难得失态，差点把酒喷出来。

她咳嗽几声，笑道："这不是找死吗？还算聪明，回去换了一件。"三人本来就是一起进来的，撞衫不可怕，可谁丑谁尴尬啊！

乔暖没说话，只伸手拦住邓容继续往嘴边递酒的手。

邓容也不气，顺手放在一旁，对乔暖笑着说："她不是恨死你了？"

"恨就恨吧。"乔暖一点也不在意，眼睛自然地往四下看了看。

"也对，你也不可能在意那女人，嫁给王恒还和王权不清不楚。"邓容嗤笑，一副相当不齿的模样。

乔暖突然正色道："王恒虽然不是特别聪明，但也不是个傻子，戴娇美就算不喜欢我，也伤不到我。"

广贸没了乔暖还有沈辉可以稍稍应付，可王恒要是没有乔暖支持，他就压不住王权了。

"这女人最爱俏，以往聚会不是白色就是红色，你倒是让她今天穿了紫色。"

邓容说完，就看见乔暖缓缓张嘴，吐出三个字："花孔雀。"

戴娇美不喜欢她，好巧，乔暖也不喜欢她。

"咳咳咳。"邓容压抑自己的笑声，心里却觉得，乔暖这形容可真是贴切啊。

戴娇美可不就是一只花孔雀吗？

乔暖的眼睛突然定在一处，嘴角微微露出笑容。

"你在看什么？"邓容好奇地问她。

乔暖对着一个角落点了点下巴："看那儿。"

邓容顺着她的视线看了过去，愣了愣："新天地的？"

荣谨虽然把邀请范围扩大了，元夏广贸都受到了邀请，但不代表新天地够资格啊！这汤总怕是费了不少心。

"你干什么？"邓容看着已经迈步过去的乔暖，疑惑出声道。

乔暖的嘴角勾起一个奇怪的微笑，有些戏谑，又有些神秘："我去收账！"

邓容一愣，看着乔暖端着酒杯，直直朝汤总和他儿子走过去。

注意到这场景的显然不只邓容一人，在大厅中央和人聊天的荣谨也看见了。他的余光一直都在乔暖身上，这会儿自然就看见对方朝着汤家父子走过去。

那汤胖子实在太过显眼，这场上的大胖子也就只有他和王恒，两人还都不是普通的胖。

而汤庆那眯着眼睛给乔暖递名片的模样也是深深印在荣谨的脑里。

荣谨皱眉，他还没动手收拾这家伙，这人就自己送上门了？

"荣总，您觉得怎么样？"一旁的中年男人小心翼翼地问道。

荣谨的心思虽然飘远，但不代表他没留心思在这边，于是嘴里客套道："这个事还是要董事会商量一下，我一个人哪敢做决定。"

面前的男人心口一堵，心道：荣氏可不就是你的一言堂吗？现在那些董事谁敢说话？要是他们说话顶用，他至于求到荣谨面前吗？

"好的好的，那就等荣总的好消息！"

对方心里怎么想且不说，面上还是笑着给荣谨敬酒，客客气气。

全场都在互相搭讪，汤总和他儿子在角落里猫着，本来汤总是要去找人搭讪谈谈生意的，毕竟他们好不容易才得到邀请。

可他儿子在他们进门的时候竟然告诉他……

"爸……我好像得罪了那个男人了……"汤庆说的时候瑟瑟发抖，从他看见荣谨被人围在中间时就有了猜测，所以才会跟他爸赶紧坦白。

老汤总瞬间被吓得哆嗦。

也是因为这事儿，老汤总没敢去和荣谨搭话，拽着汤庆在一个角落待着，瞪大了眼睛质问他。

这要是在家里，他巴掌都举起来了，可这是在人家荣氏的年会上啊！

老汤总被气得冒烟，压低声音吼道："你到底怎么得罪他了！"

"我我我……我给他女朋友递名片……"汤庆委屈道。

老汤总捂住心口，张了张嘴，说不出话。

他儿子哪儿来的胆子和荣谨抢女人？！

活得不耐烦了？！

"对了，他女朋友是……乔暖……"

汤总倒吸了一口气，眼前一黑，就要往汤庆面前倒过去。

汤庆赶紧扶着他，着急道："爸！你千万不要倒！"

汤总总算有些欣慰，他儿子虽然不成材，至少还是关心他的……

"不要倒，爸，你这时候不能倒！乔暖已经过来了！"汤庆的声音显得着急慌乱，眼睛直直地看着乔暖走过来，摇了摇他爸，显然是想让他爸帮他应付乔暖。

他看见这个女人觉得脚背还有些疼。

老汤总像是瞬间老了十岁，颤抖着手抓住汤庆的胳膊，再看儿子一脸的害怕，肥肉都在轻轻抖动。

老汤总突然就心软了，和他同甘共苦的妻子走得早，就给他留下这么一个独苗，这么些年他又不想再找一个伴儿，这长得像妻子的儿子就被他宠得有些不像样。

可他儿子他知道，虽然偶尔有点浑，但本质不坏，就是胆小怕事，难撑场面。

老汤总收回飘远的思绪，打起精神准备好好应付乔暖。

这女人本来就不好对付，那大厅中央的男人和她又是这种关系……老汤总心里也是没底。

"乔经理，好久不见！"汤总端着酒杯，巍巍颤颤地先敬了乔暖一杯。

"好久不见。"乔暖笑着和他碰杯，抿了一口酒后看向汤庆，笑容越发灿烂。

汤庆心里一咯噔，果然，他听见乔暖笑着对他说："又见面了，汤经理。"

他的腿一软，紧紧抓着他爸，上下唇抖了抖："你……你、你好。"

乔暖轻笑："汤经理，咱们前两天在商场见过，还记得吗？"

汤庆愣了愣，干巴巴道："记记……记得。"

老汤总咳嗽了一声。

汤庆立马改口："不、不、不记得！"

老汤总又咳嗽了一声。

"记、记得！"

老汤总直接上手揪了他一下，汤庆捂着胳膊看向老汤总，一脸委屈："爸，我到底是记得还是不记得？"

老汤总："……"

"噗——"乔暖笑了，是那种露出牙齿的张扬的笑，明艳灼人。

老汤总差点被他儿子气死，巍巍颤颤道："乔经理，犬子无状，我一定好好教育他，您就饶他一回……"

这乔暖他还是比较了解的，当初对方还在小公司的时候就和他们有合作，那时候和她一起来谈生意的是一个男人，她的上司。

她上司提了个不太合理的要求，老汤总有些为难，乔暖就提了否定的意见。

她的上司在大庭广众之下直接驳斥了她，当时的她是怎么回应来着？对了！她当时就只是笑，并没有多做解释。老汤总当时就对这个女人有点好奇，认为她不是懦弱就是特别能忍。

再后来……和他们新天地合作的只有乔暖，据说她上司因为犯了什么事被开除了，老汤总打那时候起就有点怵她。

再看她一步步从小公司到元夏，升组长、副经理，后成为广贸的经理……

老汤总又将视线转到大厅中央的那个男人身上，打了个哆嗦，一个女阎罗就够可怕了，她旁边又有了一个男阎罗……

老汤总也就在一瞬间将各种心思转了转。

乔暖看着面前吓得不成样子的父子俩，顿时有些好笑。老汤总老了，没勇气再拼搏，他的儿子更加无能，所以这新天地这么些年，毫无变化。

不过也正是这样，她才需要他们。

"汤……"

乔暖刚张嘴，汤庆就打断她的话："调戏你是我做的，要杀要剐随便你！不许牵连我爸爸！我爸老了，还特别胆小，你别吓他！"

乔暖："……"

老汤总："……"

老汤总这心里五味杂陈，也不知道该高兴儿子护着自己，还是该难过

326

他这么蠢！

人乔暖自己都没提，他倒是屁颠屁颠地送上门，还说了调戏……这可不是还嫌对方不够生气吗？！

乔暖的手指在酒杯上敲打了两下，冷笑道："要杀要剐？怎么杀？怎么剐？"

汤庆傻眼了，对方不会来真的吧？！

"犯、犯法的……"

老汤总再次拧了他儿子一把，略带沧桑地承认："乔经理，您不要同这小子计较，他……人傻，我代他给您道歉。"

乔暖对老汤总笑笑，只说："汤总言重了，汤经理是个很有意思的人。"

随即她话音一转："我倒是很欣赏新天地公司，以后要是能有合作的机会就好了。"

老汤总一愣，不懂乔暖这肚子里打了什么主意。广贸和新天地合作是对新天地有利的事，没道理新天地得罪了乔暖还能合作啊。

这女人到底是什么意思？

话说到这儿，乔暖今天的目的也就达到了，所以她笑了笑，转身走回邓容那儿。

远处时刻关注她的荣谨脸已经黑得不成样子，他刚才可是亲眼看见乔暖在那个胖子那儿笑得极为开心！

他用余光仔细看了看正被父亲训话的胖子，对方虽然很胖，可皮肤白啊！虽然对方整个人看起来就是圆圆一团，但难保乔暖不会审美异常而看上这胖子啊！

女人不都喜欢胖乎乎一团的宠物吗！

这一想，荣谨内心充满了危机感，那胖子已经是他的头号敌人了！

"老板，时间到了。"杨达周走过来小心翼翼地提醒道。

荣谨这才点点头，走到台上，大厅里瞬间就安静了下来，立刻有人把门合上。

这一场宴会，才刚刚开始。

荣谨轻咳了一声，面上端着礼貌的微笑，一身西装格外帅气迷人，气场更是惊人，举手投足间都是上位者的气息。

乔暖用手指在杯壁上轻轻敲打，眼睛看着台上的男人。这时候的他和平时的他完全是两个样子，所有的不正经都收了起来，只剩下严肃、犀利。

她好像有点明白这个男人能够成功的原因了，除了先天的教育，还有就是他这种能镇住别人的气场。

他好像合该就高高在上地俯视别人。

不知道为什么，乔暖这一刻想到了他在床上滚开又滚回来的模样，那双璀璨明亮的眼睛以及偶尔的稚气。

"感谢各位在百忙中抽空参加我们荣氏的年会，我代表荣氏……"

乔暖一双眼睛直勾勾地盯着台上荣谨一张一合的嘴。

台下的视线太过灼热，本来想好要看着她讲的荣谨微微别开了头，被那双眼睛看着，他的心跳得有些快，浑身上下都有些失控。

荣谨双手紧握成拳，稳住自己的气息，没有当众失态。他面上像平常一样平静自然地说完，心思却早就不知道飘到哪儿去了。

他的开场白并不长，他很快说完就走了下来。主持人又欢迎了各位的到来，送上新年祝福，就到了真正觥筹交错的时刻。

荣谨一从台上下来，就立刻被人围了起来，尽管他内心只想去见他的女人，却也耐心地留了下来，和他们谈天说地。

邓容这时候才有机会问乔暖："你找汤家父子做什么？瞧把人家吓的，现在还傻傻地站在角落。"

他们好不容易进来，却一点动作也不敢有，这汤家父子也是被吓得可以。

乔暖嘴角轻轻上扬："合作。"

邓容疑惑道："广贸和他们合作不是一句话的事吗？"

乔暖突然正色，看向邓容："不是广贸，是乔暖。"

邓容一愣："你要做什么？自立门户？"

乔暖摇摇头，抿了口酒："不是，和王权打擂台而已，王恒靠不住。"

邓容不再问这个问题了，乔暖心思复杂，一两句她也听不懂，再加上知道太多也不见得是好事。

"你不去结交朋友吗？"

乔暖对着那个到处跑着，觍着脸同人说话的王恒努努下巴："有他呢，我做得太过了不好，你呢？"

邓容只笑："我你还不了解，没什么大抱负，要不是知道你要来，我还不过来呢。"

乔暖无奈地摇摇头，又对邓容说道："你先吃点东西，我和汤家父子转转。"

邓容站直了身体："你自己去忙你的，他们父子交给我。"

"谢谢。"乔暖也不推辞，感激地对她说道。

"咱们不说这个。"

乔暖把邓容带到一脸蒙的汤家父子那儿以后，这才走到慈易的李贵那边去。

"李总。"

"乔经理！"李贵也很惊喜，当初没把乔暖挖到慈易，可是让他后悔了好一阵。

两人谈笑了一会儿，乔暖又和一些人打了招呼，这才放下杯子，往卫生间走去。

她从侧门走的时候，用余光往荣谨那边看了眼，对方正在和另一个老总说得热火朝天。

乔暖脚步不停，继续往卫生间走去。

等她整理好妆容，又洗了手出来的时候，她就在转角处被人拉住，往过道背后而去。

走到没人会来的角落，荣谨把乔暖压在墙上，吻了上去。

乔暖紧紧抱住他，热情地回吻。

早在他在台上的时候，她就想这样做了，显然，荣谨的想法也是一样。

他的舌狂热又疯狂，在她的口内肆意妄为，一只手紧紧按住她的身体，不给她拒绝的机会。

两人吻得热情又激烈，像是一定要分出个胜负。

等两人分开已经是好一会儿以后，两人的呼吸都格外粗重，乔暖的眼眶有些湿润，一脸妩媚。

荣谨则把头埋在女人的脖颈，蹭了蹭，咬牙切齿又委屈巴巴地说道：

"暖暖，我们溜吧……"

乔暖一愣，随即轻笑："好呀。"

她不应是正常的回答，她应了才让荣谨吃了一惊，微微张着嘴，眼里全是诧异。

见他如此惊讶，乔暖咪咪地笑了。

他们两人都不是分不清是非轻重的，所以哪怕情感让他们想不顾一切离开，把控大脑的理智却使得两人都没动脚，异常清醒。

荣谨吃惊过后就有些高兴，他的暖暖在对待他的时候已经有了任性和小脾气。

有时候他也会想，他的要求真的不高，只要他的暖暖在面对他的时候，不会永远保持清醒和理智就够了。

她对他有情，就会任性。

他甚至想宠得她永远不要再为生活发愁，想要什么就有什么。

可他的暖暖不是金丝雀，她是一个顶天立地的女人，"顶天立地"这个词已经不能只用来形容男性了。

天下还有很多个像他的暖暖这样的女人，除了生理结构，她们和男人没什么不同。

她们渊博的知识、强大的内心、惊人的控制力以及……骄傲的自信。

因为她是乔暖，所以他对她的宠爱就是放开手让她去飞、去拼搏。她的未来太过广阔，就连荣谨自己也不知道她能飞到哪儿。

他能做的就是紧紧地跟着她，别让自己掉队。

爱人这么努力，他有什么权利得过且过？

荣谨轻轻地给她理了理有些凌乱的头发，把脸上花了的口红擦得干干净净。两人挨得很近，强烈的男性气息让乔暖有些意乱情迷，于是她轻轻推开了荣谨。

乔暖对着镜子补完妆，确定看不见任何痕迹，这才对荣谨笑笑，两人一前一后离开。

觥筹交错的大厅没人注意到这两人的异常，一个个珍惜着机会同人拉关系。

一拍即合的更是在一旁激烈讨论，确定开年后的计划。

乔暖在角落站了会儿，深深吐出一口气，眼底慢慢升起一抹光亮。

她的视线放在王恒身上，仿佛透过他看见了王权，又很快将视线转到汤家父子那儿，乔暖的嘴角轻扬。

新的一年……新的斗争。

第十二章
人生啊，你的名字叫悲哀

乔暖端起一杯酒，往汤家父子那儿走过去，就见邓容的表情有些难看，眼睛向上，显然已经到了忍耐的极限。

"怎么了？"乔暖轻声在邓容耳边问。

邓容摆摆手，一脸无语："你自己看看，这两个……傻子。"

最后两个字被邓容咬得极重，显然她被气得不轻。

邓容是尽了心的，把这两人带到另一家公司的副总面前，本来就是客套地交流交流，拉拉关系就可以去见下一个了。

可这两人一见对方是一直想见的某公司副总，立刻就巴结起来。而对方也是因为老总在场，自己没太多需要应付的，所以有些无聊。

现在……两方喝起来了。

邓容能说什么，她就随便引见，这两方聊high了，她又不能直接上去拉开，只能一脸无奈地站在一旁。

乔暖听罢，直接走上前，轻声道："谢总，好久不见。"

那谢总一看是乔暖，顿时激动了："乔经理，你好你好。"

"你好。"乔暖和他碰杯，礼貌地抿了一口，而后道："汤总，您不是说有个生意要跟我商量吗？"

她的眼神格外认真，刚刚有了一分酒意的老汤总瞬间就清醒了。

"是是是……"他哪儿敢反驳乔暖？这女人不找他麻烦他就谢天谢地。

"哎，你们忙，你们忙。"谢总立刻识趣地离开，还给老汤总比了个加油拿下生意的手势。

老汤总："……"

乔暖这才转过身看向老汤总，他下意识拖着儿子往后一步。

老汤总抬头看向乔暖，嗫嚅道："乔经理……有什么事吗？"

"跟我来吧。"

"啊？"老汤总愣了一下，见乔暖已经离开，他赶紧拖着一句话不敢说的儿子跟上乔暖。

"刘总，好久不见！"乔暖端着酒杯上前，和另一个中年男子握手。

"哎呀这不是乔经理嘛，确实好久没见了！"视线扫过汤家父子，"这两位是……"

乔暖嘴角微微上扬："新天地的汤总和汤经理，我刚和他们聊了聊合作的问题。这不看见了您，立刻就来打个招呼！"

"哟，汤总您好啊！"刘总伸出手和汤家父子握了握手，而后又碰杯喝了口酒，这才聊了起来。

乔暖不经意地带汤家父子见了不少人，当然，她也不会傻乎乎地在大庭广众之下直接将两人带过去。

带着他们认了一两个以后，乔暖就不着痕迹地指了指某人，再透露一些信息，让汤家父子自己搭讪去。

别人或许注意不到乔暖和汤家父子的动向，但正中间时时刻刻关注她的荣谨可是将这些事都收入眼底。

她……不会真看上那个胖子了吧？！

这念头像是一根刺，而且是越想越像，越琢磨越有迹象。

以至于荣谨不着痕迹地打发了身边的人，想过去一趟。

不过在荣谨打发人的这段时间，另一个人走了过去。

"乔暖。"

"清明。"乔暖轻笑，走上前打量了他一眼，"好久没见，你

333

瘦了。"

顾清明确实瘦了一点，他这会儿穿着一身得体的西装，脸上的表情也很沉稳，这小孩这段时间又成熟了不少。

"你也瘦了。"他轻声说。

乔暖嗔怪地看了他一眼："我胖了一点，你还说瘦了。"

"那就是你以前太瘦了！"

乔暖轻笑，不置可否。

"乔经理，好久不见啊。"顾国华笑容灿烂地上前，不过那笑意都浮在表面，眼底相当冰冷。

今天到场的除了各个老板以外，还有不少人带了家属，场内适龄的姑娘不少，顾清明年纪也差不多了，顾国华就有些意向。

因为顾清明不愿意接触，顾国华只能自己帮他，刚才同他们聊天的苏总的女儿虽然没来，却一直是顾国华心目中的理想儿媳妇。

但就在他和人打个招呼的工夫，这小子就跑了，他找了好久，原来是到乔暖这儿来了。

"顾总，好久不见。"乔暖眼神幽深，对顾清明她可以毫无芥蒂，对顾国华却不行。

毕竟这男人，可是一度想置她于死地。

"乔经理去了广贸可真是混得风生水起啊！"他看了眼在四处觍着脸打招呼的王恒，有些不屑。

"比不得，比不得，不过是老本行顺手，以前的客户也肯照顾，跟着我跑来跑去。"她轻笑道，也不在意顾清明是不是在旁边听着。

一说起这个，顾国华的脸色就有些难看，乔暖抢生意的能耐绝不可小瞧，元夏已经吃了不少亏了。

现在他听见乔暖话里的意思就相当不高兴。

"清明，你苏伯父想见见你，跟我去吧。"他转头和顾清明说，不再去乔暖那儿找刺激。

"我和乔经理再聊会儿，爸你先去吧……"顾清明微微低头，态度却很坚决。

"那好吧，待会儿记得过来找我。"顾国华也是个能忍的，只回头不悦地看了乔暖一眼，没对顾清明说重话。

"好，谢谢爸。"

等顾国华走开，顾清明正要对乔暖说什么的时候，荣谨走到了他们的身边。

他是全场的焦点，自然有不少人在看他。他先是客套地同顾清明握手，压低声音，用只有他们三人能听到的声音说："弟啊，来了怎么也不跟姐夫打个招呼？"

顾清明："……"

"你爸在找你呢，给你介绍对象，你要抓紧啊！以后就不用吃姐姐姐夫的狗粮了！"

荣谨一边说一边把顾清明往后带了带，让他离乔暖远点。

顾清明："……"

"姐夫……"

荣谨一口一个姐夫，吓得顾清明落荒而逃，荣谨这才把视线放在汤胖子的身上，仔仔细细地打量着，心道：这白胖子有什么好的？！

汤庆浑身一抖，老汤总颤颤巍巍道："荣总……"

荣谨走过去，他就是不板着脸，只要嘴角没有笑容，看起来就异常吓人。

老汤总下意识把自家儿子往背后藏，汤庆那个怂货这时候也护着他爹，瞪向荣谨。

就在他们都以为荣谨会教训他们的时候，对方轻轻一笑，举起来酒杯："欢迎你们。"

等到荣谨离开，老汤总和汤庆还晕晕乎乎的，但很快他们就没心思晕乎了！

因为荣谨走了过后，那些他们上门求见都见不到的老总们，轮番上前打招呼！

老汤总晕晕乎乎地傻笑着，就像是做梦一样。

就这样一直到年会结束，乔暖同王恒打了声招呼就和邓容离开了。

"乔经理！乔经理！"那汤家父子喝得有点多了，两人互相搀扶着追了上来。

大概是酒壮怂人胆，老汤总这会儿声音格外的高亢，就像是对待他的员工似的。

335

"乔经理！我老汤感谢您大人大量！不仅不计较我儿子的失敬，还提携我们，您放心，以后您有需要只要一句话，我老汤愿意上刀山下火海！"

乔暖还没说话，汤庆酒劲上头："走走走，我做东，请二位喝酒去！"

乔暖："……"

邓容："……"

邓容的眼神相当嫌弃，这两人实在是又怂又没脸没皮，一次又一次地刷新她的三观。

"乔经理哟！你对我们的大恩大德，我老汤家没齿难忘！"老汤总开始狼嚎……

乔暖叹了口气："……算了，我先让人送他们回去。"

"乔小姐，我们老板在那边等您……"何蓝在这时候过来，小心翼翼地说了这么一句。

邓容轻笑："行了行了，你快去吧，这两人交给我了。"

乔暖看着两个站不稳的男人，有些担心地看向邓容。

对方只随意挑眉："去吧，这两人我还可以解决。"

乔暖点点头，说道："你找个人送他们就行了，别自己去。"

"嗯嗯，知道。"邓容笑着跟乔暖挥挥手。

等乔暖离开，邓容这才阴恻恻地看向父子俩，嘴角的笑容有些邪恶。

汤家父子正昏昏沉沉，不知道为什么，忽然感觉凉风飕飕。

邓容看了汤家父子一眼，走上前，嘴角带着笑容说："汤总，要不我送你们？"

老汤总要是还有一点理智，这时候肯定是一口拒绝，可关键是他现在晕晕乎乎的，面前站的这人是个什么身份他已经完全记不清了。

"好呀好呀，那谢谢了。"

啧，还知道说谢谢。

邓容把车开了过来，汤家父子俩互相搀扶着就上了车。汤庆那胖子扭了扭圆滚滚的身躯，指着前面道："头晕，快点把我送回去！"

邓容冷笑："好，你们等着。"

车子咻的一下开走，速度极为惊人，让本来就晕晕乎乎的父子俩已经彻底呆傻了，难受地皱紧眉头。

那老汤总把脑袋从后面伸到前面，脑袋离邓容很近："你慢点！"

感到酒气飘了过来，邓容死死皱着眉头避开一点。

她对这老家伙以及傻小子一点好感都没有，今晚他们的行为更是让多年来一直淡定的邓容想要教训他们。

她一直不太喜欢老汤总，说不清为什么。事实上，他们很久以前就已经认识了。

老汤总全名汤博韫，虽然叫老汤总，其实他一点也不老。

毕竟汤庆才二十出头，老汤总也才四十多岁，虽不是大富大贵，但也不至于没钱保养自己，再加上他和他儿子都是心大的，心宽体胖，倒是没让岁月留下太多的痕迹。

邓容知道他是很多年以前了。

当年因为自己一直不愿意结婚，邓家就有些着急。那时候的新天地和现在差不多，倒是元夏远远不及现在，所以顾国华的母亲帮忙做媒，想给邓容和老汤总牵线。

邓容自己是肯定不愿意结婚的，她从来不觉得女性的生活需要婚姻这一条，所以当时她是拒绝的，尤其对方还是个丧偶有子的男人。

但姨妈，也就是顾国华的母亲当时身体不太好，所以她没忍心直接拒绝相亲。

可她怎么也没料到，对方拒绝了。

邓容虽然不想结婚，可不代表她喜欢别人拒绝她，她那时候虽然三十多了，可各方面条件绝对不差。

最让她生气的还是对方压根儿不记得他曾经拒绝过邓容！

多年没见倒也没什么，可今天这俩傻子送到她面前……

她把车子开到一个小巷子里，嘴角带着坏笑，猛地停下车，转头对两人说："你们到了，快下车吧。"

老汤总晕晕乎乎地打开车门准备下车。看着外面黑乎乎的一片，邓容的嘴角越扬越高。

突然，邓容嘴角的微笑僵硬了，因为后面的汤庆吐得一塌糊涂。

空气骤然变得异常安静，邓容的嘴角动了动，大骂："可恶！"

她拉开车门走了下去，后座的汤庆也滚了下来，见她要走，伸手抱住她的腿，大喊："妈！不要走！我难受！我——呕——"

被吐了一脚的邓容："……"

我到底是在惩罚他们还是在惩罚自己？！

那边的邓容如何崩溃暂且不谈，这边乔暖被荣谨用外套紧紧包着上了车。

他摸了摸乔暖冰冷的手，使劲搓了搓，又送到唇边哈口气，嘴里念叨："冷吗？"

司机开着车往两人家里去，荣谨也是喝了不少，有些不清醒，但体贴她仿佛是刻在骨子里的本能。

乔暖只摇了摇头："没事儿，我不冷。"

她想抽出手去，但荣谨紧紧抱着她的胳膊，整个人靠在她身上，又眷恋又欣喜。他这会儿的声音特别沙哑，性感得要命。

"暖暖……暖暖……"

荣谨可劲儿地念她的名字，也不说其他的话，只是一脸傻笑，手指紧紧扣着她的手指，十指紧扣，像是扣在心上。

还穿着正装的他已经没了刚刚在年会上的气场，那个冷静自持的荣谨已经消失得干干净净，他这会儿又成了她的傻子，一个人的傻子。

乔暖面上没作何反应，仿佛置身事外，异常冷静，眼睛看着前方，心里却像是有一团火烧了起来。

等到两人一进家门，乔暖反身踢上门，伸手、踮脚，揽住了荣谨的脖颈，极为热情地吻了上去。

荣谨哪会拒绝，大脑还没反应，已经伸出手解起对方的扣子。

这天晚上两人挑战了很多姿势，从客厅到浴室再到卧室，后来他们大概是饿了，也不知道怎么就到了厨房。

又荒唐又刺激。

以至于第二天早上荣谨醒来，还怀疑自己是不是做春梦了！

要不是客厅还散着两人的衣服，荣谨真会怀疑自己是在做梦！这么热情的乔暖，他可从来没见过！

"暖暖……暖暖……"

乔暖刚醒过来，某人就像八爪鱼一样地抱着她，身体紧紧相贴。

338

乔暖卜意识皱眉，推了推他。

荣谨动了动，脑袋在她颈侧蹭了蹭，瓮声瓮气道："昨晚那么热情……睡过了就翻脸不认人！"

"起来……饿了！"她皱眉冷冷道，听起来很是冷漠无情，可眼底却有几分羞赧。

一听她饿了，男人的脸立刻抬了起来，笑眯了眼："知道你肯定饿了，面已经快熟了，起来吃吧。"

他眼底有调侃，仿佛在说：你昨晚辛苦了！

乔暖也不知道自己昨晚为什么会那么热情，热情到她现在想想脸上还有些发热。

她想：可能是快过年了吧！

虽然两者并没有联系。

两人算是同时进入了休假期，虽然仅有短短的七天，可对于忙碌了一年的人来说，这七天尤为可贵又极为让人不适应。

去年的这七天乔暖在做什么？对了，她在忙项目，七天做好了所有安排，以至于年假过后，她得到了老板和甲方的夸赞，并且跳槽到了元夏。

前年好像是忙着学习，那一年她把自己逼得很紧，平时她没有任何学习商业知识的机会，所以那七天一直在家学习。

再前面几年她就更不曾好好过年了，在她印象中好像过年除了鞭炮声和烟花，其他就没什么了。

休假的第一天，乔暖拿出电脑，荣谨给她合上，缠着她去买新衣服。

休假的第二天，乔暖拿出电脑，荣谨又给她合上，拖着她去买年货。

休假的第三天，年三十，乔暖开车载着荣谨去了H市。

春节对于中国人而言一直是最特殊的一天，尽管随着人越长越大，过年也没了小时候的欣喜，但它毕竟承载着所有人的特殊情感。

这一天不管如何，总还是不一样的。

尤其是今年有了荣谨，乔暖身边仿佛一下子热闹起来，这一天也变得更加不一样了。

"暖暖，暖暖，我这样穿真的合适吗？"

"……"

"暖暖，暖暖，我就跟着你叫乔妈妈吗？"

"……"

"暖暖，暖暖，我们给乔娇的礼物她会喜欢吗？"

"……"

"暖暖，暖暖，给福利院孩子们的东西会不会太少了？"

"……"

"暖暖，暖……"

乔暖忍不住拍了一下喇叭，扭头瞪他："我并不想把昨晚讨论过的问题再讨论一次！"

荣谨撇嘴道："大过年的，你就不能对我好点？"

乔暖看了他一眼，却见荣谨继续傻傻地笑着："谢谢你，这么多年我终于不用一个人过年了，暖暖，我很开心。"

乔暖没说话，只在心里叹了口气：她何尝不是呢？往年哪怕是回了H市，到底还是驱不散骨子里的孤独感。

今年她有了这个叽叽喳喳的男人，好像突然就有些不一样了……

乔暖的手机这时候响起，她接通，里面传来熟悉的声音，有些忐忑，又有些期待。

"暖暖，你到哪儿了？"

"快到H市了，你们先吃饭吧，别等了。"这会儿已经快12点了，等他们到那儿，差不多就是一点。

"哎，我不饿，娇娇还在厨房做你爱吃的酸菜鱼。"乔妈妈的声音高了一些，听得出来她现在很开心。

"嗯，好，我马上回去了。"

"路上小心。"

"好。"

挂了电话后，乔暖加快车速，荣谨在一旁眨眨眼睛，说道："暖暖，我有点紧张……"

"你紧张什么？"

"第一次见岳母，实在忐忑……"

乔暖手一顿，差点踩了刹车，突然想：她答应带这个男人到H市是不是一个错误的决定？

快一点的时候，两人终于到了H市。这时候路上没什么车，几乎所有

340

人都在家里吃饭，一向堵得水泄不通的大道，竟然稀稀落落只有几辆车在穿行。

乔暖把车停在疗养院的停车场。荣谨扯了扯衣服，再次问她："真的没问题吗？"

乔暖难得咧嘴，说："很丑！"

说完乔暖就大步离开了，荣谨愣了几秒，这才追了上去，嘴里喃喃："好你个乔暖，竟然嫌弃自己的男人。"

"什么我的男人？我可没这么蠢的男人，别给自己贴金。"

"胡说，你昨晚还缠着我，让我用力……"

"荣谨！"乔暖气恼地瞪着他，两颊有两抹艳丽。

荣谨追上去握住她的手，咧嘴笑道："害羞了？别嘛，食色性也。"

乔暖甩开他的手，不打算理这个流氓了！

"流氓"荣谨跟了上去，紧紧握住她的手。

两人很快就走到病房门口，乔暖轻轻敲了敲门，荣谨深深呼出一口气，把礼物提在手上。

他的表情相当忐忑，呼气又吸气，紧紧盯着紧闭的房门。

随着门被打开，荣谨咧嘴一笑。

"你好，我……"

后半句话卡在喉咙里，他脸色一变，咬牙切齿，一脸的不痛快："顾清明！"

荣谨一见顾清明就一脸不爽，可顾清明见到他也不痛快啊！

两人在这一刻同时发出对人性的三大拷问……

这傻子是谁？

这傻子为什么在这儿？

这傻子凭什么在这儿？！

顾清明好不容易说服顾国华，这才能来H市过年，结果这讨人厌的男人怎么也过来膈应他？！

他面色难看，荣谨也是相当不爽，两人僵持在原地。

"是暖暖来了吗？"里面传来一个温柔的中年女性的声音。

荣谨眼睛一亮，再看了眼堵在门口的顾清明，深深地吸了一口气，大丈夫能屈能伸！

他伸出胳膊把人勾住，难看的脸色瞬间变得笑嘻嘻："是清明啊，你也来啦！"

荣谨一边做出"哥俩好"的姿态，一边往里面走，直到和坐在床上的女人四目相对，荣谨才松开顾清明，笑得更加灿烂。

"乔妈妈，您好，我是荣谨，和暖暖一起来看您了！"

乔秀芳先是愣住，随后立刻微笑起来："是小荣啊，快坐快坐，乔暖这丫头也真是的，竟然不提前告诉我一声！"

小荣……荣谨的嘴角有一瞬间抽搐，不过很快恢复正常。

"您可不要怪她，不是她不肯说，是我临时缠着让她带我过来的。"荣谨笑眯眯地说道，一边把东西放在柜子上。

"还带什么东西。"乔秀芳嘴里说着，下意识去看顾清明的脸色，这孩子和乔暖……

荣谨见她的余光在看顾清明，还有什么不明白，他假装没看见，和乔秀芳说东说西。

乔暖是他的，顾清明只能是弟弟，任何人都不能改变这点。

没一会儿乔秀芳就忘了这茬，和荣谨说得高兴。

她好久没这么开心了，难得他们都聚在一起。暖暖的日子好过了，还有了男朋友。晨晨这么多年过去，还是第一次回来。

乔暖看着他们聊天，嘴角微微上扬，又看了眼厨房的乔娇，走了进去。

顾清明见此，立刻跟上。

荣谨余光虽然看见了，也只假装没看见，和乔秀芳继续聊天。

乔娇正在厨房做饭，大概是听见多了一人，又从冰箱里拿菜出来。

乔暖进来的时候，乔娇皱眉道："你进来干什么？"

"帮你。"

"用不着！你那身衣服弄脏了我可赔不起！"乔娇一边冷冷地说道，一边切菜。

可能是因为过年，也可能是对于她的到来早有准备，乔娇并没有太呛她。

顾清明走进来后，乔娇笑了起来，态度全然不同："哥你在外面休息就行，厨房油烟大。"

342

他摇摇头，也轻轻笑出声："你不是还在里面忙着嘛。"

乔暖已在动手洗菜，顾清明就去给她帮忙，三个人把小小的厨房挤满了。

外面时刻注意他们的乔秀芳眼眶有些湿润，六年多了，这还是三个孩子第一次团聚。

"乔妈妈以前做饭的时候，咱们就是这么帮忙的，娇娇最会做饭，帮着掌刀，暖暖不爱说话，就在一旁安安静静地洗菜……"顾清明的声音有些怀念，小时候的那些日子虽然清苦，却留下了很多美好的记忆。

如果不是六年前……

想到这儿，顾清明抬头看向乔暖。他恨过、怨过，最后见到她又无法报复，甚至他还会想……当年会不会有什么隐情？

乔暖还是没说话，只继续洗菜。乔娇拿菜刀的手顿了一下，她长得很清秀，没有乔暖那股子逼人的张扬美。

"哥，你是不是怪我们？"

她说的是我们，事实上"对不起"顾清明的也只有乔暖。当初乔暖把顾清明母亲带来的时候，乔娇同样是一脸的不可置信。

无论乔娇怎么哭，怎么拳打脚踢，都不能阻止他们拖走顾清明。

当年的乔暖冷冷地站在一旁看着，以至于这么多年过去了，乔娇还是不能坦然地面对她。

顾清明点点头又摇摇头："没回来的时候很恨很恨，晚上做梦都能哭醒，回来了就没什么感觉了。"

其实顾清明也不是没什么感觉，只是他还没来得及做什么，就发现他恨的那个人四面楚歌，身边也有了另一个男人要抢走她。

顾清明来不及报复她了，更多的是惊慌失措，可无论他怎么做，那个男人也依旧抢走了她，登堂入室。

"对不起……"乔暖轻轻说，当初无论发生了什么，顾清明确实是被她放弃了……她对不起他。

顾清明没有回应，三人一时无话。等到乔娇做好饭菜，三人才端着饭菜出去。

乔秀芳不方便动，顾清明就把她抱到轮椅上，几人围着小饭桌坐了下来。

343

桌子不大，也就刚刚好坐下几人，乔秀芳脸上的笑一直没收起来过。

"小荣，别客气，快吃菜。"乔秀芳拿筷子为荣谨夹菜，表达她的欢迎。

荣谨笑着端起碗，嘴里说："不客气，一点也不客气，你们都是暖暖的家人，自然就是我的家人！"

乔娇看了他一眼，给乔秀芳夹菜："家人还谈不上……"

"乔娇！"乔秀芳皱眉，这是年三十，又难得团聚，她警告地瞪了乔娇一眼。

乔娇撇嘴，再没顶嘴。

"清明也快吃，这么多年了，你这孩子还好吗？"

顾清明微笑，一张桀骜不驯的脸格外柔和："很好，乔妈妈我过得很好。"

"好好好，乔妈妈没什么心愿，就想看着你们一个个成家立业。暖暖把小荣带了回来，你们什么时候想带人回来了，给乔妈妈说一声，我万分欢迎！"

两人微微低头，没说话。

乔暖正准备打圆场，荣谨已经说话了："娇娇还小，还是学生呢，恋爱的事不着急。清明您可就别担心了，他是多少姑娘的心上人呢。上次还听人说元夏好多小姑娘都喜欢清明呢！"

"真的吗？"乔秀芳一脸惊喜。

"真的！"

得到荣谨肯定的回答，乔秀芳把视线转向顾清明："梓晨啊，明年过年如果有合适的就带给乔妈妈看看，乔妈妈这身体哟，也不知道能不能等到你们结婚生子……"

"不要胡说！"乔暖皱眉道。

"行行行，我不说不说，快吃，来，暖暖，这是你爱吃的！"乔秀芳赶紧笑着转移话题。

乔暖的眉头就没怎么松开，荣谨藏在桌下的手轻轻握住她的，安抚地捏了捏。

坐在旁边的顾清明用余光看着，眼神越发暗沉。

吃过饭，乔秀芳一个人留了下来，他们四人去福利院看看。

过年对于成人和孩子是不一样的，何况现在的福利院和乔暖他们小时候又有了区别，至少条件完全不一样了。

院子里堆着厚厚的雪，孩子们个个都在上面撒丫子跑，另外有两个老阿姨守着他们。

"娇娇姐！"

一见到乔娇，孩子们一拥而上。

乔娇一路上都不太高兴的脸上露出了一个微笑："哎！"

乔娇一个个抱了抱，随即指着顾清明说："这是娇娇姐的哥哥，也是你们的哥哥。"

"哥哥！"孩子们异口同声地喊道。

乔娇又指着乔暖："这是乔暖姐姐，那是她朋友。"

她虽然对乔暖当年的事情不痛快，却不代表她会忽视乔暖这些年所做的一切。

这些年乔暖挣的钱，不少都捐赠给了这里。

"暖姐！"

孩子们显然是都知道乔暖的，都拥上来抱她，让乔暖一愣。

他们很多还那么小，个头不到她大腿高，他们扑上来抱住她腿的那一刻，乔暖手忙脚乱，不知所措。

有个小姑娘很小很小，紧紧抱着她的腿，仿佛要顺着她的腿往上爬。

乔暖第一次一脸茫然地看向荣谨，一双手不自在地动了动，不知道放在哪儿。

荣谨轻笑出声："她让你抱她。"

乔暖小心翼翼地伸手，摸了摸孩子，结结巴巴说："我、我、我……"

荣谨的心都化成了一摊水，他哪儿见过乔暖这个模样，平日里理智冷静的乔暖突然示弱，看得他心里咕咚咕咚地直冒泡。

他走过去，想帮乔暖把孩子抱起来，乔娇已经率先伸出手。

她把孩子抱着，让小女孩和乔暖的视线齐平，小女孩一双水灵灵的大眼睛只看着乔暖。

乔娇解释："小悦嗓子有问题，就是上次你帮忙联系医院的那个女孩，她知道你的，就是说不出话。"

345

乔暖恍然大悟。悦悦今年五岁多了，家里出了事故，没了家人，嗓子又毁了，需要手术。王贵萍给乔暖打电话说这事后，她当时立刻做了安排，也负担了所有费用。

"她嗓子……"

"还在恢复期。"

乔暖小心翼翼地伸出手，握住小女孩的小手，轻笑："悦悦，你好，我是乔暖。"

一直没有笑的小女孩对乔暖笑了，一双眼睛像两颗小星星。

"你们来啦！"王贵萍风风火火地走了出来，招呼他们进去。

乔暖回头看了眼被乔娇交给另一个阿姨的悦悦，荣谨握住她的手，紧紧握住。

"你要是喜欢孩子，咱们可以自己生一个。"

乔暖脸色一变，甩开荣谨的手。

荣谨叹了口气，不顾她的挣扎重新伸手握住："开个玩笑……"

乔暖又怕结婚又怕孩子，他第一次觉得自己未来还有相当长的路要走啊！

"还不快点！"乔娇的声音传来。

王贵萍说话很公事公办，哪怕乔暖是在她眼皮底下长大的，但乔暖的每一笔捐赠她都做了记录，把她当成外面的慈善家。

她从未将这视为理所当然，若非必要，她也不会主动问乔暖要什么。

这个女人和乔秀芳不一样，她把养大孩子当成责任和义务，从来不会在他们成年以后索取什么，但同样她也没有乔秀芳那种把孩子当亲生似的情感。

但乔暖很佩服她，这个女人几十年都在这个地方，养大了无数的孩子。

她这会儿就是在乔暖无奈的眼神中对他们给孩子们带来礼物表达了感激，并且记录在了爱心墙上面。

然后她又匆匆离开，只让一个阿姨带他们去分礼物。

荣谨和顾清明都带了礼物，这些孩子一个个趴在车子外面挑礼物，他们则带着笑容递给孩子们。

"谢谢哥哥！"

346

"谢谢叔叔！"

荣谨脸上的笑容有片刻僵硬，总有那么一个两个孩子管顾清明叫哥哥，管他叫叔叔。

顾清明笑得开心，摸了摸小朋友的头："真乖！"

荣谨的脸色更加难看，乔暖也轻轻地笑了。

荣谨说："小朋友，考你一道题。"

刚领了礼物的小男孩眨巴着大眼睛，点了点头："你说！"

"叔叔的小舅子，你应该叫什么？"

小男孩皱紧了眉头，这个问题显然超纲。

还是下一个年纪大一点的孩子笑着说："真笨！当然也是叔叔！"

小男孩立刻疯狂点头："对，是叔叔！"

荣谨笑了："这位先生是我的小舅子，你应该叫他什么？"

"叔叔？"

荣谨笑得更灿烂了，伸手摸了摸他的头，准备夸他："真……"

"可是他长得像哥哥！"

荣谨的笑容凝固，表情突然有些狰狞，所以……我就长得像叔叔吗？！

"哈哈哈！"顾清明笑了，就连乔暖也笑出了声。

荣谨咬咬牙，咽了这口气。

等到分完给孩子们的礼物，荣谨又从驾驶座那儿拿出两个礼盒。

"清明，来，姐夫给你的新年礼物，看看喜不喜欢。"他笑嘻嘻道。

顾清明沉着脸，还没拆开就说："不喜欢！"

荣谨也不恼，又把另一个递给乔娇，她掀了下眼皮，懒懒接过。

即使里面的礼物让她眼睛一亮，最后乔娇依旧撇嘴说道："不喜欢。"

荣谨轻轻咬牙，他觉得这个乔娇看似相当抗拒乔暖，事实上却和顾清明差不多，更讨厌有人抢走乔暖。

他的媳妇因为童年记忆害怕结婚，害怕生孩子，而他的小舅子、小姨子个个都想搞破坏。

人生啊，你的名字叫悲哀！

悲哀的荣谨恨不得把小舅子和小姨子狠狠揍一顿，可是他家媳妇虽然嘴里不说，心里还是很在意他们的。

他要是打了小舅子和小姨子，估计会遭受小舅子、小姨子和媳妇的混合三打！

这个事件提醒了天下所有男性，找对象时除了注意对方有没有难缠的大舅子，还要注意对方有没有难缠的小舅子和小姨子！

心里阵痛的荣谨分完礼物就不说话了，在乔暖看向他的时候，他甚至保持四十五度角望天，满脸都写着"我很不开心"！

乔暖："……"

对于这个好像有点闹情绪的男朋友，乔暖想着大过年还是开开心心的比较好，便慢慢靠近对方，第一次主动伸手握住荣谨的手……

还沉浸在"老婆难追"的痛苦中的荣谨眼睛一亮，和乔暖十指相扣，脸上瞬间带上了笑容。

什么悲哀啊痛苦的，都被他忘在了脑后。

跟在两人后面被迫吃了一大碗狗粮的小舅子和小姨子就有点不痛快。

尤其是顾清明，他对乔暖是有一点点难以启齿的情意，可荣谨整天"姐夫姐夫"地自称，硬生生把他架在了"弟弟"的位置上。

以至于他就算想追求乔暖，都开始怀疑自己是不是"乱伦"了。

说来说去还是怪荣谨这个野男人！

顾清明想着，狠狠地瞪了对方一眼。

前面的荣谨自然也感觉到脊背一凉，可握着的手让他的心滚烫，那一点凉瞬间又没了。

三人还算"和谐"地回了乔秀芳那儿。乔秀芳坐在床上，哪儿也去不了。

电视里放着小品，乔秀芳嘴角带着笑意地织着围巾，用的深棕色的毛线，织得相当精致，一看就相当手巧，但看款式显然是给男士的。

乔秀芳织出的围巾很好看，而且她不只会织围巾，小时候乔暖他们的毛衣、鞋垫都是她自己做的。

她偶尔还给他们做鞋，冬天里穿起来很暖和。

现在乔暖和乔娇长大了，乔秀芳也知道自己的毛衣和鞋子她们不太好穿出去，再加上乔娇不让她做那么费神的东西，所以乔秀芳今年就只给她们织围巾。

乔暖和乔娇都有，但顾清明和荣谨是属于突然到来的，所以顾清明的上午才织好，但荣谨的还得赶工。

见他们回来，乔秀芳一脸笑意："回来啦。"

"嗯呢，我先去做饭。"乔暖放下包就要往厨房去。

"我来吧。"荣谨上前一步。

乔秀芳和乔娇愣了一下，看向他："你会做饭？"

"还成，清明特别喜欢吃我做的饭，在京市的时候就总来蹭饭。"荣谨笑着，那张被别人称作"老干部"的脸笑得温文尔雅。他脱下外套，解开衬衣的扣子。

顾清明瞪着他，他什么时候喜欢他做的饭了？！他明明是去看乔暖的，怎么就成了蹭饭呢？！

乔秀芳笑眯了眼，自家"大女儿"显然是不做饭的人，"女婿"一表人才，还主动揽下了做饭这一大任，再加上见顾清明和荣谨仿佛十分相熟，乔秀芳中午那点儿遗憾，乔暖和顾清明没能走到一起的情绪瞬间就没了。

乔秀芳看荣谨的眼神也变成了丈母娘看女婿，越看越满意！

荣谨挽起袖子下厨的姿态让乔秀芳瞬间倒戈，顾清明咬牙，大骂心机婊！

荣谨十分自然地走进厨房，乔暖也跟了上去，显然要给他帮忙。

"你怎么进来了？"荣谨看着后面跟上来的女人说道。

"给你帮忙。"乔暖只轻轻说这么一句，就拿菜洗了起来。

荣谨心里又是甜腻又是幸福，他家媳妇真是人美心善！

心里美滋滋的荣谨立刻转身对着乔暖吧唧一口，即使对方恼怒地瞪他一眼，他依旧满脸笑意。

刚刚走到门口的顾清明又悄悄地退了出去，这两人的世界仿佛没人能插得进去。

"娇娇你也不去帮帮忙。"乔秀芳一边织围巾一边瞪了乔娇一眼。荣谨初次上门，他们就让他做饭实在有些……

乔娇一边削苹果一边翻了白眼，嘴里嘟囔着："是他自己要去的，你管他做什么，饭都做不好，还想娶乔暖那个五谷不分的女人？"

她的语气虽然是满满的嫌弃，乔秀芳却笑了，乔娇这是在关心乔暖呢！

顾清明在旁边不说话，乔娇递给他苹果他也吃，听着乔秀芳絮絮叨叨，他的眉头就慢慢松开，嘴角轻轻上扬。

荣谨他们做好饭才七点，电视里放着新闻联播。乔秀芳声音高亢，显然相当兴奋，她盼了六年的团聚终于实现了，甚至还添了一人。

平日里的恩恩怨怨，在这一刻都被放下。

顾清明和乔娇进去帮忙端菜，那真的是满满的一桌，荣谨这半年来手艺锻炼得相当可以。

"把那瓶酒拿出来，今晚咱们喝一杯！"乔秀芳一坐上饭桌就兴奋地道。

乔娇炸了："喝什么酒，你这个身体是能喝酒的？！"

"就喝一点，清明和小荣难得来一次……"乔秀芳一对上管东管西的乔娇就很无奈，只得央求她。

乔娇看着对方祈求的眼睛，叹了口气，去柜子里拿了瓶酒出来。

"清明和小荣都能喝吧？"乔秀芳笑着问。

"能喝点。"荣谨相当谦虚。

"嗯。"顾清明只应了一声，接过酒瓶，打开，给每人都倒了些。

荣谨和他是满满一杯，三个女人就都只有一点点，就是尝个味。

这一顿饭吃了好久，喝上点酒大家就更加高兴了，旁边的电视里放着春节联欢晚会，热闹非凡。

饭桌上也是一片和谐，乔秀芳虽然只喝了一点点，可她六年滴酒未沾，这一点点使得她有些醉醺醺的，两颊微红。

乔娇一时有些愣神，她跟在乔秀芳身边的这六年，也发生过不少高兴的事，可她还从未见过乔秀芳如此高兴，那一根根新生的白发仿佛都变黑了。

愣神了好久的乔娇突然对对面笑着不说话的乔暖道："有空的时候就多回来……"

五人的饭桌瞬间安静下来，乔暖先是微微诧异，随即笑着说："好。"

乔秀芳太高兴了！

她几乎是立刻就坐直了身体，笑眯眯地说道："对嘛，就是要这样，两姐妹要和和睦睦的。"

说到这儿乔秀芳的声音骤然降低，眼眶也慢慢有些湿润："你们暖姐这些年苦啊，都是乔妈妈的身体不争气！害得暖暖学也上不了，梓晨也被带走了……"

"咳咳"，乔暖咳嗽了一声，轻声道："乔妈妈，您喝醉了。"

乔秀芳的眼泪哗就流了下来："暖暖，是乔妈妈对不起你！你管老婆子我做什么！"

乔暖伸出手，拍了拍乔秀芳的后背："乔妈妈，大过年的，哭什么哭，您喝醉了。"

乔秀芳这才收起眼泪，努力挤出笑容说："对对对，大过年不说这个，快吃快吃！"

顾清明和乔娇一脸震惊，两人互相对视了一眼，心里一阵惊涛骇浪。

乔妈妈……什么意思？

对不起顾清明的为什么是她？这和乔暖辍学又有什么联系吗？

乔秀芳喝醉了，又刚刚哭过，顾清明纵是心里头有一千个疑惑，最终也忍了下来。

春晚还在继续，乔秀芳继续絮絮叨叨地叮嘱这儿，叮嘱那儿，可几人之间的氛围到底有了变化……

大家一直守岁到午夜十二点，乔秀芳就如同小时候给乔暖他们分礼物一样，把床头的盒子拿下来，打开，四条围巾排成一排。

她先拿起红色的那条递给乔暖，又把紫色的给了乔娇，灰色的给了顾清明，棕色的是荣谨的。

显然荣谨也没想到会有人给他织围巾，拿着围巾好一会儿愣神。

还是乔秀芳有些歉意地说道："你这条是今天赶出来的，所以做工有些粗糙，等你下次来，乔妈妈给你做条好的！"

荣谨咧嘴一笑，看着她感激地说："这还是我第一次收到手工礼物，乔妈妈，我很开心！"

"你这孩子客气什么，你和暖暖能走到一起，也就是我的孩子！"

乔秀芳笑眯眯地说着，额头的皱纹已经有些明显，脸颊通红，一看就知道这是还醉着。

其他三人也表示相当喜欢围巾，乔秀芳更加开心地笑了起来。

351

饭桌上那句似是而非的话像是一场梦，乔秀芳把它忘在了脑后。

只有顾清明一整个晚上都惦记着，看着电视屏幕发呆，他有好多的问题想要问，六年前的真相像是隔了云雾，令他摸不着头绪。

可这个时候显然不适合继续追问。

一直等到十二点半，乔秀芳睡下了，乔暖、荣谨、顾清明三人随乔娇下楼，去了不远处的房子。

寒冬腊月的深夜里，街道上基本没人，昏黄的路灯照亮这座城市，街道两旁的房屋还亮着灯光，显然大家都还没睡下。

一出了房间，热闹像是瞬间去了另一个世界，顾清明忍不住了。

"乔暖，乔妈妈什么意思？"

"嗯？"乔暖仿佛没听懂他在说什么。

"那一年是不是有什么隐情？"顾清明上前一步，就连乔娇也靠近他们，看着乔暖。

"她喝醉了。"乔暖轻声说道。

"你骗我！你现在还要骗我吗？！"顾清明拔高了声音，一双眼睛通红，在路灯下亮晶晶的，有了泪光。

荣谨拉开大衣把乔暖裹在里面，眼睛冷冷地看着两人。

"被护在羽翼下的人是没资格质问别人的。"荣谨又转向乔暖，压低了声音，"暖暖，我们先走。"

荣谨的拥抱很温柔。这男人有时候又傻又怂，有时候又顶天立地，他很完美地把控了这个度，至少不会让乔暖觉得不舒服。

这其实很难，乔暖一个人习惯了，又比一般人独立，一个陌生的男人想要一点点挤进她的世界而不遭受排斥，本来就是一件很不容易的事。

他揽着乔暖离开，顾清明的脚动了动，还想说什么却被乔娇拦住了。

"你拦着我干什么？"顾清明眉头紧锁，一脸不悦。

"她要是会说早就说了，乔妈妈的身体不好，只能我们自己去找答案了。"乔娇一脸认真。

事实上她现在也是极为震惊，乔暖的性格本就冷淡，当初她把顾清明的母亲带到他的藏身之处时的那张冷脸，几乎让人一点也不怀疑她的冷漠。

这一年年三十晚上的欢笑过后，他们又全都失眠了。

荣谨把乔暖抱在怀里，她脱掉高跟鞋又收起所有的刺后，整个人显得格外娇小。

那么小小的一只，那么柔弱的脊梁到底承担了多少不属于她的责任？

男人的怀抱很温暖，乔暖动了动，和他贴得很紧。

"暖暖……"

"嗯？"

"要跟我讲讲吗？"他的声音很轻，又很温柔。

乔暖摇了摇头："没什么需要讲的，是我自己的选择，我现在过得很好。"

荣谨给她翻了个身，乔暖整个人就趴在了他的怀里，他紧紧地抱着她的后背，抚摸着她的脊背。

他很心疼，那种心里一抽一抽的疼。

你过得好是你自己做得好，不是这条路好……

这句话他到底没讲出来，只说："明天吃了午饭，咱们回家吧。"

"好。"

回家？她真的有家了吗？

乔暖把手伸出来，搂住荣谨的腰。外面寒冬凛冽、白雪皑皑，室内两人紧紧地抱在一起，相互依偎。

两人都是那种无论几点睡都会在早上七点醒来的人，乔暖哪怕只睡了三四个小时，还是在七点睁开了眼睛。

旁边的男人显然也醒了，不过对方又把她搂紧，轻轻地拍了拍她的后背，声音沙哑："乖，再睡会儿。"

乔暖的耳朵动了动，有些痒。

"快睡吧……"他的声音很轻，再配合他轻轻的安抚，乔暖很快又陷入黑暗。

荣谨这才停下手，小心翼翼地抽出被乔暖枕着的手臂。

她睡得不安稳，眉心微微隆起，像是一座小山丘，承载了许许多多的故事。

不爱说话的女人心里都有一座城，城墙太厚，但只要你能走进去，就能发现里面的丰富多彩。

荣谨微微低头，在她隆起的眉心落下一吻，这才轻轻地掀开被子，坐了起来。

乔暖醒来的时候已经快十点了，这还是从来没有过的事，以至于她一时有些愣神。

这房子的采光不错，外面已经透亮。

当初她手头宽裕之后的第一件事就是买下这儿，这房子她也是费了心思挑的。

她买下这儿是为了方便乔娇住，可惜那丫头宁愿睡在乔秀芳旁边窄小的陪护床上，也不愿意过来。

乔暖眼神没有焦点地盯着一处，突然有种沁透骨子的寒冷……

这寒冷没维持两秒，乔暖就听见外面传来乒乒乓乓的声音，她掀开被子走了出去。

荣谨正在厨房里炸着什么东西，乔暖皱着的眉头松开了，有了些温度。

"你在做什么？"

"我在给你炸茄子！"他咧嘴一笑，显然相当高兴。

"为什么做这个？"

"乔妈说你以前最爱吃了，今天大年初一，听说早上吃了最爱吃的，一年都能吃到喜欢的！"他一边手忙脚乱地弄着，一边又把另一块裹了蛋清的茄子丢进去。

乔暖愣神，随即觉得有些好笑，心口又有些胀胀的，像是有什么东西钻了进去。

"那你初一早上想吃什么？"

荣谨想都不想地接道："想吃你。"

乔暖："……"

荣谨没做太多，两人各吃了几片就往乔秀芳那儿去，乔秀芳打电话说乔娇已经做好午饭了。

两人到的时候，顾清明和乔娇正在厨房做饭。荣谨一边紧紧握住乔暖的手，一边和乔秀芳谈笑风生。

他所处的地位不需要讨好别人，但不意味他获取不了别人的喜爱。

荣谨和乔秀芳说话时侃侃而谈，什么都能接上，哄得乔秀芳极为高兴。

今天的顾清明和乔娇格外安静。

荣谨不理会他们，一个劲儿地照顾乔暖和哄乔秀芳。

等饭吃完，荣谨咳嗽一声，笑着说道："乔妈妈，新年快乐！"

"同乐同乐！"乔秀芳笑眯了眼。

荣谨笑得真诚："我和暖暖工作还忙，待会儿就先回京市了，咱们以后再来看你和乔娇。"

"哎呀，今天才初一呢，怎么就走了……"乔秀芳立刻变得有些不太开心，神色落寞了些。

乔暖轻声说："总是要走的，乔妈妈，您不要担心我。"

"那好吧……你们路上……"

"大年初一你们往哪儿走？走什么走，明天吃了早饭再走。"乔娇一边收拾碗筷，一边冷冷地说。

乔暖静静地看着她，嘴角轻轻上扬，挑眉道："你留客的态度就是这样的吗？"

乔娇一双眼睛瞪圆了："你是哪门子客人！"

她说完才看见乔暖满脸笑意，忙移开视线："我洗碗了，不跟你说了！"

乔暖笑了，乔秀芳也跟着笑了起来，她刚刚低落的情绪已经被两姐妹关系缓和的喜悦冲淡。

但要离开的人始终会离开，第二天一早，两人就在乔娇和顾清明的目送中离开了。

副驾驶上的乔暖回头看了眼，荣谨轻轻握住她的手，十指相扣。

乔暖看了眼又转回来，握紧他的手，片刻后又松开，轻声说："走吧。"

留在原地的乔娇和顾清明对视了一眼，再次去了福利院。

王贵萍风风火火地跑出来，看着两人道："怎么了？"

乔娇还没说话，顾清明已经先一步上前，急切说道："王姨，您知道乔暖当初为什么没上大学吗？"

王贵萍沉默了片刻，最后看着两人轻声说："她不是说志愿没填好吗？"

"王姨，求您告诉我们实话！"

王贵萍叹了口气，招招手："你们跟我进来吧。"

两人就算有再多的疑问也忍了下来，只跟在王贵萍的后面。

她把两人带到了福利院的爱心墙，这地方每年都会新增不少名字，社会上有爱心的人不少。

"你们小时候福利院的条件不行，王姨也知道你们吃了不少苦。"王贵萍对着墙叹了口气。

她也不理会两人的反应，又说道："秀芳在所有孩子里面最在意你们三人，尤其是娇娇，还在襁褓里就被她养着了。那时候她的孩子刚刚没了，娇娇吃的奶水都是她的。"

这些乔娇都知道的，她也确实把乔秀芳当成了亲生母亲，这么多年相依为命，两人都在对方的生命中占据了很大一部分。

"不只秀芳，咱们福利院都挺喜欢娇娇的，又懂事又开朗。反倒是暖暖，来的时候已经六岁了，又沉默寡言，总像是有很深的心思。"

"她小小年纪就敢和一群男孩子打架，也知道怎么给自己争取最大的利益，所以我和秀芳都特别怕她长歪。"

她说到这儿走到爱心墙摸了摸乔暖的名字。

"其实她一直很正，从来没长歪。她心狠也有谋略，可对她有恩的人，她也是记在心里的。"

说到这儿，王贵萍转身看向两人："我养了这么多的孩子，你们两个确实是其中的佼佼者，但我最喜欢的还是暖暖。"

王贵萍张张嘴，说出一个她无数次想说最后都藏了起来的秘密："那年给秀芳手术捐款的慈善家反悔了！"

顾清明和乔娇瞪大了眼睛，下意识地上前一步。

"他反悔的时间正是秀芳手术的前一天，她一分一秒都不能拖，我们连筹款的时间都没有……暖暖不让我说出来，只说自己有办法……"

乔娇的眼眶瞬间湿润了，顾清明也红着眼眶看向王贵萍，攥紧了拳头。

"她第二天真的带回钱了，顾清明你也被带走了……我不知道这中间有什么联系，我也没空去想有什么联系。"

顾清明的唇有些抖，那时候他的母亲要带走他，他自然是不愿意的。

乔妈妈生病了，他更加不会离开，乔娇和乔暖给他找了地方藏起来，

356

只要再躲几天，他就成年了。

所以那天晚上乔暖带着人进来的那一刻，他心底充满了绝望，她就在一旁冷冷地看着他被拖走，所以他恨了她这么多年……

可他现在突然发现了另一个真相，不敢想当初看着他被拖走的乔暖又扛着多大的责任！

这时候正在高速路上的荣谨和乔暖也说到了往事，尽管荣谨并没有查乔暖，但他这人聪明，早知道当年有隐情。

"暖暖，你真的没后悔过吗？"

乔暖摇头："没什么好后悔的，那一年的选择很简单，做决定的人也年轻，但就是现在的我，也依旧会这样选择。"

"值得吗？"

"值得。我乔暖不许任何人侵占我的利益，但我也不想欠任何人。我没地方去的时候是她给了我家，也就是给了我生命，无亲无故，我本来就应该还的。"

她抬头，眼睛看着前方，里面有光，灿若星辰："荣谨，我现在可以挺直脊背说，我乔暖活到现在，不是个好人，但从来堂堂正正。"

荣谨轻轻笑："嗯，我家暖暖真棒！"

她真的很棒，走到高处的女人也不都是无情无义的。

上不愧天地，下不愧亲朋，不遭人算计，不无端伤害别人。

敬我一尺的，我敬他一丈。

打我一掌的，我回他十棒。

这才是真女王，他看上的女人，他的爱人，乔暖。

福利院的对话也还在继续，乔娇已经哭了，王贵萍却继续说："那天发生了很多事，有一份快递又送了过来，是暖暖的录取通知书，全国最好的金融大学，暖暖最想去的学校……"

"她为什么不去！"乔娇哭喊道，她心里或许有答案，却不肯去相信。

"我给她申请的助学贷款给秀芳做了后期手术，这是暖暖要求的，她说不读书了。"

"怎么可以……"顾清明喃喃道。

"对啊，怎么可以，我也是这样问她的。"

王贵萍点点头，突然嘴角有了一点微笑，冷漠的脸显得有些柔和："她告诉我，可以，'别人不可以，我乔暖可以'！"

王贵萍想起乔暖那双坚定的眼睛，眼里越发盈满了笑意。

如今六年多过去了，乔暖证明了那句"她可以"，这个世界不缺身世凄惨的人，也不缺命途坎坷的人，唯一缺的只有努力改变命运的人。

福利院的孩子各有各的不幸，王贵萍他们和社会上的爱心人士能一路支撑着这些孩子读到大学，能给予他们力所能及的帮助。

可路是自己的，要挺起脊梁走下去的始终是自己。

荆棘密布的道路尽头都是春光灿烂，区别在于你能不能走下去。

不幸的人各有各的忧愁，悲苦的人各有各的哀痛，可天下间所有幸福的人都有一个共同点，他们活得努力。

这几年福利院的条件还可以，至少衣食住行没了问题。王贵萍就喜欢带着孩子们来爱心墙前面，一遍遍告诉他们，什么是责任，是什么是努力……

顾清明眼底布满血丝，乔娇已经哭得满脸泪水。

"为什么不告诉我们呢……为什么……"

王贵萍摇摇头："当初的事我也有很多弄不明白的，暖暖一直没说。本来我也是答应暖暖不说的，可事情过去这么久了，她做的那些事不该被时间掩埋。"

末了，王贵萍叹了口气："再多的隐情我也不知道了，秀芳知道的也不多，你们应该问暖暖，不过她不一定会告诉你们。"

两人还有些恍惚。

王贵萍要忙福利院的事情，又脚步匆匆地离开，她早就想说出这些事了，今天终于全部说给了该知道的人。

两人走出福利院的大门，这会儿已经是上午，阳光照在身上依稀有了温度。

乔娇抬头，哭得有些红肿的眼睛被阳光一刺，有些生疼。

"她为什么不告诉我们呢？"乔娇喃喃道。

顾清明轻轻呼了口气，没说话。

"不行！我要问问她！"乔娇慌慌张张地去拿手机，顾清明抓住了她的胳膊。

"我们去问杜薇。"他缓缓地吐出这一句话。

乔娇愣了好一会儿才想起杜薇是谁……顾清明那个名义上的母亲。

"你知道她在哪儿？"

"知道。"

他一边说一边迈开了步子，乔娇赶紧跟上。

在顾清明开车同乔娇去找杜薇的时候，荣谨已经和乔暖回了京市。

"下午有什么安排？"荣谨停好车后，一边拿出车里的东西，一边问乔暖。

乔暖双手抱臂，手指在手臂上敲了敲："做几个方……"

"打住！"荣谨打断了乔暖，一脸无奈地牵起她的手，"亲爱的乔小姐，今天大年初二，你真的要抛弃你忠诚的荣先生去书房面对冷冰冰的电脑吗？"

乔暖失笑道："那么我忠诚的荣先生，你有何安排呢？"

"我们出去转转吧！"过年的京市格外热闹，两人都是不爱出门的人，以往的热闹和他们无关，今年却好像有了点不一样。

"那我就满足荣先生了。"乔暖挑眉，眼底有笑意，显得一张脸格外迷人。

荣谨痴痴地看了会儿，这才兴冲冲地回去洗漱整顿一番，把乔暖拽出来转悠。

他们从小区走到公园，又从公园走到广场，旁边是拥挤又吵闹的人群，熙熙攘攘。

有老头老太牵着手出来看热闹，有穿着新衣的小孩被家长牵着。

舞龙、舞狮、杂技、游戏……他以前在这个时间开车经过这些地方的时候，从来没有投下过目光。

可现在牵着乔暖，他觉得所有的一切都变得新奇。

两个在商场上笑看风云的人物，此刻瞪大了眼睛看着别人杂耍，一脸惊奇，两双眼睛同时瞪圆，随着别人的动作上上下下。

他们握在一起的手一直没有松开，十指紧扣。

"到了。"顾清明拉开车门，乔娇跟着下来，往那栋房子走了过去。

两人在外面没站多久，一个保养得宜的女人就风风火火地跑出来。

"清明，你怎么过来了？"她这语气明显不是欢迎。

顾清明冷冷地看了她一眼："你放心，我不进去，不会打扰你和你老公孩子的。"

杜薇松了一口气，一向保养得宜的脸也有了笑意："瞧你这孩子说什么，妈妈哪有不欢迎你的！"

顾清明的脸更冷了："别装了，我来就是想问问你，六年前你是怎么把我带走的，乔暖为什么带你找到我？你们做了什么交易？你又做了什么？"

他一股脑扔出好几个问题，杜薇脸色一变，随即笑着说："你这孩子在说什么，就是我在找你，想带你去顾家过好日子，那个女孩就带我去找你了啊！"

"杜薇！你如果不说实话，就别怪我仗爸的势来欺负你了，我相信他会帮我的，你好不容易找到的男人也不想要了吗？"他上前一步，眼神犀利地盯着杜薇。

"顾清明！你在说什么，我说的都是实话啊！"杜薇急了，一脸慌张，她很在意自己艰难组建的新家庭。

"杜薇，我没跟你说假话，看来你是不到黄河不死心了，你别以为我对你还有什么母子情，我对你只有恶心。"他脸上的嫌弃太过明显，以至于杜薇下意识地后退一步。

顾清明又拿出一张支票，在杜薇面前晃了晃："你说了我就放过你，这张支票也给你，上面的数字随你填，怎么样，交易吗？"

杜薇一愣，随即面上一喜，伸手拿过支票。

顾清明的眼神越发嘲讽，这女人真是见钱眼开，不过也对，能卖儿子钱拿的女人还能有什么良心？

"唉……你想知道什么？妈妈都告诉你。"

顾清明更想知道真相，因此没去纠正杜薇的那个"妈妈"，他现在已经懒得理她。

"你是不是停了乔妈妈的捐赠？"顾清明这虽然是个问句，语气却很坚定。

杜薇有些迟疑，但顾清明就那么没有一点感情地看着她，他是顾国华的儿子，在福利院长大，又被顾国华养了六年多，她不敢赌这人对她还有几分仁义。

"是……我找不到你，你要成年了，时间等不起，所以才联系到捐款方，停止捐款。"

"然后你就威胁乔暖了？！"

"我没有威胁她，我本来停了捐款是为了让你自己出来，那女孩太聪明了，猜到了一切，自己找了过来。"

杜薇也忘不了乔暖，对方才刚刚十八岁，有一颗聪明的脑袋，也懂得怎么交换，就是心不够硬。

"所以她带你来找我，你给了乔妈治疗的费用？"

"当然，找到你就是我的目的。"

"那你为什么不直接诱惑我出来，没准我还感激你。"顾清明看着她追问道。

杜薇的眼珠转了转，摸了摸手上的支票，还是实话实说："我把你引诱出来，虽然你跟我去了顾家，可你能安心待在顾家吗？为了避免你心心念念福利院，倒不如直接让你绝望。"

她眼神闪烁，上前一步，想要拉住顾清明，却被他躲开："别碰我！"

杜薇讪讪道："妈妈是为你好，你要是在顾家还天天惦记着福利院，有事没事跑去福利院，顾国华那人肯定没现在疼爱你！妈妈都是为了你好，你看你现在过得多好。"

顾清明一双眼睛瞪大，里面的红色越来越深："所以你就威胁乔暖不许告诉任何人？！然后你留下第一笔治疗费拍拍屁股走了，让乔暖辍学打工赚钱？！杜薇，你有良心吗？！"

他真的不敢相信有人会打着所谓"为你好"的旗子做尽缺德事。

十八岁的乔暖承担了那么重的压力和那么多的委屈，可就因为这个女人，她都不能向任何人诉说。

毕竟当初的杜薇，对于乔暖那个阶层来说，是一座斗不过的大山。

顾清明突然觉得自己这六年多的埋怨就像是个笑话，他凭什么恨乔暖？毁了她一生的是杜薇，是他名义上的母亲，是他自己啊！

他忍了这么久的眼泪再也忍不住，杜薇上前："清明，你别……"

她还没来得及安慰他，旁边一个姑娘扑了过来，对她又打又挠。

"疯婆子，你干什么？！"杜薇大怒道，一边挣扎一边推她。

乔娇只拼命打她，又挠又啃，流了满脸的眼泪："我姐姐当初那么年轻，你就这样欺负她！你这恶心的女人！"

杜薇也不是吃素的，两人扭打了几下，都多多少少地受了皮外伤。

顾清明隔开两人，沉了脸对杜薇说："这张支票是无效的，我告诉你杜薇，你一辈子也别想从我这儿拿到一毛钱！"

"清明，我是你妈妈啊！"杜薇看了看手上的支票，不敢相信这个事实。

"滚！"

他的眼神太凶狠，吓得杜薇只有赶紧离开。

乔娇像是突然没了力气，蹲在地上捂着脸大哭。

乔娇嘴里指责杜薇，可她心里最清楚，他们这些被乔暖护在羽翼之下却还怨着她的人也对不起她。

她所有的安稳日子都是乔暖牺牲一切换来的，乔娇想到这儿，哭得越发撕心裂肺。

顾清明没去安慰她，只愣愣地听着她喃喃地说着"对不起"，可对不起乔暖的何止她一个人，他自己才是罪魁祸首啊！

当天，顾清明把乔娇送回H市就回了京市，直奔顾家。

他还有很多的疑问需要一个个解开，就像之前顾国华为什么突然要把乔暖赶出元夏。

他是不是早就知道了当年的真相？

顾清明回家的时候，顾国华和人出去打高尔夫球了，他就坐在客厅安安静静地等着，阿姨来问了几次，他只挥挥手让她离开。

一楼的客厅很大，顾清明一个人坐在里面有些冷清，但他始终一动不动地坐在沙发上等着。

顾国华回来的时候很晚，临近晚上十一点，他走进大门看见沙发上的人时愣了一下，随即满脸欣喜。

"清明回来了？怎么不给爸打电话！"他笑得很开心，显然心情相当不错。

顾清明看着他喜悦的眼睛出神，心里有些难过，每个人都有每个人的想法，在他面前慈眉善目的父亲对别人也许是冷血无情的。

事实上他自己也不是什么善良的人，这个别人要是其他人他也不会在意，可那是乔暖啊！

"爸……你陷害乔暖是因为我吗？"顾清明的声音有两分颤抖。

"你在说什么？什么陷害乔暖？"顾国华一脸吃惊，显然对于这个问题相当疑惑。

顾清明内心有了一点点动摇，很快又稳住了，顾国华的心思绝对不是杜薇能比得上的。

"爸，不要骗我了，我早就知道是你布局陷害她的，只是一直不知道为什么。你给杜薇打过电话，知道她害过乔暖……你也知道我误会她了。"

顾国华看着面前平静说话的顾清明，突然有些慌了。

"清明，爸没……"

"爸！我是您亲儿子，您还要骗我吗？！"这一天顾清明质问了无数次，每一次的质问都是一阵撕心裂肺的疼痛。

顾国华是真的慌了，他了解顾清明，这孩子现在状态不对……

"清明，对不起，是爸对不起你，爸只是想给你铺一条好路，不要有任何人威胁到你……你要是不高兴，爸给乔暖道歉，你喜欢她就娶她，爸支持你。"

顾国华一脸紧张，轻轻地捏着顾清明的胳膊，他真的很在乎自己这个儿子，唯一的孩子。

顾清明颓然地跌在沙发上，双手捂住脸，只喃喃一句："爸，你永远是我爸……"

"清明，你……不怪爸？"

顾清明摇摇头："我不怪你，你是我爸……"我只怪我自己。

听到这话，顾国华的心情并没有变好，反而越发沉重……他总觉得顾清明状态不对……

他没有预料错，在初六，所有公司开工的那一天，顾清明递交了辞呈，说他要去国外继续读书。

"清明，清明，你不用读了啊！你以后是老板，不需要太高的学历去找工作！"顾国华一脸茫然，他好不容易盼回了儿子，结果对方又要走了？

顾清明轻轻笑，面上故作轻松："爸，我又不是不回来了，你不要担心我，注意身体。业务部的经理我知道你早就有安排的，程又诚其实比我更有实力，我经验不足，他已经工作好多年了。"

"儿子……"

顾清明又打断他："我的箱子已经在车上放着，爸你不要担心我，照顾好自己，不要总想着工作。"

顿了顿，顾清明又道："爸，你亏欠乔暖，我们全家都亏欠她……"

"你继续留在公司吧，爸老了，看不了几年，爸会弥补乔暖，你不要意气用事！"

"我没有意气用事，我本来就是要在国外读博的，不过是因为自认为乔暖欠我，就跑了回来。现在只不过是去做我一直想做的事情，爸，我又不是不回来。"他有了两分的微笑。

顾国华知道拦不住他，儿子去意已决，他颤抖着手听着顾清明的叮嘱："你会回来？"

"最多三年就会回来的。"

顾国华不说话了，顾清明最后看了眼办公室，走了出去。

伤害乔暖的是他自己和他的至亲，杜薇他还能狠下心来收拾，可顾国华所做的一切都是为了他……他又该如何呢？

他没脸见乔暖，只能逃避。

顾清明拖着箱子走到机场，想起他刚回来的时候，这才短短几月，他的心境竟发生了这么大的变化。

暖姐，对不起。

他最后看了眼机场，准备拖着箱子进去了。

第十三章

乔经理这么帅有人敢追吗

"你就这样悄悄走掉？"一个女声从背后传来，顾清明惊讶地回头。

乔暖双手抱臂，手指还圈着钥匙，平静地看着他。

顾清明呆呆地看着她，不知道该做何反应。

乔暖在他的视线中上前，说道："我又没有怪你，这些都和你无关，你又何必这样呢？"

顾清明上下唇碰了碰，有些颤抖，没出声。

"不过想读书也挺好的，一辈子太长，你想读几年书还是可以。就是时间不要太长，好好学习，早点回来。"

"好……"

他轻轻应了，随即张开双手，把乔暖抱在怀里。

他说："姐，我把你那份一起读下去，等我回来，祝你幸福。"

乔暖轻笑："好。"

他随即紧了紧怀里的女人，迅速松开，拉着箱子大步离开，背对乔暖，举起手来挥了挥。

他的暖姐是天下最好的女人，她的前半生把一辈子的苦全吃了，后半生该平平顺顺，幸福安康。

荣谨，你要是对她不好，我再回来的时候就绝对寸步不让了。

"这浑蛋！"被遗忘在一旁的荣谨愤然上前，一把把乔暖抱进怀里，蹭了蹭，显然想抹掉那家伙的痕迹。

告别就告别，抱什么抱！

不过很快荣谨就又开心起来，那个表面冒充弟弟，背地居心不良的顾清明终于走了！

他牵着乔暖的手，美滋滋地往公司去，尽管两人都即将面临迟到。

"走了吗？"顾国华坐在办公室的椅子上，双眼无神地看着窗外，一脸茫然。

"走、走了……"黄长富轻声说。顾国华的样子实在是太吓人了，就像是瞬间老了好多岁，浑身透着颓然。

这话一落地，顾国华本来就无神的眼睛变得更加落寞孤寂。

"你说……他为什么就要走呢？亲生父亲就比不上一个女人吗？"

顾国华瞪大了眼睛，紧紧盯着黄长富，让对方瑟缩了一下。

"可能两人小时候在一起的时间太长了，顾经理对乔暖的感情很深厚。"

"可我是他的父亲！亲生父亲！"顾国华腾地站起来，压制着怒火。

人总是喜欢站在自己的角度看问题，就像顾国华不能理解顾清明对乔暖的感情，顾清明也不能理解顾国华对自己的感情。

他以为自己走了，他的父亲和乔暖就没了矛盾，可他哪儿想到，那么在意他的父亲，怎么可能不把这罪过推到乔暖的身上？

黄长富缩了缩脖子，近来他被顾国华压制着，越发害怕这样的顾国华。

顾国华重重地喘了几口气，砰的一声把桌上所有东西都砸在了地上，双手撑在上面，咬牙切齿道。

"乔暖！"

黄长富下意识地后退一步。

顾国华受了刺激，现在反倒是恨上了乔暖。他儿子出国了，心头没着落的他只能找人恨着怨着。

黄长富抬头看了眼顾国华黑漆漆的眼睛，心中有两分喜意。他跟乔暖

366

结怨很久了，但顾国华除了当初想要乔暖坐牢的那一次，还没有真正对乔暖下过狠手。

黄长富嘴角微微扬起，这一次顾国华怕是恨得牙痒痒了，乔暖还能有那么好的运气吗？

新春过后第一天上班，乔暖因为送顾清明迟到了，而广贸的员工已经到齐。

"乔经理早！"

"早，新年过得如何？"她微笑着在办公区站定。

"很好！"

"就是假太短了！"

"对啊，唉，刚回家就又来了！"

员工七嘴八舌地抱怨着，乔暖笑着听着："多放几天可不行，你们都是公司的骨干，业务部需要你们，一个也不能少。"

这话一出，员工们嗷嗷叫，乔经理夸人了！

乔暖只微微摇头："行了，开工吧，一整个春节积累了太多的东西。"

等她进了办公室，员工们继续低声嗷嗷叫。

"乔经理过了年更好看了！"

"对啊对啊，天啦，什么时候能有乔经理的脸？"

"今晚。"

"嗯？"

"做梦！"

"啊，太坏了！"

"她有对象了吗？我记得乔经理好像才25岁……"

"真是人生赢家啊！"

"话说乔经理这么帅有人敢追吗？"

"哎，我听说乔经理有男朋友了……"

"我天！谁这么好运！"

办公室永远少不了叽叽喳喳的八卦，乔暖偶尔听见有人不注意大声嚷嚷出来的一句，只无奈地摇了摇头。

367

新年伊始，广贸积了一大堆的事给乔暖，她每天都忙得脚不沾地。不过荣谨也没好到哪儿去，倒也没了抱怨。

只过了个春节，王权和乔暖之间的氛围就有些微妙，两人都知道，今年他们之间得有一个落败。

章唯依旧是王权的助理，每天做做跑腿的事情。

"章唯，跟我去见个客户。"沈辉在业务部没了容身之地，就跟在王权后面。

章唯有时候也很不理解对方为什么不辞职，对方明明是有实力的高材生，做助理该有多屈才。

"快点儿。"

听了对方的催促，章唯赶紧跟上。过了年后，沈辉就经常带着她，所以这次她也没意外，就是好奇沈辉怎么会见客户。

两人去了一家会所，到门口的时候，沈辉停了下来。

他微笑道："你先在外面等我一会儿，我去见个朋友，咱们再去见客户。"

"好的。"章唯乖乖地应了。

沈辉往一个包间走去，章唯百无聊赖地翻着杂志。

她的眼睛乱瞟，十分想知道沈辉见的是什么朋友。

坐在沈辉给她指的座位上，看不见他们关着的门，章唯轻轻挪动，在另一个角落坐下，支着脑袋看着紧闭的房门。

她用手指敲敲下巴，思考着门里到底是什么人。

就在这时候，那扇门被打开，出来的男人让章唯狠狠一惊，下意识地低头。

——顾国华！

元夏的老板！

还没等她回过神，包间里又走出来一个人，章唯彻底呆住了。

——王权！

他们怎么会在一起？！

沈辉把两人送出去后，就来找章唯，两人又去见了个客户。

章唯全程心神恍惚，她看向沈辉的眼神充满了怀疑。

等到他们回到公司，章唯还有些愣神。

368

一到下班时间，章唯抿着嘴立刻就提着东西往外走。

这事一定要告诉乔经理！

她没有注意到，在她离开以后，沈辉办公室的门被打开，王权和沈辉微笑着走了出来，看着她的背影。

王权问："她会去找乔暖？"

沈辉轻笑道："当然。"

"这次会成功吗？"

沈辉转身："王副总，这次可有顾总帮咱们。"

王权眯着眼笑了笑，任何能驱赶乔暖的办法他都愿意去尝试。

自从这女人来了广贸以后，他再也没能接触业务项目，而一个营销创意公司，项目就是支撑公司走下去的能量。

但现在他一点也接触不到！他被隔离在权力之外，这对于王权而言，他显然接受不了。

王恒那个傻子竟然如此相信一个外人，把业务部所有事都交给她全权处理。

现在走出门去，业内谁人不知乔暖？

他也怕养虎为患！

上次他和程记算计乔暖的事，虽然最后没证据表明和他有关系，可从董事会驳回他关于沈辉再进业务部的提议就可以看出来，董事会不再信任他了。

这些迹象王权看在眼里急在心里，所以一见顾国华伸出橄榄枝，他立刻就紧紧抓住。

王权和沈辉关于后续的讨论且不谈，章唯急匆匆地下了楼。她也不傻，不可能直接去找乔暖。

所以她等的是陶阳，但说句实话，章唯一点也不喜欢乔暖这个秘书。

对方平日里在公司端着一张娃娃脸，仿佛单纯无害，却是装模作样，心机深沉。

她既不喜欢他，又害怕他。

章唯在停车场也没等多久就看见了陶阳，对方显然没注意她，直接拉开了车门。

她就在这个时候跳了出来，拉开副驾驶车门钻了进去。

陶阳先是一愣，随即微笑，眼里闪过一丝危险，眯着眼道："章助理，你这是有事？"

章唯显然顾不上他的心情，一听这话就激动地说："陶秘书，沈辉和王副总偷偷去见元夏老板顾国华了！"

陶阳把漫不经心的态度收了起来，正色道："你怎么知道？"

"中午要和一个客户见面，沈辉就带我过去，而后他接了个电话，偷偷去见什么人了。我是在等他的时候看见王副总和顾国华的，他们三人从一个房间出来的。"章唯微微皱眉，仔细把来龙去脉说个清楚。

"好的，知道了。"陶阳点点头，停顿几秒又说，"谢谢你了。"

"不……不客气。"

章唯忙摇头，就要拉开车门下去。

陶阳一打火，发动车子离开。

"陶秘书？"章唯吃惊道。

陶阳只是微笑："你现在下车容易被人注意到，你送了这么大的人情给我们，我请你吃个饭。"

章唯使劲摇头，急切道："不不不，不用的。"

"你怕我？"陶阳挑眉。

"不不不，我只是还有其他的事，和朋友已经约好了。"章唯找借口，一张脸涨得通红。

"这样啊，那我就不勉强章助理了。"

章唯一口气还没松开，对方又说："你们约哪儿了？我送你。"

章唯："……"

"哪儿？"

"国际影城……"

"好。"陶阳一打方向盘，朝着国际影城方向开去。

等到了国际影城，章唯笑着拉开车门："谢谢陶秘书，那我就先走了。"

"嗯。"陶阳点头。章唯提着包从影院大门走了进去。

他看了眼影城，摇摇头："现在的年轻人都这么爱看电影吗？"

他仿佛就是感叹一句，他继续朝前开，但并没有驶到头，在前面打了一圈方向盘，把车子掉了头。

陶阳向来的方向驶过去，远远就看见影城大门口有个女孩猫着身子四处看。

他下意识把车往另一辆车后面驶去，而后停在一旁。

章唯见陶阳已经走了，这才松了口气，快步走到路边，拦了辆出租车离开。

陶阳："……"

他有些沉默，随即轻笑，继续发动车子回去。

陶阳一回去就和乔暖打电话说了这事，电话那头的女人很平和，只沉默片刻就说道："嗯，明天公司讨论，先找几个人盯着王权和沈辉一些。"

她的声音不急不缓，沉着冷静。陶阳其实也没太在意，毕竟那两人不是第一次下手了，什么时候得逞过？

不过这次他们找上元夏又是什么意思？

陶阳百思不得其解。

乔暖挂了电话也低头思索着，到底是怎么回事？

"怎么了？"一旁的荣谨见此便问道。

乔暖也不瞒着："沈辉和王权私下同顾国华见面，不知道为了什么。"

荣谨握着乔暖的手轻轻动了动，也是思考了一会儿才说道："是不是因为Sev？"

"Sev？"乔暖皱眉，显然并没有听过。

"欧洲那边的一个小众品牌，近来有进入中国市场的准备。刚开年对方就找到荣氏，想和我们合作开拓市场。"他说的时候语气有些嘲讽。

乔暖恍然大悟，对方这是想让荣氏铺路好进军中国市场。只是蛋糕虽然大，荣氏自己吃得很满意，即使还有剩下，但我为什么要给你切一块？

所以他们走不通合作路线，只能找营销创意公司给他们的品牌扩大影响，再通过创意公司联系可以合作生产的一些小公司，打开中国市场的大门。

乔暖想到这儿眼睛一亮，期待地看向荣谨。

荣谨有些无奈，偏头对着乔暖的脸"吧唧"一口，这才说道："Sev很有钱，也很舍得。"

乔暖眼睛更亮了，几乎是斩钉截铁道："这项目我接了！"

荣谨看着她开怀的模样，眼底有一簇火生了起来，对着她的脸啃了啃。

他又用自己硬邦邦的部分蹭了蹭她，沙哑着声音说道："乔小姐，卖你这么重要的信息，你用什么回报？"

乔暖眉梢上扬，眼睛半眯，风情万种："以身相许？"

话一落地她就被男人抱了起来，她的腿盘在他腰上，感受对方滚烫的温度。

"好……"

荣谨的声音哑到极限，又性感又迷人，显然已经到了爆发的边缘。

房门被反身关上，里面传来令人口干舌燥的声音。

第二天一早，乔暖仔细整理好一身黑色正装，领口的第二颗的扣子也被扣上了，遮盖下面紫红色痕迹。

这一个和往常不同的细节，使得乔暖眉头紧皱，对着镜子极为不痛快。

她浑身上下都和往常一样精致，就这一颗扣子，让她浑身散发着冷气。

荣谨送她上班的途中没敢说话，只偷偷瞄着她。他有预感，在她脖子没好起来之前，他要是敢说这事，铁定会后悔死的！

乔暖下车的时候头也不回，显然极为恼怒。荣谨一边忏悔自己昨晚太过了，又一边嘴角上扬。

他在一点点打破她的习惯，因为他的存在，乔暖也一点点在变化……且越来越适应。

这边走进广贸大门的乔暖眉头紧锁，一身气场使得一路上遇见的员工都没敢同她问好。

等她走过，大厅里才传来叽叽喳喳的交流声。

"乔经理今天和平时好像有点不一样哎！"

"更冷了！我都不敢看！"

"她的口红颜色换了，好性感！"

"乔经理更帅了，啊，想嫁！"

"我终于知道她今天哪儿不一样了！"

"哪儿？"

"衬衣多扣了一颗扣子，好禁欲！好性感！"

"啊！要命，每天看着乔经理，我都不想谈恋爱了！"

"为什么？"

"还没一个女人帅，叫什么男人？！"

"哈哈哈，那你注孤生了！"

……

这些谈话乔暖没空听，她今天走得格外快，风风火火上楼，直接拿着东西去了会议室。

这还是她早会来得最早的一次。

沈辉一向来得早，但他走进门看见乔暖时，也是吃了一惊。

"乔经理，您怎么来得这么早？"

乔暖看了他一眼，冷冷道："沈助理来得也不迟。"

"哈哈哈，我就是有点惊讶，乔经理一向来得晚的……"

"所以我就不能早来？"

"不不，不是的。"

"王副总还没来吗？"

沈辉眯着眼笑："来了，马上上来。"

乔暖的嘴角微微上扬，看着她的笑，沈辉脊背一麻，只听她说："那你怎么自己先跑上来了？"

沈辉眼神一厉，看着乔暖的眼神充满了克制的愤怒。

他一个大活人需要跟着别人上来？她这话就是讽刺他是王权的狗！

其他人就在沈辉的愤怒中陆陆续续地进来了，王恒今天来得挺早，心情显然相当不错。

他一进门就对着乔暖笑笑，胖乎乎的脸挤成一团。

"乔经理待会儿开完会来找我一下。"

"好。"乔暖点点头。

等到所有人都到齐，照例开始汇报自己的所有工作，这个汇报环节乔暖一向说得最多。

这个"话多"不是指她话多，是她手上的东西又多又重要，每一个项目都要稍作汇报。

"……目前就是这个情况。"乔暖合上手上的文件夹，看向王恒。

王恒点点头："所以业务部准备接新项目了？"

"对。"乔暖听到他这个问题眼睛里闪过了然，果然来了。

"那先不要接小项目，欧洲一个小有名气的品牌Sev准备进军中国市场，我昨天知道他们想要找一家公司长期合作。"

说到这儿，王恒的眼睛扫过现场的所有人。

几个董事没沉住气，笑着说道："这是好事啊，咱们的机会来了！"

王恒这时候脑袋倒是清醒："对方的选择不只我们，还有元夏和香港慈易。我知道的消息是他们还没定下来，所以需要我们去争取。"

顿了顿，王恒看向乔暖，笑眯眯地说道："乔经理，这事就要辛苦你了，有需要直接跟公司说。如果能拿到这个项目，你在这项目的提成提高两个点！"

在座的所有人微微吃惊地看向王恒，两个点听起来不多，可这项目明显是长期合作，而且还是大项目。

乔暖如果做好了，在这个项目上挣的钱就能赶上别人好多年了！

这可见王恒对这个项目的志在必得。

她倒是不惊讶，只点点头："好。"

乔暖视线扫过沉默的王权和沈辉，这两人今天一直很安静。

但这明显不正常！

乔暖去争取这个项目，如果拿到了，她在公司的地位就永不可撼动，王权和沈辉竟然没有整出幺蛾子来阻止，显然是有其他计划。

她的眼神微冷，和沈辉的视线在空中交汇，只两秒就各自收回。

这一场战争，开始了。

早会就这么结束，乔暖从会议室走出来，跟在王恒后面去他办公室。

王恒挺着大肚腩，嘴里哼着歌，显得心情相当不错。

"坐坐坐。"他对乔暖还是相当客气，给她拖了把椅子放在自己对面，而后才在自己的位置上坐好。

乔暖顺势坐下，她的坐姿看起来很标准，却又透着一点点慵懒，眼神平静地看着王恒。

王恒被她看得有些尴尬，赶紧摇摇头，说起正事："Sev你准备怎么着手？"

乔暖用手指在桌面敲打，眼神往窗外看去。外面天色有些暗沉，看起来又要下雪了，据说赶在冬末还有两场雪。

"元夏也想要Sev。"

王恒眼神茫然，元夏想要这个项目不是很正常？

乔暖红唇微启："王权已经疯了，他和顾国华私下估计有交易。"

"什么？！"王恒大惊，肥胖的身躯弹了起来，一脸惊诧地看着乔暖。

她收回在桌面敲打的手指，正色道："顾国华和王权私下会面，这个时期多半是为了Sev。"

王恒一双眼睛瞪大，里面越来越红，勃然大怒道："王权是傻子吗？！Sev是我们广贸翻身的最后一战，他也是广贸的一员啊！他不是想要广贸吗？Sev被元夏拿到，广贸还能翻身？！"

他气得有些喘不过气，倒也不担心乔暖骗他，这女人对没有把握的事是不会说出来的。

不知道为什么，乔暖觉得这件事好像透着一点怪异……

王权确实不见得机关算尽，但也绝对不是真傻，他和顾国华合作就是与虎谋皮，还有沈辉也为他出谋划策，他绝不可能把Sev这个项目拱手让人。

那么他和顾国华合作为的是什么？谁是主动方？

"不行，我要去骂醒那个傻子！"王恒挽起袖子，怒气冲冲就要出去。

乔暖收回纷飞的思绪，静静看着他的背影。

王恒走到门口就顿住了脚，回头看向乔暖："你怎么也不拦着我？"

她看了王恒一眼："你会去吗？"

王恒张张嘴，缩了缩脖子，又走了回来。

"我不傻，不能打草惊蛇是吧。"

乔暖没理他这句话，反而说："Sev的单子现在不急，从我目前收集的信息来看，对方是想在我们几家里面挑出最理想的。他们在等我们争得头破血流，这样的结果自然是他们最想看到的。"

"那我们什么都不做？"王恒愣住。

375

"你给他们传达一下我们有合作的意向就行，剩下的等后续，他们一定会再放出消息的。"

"那王权？"

"找人注意一点就行，我先去整理Sev的信息，业务部先着手做方案吧，他们应该会看这个。"乔暖说着站起来，就往外走去。

"行……"王恒点头的时候还有些发愣，怎么总感觉有什么不对？

这样想着，他对秘书招招手："我和乔经理相处是不是有什么不对？"

李丽听到这个问题一顿，而后注意到王恒隆起的眉头，心道：你和乔经理讨论问题的时候，主从关系反了！

不过想到自家心思不深的老板，李丽倒觉得这状态挺好。王恒要是没乔暖帮忙，面对有沈辉帮忙的王权时，绝对会束手无策。

"乔经理……挺聪明的，能为您提供好的建议……"李丽试探着说道，语气小心翼翼。

就在她担心王恒会不会因此对乔暖心生隔阂的时候，对方突然一脸恍然大悟。

"啧啧，她这天价工资开得值！"

王恒眯着眼睛笑，一双眼睛已经看不见了，脸上的肥肉抖了抖，看得出他心情相当不错。

年前看财务报表的时候，王恒也被乔暖的工资惊了一跳，这还是因为她才刚来，今年年底她的工资肯定还会涨。

当时的他相当肉疼，现在再看却异常满意，行业精英在哪个平台都是值得花大价钱的。

因为所有老板都明白，这个人的价值，远远大于给她的工资。她能帮公司十倍百倍地挣回来，给她高薪水又有什么？

要不是顾国华想不开，他压根儿不会有得到这个员工的机会，广贸可能现在也翻不起风浪了。

李丽见王恒没有其他想法，松了口气，她就怕王恒突然脑袋轴了。

这边回业务部的乔暖走得不急不缓，刚到办公室，陶阳就敲门进来了。

"乔经理，章唯说今天开完会，沈辉又在神神秘秘地打电话……"

乔暖点点头："盯着沈辉，看他下班了往哪儿走。"

"是。"

"对了，注意别让章唯被发现了，也不要逼她，她不想传递信息的时候不要强迫她。"乔暖轻声说，她对那个女孩印象很好，虽然不知道对方为什么无条件帮助她，但她心里是感激的。

"好的。"

"把这个给她，我朋友帮我寄过来的，有两瓶，我用不完，不介意的话让她收下，希望她喜欢。"她从包里拿出一个包装精致的小盒子。

陶阳用余光看了一眼，是瓶香水。

"好的。"

他接过，收了起来，淡定地走出办公室，立刻去做后面的安排。

乔暖则继续办公，到了下班时间，立刻就拿包下楼。

自从她的生活中出现荣谨这男人以后，很多细枝末节都有了变化。

例如——她下班格外准时。

"等了很久吗？"她看见荣谨站在车旁边，便挑眉问他。

荣谨缩了缩脖子："嗯，等久了，手都冻住了，冻成冰块了！"

他说这话时伸出了手，琢磨着乔暖会不会给他暖暖，然而对方只看了他一眼。

荣谨看着她还紧紧扣着的第一颗扣子，有些心虚地给乔暖拉开车门。

两人坐了上去。发动车子以后，荣谨的手正伸出去准备挂挡，突然一只有些凉的手握住他的，纤细修长的手指贴在他的手背上。

有些冰凉的温度像是从手上蹿到心里，他的一颗心也跟着抖了抖。

乔暖冷哼了一声，一边松开手，一边说道："冻成冰块？嗯？"

她虽然语气冷，可她伸手试探他温度的动作还是暴露了她的心思。

荣谨一把抓住她正在收回的手，贴在自己暖和的脸上。

他咧嘴笑道："那给你暖暖！你手太冷了。"

乔暖睨了他一眼，荣谨手掌的温热让她感到很舒服，他的大手还紧紧盖在她的手上。

她的一双手很快就暖了起来，浑身上下也都跟着暖和起来。

"暖暖出门穿厚一点。"荣谨叮嘱道。

她淡淡地哼了一声，荣谨保持着嘴角上扬的模样开车。她移开视线，看向窗外，嘴角亦是微微上扬。

外面已经开始飘雪，大片大片地落在地上，明天又会是白雪皑皑。

"对了，Sev中国区总裁史密斯先生明天就到京市，应该就留下来了。"荣谨突然说到正事。

乔暖眼睛一亮："史密斯？"

"嗯，不要小瞧这个外国人，他中文说得特别好，但他总喜欢装作自己听不懂中文。"荣谨继续透露着信息，他这个阶层总是会先知道一些信息的。

乔暖的手指在膝盖上敲打，又开始沉思与Sev的合作。

"这公司心大，也是有主意的，一时半会儿肯定不会着急定下。"

"好。"乔暖点头。

荣谨把车子开到车库，他们这个小区什么都好，就是小区楼下自带的停车场总是停满了车。

所以他们都是把车停在小区的另一个停车场，但这样的话他们就要从停车场出来再走进他们那一栋的大门。

荣谨看着外面的大雪，拉开大衣，把乔暖裹在里面，一只手揽着她，一只手遮在她的头顶。

他笑着说道："准备，咱们跑过去！"

在纷飞的大雪中奔跑，回去他们再洗个鸳鸯澡，多么浪漫的事啊！

他的脚步刚迈开，怀里的女人就将手伸了出来，撑开一把伞，举在两人头顶。

荣谨："……"

他认命地接过伞打在头顶，问道："你哪儿来的伞？"

他早上出门的时候可没见她拿伞啊。

"之前看快下雪了，就让人帮忙买了把伞。"

荣谨："……哦。"

他抬头看了眼黑漆漆的伞，又搂紧怀里的女人。

荣谨心道：没关系，大雪天打伞也别有韵味啊！

陶阳当晚给她发来了信息：一个是沈辉确实去见顾国华了，王权也在；另一个则是章唯很喜欢她送的礼物。

后半句陶阳没说全，那丫头捧着瓶香水感动到要哭的模样委实丢人。

乔暖点点头，没做表示，只说明天细说。

于是，陶阳第二天就在乔暖办公室等着她早会结束。

这一天的早会异常平静，王恒还没得到史密斯到京市的消息，乔暖也就没说。

等到散会的时候王权和乔暖并排而走，王权下巴朝天。

"乔经理，最近忙吧？"

乔暖微笑："还成。"

王权越发不高兴，只冷冷地说道："您可要把Sev的项目拿到哟，不要辜负老板的信任。"

乔暖眼神一厉，看来对方果然是要对Sev这个项目下手，他们真的是要帮顾国华拿到这个项目？

两方人就在乔暖的疑惑中分开，王权和沈辉两人越走越近，沈辉轻声说："她应该是有了猜测。"

王权笑了起来："给顾国华打电话，章唯那边……"

沈辉露出一个微笑："王副总，您放心，我懂的。"

乔暖回到办公室的时候，陶阳正等着她，她顺手合上门，坐在自己的位置上。

"怎么回事？"她问的时候点了点旁边的椅子，陶阳顺势拽过来坐了上去。

"现在基本可以肯定王权和顾国华有交易，但不知道交易内容，章唯只说她偶然听见两人提过Sev。"顿了顿，陶阳又说，"在王总提到Sev以前。"

乔暖用手扭了扭笔盖，眼睛深不见底："顾国华的消息比王恒早太多，他对于Sev定然也是志在必得。广贸现在比元夏还差些，一旦元夏拿到Sev，咱们就拍马不及了。"

王恒也是清楚Sev对广贸的重要性，所以才会给乔暖涨提成。

"要防着王权吗？"

乔暖沉思片刻："防不住，倒不如不防，广贸要领先元夏和慈易获得这个项目，很难很难。只能看顾国华那边会做什么安排，随机应变。"

陶阳点点头，眉头纠在一起。

外有顾国华虎视眈眈，内有王权吃里扒外，乔暖现在四面楚歌。

"顾国华到底要王权做什么？"

陶阳这个问题问到了乔暖的心坎，因为乔暖也不知道顾国华这次到底要王权做什么。

"应该是和Sev有关，接下来凡是和这项目有关的东西都列为机密，所有人都要签字记录。"

陶阳点点头："好的，乔经理。"

"等一下出去的时候让向敏进来，我有话和她说。"

陶阳应下，走了出去。乔暖转动了几下椅子，头仰起来靠在椅背。

"乔经理，是有什么事吗？"向敏眨了眨眼睛。

乔暖坐直了身体，对她招招手，等人走近时在她耳旁耳语几句。

向敏点点头，笑着应下："没问题。"

乔暖放松了神经，轻轻笑了笑："辛苦了。"

等向敏离开，她摇了摇脑袋，打开电脑继续办公。

因为要准备Sev的项目，整个广贸业务部一片繁忙，乔暖和陶阳也一直在盯着。

等乔暖这一天忙到头，看了眼时间顿时一惊，已经六点半了。

乔暖是一个很守时的人，以前自己一个人什么时候下班倒是无所谓，可现在楼下有一个人在等她，乔暖就有些不好意思了。

她发现自己迟到的时候立刻提着包下楼，走向熟悉的那辆车。

像是车内的人时刻关注着她的动态，在她靠近车子的时候，荣谨打开车门下来，对她露出一个微笑。

"等久了？"乔暖抿了一下唇，轻轻说道。

荣谨闻言，手撑在拉开的车门上，转身看着她笑："对啊，等了好久，你补偿我吗？"

他嘴里这样说，眼里却盛满了笑意。乔暖虽然只说了三个字，可从她抿唇的姿态还是可以看出她有些不好意思。

她在对他愧疚！

"你怎么不给我打电话？"她眉头微微皱起。

"这不是怕你太忙嘛，我也没等多久，知道你在上面，人身是安全的就行。"他等会儿就等会儿，反正他带着电脑，坐在车里也可以办公。

乔暖内心在反省自己，嘴里却没有说出来。她走过去，准备上车。

她刚刚走到荣谨的面前，对方手一伸，她就跌入一个硬邦邦的怀里。

还没等她做出反应，她感到唇上一湿，被人吻住。

好一会儿对方才抬起头，眼中含着笑意说道："收到利息了，晚上还得补偿我。"

她和他的胸口挨得很近，听着他心脏怦怦直跳的声音，乔暖突然有些耳热，胸腔里的心脏也在急速跳动。

那是一种很新奇的体验，一向勇敢果决的乔暖突然有些不敢抬头看他的眼睛。

时刻注意她的荣谨几乎立刻就看见她微微泛红的耳垂，他嘴角上扬，把人紧紧按在心口，听着她有些乱了节奏的心跳。

早春依旧寒冷，可乔暖被这样一个火热的怀抱抱住的时候，就有些发热。

她听到的心跳声极大，像是那颗心脏时刻要跳了出来，让她自己的心跳也跟着乱了好几个节拍。

"暖暖，我们走回去吧。"他现在不想放开她的手。

乔暖不置可否，荣谨已经裹着她往河岸走去。

他最喜欢把她裹在衣服里，这让他觉得自己像是把这个女人揉进了血肉里，两人成了一个整体，密不可分。

也只有在这儿时候，荣谨才能感觉到乔暖也可以属于他，小小的一只，乖乖地待在他的怀里，露出一个脑袋。

乔暖只要一脱离他的怀抱，即使她娇小的身躯也显得高挑了些，再配上她冷静自持的一张脸，就越发显得孤傲冷艳。

所以荣谨很爱把她摁在怀里的感觉，尤其是对方在家脱掉高跟鞋的时候。

每一个男人都想自己爱的人在自己面前做小女人，可他爱的是一个独特、自强又冷傲的女人。

因此她偶尔的"小女人"一面就让他格外喜爱。

荣谨有时候也会想，如果乔暖是一个温柔的"小女人"，他还会爱她吗？

别人不知道，荣谨也不知道。

他只能确定自己爱着现在的乔暖，很爱很爱。

"暖暖。"

"嗯？"

"晚上吃什么？"

"乌冬面吧。"

他低头，把下巴放在对方的头顶上蹭了蹭："好，就吃乌冬面。"

……

"乔经理，慈易老总李贵今天凌晨到了京市。早上王权和沈辉早早上班，在办公室密谈，不知道在商量什么。"乔暖一来陶阳就给她报告动态，这两件事看似无关，实则很有关系。

她点点头，一边拿上东西往楼上会议室走，一边说道："盯着点就行，不要让他们妨碍我们争取Sev项目。能有机会知道他和顾国华打什么主意最好，实在不能也不勉强，咱们防住他们就行。"

"那王权……"

乔暖的脚步很快，又很有气势，陶阳在她后面也得加快了脚步才能跟上。

对方闻言脚步不停，只正色道："我昨天想了想，这次能收拾了王权最好，不能也不着急，汤家父子那边的局还没展开，现在紧要的还是项目。"

她没有想到慈易的李贵也来了，看来Sev确实想在中国市场分一块蛋糕。

随着两人走进会议室，陶阳便不说话了。

今天大家都来得都挺早的，王权、沈辉已经坐在里面了，董事们也来得格外齐整，王恒和乔暖几乎前后脚到。

距离会议开始还有五分钟的时候，王恒就迫不及待说话了。

"慈易的李总来了，Sev项目看来就要开始衔接了。我之前给他们传达过想要合作的信号，对方只说也挺希望和我们合作的。"

他说完将视线在所有人脸上扫过，难得这胖子这么严肃，所有人都没说话。

王恒接着说："乔经理这项目准备得怎么样了？"

乔暖点点头，语速也比较快："前期已经做好了，但不知道Sev偏好，没有贸贸然定下方案，信息收集也都齐了。"

"两天能做完吗？"他又问。

乔暖停顿了几秒："加班可以。"

"那就辛苦业务部了。"

"应该的。"

两人对话结束，王权就迫不及待地插话："这次Sev的项目是我们广贸未来重要的一环，我们志在必得。我提议这项目由董事会协助乔经理完成，毕竟Sev项目的重要性不用再强调。"

他话一落地，乔暖眼神一厉，微敛的眼帘瞬间睁开，眼神犀利地盯着王权。

乔暖一张红唇紧紧抿着，眼神犹如刀片。

"这倒是可以，反正我们一个个都没什么事，能为公司做点贡献挺好的。"原岸董事第一个附和。

乔暖见他们已经交头接耳讨论起来，时不时点点头，仿佛在赞成这个提议。

她有些恼怒，这些董事们有个别确实懂行，也能帮上忙，可大部分都是帮不上忙的，他们参与到这个项目中，基本就是在监督业务部。

"我不同意。"乔暖斩钉截铁地拒绝。

"乔经理，你为什么不同意？董事会肯帮你是减轻你的压力。"王权笑着说道，他眼里有深意，幸灾乐祸的嘴脸极为明显。

"Sev虽然是重点项目，但我们业务部也可以完成。各位董事都不容易，就不劳烦大家了。"她不急不缓地说道。

"乔经理……"

王权还要再说什么，王恒插话："术业有专攻，业务部可以做好的事就让他们做。"

王权撇嘴："要是乔经理有点什么纰漏，这项目可怎么办？董事会至少还能帮忙审核、监督。"

"我信任乔经理，不用了。"王恒说了这句话，王权收回视线，不再说什么。

乔暖看向王权的眼神越发冷漠。所谓的什么监督，监督谁？当然是监督她乔暖！

再者这项目重要，最上层经手的人也是她，可董事加入以后，关于

Sev项目的机要知道的人就更多。

他们要是谁做点小动作，乔暖防不胜防！

所以董事会要插手Sev项目绝对不可能！她绝不可能同意！

王权不说话了，乔暖、王恒态度坚决，其他人也都没说什么。

等到散会以后，陶阳和她回业务部时压低声音道："王权是不是想要拿到Sev项目的方案给元夏？借此帮助元夏？"

乔暖点头："极有可能，所以绝对不能让董事会插手。"

"可是乔经理，您今天这样坚定地拒绝董事会监督，若是……"

乔暖能不知道这个问题吗？她当然早就想到了。

可这件事没有其他选择，她不可能同意董事会插手Sev项目的，那对她而言无异于自杀。

这样想着，她脚步加快，嘴里说道："陶阳，业务部盯紧了，每个人都要注意。"

"是。"

乔暖就这样带着陶阳回了业务部，一走进业务部大门，她立刻道："大家继续昨天我们讨论的，Sev项目要拿到，前期准备工作一定要做好。大家这两天辛苦一下，加班费也会给大家涨起来的。"

"噢。"员工们虽然不情愿地噢噢叫，但手上还是麻利地开电脑，投入工作。

乔暖也没有闲着，立刻走进办公室开始工作。这项目的初始方案一定要做得漂亮，才可能打动对方。

也确实是有费时费力到最后什么都没拿到的项目，但业内所有的公司依旧愿意花大力气为看好的项目做方案。

他们不能因为可能的失败就放弃，在做方案的时刻，就要抱着一定会成功的想法去做。

她盯着屏幕的眼神认真而炽热，几乎所有的热情都倾注在上面。

荣谨今天有点不开心，乔暖要加班，自己一个人吃饭就很没滋没味。

正好宁轩和约他吃饭，荣谨自然就去了。

荣谨虽然在乔暖面前没皮没脸，但在外向来克制自己，表现得相当正经。

可宁总宁轩和就不一样，宁轩和这人外表看起来没个正形，花边新闻和说话不正经，让人很难放心他的企业。

但华灿集团能在宁轩和手上屹立不倒，就能证明这个男人从来都不是真的没心没肺。

荣谨和他私交不错，但一听他正儿八经地约自己吃饭，就知道是有正事。

杨达周小心翼翼地看着闭着眼的荣谨，司机把车子开得很稳，他是真的睡着了？

杨达周刚有这个想法，旁边传来一句："看什么？"

他的声音很平静，有些轻，没有透露出说话人的情绪。

但今天乔小姐加班，杨达周就估计老板心情不是特别好。

他绷直了脊背，小心翼翼地问道："老板，要给乔小姐送饭吗？"

荣谨眼睛倏然睁开，片刻摇了摇头："她应该会犒劳下属。"

"乔小姐是个好领导……"

荣谨眼里慢慢有了笑意："还需要再历练一下。"

杨达周："……"

您说这话时，可以不要一脸骄傲吗？很像别人夸你家孩子时的态度哎！

大概是杨达周提到了乔暖，荣谨的心情颇为愉悦，他将视线转向车外，看着外面车水马龙。

他的暖暖现在是挺直了脊背坐在电脑面前，还是在办公区对下属下达一条又一条的指令？

荣谨想到她的样子，心口有些火热。

车子就在他飞远的思绪中到了和宁轩和约定的地方。

"哎哟，可把你盼来了，你家那位是有事？不然荣大老板竟然能在下班时间过来陪我吃饭。"宁轩和笑嘻嘻地调侃道，他的腿蹬在另一张椅子上，一副极为懒散的模样。

荣谨睨了他一眼。这倒是宁轩和夸张了，荣谨确实每天下午都会去接乔暖，但要是有很重要的事，他自然还是以大事为重。

只是这家伙每次找他都不是为了正事，真要有正事荣谨也不会拒绝他。

"你找我有什么事？"他掀了掀风衣，坐在椅子上，顺手抽过一张纸，擦了擦手，表情相当严肃。

宁轩和收回腿，拖着凳子往荣谨旁边凑，笑嘻嘻说道："你和你家那位还没修成正果？"

荣谨睨了他一眼，不说话。

"老铁，你家那位是业内出了名的铁娘子，早年面试的时候说过，不考虑婚姻问题，你这前路漫漫啊！"宁轩和挤眉弄眼道。

荣谨眉头一皱："你听谁说的？"

宁轩和尴尬地摸了摸鼻子："我朋友偶然说的，不过这问题真要考虑。你家那位走到经理不容易，绝对不可能回归家庭。"

"我没让她不上班。"荣谨冷冷说道，把手上揉成一团的纸巾扔在一旁。

"行行行，那不上班，可结了婚也像现在？孩子要不要？你家那位坐到现在的位置，根本不可能请假一年多回家生孩子。人早年可是说，不考虑结婚的事。"

这世界对女人就是这样，明明回家生孩子是一件伟大的事情，可很多男上司不会理解。

就算他们理解，在你走的这一年，总要有个人替代你吧？乔暖那位置一般人替不上，但能够替上的那就不是简单人。

商场瞬息万变，一年产假回来就变了样，乔暖那样事业心极强的女人，别说生孩子，结婚都不一定会考虑。

"宁轩和，你到底要说什么？"荣谨眼睛一眯，显然有了怒气。

宁轩和摸了摸鼻子，颇有些不好意思地说："宁佳佳一心喜欢你，你要是和乔暖走不到一起，倒不如考虑一下宁佳佳。那丫头知道你有对象，最近在家闹得厉害，我是扛不住她，我爸妈让我问问你是个什么意思。"

他先说了荣谨和乔暖的不可能，再来替宁佳佳说媒，自然是希望荣谨和宁佳佳在一起的。

听到这儿，荣谨冷笑一声："对不起，我不是你，来者不拒。"

宁轩和就炸毛了："你这话我就不爱听了，我们家佳佳哪儿不好？心里只有你，为你学做饭学知识，你娶回家绝对没有不要孩子的烦恼！"

荣谨什么都没说，直接站起来，那双结实有力的腿直接迈向门口。

宁轩和赶紧拉住他："哎呀，别生气嘛，行了行了，我们不聊这个，说正事。"

荣谨睨了他一眼，这才坐回去。要不是他了解宁轩和，知道确实是有正事，早在对方说到宁佳佳的时候，他就转身走了。

"说！"

宁轩和喝了口水，这才正色道："不能放任Sev入驻中国市场。"

荣谨眉头皱紧："什么意思？"

宁轩和的表情格外严肃，仿佛刚才说闲话的是另一个人。

"我得到一个秘密消息，Sev已经被日本昌都财团收购了，Sev入驻中国市场是昌都财团进来的第一步。"

荣谨瞳孔一缩。Sev入驻和他们没关系，昌都财团却是和荣氏一样的大集团，两公司旗下涉及领域都很广泛，且业务性质有很大的重叠。

Sev只是进来做做小生意，昌都却是进来抢荣氏蛋糕的！

而且不止是荣氏，宁轩和和一些其他公司都会受到影响。所以昌都财团如果要入驻国内市场，荣氏和华灿等公司自然会抵制，他们的入驻困难重重。

但现在对方收购了Sev，用来做迈进国内市场的第一只脚，Sev如果在国内顺利入驻，那下一步就是昌都财团了。

荣谨的脸色变得极为难看，对方在他眼皮底下进行这么大的动作，他竟然不知道！

"其他的我就不知道了，我只知道Sev可能被昌都财团收购了，要确定这个，还得你去查。"

他的消息来源不如荣谨广，这事只有荣谨才能得出确定的信息。

"你怎么知道的？"

听到这个问题，宁轩和的表情有点不自在，他咳嗽一声："那个……消息来源有点不太……说得出口，实在也是巧合。昌都这消息瞒得太紧，知道的没几个。"

荣谨点点头，没再问了。

昌都财团他会查，宁轩和怎么知道的，他自然也会查。

荣谨来的时候面无表情，走的时候面沉如水。

他坐在车里，下达一条又一条指令，又打了好几个电话，这才往乔暖那儿去。

这时候已经是晚上十点，乔暖早已回来。

他推门的时候乔暖刚好洗完澡，正在吹头发，她从镜子里看了他一眼，没做其他表示。

荣谨从背后抱住她，低头嗅了嗅她身上的清香，被她推开以后才去卫生间洗澡。

等两人躺在床上时，荣谨没像平时一样动手动脚，反而轻轻把她搂在怀里。

乔暖有些疑惑，眉头皱了好一会儿才问道："你怎么了？"

荣谨轻轻吻了她头顶一下，说道："暖暖，放弃Sev的项目吧。"

乔暖的眉头再次隆起，疑惑地问他："为什么？"

荣谨张了张嘴，没说出话。

Sev背后如果真的是昌都财团，他自然也会保密，而后静观其变给其致命一击，那会是荣氏和昌都财团的战争。

但昌都财团如果入驻国内，对于广贸却是一件好事。荣氏早已经有了自己的商业链，所有的一切已经步上正轨，昌都却没有，他们迫切地需要广贸这样的公司为他们做营销策划，这时间不会短，甚至可能是很长一段时间的合作。

荣谨在这一刻，竟然不能百分之百地肯定乔暖是否会站在他这边。

"我……不想Sev入驻，你还会接吗？"

乔暖转了一个身，看着荣谨："你这话是什么意思？"

"我想知道。"

乔暖只沉默了片刻，立刻斩钉截铁地说："我拒绝。"

Sev的项目对她和广贸的好处不言而喻，荣氏能放手让他们做的项目太少，也太小。

按照理智和利益来说，Sev和荣氏，广贸是要坚定站Sev的。

但是……

"Sev在荣氏面前就是螳臂，如果你要对他们下手，对方毫无反击之力，我自然不可能接他们的项目。怎么，你们要对Sev下手？"乔暖挑眉。

荣谨微微闭眼，声音有两分沙哑："不……"

他当然会对Sev下手，但对方背后的昌都财团也同样会反击，那时候就是两个公司的争斗。广贸如果拿到Sev的项目，不管昌都是胜是败，广贸都能赚得盆满钵满。

可那时候他和乔暖就站在了对立面，荣谨不想看见那一幕，不想两人抱在一起的时候，还各有心思。

他也不可能在乔暖知道昌都财团给Sev撑腰之前，就让乔暖放弃了Sev。

他不想她恨他，又不敢现在就把这一切都告诉她……

荣谨从来没有哪一刻像现在这样为难，仿佛不管做什么决定，都是错的。

这一夜荣谨彻夜未眠。

第二天一早，荣谨先把乔暖送到广贸才回了公司。

乔暖知道荣谨有心思，但对方不说，她也没办法强行询问，再加上她现在内忧外患，需要在意的事情太多太多。

本来想到公司查一下荣氏集团近来动向的乔暖，一到业务部就被脚步匆匆的陶阳拦住。

"乔经理，孙磊有问题。"

话一落地，乔暖立刻挑眉。

"孙磊？"

陶阳点点头，极为严肃："对，他一直在不着痕迹地打听这个项目，而且格外积极。他与王权近期没有直接接触，但之前有过，今天上午，他去史丹阳那边转了无数次。"

乔暖看着前方思考，她一点也不为孙磊的背叛难过。人和人的感情就是这么浅薄，只要给够了利益，没什么斩不断。

最初她挺赏识孙磊的，所以刚来广贸就让他做助理，但后来乔暖发现他太过浮躁，并没有浪费时间将他打造成合格的下属，也并没有交给他重要的事情。

后来陶阳来了广贸，新助理也由他一一安排，孙磊渐渐被排除在他们之外，估计因此心生不满，再有王权给足了利益，他自然就背叛了乔暖。

"是他啊。"乔暖嘴里轻轻吐出这三个字。

"乔经理，我们要……"

"不用。"乔暖嘴角满是嘲讽，"由他去。"

陶阳几乎瞬间就懂了乔暖是什么意思，嘴角带笑，点了点头。

上午十点左右，Sev传来消息说这两天想和广贸的人见见。

但显然他们不只和广贸提了，还对元夏、慈易都有所表示。

"我们什么时候去？第一个不成，容易被元夏和慈易打听了消息，最后一个又显得不够积极。"王恒的一张胖脸皱成了一团，绞尽脑汁地思考这个问题。

乔暖坐在椅子上看着他，并不说话。

"要不第二个吧？"

她伸出手，抵在侧脸，沉思了好一会儿才说："那就第二个，慈易肯定是第一个，李贵要回香港，不能等。顾国华……我们不去，他就不会去。"

说到最后一句她眼神犀利，王恒疑惑地问道："为什么？"

"心有算计。"

乔暖说了四个字，便站起来离开，Sev的方案还要收尾，后续……她也得跟进。

留下王恒傻乎乎地坐在原位。

慈易果然如他们料想，当天下午就去了Sev，谈了整整一个下午。李贵出来就回了香港，留下个业务经理继续跟进。

元夏那边毫无动静，乔暖了然一笑："陶阳，帮我约Sev，明天下午。"

"是！乔经理。"

乔暖满心只有即将到来的会谈，因此她没有注意到荣谨好几次欲言又止，甚至那平日里如狼似虎的男人在晚上也规规矩矩地抱着她。

乔暖没在意，只养精蓄锐，准备即将到来的斗争。

第二天一早，落地窗外的阳光照在她的脸上，乔暖对着镜子正了正衬衣领，抿了抿正红色的口红。

她的眉毛、眼线，每一处都处理得很精致，领口的扣子开到第二颗，脚上是一双崭新的高跟鞋，秀气的腕表又高贵又优雅。

她提着包，对着镜子自信一笑，立刻转身，头也不回地走了出去。

广贸业务部的所有人都在忙碌，正在做Sev项目最后的收尾工作。

乔暖在迈进业务部大门的那一刻，下达了无数条指令："向敏，策划还差多少？"

"史丹阳正在汇总。"

"十点以前结束，然后打印一份给我。"她说完快步离开，陶阳跟上她。

等两人进了办公室，陶阳拿出一个优盘："这是下午要用的策划案，我现在去打印出来？"

乔暖点点头："嗯，打印了给我，我随身带着，备份给王恒发了吗？"

"发了。"陶阳轻笑，其实整个项目昨天就结束了，他们现在做的是一个假的，不过孙磊不可能看得出来。

两人就在办公室待着，没一会儿史丹阳打电话过来，就说了句："向敏去打印了。"

乔暖和陶阳对视一眼，相视一笑。他们不需要做任何安排，对方想拿到，今天就一定能拿到。

他们现在只要等孙磊得手。

她打开电脑，接入监控，屏幕上可以清晰地看到孙磊的所有动作。

只见走到打印室的向敏被另一个员工叫住，对方往地上一倒，向敏赶紧跑过去扶她。

孙磊就在这个时候，把打印机吐出来的文件抽走，叠起来放在口袋里。

他上前帮着向敏扶起那个员工，然后向敏去拿文件，茫然地看着空空如也的打印机。

向敏在原地愣住，四下看了看，最后把眼睛放在孙磊身上。

对方指了指打印机，说了句什么，向敏拉开下面的抽屉，就见里面一张纸也没了。这时候孙磊又上前，笑着帮她把空白纸装进去。

乔暖轻轻地笑了笑，多么完美的安排，可惜统统被记录了下来。

等打印室空了以后，陶阳的手机很快响了一声，他拿起来看了眼，嘴角一动。

"孙磊和沈辉碰头了，随后沈辉匆匆去了王权那儿。章唯说王权和电话那头的人好像有什么没谈妥，说是见面说……"

乔暖提起包，把打印好的策划案装在文件夹里："走。"

"好的。"陶阳赶紧跟上。

两人没走多远，乔暖突然停住脚。

"怎么了？"陶阳疑惑道。

乔暖摇摇头，忽略心中突然升起的奇怪感受："给沈辉打电话，就说乔经理需要他帮忙。"

陶阳一愣，随即眼睛一亮："好的！"

他去打电话，乔暖对过来送文件的向敏笑着说："等会儿沈辉下来，你和他一起修改我昨天给你的电子文件，我回来以前，不准他离开，你把人留住了。"

"啊？"

"向敏，绝对不能让他来破坏我的计划。"

向敏眼睛瞪大，眼神认真地看着她，使劲点头："是！保证完成任务！"

沈辉来得很快，看起来有些着急："乔经理，您有什么事吗？"

乔暖轻笑道："我下午要去Sev，这边人手有些不够，沈助理也在我这儿做过，对这方面比较熟悉，下午就在这儿帮我吧。"

沈辉一愣，随即摇头："不行不行，乔经理，王副总那边有事……"

"我给他说一声，你好好留在这儿帮我，就一个下午。怎么，沈助理真的这么讨厌业务部？"乔暖仿佛开玩笑地说。

两人就站在业务部办公区，沈辉僵硬在原地。他不管未来以什么身份来业务部，今天都不可能承认自己讨厌业务部，否则以后怎么有脸进来？

"没……乔经理您吩咐……"

"向敏，带沈助理去，他和你一起，你带着沈助理一点。"

"好！"

向敏应了下来，拽着沈辉就走，她今天的任务就是看住他！

着急出门的王权找不到沈辉，秘书也做其他的事去了，他只能带走了章唯。

"乔经理，王权带章唯去了！"陶阳的声音都透着兴奋。

乔暖克制住笑容："跟上。"

他们不敢直接跟着王权的车，怕打草惊蛇，但他们可以跟着章唯的定位。

乔暖和陶阳跟在他们后面，保持着很远的一段距离。

"王权为什么在这个时候去见顾国华？"

乔暖看着窗外："我下午四点就要过去，现在这会儿是王权谈条件的最好时候。Sev的项目让给顾国华，我倒是挺好奇，王权那蠢货会开出什么条件。"

"咱们有监控，等下只要拍到王权和顾国华，他就再不足为惧了。"

乔暖的手指在膝盖上点了点，闭上眼睛："不出意外的话……"

"应该没什么意外，这都是王权的算计，我们不过是顺势反击。"

乔暖点点头，车子这时候到了距离Sev新办公室不远的地方，有点偏，但极不惹眼。

"看来顾国华现在拿到我们的策划案，就要赶在我们之前去Sev了。"对方只需要整合一下两个方案，不管元夏能不能拿到这个项目，如果广贸用一个别人提过的方案再去谈，那广贸就一点机会也没有了。

两人在会所不远处停下车子，等了好一会儿，才见一辆不起眼的黑色车子停在外面。

顾国华和另一个男人下车，提着电脑，快步走了进去。

"咱们现在进去？"

乔暖的声音格外地沉着冷静："再等等。"

不一会儿，章唯发了一个消息：王总让我在外面守着，顾国华和另一个人进去了。

陶阳迅速拉开车门，乔暖跟在他后面出去。

他的手机保持着录像状态，直奔某个房间，章唯正站在门口。

小姑娘紧咬着下唇，看得出来她相当忐忑。

如果以前只是担心乔暖被算计，她才通风报信，那么她这一次就是实实在在的背叛、出卖。

这小丫头其实性格很纯真，所以才这么难受。

乔暖和陶阳轻轻走过去，几乎没有发出声音。

她温柔地握住章唯的手，低头在她耳畔说："你没有做错，我们是在阻止王权出卖广贸。"

章唯倏地抬头，眼神一暖，看着她的眼睛里满满都是感动。

乔暖微微叹了口气，这丫头有什么好感动的，一直在帮忙的是她，表达感谢的也该是她乔暖。

乔暖松开章唯的手，用极轻的声音说："你先走……"

乔暖这次如果没能给王权一击致命，那么被看见的章唯就危险了，所以乔暖让她先走。

假使没斗败王权，她也有办法把章唯择出去。

章唯下意识地摇头，乔暖轻轻地推了推她，她这才咬着唇走了出去。

乔暖对着陶阳点点头，对方同样点头，而后后退几步，向门撞过去。

在那一刻，乔暖脑海里电闪雷鸣，下意识伸手想要拉住陶阳。

但随着砰的一声，那门轻轻松松就开了，两人走了进去。

沙发上只有顾国华和另一个男人，顾国华对着她笑了笑。

乔暖心里一咯噔：糟糕！中计了！

沙发上只坐着顾国华和程又诚，本该在里面的王权毫无踪迹。

陶阳有一瞬间的错愕，乔暖平稳呼吸，几乎是立刻转身："陶阳，赶紧走！"

他们布局的目的是她！

第十四章
乔暖，这件事你赚了

顾国华嘴角微不可见地勾了起来。乔暖还没走到门口，门外就突然出现几个人。

其中王权装作一脸惊讶，大呼一句："果然是乔暖！"

乔暖一见他们几人就心道坏了！门口站着的是王恒、王权、原岸以及另外两位董事。

不说王权和几个董事，就连王恒看她的眼神都有两分怀疑。

"你怎么在这儿？"王恒皱眉问道。

乔暖脑子里这一瞬间转了很多圈，她怎么回答？因为王权出卖公司，所以她过来想人赃并获？

不，不可能这样说，公司的股份王权有很大一部分，几个董事不会怀疑王权，反而会更加怀疑她。

她还在思考怎么说的时候，坐在里面的顾国华先行站了起来，笑眯眯道："王总，我和乔暖只是叙叙旧。"

说话的时候他拿起茶几上的文件，卷了两圈，使得几人视线都放在了那几张纸上。

顾国华继续说道："各位，我还有事，和Sev已经约了，就先走一步。"

他走了两步，在乔暖旁边停了一下，轻声道："你赶紧回来，经理的位置还给你留着的。"

乔暖瞳孔一缩，顾国华手上拿着那份文件和程又诚大步离开。

"等一下！"原岸对着顾国华大喊，"顾总，您手上的材料是我们广贸的吗？您不能带走！"

顾国华回头，只微微笑："这文件是我的，我信任的员工给我做的，咱们Sev见。"

他说到信任的员工时看了乔暖一眼，颇为意味深长。

他和程又诚在所有人的视线中离开，原岸气急败坏。

"他拿的肯定是我们的策划，这次Sev项目，广贸还怎么拿？！"

王权听到这儿，指着乔暖大声斥骂："你在我广贸耀武扬威我忍了你，只是没想到你竟然敢出卖广贸！"

"王权，事情真相还没弄清楚，不要盖棺论定。"王恒皱眉，回忆这件疑点重重的事件。

不久前王权急匆匆地给他打电话，说是Sev项目有问题，不来他会后悔。

王恒本来是不打算来的，在知道对方也叫了另外几个距离较近的董事之后，他才决定一起过来。

他们在会所门口碰面，王权直言他收到密报，乔暖在顾清明辞职以后，已经和顾国华串通好了，准备在Sev这项目上坑害广贸，然后她回到元夏。

"这还不清楚？！人赃并获！乔暖下午四点才和Sev会面，为什么现在这儿？！再说，早前乔暖就坚决不肯让董事会插手这项目，明显是早已经决定要背叛广贸！"王权瞪大眼睛，一脸义愤填膺。

"我同意，她一直不肯让董事会插手，元夏的经理之位空缺，程又诚也只当了副经理。我上次和老高打保龄球的时候，就听他说过，元夏的业务经理没定下是因为顾国华在等一个早就该坐上去的人。"

叶董事也出了声，这人和其他人不同，他从来没有明显的站位，但说话公道。他说的事情他人从来不会怀疑，所以这话一落地，就连王恒看向乔暖的眼神都有些飘忽不定。

元夏空缺的经理职位、不让董事会插手的乔暖、大项目会谈前与竞争公司的会面、顾国华拿走的文件……看似没联系的事情，突然就联系在一起。

"我没有出卖广贸，我和元夏的恩仇所有人知道，顾国华和我不共戴天，我不可能替他做事！"乔暖看着王恒，这时候她不能孤军奋战，王恒信不信任她才是关键。

王恒的眼神有些游离，他以前是很信任乔暖的，可这件事疑点太多。广贸比起元夏还差得多，在广贸做经理和在元夏做经理还是有区别的。

他实在不能肯定地说，乔暖这样有野心的女人，会在意情谊，会坚定不背叛广贸。

王权仿佛还嫌不够，再次加大筹码。

"乔暖，你当初和顾国华有嫌隙我们都知道，可你和未来元夏的掌舵人并没有！"

王恒和几个董事疑惑地看向王权，只见对方拿出一叠照片。

"乔暖和顾国华的儿子、未来元夏的掌舵人顾清明是在一个福利院长大，两人私交甚好，多次私下相约！今年两人还一同在福利院过年，于情于理，乔暖，我都不得不怀疑你想跳槽回元夏！"

王恒一愣，他显然没想到乔暖和元夏继承人还有如此私交，如果两人真的从小一起长大，私交甚好，他怎么能保证乔暖会不站在元夏那边？

"他说的……是真的？"

乔暖紧紧抿着唇，呼出一口气，保持冷静："首先，我曾经在元夏和顾国华有嫌隙，绝不可能再回元夏。其次，我和顾清明私交归私交，公事是公事，我一向公私分明。最后，我想请问在座的各位，广贸难道不是因为我起死回生的吗？！我为广贸做的事情还少？"

她走向前一步，下巴微抬，犀利的眼神扫过四人。

王权突然笑了："乔暖，你说得再多都不能掩盖你背叛广贸的事实。当初你从元夏出来，来到我们广贸确实做了很多好事。但那是当初，现在没人知道你对广贸还是不是真心。"

"再者……我可是听说你当初从元夏离开是因为顾国华反对你和顾清明的感情。现在对方若是同意了……你乔暖自然会站在元夏一方！"

他最后那句话一落地，几人看乔暖的眼神就越来越不信任。

乔暖突然有点想笑，且不说她和顾清明没有其他关系，就是有关系，她难道就会站在元夏那一边吗？

为什么这些男人们理所应当地觉得女人和一个男人在一起，女人的一切就都归属那个男人了，他们如果对立，女人就会毫不犹豫地站到男人那一边去？他们对于一男一女在一起的定义就是女人会打包自己的所有东西以及下半辈子归属于男人？

在职场的性别歧视，归根结底是思维歧视，他们从头到尾就没把男女同等对待。

所以当一个女人，尤其是职场高层女性意识到这种情况的时候，她们很大一部分会选择一直单身。

毕竟这大环境没给她们结婚、生孩子的机会，一旦她们离开，就有成千上万的男人扑上来抢走她们的东西。

她笑了，嘲讽地笑了："Sev这项目由始至终都是我在经手，你们不是要判断我有没有出卖广贸吗？那你们等着最后的结果不就清楚了？"

她这话一落地，飘忽不定的王恒最先同意："对，让乔经理去试试。"

如果乔暖真的背叛广贸，那么策划已经不能用了，他们也拿不到Sev的项目。

他心里还是更倾向于信任乔暖，毕竟揭露她的是王权，乔暖倒了，得利的是王权。

"不可能！这不是明摆着放手Sev项目吗？！这项目对咱们广贸尤为重要，不能让乔暖再接触！"王权最先不同意，他的话令另外三个董事点了点头。

只叶董事皱着眉头说道："那下午和Sev的会谈……"

王权接话："先推迟，顾国华可能已经去了，咱们和Sev商量明天再见面。策划今晚让沈辉带业务部的人好好做，虽然给Sev的印象分会不太好，但也比直接在元夏后面拿着类似的策划去要好。"

"顾国华手上没有广贸的策划！下午的项目会谈必须继续，否则Sev就拿不到了！"乔暖冷冷开口。

王权立刻将炮火对准了她："乔暖，你不要再说了，没了广贸你还有元夏经理的位置，你以为我不知道，你现在就想让我们广贸在这个项目上为元夏让路！"

他对乔暖说完又转身对几个董事说："我申请控告乔暖泄露商业机密！"

一直没说话的陶阳晃了晃。这次他们明显是要置乔暖于死地，一旦打起官司，对方绝对会拿出不少"证据"。

就算没有证据，他们也会磨着乔暖，一个还没有证明清白的人，他们不会再把权力给她，也不会让她离开广贸。

这是要耗死乔暖！

"我作证乔经理绝对没有对不起广贸的行为！"陶阳大声道。

"你作证有效吗？你就是乔暖的一条狗，自然她说什么就是什么。"

"王权！你说话不要太难听，你真以为我没办法自证清白吗？"乔暖眼神一厉，紧紧盯着王权。

她现在确实没有证据自证清白，她有孙磊偷策划案的视频，可没有视频证明他把文件给了王权。

照这个情形看来，孙磊的策划案给没给王权都不是重点，他们算计的是她乔暖，而不是策划案……

王权和顾国华的接触也都没有证据，反而是她和顾国华的"接触"被所有人都看见了。

乔暖能证明清白只有两条路，一是证明顾国华手上的策划案不是广贸策划的，或者不是真策划案。但这显然不可能，顾国华不会拿出来帮她证明。

第二条路就是下午在顾国华之后和Sev会谈，并且得到好的评价或者拿到Sev项目。

"那你倒是说说你为什么会在这儿和顾国华见面！"王权再次质问。

"是……是我……让乔经理来的。"一个弱弱的声音突然出现，打断了针锋相对的几人。

几人瞬间将视线转向说话的女人，王权的助理——章唯。

她紧紧攥着衣角，咬住下唇，眼神却很坚毅，明明怕得发抖，却忍着落荒而逃的欲望。

"什么意思？你这是什么意思？"王恒急切地追问。

"是我让乔经理过来的，我……元夏顾总让我想办法叫她过来，我就骗乔经理……"她抖着唇说话，刚刚她实在不放心他们，回来正好看见几人对乔暖发难。

乔经理被人陷害了，还是因为她自作聪明递出的信息……

"章唯！"乔暖高声呵斥，她上前一步，想要驳斥章唯，看着她的眼神也极为不赞同。

旁边一只手抓住了她，陶阳走到正面，他先是担忧地看了眼章唯，正好对上章唯的眼神，两人眼神交汇，像是瞬间商量好了什么。

"对，章唯没说假话，我手机上还有她发的定位！"陶阳冷静地说道。

他对上乔暖不可置信的眼神时，皱眉微微摇头。现在乔暖不能倒下，她倒下了，整个业务部跟着她的人，都不会好过。

王权明显早知道章唯有问题，所以这次不管乔暖如何，章唯都不会有好下场。倒不如择出乔暖，留得青山在，不怕没柴烧。

只要乔暖还屹立不倒，章唯就不会有事。

"章唯，你胡说！你既然做出这种事为什么还要跳出来？！"王权炸了，他要打倒的是乔暖，而不是自己一只手就能捏死的蚂蚱。

"我、我……"她结结巴巴，不知道怎么说。

陶阳冷笑一声："还能怎么，和顾国华没谈妥利益！王总，现在真相大白，我们乔经理是广贸的中流砥柱，顾国华这个时候想要害乔经理，可不就是为了Sev吗？"

"你们胡说！章唯，你为什么又跑出来承认！明明是你替乔暖顶罪，我告诉你，泄露商业机密是要坐牢的！"王权瞪大眼睛，凶狠地瞪着章唯。

章唯攥紧衣角，两腿发抖，却异常坚定地说："顾国华说……说我把乔经理骗过来就……就让我去元夏工作……可他反悔了，我、我……我害怕……所以自首……"

顾国华已经走了，他们也不可能让章唯和他对峙，所以章唯的话还是有可信度的。

"章唯，你好大的胆子，你竟然敢陷害乔经理！"王恒肥胖的身躯跳了出来，指着章唯怒吼。

王权不肯罢休："那你又是用什么理由把乔暖叫过来的？！"

"我说……我说……王副总和顾国华在这儿见面……"她这话一落地，几个董事基本了然地点了点头，乔暖和王权不对付，这是众所周知的事。

在陶阳和章唯出示通话和聊天记录之后，乔暖基本就被择了出来。

王权气得跳脚，王恒倒是相当高兴。

叶董事这时候出声："那么下午的项目还是乔经理去吧，乔经理，对不起了，我们也是被蒙骗的，你放心，这次我们一定给你一个交代。"

"不可以！虽然章唯跳出来承认，但难保乔暖没有背叛广贸！"王权继续怒道。

"那王副总你有什么想法？"原董事说话了，他一向站在王权那边。

王权也知道这次他想要打倒乔暖失败了，所以他只能咬牙坚持说道："让沈辉去监督乔经理……Sev项目的重要性不言而喻。"

"这个我同意，等元夏和广贸的会谈都结束以后，就更能证明乔经理的清白，我们广贸一定会更加信任乔经理，我们也会向你道歉。"叶董事点点头，虽然现在已经证明乔暖不是自己来见顾国华的，但她和顾清明的关系还是一根刺。

乔暖一直没说话。王恒看了她一眼，同意了。

王权心里极不痛快，冷笑道："既然章助理已经承认被人收买冤枉乔经理，那就报警吧，章助理会得到应有的惩罚。"

一直没说话的乔暖出声："没有造成什么后果，报警没用，我自己……报仇。"

最后两个字说出来的时候，乔暖鼻翼一酸，她从来没有觉得如此屈辱。

她是乔暖，经历过无数风雨坎坷的乔暖，冤枉、陷害，这些都不是一次两次，但她从来没有如此屈辱过。

她中了别人的招，还要她欣赏的小姑娘出来顶罪，她的手有些颤抖。

"乔经理下午忙，章助理不止是你一个人的事了，她是我的助理，我怀疑她还泄露过我手上的信息，而且刚才顾总带走的材料多半也是她给的，我请求公安介入调查。"王权冷冷说话。

陶阳再次拉住还要争取的乔暖，手收紧，捏疼了乔暖。

401

他要让她的大脑保持清醒。

现在的乔暖并没有话语权，只有下午和Sev商谈结束，彻底证明了清白，乔暖才有说话的资格。

她现在还是他们的怀疑对象，如果现在想要保下章唯，必定会被其他董事再次怀疑。

"乔经理，我对不起你，这是我应得的。"章唯笑着看向乔暖，她的眼神有些担忧又有些愧疚，但更多的还是鼓励。

她眼神传递的想法很明确，只要乔暖好好的，才能救她。

乔暖微微张开嘴，大口喘息，不再反驳王权，眼睁睁看着他们报警。

"这事你们处理吧，乔经理下午还要会谈，就先回去了。"陶阳冷着脸说道。

"去吧去吧，乔经理下午加油。"王恒笑眯眯说道。

陶阳轻轻扯了扯发呆的乔暖："走吧，乔经理。"

乔暖不知道自己是怎么从章唯旁边走过的，那小丫头怕得发抖，却坚定地"认罪"。

她从来没有走得这么慢，甚至感到天旋地转。

待两人消失在众人视线中以后，陶阳立刻扶住乔暖。

"乔经理，你不能倒，章唯在等你。"陶阳沉着脸说。

乔暖抬头看了眼外面灿烂的阳光，有些晃眼，春天已经来了，她却感觉比寒冬还冷。

她是个理智的人，理智和情感可以分开，她知道该做什么，不该做什么。可这不代表她不会难受，不会痛苦。

乔暖现在被愧疚和自责折磨得不成样子，可她又不能倒下，只有她能救章唯。

乔暖轻轻推开陶阳，挺直了脊梁，向车子走过去。

陶阳赶紧给她开门，乔暖坐了进去，一只手撑在车窗上，遮住眼睛，斜斜靠着。

陶阳也坐了进去。这次是两人大意了，着了别人的道，代价却是另一个一心为他们的章唯。

他想要把车开走，乔暖却指了指路边，沙哑着声音："等会儿。"

陶阳叹了口气，把车开过去。

没一会儿公安就过来了，乔暖放下手臂，一双眼睛紧紧盯着会所大门。

他们亲眼看着章唯被公安带出来，又亲眼看着对方和王权一起上车。

陶阳也不知道是安慰她还是安慰自己："现在只是做记录，王权没证据，她能出来……"

乔暖眼眶通红，一张脸前所未有地冷凝，等人走了好一会儿，乔暖才攥紧了拳头。

"王权！"

此时才知道一切的沈辉僵硬在原地，所以……这次被乔暖躲过一劫了？

这一次算计他们费了好些心思，顾国华也做了不少安排，更是把王权藏在业务部的两个暗线暴露，最后乔暖竟然毫发无伤？！

沈辉一时有些恍惚，随即又有些恼怒，这女人委实难缠。

对方早上突然把他留在业务部，本来的安排也是他们带上章唯，但自己也会跟着去。

结果乔暖把他留了下来，沈辉好几次想离开赶过去，都被向敏缠住。

他这心里有些发凉，王权争论不过他们，其他董事也不明真相。当时如果他在的话，章唯就是想认罪也不是那么容易！

他茫然地向外走，又被人拽住。

"沈助理，你不可以走！"向敏拽住他，死不撒手。

沈辉："……"

他有时候就奇怪了，乔暖怎么做到让这么多人都对她如此忠心？

向敏、陶阳暂且不谈，就是王权的助理章唯，竟然也愿意为对方顶罪！

乔暖就算把章唯带出来，那女人也注定失业，并且在业内再没有她的容身之处。

"这是公司安排的，你给乔暖打电话，你自己问！"沈辉脾气爆发了，难得不装斯文人，爆出自己的脾气。

向敏疑惑地皱眉，一边紧紧拽着他，一边打出电话。

下午三点四十分，顶着一张冰霜脸的乔暖出现在Sev门口，门口还有同样黑着脸的沈辉。

不过沈辉很快就调整情绪，他这是第一次接触业务部核心，必须把握机会！

两人全程无交流地进入Sev，乔暖一个眼神也没施舍给沈辉，她仿佛又成了那个理智的乔经理，只一张脸冷得可怕。

此时的章唯也被人接了出来，王权还没拿出对方泄露机密的证据。

而且这件事毕竟没有实质性伤害，章唯自然能被人接出来，后续如果没有证据，就属于民事纠纷。

接她的人把她带到一辆车子面前，章唯有些疑惑地拉开了门，里面突然伸出一双刚劲有力的胳膊抱住了她，她被人紧紧抱在怀里。

章唯愣住，一动不动。

陶阳空荡荡的心终于有了一点温度。这世界最痛苦的事，就是把喜欢的女人推出去，而他毫无反击之力。

"没事儿了，没事儿了，后面有我和乔经理……你不要怕……"

章唯眨了眨眼睛，一双手举起来，不知道往哪儿放。

她的眼睛呆呆地看着前方，嘴里傻乎乎说道："我不怕，不怕，我相信乔经理！"

陶阳："……"

章唯又瞬间推开他，自己缩在一角，眨巴着眼睛看着他。

她以前可怕陶阳了，觉得这男人又狠又伪善，现在对方突然……抱住她，还这么温柔，委实吓人。

"怎么了？"陶阳温柔问道。

章唯缩了缩脖子，期期艾艾："那个……你干吗抱我？"

陶阳伸手在她头顶揉了揉，笑得宠溺："因为突然发现我有点在意你。"

章唯："！"

陶阳把章唯送回家去休息，乔暖和沈辉在Sev也待到六点才出来。

沈辉刚刚张嘴，乔暖就从旁边快步离开，让他愣了愣。

他本来以为今天的事会影响这女人的心情，可刚刚和Sev沟通的时候，对方冷静自持，该笑的时候也能微微笑一下。

沈辉觉得危险的同时，又觉得有些佩服，这女人实在太过厉害……

不过下午那件事，对她就没有影响吗？

沈辉如何想暂且不谈，乔暖走出Sev没多远，不远处停了辆黑色的车子，上面靠着她熟悉的男人，一见她就微笑。

今天广贸的事别人可能不知道，但荣谨是知道的。他本来就关注乔暖，又因为Sev项目，所以时刻关注他们。

这件事情他一知道，几乎立刻就赶过来等着。

乔暖看见他，紧绷的神经一松，平静地走近。

"暖……"

荣谨还没说话，就被人紧紧抱住，对方的小脑袋靠在他的心口，一副小鸟依人的姿态。

荣谨兀地有些心疼。他的暖暖历来傲然，从不肯在人前露出半分脆弱，到底心底要怎样难过，才会让她露出如此柔弱的一面？

他这样想着，把怀里的乔暖抱得更紧，下巴蹭了蹭她的发顶。

"没事了，没事了。"

荣谨的声音柔得可以滴水，紧紧搂住她的臂膀更是刚劲有力，乔暖被他摁在怀里。

他明明什么都还没说，她就有了像是被安慰到的感觉。

才刚刚进入春天，京市还有些冷，乔暖却感觉到荣谨身上传来的温度滚烫，耳朵里都是他怦怦的心跳声……

她轻轻吐出一口气，缓和了情绪，这才把荣谨推开，摇了摇头："我没事了。"

乔暖显然已经走出了刚才的失落，表面上又成了冷静自持的乔经理。

但只是表面上。

荣谨却是伸手一勾，又把人拽进了怀里，坏笑道："走，吃点东西再回去。"

乔暖一愣，对方已经揽着她向前面走去，她跟着他的步伐，眼神有些迷茫。

荣谨揽着她走到一家火锅店门口，脚下倏地一定："就在这儿吃！"

乔暖："……"

不管是从养生还是从其他什么方面，乔暖和荣谨在一起这么久，还从来没吃过火锅。

今天也不知道荣谨在想什么，竟然带她来这么一家店……

他第一次不问她意见，拽着人就进去了。

张慧作为一家火锅店服务员，见过无数形形色色的客人，有脾气暴躁的，吆五喝六的，还曾经来过一个乔装打扮的小明星。

但面前两人这样的，她还真没见过……

那个女人很娇小，齐肩短发，五官精致，但一身蓝色正装和犀利的眼神却让人不敢小瞧。她再偷瞄一眼对方的着装和首饰……乖乖，都是她只能去看一看的!

那个男人也差不多，不过没穿正装，一件风衣衬托得他越发英俊，他看着女人的眼神很温柔，嘴角点点笑意倒是中和了浑身自带的压迫感。

两人坐在位置上，极有气质，可就是……不像来吃火锅的!

面对着菜单，两人都没有说话。

张慧作为服务员，只能打破僵局，她张张嘴，小心翼翼问道："两位……请问需要点什么?"

她说话的时候，男人抬头看向她，视线相对，张慧顿时就打了一个哆嗦。

对方却微笑说道："锅底辣吗?"

张慧愣了三秒，立刻斩钉截铁地说："可以选择辣的和不辣的!"

荣谨点点头，在手上那份菜单上打勾，也不问乔暖意见，就合上菜单，递给张慧。

她的余光看了眼男人对面气质高雅的女人，对方还看着桌面发呆。

张慧小心翼翼地离开。心里暗想：这两人感情出了问题?

等服务员走了，荣谨一边拆筷子一边说道："鸳鸯锅底，你吃清汤，要是实在想吃，我今天允许你吃点辣的。"

他眼睛里都是笑意，让乔暖沉重的心情有些放松。

火锅上来很快，乔暖看着面前一红一白的锅底有些愣神。因为肠胃不好，乔暖自从有些经济实力以后，就没吃过火锅了。

"来来来!"

荣谨脱了外套，挽起袖子不断给她夹菜，都是清汤的，偶尔才给她夹一块辣的。

慢慢升起的水雾使得室内温度渐渐升高，乔暖也脱了外套。

在吃到半饱又吃了点很久没吃过的辣味，乔暖的眉头已经舒展开，吃东西也慢慢放开了。

荣谨估摸着时间也差不多了，一边把锅里的青菜挑给她，一边淡定地说："你们公司那个员工以后在业内估计混不下去了。"

乔暖手上一顿，空气中刚刚升起来的温度仿佛骤然间降了下去。

荣谨毫不在意，继续给她夹菜："但是又有什么关系呢？只要你有别人不能质疑的地位，那么你想在公司留下什么人都不会有人说什么。"

乔暖木愣愣地看着锅里，她今天情绪一直不太正常，除了因为小丫头替她承担失误的内疚，还有她对于自己的怀疑。

她已经走到今天，还能落入别人的布局当中，这是对她以往的否定。

乔暖好一会儿才张张嘴："是我的错……"

"不是你的错！"荣谨打断她，"你觉得这件事你错了？你吃亏了？不，乔暖，这件事你赚了！"

他眼神认真，放下筷子，一双眼睛直直地盯着她。

对方的态度那样肯定，眉眼间都是斩钉截铁，手肘撑在桌子上，沉稳自信。

乔暖抬头，对上荣谨的视线，有些茫然地张嘴："什么？"

"顾国华和王权花了大价钱大精力才布了这么一个局，结果必定是要打倒你才值得。"他停下来，喝了一口水。

乔暖看着他，静静等待后文。

荣谨喝完水以后，继续挑眉道："但现在的结果是赔得血本无归，你没事，Sev的项目也去谈了。唯一受到伤害的是那个小姑娘，她的伤害也就是以后在业内找不到工作。可要是你给她找个更好的工作，这次你们就彻底没有损失。"

他说到这儿，嘴角上扬："可是王权暴露了自己和顾国华合作，暴露了自己埋好的暗线，顾国华也暴露了对你的恶意。"

"接下来的王权就是一只纸老虎，乔暖，该你一棒子一棒子地还回去了。

"他要告那姑娘，要折腾她，那你就折腾得他没有时间没有精力来祸害别人。或者……你彻底碾碎他！"

他嘴角的笑容自信飞扬，这男人能坐到现在的位置，真的不是平白无故的。

乔暖手指轻轻捏着筷子，陷入沉思，好一会儿像是突然有了头绪，直直的脊背仿佛更加坚毅，眼底渐渐有光。

"对，你说得对。"乔暖轻声说。

荣谨笑得开怀，拿起筷子夹了块清汤的肉片，喂到她嘴边："来，吃点。"

乔暖下意识地别过脸。荣谨也不恼，胳膊伸得很长，嘴里还说："吃了再给你个消息！"

她眉头再次隆起，微微张开嘴咬了下去，而后看向荣谨，等他说话。

"你把那姑娘放在我们公司吧。"他眼睛里有宠溺的笑意。他把那姑娘留在公司，乔暖能不惦记？到时候没准还能顺便惦记他！

乔暖却下意识摇头："不用……"

荣谨盯着她，一直盯着，乔暖平静回视。

他渐渐有些气馁，这女人实在是脾气太硬！

"暖暖……你可以不用这么坚强的。"他说话时的语气是满满的无奈。

乔暖不说话，她并不想靠荣谨，倒不是什么只想靠实力一类励志的原因，她不靠荣谨单纯只是因为她觉得不需要，没必要。

她不接受他过多的帮助，她就不欠他，日后在对方面前才有底气，她和他是平等的。

无论他是不是荣氏老板。

男人靠女人叫吃软饭，女人靠男人为什么就理所当然呢？要是觉得靠别人是理所当然，那么你在对方面前，早就不自觉地矮了一截。

"你可以让她在我们公司待一段时间，等你能把她带回公司的那一天，你再带走。"荣谨继续游说。乔暖越是不想和他有太多牵扯，他就越要凑上去。

水滴石穿，冰山他也得给焐化了！

这回乔暖纠结了，她不想要荣谨的帮助，可不代表章唯不想要一份好的工作啊。章唯只是二十出头的小姑娘，怎么可能整天闲在家里。

"我待会儿问问她。"

408

是的，她已经决定待会儿要去看看章唯。

下午乔暖刚出来的时候是觉得没脸见她，但这会儿又有了动力。

荣谨咧嘴一笑，夹起藕片，喂到她嘴边："来来来，再尝尝！"

包间里温度持续上升，乔暖又解开一颗扣子，一顿火锅吃完，整个人都放松了不少。

荣谨牵着她的手，两人十指紧扣地往外走。

张慧大吃一惊，怎么吃了顿饭，这两人之间就和谐了这么多？！

他们家火锅还有促进感情的功效？！她怎么不知道？！

目送这郎才女貌的两人走出去，张慧突然有些想交男朋友……

男朋友是国家发的吗？二十六岁可以领了吗？在哪儿领？需要身份证吗？

这头张慧被各种问题困扰，那头乔暖和荣谨走出了这家店。

她回头看了眼，心道：火锅……还是挺不错的。

荣谨轻轻晃了晃扣着她的手："走了，你还要去看那个员工呢。"

乔暖点点头，和他走向最初停车的地方。

两人到章唯家的时候正好是八点刚过，对方已经从陶阳那儿知道她要来了，一直眼巴巴地望着。

几乎是乔暖一上楼，对方就开了门。

"乔经理！"她眼神晶亮，兴奋溢于言表。

乔暖嘴角也有了温度："没事吧。"

章唯疯狂摇头，而后慌慌张张地说："进来坐，进来坐。"

乔暖和荣谨随她走了进去，章唯忙着倒水，乔暖赶紧拉住她。

"不用，我坐坐就走。"

章唯不愿意，非得给两人倒水，又拿了很多吃的放在茶几上。乔暖只得等她忙完才拉着她坐在身边。

"我来就是想让你放心，我不会不管你的。"她说这话时相当温柔，荣谨看着她的模样，莫名心里不爽……

荣谨再看那丫头直勾勾地盯着乔暖，一脸崇拜，恨不得扑上去的模样……

荣谨：……

章唯使劲点头："我不担心的，乔经理也不要担心我，我很好！早就想休息一段时间了，现在正好！”

她越是表现得无所谓，乔暖就越是心疼她。

“王权或者公司，无论怎么告你，找你麻烦，你都不要在意，直接打我电话。这是我的私人号码，你有事直接打过来。如果我电话没人接，你就找陶阳。”她拿出一张纸，写下一个号码。

章唯捧着这张纸，眼泪汪汪：“乔经理，你太好了！”

乔暖伸手摸了摸她的头顶，含笑道：“你这段时间想去荣氏工作吗？想去就去荣氏待着，等我一段时间，我再带你回广贸。”

荣谨：“……”摸头杀！

我的女人当着我的面撩妹……撩妹……妹……

他突然不想把这姑娘弄回荣氏了，这家伙是个情敌啊！

章唯一愣：“荣氏？”

乔暖微笑着点头：“对，你先去荣氏工作好不好？你等我，我不会放过王权的。”

乔暖说出最后一句的时候，突然眼神一厉，莫名有些狠辣的感觉，像是下定了决心。

章唯眨了眨眼睛，突然眼里冒出星星：乔经理太帅了！

“嗯！好！”章唯使劲点头，笑出两排整整齐齐的白牙。

乔暖看着她的模样，也放柔了表情，面上极为欣慰：“嗯。”

荣谨：“……”我能怎么办？当然是选择原谅她！

乔暖也没多待，和章唯说了会儿话，见她情绪还可以就站起来告辞了。

早就想把她拽走的荣谨在她站起来的瞬间，已经挪到了门边，用眼神催促她。

“那……乔经理再见……”章唯眼泪汪汪，她去荣氏就见不到乔暖了……

像是懂了她的眼神，乔暖心里一阵柔软，声音温柔：“没事，我会让你早点回广贸的。”

“嗯！”

荣谨的手有点痒，他很想把乔暖拽走，到底忍了下来。

等两人走出来以后，他轻轻握住乔暖的手：“你对这丫头可

410

真好……"

天地可鉴，他的语气绝对没有酸！他怎么会吃一个小丫头的醋呢？！

乔暖却仿佛没听出他语气里的别扭，看着前方点点头，语气柔和："他们都是很好的人。"

她说的是"他们"，就不单指章唯一个人了。

乔暖年纪轻轻就面对了人生的残酷，那些加注在她身上的年轻人承受不起的艰难，使得她一直缺乏信任和安全感。

她的世界全是铜墙铁壁，其他人要进来太难。

这次因为章唯，乔暖突然发现职场里原来不只有算计和不信任。章唯、向敏、邓容、陶阳……至少在现在，许多人都对她付出了信任。

天色已经越来越晚，天气也越来越冷，荣谨拉开风衣把乔暖裹了进来，带着她回去。

等两人洗漱好躺在床上，乔暖还开着灯看关于Sev的资料。

荣谨微微坐起来："这个项目你是一定要拿到吗？"

"嗯。"乔暖随口应了一声，没注意到荣谨有些不一样的眼神。

他已经调查清楚了，Sev确实被昌都财团买下了，现在Sev的行为都是昌都财团的安排。

山口戒刀不是个简单的人，荣谨能查到对方，对方未尝不能查到他。

Sev这次的项目他们甚至可能会故意给乔暖……毕竟他和乔暖的关系对方可能已经摸清。

"暖暖……"

"嗯？"乔暖头也不抬，继续翻页。

"我不希望你接下Sev的项目。"

乔暖手一顿，荣谨对于Sev关注得有些过度了，而且态度上极为不支持。

"你什么意思？"乔暖骤然间抬头，正对上荣谨有些纠结的眼睛。

荣谨张了张嘴却没说话，他很想把这事的来龙去脉告诉乔暖，可明显昌都财团入驻对广贸而言利益更大。

尤其是这次事件，乔暖迫不及待地需要Sev，他不能确定乔暖会站在他这边。荣氏现在没有表现出已经知道昌都财团的事，他告诉乔暖后，会打草惊蛇吗？

411

面对荣氏这么多年的基业，他地位越高，责任越大，他就越是顾虑。

乔暖看出他不想说，也就没有继续追问，只是微抿着嘴唇。

一夜无话，第二天一早，乔暖依旧打扮精致才去了广贸。

今天乔暖的高跟鞋比平日里高了一点，走起路来越发有气势，她的眼神也是更冷，格外让人发怵。

她踩着高跟鞋直奔楼上，陶阳正站在办公室门口等她。

乔暖走进业务部大门，里面所有人齐声问好："乔经理早上好！"

"早上好。"她点点头，直接走进办公室，陶阳跟了进去。

"向敏姐……经理心情不好？"一员工小心翼翼地问向敏。

向敏担忧地看了眼经理办公室，说道："乔经理最近心情都不会好，所以……收敛一些。"

不到片刻，整个业务部都变得越加小心。

乔暖沉着脸站在桌子旁边，一只手撑着桌子，背对陶阳说道："目前什么情况？"

"还没有消息，但是Sev买下了那一层楼，整整一层。"

乔暖骤然回头，有些吃惊。

正好这时候桌上的电话响了，乔暖接了起来。

"喂，我是广贸业务部乔暖。"

"嗯，好的。"

"可以，谢谢。"

不到一分钟，乔暖又挂了电话。她的眉头隆起，好一会儿才轻声说："Sev说想和我们合作，下午见面详谈。"

陶阳面上一喜："这是好事儿啊，不过怎么这么快？"

乔暖显得并不是太惊喜，她沉思片刻，突然说："帮我找私家侦探，查一下Sev和荣氏。"

陶阳一愣：Sev？荣氏？

他虽然在心里极度疑惑，但到底什么都没说，只点头应下。

乔暖双手抱臂，沉默地站了一会儿，这才拿上东西上楼开会。

她今天来得有点晚，会议室除了王恒已经基本到齐，她淡定地走进去，坐在自己的位置上。

"呵，真是稀罕，乔经理竟然迟到了。"这次偷鸡不成蚀把米的王权

412

对她嘲讽道。

乔暖下巴微抬，眼神极度冰冷："如果我的手表没出问题的话，还有一分钟才到会议时间。王副总，您的手表是坏了吗？需要我送你吗？"

王权脸上一冷，忍住了这口气。

王恒这时候扭着肥胖的身躯进来，他眼底有些青色，看起来昨晚并没有睡好。

"都来了啊，汇报工作吧。"

众人点头，依次汇报。

王恒听完后点点头，看向乔暖："昨天和Sev谈得怎么样了？"

"嗯，还可以。"

王权冷哼一声："这时候说这个太早了，能拿到项目才……"

"王总！"乔暖直接打断王权，看也不看他，眼睛只盯着王恒。

"嗯？"

"Sev说想和广贸合作，希望下午我们一起过去商量。"乔暖的声音很是平静，仿佛她嘴里说的只是一件微不足道的小事。

王恒大喜，拍着桌子站起来："真的？！"

乔暖点头："对，真的。"

"不可能，怎么可能这么快！"王权大惊，不可置信地盯着乔暖。

"所以王副总是觉得我会在这件事上骗你们？王副总，做人还是动动脑子比较好，不要随便冤枉人。"她这话含沙射影，意在讽刺王权昨天的行为。

王权一张脸涨红，旁边沈辉轻轻地撞了一下他，他才恢复理智。

"乔暖，我广贸能有你这样的经理，真是大幸！"王恒兴奋地夸赞着乔暖，董事们也带着笑交头接耳。

沈辉使了一个眼色，王权深深吐出一口气，笑着说道："沈助理昨天也去了，这Sev的项目，沈助理也参与其中了吧。"

王恒脸上的笑容一僵，Sev这样的大项目，他怎么可能让沈辉这个王权的人来掺一脚？

乔暖却是冷笑："好啊，那么沈助理下午就和我们一起去吧。"

王恒一愣，就连王权也是吃了一惊，但送上门的便宜不占白不占，王权的脸色好看了些。

413

会议一结束，王权和沈辉往办公室走去，他叮嘱沈辉："乔暖不会那么好说话，绝对有预谋，你小心一些。"

沈辉点头："知道了。"

这边乔暖回到办公室，立刻对陶阳说道："加钱，查到的信息实时发给我！"

"是！"

乔暖坐在办公室，眼睛看着窗外放空，迫不及待要合作的Sev、态度奇怪的荣谨……这项目绝对有玄机！

陶阳忙着查信息，下午乔暖同王恒、沈辉两人去了Sev。

她放在兜里的手机时不时震动一下，乔暖拿出来看完，又放进去——都是些无关痛痒的消息。

他们一到Sev，立刻就被人迎了进去，他们老板史密斯和业务部经理韩雅正等着他们。

业内的女经理不多，这韩雅算是一个厉害的，Sev一到国内，就把这女人从另一家公司挖了过来。

"王总，乔经理，沈助理，快坐快坐。"她一见几人立刻笑着站起来。

乔暖和沈辉跟在王恒后面，看着他和史密斯寒暄。

这史密斯果然和荣谨说的一样，明明中文很好，偏要装作不懂，说着一口英语。

幸好三人英语都不错，并没有出现交流障碍。沈辉诧异地看了眼乔暖，想不到这个只有高中学历的女人竟然能说一口流利的英语。

那史密斯也直接拿出三份合同，说道："这是我们定下的合同，你们先看看吧，没有异议的话就期待我们的合作愉快。"

三人一人一份，仔细阅读起来。

王恒看完把视线转向乔暖，对方还在细细地看着。

好一会儿乔暖才抬头："史密斯先生，您不觉得这违约金太高了吗？几乎是天价！"

史密斯惊讶道："亲爱的乔小姐，您怎么能想着违约的事呢？难道你们公司还想着违约？"

王恒撞了撞乔暖，他是觉得违约金是无所谓的事，乔暖的态度显得不太礼貌。

兜里的手机连续震动多次，乔暖做了件更不礼貌的事，她拿出手机，放在桌下，随后低头看了眼。

沈辉笑着说："史密斯先生，您放心，广贸怎么会想着违约呢？我们的诚意是满满的。"

"是啊。"王恒一边应和，一边再次撞了撞乔暖。

乔暖却抬起头，合上合约。

"亲爱的史密斯先生，如果违约金是这样的话，恕我们广贸不能合作了。"

乔暖的眼神极其冷漠，一双眼睛直直地盯着史密斯。

史密斯脸色突然就有些不太好看，眼睛扫视过三人。

王恒正一脸着急，桌下的手肘拼命地撞她。沈辉显然也是大吃一惊，乔暖怎么会为了违约金对甲方这么冷漠？

Sev的项目还有元夏和慈易翘首以盼，这乔暖也不怕对方换人？还是说这项目有什么见不得人的？

沈辉陷入沉思，就没有说话。王恒十分着急，可两个更懂行的都没说话，他也不知道如何开口，急得眼睛都红了。

"亲爱的乔，看来你们确实不是诚心合作，竟然始终想着违约金的事。"史密斯很快就收起脸上的不痛快，笑着说。

乔暖也同样收起犀利，笑着回复："怎么会不诚心合作呢？我已经在Sev上花费了太多心思，但我觉得贵公司不是想合作的态度。"

"为什么？"史密斯疑惑。

"贵公司如果是真诚合作，怎么会有这么高的违约金？不可控因素太多，要是有个什么意外，咱们广贸就彻底破产了。"乔暖平静地说道。

王恒突然就不动了，竟觉得她说的有道理，这要是出点意外，得把广贸赔破产啊！

沈辉却没王恒这么好糊弄，因违约而赔偿违约金和因为不可控因素中止合同，根本不是一码事。乔暖的意思明显就是：你这价格我广贸毁约的时候赔不起。

可她为什么会想到毁约的事？

Sev怎么会开出如此高的违约金？面对乔暖这种态度，作为有很多选择的甲方，为什么还能心平气和地继续商量？Sev这项目确实来得太急了……

沈辉突然头皮发麻，所以乔暖这女人到底知道多少连王恒都不知道的东西？

这一场会谈到最后并没有定下合同，史密斯说要回公司内部商量一下。

乔暖知道，他是去向背后之人汇报。

广贸三人往外走去，一走出大门，王恒气恼地吼道："乔暖！你怎么回事！"

乔暖只看了他一眼："你急什么？我心里有谱。"

"你你你！"王恒指着她瞪圆了眼睛。

乔暖不耐："你要是想签就回去签，倾家荡产别怪我没提醒你。"

她说完率先上车，坐在驾驶座上。王恒拍着胸脯喘气，到底没回去。

所有人都知道，乔暖不是个无的放矢的女人。

等三人回了广贸，高层没一会儿就传遍乔暖因为违约金太高拒绝对方，好些人打电话过来问她。

乔暖把电话拿起来扔在一边，沉着脸坐在椅子上。

在Sev她突然变脸是因为陶阳发过来的两个消息，看似无关痛痒，实际上联系紧密。

"陶阳，进来！"

很快陶阳就走了进来："乔经理，怎么了？"

"史密斯去过日本和昌都财团有人来了京市是真的吗？"

陶阳见她眼神犀利，立刻正色道："是的，消息属实，但实在查不出来昌都财团来的是什么人。"

"不要再查了！"他们再查就要打草惊蛇了，昌都财团来的人能让荣谨正视，绝对不是小人物。

"是。"

乔暖又安静了下来，想清楚了什么事，几乎片刻她就知道广贸能在这件事中取得的利益和荣谨的担心。

那男人到底没太信任她……

乔暖说不出心里是什么感受。她理解他，毕竟她也不会把任何机密

416

告诉他，若是她在荣谨的位置，她甚至都不会说出似是而非的话引起对方注意。

可她想得通和心底淡淡的凉意并没有什么关系……

她心里有些烦躁，站起来带着陶阳走出去。

下楼时正好在电梯处遇见王权，对方一见她就恨不得把眼睛瞪出来。

"乔暖！你这女人是不是来祸害我们公司的？！这么好的项目竟然放弃！"

她只冷冷地看了他一眼："你想签就自己去。"

王权一愣，随即突然上前："你会把Sev的项目让给我？"

"你想要就去跟王总说。"

正好电梯门打开，乔暖大步出去，王权小跑跟上："喂！你跟他说，我跟他说了他也不会信的！喂喂！乔暖你去哪儿！"

"下班！"

"这时候下什么班？早退！"他在后面暴跳如雷。

乔暖根本不理会他，走出大门时看了眼腕表，对陶阳说："帮我买个黑色挂钟送给王副总，提醒他没事多看看时间。"

送钟？陶阳一愣，随即笑了出来。

荣谨今天并没有来接她，事实上他最近已经有意无意地和她在外面保持距离。乔暖之前没在意，现在却知道估计是有人盯着。

她回到家的时候荣谨正准备做饭，一听她开门的声音便笑着说："晚上给你做你爱吃的清蒸鱼。"

乔暖却道："嗯，好，我先去书房看合同。"

厨房里突然有东西掉在地上的声音，乔暖假装没听见，进了书房。

没一会儿荣谨跟了进来，他看着她欲言又止："暖暖……你真的要和Sev签约了吗？"

"嗯。"

荣谨纠结了，眼神幽怨地看着她，就在乔暖越来越失望的时候，他说："我和Sev是对立的，它背后是日本的昌都财团……"

一口气说完后，荣谨就紧紧地盯着她的表情。他害怕这个女人站在和他对立的一面，也不想两人躺在床上却各有心思。

她如果选择对自己更有利的昌都财团，甚至把他已经知道的消息传递

417

过去，那……他也认了。

乔暖却仿佛并没放在心上，只挑眉说："广贸就是给别人搞宣传、牵头搭线的，你们大公司相斗，和我们没有关系。"

荣谨的表情突然有些急切：怎么会没有关系呢？他们成了对立的两方，待在一起的时候还能像现在这样吗？

"荣谨。"她放下合同看向他，"你少考虑了一个问题，广贸在荣氏和昌都财团中站位时，首先考虑谁是获胜方，荣氏在国内枝繁叶茂，现在又有准备，驱逐昌都财团只是时间问题。广贸站昌都只有一时的利益，后面就会是荣氏的报复……"

"不，我不……"荣谨说到这儿突然一顿，他是站在自己的位置上思考，因为他不可能去伤害乔暖，所以就没有荣氏获胜报复的一说。

可站在广贸的立场不是，他们不能保证荣氏获胜以后会不会报复自己。

所以广贸不一定会站昌都财团！

荣谨一笑，上前把乔暖抱起，就冲向了客厅。

"暖暖，我爱你！"

乔暖眼角有了点笑意，心底最后一丝凉意褪去。

第二天晨会的时候，Sev就说愿意按照正常违约金签约，让王恒大为兴奋。

"乔经理，你昨天可是说了把Sev项目给我！"王权突然说出这一句，所有人都没怎么在意，王恒更是一个白眼。

显然，大家都觉得王权在痴人说梦。

"对，给你，待会儿你和王总去签约吧。"乔暖点点头，认真地说道。

整个会议室都安静了下来，王恒一双眼睛瞪得老大，不可置信地盯着乔暖。

"真的？！"就连只是随口一说的王权也惊呆了，乔暖真的把这项目给他？

"乔暖！"王恒没忍住，吼了一句。

"嗯，真的，我手上项目还多，Sev这项目王副总要就拿去，好好

418

做，别砸了Sev招牌就行。"她相当平静，仿佛真心把这项目放手给王权。

沈辉突然觉得脊背越来越凉，像是有一阵冷风从背后吹过来，甚至腿脚都有些软。

通过昨天乔暖的反应，Sev的项目明显是有问题的，再联想到他们之前合伙算计乔暖，这女人对他们明显是怨气满满。

沈辉突然泄气，整个人变得有些颓废，王权完了……他也完了……

乔暖被王恒叫到办公室逼问。王权却满脸笑意地说："沈辉待会儿和我去Sev？这项目你负责牵头，咱们一定要做好，让董事会看到你的实力！"

沈辉下意识后退一步："不，不用，这项目是给您的……王副总，她让得太奇怪，会不会有什么问题……"

王权不在意地点点头："确实有问题，不过到嘴的肥肉先吃下再说，我自然会提防她。"

沈辉越发头皮发麻。乔暖又给他上了一课，舍不得眼前暴利的人，早晚会死得更惨……

无论王恒说什么，乔暖都说王权要就给他，王恒又气又拿她无可奈何。

"乔暖，不管你要做什么，不许毁掉广贸……"王恒最后只得眯着眼说道。明眼人一看，都知道乔暖不是会为王权好的人。

乔暖抬头平静地回视他，嘴角隐约有笑意："损失一点利益却能彻底打倒王权，你该有决断的。"

这话一出，王恒就不说话了，彻底扳倒王权是他心底的夙愿。

"你真能彻底打倒他？"

乔暖眼神一厉："永无翻身之日！"

王恒带王权去签合约，对方好像不太满意换了个人过来，但到底还是定下和广贸的合作。不过对方提了要求，这项目乔暖必须参与。

王权的脸色变了一下，但还是和王恒一起应了下来。

业务部是乔暖在管，这项目就算王权不想她参与，她也会参与其中的。

乔暖对这件事并不在意，现在这事的走向干扰不到她，她还有更重要的算计。

荣谨也越发忙碌。Sev的项目定了下来，已经在陆陆续续准备开始，这就是荣氏和昌都财团斗争开始的时候！

顾国华算计乔暖不成功，也是人财两空，好久都没什么动静，只在听到广贸和Sev签约以后，狠狠摔了桌上所有东西。

拿到项目的王权春风得意，整天跑业务部，在公司里也极度猖狂。

王恒好几次催着乔暖赶紧压下他的气焰，但乔暖并不心急，心里自有决断。

这天她走出广贸大门，看见熟悉的车子的时候，微微有些吃惊。

"你怎么来了？不怕被昌都财团发现了？"

荣谨开着车轻笑："已经没什么可隐藏的了。"

他这话一说完，直接把车开到一边，倾身过来，两人脸对脸，鼻尖几乎挨在了一起。

他们的呼吸交织在一起，他微微眯着眼，双眼朦胧，沙哑着嗓子说："暖暖，你是在乎我的……是不是？"

最后三个字从他的喉咙深处吐出来的时候，透着男人的性感和荷尔蒙。

乔暖看着他深邃的眼睛，突然心口一窒。

她在乎他？

听到这句话，她心脏跳动的频率有些失衡，有一股热潮从心口升到耳根。

乔暖知道自己耳朵红了，幸好她的头发并没有别起来，所以还能遮住渐红的耳廓。

"不是。"乔暖听到自己斩钉截铁地吐出这两字。

荣谨却是低声笑了起来，脸越压越低，嘴角也越扬越高："暖暖，我都听见你的心跳声了。"

乔暖呼吸一滞。

紧接着她感到唇上一湿，被人温柔地吮住唇，舌尖撬开贝齿，对方的动作骤然间变得狂热，像是旗开得胜的将军要夺取他的战利品。

乔暖一双手被他紧紧握住，只能热情地回应。

春雨贵如油，外面稀稀拉拉地下起了雨，然后雨势渐渐变大。

她有些喘不过气，把荣谨往外推了些。男人升起的血气一时难以压

420

抑，他把头埋在她脖颈间。

"暖暖……"

"嗯？"

"会一直这么好吗？"他感觉幸福到有些不真实。

乔暖没说话。"一直"是一个没有限度的时间范围，未来变故太多，她不敢承诺。

但如果可以的话，她也想永远像现在一样。

车窗上水珠一颗颗滑落，慢慢成了一条线。

乔暖把Sev的项目让给了王权，这几乎让整个广贸都处于茫然的状态。

但王权做这项目的时候，乔暖又一直在帮助他，整个业务部同样配合。

"乔暖，你到底在谋划什么？！"王权瞪着她。

乔暖手一顿，把桌上正在签字的文件拿起来，扔在王权身上。他下意识接过，而后双目喷火。

"乔暖！"

"王权，既然怀疑我的目的，那你就自己想办法。"她说完站起来大步离开，王权瞪大眼睛傻傻地看着她的背影。

"这个女……"王权的咒骂刚说了一半，低头就看见手上的文件俨然是和一家设计公司的合约。

王权："……"

这家公司一直和乔暖合作，现在她不签字，对王权就有些麻烦了。

他恼怒地抓了抓头发："我就不信我还斗不过你个贱人！"

王权说完愤然离开，门口的陶阳冷笑了一声，眼神阴毒地看着他的背影。

章唯感受过的，他要王权也感同身受！

那家广告公司在业内一直颇具盛名，广贸能在对方那儿用很便宜的价格换取他们和客户都满意的东西，实在是托了乔暖的福。

但因为这合同是一份一份地签，这次没有乔暖的签字，对方就没理他们的单子。

"乔暖去哪儿了！"

"出……出差……"新来的秘书小王被王权一瞪，说话就开始结结巴巴。

王权愤怒地推倒桌上的东西，随即喊了声："沈辉，走，我们自己去谈！"

沈辉微微低头，应了下来。他越是摸不清楚乔暖的计划，就越是觉得前方是无底的深渊。

王权穿着一身正装，带上合同就直奔设计公司。

"我是广贸副总王权，现在有生意想和你们老板谈。"他对着前台皱眉道。

不管自己在甲方面前是怎么个低声下气的模样，一旦自己成了甲方，王权就变得气势汹汹。

"好的，我让人带您去找余经理。"前台客气地笑道，打了个电话上去。

"好了，余经理说马上下来，请稍等。"前台的话一说完，王权的脸色就变得格外难看。

对方好歹没让他们等太久，一个花枝招展的……男人扭了下来。他长得很好看，五官秀气，皮肤白皙，如果沈辉没看错的话，对方是化了妆的。

他翘着兰花指不高兴地看了王权一眼："乔乔呢？"

王权："……余经理，乔经理出差了，咱们的合作就由我和你商谈。"

那男人嫌弃地瞥了他一眼，到底收起了不耐烦，拍了下巴掌："那咱们谈吧，你们跟我过来。"他说完扭着屁股离开。

王权和沈辉在背后看着他的模样，一个气得发抖，一个一阵恶寒。

这公司没广贸大，就一层楼几间房，这经理一看就地位不一般，所以有一个自己的单间，装饰……很小清新。

"坐，请坐。"那男人一双大眼睛瞥在一旁的椅子上。

沈辉看了眼放着毛茸茸乌龟坐垫的椅子和一旁粉红色的蜗牛沙发，站在原地没有挪动。

王权显然也没想去坐，"余经理，我们广贸希望和你们再续一个约，这是合同，你看看。"

那余经理嘟起嘴，翘着兰花指抽过文件，迅速看了眼，说："这价格不行，至少得翻倍。"

"什么？！"王权勃然大怒，"你们公司什么意思啊，咱们一直合作的价格怎么说变就变？！"

那余经理站直了身体，他站直了看起来比王权还要高一些，翘起兰花指指着王权："你还要不要我们活下去，不知道物价上涨人民币贬值吗？！什么都按照以前的价格来，你还让不让别人吃饭了！这个价格在业内都算友情价了，何况我亲自设计！"

他的手指一直在王权面前一戳一戳，王权的脑袋也一直后退。

最后退无可退，他拍开余经理的手："不想合作就算了！"

王权说完转身愤怒地离开，沈辉赶紧跟上。

余经理上前一步，看着他们慢慢走远，这才一边偷笑一边拿出手机："乔乔……我都给你办妥了，你答应我的，这两天得找个时间陪我去逛街！"

这边余经理如何打着电话撒娇暂且不谈，那边王权愤怒地一脚踢在车门上："肯定是乔暖！我就说她为什么那么好心把项目给我，这是要我做不出来，然后再把项目拿回去，以后我在广贸哪儿还有立足之地！"

沈辉凝眉，这确实有点像乔暖的安排，可她这样做的目的是什么？就是让王权没面子？乔暖下手就这么轻？

不知道为什么，沈辉总觉得这件事还没完。

"沈辉。"

"在，王副总。"

"注意一下乔暖现在手上那个项目的广告是不是在这儿做的。如果我没记错的话，她手上那个项目这两天就得做出广告。"王权眉头皱得死紧。Sev不知道为什么，特别急切地想打开品牌的路子，具体时间都写入合同了。

Sev这两天也是一直在催促他，王权根本就耗不起。

"是。"

王权又咬牙切齿道："乔暖，我不可能放弃的，你给我等着！"

"明天去上班？"荣谨一边给她剥虾，一边问她。

乔暖咽下嘴里的那一口，点点头："嗯，休息一天可以了，再等下去就太过了。"

"你们Sev这项目真的打算废了？"荣谨好奇地问她。

乔暖看了他一眼，继续吃饭："不废了等着荣氏报复不成？"

荣谨摸摸鼻子，嘴角上扬，眼底都是幸福的微笑。

"对了，你什么时候和昌都财团……"

荣谨想了想，说："本来准备开始了，既然你们已经在废Sev这个项目，那我就等你结束以后再开始，时间上也更合适。"

乔暖点点头，没说话。

第二天一早，她刚迈进广贸的大门就被王权截住了。

"是不是你指使余南给我们价格翻倍的？！"他狠狠地瞪着乔暖。

乔暖一边大步往办公室走，一边满不在意地说道："他们早就涨价了，你竟然不知道？"

王权一口气差点没喘上来，这乔暖绝对是唬弄他的！

这会儿乔暖早已离开，王权在原地气得跳脚，直到沈辉过来。

"王副总，那家可能真的是涨价了，乔经理目前正在和新天地创意公司洽谈。"

"新天地？"

"是的，他们老板汤总好像和乔经理关系很不错……"沈辉一条条地分析着自己的消息。

王权却是冷笑："只有不努力的锄头，没有挖不动的墙脚，帮我悄悄预约一下汤总。"

"这是……抢乔经理看好的公司？"沈辉有些迟疑。这件事云里雾里，乔暖的算计是什么都还没任何迹象，他们贸贸然对上实在是自寻死路啊！

"哼，我和她本来就不可能和解，抢了又能怎么样？她恨不得杀了我，而且这次也是她率先挑衅我们的。"见王权说得斩钉截铁，沈辉就不说话了。

他们最初打电话过去的时候，老汤总支支吾吾，不太想和王权见面。

424

后来王权亲自打电话过去，让他们知道王权对新天地的在乎，老汤总这才同意和王权见面，时间定在下午。

王权下午准备好东西，就去了和新天地约好的地方。

等他的车子离开，陶阳从角落出来，嘴角露出一个奇怪的笑容，随即打出电话。

"乔经理，他们去了。"

电话那头的女人声音沉稳："呵，让他们去谈吧。"

"咱们不用再给王权制造点麻烦吗？"

"不用，过犹不及，现在就静静地等吧。"

"好。"

老汤总来的时候还带了儿子汤庆，那胖得和王恒有一拼的身躯让王权下意识地撇嘴。

他和沈辉就坐在那儿，冷眼看着汤家父子俩小跑过来，动也不动。

"王副总！"老汤总汤博韫觍着脸笑，一脸的谄媚样。他儿子汤庆也跟着他傻笑起来，小眼睛眯成一条缝，极为……猥琐。

王权内心顿时升起一股傲慢，他是广贸的副总，汤家父子这种小公司的总裁只能仰视他。

"要约汤总可真是不容易。"王权意味深长地说道。

老汤总一个颤栗，立刻紧张道："没有，没有，绝对没有，我是真的手头有事走不开……"

王权不置可否地看了他一眼，给他和汤庆各倒一杯茶："我话也不多说，汤总，广贸想和你合作。你知道的，Sev不是个小项目，做出这个项目对你们新天地也是很有帮助。"

汤博韫小心翼翼地接过茶，听到后面手一抖，茶洒了一桌子，又涨红了一张脸，手忙脚乱地收拾。

"对不起对不起！"他忙低声下气地道歉，王权越发嫌弃。

乔暖是怎么找到这家合作的？新天地真是实力超群？

"没事，汤总意下如何？"

汤博韫眉头隆起，像是怕他生气，小心翼翼说道："对不起……新天地公司太小，最近已经准备接两个大项目，实在不能再接下王副总的。"

王权眼神一厉："你说的项目是乔暖的吧。"

汤博韫瞳孔一缩，忙摇头："不是不是……"

王权冷哼一声，吓得对面汤家父子的头越压越低。

沈辉适时插话："汤总应该没和乔经理签合同吧，还来得及反悔，您应该权衡好利弊，和王副总合作才能长长久久，乔经理到底只是经理。"

王权只看着对面父子，给他们施加压力，那两人头已经快埋在桌上了。

"汤总意下如何？"王权又问了一次。

对面先是没声音，而后结结巴巴地说："对……对不起……"

砰！王权砸了杯子甩袖离开，沈辉赶紧跟上。

"王副总，您看？"沈辉轻声问道。

"不识好歹！"王权的眼神突然变得阴狠，"这倒让我确定了乔暖是真和他们合作了，想拒绝我？没门！"

随即他在沈辉耳边低语两句，才大步离开。

沈辉点点头，回头看了眼咖啡店里的汤家父子，对方一脸歉意地和咖啡店老板说着什么，显然是道歉。

他笑了声，这种懦夫是不太可能和乔暖计划好来算计他们的。

想着他也离开了咖啡店，他还要去做王权的安排。

等两人离开以后，一辆车从咖啡店的侧面滑了出来，一个干练的中年女性下了车走了进去。

"可以啊，看不出来装得还挺像的。"邓容嗤笑一声，眼底带有笑意地看着汤家父子。

汤胖子最先蹭了过来，犹犹豫豫地在她旁边站着，显然不知道用什么态度对待她。

老汤总也笑了起来，擦擦汗，继续觍着脸笑。

邓容感受了一下室内的温度，又看了眼他满头大汗的模样，嘴里哽出一句："刚才不会是你的真实感受吧？紧张成那样？！"

老汤总擦擦汗，咧嘴笑了起来："是……有点怕……"

邓容："……"

对方仿佛还嫌不够，又说："是乔经理让你来的吗？我还算完成得可以！"

邓容："……是，可以。"

426

她往外走，汤家父子下意识地带着东西跟上，走向停车的地方。

邓容回头看向两人，老汤总继续摸着鼻子笑，她翻了个白眼："走，上车送你们回去！"

"那多不好意思啊！"话是这样说，可父子俩已经爬上了车后座。

邓容："……"

第十五章
不进步就是退步

新天地如果一口答应王权背弃乔暖，那他也不会考虑了，他会怀疑这里面是不是有乔暖做的局。

可汤家父子一直不肯答应，后来王权又让沈辉带人去谈了一场，对方还是没应。

而那边乔暖还在和新天地谈判，显然以后的合作对象多半是新天地了。

这种情况下王权怎么可能让乔暖和他们合作，自然是千方百计地阻拦，况且他手上的Sev项目再不开始就要违约了。

王权这人一向比王恒狠，该下狠手时绝对不留一点情面。

他让人布一个局套住了汤庆，老汤总就这么一个儿子，哪有不答应的，抹着眼泪和王权签订了协议。

王权笑了。

他一手拿合同，一手拍了拍汤博韫："老伙计，都好好干，跟着我不吃亏！"

老汤总一脸苦笑，只得点点头。

王权傲慢地笑了笑，抖了抖衣袖，哼着小曲离开了。

好一会儿，汤家父子才笑嘻嘻地走出来。一辆车开了过来，他们轻车熟路地上了车。

"妈，我好饿！"汤庆这会儿正高兴，他还是第一次和他爸布大局，说话就有些无所顾忌。

"妈？"副驾驶的一个女人转身，疑惑地出声。

汤庆瞬间僵硬在原地，脖子轻轻扭动，眼睛就和副驾驶的女人对上了。

那女人烈焰红唇，漂亮非凡，可她那张美丽动人的脸却让汤庆打了个激灵，吓出一身冷汗。

"乔、乔经理……"

见自家儿子被吓住了，老汤总赶紧牵着他的手，坐正了吓得有些佝偻的身躯，期期艾艾道："乔、乔经理，王权已经签下合同了。"

乔暖把视线放在颇有些不好意思的邓容身上，先是恍然大悟，随即露出似笑非笑的表情："签下就好。"

乔暖说完就看向汤博锟，正色问道："汤总，你可是想清楚了，愿意信任我？那后果可能更糟糕。"

老汤总看了眼身边胖乎乎没心没肺的儿子，这件事后果确实严重，可假如乔暖能做到她承诺的，却是千好万好，他们新天地付出再多都值了。

况且不破不立，这些年新天地一直在原地踏步，在这个激流勇进的时代，不进步就是倒退。

最多三五年，新天地可能就颓败了。

"当然愿意，乔经理找上我们已经是优待了。"汤博锟讨好地笑着。

邓容看了他一眼："乔暖不会骗你们的，而且不是还有我吗？总不会让你们吃亏。"

这霸气的一句话，瞬间让老汤总不好意思地缩了缩脖子，汤庆却眼冒星星地看着驾驶座的邓容。

乔暖笑出了声："我说邓经理，咱们才几天没见，我干儿子都有了，真是可以。"

邓容还没接话，汤庆已经眼睛一亮，对着乔暖眯着眼喊了句："干妈！"

乔暖："……"

邓容："……"

老汤总："……"

汤庆心里美滋滋的：他干妈要是业内女修罗乔暖，他干爹就是阎王荣谨，乖乖，他以后可不是能横着走了？！

他一双眼直冒红心，嘴巴微张，像是哈喇子都要流下来。

老汤总忍无可忍，一巴掌呼在他的背上。

经过这一打岔，四人间的氛围变得相当轻松。邓容先把乔暖送了回去，这才开着车和汤家父子走了，至于他们今晚住哪儿，乔暖就关心不上了。

她也快步回家，嘴角的笑容有些轻快。汤博韫虽然胆小怕事，可也意味着邓容和他在一起完全不用改变自己的性格，依旧可以肆意妄为。

这样想来也是不错。

她一边想着一边打开门，里面灯光透亮，在厨房忙碌的男人回头看了她一眼。

"回来了？快洗手准备吃饭了。"

乔暖的眼神越发温柔，点了点头，又想起对方看不见，忙应了一声。

新天地给广贸做项目的进度很快，沈辉经常过去盯着，王权也偶尔过去一趟。

他们对新天地还算满意，新天地公司虽小，可之前汤家父子从荣氏年会回来以后，也做了不少大单子，还是相当可靠的。

王权看了眼半成品，相当满意，怪不得乔暖那个女人会看中这家。

新天地的速度确实快，距离广贸把成品交给Sev还有两天的时候，对方就把成品做出来了。

王权带着沈辉及几个助手去验收，他个人表示相当满意。

沈辉却是微微皱眉，"这个……"

王权回头："嗯，有问题？"

沈辉摇摇头："大问题没有，就是这个背景和国外一知名画家的一幅画有点类似。"

王权看了眼，摆摆手："这都是小事。"

"还是换换吧。"沈辉坚持自己的想法。

汤博锟皱皱眉，有些纠结的模样，不过在王权视线转向自己的时候还是说道："……那好吧，成图符合主题的之前也有备选，王副总和沈助理挑一下吧。"

两人和他走向电脑，备选图有六幅，两人几乎一眼就注意到最后一幅，异口同声："这幅。"

"好的。"老汤总应了，整个新天地又忙了起来。

新天地再次交出成品是广贸向Sev交出成品的前一天，王权把新成品拿到业务部，又找人做最后的整改设计。

乔暖把帘子拉起来，透过玻璃看着外面笑着的王权。

这时候电话响起，是私人电话。

"怎么了？"

"暖暖，你那边什么时候开始？山口戒刀来了。"电话那头俨然是荣谨。山口戒刀已经来了，显然是见Sev开始进入中国市场，昌都财团也准备大举进军。

荣谨已经不能等了。

乔暖透过玻璃看着外面正在趾高气扬说话的王权，冷声道："明天。"

听见乔暖这样说，电话那头"嗯"了一声，随即荣谨轻柔的声音传了出来："暖暖……"

"嗯？"

"你真好。"他的声音很轻，透着浓浓的爱意，又饱含甜蜜。

乔暖微微转动视线，耳根微微泛红，有些不好意思地说道："没什么事我就先挂了。"

她猛然间挂掉电话，轻轻呼出一口气，压抑着自己的心跳。

她最近好像变得有些奇怪……

乔暖脑袋里闪过什么，赶紧摇摇头，继续关注王权。

王权把成品交给Sev以后，又开始紧锣密鼓地准备实施下一步计划。

初始方案乔暖已经做好，相当不错，虽然她现在撒手不管了，可沈辉还在继续跟进，做一些适宜的修改。

沈辉也确实有这个实力，毕竟是王权好不容易请回来的，尤其在和外

431

企接触方面，对他而言简直就是如鱼得水。

但乔暖就像是一把悬在脖子上的刀，让沈辉行事难免束手束脚。

不过这不在乔暖的考虑范围之内，Sev急着入侵中国市场，主要是背后的昌都财团怕荣氏发现，想速战速决。

这一天和任何一天都没有区别，不过是在网上突然出现不少Sev的广告，同时各大电视台、各个角落的宣传屏幕都上了Sev的广告、海报。

显然Sev花了大价钱，广告和海报的画面精美，几乎在瞬间就吸引了人们的视线。

"王副总，看来项目相当成功！"原董事笑着恭喜王权。这次的项目做好了，王权在公司的地位就绝对不可同日而语！

"哪里哪里。"王权笑眯眯地回道，看他的脸笑出了褶子，显然是相当高兴。

原岸把视线移向沈辉，对方识趣地关门出去。

等门被沈辉关上，原岸才靠近王权，压低声音说："王总，这次趁着Sev项目，我们可以拿回一部分权力……"

王权瞳孔一缩："业务部的？"

"对，先拿到一些业务部的权力，再慢慢架空王恒……"原岸眯着眼睛，自信地说道。

"业务部还把控在乔暖手里，她做事让人抓不住尾巴，怎么可能抢到她的权力？"王权皱眉。

原岸却是笑着摇摇头："王副总，我是说分她的权，以前你是没证明自己，现在有了Sev，她有什么资格不把手上的权力分你一部分？"

王权还在皱眉，他和乔暖打过的几次交道都没讨到好处，所以听见这个提议，下意识就产生了怀疑。

原岸继续说："王副总，乔暖她只是员工，广贸的员工，你是老板。"

最后一句话瞬间戳中了王权的内心，他堂堂一个广贸老板，只是一不留神才被王恒借黄长富的事压下。

他还没来得及反击，王恒又把乔暖招了进来，这才让他没找到机会翻身。王权只有掌握业务部，才能掌握广贸。

"好，明天早会……"

432

"副总！"

王权刚刚下定决心，还没说出一句壮志凌云的话，就被突然推开门的沈辉吓住了。

"怎么了？"王权皱眉。

沈辉一脸焦急，前所未有地失态："荣氏发了声明！"

荣氏的声明沈辉第一时间就知道了，他本来就与其积怨已久，对荣谨恨得牙痒痒，自然时刻关注对方。

王权的大脑还没反应过来荣氏声明与他有何关系，沈辉就已经抱着电脑进来。

王权的视线迅速转向屏幕，一目十行，还没看完就眼前一黑。

离他极近的原岸伸手扶住了他，王权抖着手撑在桌上，另一只手按住太阳穴。

看完声明的原岸也愣住了，好一会儿才说："没事没事，我们找新天地承担所有的责任！"

Sev宣传主题侵犯别人知识产权，涉嫌抄袭？

起诉方如果是一般公司或者个人，这件事还好解决，可对方是荣氏！

荣氏现在要求Sev停掉所有涉嫌抄袭的宣传工作，并且即将起诉。

王权的脑袋有了一瞬间的清醒，将桌上的所有东西掀在地上，急急忙忙给Sev打电话。

史密斯的电话一直占线，王权又把电话打到经理韩雅那儿，对方只冷冷一句："你们广贸给我等着！"随后她便挂了电话。

王权颓然地跌坐在椅子上。原岸喘了两口粗气："现在先想办法稳定Sev那边的情绪，这事和你没关系，应该还有继续合作的可能……"

王权听到这儿，立刻把电话打到汤博韫那儿。

"姓汤的，你什么意思？！你是不是和乔暖串通好了？！"王权的声音极为高亢，透着压不住的愤怒。

"啊，我们也不知道啊！主题还是你们亲自挑的啊！我也不知道是怎么混在备选里面了！"汤博韫声音都快哭了。

"我告诉你，我要告得你倾家荡产！"王权刚威胁完，电话里就传来嘟嘟嘟的忙音。

他迷茫地看着手机，随即使劲拍在桌上："好一个汤博韫！"

433

原岸的脸色也不好看，但他还是冷静地说："不要着急，不要着急，总有办法的，怎么也不会是你的错。"

一直没说话的沈辉僵硬地盯着电脑屏幕，第一次看的时候他没注意，这会儿再看，才注意到荣氏要告的是……昌都财团。

沈辉的眼神极为茫然，大脑里Sev、昌都财团、荣氏不断交叠，很快就像是有一道雷炸开，让他打了个哆嗦。

这件事……怕是没那么简单……

王权和原岸确实想得太简单了。上午荣氏刚发声明，下午就爆出劣迹斑斑的昌都财团要入驻国内，第一件事就是买了Sev过来试水，宣传抄袭荣氏，非法盗用他人的作品。

这个宣传主题是国内知名设计师为荣氏设计的，作为荣氏新项目的宣传主题，然而荣氏的宣传还没开始，就被他人非法盗用了。

这个"他人"，就是昌都财团旗下的Sev。

史密斯当然没空搭理王权，光是应付山口戒刀的怒火就够他受了。

这件事在网上掀起了不小的风浪，尤其那位设计师是国内最有影响力的设计师，他愤怒地发出声明，掀起了一阵抵制Sev的热潮。

下午四点，所有Sev的宣传海报、广告等全部下线。

Sev也发了紧急声明，将所有责任推到广贸和新天地的身上。

虽然对此事的财经类报道不少，但到底不关心这事的人占大多数，很快此事的热度就有所消减，荣氏没做下一步反应，昌都财团也一直没发声明。

"乔暖呢？乔暖呢？"王恒挺着大肚子跑下来，一脸着急。

陶阳平静地抬头："下班了。"

"她还有心情下班？！看她整出的幺蛾子！"王恒怒吼道。

"王总，不要乱说，这和乔经理有什么关系呢？"

陶阳的话让王恒一噎，他看了眼四周没其他人，压低了声音说："她是不是早就知道Sev背后是昌都财团？她还把这么大的项目往外推？！"

王恒话说完，陶阳只是平静地看了他一眼："王总，您这是觉得我们广贸能公然挑衅荣氏？"

王恒一愣，突然想到广贸走下坡路就是始于得罪荣氏……

"可……"

434

"您是觉得昌都财团能胜利？他们能在我们的国土上打败荣氏？"

王恒不说话了，心想：道理都被你说了，我还能说啥？！

虽然王恒在心里心疼白花花的银子，但到底也是个分得清轻重的。

王恒捶胸顿足，一阵痛苦。

"王总啊，您要是有时间，就想想明天怎么开除王副总吧。"

王恒一愣，突然喜上眉梢，又兴冲冲地走了。

陶阳看着他的背影，眼神变得嘲讽起来。这样的人也可以当老板？真是比不上乔经理的一根头发丝。

他摇摇头，一边往外走一边打电话："丫头，等我去接你。"

提前下班离开广贸的乔暖直奔停在外面的车子，拉开副驾驶的车门就坐了进去。

"今天反应挺不错嘛。"她挑眉看向荣谨。

对方对她微笑："还是比不过你，乔暖，你真是天生的商人。"

乔暖果断大胆，有勇有谋。她能让别人冒着破产的危险帮助她，又舍得下狠手，拿自己的一切作饵。

这件事但凡出了意外，王恒就能恨死她，甚至于她在业内再也混不下去，毕竟没有老板敢招一个可能会毁了自己项目的员工。

乔暖微微勾起嘴角："比起你荣老板还是差多了。"

荣谨解开安全带，倾身过来："那么荣老板要是邀请你去他的公司，来创造一个夫妻公司，你愿意吗？"

"不愿意。"乔暖回复得斩钉截铁，毫不犹豫。

荣谨咋舌，坐直身体，系上安全带发动车子。

他的女人面面俱到，他就是想学电视里帮她系个安全带都没机会。

这两人虽然回家了，却时刻安排着这事的后续。

晚上八点，昌都财团的第一份声明出来了，既不是反驳嘲讽也不是推诿责任。

昌都财团先是道歉，对那位设计师表达了真诚的歉意，而后说他们一定会追责，也会赔偿，并且已经全面停止了所有有关宣传。

关心这件事的业内人士都表示昌都财团确实是不知情，这份声明也确实良心，对昌都财团的好感度倍增。

"山口戒刀这男人真不简单！"荣谨啧啧了两声，摸了摸光滑的下巴，拉出和杨达周的聊天界面。

"你准备怎么做？"乔暖给自己倒了杯热水。

"用这次事件卡住Sev，昌都财团的入驻就慢了，只能等Sev重新找到合作方，再从头开始。"

"你会让他们顺利地重来？"乔暖挑眉。

荣谨眼底盈满了笑意："知我者，乔暖也，当然不可能！"

他在电脑上敲打着，很快乔暖手机关注的几个财经方面的杂志就在官博转发了Sev曾经在欧洲出过的事，顺带提起了劣迹斑斑的昌都财团。

昌都财团知道吗？对，就是那个黑道发家的山口家，对对对，日本的！

荣谨最近准备的东西都在今晚用上了，这次事件才降下的热度又升了起来。

旁观群众虽然不懂什么财团什么旗下的，但不妨碍他们知道有一个劣迹斑斑的日本大公司买了个欧洲烂品牌，准备包装一下来国内赚钱。

而且他们的第一步还是侵占国内知名设计师的知识产权！

昌都财团旗下涉猎广泛，但不妨碍有"热心群众"扒出来，尤其抵制Sev。

乔暖拿起手机翻了几页，点点头，抬头看了眼沙发上还在自导自演的某人。

"Sev翻不起浪花了。"

"嗯，但昌都财团也还有救，等他们缓一缓，或者直接放弃Sev和业内其他公司合作。"荣谨说到这儿颇有些忧愁。

乔暖放下手机，抿了口水："也不一定。"

荣谨疑惑地抬头。

"业内的一部分公司不一定同意，山口戒刀本人半个月以前就偷偷地来了，这会儿才找人合作，万一是因为这件事算计人呢？他这半个月偷偷联系了些什么人，谁能猜到？又有你这个对手仁立，怕是敢和他合作的也不多。"

"山口戒刀是昨天才到的。"荣谨皱眉。

乔暖的嘴角露出一个奇怪的笑容："不，山口戒刀半个月以前就来了。"

荣谨眼睛一亮，站起来把乔暖拉过来亲了口："暖暖，咱们真是天生一对！"

山口戒刀那男人和荣谨差不多，都颇为神秘，半个月前就来了的究竟是昌都财团的谁？这个有谁知道。

荣谨说是山口戒刀，那就是山口戒刀！

荣谨很快放出山口戒刀半个月以前就到了京市的消息，这让业内很多公司的人皱紧了眉头。

他们有不欢迎昌都财团的，也有期待昌都财团和荣氏斗起来好让他们从中获利的。

后者当然不介意和昌都财团进行适当的合作，可合作不是让自己成为牺牲品和垫脚石。

任何一个发展到一定程度的公司，都爱惜羽毛，可不会轻易地拿整个公司去赌摸不清的未来。

何况对方还是喜怒无常的山口戒刀。

所以等山口戒刀迅速做出反应，准备放弃Sev和同行业其他小公司合作的时候……

山口戒刀却发现他们竟然一个也不肯接橄榄枝！

山口戒刀这男人是一步步爬上来的，大风大雨见得太多，他虽然有些恼怒，到底还是很快镇静下来。

他们不好拉起Sev，也找不到合作方，那么他们就只能直接借Sev将昌都财团先带入京市。虽然Sev现在名声不行，不是昌都财团进来的好时候，可他要是再拖下去，荣谨那个男人绝对又有其他办法阻止他！

很快，昌都财团就放了新消息出来：Sev造成的影响昌都会全权负责，同时Sev这个品牌解体，并入昌都财团旗下。

"我还真是小瞧了他。"荣谨眼神越来越冷，杨达周小心翼翼地弓着身子。

"老板……那我们接下来……"他对荣谨轻声询问。

"我倒要看看这男人还想做什么！"荣谨眼神一厉。

荣氏和昌都财团的风波在乔暖这边暂时告一段落，她更在意的还是广贸对于副总王权的处理。

王恒提议解除王权在公司的所有权益，但他手头的股份依旧享有分

437

红，给昌都财团的赔偿也用他的分红相抵。

这一招太狠了，从此王权就只能在广贸拿到一点点微薄的收入。

"我反对！"王权一双眼睛血红。

"反对无效。"王恒冷冷地回复。这还是他第一次如此坚决，这是彻底解决王权的最好机会！

"这事不是我的错，是新天地，责任是他们的，和我有什么关系？！"

原岸皱眉看了眼暴跳如雷的王权，随即笑着说道："不是多大的事吧，哪用得着这么严重，新天地的赔偿咱们赔给Sev……"

"原董事！"乔暖笑着打断对方，她的手撑在侧脸，态度有些漫不经心。

她不常开口，但说的话都是紧要的，因此所有人都把视线放在她的身上。

"新天地可以私下赔偿我们，因为昌都财团只会找我们麻烦，毕竟所有的宣传服务，署名都是广贸。"

她一句话就到了点子上。这不是广贸想把责任丢给新天地，就能让Sev和新天地去商量赔偿的问题，而是Sev就只认广贸。

这其实是业内的普遍现象，他们和小的广告创意公司谈好了合作，对方卖给他们后又由他们署名给甲方。

广贸这类公司本来就属于中间公司，自然不可能让甲方直接对口后面的公司，不然他们还靠什么吃饭？

广贸可以说责任是新天地的，Sev也可以说他们不管这个，只管找广贸。

广贸被Sev问责是肯定的了。

乔暖见所有人都在沉思，拿出手机看了眼，眼底划过笑意："对了，Sev彻底没了，并入昌都财团，昌都财团和咱们肯定是合作不上的。王副总……这次肯定要广贸真正地负责！"

"Sev没了？！"王权险些跳起来。王恒早就知道Sev这个项目做不长久，现在倒也不是特别惊讶。

乔暖只点点头。王权颓然地瘫在椅子上，眼睛扫过在场的所有人，被他扫过的人全部低下了头。

就连原岸也皱着眉头不说话，广贸必须要有一个人承担责任，那么只能是负责人王权了。

王权的眼神越来越涣散，一脸绝望，他是怎么沦落到今天这个样子的？

这是王恒第一次真正意义上战胜王权，中午他就迫不及待让人帮着王权收拾了东西。

王权还想做最后的挣扎，但他直接被人扔了出去，他撑着地板又站了起来，突然哈哈大笑。

广贸副总王权，曾经叱咤风云的人物，在这一刻狼狈至极。

这就是所谓的胜者为王，败者为寇。

"哈哈，王恒，你以为你把我赶出来你就赢了吗？不！我告诉你你永远都输了！"王权嘲讽道，努力守着最后的骄傲。

王恒只当他受不了打击放出狠话，摇摇头转身离开。

王恒挺着肥胖的身躯，在广贸最高处俯视下面，他终于把那个从小到大就爱算计他的王权打败了！

从小到大，父母宠爱的都是王权，每次王权犯错背黑锅的都是他王恒。

哪怕进了公司，王权也要死死压着他，他们根本没有和平共处的可能！

可不知道为什么，王恒看着忙忙碌碌的员工们，竟然觉得有些空虚。他走到今天不是自愿，全是别人一步步逼上来的……

王恒"感悟"了一会儿人生，又把乔暖叫了上来。

"王总。"乔暖依旧是不咸不淡的模样，仿佛王权的离开对她毫无影响。

"乔经理，昌都财团那边就要你去谈谈了，该赔偿就赔，一定不要结怨，咱们可惹不起他们！"听王恒叮嘱完，乔暖狠狠皱眉。

"Sev的合作是进行不下去了，现在就只求对方不要对我们下手……"

"不会。"乔暖斩钉截铁地打断愁眉苦脸的王恒。

"为什么？"

"昌都财团可以让我们赔，但当时签合同违约金是有要求的，我们赔偿的只有他们这次的实际损失，王权几年的分红足够了，不用在意。至于昌都财团的报复，不用担心，荣氏比我们看得紧，他们一有动作，就会立刻被荣氏揪住尾巴。"

乔暖说完王恒就笑了，任何能打压王权的机会他都不会错过。

不知道等王权知道他几乎等于净身从广贸出来后，又要作何反应？

至于新天地，因为署名的问题，广贸并没有足够的让他们赔偿全部损失的条件，再加上王恒也知道对方这次也是帮他们，即使赔偿也只会是很小的一部分。

但王恒也很疑惑地看着乔暖："新天地这次真是不要整个公司了吗？就他们这次事件过后的名声，圈内人谁敢再和他们合作？"

乔暖只是轻笑："这事你不要管了，我去昌都财团交涉这件事。"

她说罢站了起来，踩着高跟鞋往外走去，刚走到门口的时候，一个女人风风火火地闯了进来。

是王恒的妻子戴娇美。

她仿佛没看见乔暖还在办公室，扑在王恒身上就揪住他的衣领："王恒！阿权犯了什么事，你要把他赶出去？！爸说了公司是你们两个的，你凭什么把他赶走！"

王恒一张脸涨得通红，是愤怒的颜色，他居然被自己下属看见自己如此丢份的一面！王恒恼怒地将戴娇美推倒在地。

被推倒的戴娇美有些愣神，随即哀号起来："王恒！你个混账玩意儿，你竟然敢打我！我不会原谅你的，儿子也不会原谅你的！"

王恒就一个宝贝儿子，这句话明显戳到了他的痛处。

"我什么时候打你了，你不要疯疯癫癫地胡言乱语！"

乔暖知道自己这时候该出去了，于是轻轻走出门，正准备关门的时候又冲进来一个人，是一个十几岁的男孩子。

这男孩子比她高些，但还是一脸稚气未脱，五官有些凶。

"爸！你干吗打我妈！"这个年纪的男孩子嗓音都不太好听，乔暖决定不掺和这家人的事，合上了门。

在门关上的那一刻，她从门缝里看见了这一家三口，不知道为什么，她突然觉得有些违和。

乔暖摇摇头，不再去想这一家三口的事，下楼让陶阳给昌都财团打了

440

个电话。

"乔经理，对方同意见面了，地点在城北一家日料店，时间是晚上八点。"

"八点？"乔暖皱眉。

"是的，八点。"

"行，知道了。"乔暖挥挥手，陶阳退了出去。

与昌都财团的人见面前，乔暖先回了一趟家。

既然是去一家日料店，她就不太想穿西装裙，换了身休闲的衣服。

"我出去了。"乔暖站在门口一边说一边换鞋，等她换好以后，发现荣谨就站在旁边。

"怎么了？"她疑惑地问道。

"我送你去，昌都财团也不知道是个什么居心，这么晚见面，我不放心你。"荣谨轻柔地摸了摸她的头顶。

乔暖神态也放松不少，语气中带了笑意："你跟我去？对方不会觉得我这是挑衅吗？"

荣谨咧嘴笑道："我就在楼下等你！"

这家伙非要去，乔暖也只有随他，让他送到了店门口。

"那我进去了。"她微微挑眉。

"去吧。"荣谨帮她把一绺头发别在耳后，温柔地说道。

乔暖点点头，打开车门下去。

这家店装修得格外精致，有浓厚的日本风格，而且明显是新店，她报上昌都的名字，立刻有个穿着和服的女人领着她进去。

她们转了好几个弯，木屐踏在地上发出独特的声音，乔暖目不斜视。

乔暖几乎已经猜到要见她的人是谁了。

那女人很快在一间房外停下来，对里面的人用日语说了句话，里面的人也同样回了句日语，很快又有两个日本女人为乔暖打开了门。

"客人，欢迎。"

乔暖踏进房门的那一瞬间，所有人都向她行礼。

这房间不小，有七个穿着和服的女人恭恭敬敬地跪坐着，其中四个抱着乐器在角落，很轻的音乐瞬间停了下来。

乔暖大致扫视了一眼，这才把目光投向正中央的男人，山口戒刀。

441

这是她第一次见这个男人，他三十多岁的模样，一身和服，皮肤偏黑，但五官立体锋利，眼睛里像是藏着一把刀，看谁扎谁。

即使对方穿着一身正经的衣服，也掩盖不了他散发着的不友好的气息和浑身上下隐隐的锋芒。

"乔暖。"对方说的这两个字是中文，咬字清楚，就在她以为对方会说中文的时候，山口戒刀再张嘴就成了英文。

"我是山口戒刀。"

"山口先生好，我是乔暖。"她的态度很自然，仿佛并不被他不友好的语气影响。

对方突然轻笑，伸手向侧面比了比，立刻有人为乔暖放好了桌子、垫子。她慢条斯理地跪坐上去。

跪坐这个姿势很不好把控，身子要是低了，一不留神就显得对对面的人毕恭毕敬，弱了气势；而其他姿势，又很容易显得丑陋。

乔暖脊背绷直，姿势和日本的传统姿势并不一样，可却显得好看懂礼，让人印象极好。

在她坐下的一瞬间，门口跪着的女人拍了下巴掌，很快就有人陆陆续续地送菜进来。

"山口先生，关于Sev……"

"嘘！"山口戒刀抵了根手指在唇上，鹰眼投向乔暖，"吃饭不谈公事。"

乔暖下巴微微抬起，和山口戒刀眼神相对。

这男人在玩心理战！

那他就估算错了，沉不住气这个形容词绝对和她乔暖没有关系。

她颔首，眼睛看向一旁小心翼翼地上菜的日本女人，是标准的日本礼仪。

"乔小姐，您今年多大了？"山口戒刀突然问了个风马牛不相及的问题，让乔暖心里有些好笑。

他想要知道她的信息，只要一句话，或许她自己都不会有他桌上的文件了解自己。

"25。"

山口戒刀点点头，又问了些无关痛痒的问题就开始吃饭。

他吃得很认真，见乔暖只动了一点，于是他便说："你不吃？"

他说的时候很认真，眼睛里还带了点疑惑的情绪，显得一张凶狠的脸也带了两分的平易近人。

乔暖轻笑："已经和别人约定了晚饭。"

"荣谨？"山口戒刀皱眉道。

"对。"乔暖毫不掩饰。她没想到今天见到的会是山口戒刀，这男人这会儿怕是已经知道荣谨在下面了。

还有下面那家伙，今天非要过来，未尝不是因为猜到了里面等她的是山口戒刀。

山口戒刀抬头，一双眼睛看向乔暖，又冷又犀利。

"你那么信任荣谨？"

乔暖毫不怯懦地对上他的眼睛，眼底笑意盈盈，灿若星辰："不，我是信任我自己。"

山口戒刀愣了一下："所以你是觉得我比不过荣谨？"

"看在哪方面了，不过就中国市场而言，我并不看好您。"

乔暖的用词很客气，说话也很客气，不过意思就不那么客气了。

"乔暖。"山口戒刀骤然放下筷子，坐直了身体，格外严肃认真。

"来昌都吧，代理昌都财团在中国区的所有业务，担任中国区的执行总裁。"他说得很慢，就这么平缓地扔下一颗炸弹。

乔暖瞳孔一缩，脊背下意识地挺直，要不是她本来就绷得很直使得动作不明显，这番反应一定会很失态。

代理昌都财团在中国的所有业务意味着什么？意味着昌都财团在中国就是她的，她现在所有的同行都得仰视着她生活。

"山口先生，乔暖还太年轻，难当大任，怕是要辜负你的期许了。"很快她就对山口戒刀的话做出回应，毫不犹豫地拒绝。

"你要拒绝？为了荣谨？"他的眉头皱了起来，对于荣谨他也是欣赏的，可到底同行是冤家，对手就是对手。

乔暖摇摇头："不是，为了我自己。"

她就算做了昌都财团中国区的CEO也不见得是好事，首先山口戒刀的这承诺绝对不是简单就能实现的。

让一个对自己公司不了解、项目不了解的年轻女人掌握如此大权力，昌都财团内部能同意?

这看似一个大饼，能拿到是一回事，拿到后能不能吃下去又是另外一回事。

乔暖向来对自己的定位很清楚，这世道没野心的不能长久，但眼大肚皮小的更是凄惨。

天上掉馅饼砸到头上未必是件好事，她必须考虑一下加速度太大落下后的冲击力会不会直接将自己砸死。

"乔暖，好样的。"山口戒刀意味深长地说了这么一句，随后擦了擦嘴，点点头，几个姑娘很快就收走了所有餐盘。

"关于对Sev的赔偿，山口先生有什么要求吗？"乔暖终于把今天最该问的问题说了出来。

山口戒刀不得不正视面前的女人，在经历了一顿饭以及成为CEO的诱惑以后，她还能立刻回到自己的定位，或者说她一直清楚自己的身份，一点没动摇。

如果他刚开始提出的执行总裁只是一个诱饵，那么现在山口戒刀还真是有招揽她的想法。

这女人只缺一个契机和一个学习的机会。

"合同怎么规定就怎么赔吧。"山口戒刀平静地回道。

乔暖松了口气："谢谢山口先生了。"

"谢倒不用，我昌都财团始终在京市，乔经理要是改变主意了，昌都欢迎你。"山口戒刀虽然说得很平静，却异常真诚。

乔暖轻笑道："既然没什么事，山口先生，我还有约，就先走了。"

山口戒刀坐在原处不动，直勾勾地看着乔暖，乔暖不示弱地回视。

"再见。"山口戒刀最终点点头，跪坐在门口的女人立刻站起来开门。

乔暖微笑着礼貌地离开，主位的男人直直地看着她的背影。

这是荣谨第一百次抬头看上面了，他倒是很想上去，可眼巴巴跟着自己女人上去，楼上那家伙指不定得怎么嘲笑他。

不过荣谨没跟上的下场就是各种牵肠挂肚，毕竟在他的记忆中，楼上那家伙……长得挺好看的。

暖暖……应该不会只看中颜值的吧？

他这样想着，就见日料店里走出了一个女人，并且向他走了过来。

荣谨眼睛一亮，乔暖走到车旁边，拉开副驾驶的车门就坐了进来。

"谈完了？怎么样？"

乔暖看了他一眼："你这么关心做什么？"

荣谨讪笑道："我这不是关心你的一切嘛。"

"他让我做昌都财团中国区的执行总裁。"乔暖说得异常平静，仿佛这只是一件小事。

荣谨一愣，显然没想到山口戒刀放出的诱惑这么大……不，这不是大，这是泼天富贵和顶级权力。

"那你答应了？"

"如果是你，你会答应吗？"乔暖反问。荣谨瞬间就懂了，聪明人想事就是清晰。

他不可能答应，她自然也不会。

"日料肯定没吃饱吧？日本菜有什么好吃的，走，带你吃荣大厨的传统菜！"

荣谨偏头在乔暖侧脸亲了一口，发动车子离开了这个地方。

乔暖嘴角微微上扬。

第二天晨会，乔暖汇报了关于对昌都财团赔偿的情况，说完话后，上首的王恒久久没有言语。

"王总？"乔暖疑惑出声。

"啊？好好好，可以可以。"王恒像是猛然间回神，一脸茫然。

他眼底一片青色，看起来就像是好久没睡过好觉了。乔暖眉头皱紧，这情况好像是从戴娇美母子俩来了以后才开始的。

"那就这样赔偿了，至于新天地，同样按照合约谈判赔偿问题。"乔暖一句话做了决定。

"不行！这事主要过错全部是新天地的，怎么能这么算了？！"原董事闹了起来。

"所以原董事是说我们要浪费时间和新天地打官司吗？我们需要赔给昌都财团的就这么多，除了耗时间，不会多得什么的。"乔暖冷冷地开口。

她这话其实是钻了个小空子，他们赔给昌都多少钱是一回事，新天地赔给他们又是另外一回事。

　　只不过她说得太正经，以至于所有人都忽视了这个问题。

　　原董事张了张嘴，没说话了。

　　今时不同往日，没有王权和他联手，现在广贸的原岸就是孤掌难鸣，很容易被排挤。

　　"那就这样吧，散会！"王恒站起来，直接往外走去，其他人顿时愣住。

　　王总今天怎么了？

　　乔暖也有些惊讶，她回头看了眼王恒的背影，觉得他有些萧索。

　　早会就这么简单地结束，下午的时候戴娇美又来了，带着王恒的儿子。

　　乔暖也是倒霉，正好在和王恒讨论新天地的事，就又撞上了这母子俩。

　　她显然不想掺和，可戴娇美又像是没看见她这个人一样，直接怒吼："王恒，阿权都进医院了！你还要把他逼成什么样子？！"

　　王恒压抑了一天的情绪终于爆发："那是我让他进去的吗？！是他自己不要命地抽烟喝酒！"

　　"你让他回公司，他心情好了就不会这样了。"戴娇美一双眼睛瞪圆。

　　王恒泄气了，他的妻子为了王权一直让他放弃各种利益……

　　难道她就没想过自己放弃广贸以后，她和儿子靠什么生活？

　　"爸，你就原谅小叔吧，他也不容易，咱们都是一家人啊。"王恒的儿子也跟着劝道。

　　王恒看着他叹了口气，说起来王权对他不好，对他儿子倒是不错，他儿子和他也挺亲。

　　他儿子也像是跳过了他那肥胖的基因，长得清瘦，颇有些像……王权……

　　王恒突然觉得像是晴天霹雳，脸色大变，目光骤然间放在他儿子的脸上。

　　他突然重重喘息，一边告诉自己不可能，一边又像是有什么东西在他

446

心上扎根，随时都可能破土而出。

"乔经理，你先出去。"王恒这句话说得很慢，却很坚定，这是他第一次在乔暖面前如此强势。

乔暖点点头，轻轻地走了出去，又合上门。

王恒为什么突然变脸？

是什么让他变得如此严肃？

她有些疑惑，但因为王权的离开，公司权力的平衡被打破，使得她还有很多的事情得去安排，所以她就暂时把这件事抛在了脑后。

后来乔暖就会想，如果当初她重视这件事，去调查、去了解，是不是结果就会截然不同，惨剧也不会发生了？

但很多事情，永远没有如果。

"暖暖，今天怎么这么晚？加班？"荣谨疑惑地看向刚刚上车的乔暖。

对方只摇摇头："王恒上午就不知道跑哪儿去了，下午有很多重要事情需要替他处理。"

说到这儿乔暖皱眉，王恒这是去干什么了？

荣谨也不怎么在意，他关心他的暖暖就够了，哪管什么王胖子？

"走，回家做点好吃的给你补补！"荣谨咧嘴一笑，偏头亲了乔暖一口，发动车子。

乔暖看了他一眼："昌都财团那边有什么动静？"

"在和元夏接触。"他嘴角的微笑有些嘲讽，继续说，"没有其他公司合作，打不开局面，就只能自己想办法。"

乔暖靠在后面，脑袋微微抬起来："荣谨，我觉得其实……堵不如疏。"

荣谨沉默了两秒："我知道，但是疏也不是现在，是该在对方撞不进来，愿意对荣氏低头的时候。市场不能让，一让就拿不回来了。"

"嗯，元夏是一定会愿意帮助昌都财团的，但你们荣氏不松口，元夏也什么都做不了。"乔暖中肯地点评。

荣谨咧嘴一笑："你男人这点实力还是有的。"

很快车子就在两人的聊天中到了超市，乔暖跟着推着购物车的荣谨走了进去。

"你还有什么要买的吗？"荣谨问她。

乔暖想了想，摇摇头："没有。"

"不，你有。"荣谨笑了，顺手将一旁的卫生巾放在购物车里，"你都忘了日子吗？"

他推着车快走两步。乔暖的眼睛微微瞪大，与平日里高冷的模样迥然不同，另有两分可爱。

她无奈地摇头，跟了上去。

"谨哥！"一个声音惊喜地传来，一个人从乔暖旁边撞了过去，挽住荣谨。

荣谨显然也愣住了，但下意识地掰开她的手，沉着脸道："宁佳佳，不要动手动脚。"

宁佳佳嘟嘟嘴，也不生气："这不是太想谨哥了嘛。"

"暖暖，快过来。"荣谨对乔暖温柔地招招手。宁佳佳见他这般模样，先是大吃一惊，随即就皱起了眉头。

乔暖慢条斯理地走近，用余光看向宁佳佳。

她长得很可爱，黑长直的头发又让她看起来很温柔，口红是少女系的粉红色，看向荣谨的眼睛里是毫不掩饰的满满情意。

"谨哥，我哥也在！"宁佳佳说着，一边揪住荣谨的衣袖，一边使劲挥手，"妈！哥！这边！"

荣谨不着痕迹地甩脱她，媳妇儿就在身边，他并不想感受跪榴莲的滋味。

当然，媳妇儿不在身边也不会！

不远处果然走过来一男一女，女人上了年纪，却是一副贵气的模样，脸上带着客气疏离的笑容，显得很有距离感。

"阿谨也在啊！真是好久没见了。"宁母对荣谨笑道，仿佛没看见一旁的乔暖。

"伯母好。"荣谨客套地微笑。

"佳佳，你这丫头毛躁什么？"宁母微微皱眉，虽然是呵斥，眼睛里却盈满了笑意。

"我这不是怕谨哥跑了嘛。"宁佳佳吐吐舌头，俏皮地对荣谨眨眨眼睛。

"你要是想见你谨哥，让你哥哥带你去找阿谨。"

"这不是不好意思嘛。"

宁母无奈地摇摇头，这才把视线放在乔暖身上："这位是？"

"我女朋友，乔暖。"

乔暖只是微笑，并没有问好或者再多说一句什么，宁母的眉头就皱了起来。

但她很快松开眉头，又笑着说："哦……一转眼阿谨都有了女朋友了。"

乔暖有些好笑。宁家的公司同样是大公司，但和荣氏比还差点儿。荣谨无父无母，又没有兄弟姐妹，实力更是不用说，这绝对是宁母心中的乘龙快婿。

毕竟当初荣谨和她在一起的时候，如果他有一对挑剔的父母，她都不见得会和他走到一起。

所以宁母会不知道荣谨有了女朋友？她不知道，宁轩和会不知道？

刚才看见她的时候，对方眼底可没有一点吃惊啊。

"是啊，宁伯母要是再晚点见我，可能我就有了妻子。"荣谨笑道，伸出手紧紧握住乔暖冰凉凉的小手。

一股暖意从交握的手蔓延到她心口。

宁母笑容一僵。宁轩和赶紧出来打圆场，一巴掌轻轻拍在荣谨背上："你这兄弟重色轻友，乔小姐在身边的时候都完全不理我！"

"嗯，是的，我重色轻友，毕竟女人是过冬衣服，男人是蜈蚣的手足。"

宁轩和："……"

"噗，谨哥你太搞笑了，我哥都快气吐血了！"宁佳佳哈哈大笑，宁母也跟着微微笑。

乔暖面无表情，对不起，她实在没get到笑点在哪儿。

"走走走，一起逛。"宁轩和拍了拍宁佳佳的肩膀，乔暖和荣谨的两人组合就变成了五人。

"暖姐，我可以和你请教一下你是怎么让谨哥变得温柔，攻下这座冰山的吗？"小姑娘眨了眨眼睛，一脸的天真无邪。

乔暖微笑道："荣谨不温柔吗？我以为他一直是这个样子。"

宁佳佳一噎，继续笑道："暖姐，听说你和谨哥是同一个行业，还有过合作，真的都没听过谨哥以前的传闻吗？你见到谨哥的时候就一直以为他很温柔？"

乔暖眼睛一眯，这小姑娘还挺厉害的。

她轻笑，正要让小姑娘见识什么是世面的时候，荣谨已经把她搂在怀里："我对暖暖一直很温柔，第一眼见她就我认定了。"

宁佳佳的笑容一僵，嘟嘟嘴："谨哥真是的，给单身狗秀恩爱吗？"

这一句调侃就扯过了这茬，后面荣谨推着车去买菜，宁佳佳就跟在他身边，叽叽喳喳地说个不停，又热闹又活泼，迥然不同于乔暖平日和他在一起的安静。

"哇！谨哥，你们家不会是你做饭吧！"

"嗯。"

宁佳佳终于又把视线转向乔暖："暖姐，你真的太厉害了！谨哥都能为了你改变自己，堂堂的大boss进厨房，小时候他可是最不爱做饭的了！"

乔暖上前一步，轻轻拍了拍宁佳佳的头顶，在她目瞪口呆的眼神中说道："男女之间的问题，小丫头还不会懂的，以后长大了谈恋爱了，就全都明白了。"

宁佳佳："……"

她愣了好一会儿，等荣谨都挑完菜了，她才瞪大眼睛地说道："我都二十一了！"

"哦是吗？我还以为才十五六岁。"乔暖说着，意味深长地看了一眼她的胸。

宁佳佳下意识地抬手，一张脸涨得通红："你你你！"

她如果年纪大了，被夸看起来小是好事，但是她正年轻，被乔暖说看起来小，可不就是在说她胸小、没屁股、幼稚！

宁佳佳气得眼泪汪汪。荣谨已经走了回来，推着车去结账。

宁母安抚性地拍了拍宁佳佳，眼底越发深邃，眯着眼看着乔暖的背影。

而后就是宁轩和和荣谨有一搭没一搭地说着话，直到五人走出商场。正要分别，宁母这时候微笑道："对了，阿谨你们准备什么时候结

450

婚啊？"

荣谨一愣，被他搂着的乔暖更是浑身僵硬。

"也快了吧，不急。"

宁母继续微笑道："那到时候记得给轩和发请帖，阿谨也没个家长，有需要帮忙的就来找阿姨。"

"好……"荣谨笑着应道。

等他们分开的时候，宁佳佳跳脚道："妈！你怎么催他结婚呢！"

宁母冷笑，摸着宁佳佳的脑袋："佳佳，有时候要学会以退为进，他们不一定能结婚。"

她喜欢她的佳佳，天真活泼。乔暖这女人一看就心机深沉，为人处事更是犀利，锋芒毕露，不讨她喜。

这想法要是被乔暖知道，定会冷笑。谁不想天真活泼，不谙世事？那是享受着幸福生活的人才有的样子，乔暖这样没人护着长大的人，不犀利、不张扬一点，根本走不到今天。

张扬自信的乔暖，其实没什么安全感，她的安全感也不会寄托在别人身上。

荣谨开着车，见乔暖明显情绪不高，便笑着说："暖暖，你看都有人催我们结婚了，我们是不是该考虑一下啊？"

他话音一落，乔暖便僵住了，一句话也不说。

荣谨疑惑地将视线投过来，她更是闭上了眼睛。

他的笑容也慢慢僵硬，好一会儿才轻轻问道："暖暖……你是还没考虑结婚还是……不打算结婚？"

患得患失以及想要名分并不只是女人的权利，男人同样会这样。

荣谨每天都想要和她结婚，婚礼虽然只是形式上的东西，却是一种见证，代表着他荣谨和乔暖，真正走到了一起。

荣谨停下车，侧身紧紧盯着乔暖，一双眼睛充满了希冀。

乔暖睁开眼睛，对上他期待又害怕的视线。

乔暖的上下唇抖了抖，脑袋里乱糟糟一片，最终沉默下来，什么也没说。

荣谨那双深邃的眼睛渐渐变暗，浑身上下也涌起了一股无力感，他颓然地靠在座椅上，看着前方好一会儿，才重新发动车子，此后一路沉默。

乔暖微微偏头看着这个男人，脑子里依旧没清醒过来。这一刻她不是雷厉风行的乔经理，反而成了一只束手束脚的缩头乌龟。

两人一直到家都没有说话，荣谨平静地做好饭菜，乔暖帮着端上桌，安安静静地坐下来，两人食不知味。

"香港那边的分公司最近有些变动，需要人过去坐镇，我准备明天过去，多则一个月，少则半个月之后回来……"荣谨一边吃饭一边说。

乔暖筷子上夹起来的米饭又掉了下来，她愣愣看着碗里好一会儿才缓缓张嘴道："好……"

荣谨嘴角的笑容越发苦涩，埋头认真吃饭。他今天做的饭菜相当合两人的口味，可是他俩都只吃了碗米饭，桌上的菜一筷子也没动。

他说走就是真的走了，乔暖还没有醒，荣谨就已经收拾了一部分自己的东西，随后提着箱子，轻柔地走到乔暖面前，看了她好久好久。

他伸出手指描摹了一下她的轮廓，随后转身离开。

荣谨没有看见，当他离开以后，床上的女人骤然间睁开眼睛。

徐恪打个哈欠，等提着箱子的荣谨一上车就喊道："哎哟我去，你这是弄啥嘞，一会儿让老子去香港，一会儿又让我别去，我到底是去还是不去？"

"我去。"

"？"

徐恪一脸蒙，随即看向荣谨放在后面的箱子："你们吵架了？所以跑去香港躲着？"

荣谨看着前方，幽幽道："我等她想通主动找我，这丫头心房太紧，得逼一逼。"

"啧，荣谨果然是荣谨，你把你所有东西都拿出来了？"

"没……都拿走了怎么回来……"

"……"

荣谨说去香港就真的去了，剩下乔暖呆呆地坐在床上，也不知道在想什么。

好一会儿她伸出双手，轻轻抱住自己的双腿。

荣谨离开后乔暖依旧像以往一样，仿佛这个男人的离开对她没有什么影响。

倒是荣谨第二天就忍不住了，不断给其他人打电话。

"乔暖最近怎么样啊？上班有没有迟到？有没有按时吃饭啊？"

"……乔小姐最近很好，上班没有迟到，每天都和邓容等人约着吃饭。"

"……"荣谨的面色有些狰狞。

又一天。

"乔小姐今天依旧很好，吃饭的时候遇见了前Sev现昌都财团策划部经理韩女士，两人说笑着去了SPA。"

"……"荣谨面沉如水。

又一天。

"乔小姐今天很好，她……"

"滚！以后关于乔暖的消息我都不想知道了！"

杨达周："……好。"

他咽了咽口水从荣谨的临时办公室离开，找到外面分公司的助理。

"这两天乔小姐的消息不用上报。"

"那还打听吗？"

杨达周思考了两秒："还是打听着，免得这闹情绪的老板什么时候又想听了……"

"是！"

被关注的乔暖其实没有表面那么从容，只是她这人惯会掩饰自己。她每天回去看见空荡荡的房间，心也跟着空荡荡的。

通讯录中荣谨的那个号码，她好几次翻出来都没点下去。

乔暖就这样恍恍惚惚过了几天，最近王恒也不知道怎么了，总是找不到人，广贸的事几乎是乔暖在一个人扛着。

"赶紧联系财务把账做出来！"

"是！乔经理。"

"人事部再给业务部补两个人。"说到这儿乔暖脚步一顿，"面试的时候通知我。"

"好的。"

"王总来了吗？"

"没有。"

乔暖皱眉，挥挥手："行，你先去忙吧。"

上午十点。

"乔经理，王副……王权冲进了公司……"陶阳匆匆忙忙地跑进来。

乔暖眉头一皱："他怎么进来了？"

"说是要找王总，眼睛都红了……"

乔暖站起来："王总现在人呢？"

"王总让人带上去了。"

"王总也来了？"

陶阳点头："对，王总也是刚来。"

乔暖沉默片刻："走，上去看看。"

陶阳跟在她后面往楼上走去，还没等到他们走到王恒办公室，李丽的尖叫声就传了过来。

乔暖和陶阳同时瞳孔一缩，向王恒办公室跑过去。

李丽捂着嘴站在门口，乔暖推开她，入目就是地板上的一摊血，那是从躺在地上的王权脖子上冒出来的，对方一张脸青紫，显然已经断气了。

王恒坐在旁边，手上鲜血淋漓。

陶阳将乔暖往背后一挡，挡住她所有的视线，而后看向已经吓傻了的李丽吼道："报警！"

乔暖已经彻底愣住了，她幼时舅舅家的表弟虐杀兔子给她留下了心里阴影，以至于这满地鲜血让她感到恐惧。

好一会儿她才鼓起勇气走了出来，看着办公室里宛若痴傻的王恒。

"怎么回事！"她的声音很抖，一只手扶住门才让自己保持住站立的姿态。

王恒没有回答，直到警察带走他，他依旧没有说一句话。

广贸老板亲手杀死了自己的弟弟！

业内也是小道消息不断，这个消息中午不到就已经传遍了。乔暖还在着急王恒到底是怎么回事的时候，和广贸有生意往来的，已经陆陆续续地开始毁约。

尤其是那些还没有签订合同的，几乎立刻就反悔了。

大公司难免和银行有债务往来，银行也打电话过来催促还款。

"这背后肯定有人落井下石，不然不可能这么快！"陶阳说出这句话时乔暖就有了猜测。

"是山口戒刀。"

"乔经理，现在该怎么办？"

"继续打听一下王恒是怎么回事！"乔暖这么多年以来第一次如此崩溃、茫然无措。

陶阳匆匆忙忙地出去，继续打探消息。

警方下午就破了案，王恒供认不讳，一五一十交代得清清楚楚。

王恒的妻子戴娇美与他的弟弟出轨，王恒给有仇的弟弟养了十几年儿子，是个男人都忍不下来。

他在查了DNA确定下来后，几乎立刻就和戴娇美摊牌，并且动了手，戴娇美现在还在医院。

而后他迅速将"儿子"送到国外，具体是哪儿没有一个人知道。

王权见戴娇美住院，又联系不到儿子，就来质问王恒。

没了工作后的王权早就对王恒恨得要死，来了后对着王恒一阵讽刺。

王恒也正处在情绪崩溃的边缘，听到那些挑衅的话语后，直接拿出一把小刀，按住王权割破了他脖子上的动脉。

"蠢货！他就不在意他的公司吗？！"乔暖暴怒，将桌面上的文件夹砸在地上。

陶阳同样身为男人倒是理解王恒："这公司他还需要在意吗？以后留给谁？"

乔暖一愣。

是啊，王恒的儿子不是自己的，弟弟背叛了自己，一大把年纪，又没了亲人，怪不得王恒不想活下去了。

"外面情况如何？"乔暖喘了两口粗气。

"按照现在这样崩下去，明天广贸就……"陶阳试探着说出这句话。

乔暖脸上有些灰败，她待过这么多公司，广贸老板虽然是最不成器的一个，却是最信任她的一个。

但她怎么也没想到，他还是最荒唐的一个。

他先是给别人养了十几年儿子一直没察觉，察觉后又选择如此决绝的方式，王恒这个男人，是真的糊涂！

乔暖有再多的不满意和抱怨也没有用。王权死了，顶楼封了，合作方全部反悔，还有责令他们赔偿的，公司里更是人心惶惶。

她就是坐在办公室里，都能听见外面愤怒的骂声。

"乔经理！我们现在怎么办啊！"业务部的一个小姑娘哭哭啼啼道。

乔暖没有说话，因为这个问题她也想问。

人事部打电话过来说，已经有好几个有能力的员工辞职了。

各大董事都来了，这是广贸有史以来最严肃的一个会议。

"现在需要一个新老板，各位董事有什么意见？"乔暖坐在那儿就变得很理智了。王恒这次肯定会坐牢，她不想广贸倒下，就得迅速稳住军心。

原岸咳嗽一声，突然对财务经理说："钱经理，公司现在还有多少活动资金？广贸现在没救了，我建议我们把广贸抵押，抽出自己的投入资金。"

乔暖瞪大了眼睛，发现对面的董事们都在附和地点头。

她声音拔高一度："那我广贸上上下下这么多员工怎么办？！"

"公司都破产了，他们也能理解吧，我们这不是没办法嘛，又不能找王恒要钱去。"

他们七嘴八舌说着，乔暖双手攥紧，想到下面哭哭啼啼的员工。

等到她回到业务部的时候，两个员工代表上前："乔经理，我们……公司还有希望吗？我们会失业吗？"

乔暖看着对方害怕的双眼，轻声说："还有希望……"

第二天一早，董事们开始陆陆续续地要求撤资，公司的员工也很快知道了。

外面哭天抢地，他们有在广贸做了很多年的老员工，也有刚刚找到工作的。

业内大公司就那么几个，元夏现在很难进去，慈易在香港，更加困难，所以面临失业危机的时候，所有人都有些崩溃。

"乔经理，我们应该怎么办！"乔暖一走出办公室的门就有人追问，对方眉头皱在一起，对未来一片茫然。

"乔经理，我们真的就要失业了吗？"

"有人说公司的钱被董事撤完了，我们连最后的工资都拿不到！"

"对啊，我也听说了，乔经理，我们以后可怎么办啊？"

"乔经理……"

"乔经理……"

乔暖被缠着问了一大堆问题，她茫然地看着对方一张一合的嘴，心里实在难受。

山口戒刀这一次的报复做得可真好，他们只要打压广贸，不用他做什么，广贸就已经自己乱了。

乔暖被一双双眼睛看着——这些人找不到董事，第一想法就是找这个在公司举足轻重的乔暖。

乔暖在一声又一声的"乔经理"中推开众人，慢慢踩在椅子上，站在了一旁的办公桌上。

她下巴微抬，一脸冷傲却又令人信服，一双眼睛格外真诚地看了眼下面的所有人后，大家瞬间都安静了下来。

"不会的！大家不会失业！广贸还有我乔暖，我不会让大家失业的！"

乔暖的话让所有人都安静下来，愣愣地看着她。

陶阳嘴角露出一个笑容，随即收起来，认真道："乔经理，我相信你！"

向敏等人也立刻反应过来，七嘴八舌地说相信乔暖。

陶阳将视线放在还有些忸怩的众人身上，"也不知道失业以后能去哪儿。乔经理，我们的工资还能照发吗？"

乔暖一脸严肃地看着众人："就是公司破产了，第一笔钱也是该还给员工的！"

她说完这话停顿了几秒，又说道："要离开的找财务经理把工资结了，不离开的明天就按时来打卡！"

一个女员工嗫嚅道："乔经理，明天还上班吗……"

"当然！"

"您也会来？"

"会！"乔暖斩钉截铁地吐出这个字。

乔暖看着他们渐渐松开的眉头，知道自己明天是一定要来的。

等员工们下班离开后，陶阳向乔暖靠近："乔经理，您有何打算？"

她沉默了好一会儿，问："广贸现在欠了大概多少钱？"

"现在还不是很多，但如果各部门不能稳住，每一天都会因为违约而背负巨额债务。"

"发一条通知给所有人，广贸最近事情比较多，这个月除工资以外，还有额外的奖金，业务提成全部上涨两个点。"

"是！"陶阳眼底的笑意越发明显。

"走，去见王恒。"乔暖提着包大步向外走去，陶阳跟上。

第十六章
我是乔暖

王恒对自己的罪行供认不讳，一五一十地交代清楚了，他被关在里面的时候是真的想死了算了，一了百了。

可到底没有胆子，他这一生唯一一大胆的一次，就是杀了自己的弟弟。

其实王权并不是他的亲弟弟，老王总以为自己瞒得很好，但其实王恒都知道。

他母亲和老王总是联姻，他随了他母亲，长得比较胖。他母亲性格软弱，老王总抱了私生子回来，她也不敢反抗。

王恒那会儿才两岁多，所以他们都以为他不知道。事实上从他母亲去世以后，他就调查清楚了。

他母亲每天都看着私生子心情能好？因此她身体一直不好，后来直接撒手人寰。

王恒和王权能对付？他早就恨死王权了！王权也知道自己的身世，所以从来没把王恒当作哥哥。

老王总以为兄弟俩能和睦相处，所以把公司交给两人一同管着，他压根儿没想到，两人都视对方为仇人。

如今王恒自己的女人和仇人有了孩子，他还养了十几年！

这十几年王权看着他疼爱这个孩子，指不定怎么笑话呢。

王恒一想到这个就心口绞痛。

王权跑来刺激他的时候，王恒拿出了刀。他原本是没想杀了王权的，胆小几乎是刻在他骨子里的东西。

但王权步步逼近他，说："王恒，你个孬种，就你这样还想掌握广贸？你和你妈一样是个失败者！这么小的刀？你有本事动手啊！"

那一刻他大脑一片空白，等他回过神，刀已经在王权的脖子上了。

王恒呆呆地看着外面，他在这个世界什么都没有了，也什么都不想要了……

"王恒，有人找。"警察说这句话的时候，王恒愣了两秒。

他现在是重犯，被人押着出去，有两个警察看守。

——是乔暖？

王恒一愣，在对方不耐烦的眼神中拿起电话。

"你可真是有本事，知道广贸现在怎么样了吗？！你想过广贸上上下下百多号人以后怎么办吗？你知道各合作方毁约，广贸即将破产吗？"电话那头的质问让王恒回过神。

他眼神木然，好一会儿才张嘴："没了就没了……老头子的我也不想要了……"

乔暖眼睛一眯："所以你就要等着广贸倒下？"

王恒不说话。

乔暖深深呼出一口气："王恒，把广贸卖给我。"

王恒一愣："你要买下这个烂摊子？"

"这不是烂摊子，上上下下百多人，这是财富！"乔暖说得咬牙切齿，对面前这个男人实在失望。

王恒沉默了，好久好久以后，他突然问："我会死吗？"

"不会！"

"那我不要钱，我要你新公司的股份，你自己看着给，要够我花。律师也要，我要活下来！我不是故意要杀了他的！我害怕！乔经理！呜！救我！呜呜！"王恒突然号啕大哭。

乔暖："……"

她顺手挂了电话，转身就往外走，背后还有王恒撕心裂肺的哭喊。

等在门口的陶阳见乔暖沉着脸出来，急忙上前："他没答应？！"

他很是着急，整个公司最想乔暖当老板的就是陶阳了，他信服乔暖，不代表他信服别人。

"没事，他答应了。"乔暖喘了口气，缓了过来。

陶阳面上一喜："那现在……"

"把消息放出去，以后广贸就是乔暖的了，拟好合同，把王权手上的股份买过来，给他新公司百分之三十的股份。"

"这么多？！"陶阳一惊。不要小看了百分之三十，要知道以后广贸还要引资，乔暖手上的份额必定还要缩水，而且他相信以后的广贸，绝非是现在的广贸可以比拟的！

"没事，提醒一下各位要撤资的董事，就说乔暖全部买下，让他们快点。"

"全部买下？"陶阳一愣，他敢说乔暖绝对没钱买下所有股份！

"对，但是陶阳，我的钱只够买下百分之五的股份，所以……"她眼神认真，陶阳瞬间懂了她的意思。

"这样会不会太冒险了？如果他们真的撤资了怎么办？"

"所以是赌，否则他们一定会撤资！"乔暖这张脸严肃起来会让人忽略她的年龄、性别，让人感到安心又可靠。

"好。"

她点点头，拿出手机打出一个又一个电话。

"喂，邓容，我需要你，请帮我找到金牌律师顾白，我有个案子需要他。"

"喂，汤总，我需要你的帮助……"

"喂，白总，我是乔暖。"

陶阳听着一个又一个的电话，嘴角的笑容也越扬越高，人脉是职场生活中重要的一环，乔暖的人脉从来不用担心。

等她挂了电话，陶阳又问："这件事可以向荣总求助……"

他面前的乔暖明显一愣，随即坚定地摇头："他去香港了，不用。"

陶阳一愣。

乔暖皱眉，看了眼时间："我还要去拜访顾白，你先回去吧，为明天做好准备。陶阳，你现在一定要挺住。"

陶阳咧嘴一笑："乔总都能挺住，我怕什么？"

乔暖松开眉头，摇摇头，大步离开。

陶阳收起笑容，凝眉想了想，打出一个电话："丫头，你女神现在遇到困难了，你能想办法让荣总知道吗？"

电话那头咋咋呼呼的，陶阳笑得一脸宠溺。

"你这丫头，用不着你，你能递消息就行，我感觉乔经理在和荣总闹别扭，你把消息传过去，荣总自然会出手。你不要担心，还有我啦，你女神不会有什么事的！"

电话那头又说了什么，陶阳无奈道："你这丫头关心乔经理怎么比关心我还多，你放心你放心，我真不会让她出事。你等着，我们就要接你回来了！"

陶阳和章唯如何暂且不谈，乔暖和邓容从顾白家里出来已经是十一点多了。

"放心吧，不是死刑，顾白肯接就是还有回旋的余地。"邓容拍了拍乔暖的肩膀。

乔暖点点头，按压了几下太阳穴："嗯，谢谢你。"

"没事，你压力不要太大，真的打算接手广贸了？"

"嗯，只要熬过去，自己做老板也挺好的。"她轻声说。

"你还是心软了，你可以任由广贸破产，然后接手一些有实力的员工，另起炉灶，可比现在好多了。"邓容摇摇头。

乔暖只摇头，并不说话。

"不过昌都财团怎么处理？他们绝对会出手的，荣谨不帮忙，你会很艰难。"邓容担忧地看着她。

"也不一定，昌都现在被很多公司盯着，大动作绝对不敢有，小动作我如果都扛不住的话，怎么做老板？"乔暖耸耸肩，仿佛并没有多大压力。

"你呀，就是爱逞强。"邓容无奈道，见时间已经很晚了，便把乔暖送了回去。

回到家的乔暖几乎一夜未眠，前方是黑漆漆的大海，谁也不知道会有多少风浪。

天一亮，乔暖睁开眼睛，眼底有淡淡的青黑。

她穿上那套酒红色的正装，吹好头发，化了个精致的妆容，苍白的脸色和眼底的青黑统统消失不见。

乔暖还是乔暖，而且较以往更加犀利。

乔暖的车子快到广贸的时候，陶阳打来电话："乔经理，你到哪儿了？今天公司的同事都来得很早，董事们也来了，您早点过来……"

"跟他们说我还有十分钟就到。"

"是！"陶阳声音提高了一度。

这时候手机又震动了一下，乔暖低头看了眼："我先挂了，有电话。"

她说着挂了陶阳电话，接通了另一个："娇娇，怎么了？"

"姐！你快回来！乔妈妈病重了！"电话那头的乔娇语气焦急，声音里透着仓皇无措。

乔暖瞳孔一缩，手上的方向盘下意识打了一个圈，车子调了一个方向。

她刚开了两秒钟，脑袋里一个声音传过来，乔暖一脚踩在刹车上，整个人往前一晃。

她并不在意是否撞疼了的手，沙哑着声音问道："乔妈妈……怎么样了？"

"不知道不知道！她抽搐了好久，医生……医生下了病危通知！姐，你快回来！"乔娇哭得稀里哗啦，有些喘不过气。

"你听我说，你现在冷静，医生怎么说就怎么做，我马上给乔妈妈安排专家，等会儿我的助理会过去……"乔暖一双眼睛血红，紧紧盯着前方。

"你什么意思？！你不回来？！乔暖……你……你！"乔娇愤怒得哭都停了下来，喘着粗气挂了电话。

乔暖伸手捂住脸，像一只绝望的小兽低声哀号了一声，绝望地悲鸣，指缝间冒出一颗颗晶莹剔透的水珠。

电话再次响起，乔暖放开手看了眼，是陶阳。

她没有接，给车子掉头，一踩油门向公司奔过去，一边在手机上翻出一个号码。

"喂，陈院长，我是乔暖，请您……"

乔暖到达广贸的时候陶阳正在外面，一见她立刻上前："乔经理，现在……"

"待会儿打电话告诉我，你现在去H市。我母亲病危，你联系这个号码，是我母亲的护工。这一个是我妹妹的电话，她不一定会接。"乔暖沉着脸，语速很快，一双眼睛里布满了红血丝。

陶阳咬牙，接过她递过来的纸，直奔乔暖的车子，很快发动车子飞速离开。

乔暖看了眼，又抬头看天，压下鼻翼的酸涩，而后大步进去。

香港。

离开乔暖六天，荣谨已经到了忍耐的极限，他提着行李，正准备往机场去。

"我说老板，你这也太没有原则了吧，委屈巴巴地跑出来，又委屈巴巴地跑回去，啧啧。"又被拽来替他的徐恪相当不高兴，毕竟香港没有何蓝。

荣谨睨了他一眼："你懂什么？"

爱情是什么？就是让人一次次没了底线……

他有些无奈，随即皱眉道："杨达周去哪了？！我要回去了！"

他刚这样说，杨达周就屁滚尿流地跑了进来："老板，出事了！"

"什么事？"荣谨皱眉道。

"广贸出事了，王权死了，王恒入狱，乔小姐接下了广贸。陶阳正在往H市赶……乔秀芳病危……"

杨达周说的时候恨不得打死自己。这边的助理是新人，并不知道荣谨和乔暖的关系，只听荣谨说不要乔暖的消息，就收集了没往上递。

今天早上章唯把消息递过来，杨达周才知道广贸的变故，立刻通过章唯联系到陶阳。

等他知道了所有事，杨达周就知道自己完了……他忙着其他事把乔暖忘在了脑后，荣谨不问是别扭，但他不提就不是个好下属。

荣谨也没想到，他就憋住两天没听乔暖消息，就发生了这么多事！

几乎是杨达周的话一落地，荣谨就扔了行李箱直奔楼下。

他焦急地给乔暖打电话，无人接听。

"可恶！"

他又打给杨达周："马上调一架飞机去H市！"

荣谨了解乔暖，这时候他到H市比到乔暖身边更让她安心。

乔暖冷着脸走进广贸的那一刻，不管是董事还是普通职员，都同时松了口气，她还肯来，广贸就还没有倒下。

"乔经理，你说……"原岸等人都在业务部，一见她立刻围上来，职员们也竖起耳朵，眼巴巴望着这边。

"去会议室说，所有员工都来。"乔暖打断原岸，沉着脸往楼上走。

她现在脑子里一团乱麻，心脏怦怦直跳，要很艰难才能抑制住眼睛里快要冲出来的泪珠。她必须强迫自己清醒，迅速解决这边的事情，否则她会恨自己一辈子。

会议室说小不小，说大又没有很大，坐下所有高层没问题，但员工们进来以后就有些拥挤。

所以他们都是站着的，挤满了会议室和门口。

这场会议关乎自己的未来，没有人不在意。

乔暖在上首的位置笔直地站立，一双眼睛犀利地扫立众人。

"王总已经将公司卖给了我，从今天起，广贸改名乔氏，所有留下的人职务待遇不变，这个月提成上涨两个点，所有人的奖金为薪酬的百分之五十。"她的话一落地，很多人脸上就出现了喜意。

尤其对于业务部而言，乔暖的存在可比王恒重要得多了，她做主心骨，比王恒可靠。

"乔经理，你知道广贸现在欠下了多少钱吗？你以为还会有公司愿意和我们合作吗？！"原岸沉着脸问道。

"原先生你如果不想待在乔氏，那么……张津，查一下原先生投资多少，立刻和他解除合作。"乔暖冷冷地说完，她昨天就找白珍珠借了笔流动资金，加上她自己的存款，现在支付原岸的绰绰有余。

这个人，她也不想让他继续留下了。

原岸眼睛微眯，随即高昂着下巴。他的股份占了百分之十，是所有董事里面最多的一个，乔暖的流动资金不见得能支付得起。

财务部经理张津像是早有准备，向敏也拿出电脑，敲敲打打拟定着合同。

乔暖不再看原岸，盯着其他董事道："余创和乔氏签订了两年合同，这两年余创所有项目都交给乔氏，新天地说上一次的事有愧于我们，今年我们乔氏的项目全部半价。另外，鹏程科技又要推出新项目了，他们老板说希望我们合作……"

她语速不快不慢，一只手摁在会议桌上，一只手紧紧掐住自己，努力保持清醒。

"所以各位，还有想要撤资的吗？张津，原先生的合同给他拟好了吗？"

"快了。"张津话音一落，几个财务部的主动上前帮助他。

时间一分一秒过去，乔暖心急如焚。

"好了！"张津终于站了起来，平静地把一张纸交给原岸，"原先生，您看看有问题吗？没有的话就请签字吧。"

原岸彻底傻眼了，乔暖刚才的一番话，基本上说明广贸，不，应该说乔氏，倒不了了。

那他撤资是为了什么？那不是赔了吗？！

"我……"

"原岸！你不会又不撤资了吧？那你刚才的行为又是什么？跳梁小丑？"乔暖嘲讽道。

原岸被她一刺激，抽过那几张纸，仔细看了看，唰唰地签下他的名字。

"乔暖就是虚张声势，你们小心股份最后一文不值。"原岸还不忘煽动其他董事。

乔暖只冷笑一声，并不做辩解。

她可以虚张声势，可其他公司不会啊，对乔暖一向比较看好的董事一个也没做声。

"还有其他人要撤资吗？我们现在结算！"

她话音一落，几乎所有人都后退一步。

叶董事这时候道："你手上占有的股份最大，我们自然听你的，乔总做老板我们也放心，希望乔氏以后欣欣向荣。"

其他几个董事随即附和，乔暖只是冷着脸点点头。

"下午业务部继续做各自的工作，各部门配合，有需要可以向新天地求助，鹏程的项目要提前准备，人事部再添些人进来。李丽联系装修公司，把一楼重新装修。另外……还有要走的，请在下午之前去人事部结账，过了今天，可没有薪水补贴了。"

她停了下来，眼睛再次扫过所有人："还有什么事吗？"

全场安静下来，都没有人再吱声，只有原岸一个人愤懑不平。

"那就散会！"

其他人还没回过神，乔暖已经夹着文件夹，一手插在裤兜里大步离开，门口拥挤的员工自动让开一条道……

所有人都愣愣看着她的背影，坚挺有力，小小的身躯却能顶天立地，撑起了乔氏的天。

"闲着干什么？！开工！"叶董事一声吼，所有人立刻散开。

拿着合同的原岸有些蒙，他下意识地拉住叶董事："老叶，这女人就是虚张声势，她根本……"

"我很忙，你作死不要拉着我。"叶董事挥开他就往外走。

原岸愣住，又急忙抓了一个："你相信……"

"我还有事，先走了。"

"我还有事……"

"我还有事……"

几乎被他拉住的董事都借口有事扔开他跑了，其他董事早在之前就偷偷溜了。

原岸愣在原地，实在想不通这是怎么了，他们怎么一个个都这么信任那女人？！

他抓抓脑袋，内心里一片慌乱，这个时候的原岸其实就已经感觉到他失去了重要的东西，但他怎么也不敢相信。

当然，不久以后，他再回忆起今天的事，悔得肠子都青了。

这边走到电梯里的乔暖整个人都瘫了下来，低着头，扶着一旁的扶手，一双眼睛已经是红红的一片。

等电梯门打开，乔暖飞奔出去。

H市离京市几个小时车程，乔暖从来没有觉得时间过得如此之慢，记忆中那个和蔼的女人还在抢救。

"怎么样了？！"

"还没有出来……乔经理，您还是快点来。"情况显然不乐观，陶阳的声音都有几分着急。

乔暖挂了电话，有些焦急地看着前方。

"师傅，请您快一点……"她无数次哽咽着说出这句话。

车子到达医院门口的时候，乔暖的手机响起，是陶阳。

不知道为什么，她不敢接起这个电话，只跌跌撞撞地往楼下跑去，眼前渐渐模糊，像是有了一层雾，看不清前方。

急诊室在负一楼，乔暖很快就到了门口，外面已经没人了，只有几个护士在收拾。

她一双手紧紧握住对方的手臂，眼睛紧紧盯着她，像是抓着最后一根稻草："人呢？！"

"请节哀……"

乔暖愣愣地看着她，像是没听懂她说什么，双腿一软，瘫在地上。

几个护士急忙去搀扶她，一双有力的胳膊从背后伸过来，把人紧紧抱在怀里。

"暖暖，暖暖！"

荣谨把她紧紧地按在怀里，心疼得不住地抚摸她的头发。

他带来的医生也救不了乔秀芳，乔秀芳这么多年其实都是凭着一口气熬过来的，虚亏的身体只会越来越糟糕。

她走得急，倒是没受多少罪，就是可怜了他的暖暖，不知道要自责成什么样子。

乔暖像是回过神，又握住荣谨的胳膊，着急道："阿谨你回来了？你告诉我，乔妈妈怎么了？她没事吧？"

荣谨没说话，只更加紧紧地抱住她，闭上了眼睛。

"暖暖……冷静，你还有我……"

他感到手上一沉，乔暖显然抽离了浑身力气，她好一会儿才咬紧牙根，吐出一句："带我过去……"

荣谨心口一滞。

他到底还是叹口气，用下颚轻轻蹭了蹭她的头顶："好……"

她挣扎着落了地，荣谨扶着她向太平间走过去，看她的眼神心疼又怜惜。

陶阳、乔娇、王贵萍和几个孤儿院的孩子都在，乔娇蹲在地上，王贵萍也满脸泪水。

她看着乔暖靠近，有些担忧地上前一步。她们到了这个年纪，又在孤儿院待了这么多年，早就看淡了生死，就是这些孩子们，指不定得难过成什么样了。

乔暖走近，看了眼那张安详的脸，缓缓闭上眼睛。

一直红肿着眼睛蹲在那儿的乔娇突然冲出来，用拳头轻轻捶打乔暖。

"乔妈妈等了你那么久！你就知道工作！事业！这么多年你回来过多少次？！乔暖！你没心没肺！钱比乔妈妈重要吗？！乔暖！呜呜！"

荣谨眼神一厉，就要上前拉开乔娇。她什么都不知道，被护在羽翼下的人凭什么埋怨打伞的那个？！

陶阳拉住了他，微不可见地摇摇头。

果然，乔暖突然抱紧乔娇，让她把脸埋在自己脖颈间，哑着声音哽咽道："对……你说得对……是我错了……"

随着这句话一起出来的，还有乔暖满脸的泪水。乔娇一滞，一双手抱紧她的腰，号啕大哭："姐！妈走了！"

这么多年过去，乔妈妈早就像是她的妈妈了，乔娇抱着乔暖大哭。

乔暖轻柔地拍着她的后背，跟着她无声痛哭。

荣谨又是心疼又是松了口气，哭出来就好了，悲伤闷在心底才最为致命。

他有些自责，若是他不闹这脾气，怎么可能不站出来为乔暖抵住这场风波？乔暖也不会因此错过见乔秀芳的最后一面……

她该有多遗憾自责？

乔娇哭到晕厥，被送去休息。乔暖却挺着脊背和王贵萍商量着乔秀芳的葬礼，乔秀芳早年就开玩笑说过，等她死后一切从简。

乔暖不是那种因为愧对乔秀芳就为她大办葬礼的人，人死如灯灭，乔妈妈什么也感觉不到了。

这次葬礼从简，乔暖穿着一身孝服为乔秀芳送葬。乔娇也撑着起来，站在她旁边，一只手紧紧地握住她的。

这场葬礼是荣谨筹办的，福利院的孩子太小，王贵萍丢不开手，乔娇不顶事，顾清明还没赶回来。

唯有乔暖一个人看起来正常些，但荣谨哪舍得她操劳葬礼？这不是一刀刀地割他心头肉吗！

他以乔暖未婚夫的身份筹办葬礼，虽然一切从简，却细节周全，没有丝毫差错。

顾清明是在葬礼当天早上回来的，一双眼睛通红，他已经换好了孝服，走过来的第一件事就是把乔暖紧紧抱在怀里。

荣谨下意识地抬脚，很快又收了回来，攥紧拳头。

这一次抱着乔暖，顾清明明显感觉她更瘦了，他心疼地摸着她的后脑勺，眼泪滚了出来："暖暖，辛苦了。"

乔暖好一会儿才沙哑着嗓子说："清明回来了？快去看看乔妈妈吧……"

"好。"

顾清明松开了她，进去了好久才出来，显然是又哭过了。

他走出来，把视线放在荣谨的身上，缓缓张嘴："荣谨，你没照顾好她。"

荣谨其实并不怎么把现在的顾清明放在心上，但他必须承认，他确实没照顾好乔暖。

他承认顾清明说的这句话，也同意他以乔暖弟弟的身份指责他，但他如果有其他想法，荣谨绝对不会放任他。

顾清明嘴里指控荣谨，手指却在微微颤抖，乔妈妈走了他很难过，但他更担心的是乔暖和乔娇。

他把视线移向被荣谨抱着的乔暖，眼底充满了怜惜。

他们都以为在墓地还会哭一场的乔暖异常安静地站在最前面，乔娇再次哭到晕厥，乔暖却一直站在最前面，纹丝未动。

荣谨就站在她旁边，紧紧搂住浑身冰冷的她。乔秀芳走得太急，只言片语都没留下，可越是这样越让人挂念，也越让乔暖愧疚。

紧紧盯着墓碑的乔暖在想什么？

她想到了很多，想起六岁那年，乔妈妈牵着她的手说："孩子，以后跟乔妈妈生活好不好？"

她又想起乔秀芳说："孩子，你要多笑笑，世界上还是温暖多一点，

470

你就叫乔暖吧，暖暖。"

她的眼眶渐渐有点湿润，想起过年时最后一次见乔秀芳时，她说："暖暖，你想做什么就去做，人活一生，大胆追梦，不要担心乔妈妈，乔妈妈就想你们这些孩子好好的就行。"

乔暖微微抬头，将眼泪又倒了回去。

乔妈妈，乔暖会过得很好的！

这场葬礼很快就结束了。

当夜他们住在了H市，乔暖一整天都没有吃东西，荣谨在厨房给她做了碗面条。

"暖暖，来，吃点东西。"他温柔地端着碗上前。乔暖斜靠在沙发上，毫无动静，只是两颊微微泛红。

"暖暖？"他微微皱眉，把手试探地放在她的额头，随即一愣，立刻打横抱起她。

"暖暖，你发烧了，我们去医院！"

烧得迷迷糊糊两颊通红的乔暖拽住他的衣领，喃喃一句："不要去医院……"

荣谨正要出门的脚步一顿，意识到她现在怕是一点也不想看见医院……

他立刻转身，抱着人往房间去，轻柔地哄道："没事儿，暖暖没事儿了，医生马上过来，暖暖再忍忍。"

荣谨把人放在床上，给她盖上被子，这才火速叫了私人医生。

等医生过来又是一通折腾，他一直守到半夜，乔暖的温度才将将退了下去。

荣谨呼出一口气，扯开已经乱糟糟的领带，在她的床前蹲了下来，紧紧握住她的一双手，贴在脸上。

"暖暖……不要吓我了，我好心疼……"

他这样说着，越发眷念地蹭了蹭她的手，将她凌乱的头发理顺，吻了一下她的手背。

荣谨眼底的情意就快要溢出来了，满是心疼和爱意。

他又微微起来，扑在她身边，连人带被子地裹进怀里，紧紧抱住。

直到看到乔暖皱眉，他才微微松了力道，借着昏黄的壁灯细细打量她

471

的脸。

乔暖在长相上确实有得天独厚的优势，眉目精致，一张鹅蛋脸又美又犀利。

现在的她面色有些苍白，显得像个小可怜，可怜巴巴地躺在床上。

可荣谨却突然想到她平日里犀利的模样，还是这样的眉眼，可平日里微微上挑的眉和冷冷的眼神，只叫人又敬又爱。

她的眼睛是闭着的，荣谨却知道那遮住的是何等灿若星辰的风光。

乔暖做乔经理的时候就够犀利，现在做了老板……又该何等耀眼？

乔氏？

荣谨的嘴角微微上扬，低头在她额角落下一吻，轻声道："晚安，我的乔总。"

窗外的月光依稀透了进来，床上的两人紧紧抱在一起，透着绵绵情意。

和他们的平静相对，京市这一晚一点也不平静。

才刚刚改名的乔氏还不太平，乔暖又没在公司坐镇，陶阳好艰难才维持住局面。

而瞅准机会的山口戒刀立刻和顾国华商量，是昌都财团进来的时候了！

一般公司和营销策划公司不敢和昌都财团合作，但顾国华敢啊！

别人不知道乔暖和荣谨的关系，他还能不知道？乔暖现在坐拥广贸，以后还有他元夏的立足之地？

所以他几乎是孤注一掷地支持昌都财团。这两方一拍即合，在乔秀芳葬礼当天就在京市搞起了大动作。

夜里更是爆发第二次力量，直接抨击荣氏和乔氏。

荣氏虽然不可能被击败，但是挑衅一下还是可以的。乔氏更不要说，本来就值风雨飘摇的时候，也正是他们下手的好时机。

顾清明也知道了，所以在凌晨紧急赶往京市，想要见顾国华。

这两父子会爆发怎样的争吵，荣谨一点也不在意，他只在意他的暖暖什么时候醒过来。

他想了想，决定先去熬粥，一定要让她吃点东西。

472

乔暖是中午才醒过来的，紧闭的眼睛缓缓睁开，微微刺眼的光线使得她又闭上眼睛，过了几秒才缓缓睁开。她伸手拿过手机，有好些未接来电，还有陶阳发的短信，简单地陈述了现在的处境。

乔暖眉头微皱，又觉得情理之中，面对这么好的机会什么都不做就不符合山口戒刀的性格了。

荣谨仿佛知道乔暖醒了过来，走了过来，立刻笑道："来，快来吃点东西。"

他说着已经上前给她拿衣服了，乔暖顺从地接过，给自己穿好。

乔暖一直没有说话，直到两人坐在餐桌上，她喝了口小米粥暖暖胃，这才说了句："京市的事……都知道了吗？"

她的声音很沙哑，让她自己都吓下了一跳。

荣谨点点头，把配菜往她那边推了一点："知道了，元夏和昌都财团的事闹得很大。"

乔暖这时候放下筷子，紧紧盯着荣谨："荣谨，我们合作吧。"

荣谨一愣，随即眼底有了笑意。

京市的事还有不少，乔暖和荣谨便去和王贵萍道别，准备离开。

王贵萍还是犀利的模样，只语气温柔地叮嘱荣谨要照顾好乔暖，再三嘱咐乔暖自己也要注意身体。

虽然乔娇状态不好，但有王贵萍看着，他们也放心，便踏上前往京市的道路。

两人先各自回公司，身为老板消失两天，公司早就积累了一大堆事务，尤其是新改名的乔氏。

乔暖这一整天时间都在忙公司的事，又做了不少安排，甚至在楼下转了两圈，让别人看见她在公司里。

下午荣谨来接她的时候，两人满脸都写着疲倦，尤其是乔暖，她的眉头微微隆起，明显还有忧愁。

"暖暖，怎么了？"荣谨担忧地看着她。

乔暖微微摇头："没事，就是有些力不从心。"

荣谨突然笑出了声，乔暖诧异地看向他："你笑什么？"

荣谨摇摇头："暖暖，你还没适应老板的身份，你还在用业务部经理

473

的身份要求自己。"

乔暖一愣，惊讶地微微张嘴："什么……意思？"

"你还不会做一个老板。"荣谨斩钉截铁地回复，没有任何婉转。

"那我应该怎么做？"她微微偏头，疑惑地看着他。

荣谨笑着转动眼珠，并不回答她。

乔暖识趣，伸出手轻轻拽住他的衣角："那你教我……"

被她握住的地方像是燃起了一把火，一口气烧到荣谨的心里，烧得他热血沸腾。

他脚下一踩油门，给车子掉了个头，直奔荣氏而去。

车子在荣氏门口停下，乔暖跟着他下车，入目就是荣氏的专属大楼。

荣谨牵着她的手往楼上走，这时候还有很多员工没下班，一个个惊愕不已，下巴落了一地。

可又没人敢明目张胆地看他们，大家都低着头，恭敬地问好。

荣谨按了一层楼的按钮，而后笑着说："那么现在就是我教你的第一课，什么才是老板。"

他们的目的地竟然是监控室，里面几个保安正坐着执勤，荣谨挥挥手阻止了他们的问好，引着乔暖进来。

"荣氏上上下下，包括各分公司和旗下各小店，一共有一万多员工。"他轻描淡写地说出这句话，眼底却充满了自信。

乔暖安安静静地看着，听他后文。

"就是在这栋楼上班的都有近五百人，而这五百人当中……我熟悉的不到五十个！"

他微微抬头，指着监控里的一个办公室："这是人事部，在三楼，我一年里去的次数不会超过十次。"

荣谨转身，看向乔暖："但那有什么关系，他们依旧尽职尽责地在岗位上做好自己的事，我不会去操心他们做什么，我只要知道他们上司需要给我做什么就行。"

"什么是老板？老板就是雇佣别人做事的雇主，如果什么事都要老板亲力亲为，那他为什么还要雇佣别人？他不雇佣别人，他还是什么老板？

"所以暖暖，你是老板，那么就不能再亲力亲为了。如果一个老板一个人扛下公司的所有事，那样只有两个结果，一个是……这是个小公司。

474

"另一个则是……他们老板会过劳而死。"

荣谨说到后面眼底有光，乔暖不自觉陷入他的眼波。

这男人在这一刻，比在床上还性感……迷人。

"所以这就是第一课，那现在让我们开始第二课。"

他说着点开监控，调出来另一个办公室的录像，在这个下班时间，里面居然还坐着很多人，他们还在工作。

荣谨指着其中一个，他说："暖暖，你知道他是谁吗？"

屏幕上那个男人正对着其他人吼着什么，其他人战战兢兢地加着班。

乔暖摇摇头，荣谨轻笑一声。

"这是技术部的经理，技术部在我们荣氏和业务部在你们公司一样，至关重要，所以这个位置选人就相当谨慎。

"技术部经理要懂技术，可是太懂技术的又很难做好经理，不太懂的做经理更是无用，这位置历来让人为难。这人来之前，荣氏一年换了五个技术部经理。

"可是乔暖你知道吗？这个人是荣家旁支的青年，当初老爷子刚走，他爸肖想荣氏被我搞到破产，这小子也失业了，我就把他捡了回来。"

乔暖听到这儿有些惊讶："他不恨你？"

没成想荣谨斩钉截铁道："恨，可是那有什么关系？他是难得的技术经理，有技术能力，又能管住其他技术部成员，他身上利益太大。"

"你不怕……"

乔暖这话没说全，但荣谨知道她想问什么，笑着说："有些时候，他越是不满我，就越是拼命工作，对付一般员工，只需要棍棒和蜜枣，对于他，却要棍棒和挑衅。"

"事实上我没有选错，他又拼命又有干劲，技术部他吼得下来，和其他职员关系又一般，他要求严格，我喜欢，职员不见得喜欢。

"所以一年中我去技术部的时间最多，到一个项目最关键的时候，我甚至天天都去。"

他顿了顿，笑得很是开怀："我在他身上能得到的，值得我付出更多的精力。暖暖，人才是很难遇见的，既然遇见一个，那么能收在麾下帮你是最好的，不然他一定会去帮你的对手。"

乔暖微微凝眉，好半天才点点头。

荣谨又道："这人在技术部工作这几年，我还遇见不少适合这个职位的，但比起他还差些，除了分公司安排了些，其他一个没留。老板和员工的关系很复杂，你雇佣他们，你是他们的经济来源，可同样他们也是你的经济来源，所以还不能寒了员工的心。老板和员工相处这门学问很复杂，但我知道，暖暖在这方面是很有悟性的。"

荣谨说最后一句话时，轻轻揉了揉她的发顶，用宠溺的语气轻轻地说出。

他倒是没说错，乔暖在这方面很有悟性，她的下属们也算是个个都对她尽心尽力。

不过她靠的是情感，更多的还是"恩"，不像荣谨，各方面的都能用上，不仅是"恩"还有"仇"。

这都是她需要学习的地方。

"剩下的就不是三言两语能说得清的，你要是有时间，和我一起上一天班，耳听为虚，眼见为实。"荣谨这话说得有些狡黠。他早就想要和乔暖正名声了，哪怕她不想结婚，那乔暖"男朋友"这个位置，也得是他占着。

以前乔暖是业务部经理，现在对方变得更加耀眼，尤其在业内，怕是仰慕她的人要更多了。

他要是不提前占位，什么时候来个小三小四，他多憋屈。

乔暖这会儿没心思在意荣谨的小心思，她虽然是业内的佼佼者，可却还是"老板"这个职位的新人。

所以思考和学习对她而言很重要。

荣谨说完该说的，又带着她逛了会儿荣氏，这才同她一起回家。

身份的转变是一件大事，却又好像是一件小事，对于老板这个职位……

乔暖对着镜子抹上正红色口红，抿开，轻轻扬起一个笑容，张扬自信。

虽然有挑战，但她相信自己能做好，人生本来就是要面临一个又一个挑战，不愿意接受挑战的人，登不上顶峰。

她提着包走出衣帽间，荣谨接过她的包，低头迅速又轻轻地印下一吻："乔老板，真好看。"

乔暖轻笑，拽了下他的领带，荣谨笑着顺势低头。

她踮脚轻轻一吻："你也很帅，荣老板。"

一高一矮的两人往外走去，今天的早会是乔暖上任以来的第一个早会，也事关公司最初的人事变动。

乔氏所有人都来得格外早，王权死了，王恒还没审判，最大的董事原岸离职，属于他们的党羽个个提心吊胆，对自己能否留下还抱有一丝怀疑。

一直忠于王恒的员工们也同样担心，新老板愿不愿意继续用他们？还是新老板会打造新的班子？他们能不能加入新老板的班子？

就连业务部也同样担心，乔暖做了老板，那么新上任的业务经理又是谁呢？

当然，还有一部分人，譬如沈辉这样的人，早早就递了辞呈。

他坐在办公室里，想着自己回到国内这半年发生的每一件事，莫名有些眼涩。

他归来时雄姿英发，高谈阔论，究竟是什么让自己变成现在这个样子？

是乔暖？还是王权？

不，都不是，是他沈辉自己。

早前，因为荣谨和业务部经理的位置，他处处辖制乔暖。

早在乔暖把Sev项目给王权的时候，他就发现了不对，但他没有阻止，一个是他不知道乔暖究竟做了什么安排，另一个则是……他阻止也没有意义了，乔暖要做的事，谁也阻止不了。

沈辉突然抬头，他必须得承认乔暖是个厉害的女人，一个能把他们这些轻狂的男人踩在脚下的女人。他以前觉得乔暖不是个好人，不对，他现在依旧觉得她不是一个好人。

可沈辉仔细想她身上的一桩桩事情，好像她从来没有丢掉做人的原则……沈辉承认，乔暖是个很特别的女人。

可惜他再也不能看到乔暖还能创造出什么奇迹……

沈辉想：这次辞职以后，自己就换一个城市，找个小公司从头做起，是他的总该是他的，不是他的，想也想不来。

与沈辉抑郁的心情相反的则是陶阳，此人从业务部经理的秘书一跃成为总裁秘书，显然不管乔暖还要招多少秘书，陶阳必然是秘书长。

所以从他踏进乔氏大门的这一刻，就不断有人向他问好，那些男男女女，不管是职位比他低还是职位比他高的人，都对他露出了笑脸。

477

陶阳恭敬地回应，毫无张狂。

他的上司是老板，他要做乔暖最得力最信任的人，那绝对不能做让她不痛快的事。

他跟着这个女人从元夏到广贸，再到乔氏，可以说相当地了解她了。

陶阳还是信奉自己早就下定的决心，始终跟着乔暖。一荣俱荣，一损俱损。

他内心各种思绪并未出现在他的脸上，不过很快，这张脸就露出了一个笑容，他下意识地上前一步。

"章助理，你来了？"

章唯咧嘴一笑，两排牙齿露了出来："嗯！陶秘书！"

她慢慢走到陶阳后面一点站定，她是老板助理，站在陶阳后面也无可厚非。

陶阳背着别人把手伸到后面，握住章唯的手，轻不可闻地吐出两个字："丫头。"

会议室的人都到齐了，很安静。乔暖不比王恒，再加上新官上任三把火，谁都怕这火烧到自己。

就连看着章唯的回归也没人敢说什么，隐隐约约猜到有隐情的，一句话也不敢说，而且他们还听说章唯是从荣氏出来的……

所有人各有心思，这时候李丽走了进来，开着门站在门旁，陶阳和章唯赶紧上前。

先传来的是高跟鞋的声音，很轻，但在安静的会议室就很明显。

随后就是他们美艳动人的老板，一只手插在裤兜里，一只手拿着文件夹大步地走了进来。

乔暖的头发还是齐肩卷发，半边别在耳朵后面，一张脸艳若桃李，眼神却过于犀利，没人敢多看两眼。

单从气场而言，乔暖比王恒强太多。

砰！她把文件夹丢在桌上，陶阳给她拉开椅子，她自然而然地坐下。

"各位，早上好。"

乔暖说完过了两秒，其他人才七嘴八舌问好："乔总早！"

乔暖点点头，视线扫过众人："以后还是沿用以前的会议模式，各部门先汇报目前的情况。"

478

各部门赶紧一一汇报，目前的乔氏看起来确实是危机四伏，因为山口戒刀搞的那些小动作，乔氏又有一堆项目黄了。

目前来看乔氏每天都是负收益，这让各部门都有些头疼。

乔暖只点点头，不置可否，最后说："我知道了，现在来公布一下最新的人事调动。"

她的安排没有太多让人惊讶的地方，章唯是老板助理，原来王权和原岸的党羽她也没有直接降级或者怎么处理，不过给他们提拔了一些副职来"帮"他们。

那几个原来坚定站王权的人，脸上都有些不知道是该高兴还是痛苦的表情。

"还有业务部……"

来了！

所有人坐直了身体，紧紧盯着乔暖，业务部是营销公司重要的一环，业务部经理的位置上坐着的人把握的东西有时候对公司影响重大。

"沈辉。"

乔暖吐出这两个字的时候全场安静了好久，就连陶阳和章唯都大惊失色。

坐在下面面无表情的沈辉更是瞪大了一双眼睛，险些失态地站了起来。

"我……我……"他把手指指向自己，结结巴巴的，满脸的不可置信。

乔暖点点头，嘴角隐约露出了一个微笑："沈经理从华尔街回来，实力是不容置疑的，我乔氏目前情况复杂，沈经理有什么不清楚的，就直接找我。"

"我……我已经辞职了……"

"哦，是吗？辞职信我怎么没看见？"乔暖挑眉，微眯着眼睛看向沈辉，被看着的人噤声了。

乔暖满意地点点头，再次把视线投放在众人身上，还没从沈辉升任业务部经理这一爆炸新闻中走出来的众人，又被他们老板扔下的一个新炸弹炸得头晕眼花。

"另外，我们公司接下来将会长期和荣氏合作。"

众人："！"

待乔暖交代完最近的安排，她就站了起来，一手拿文件夹，一手按在桌上："散会！"

话音一落，人已经走了出去。

众人看着她挺拔的身姿，纤细却有力。

乔氏众人这一刻不约而同地有了同一个想法：新老板可能比想象中还要厉害！

陶阳几乎是在瞬间就跟了出去，章唯留下善后。小丫头眼冒星星地看着乔暖离开的潇洒背影，听着耳边情敌们的声音——

"乔经理也太帅了吧！"这声音一听就比较年轻。

"乔总真是有魄力啊……"这是个苍老的声音。

"我怎么就老了她二十岁呢？"这是一个中年男人的声音。

章唯骤然间回头，狠狠一瞪，像一只猫露出了所有的爪牙。

你就是年轻二十岁，乔总也看不上你！

暂时不提这只炸毛的猫，走出会议室的乔暖心情还算不错，陶阳也跟上了她："乔总……"

他这话有点疑惑不解的意思在里面，但更多的还是不好意思。

诚然乔暖是个新老板，同样陶阳也是个新老板秘书，以前是乔暖说你需要帮我做什么，现在乔暖会更忙，他则要帮忙思考乔暖今天需要做什么。

这目前对于他而言，还有些困难。

"沈辉待会儿应该要过来，上午和他谈完以后我需要一份公司目前的人员情况，你通知人事部赶紧给各部门招人，李丽先做你的助手，有更合适的你自己再挑，晚上帮我约白总吃饭。"

陶阳眉头松开，回答的声音很轻快："好的！"

他现在还不是一个好的老板秘书，但是他一定会用最快的速度成长为一个优秀的秘书！

沈辉从会议室出来就晕晕乎乎，他的脚下意识地往楼上走，要去见乔暖一面，他要问清楚！

沈辉走到顶楼的时候，一旁的李丽只是平静地看了他一眼。陶阳正好从乔暖办公室出来，这办公室已经改建过了，不是原来那一间。

陶阳看见沈辉也没做何表示，只把门打开，显然料到他会上来。

沈辉突然有些愤怒，陶阳这看不起他的姿态过于明显。

他心里这样想着，脚下就用了劲，快步走了进去。

乔暖正签着什么东西，头也不抬就说："坐。"

沈辉在她对面坐下，搓搓手，犹犹豫豫，想说话又不敢说。

乔暖放下笔，视线对上他的："是不是在思考我为什么让你担任业务部经理？"

"嗯……为什么？"

乔暖摇摇头，把签好的文件合起来放在一边："因为你有实力，沈辉，我不能因为我们有仇就忽视你的实力。"

沈辉的眉头越发皱紧，心里想的都写在了脸上。

"所以你要因为我们曾经有怨就放弃这个职位？执意要走？"乔暖挑眉道。

"不……"他下意识否定，也是这个"不"字出口他才意识到自己是欢喜的。

"那你就留下，沈辉，我希望我没有看错。"乔暖嘴角微微上扬，沈辉愣愣地看着她。

直到他恍恍惚惚地走出乔暖办公室，依旧有些迷惑。陶阳还在外面忙碌，看向沈辉的眼神毫无情绪。

沈辉边走边攥紧拳头，乔暖选他当业务部经理，或许其他人都相当怀疑，甚至她可能……也是为了看他笑话。

不，他一定要证明自己！

想在业务部做经理是沈辉努力这么久都没有得到的，现在机会到了他手上，不管是看笑话还是其他也好，他一定要证明自己！

傻子才会因为莫须有的东西放弃到手的权力。

沈辉想到这儿，加快了去业务部的步子，他迫不及待要干出成绩。

这边沈辉壮志凌云，那边乔暖也在忙碌，约白总晚饭没有成功，白珍珠有些其他事出国去了。

乔暖下班就准备直接回家，陶阳走了进来。

"乔总……昌都财团的山口戒刀约您……"

乔暖微微皱眉："在哪儿？"

481

陶阳报了个地址，还是那家日本料理店。

她点点头，拿出手机拨出熟悉的号码："你在哪儿了？山口戒刀约我见面。"

电话那头的荣谨微微眯眼："我已经到楼下了，既然山口先生诚邀，我们就一起去吧，正好不用做晚饭了。"

他的声音很危险，温柔的声音背后藏了些刀片，冒着冷光。

乔暖："……"

两人一同去赴约，还是在原来那个房间，荣谨一踏进去就"啧啧"两声："山口先生可真是会享受，艳福不浅啊！"

对方对于荣谨跟了进来也不意外，显然是已经收到了消息。今天只放了一张桌子，乔暖和荣谨就坐在了他对面。

"我可比不过荣先生，得乔小姐一人，才是真的艳福不浅。"山口戒刀说这话时欣赏地看向乔暖。

乔暖冷冷地看着他。她的乔妈妈过世，这人趁机毫不手软地对乔氏下手，她现在举步维艰的处境可以说是这人造成的。然而在她面前，他还能风轻云淡地开玩笑。

"不知道山口先生今天有何指教？"她冷冷地出声。

山口戒刀一双鹰眼眯了起来，笑着说："什么指教不指教，上次乔小姐没好好尝尝我们日本菜，这次换了几个厨子，再请你来试试，吃久了中国菜，尝尝日本菜还是很不错的。"

"山口先生来中国也不忘给自己建一家日本餐馆，看来很是念家啊……"荣谨微笑道，"既然如此，为什么不回日本去？"

山口戒刀眼神一厉，和荣谨四目相对，眼神较量。

没一会，山口戒刀先笑了起来："荣先生言重了，我也是很喜欢中国的，地大物博，很有探索的意义。"

他说着给两人倒酒："尝一尝我亲手酿的酒。"

荣谨笑着端了起来，闻了闻，又放了下来。

"怎么了？不喜欢？"山口戒刀疑惑道。

荣谨微笑道："喝酒误事，我待会儿还要开车和暖暖回家。"

山口戒刀的脸色有些不好看了，荣谨连一杯酒的面子都不给，显然让他十分难堪。

"说起来我这儿有份礼物要送给乔小姐。"他拍拍手，就有人端着托盘上来，上面摆放着一个精巧的盒子，那日本女人跪在桌子侧面。

他嘴角扬起微微笑意，眼睛看向乔暖，他确实很欣赏这女人，甚至越来越欣赏。这是他这么多年遇见的第一个，适合做山口家女主人的女人。

所以他的示好，并不会因为荣谨的在场就有所收敛，毕竟中国有句古话，窈窕淑女，君子好逑。

山口戒刀打开盒子，深海般的蓝光映入眼底，令乔暖微微吃惊。

这男人可真舍得，如果她没有看错的话，这项链是前段时间闹得沸沸扬扬的绝品，拍出的价格据说是八位数。

乔暖对这个不在意，也没有过多的关注。

这要是荣谨不在，妥妥就是一长相英俊的男人为了讨好美人一掷千金，关键现在这美人的男朋友在场。

山口戒刀的话刚说完，荣谨就一杯酒泼在他脸上。对方眼睛一闭，再睁开就像狼，凶狠地盯着他。

乔暖："……"

荣谨不等他说话，先一步质问："山口戒刀你什么意思，当着我的面挖墙脚？你以为暖暖看得上你？没睡醒吧，暖暖，我们走！"

乔暖愣神，荣谨已经拽了她一下，她赶紧跟着起来，随着他往外走。

山口戒刀一脸阴沉，旁边的女人赶紧小心翼翼地递上毛巾，他接过使劲擦干净脸，狠狠摔在桌上。

乔暖刚走出小门，她就听见荣谨说："快点，小心他待会儿回过神要人身攻击。"

乔暖："……"

等两人走出大门，坐在车上，乔暖不解地问他："你这是做什么？"

这太不像荣谨的风格了！

"等一下，"他说着，拨出一个电话，"放出消息，山口戒刀今天和荣谨不欢而散。"

他说完放下电话，发动车子："这是个好机会。"

"你要开始对昌都财团下手了？"乔暖有点明白他的意思了，山口戒刀对上荣氏一向缩手缩脚，不露尾巴。荣谨今天激怒他，明天可能就会直接对昌都宣战。

对方如果因为这事愤怒了，直面对荣谨是好事，就算对方忍了下来，荣谨也会继续动手，毕竟"不欢而散"就是理由。

大概他今天听见山口戒刀约她就有心想要上门挑衅了。

"嗯……主要是他的眼睛让我很想泼他……"荣谨把车子停在路边，偏头吻向乔暖。这个女人耀眼如明珠，他看见山口戒刀看向乔暖满意的眼神时，就想狠狠揍他。

荣谨吻得很狂热，撬开她的贝齿后肆意扫荡，一种无奈和心酸缠绕了他。

她为什么不愿意结婚呢？是不放心？还是不觉得和他有未来？

这个想法让他心口一滞，手上越发用劲地将她往怀里摁。

这一吻时间有点长，荣谨也在这一吻中调整好了情绪。

他微微起身，就见乔暖喘着粗气，两颊微红，艳若桃李，荣谨心口一滞，突然埋头深深吸了口她身上的香气，恶狠狠道："真想就地办了你！"

乔暖缓过了这口气，伸手，照着某男人不安分的地方轻轻按了一下。

"乖点。"

荣谨倒吸了一口气，这是妖精吧！

他化热度为速度，一口气飙回了家，一进门就把门踢上，狠狠道："看来需要给你点教训了！"

被人按在门上以后，乔暖有些好笑，这家伙的动作看起来恶狠狠的，可是两手却张开垫在她的后脑勺和后背上，生怕撞疼了她。

随即他盯着她，又有些迟疑。

他和她有好几天没做过这种事了，自从乔妈妈离世，他再想也不会在乔暖难过的时候做出禽兽不如的行为。

乔暖勾住荣谨的脖子，在他耳边轻声道："再忍忍……"

"好。"荣谨乖巧地应了，有些别扭地去给乔暖做饭，说好的蹭饭还是什么都没吃。

乔暖这几天不吃肉，今天的蹭饭其实也是玩笑话，他也陪着她清淡几天，就是欲望忍得有些难受……

乔暖趴在沙发的靠背上，难得如此随意，她先是笑荣谨别扭的姿态，随即心里又有些涩。

这家伙的欲望有多强烈，她再了解不过了，男人这个时候据说是很难以忍受的。

可他却忍着在厨房给她做饭，陪她素着，这个男人对她的心是真的。

人说在外聪明，在家经常犯傻的男人，才是真的在意爱人的。

"荣谨，你一个大老板，每天给我做饭、洗衣服，不会觉得委屈吗？"

厨房里的荣谨头也不回："你在想些什么？我以前不是说过吗，为你做什么我都是高兴的。"

"真的？"

荣谨放下菜刀，走出来把脸贴在乔暖的脸上："是我谢谢你，让我体会做人的快乐。"

他因为遇上她，才觉得自己重新活了，他虽然会气、会酸、会难过，却也会快乐、会高兴、会幸福，五味夹杂的人生总比一片空白的要好得多。

他又把手伸出来："我手脏，帮我脱了外套，把袖子挽起来。"

乔暖点点头，站起来给他脱衣服、挽袖子。荣谨偷笑。

荣谨之前在车里的那点心酸、痛苦，又被甜蜜驱走了，他其实挺容易满足的。

在家里的温馨并不影响荣氏对昌都财团的宣战，荣谨晚上刚说"不欢而散"，第二天早上各大和金融相关的报纸，就都报道了"荣谨和山口戒刀不欢而散"的新闻。

没有照片，这两人都不是喜欢露面的人，但这个新闻能够没有受阻地报道出来，业内懂行的就知道，这两方是要开始斗了。

上次Sev涉嫌抄袭的那个原版背景是为了荣氏的新项目设计的，他们的项目和山口戒刀在国内的项目很相似，都是一款新型汽车。

荣氏在汽车领域一直没扩展，而Sev原来就是汽车品牌，荣谨确定昌都财团买下Sev后就着手打造汽车品牌。

看似两个大公司在打擂台，其实是两个"新人"在新领域的比拼。

他们使用的技术也很相似，都是新能源。

荣谨在山口戒刀准备推出产品的时候，立刻就推出了他们的汽车。

山口戒刀看着和自家极为相似的产品一阵恼怒。如果是以往他能冷静思考，可昨天刚被荣谨泼了酒，他这会儿正是怒火冲天的时候，直接推出了Sev改造过后的新品牌。

"昌都财团太急了……"陶阳咋舌道。

时刻关注的乔暖笑着点点头："确实，他们是新来的，比不得荣氏他们这些已经扎根在消费者心中的品牌。他们公然和荣氏打擂台，若是败了，在消费者心中就会潜意识认为昌都财团不如荣氏，以后只要荣氏还和他杠，他们就举步维艰。"

"乔总，那我们……"

乔暖的手指在桌上轻轻敲了敲，似笑非笑："我们的目的就是让他们一定要败给荣氏，那么……现在开始吧！"

她眼底有光，荣氏最近确实被打压得厉害，她暂时并不太想稳住局面，只要打疼了昌都财团，那些对他们施压的，自然就会立刻收起伸出来的手。

况且自从荣氏放出和乔氏长期合作的消息以后，乔氏的压力已经小了很多。

乔暖站起来："走吧，是时候去拜访一下谭老板了……"

陶阳眼睛一亮，谭老板是帮昌都财团在国内制造零件的老板，乔暖这时候去拜访，必定有深意。

这谭老板外号"只谭钱"，是个认钱不认人的男人，五十来岁，但要是因为这个小瞧这男人，那就是走眼了。

这男人虽然也是白手起家，却是个没什么道德底线的人，但是这家伙的产品在消费者中风评倒是挺好，就是和他合作的公司都有些防着他，因为他随时可能因为别人的高价就抛弃现有合作伙伴！

有人就会好奇，那合作方不信任他，他怎么赚钱？

这家伙机灵着呢，毕竟产品过硬，有一些会为了产品选择他，有一些则是……会加价打击他正在合作的……

反正这么多年，这家伙依旧挺立，哪儿有竞争，哪儿就是他赚钱的地方。

第十七章
阿谨，我好像挺喜欢你

"所以我们是要买通谭老板，让他放弃和昌都财团的合作？还是在他们的产品中……"陶阳在乔暖耳边低声问道。

乔暖疑惑地看了他一眼："你觉得谭老板会愿意在自己的产品里下黑手？"

陶阳："……"

"还是你觉得我们现在有钱买通他放弃昌都财团的项目？"

陶阳："……那我们去干吗？"

乔暖勾起嘴角，眼底闪过狡黠："聊天。"

陶阳："……"

他们到的时候"只谭钱"正在厂门口抽烟，就是一根烟杆儿抽着叶子烟，这玩意儿乔暖不懂，不过无所谓，姓谭的懂就行了。

"哟，乔总来了。"谭常也不站起来，就在地上蹲着，有一口没一口地吧唧着烟杆。

陶阳有些无语，他还是第一次见"只谭钱"，这么个见钱眼开的男人和他心中的形象截然不同，这男人很瘦，穿得也普通，吸一口烟的时候眼睛微眯，倒是挺像财迷的。

乔暖下巴微微一点，陶阳赶紧将包里的一个黑色匣子送到谭常面前。

"前几天得到一盒还不错的烟丝，瞅着我认识的人里也只有老谭你喜欢这玩意儿，留我这儿就太浪费了，这不今天给你送来了。"乔暖微笑着在谭常面前蹲下，两人也算处于同一高度。

陶阳看了看两人，纠结自己是蹲着呢？还是蹲着呢？还是蹲着呢？

谭常一听乔暖说完，伸手接过匣子，轻轻推开一点儿缝，把鼻子凑在缝上，闭着眼睛拼命闻，突然眼睛一亮，小心翼翼地合上匣子，骤然间站了起来。

"走走走，进来喝点水，来者是客，我太久没见乔小姐了，这摇身一变都成了大老板！"

他突然变得格外热情，乔暖也随意，又站起来跟着他进去。

刚刚蹲下的陶阳："……"

陶阳认命地站起来又跟了进去。

与此同时，某座高楼里面一个男人火速跑进了一个办公室，低声在上首的男人耳旁耳语："老板，乔暖去见了谭常。"

对方说着手上已经摆出了照片，正是谭常满脸堆笑地迎着乔暖走进厂子的画面。

山口戒刀眼神一厉，这谭常见钱眼开，上次他露出这笑容还是昌都财团第一次定金汇过去的时候……

"老板……您看……"

"我们和谭常的合作到哪儿了？"

"第一批部分已经交货，还有部分正在打磨，第二批还没……"

"第二批换一家，谭常见钱眼开，这模样荣氏肯定塞钱了，关键时候，宁可信其有，不可信其无。"

"是！"那男人恭恭敬敬地鞠躬。

山口戒刀脸色难看，随即拿起照片，用手指点了点照片上的乔暖。

而被他们怀疑的谭常现在脸色也不太好看："所以你让我放弃昌都财团的项目和你们合作？却只给我八折的价？！"

抢生意还压价的，谭常还是第一次见。

乔暖嘴角微微一弯："话不能这么说，昌都财团是会输给荣氏的，你

488

帮荣氏做，订单是一定比昌都财团多了。"

谭常狠狠一甩手："你是不是不知道我绰号是什么？！压价？不可能！要我放弃昌都的订单，很简单，违约金你们付，价格再高一成，否则不可能！"

乔暖摇摇头："不成就不成，谭老板不要生这么大气。"

谭常突然弯腰，趴桌上和乔暖挨得很近，眯着眼睛道："我说丫头，荣氏和昌都打擂台，我就不信一成的价格都加不上，荣谨这么抠？你给那边说说价，我给你回扣。"

乔暖眼底笑意盈盈："不是荣谨抠，是我帮他抠。"

谭常："！"

好一会儿他才结结巴巴道："你俩、你俩……"

乔暖但笑不语。

"可真行！"谭常狠狠一抽气，这女修罗和男阎王走到一起，这不逮谁啃谁啊！

"谭老板，这样吧，如果昌都败退，没有订单了，你就八折好好帮荣氏做，成不？"

"成！"谭常又高兴了起来。这次他赚了昌都不少，回头人家没订单了，他八折去做荣氏当然也可以，少赚也是赚嘛。

他高高兴兴把乔暖送了出去，赶紧回来抱着那匣烟丝，笑得两眼眯成一条缝。

"乔总，您这是……"陶阳有些疑惑。

乔暖嘴角微扬："山口戒刀毕竟不太信任国内的这些人，尤其'只谭钱'花名在外，这可不是他想不想和昌都合作，是昌都还敢不敢要他的货。"

陶阳眼睛一亮，他也不傻，瞬间想通了。他们敢相信谭常不会对自己的产品下黑手，可山口戒刀不一定信啊！

"高啊！"

乔暖笑了，他们撤回了谭常的订单不要紧，后续再联系国内的厂子，就有荣谨盯着了……毕竟"只谭钱"只有这一个，其他人还可以谈点其他的。

此事过后两天，谭常在办公室盯着面前这匣子烟丝和桌上荣氏八折的订单，嘴角抽搐，狠狠拍了自己一巴掌。

"这业内传闻果然是真的，吃了女修罗的东西，真得连本带利全吐出来！"

山口戒刀放弃了和谭常的合作，再找合作方就有些艰难，好一点的厂子早都被荣氏笼络住了，其他一些愿意和他们合作的，他一调查就发现他们家的东西总有一些纰漏。

山口戒刀最后挑三拣四，终于找到个差强人意的，可人家怕昌都财团混不下去，荣氏打击报复，不敢接。

山口戒刀怒了，威逼利诱，终于和对方签订了合同，不至于在生产这方面掉链子。

而后就是宣传方面，荣氏有路子，乔暖有主意，荣氏这汽车品牌一来就打上了"高端"的标签。

荣谨也信任乔暖，在她说自己全权处理打压昌都财团旗下汽车品牌的时候，荣谨就把自己摆到协同的位置，听从乔暖的安排。

"乔总，准备好了！"陶阳的声音有两分兴奋。他想过乔暖应对昌都财团一百种方法，却怎么也没想到，她会想到这个办法……

"嗯，那就开始吧！我们好好帮他们宣传宣传，钱的话就去荣氏报账。"她下巴微抬，嘴角的笑容自信又意味深长。

"是！"

乔暖做的事确实不是打压昌都财团，反而是帮他们宣传。

所以等山口戒刀回过神的时候，他们汽车品牌的广告已经遍布许多三流网站和一些不太正经的平台……

"浑蛋！"山口戒刀狠狠将桌面上的东西砸在地上，脸上青白交替。

一堆昌都财团的高层战战兢兢地站在一旁，实在不敢触暴怒中老板的霉头。

乔暖这女人委实太过于阴损！

这样一来昌都财团的汽车品牌还怎么和荣氏比？！人家是各种高端、贵气的代名词，反观他们……

现在昌都财团旗下的汽车品牌已经被很多消费者先入为主地贴上不美好的标签，名声一坏，他们还拿什么打擂台？！

山口戒刀恨得牙痒痒："乔暖！"

此时荣氏同样在讨论乔暖，徐恪咋舌道："要不说唯女子与小人难养也，这女人算计起人来，兵不血刃啊！"

荣谨把手上的文件朝他身上砸去："嘴巴干净点！"

荣谨嘴角带笑，显然是相当高兴。

徐恪也不在意，捡起文件夹谄媚地放在他桌上："行行行，老板娘这叫聪慧过人，和阴险不搭边！"

荣谨听到这话突然露出一个意味深长的笑容。徐恪正奇怪，就听见他背后传来一个女人冷清的声音。

"我确实挺阴险的，不过对朋友还不错，最近有两个不错的结婚对象，正准备介绍给何蓝。"

徐恪啪的一下摔到地上，向乔暖伸出一只手，抓住她西装裤的一个角，一脸绝望地看着乔暖："老板娘，我错啦！我不是人！您大人有大量，就原谅小人吧！"

乔暖拿高跟鞋踢开他的手，并不理会他。荣谨已经站了起来，把人轻柔地按在椅子上坐着："暖暖来了。"

自从两公司开始合作，再加上乔暖也想向荣谨学习怎么做好一个老板，她偶尔就会过来。

"不坐了，下午王恒开庭，我吃了饭就直接过去，你去吗？"

"去！"荣谨一边说一边收拾东西，两个人很快又相携而出，一致忽视了在地上哀号的徐恪。

"荣总好，乔总好！"

"好。"

"荣总好，乔总好！"

"好。"

乔暖一路上都在回复"好"，荣谨只是高冷地点点头，随即有些吃味。

这世界对于女人很严苛，能年纪轻轻走到高位的女人实在太少，可一旦出现那么一个，就有些引人瞩目。

在一大波员工问好以后，荣谨终于酸溜溜地说道："我平日在公司的时候，可没见他们这么热情，那是有多远躲多远，你这一来，一个个都闻讯扑过来，乔总可真是魅力十足啊……"

乔暖偏头，对他勾了下嘴角："那我迷倒你了吗？"

荣谨："……"窒息了！

听着后面几个姑娘压抑的激动声，荣谨上前揽住乔暖，虚张声势、恶狠狠地说道："你这女人不许到处放电！听见没！"

乔暖看了他一眼，懒得理他。

她倒是没多担心王恒的开庭宣判，毕竟顾白被称为金牌律师，自然是有道理的，他肯定会尽可能地去帮王恒争取减刑。

乔暖在门口见到了顾白一面，那男人很是温文尔雅，但据说上了法庭，那张嘴能把死的说活。

"王恒还好吗？"她忙着各种事，已经很久没有去见王恒了，不过就是她想去见，也不见得能见到王恒，毕竟他还没判刑。

顾白嘴角露出一个微笑，在阳光下看起来极为温暖明亮，"瘦了不少，他让你多挣点钱，等他出来要天南海北地去玩儿。"

乔暖也跟着笑了起来。王恒是她人生的一个重要的转折点，她从元夏出来，就是他接纳了无数次打压过广贸的自己。

"咳咳咳！"荣谨的脸色有些不好看。这顾白的长相让他相当有危机感，他能让乔暖一见他就笑出来，对自己而言，显然相当有威胁！

"进去吧，不要打扰顾律师做准备。"荣谨微笑道，一脸老干部的模样。

乔暖点点，和顾白打过招呼，两人就各自走开。

"听说顾律师作风……"

"干妈！"

荣谨的眼药还没开始上，就被身后激动的一声吓得一愣。

他回头，看见一个"球"扑了过来，好艰难才在两人面前刹住脚。

"干妈好！"

荣谨："……"

乔暖呼出一口气，瞪了汤胖子一眼："你怎么来了？"

汤庆搓搓手，一脸谄媚："我爸跟着我妈过来的，我也就来了。"

乔暖抬头，果然见邓容和汤博锟携手过来，显然是快要成就好事了。

"你这妈都叫上了？"乔暖调侃。

汤庆讪笑。邓容大老远就出声："不要欺负你干儿子！"

荣谨再次看了眼那颗球，有些牙疼，他干儿子就是这个……球?

邓容走近，摸了摸汤庆的脑袋笑着说："快叫干爸干妈，让他们给礼物。"

汤胖子一张脸笑得皱成了一团，极为猥琐："干爸干妈！"

荣谨微微别开了视线，他和乔暖的儿子要是长成这样子……辣眼睛。

他这样想着，还是顺手掏出一把钥匙。

"来吧，回头去荣氏旗下挑一辆新能源汽车。"

这礼物确实不轻，荣氏的汽车走的就是高档路线，顶级跑车的价格是相当不美好，至少汤博韫是不舍得给儿子买的。

汤庆的眼睛闪闪发光，激动地接过，抖着唇说："干爸，我一定会好好孝顺你的！"

荣谨："……"你离我和暖暖远点就行……

对于"干儿子"乔暖没有太多意见，毕竟邓容喜欢，汤博韫又是替她做事的，对于汤庆她自然就态度好了不少。

"走吧，进去了。"乔暖说着就带头走了进去。

汤胖子紧随其后，紧紧跟着自己的"干爸干妈"，这粗实的金大腿，汤庆抱得相当满意。

待他们坐定，就到了开庭时间，王恒是被押着进来的。

他确实瘦了不少，一张脸也煞白，茫然不知所措地四下张望。

注意到乔暖的时候，王恒的眼里突然有了两抹色彩，这女人是真的要帮他，不然也不会找来顾白。

没两秒王恒就老泪纵横，在前面号道："救我！我害怕！我不想死！我不是故意的！"

刚拿着材料进来的顾白腿一抖，他真的是后悔接这个案子了，案子倒不难，乔暖给的价格也相当不错，就是这被告实在让他无语……

他是绝对相信这男人不是故意杀人的，这点胆儿就敢谋杀他是一点不信。

"这王恒可真是糊涂。"荣谨说了这么一句。

乔暖微微叹了口气："他的压力太大了，又怨得紧，是我错了，上次觉得不对就应该去调查一下。"

荣谨握住她的手，温柔道："这和你没关系，你已经尽力了。"

他的手很暖和，眼睛也很温柔，乔暖回了他一个微笑。

一旁的汤庆坐在那儿本来就圆鼓鼓的，越发低垂着头，把自己缩成一个球。

汤庆内心流下两行清泪，他右手边干爹干妈在秀恩爱，他左手边老爸老妈在秀恩爱……

单身狗就没有人权吗？！

王恒见没人回应他，又号了句，法官立刻让他"闭嘴"，这才有了安宁。

顾白确实有实力，说起话来头头是道，一张温文尔雅的脸突然变得犀利，让乔暖欣赏地点点头。

荣谨一颗心都被醋泡过了，感觉呼出的气息都变得有些酸溜溜的。

他拽了拽乔暖，嘀咕道："这顾白一张嘴可真能说……"

荣谨这话说完，见乔暖点了点头，他这心里越发不满。

"这样的人相处起来挺累的，暖暖你别和他走太近，他……"

荣谨说了一半就说不下去了，乔暖正似笑非笑地看着他。

"你看着我做什么？"

"荣谨你幼不幼稚？"乔暖挑眉。荣谨摸摸鼻子，不敢再说这个话题，只得把视线移到顾白身上。

顾白确实有实力，可王恒是杀人罪，他们都知道判刑是一定的，但判多少年才是他们在争取的。

王权对不起王恒在先，让自己亲哥哥帮着养儿子这么多年，放在哪个男人身上受得了？

再加上他这个人胆小，顾白拿出了不少王恒胆小的证据，证明他杀人绝对不是故意的。

王恒听着顾白拿出一个又一个的证据证明自己"怂"，颇有些难受，委屈巴巴地瞅着四周，刚把眼睛放在乔暖身上，就被她旁边的男人吓得收回了视线。

在证明王恒没胆子杀人以后，顾白又拿出法医的鉴定，证明王权脖子上那一刀并不深，也只有一刀，且从角度上可以看出王恒并不是故意往大动脉上扎一刀的。

真的只是凑巧，那一刀划在他的动脉上，这才导致王权丧命。

宣判的时候王恒紧紧地盯着法官，这人实在是怕死，他怕自己被判死刑，又怕自己再也出不来。

王恒知道乔暖会把广贸，哦，不，乔氏管理好，他手上的股份未来会价值千金。

他这五十年战战兢兢，从来没享过一天清福，所以王恒做梦都想着自己有天能出去看看，就算他老到必须拄着拐杖也没关系。

王权和他母亲气死了自己的母亲，王恒和王权斗了这么多年，不是提心吊胆就是担惊受怕。

当然，他知道这一切的祸根都是老王总，所以卖出广贸他是一点不心疼，反而有种说不出的报复快感，老王总为了公司可以娶他母亲，又不好好对她，现在他姓王的什么都没了……

乔暖也挺担心的，顾白虽然给她透过底，但到底变故太多，谁也不知道王恒的判刑会不会和预想一样。

八年……

乔暖在听见这两个字眼的时候松了口气。王恒更是号啕大哭，也不知道是高兴自己还能活着，还是痛苦就要去劳改八年了。

乔暖送走汤家父子和邓容以后，她看向顾白："顾律师，辛苦了。"

顾白轻笑，看向荣谨："荣老板，你爱人是个好姑娘。"

他这话不假。乔暖买了王恒的公司，如果王恒出不来了，那么获利最大的就是她，可她反而一直在竭尽全力地帮他。

"我现在还能见王恒吗？"

顾白看了眼时间，点点头："可以，我带你去吧。"

一直没有说话的荣谨跟上了两人，他的暖暖当然很好，这个并不需要别人赞扬，他再清楚不过。

乔暖见到王恒的时候，对方两眼通红，眼泪汪汪地看着自己。

乔暖："……"

她缓了缓气息，看着玻璃对面的王恒放柔了声音："八年以后出来也不到六十，你还能跑能跳能吃，如果你想的话，还可以来段黄昏恋。"

王恒一愣，突然破涕为笑："乔暖你这么安慰人的吗？"

乔暖又不说话了。

王恒突然拔高了声音："乔暖，我分红你给我留好了，公司需要可以先用，但等我出来得全部给我去玩儿！"

"好。"

"你要把乔氏管好了，狠狠碾压元夏。"

"好。"

"既然和荣谨在一起了，就好好走下去，和他一起对付山口戒刀。"

"……好。"

他碎碎念地说了很多，再没有可以说的事的时候，乔暖突然眼神专注，问道："需要帮你照顾亲属吗？"

王恒瞬间炸毛："我没有亲属，我没有这么恶心的亲属！"

乔暖叹了口气，不说话。

王恒冷静了几秒，又说道："我管他做什么，又不是我的儿子，那女人给我戴了这么久的绿帽子，可不就是觉得我好骗吗？乔暖你说说，他们到底怎么看我？是不是都在背后嘲笑我？"

乔暖叹了口气："那孩子应该不知道吧……"

"他虽然不知道，可我也不想再看见他！我的钱一分一厘都不会给他！"

乔暖颇有深意地眯眼："钱我给你留着，不要被人骗了就行。你真当我不知道，你和戴娇美的私人现金还有房子，你可是一句话没提，我以为你在乎儿子不是很正常？"

王恒被噎住了，幽幽地叹了口气："疼了这么多年，哪能一点不在意，但那也是我最后的在意了，我现在和他们再没有关系了。乔暖，结婚一定要擦亮眼睛，荣谨到底对你好不好，是不是真心，你一定要注意。"

他突然的教诲倒是让乔暖一愣，随即就陷入了沉默。

见面到此就要结束，王恒在那边歇斯底里大喊："乔暖，股份给我留着！我要好吃好喝过下半辈子，我要吃得比汤庆更壮！"

乔暖：目标可真大……

见面就这样结束了，等乔暖走出来的时候，荣谨正站在门口等她，一张脸上丝毫没有不耐烦。

她的脚步一顿，又紧接着大步走了过去。

这男人确实对她很好，这一点她十分确定。

"走吧。"

"好。"

两人十指紧扣，缓缓离开。

顾国华最近烦躁到崩溃，而这一切都是他赶走的乔暖带来的，他相当后悔，要是当初知道乔暖会走到今天的地位，他绝对不会去陷害她。

可这世界上没有后悔药吃。昌都财团被乔暖整成三流品牌，山口戒刀就不断给元夏施压，要他们加大宣传力度，把昌都财团从三流企业的深渊里拉出来。

这是他压力的一方面，但更大的压力还是来自顾清明，他太在乎自己的这个儿子，可现在他的儿子对他几乎没了感情。

当初顾清明以为自己离开以后就能解决所有问题，没想到顾国华因此更加痛恨乔暖，再次设计陷害她。

那时候顾清明在国外读书自然不知道国内的具体情况，但现在他回来了，顾国华对乔暖做的那些事就都暴露了出来。

顾清明能不痛苦吗？但他又不能打顾国华，只能质问、威胁。

顾国华看着儿子对自己失望，对自己的父子情渐渐消失殆尽，他同样相当痛苦后悔。

这父子俩的痛苦，乔暖并不知道，作为一个新手老板，她的学习态度是相当端正的。

"所以对人事部一定要小心，既要信任又要警惕？"书房中的乔暖敲着下巴，对荣谨刚刚的阐述提出问题。

"对，这个度是有点难，但是你也知道人事部的重要性，如果招到了好员工，那对于公司是有益的，而那种无用的员工，就完全是浪费资源。"荣谨摸了摸她的头顶，这丫头平时强硬，疑惑认真的时候就格外可爱。

"我再摸索摸索吧……"她皱着眉，"我们人事部经理不太行，我还得先找一个HR。"

她这困惑的模样让荣谨心中一动，他在她后背弯下腰，两手撑在桌上，把人困在胸前。

他低下头，在乔暖的脖颈处轻轻咬了一口："要不要老师给你介绍一个？"

老师？

乔暖挑眉，艳红的唇一张，上面的颜色极为诱人："所以荣老师，你现在是要对学生做什么？"

荣谨心口一滞。

乔暖只一句话，就让荣谨成了禽兽，他素了这么久，哪是简简单单就能满足的。

第二天一早，就连乔暖这样意志坚定的女人都险些没能爬起来。

荣谨赔着小心，嘴角的笑容像只偷腥的猫，他现在已经不想结婚什么的了，只要还能陪在她身边，他就心满意足了。

当然，他说着"心满意足"，事实上内心深处的委屈也只有他自己知道了。

荣谨送乔暖去上班，虽说两人都忙，在一起的时间并不多，但基本还是一起上下班。

早上他送她去公司，晚上再接她一起去买菜，而后两人并肩回去，相处起来倒越来越有老夫老妻的感受。

这一天两人回来的时候，正要准备上楼的荣谨脚步一顿。乔暖疑惑地循着他的视线看过去，然而什么也没有看见。

她疑惑道："怎么了？"

荣谨眉头微微皱了一下，显然在纠结，但还是拍了拍乔暖的手，大步向那个角落而去。

乔暖疑惑地眯着眼睛，很快荣谨就拽了个人出来，让她愣住。

"清明？"

乔暖会用疑惑的语气实在是因为顾清明这模样太落魄了，他就像是一只从水里爬出来的小狗，垂头丧气，一双眼睛湿漉漉的。

她有些心疼。

荣谨怎么可能看不出她的心思，虽然有些醋，到底还是在意乔暖的心情占了上风。

他刚才其实可以假装没有看见的，可这是乔暖的弟弟，因为暖暖，他也愿意试着接受这些"小孩儿"。

"进去说。"荣谨看着沉默不语准备离开的顾清明，直到看到对方低下头，老老实实地跟着进去。

乔暖一进房间把顾清明拉到沙发上："清明，怎么了？"

顾清明微微抬头，看着眼前面露担忧的乔暖。

"对不起……"

乔暖一愣，随即拍了拍他的肩膀："你哪儿对不起我？"

顾清明微微低头，不说话。

荣谨倒了三杯水，给两人放在面前，随即自己抿了一口，不急不缓道："顾清明，你几岁了？折腾自己才是对周围人的不负责，你既然觉得愧疚，那就不要让暖暖再为你心疼。"

顾清明抬头看向荣谨，显然把这句话听进心里了。

"我替我爸做的事……道歉……"

乔暖一下子就知道他为什么这样了，他显然是知道了顾国华做的事，内心愧疚。

"顾国华是顾国华，你是你，没事的。"她温柔地说道。

顾清明越发难过："都是因为我！我生父生母都去为难你……"

他本来和乔暖她们在H市生活得很好，如果他所谓的亲生母亲没有来找他，他们还会继续在H市一起长大。

他们会像所有艰难长大的孤儿一样，一起上大学、兼职、毕业，他们相依为命，不会分开。乔暖不会辍学，不会活得这么艰难……他越想越愧疚，眼眶也越来越湿。

被这双可怜巴巴的眼睛看着，乔暖突然想到了他们小的时候。这家伙像一头孤狼，就只是用可怜巴巴的眼神看着乔暖，紧紧跟在她后面，怎么也赶不走。

"清明，和你没关系，不要把什么都揽在自己身上。"

顾清明不说话。

荣谨在他旁边坐下："你父亲和我们的斗争是商场上的战斗，和你没关系，公司竞争，向来就是你死我活。"

乔暖对着他微微摇头，荣谨第一次忽视她，继续说道："同行是冤家，没有你两个公司也不可能和平共处。你要是真在意乔暖，就不要掺和，她有我。"

顾清明愣住，好一会儿才张张嘴："我爸不会再做这种事了……"

"可是我会。"刚刚一直在安慰他的乔暖突然坚定地说了这么一句，让顾清明傻傻地看着她。

乔暖轻轻地摸了摸他有些乱糟糟的头发，自从去年再见他开始，这家伙的头发就开始梳得一丝不苟，透着犀利，今天倒是像极了小时候。

那时候她护着他俩，每次她打过架，顾清明都顶着一头乱七八糟、软塌塌的头发蹲在她床边，可怜兮兮地看着她。

再后来他长大了些，初中时代的孩子们打架是常有的事，也是在那个时期，男孩子开始发育，开始肩负起保护女孩子的责任。

顾清明在外面打了架，鼻青脸肿不敢见乔妈妈，也是半夜溜到她和乔娇住的小房间，可怜兮兮的，等着乔暖给她上药。

想到这些，乔暖的眼神越发温柔，理了理他的头发，柔和道："清明，我和你父亲是对手，我们怎么争斗都和你没关系，你母亲的事也不怪你，这和你没关系，是我人生该过的一个坎，我现在过得很好。"

顾清明平日里桀骜不驯的一双眼睛愣愣地看着她，两行眼泪流了下来。

他突然伸手把乔暖抱在怀里："不，我要保护你，我说过我要保护你，对不起，我一直在食言……"

乔暖拍拍他的后背，轻轻道："你出国吧，清明。"

"什么……"顾清明瞳孔一缩，格外诧异。

荣谨终于按捺不住地伸手把顾清明扒拉下来，放在他肩膀的力气加大，不让他乱动。

"暖暖有我保护，你自己顾好自己就行。你不能指望两个竞争对手和睦相处，我们只能保证不让你父亲身体受到伤害，至于其他……那对不起。

"你留在这里一天，看着我们斗争就会难过一天。你姐姐会束手束脚，甚至顾国华也会束手束脚。"

他停顿了一下，看向顾清明的眼睛："所以你最好离开，这不是你的战场，去你该去的地方努力，你还差点火候。"

他说出了乔暖心里的想法。他们对昌都财团的施压刚刚开始，谁也不知道被压狠了的山口戒刀和顾国华又会做出什么反击。

顾清明与其看着焦急，不如离开。

500

这是他们两人的想法。顾清明低下头，沉默下来。

荣谨站起来，去厨房下了三碗面条，乔暖是小碗，他和顾清明是大碗。

等顾清明木楞楞地吞完一碗面以后，看向荣谨："姐夫……"

咦？姐夫？

荣谨挑眉，这还是顾清明第一次这样真诚地叫他，他面部表情缓和："怎么了？"

"照顾好暖暖……祝你们幸福。"

"会的，谢谢。"他当然会照顾好她，他们也一定会幸福。

顾清明深深地看了乔暖一眼，决然地转身离开。

当天回去的顾清明和顾国华在书房谈话到半夜，具体说了什么没有其他人知道，只知道顾国华在办公室坐了一夜，第二天早上，顾国华亲自送他离开。

看着儿子进安检，顾国华一双眼睛湿润了，这一次和上一次不同，上次他恨上了乔暖，而这一次……他感谢她，顾清明确实应该离开。

顾国华转身，该来的还是要来，昌都财团和荣氏，元夏和乔氏……

与此同时，昌都财团顶楼的办公室正有人爆发怒火。

山口戒刀将手上的报表狠狠砸在地上："让陈成那垃圾滚！以后所有事全部交给韩雅！"

"是！"

一旁站着的韩雅立刻低下头，但山口戒刀还是把视线放在她的身上，缓缓走了过来。

他在韩雅面前站定，两人的距离极近，随即他伸出一只手，挑起韩雅的下巴。

韩雅被迫看着他，眼睑直颤。

"你和乔暖都是女人，女人最懂女人的心思，我相信……你不会被她算计得毫无还手之力吧？"山口戒刀说这话时很温柔，却吓得韩雅白了脸。

"嗯？听见了没？！"他突然吼出来。

韩雅忙不迭点头，声音颤抖："听、听见了……"

501

山口戒刀注意到她直抖的双腿，突然狠狠甩开手："出去！"

"是！"韩雅立刻跑了出去。

山口戒刀又回到自己的办公桌，抽了张纸擦了擦手，打开抽屉，拿出一张照片。

"你说你，为什么跟着荣谨……"

他说这话时眼神犀利，手上一紧，照片就皱了起来。

照片上面的女人俨然是乔暖。

此时被人惦记的乔暖也正坐在办公室里皱眉，电话那头不知道说了些什么，让乔暖眉头皱得越发紧。

"俄罗斯？为什么去那儿？"乔暖紧锁着眉头疑惑道。

电话那头的乔娇情绪还算不错，语气轻松地说："我报俄罗斯容易去一些，而且你知道的，我一直喜欢芭蕾，好不容易赶上三加二项目，对我来说是个难得的机会。"

乔暖揉揉皱在一起的眉心："乔娇，你要是想出国我可以送你去美国，清明在那边还能照顾你，你这样一个人去俄罗斯，你让我怎么放心？"

乔妈妈走了，乔暖觉得自己需要照顾乔娇。

电话那头沉默了好久，随后就是乔娇坚定的声音："姐……我总要学会长大的……你已经照顾我这么久了。"

乔暖一愣，眼神有些恍惚。

乔娇这通电话不是来征求意见的，是她已经决定下来了，而且她说自己语言能力还不够，所以要提前去俄罗斯适应。

这通电话的最后，乔娇说她明天从京市离开。

这一天乔暖没去公司，早早就在机场等着了，荣谨陪着她。

"你不用在这儿的，去上班吧。"乔暖看向荣谨。

对方只微微一笑，揉了揉她的头发："我怕你待会儿难过得走不回去。"

乔暖摇头："不会的，我只是有些……失落，他们一个个都长大了，有了自己的主意。"

"只要他们的主意是对的，你又为什么要干预呢？暖暖，你该放下肩膀上所有重担了。"荣谨温柔地揽着她。

营销界女修罗，心狠、无情……这些是他听到过的形容在乔暖身上的词。

他不否认这是事实，可人活在世上哪能不带点刺？乔暖对她的家人，一直都是百般照顾心疼。

荣谨不知道自己算不算她的家人，但他很想成为她的家人，护着她的柔软，和她并肩作战。

乔暖恍惚了一下，这时候后面传来一个声音："姐！姐夫！"

荣谨本来对乔娇的不满意，因为"姐夫"两个字淡了不少，当然，不满意依旧存在。

他偷偷打量着乔暖，对方只是有些不舍，没有因为"姐夫"二字产生其他想法。

荣谨心中一喜，顾清明叫了姐夫，乔娇叫了姐夫，她都没有反驳，是不是……她也认可？

他努力掩饰自己的欣喜，看着乔暖走到乔娇面前。

"你真的决定好了？"乔暖的眉头依旧紧锁，紧紧地盯着乔娇。

乔娇嘴角露出微笑："当然！我马上就要登机了。"

乔暖眉头没有松开，看着她好半天才说："注意安全……"

乔娇一把把人抱住，哽咽道："姐，注意身体，好好爱自己，我会回来的，等我回来换我照顾你。"

乔暖拍了拍她的后背，叹口气："嗯……需要什么就给我打电话。"

"嗯！"

乔娇抽泣两下，见时间差不多了，低声说了句："姐，姐夫挺好的，让他照顾你吧，你一定要幸福！"

说完她看向荣谨，大声一句："照顾好我姐姐！"

随即乔娇满脸泪水，转身跑开。

乔暖看着她的背影，微微眨了眨眼睛，咽下酸涩。

荣谨把人揽在怀里："走吧，要回去休息一下吗？"

乔暖摇头："不用，回公司吧。"

"好。"

荣谨带她到了停车场，载着人往乔氏开去，路上用余光偷偷打量她，有些心疼，又有些高兴。

在他看来，乔娇离开是一件好事，这个被人护着却埋怨别人的女人早就该从别人撑起的世界里离开了，出去闯荡一番才能知道当年护着她的那个女人有多不容易。

"乔娇不是个坏姑娘。"乔暖突然说了一句，荣谨有些诧异。

"我知道她不坏，这是人性的弱点，甚至比起大部分人来说，她这点不足微不足道，但她对你来说，不是个好妹妹。"所以我不喜欢她。

荣谨已经不太掩饰自己对乔娇的不喜。

乔暖听了摇摇头："她其实很在乎我，从小到大一直都是，只是性子急脾气冲，又只看得见一面，她的世界非黑即白。"

他点点头，静静地听她倾诉。

"所以我一点不怪她对我的误会，其实我对她也不好，对……乔妈妈也是，我只是一直在尽我的义务，并没有真的多关心她们……"乔暖微微抬头，眼底有些愧疚。

"所以我没管乔娇照顾乔妈妈多累，六年里总共也没回去多少次……我尽了我的义务之后，就没再付出多少感情了……顾清明被带走以后我没去找过他，乔娇一个人去俄罗斯我也放手，乔妈妈病危我在处理公司的事……阿谨……我是不是错了？"乔暖说得有些颤抖，上下唇微微抖动。

荣谨把车子往一边打，停了下来，心疼地转身握住她的手。

"不，暖暖，你够好了，你尽的义务已经足够了。顾清明回到顾家，你知道他过得好，所以不去找他。乔娇要出国是她的选择，你照顾她这么多年已经够了，甚至于那些责任你都没让她知道……乔妈妈……"

荣谨停了一下，他知道乔暖的心结在这儿，她因为事业没见到乔秀芳最后一面，这会像一个魔咒困着她许多年。

他把人紧紧抱在怀里，轻声说："乔妈妈最爱的是乔娇，她照顾你长大，你为了让她活下来，你辍学，不断努力挣钱，暖暖，你做的已经够多了，她不会怪你的。"

"暖暖，你已经无愧于心了，放下责任和负担吧，未来你的人生只有一个目标，让你自己幸福……"

乔暖的手缓缓抬起来，从他的腰上环过去，两人的身体紧紧贴着，两颗心贴得格外近。

这一天荣谨把乔暖送到乔氏的时候已经快中午了，他坐在车上看着她下车，看她背影娉婷，纤细美丽。

乔暖走了几步，在大门口骤然间回头，对荣谨摇摇手，嘴角溢出一个笑容。

荣谨一愣，等人走远了才伸出手，轻轻地晃了晃。

乔暖变了！

这个念头让他嘴角的微笑越扬越高，喜滋滋地给乔暖发了个"么么哒"。

"乔总好！"

"好。"

"乔总好！"

"好。"

等乔暖上楼，几个员工聚在一起："喂喂喂，我怎么觉得乔总好像不一样了！"

"对！我也有这个感受！"

"她刚才笑了！给我回复'好'的时候笑了！"

"对对对，还有点温柔的笑！"

"啊啊啊！要命！乔总好像越来越撩了！"

"她好像是突然想通了什么……变了个人！"

乔暖确实觉得豁然开朗了，那些肩膀上沉重的负担，就在刚才被荣谨轻轻地卸了下来。

她嘴角微勾，让从她旁边走过的章唯捂住心口：哎呀妈呀，太撩了！

等乔暖进去，章唯拉住陶阳："乔总心情很好？哎呀，太撩了，想嫁！"

陶阳的脸一黑，轻轻敲了她一下："嫁？你只能嫁我，别的不要想了！"

章唯捂住脑袋，委屈巴巴道："不嫁给你……"

陶阳眼睛一眯，危险地把人按在墙上："亲爱的……听说沈辉正在招助理，我看乔总助理不少，你想去沈辉那儿？"

章唯一僵，吧唧一口亲在陶阳脸上："我错了……"

陶阳心满意足地站直了身体："晚上再收拾你，现在好好上班。"

他说着大步离开，往乔暖的办公室去，留下章唯红了脸，随即拍拍

505

脸颊。

"上班上班，好好工作！"

此时走到乔暖办公室的陶阳敲门，看向正站着翻资料的乔暖："乔总。"

乔暖头也不抬："进来。"

陶阳走近，汇报完上午的工作，随即又说："昌都财团这次损失得有些严重，那些网站上的广告也基本清理掉了，元夏正在通过各种渠道宣传，提高格调。"

乔暖嘴角微微上扬："全部都清理干净了？"

"对！"

"那再投一次，剩下就是等了，荣氏那边有安排。"

陶阳："……好。"

"嗯，你先出去吧。"

陶阳点头，转身往外走，脚步突然一顿，又回头："乔总，下午人事部招人，您去看看吗？"

乔暖放文件的手一顿，这还是她成为乔总以后的第一次大规模招人，她点点头："去！"

关于老板要来亲自招人这事……整个人事部陷入极度繁忙的局面！

这次招人规模确实不小，总共招十几个人，过了一面的有五十多个，今天下午最多能见二十多个，乔暖通知他们下午见三十个。

这让众人吃惊不已，二面是单独面试，一个个来，所以乔总下午要坐在这儿见完三十个人才走？

人事部的经理咽了咽口水，越发忐忑。

不要觉得有五十多人进二面就觉得人很多，这还是他们一面卡得比较严的结果。

乔氏的工资待遇好，目前看来前景广阔，有很多是从小公司跳槽过来面试的，还有很多毕业生和社会人士，所以竞争一直很激烈。

王储作为一个好不容易挤进二面的社会人士，在一众已有经验的人和高文凭的毕业生中，实在是相当没有竞争力。

王储有些忐忑地擦了擦额头的汗，他来得早，等了半小时才有人陆陆续续进来，他微笑着点头，其他人也同他客套。

大家都是竞争对手，但保不齐会有乔氏的人在偷偷观察他们，虽然他进来的时候偷偷看了眼，没有监控和形迹可疑的人。

面试正式开始的时间是两点，一点出头就有乔氏的人过来送茶水，一点五十分来了个西装革履的男人。

他看了眼众人，说："感谢大家看得起乔氏，今天下午我们的老板乔总将会亲自面见大家，待会儿我念到名字的人就进去。"

王储心里一咯噔：乔总？

这人说完就进了房间，王储不敢偷看，只用余光打量外面的人。

很多人的脸色都变了，他们要来面试，那是肯定要了解这个公司的，而业内女修罗乔暖……几个人不知道？

好几个人迅速跑去卫生间整理着装了，王储倒是没动，他之前就已经整理过了。

这时候又来了一个女人，在他旁边坐下。

那女人大眼睛白皮肤，长得相当不错，他不自觉就多看了两眼。

"看什么看？！"女人嫌弃地看了他一眼。

王储一愣，忙移开视线。

对方却继续说："你这样还想进乔氏？洗洗睡吧。"

王储心里有些不痛快，见那女人对着镜子补妆，得意扬扬的模样，突然心里升起一个想法。

"你怎么知道我就进不了？乔氏是你说了算？"

那女人冷哼了一声："我告诉你，我一定能进，你信不？"

王储看了眼对方放在膝盖上的简历，不屑地移开了视线。

原来女修罗手下的员工，还有能瞒天过海的？内定？呵呵。

那女人还在化妆，王储没提醒她今天乔暖也在。

他为什么要提醒她？都是竞争对手，况且对方还对他如此不友好，那就不能怪他也不友好了。

"第一个，何天翔！"刚才那男人拉开门，叫了个名字。

被叫到名字的男人急忙站起来，有些忐忑地跟着进去。王储立刻坐直了身体，谁也不知道下一个是谁，万一是他呢？

此刻乔暖正坐在中间的位置，她两边一个是人事部经理葛天明，一个是业务部经理沈辉，再往下就是其他部门和人事部的领导了。

"请介绍一下自己。"坐在最边上的业务部员工对着第一个进来的男人温和地说道。

何天翔是个刚刚毕业的大学生，应聘的岗位是业务部。

乔暖之前看过，应聘业务部的人最多，毕竟这确实是工资最高的一个岗位。

人事部问了他几个问题，何天翔答得都不错。乔暖没说话，一旁的沈辉突然出声："我问个问题，你知道乔总多少岁吗？"

"啊？"何天翔愣住，随即扯出一个微笑，"不知道……"

"嗯，可以，回去等消息吧。"沈辉点点头，何天翔忐忑地走了出去。

"沈总这是什么意思？"葛天明疑惑地看向沈辉。

沈辉只淡淡道："其他部门我不知道，何天翔不适合业务部，他要应聘一个岗位，却没有好好做调查，业务部跑业务，心思要比一般人多一些才行。"

乔暖眼底带了笑意："你这样，业务部能招到几个？"

沈辉对她笑道："宁缺毋滥，慢慢来总能招够，时间还长。"

沈辉在业务部经理这位置也坐了一段时间了，他对乔暖可是越发佩服，她是真把他当作好的下属在对待，他有不懂的去询问，她从不藏私。

沈辉就是为了争一口气和不辜负乔暖的信任也要把这个位置坐稳坐牢。

就这样一直过了十来个，乔暖一向不说话，沈辉遇上应聘业务部的会问几句，人事部却必须一个个问到位，这是他们的职责所在。

"下一个，陈玉。"

王储看见旁边的女人扭着屁股进去了，翻了个白眼，这年头真是处处潜规则。

见陈玉一走进来乔暖就皱眉，她这么多年混下来，看人还是挺准，这人不行。

人事部经理问了她几个问题，陈玉答得相当不错，停都没停过，倒像是提前背好了似的。

乔暖皱眉。因为这人应聘的是人事部的职位，沈辉就没说话，而人事部经理满意地点了点头。

待遇什么的一面已经说过了，二面并不详细说这个，尤其因为乔暖在，这次主要就是看人。

　　"嗯，很好，回去等……"

　　"我问个问题。"乔暖突然出声。整个屋子都安静了下来，只有众人的呼吸声。

　　陈玉心里一咯噔，女人对比自己长得漂亮的女人总是有点敌意的，但对乔暖她却没有一点不好的想法。

　　这女人光是在上首坐着，就叫人不敢直视。

　　"有结婚打算吗？"

　　这个问题使得众人全部愣住，陈玉愣了好久才回答："当然。"

　　"多少岁是结婚理想年龄？"

　　陈玉想说27，想了想乔暖是个女强人，便说："30。"

　　乔暖点点头："打算做到什么位置的时候带小孩？"

　　陈玉彻底蒙了，下意识地看向葛天明，对方只是紧皱眉头。

　　她只能硬着头皮说："顺其自然……"

　　乔暖点点头："嗯，回去等消息吧。"

　　陈玉抹着汗水出去了。

　　葛天明问乔暖："乔总，这位……留吗？"

　　"你觉得呢？"乔暖挑眉，反问。

　　"我觉得可以，挺适合人事部的，面试人事部进二面的不多……"

　　见乔暖点点头，葛天明松了口气，却听对方斩钉截铁地说道："不留。"

　　葛天明心里一咯噔，却没敢再接着问。

　　王储还没进门的时候就听见一个女声说："不留。"

　　他呼吸一滞，知道那悦耳的声音是乔暖，喘了口气。

　　王储也没想到自己会是陈玉后面一个，还正好听见乔暖那句"不留"。

　　这女人是挺厉害的！

　　王储忐忑地坐下，擦了擦汗，对几人笑笑，尤其看见沈辉的时候，他的笑容越发灿烂，显然目标是业务部。

　　"王储？"沈辉这次越过人事部第一个发问，跑业务的能让人第一眼就有好感，这就是实力。

"对对对，是王储，我姥爷说我家以前就有当王爷的！"他眯着眼睛笑得开怀，一双眼睛自带喜感，让人心情舒畅。

沈辉眉头松开，也带了点笑容："王储可不是王爷的后代！"

王储一拍大腿："可不是嘛！所以我才没信过！"

"你知道乔总多少岁吗？"这个问题沈辉刚才也问过，但乔暖其实觉得并不会有多少人知道她的年龄。

王储笑眯了眼，斩钉截铁："十八！"

乔暖："……"

沈辉："……"

众人："……"

沈辉笑了，这是他今天坐在这儿笑得最轻松的一次。

"你以前是做什么的？"乔暖突然发问。

王储难得笑容有了一丝僵硬，他收回刚才的话，这女人不是挺厉害，是贼厉害！

一针见血啊这是！

王储心里翻过各种思绪，面上却笑着说："保安。"

"在哪儿做保安？"

王储嘴角抽搐，这女人真是凶残……

"夜店。"

乔暖点点头，又说："你有什么想问的吗？"

王储纠结了几秒，大脑里各种思绪飘忽不定。乔氏不小，规模还在不断扩大，他进了乔氏就是个小基层，要多少年才能和乔暖对话？

所以很快乔暖就会把他忘在脑后，王储心跳慢了下来，却依旧很有力，他的耳朵里只有那颗心一下又一下蹦跶的声音。

这是他的机会！

"二面之后就确定结果了吗？"王储听见自己的声音，平稳到出乎意料。

"是的。"

"哦，那我可以问一下吗，我一面的时候是不是没答好啊？"王储挠了挠头，显得很困惑。

510

乔暖微微皱眉："为什么问这个问题？"

　　王储哆嗦了一下："我害怕自己不能留下来……我没前面那位女士的自信，我想是不是一面没答好，都没收到什么信息，不知道自己能不能留下……"

　　乔暖眼神一厉，王储继续战战兢兢道："乔总……我能进乔氏吗？"

　　他这个问题换个时间问，或者换个顺序问，再或者中间坐的不是乔暖，对这人的印象分绝对砍半。

　　但因为这人是乔暖，所以他会有那一番似是而非的话，他最后的问题也就只是为了映衬前面那句"一面过后没收到消息"。

　　沈辉眉头皱起，搞不懂他看好的这男人为什么最后表现得如此奇怪，对方这是要得罪人事部？还没进就得罪人事部？

　　葛天明听完则是心里一咯噔，用余光看向乔暖。这男人看似暗示了什么，却又好像什么都没说，所以葛天明他怎么反驳？那不是自己跳出来吗？

　　乔暖很快收起视线，在名单上记了两笔，问他："你考虑进人事部吗？"

　　"啊？"

　　就是王储反应再快再灵敏，也被乔暖的这句话给吓住了。

　　"考虑吗？"乔暖再次问道，沈辉在一旁急得抓耳挠腮。

　　"工资待遇方面……"王储试探地问道。

　　"只会更好。"

　　"成！"他咬牙应了。乔暖这女人想什么真是让人琢磨不透，但显然对方是要他进他刚刚得罪的人事部，他只能应了。

　　王储相信，这一步步爬到现在的女修罗，不可能做出糊涂的决定，他既然入了乔氏，信任老板是必需的。

　　王储晕晕乎乎地出去了。沈辉欲言又止，急得不得了，乔暖给了他一个眼神，沈辉忍了下来。

　　同样坐立不安的还有人事部经理葛天明，乔暖这是什么意思？

　　这一场风波以后，接下来十来个人的面试都格外平静，也没有特别的事情发生，其中有两个人比较出彩，都已经打勾准备留下来。

　　这第二十二个进来的是个女人，三十岁的女人，孔栖玥，从同性质外企辞职过来的，实力和业务能力完全不用担心，问了几个无关痛痒的问题以后，沈辉再次出声。

"你在原来公司也是上升期，而且已经做到副经理的位置了，为什么辞职？"

孔栖玥把头发别在耳后，平静地说出："因为我上司向我求婚，我拒绝了。"

"他为难你？"

"没有，不想留下了。"

"就因为他向你求婚你不同意，所以就不留下了？"沈辉皱眉道。

孔栖玥相当平静："是，我觉得上下级不要有其他关系比较好，业务部是重要部门，更多的还是要把重心放在事业上。"

她停顿了两秒："我事业心强，不打算结婚，也不打算生孩子。"

乔暖出乎意外地平静回复："知道了，你先回去等消息吧。"

孔栖玥点点头，站起来头也不回地离开了。

面试间里一时有些沉默，接下来面试的八个，有不错的，也有让乔暖相当嫌弃的。

乔暖把自己手上的名单递给葛天明："你看看吧，明天我们再细说。"

她说完就转身离开，憋了一肚子疑惑的沈辉追了上去："乔总，为什么让王储去人事部，他适合业务部！"

乔暖脚停下来，偏头对他微笑，笑容里夹杂狠厉："放心，他还是你的，我就借去人事部用用。"

王储晕晕乎乎地进了乔氏，又晕晕乎乎地进了人事部，他看着人事部经理那张黑漆漆的脸，深感乔暖绝对有想法！

但这并不是他能决定的，他告诉自己，既来之则安之。

"王储！"

"到！"他看向叫他的葛天明，对方沉着一张脸，眼底漆黑一片，深不见底。

有传言说……乔暖想要王储接任人事部，所以才把人从业务部丢了进来。

葛天明越是心头乱颤，就越是笑得温柔："领新来的同事去各部门报到吧。"

"……好的。"王储笑着应了，一阵阵蛋疼。

此时陶阳看向乔暖，有些疑惑道："王储已经进了人事部了，葛经理……表现正常。"

乔暖嘴角露出微微笑意："很快就不会正常了。"

王储像个放在对方身边的炸弹，葛天明能安稳才怪了。乔暖之所以会把王储放过去也是有她的考虑，哪怕她是老板，也不能说开除人事部经理就开除。

这些个跟着王恒的"老人"，她如果用没有证据的"暗箱操作"这个理由开除对方，注定会寒了那些老员工的心。

所以这事只能慢慢来，急不得。

"对了，孔栖玥到业务部了吗？"

陶阳急忙点头："到了，正在熟悉业务，她手上的项目不少。"

孔栖玥是这一批进来的人中唯一自带项目的人，所有人都说这人像极了……乔暖。

而显然乔暖对这个不置可否，但只把她当作普普通通的新员工。

"业务部这个月业绩不行啊，告诉沈辉，不能因为做着荣氏的项目就不管其他，该拿的项目继续去拿。"

"是。"

陶阳应了以后又看向乔暖，欲言又止，让她疑惑道："怎么了？"

"昌都财团那边又清了广告，现在……"昌都财团也确实憋屈，他们的汽车品牌还没把名气打出去，就总是被贴上不太好的标签。

有人提议说给荣氏也买广告，山口戒刀拒绝了。他倒不是心疼那些钱，而是荣氏的名气已经打出去了，现在已经在高端路线上走稳了，这些广告对他们影响不大。

再加上这是对方的天下，清理起来比昌都容易得多了，他们仿照对方操作，就是浪费资金。

山口戒刀一时被困住，整个昌都财团在中国举步维艰。

乔暖手指敲了桌面，看了眼时间："继续等荣氏那边，我先下班了。"

这会儿刚过五点，乔暖算是提前下班，她在陶阳诧异的视线中下了

513

楼，开车去了荣氏。

"乔总走了？"章唯眨着一双大眼睛，眼巴巴地看着办公室。

陶阳看着她的模样，心都化成了一摊水，只含笑捏捏她的小脸："这么喜欢乔总？"

章唯参毛，挥开他的大手："谁不喜欢乔总，昨天我在荣氏的朋友还想让我给她拍乔总的照片，真是帅瞎了，对了，听说还有好多记者想要采访乔总！"

陶阳失笑，倒是忘了章唯还在荣氏待过："别想了，这不是你操心的事，你家乔总去找情郎了，你是不是也该有所行动？"

章唯瞪他一眼，狠狠地拧了他一下："真不知道两个老板相处起来……是不是也很严肃？"

章唯绝对不会想到，她口中严肃的两个老板……彼时正在车里吻得难舍难分。

荣谨太高兴了，自从乔暖送走乔娇以后就像是想通了什么，对他也和以前有些不同。

他一下楼就看见门外停着的熟悉车子，愣了两秒，这才克制地上前："来接我？想我了？"

这要是以前的乔暖绝对会忽视这个问题，可今天对方一挑眉："对啊，特意来接你。"

那一刻荣谨的心怦怦直跳，烟花炸开，他看向对方的眼睛，两道深邃的眼神相撞。

乔暖一向克制疏离，要她表现出一点点亲近都是极为罕见的事。

女修罗，女修罗……其实她长得一点都不凶，荣谨比别人多见到两个时候的乔暖，一个是睡着了以后的她，眉眼松开，显得五官小巧精致，还有一分睁开眼睛就再也没有的温柔。

还有一个时候……她两颊微微泛起粉红，眼神迷蒙，娇艳……妩媚。

荣谨心口一滞，再回过神已经进了车内，关上门把人按在驾驶座亲了起来。

他的动作有点野，乔暖微微动作间感受到对方某处不一样的温度，浑身一僵。

这流氓，处处发情！

荣谨吻得疯狂，像是所有的热情都倾注在了其中，他和乔暖在一起的时候总要克制两分，这女人冷情，他的疯狂如果泄露出来，对方可能并不会喜欢。

所以他通常都会克制两分，今天他有些克制不住，压不住心口的那头怪兽，像是随时随地都要跳出来，吞下乔暖。

吻了好久，乔暖才闭着眼睛推开他。她喘着粗气，好一会儿没睁眼，上下眼睑颤了颤，显得有些温柔，又遮住了平日里眼底的冷清。

荣谨低头，再次在她颤抖的眼睑上落下一吻，轻声道："回家吧。"

他其实想说"结婚吧"，可到底忍了下来，在一起到现在，乔暖从来没有说过一句"我爱你"，哪怕是一句"我喜欢你"也是没有的。

她对他的感情……荣谨不敢赌，所以他还要继续压抑内心的那只怪兽，维护好不容易渐渐亲密的感情。

他们的关系在一天天变好，不是吗？

荣谨的眼神一直放在乔暖身上，一刻也没移开，就像是一个囚徒突然间看见了一点希望，只敢小心翼翼地守着。

乔暖被他炙热的眼神烫到，微微移开视线，说起了正事："昌都那边怎么样了？"

暧昧的气氛瞬间被抽得一干二净，荣谨有些咬牙，眼神闪烁："快了，再等几天。"

荣谨说几天，那就是几天，在这天之后的第三天，昌都财团又爆出了一个丑闻——某日本公司旗下汽车爆炸。

乔暖上午坐在办公室办公，陶阳突然过来，让她看热搜。

她这才知道这个话题刚上就瞬间成了头条，后面加了个"爆"字。

她诧异地点开，浏览起来。

新闻标题中的爆炸只是个噱头，虽然昌都旗下的汽车确实出了问题，但也没爆炸，只是试车的时候，汽车温度过高，疑似临近爆炸。

山口戒刀不是个傻子，他几乎立刻封锁消息，而后彻查。

原来是发动机出了问题，组装发动机小零件的时候有台机器出了点故障，没装好，导致一用上能源就高温。

昌都财团的汽车到底会不会爆炸？这个没人说得清楚，山口戒刀不会等着事件一直升温，几乎是立刻就开始处理这事。

515

他封锁消息封锁得很快，但是这边刚查出来，那边就上了头条，让山口戒刀砸了办公室。

乔暖看完所有的报道，是媒体一贯的风格，说得很似是而非。

昌都旗下的汽车品牌很快就出了公告，阐明了只是一台机器出了问题，而且因为一直有检修，所以只有最新的几辆有问题，但为了安全起见，他们会召回这个系列在这一批生产的所有汽车。

昌都的态度是很好了，可是消费者并不买账，这可是关乎生命的事，谁敢把性命拴在一台有风险的车上？

这年头什么都不多，就是选择多。

所以很快昌都各个系列卖出的汽车全部都遭到了投诉，消费者执意要退货。

乔暖抿了口水，静静地看昌都财团和元夏会如何解决。

这场汽车事件闹了好多天，山口戒刀自然不可能给所有人退货，各种发消息表明其他系列和其他批次都没有问题。

元夏的营销力量也全用来洗白昌都财团，热搜都待了好多天。

昌都那一系列在那一批次的产品全部被召回，至于其他的也有专业人士一一上门检查，让消费者放心。

同时他们旗下新能源汽车补发声明，其他系列其他批次绝对不会再出现这个问题，否则他们愿意负全责。

昌都暂时稳住了消费者，可到底这汽车品牌是黄了。

"昌都财团完了，怕是要滚出中国市场了。"陶阳咋舌道。

乔暖却是轻笑："也不一定。"

她怎么会不知道荣谨的打算，今天赶走昌都财团，明天就还有这个财团那个财团，而且中国市场也需要活泛的外企资金注入。

荣氏和昌都斗了这么久，一个是要稳住自己的地位，另一个则是……教一下昌都财团，来了别人的地盘，就要规矩行事。

她轻笑，这美好的心情一直维持到下班走出乔氏大门。她今天下班晚，很多员工都离开了，往停车场位置走的人不太多。

"乔小姐。"听见背后传来的声音，乔暖回头。

山口戒刀平静地坐在副驾驶的位置上，后面下来几个黑衣服的男人很快拦在她前面。

"山口先生，这是何意？"

"请跟我走一趟吧。"

乔暖嗤笑，她倒是忘了，这家伙黑道出身。

她倒是一点也不害怕，山口戒刀如果真的敢伤害她，有荣谨在，他也没办法活着回日本。

不知道为什么，乔暖这一刻因为荣谨而特别安心。

她突然有些慌神，什么时候开始，她这么信任荣谨了？

"乔暖。"对于这个时候还能出神的乔暖，山口戒刀的脸色越发难看。这女人和荣谨一起把昌都摁在尘埃里，他报复不了荣谨，就只有抓住她。

"不想受委屈就自己上来。"

听到这话，乔暖微笑了起来，提着包慢吞吞地向山口戒刀走去，坐在第二排座位上。

两个男人一左一右，时刻防备着她。

山口戒刀回头紧紧地盯着她，整个车里只有呼吸声。

丁零零——

有人放在包里的手机突然响了，乔暖和山口戒刀的视线同时移了过去，是乔暖的包。

她左右的男人都绷直了身体，处于防备状态，好一会儿山口戒刀才缓缓张嘴："拿出来。"

乔暖格外顺从，拿出手机，是荣谨。

"接，就说你要去谈生意，今天晚点回去！扩音。"

乔暖挑眉，并不动作。山口戒刀皱眉，狠狠地盯着她。

在电话即将挂断的最后一刻，乔暖接通，开了扩音，说道："阿谨，我要去谈生意，今天晚点回去。"

电话那头沉默了两秒钟，笑着说："那我先做饭，就做你爱吃的葱油拌面？"

"嗯，多放点葱。"

他们说了两句话就挂了电话，山口戒刀给了个眼色，身旁的男人立刻拿走她的手机和包。

"你不怕？"山口戒刀见不得她过于平静的样子，皱眉道。

517

乔暖轻轻往后靠着，摆出一个让自己极为舒服的姿势："山口先生也知道，你今天要是动我乔暖一根手指，就走不出中国了。"

"你威胁我？"

乔暖笑了，五官动人明媚："山口先生，目前绑架人的是你，受威胁的是我吧。"

山口戒刀不说话了，扭头看向前面，不过他依旧从前面的后视镜打量着乔暖，对方确实不害怕，也很平静，眼睛随意地看向窗外。

这辆车行驶到了一座别墅，乔暖顺从地跟着他进去，自顾自地在大厅的沙发上坐着，不像是被绑架，倒像是做客。

山口戒刀狠狠地皱眉，面色难看地盯着她，上下牙动了动，显然相当生气。

"说吧，你们不是要把我驱出中国才罢手吧？"

山口戒刀说完，就见乔暖往后靠在沙发上，嘴角扬起微笑："你猜？"

砰！

桌上一个烟灰缸被狠狠砸在地上，山口戒刀嘴角咧开："你在激怒我？"

"不不，我可不敢。"

乔暖话刚说完，就被人重重地摁在沙发上，高大有力的男人扑在她的身上，动作有些粗鲁。

他身上淡淡的烟酒味让乔暖皱眉，高跟鞋狠狠踢在他的腿上。

山口戒刀闷哼一声，越发恼怒，两手一用力，就把乔暖的双手握紧按在头上，脚下用力踢掉她的鞋。

这会儿乔暖不淡定了，双目瞪大，咬紧牙根恶狠狠地说道："山口戒刀！你再敢动我一下试试！"

她眼里犹如烈火，喷发出激烈的愤怒。山口戒刀突然笑了："乔暖，跟我去日本吧，做我山口家的女主人。"

回应他的是门被破开的声音，山口戒刀刚刚回头，就被硬邦邦的拳头砸上了他的脸。

山口牙根一疼，人就倒在了地上。

打人的荣谨也失去了冷静，平日里端着的一张脸充满了怒火。

"暖暖，没事吧？"他轻轻扶起她，温柔地问道。

"没事。"

荣谨见她只是沉着脸，并没有其他异常的地方，这才又看向山口戒刀，对方此时已经爬了起来。

他在山口戒刀难看的脸色中抬起手，解开衬衣的上面两颗扣子，扯开领带，整个人变了气势，像是一匹狼，恶狠狠地盯着猎物。

而山口戒刀却像是只鹰，这会儿一双鹰眼紧紧地盯着对方，两人同时动了。

男人不管在哪个年龄，都有血性，干一架这种事不是他们不做了，是还没触碰到他们想动手的那个点。

这两男人打得凶狠，乔暖沉着脸坐在那儿，很是恼怒。

山口戒刀本来以为自己这身手收拾荣谨是轻轻松松，毕竟自己从小打到大，但是事实并不是如此！

荣谨这家伙相当有实力，平日里不显山露水，真动起手来，还是相当有威力。

两人打了一会儿，都挨了对方不少下，也都打出了脾气。

这两方也都带了人，但没人敢动啊！老大不说话，自己打了起来，做手下的只好眼巴巴地看着，防止对面的人突然出手。

山口戒刀本来还想着在对方的地盘上，动作有所收敛，但挨多了拳头以后，脾气就上来了，动作间带了狠劲儿，一举一动都是搏命的姿态，荣谨一时就落了下风。

荣谨能忍？显然不能。

他额头的青筋突起，和山口戒刀打得难分难舍，一会儿你压着我打，一会儿我压着你揍。

山口戒刀刚刚奋力把人压在身下，举起拳头就要挥过去……

砰！

他被一个什么东西打蒙了。

山口戒刀看向地面，一只酒红色高跟鞋正躺在地上，他又抬头看向沙发。

山口戒刀之前把乔暖的鞋蹬掉了，所以这会儿对方脚上什么也没穿，就光着脚站着，一只鞋已经砸了他，剩下一只还提在手上。

她一步步向两人走过来。

这女人是个精致的女人，一双脚也又小又白，五根脚趾依次排列，白白的脚上没有涂指甲油，就粉嫩嫩地踩在地上。

两男人怒火泄了，另一种火又升了起来。

乔暖一步步走近，嘴角微微冷笑，看得山口戒刀脊背一麻，下意识松开了荣谨，瘫在他旁边。

乔暖越来越近。

荣谨看着她的脚已经有些痴了，他从来没有觉得有人的脚能这么好看，夜里在床上，他为她所有的一切倾倒，倒是没注意过这双美丽的脚。

而现在这双脚从他身上跨过，在山口戒刀面前停下，荣谨的视线从她的脚移到她的脸上。

山口戒刀也抬头，脸上露出一个邪笑，嘴里不要脸道："觉得我帅，想换个男人了吗？"

乔暖冷笑的嘴角越扬越高，眼睛里也带了笑意。

她随即抬手！挥下去！踢脚！

乔暖动作行云流水，山口戒刀闷哼一声，脸别在一边，嘴里动了动，唇一张，吐出一颗带血的牙齿。

荣谨已经迅速地站了起来，把乔暖打横抱起来，一张脸冷得像是冰块。

他低头看向地上的男人，语气冰冷："你会为今天的行为付出代价，山口戒刀。"

荣谨抱着她走了出去，沉稳有力地走向大门，明亮的光线使得他的背影格外清晰，愤怒也格外清晰……

这别墅的管家很快上前扶起山口戒刀，担忧问道："先生，叫医生吗？"

山口戒刀挥挥手，眼睛看着两人离开的方向，只接过毛巾擦了擦嘴角："真亏！"

确实是，他已经快忘了自己本来是打算把乔暖"请"过来，威胁一通，没想到最后竟成了这个局面……

山口戒刀挨了打、掉了颗牙，估摸着还得面临荣谨发狠了的报复，唯一的收获就是把人摁在沙发上，亲都没亲上。

这趟，真不值！

早知道亲了再说！

走出大门的荣谨比里面那个还悔恨，早知道就给乔暖身边派上保护的人，他知道没人敢动她，却没想到还有这种居心不良的男人，对他的暖暖抱着觊觎的心思。

荣谨把人放在副驾驶上，用外套把她的脚包起来，小心翼翼地亲了一下她的额头，开着车离开。

车速很快，快到乔暖也很能理解荣谨现在恨不得砍死山口戒刀的心情。

乔暖看着自己脚下的衣服，人也打了，火也泄了，这会儿就有点想笑了。

这男人把自己的外套脱下来给她垫在脚下，这从小接受精英教育，时刻保持贵族气势的男人刚刚像个流氓和人打了一架……

乔暖突然觉得，荣谨有点帅。

荣谨这正压了一肚子火，车子进了车库，一个急转弯就拐进了车位。

他扒开安全带，迅速下车，又去副驾驶把人抱下来，小心翼翼地抱回到家里，放在沙发上，打了盆水放在她面前。

"你做什么？"乔暖轻声问。

荣谨对她轻轻微笑，蹲了下来："我看看你脚有没有受伤，刚刚地上有玻璃碎片。"

"没有。"

"我看看。"

荣谨不听，蹲了下来，微微颤抖着手抬起乔暖的脚，仔细看了看，对方五根白嫩嫩的趾头不自在地动了动，让荣谨心口一紧。

他抖着手把乔暖的脚放在水里，温柔地洗完，又给她穿上合脚的鞋，这才满头大汗地站起来，端着水去了卫生间，好一会儿才有水声响起。

荣谨擦了擦手上的水，看见乔暖正拿了个医药箱坐在沙发上。

"过来，上药。"

他老老实实地走了过去，扒了衣服趴在沙发上，荣谨这人的身材还是相当有料的。

他的背部有瘀青，应该是狠狠撞在地上磕出来的，乔暖用棉签给他

521

上药。

荣谨感到微微带着凉意的手指碰到自己背上，他浑身一僵，背部肌肉绷紧，放在脑袋旁边的手也紧攥成拳。

"还打架吗？嗯？"

荣谨讨好地笑笑，嘴里却说："打！碰你我就打！"

乔暖手上用力，随即不说话了。

荣谨是趴着的，看不见她的表情，没听见她的声音就有些忐忑。

"暖暖？"

对方没有回应，要不是背上有动作，他还以为人已经离开了。

"我错了，不打了，不打了，你不要生气。"大不了他来阴的！

他背后还是没有声音传来，就在荣谨已经准备转身的时候，背后传来淡淡的一句："阿谨，我好像挺喜欢你……"

阿谨……我好像挺喜欢你……

这句话像是有了回音，不断在荣谨的脑海里回荡。他足足愣了一分钟，才把这九个字理解清楚。

他眼睛一亮，随即转身，把人摁在沙发上："你说什么？再说一遍！再说一遍！"

他的声音里不自觉带了喜意，荣谨眼神发亮，一阵阵狂喜。

乔暖被他看得有些不好意思，微微别开视线："没什么……啊！"

荣谨已经在扒人衣服了，乔暖蹬开他，一双眼睛像是火一般瞪着他。

——烧得荣谨丢盔弃甲。

第十八章
大结局

这一夜有点荒唐，乔暖被迫又说了好几次他想听的那句话，以至于第二天乔暖是黑着脸上班的。

荣谨倒是满脸喜气，不过他一进荣氏大门就变了脸色。

"徐恪，通知下去，打压昌都财团，包括……日本本部。"

徐恪一愣，不过很快就回过神："日本那边……"

"我听说山口家竞争很激烈？那总还有其他人吧……"荣谨阴恻恻地说道。

徐恪脊背一麻，为山口戒刀默默点蜡。

其实一般大公司很难去为难大公司，毕竟要付出的代价也是很大的。

荣谨最初只是打算在国内折腾折腾山口戒刀，只要对方最后能接受他的条件，他们自然就能勉强"和平共处"。

但现在他的愤怒已经达到顶点，不惜大费周章从日本下手，去山口戒刀后院点火。

徐恪乖乖地应了，他知道荣谨做的每一个决定必定是想得清清楚楚，他不会去质疑荣谨。

山口戒刀如何被荣氏整得后院起火、焦头烂额暂且不说。

很快，乔氏新来的一批员工已经度过了试用期，在乔氏渐渐熟悉起来。

这一批员工有两个天天都会被提到，一个是业务部孔栖玥，一个是人事部王储。

孔栖玥处事果决，颇有两分当年乔暖的风格在里面，为人犀利，甚至毫不掩饰自己……看不起男人。

虽然她的毫不掩饰的歧视让沈辉有些恼怒，不过有实力的人总会得到更多的谅解。

倒是乔暖的态度让整个乔氏有些疑惑，这一批人里面，乔暖最喜欢的竟然不是那个和她有些像的孔栖玥，反而是莫名其妙去了人事部的王储。

她偶尔会叫王储到办公室，甚至破例让他和葛天明一起去开早会。

要不是乔暖的男朋友是荣氏老板，王储长得也确实寒碜，他们肯定会怀疑王储抱上老板大腿了。

不过现在这个情况，和抱上大腿好像也没什么差别了。

如果说时不时私下找王储已经足够让大家知道乔暖对他的器重，那早会上乔暖说新一批招人让葛天明负责，王储打下手，就更加让人吃惊了。

乔暖这是多看好这个新人啊！

所有人都把视线放在王储的身上，企图从他那儿看出点"与众不同"，然而怎么看怎么觉得……普通。

如果说众人是觉得乔暖器重王储，那葛天明就是提心吊胆了！

早会过后回到人事部，葛天明坐在办公室里抓耳挠腮：乔暖是不是怀疑他？乔暖知道了他上次想把自己人安排进来？王储留在人事部的目的是什么？替代他？

他正各种纠结，偏偏王储还跑了进来，对他笑着说："葛经理，咱们这次招多少人来着？"

葛天明脸色难看，想到王储总是私下见乔暖，不知道告了他多少状，便勉强扯出一个笑容："十几个，上次人没招够，这次补上的，主要还是业务部的人。"

不仅是乔暖心大，目前乔氏还在发展，规模确实越来越大，这具体的表现就是人手怎么都不够用。

"好的！那葛经理我先去准备了。"王储笑着说完，自顾自地离开了。

葛天明的脸色变得难看，一个新人，完全不把他放在眼里！

葛天明在人事部这么久了，不说只手遮天，但人事部确实在他的掌控之下。

但王储来了以后……就有了变化，这家伙像是汤里的老鼠屎，与这锅汤格格不入，偏偏还不自知。

再加上他时不时私下见乔暖，葛天明就渐渐发现，原本他对于人事部的绝对掌控力有些变弱了。

王储面试的时候公开暗示，得罪了人事部，偏偏乔暖又把他扔进了人事部。

其他部门可以不在意这件事，但人事部知道内情的不少，毕竟这里面有很多道道，他们都门儿清。

所以就有人猜测，乔总这是不是要拿葛天明开刀了？

这要是王恒他们不怕，可这是业内女修罗啊！

当初没人觉得王权被赶出乔氏和乔暖有什么关系，可当年那个据说出卖机密的章唯回来了……

乔暖的手段，可见一斑。

因此葛天明暗示给王储找点麻烦的时候，除了他弄进来的人以外，其他人都按兵不动。

葛天明出离愤怒了。王储就这么留在人事部是不可能的，可要是公然打压他又怕乔暖那边……

葛天明决定明的不行来暗的，只要不被乔暖抓到，他就还是人事部的经理。

王储这颗老鼠屎不能留着了。

这边葛天明趁着这次招人如火如荼地布置着，那边乔暖冷眼旁观。

这次招人乔暖依旧去了，不只她去了，业务部的沈辉、孔栖玥和向敏都去了。

说起沈辉，他和向敏也是颇有渊源，这两人本来就有怨，向敏当初跟着乔暖，做了不少为难沈辉的事。

向敏没想到这家伙空降成顶头上司，不过她倒是不怕，沈辉也确实不敢拿她怎么样，不过小动作还是可以有的。

这一来二去，这两人的气氛就有点奇怪了。

办公室恋情是公认不被允许的，哪怕公司没有条款规定，乔暖也没明文禁止，所有人还是夹着尾巴，毕竟乔暖身边的秘书陶阳和章唯不也是偷偷摸摸的？

至少从来没人看见过他们有什么亲密动作，所以沈辉和向敏有没有什么，众人也就不得而知了。

对孔栖玥，沈辉也是信任她的能力才如此重用她。沈辉虽然有实力，却远远比不上乔暖。

所以乔暖能以一己之力支撑起业务部，沈辉却还差点，更何况现在业务部今非昔比，乔氏联合荣氏和昌都斗就够忙了，此外还有大大小小各种项目。

沈辉分身乏术，有实力的人他自然都得拿出来用。

虽然孔栖玥性格……奇葩。

很快又到了面试时间，这一次来的人比上一次还多，面试节奏也比较快。

其中的好苗子不少，真正留下来的人却不多，有些人也相当让人纠结。

"我叫陈天星，牛津大学毕业，毕业后在上海工作了两年。"

这个女人就是比较让人纠结的一个，简历很漂亮，实力也很强，可是……

"所以你工作两年后还在上升期却结婚了？然后怀孕辞职回家生小孩？现在家里孩子一岁多？"孔栖玥冷冷发问。

"是的，但是……"

"不用但是，我觉得你不适合业务部。"孔栖玥的声音更冷了。

陈天星一愣，坐正了身体："为什么不适合？我觉得我的业务能力不差，当初在……"

"我不想听你当初在上海的美多威有多出色，我只知道你在最需要努力的年纪回家结婚生孩子了。"

"这不是每个女人都要经历的吗？我觉得我这样没有问题，我刚刚工作两年，我还年轻，回家结婚生小孩以后还有时间重新开始。"

"那么我问你，你丈夫当初和你是不是同事？"

"是的，我们是一起进公司的。"

孔栖玥已经控制不住嘲讽了："那他现在什么职位？"

"经理。"

孔栖玥冷笑道："所以你比他差吗？为什么你需要从头开始？为什么你要放弃？我并不希望和你这样的女人共事。"

陈天星有些不服气，面上不平。

乔暖出声："请问家里孩子谁带？"

"保姆带着的。"

"你放心吗？"

陈天星停顿几秒，还是如实说："不放心，但是并不影响我准备工作了。"

乔暖点点头，问她："你老公也在京市了吗？孩子谁带得更多？"

"嗯，他调到分公司了，孩子现在是我带得多，我工作以后就看谁时间多一些。"

"那如果都没有时间呢？我们公司需要你出差一个月，你能接受吗？"

陈天星基本没怎么想就点头："能接受，这个问题之前就讨论过，孩子不能缺妈妈，所以我跟着来了京市，但是我要是出差一个月，孩子就得他看着了。"

乔暖点点头："回去等消息吧。"

虽然说等消息，可乔暖问了这么多问题，还问了出差的事，显然是想留下她。

孔栖玥毫不掩饰自己的不服气，甚至摔了笔。

乔暖不理她，在陈天星后面打了勾，上午除了孔栖玥，其他人都很平静，包括葛天明也按兵不动。

中午休息的时候，乔暖意味深长地看了他一眼。

孔栖玥没去吃饭，跟着乔暖出来了。

"乔总！"她叫住她。

乔暖脚步不停："跟我上来。"

孔栖玥踩着高跟鞋跟了上去，一进办公室语气就像炮仗一样："乔

527

总，您为什么留下她啊？"

"我先问你，你辞职后为什么挑中了乔氏。"乔暖坐在椅子上，双手抱臂挑眉问道。

孔栖玥一愣，还是实话实说："因为乔氏有未来，适合我，还有一个就是因为您，我想跟着您干，您接手乔氏的时候我就想跳槽了。"

"为什么？"

"因为我崇拜您。"她没说假话，这女人性格冷，但说到乔暖的时候眼底有光。

乔暖看着她的眼睛，平静地说："孔栖玥，你不是歧视男性，你是歧视女性。"

孔栖玥一愣，显然不明白乔暖这话是什么意思，只呆呆地看着她，又隐隐带着不服气。

"难道不是吗？你嘴里厌恶着男性，苛待的却是女性。"乔暖眼睛往上看，嘴里的话直白又难听。

"是她们自己不争气！"孔栖玥声音提高几度。

乔暖皱眉道："对老板就是这种态度吗？孔栖玥，请你摆正自己的态度！"

孔栖玥张了张嘴，说不出话了。

"所以我希望你对女性尊重一点，那些男人已经够歧视女性了，你既然自诩是女权，为什么也要歧视女性？"

"我看不上她们这种自己不硬气的女人！"孔栖玥寸步不让，但看着乔暖犀利的眼神，还是有些怕了，也带了两分委屈，"乔总，您是知道的……女人在这职场走得本来就艰难，为什么个个都要放弃……"

乔暖叹口气，放柔了声音，眼神有些飘远："我以前也觉得女性就要自强自立，因为走得艰难，所以到手的权利一点点也舍不得放弃。"

孔栖玥看着她，认真地听她说。

"时间长了，见的人多了，就必须得承认，为了权势不择手段，害怕丢了辛苦打拼的一切，所以不恋爱、不结婚、不生子……那也是对女性的压迫。

"一个女人能选择自己的生活方式，没有人可以用异样的眼光看待，就像你嫌弃男人，不愿意恋爱结婚，那是你的事，我不会因为你的生活方式而改变在工作上对你的态度。

"同样，陈天星结婚生孩子，再次来工作，我同样将她和其他所有求职的男人、女人一样看待。她进了公司，能做到平衡好自己的家庭和事业，做好这个岗位该做的，那为什么要去在意她家里是不是有个嗷嗷待哺的孩子？

"孔栖玥，你既然知道这个世界对女人不公平，那么从自身出发，能不能对女人公平一点？"

乔暖说的每一句话都特别清晰，让孔栖玥陷入沉思。孔栖玥必须承认，她好像真的有了当初职场上给予她性别歧视的那些男人们一模一样的丑恶嘴脸⋯⋯

"如果没事的话，就请出去吧。"乔暖挥挥手，让她出去。她其实看好这个女人，但是⋯⋯对方还需要调教。

孔栖玥茫然地走了两步，在门口停住了脚步，轻声问："乔总，您会和荣总结婚吗？"

乔暖一愣，结婚？

她对以往这个立刻会矢口否认的问题好像也有些动摇了⋯⋯

好一会儿她缓缓道："看心情⋯⋯"

这个上午终止在乔暖和孔栖玥的谈话中。下午面试一结束，乔暖就回了家。

此时人事部的人却没有离开，他们还有会议要开，每次招人过后就是人事部最忙碌的时候。

"这次名单在王储那儿吧？"葛天明笑眯了眼。

"是的，现在就整理出来？"王储点点头回复道。

"不急，他们过几天才报到，大家最近都累了，人事部忙，多担待，我今天请大家吃饭，咱们人事部聚餐，剩下的事情明天再整理。"葛天明挥挥手，阻止了今天的加班，让好几个员工一愣。

但大家都还是听他的，欢呼一阵，各自收拾东西准备跟着去。

"王储？你还不走？"人事部一同事笑嘻嘻地问道。

"我登记了再走。"

那员工上来拉住他："今天聚餐，别驳了经理的面子。"

王储看着电脑纠结了两秒，点点头，站了起来："走吧。"

一行人就闹着去聚餐了，王储被人围着，灌了不少酒。

第二天王储一到人事部，就发现葛天明正沉着脸站在门口，整个办公室也异常安静。

"怎么了？"

"王储，你把名单放哪儿了？"

"在我这儿啊。"他走过去，在抽屉翻找起来。

这名单最重要的是有乔暖记下的东西，某个人留不留，去哪儿，都是写了的，但还没有登记成电子版。

王储突然大惊失色："名单呢？！"

葛天明瞪着他，抬起手，指着他正要说什么，人事部跑进来一个助理："葛经理，乔总找您。"

葛天明一愣，乔暖已经知道了？

他心有疑惑，还是跟着上楼去了，乔暖如果要保王储他是肯定赶不走对方的，但怎么才能拿下更多的利益，又值得他思考了。

"乔总，您找我？"他谄媚地对坐着的乔暖笑笑。

"坐。"乔暖点了点对面的椅子。

葛天明蹭过去，期期艾艾道："我正要找您呢，咱们人事部发生了件大事，王储把……"

"这个吗？"乔暖点了点桌面，让葛天明大吃一惊。

"这这这！"桌面上的俨然是名单。

乔暖冷笑道："葛天明，你当我乔暖是傻子，还是当我是死人？嗯？"

"不不不！不是！"葛天明急得额头直冒汗，惊恐地看着她的脸。

这份名单今天早上可是到了他的手上，怎么这会儿又在乔暖这里了？

这件事细思极恐，让葛天明害怕到发抖。

乔暖把身子压过来，在桌面上微微匍匐："葛天明，人事部不是你能只手遮天的地方……"

话音一落，葛天明瞳孔一缩，整个人像是被人吓住了似的。

这事悄无声息，只有人事部的一小部分人知道名单丢了，又找了回来，其他部门是一点声响也没有。

但是没两天，人事部经理葛天明辞职了。

"怎么突然就辞职了？"

"听说是病了，乔总还特意慰问，再三挽留，还是辞职了。"

此时有个女人压低声音道："要我说这葛天明走了是好事，人事部那点破事大家心里都有谱，咱们都是他招进来的……"

"也是乔总人好，听说走正常程序，还给补了一些工资和奖金。"

"乔总是挺好的！"

公司里偶尔的闲话，乔暖大体也知道，只是笑了笑，没说其他。

乔氏现在越来越好，公司里留不得的人一个个都走了，剩下的都夹着尾巴好好做事。乔氏说不上一言堂，但是权力确实都到了乔暖的手上。

王储被调去了业务部，人事部一众人惊呆——他们都以为新任人事部经理是王储。

人事部剩下的高层心思浮动，但刚刚升起的希望随着乔暖带来的一个人，又破灭了。

新任人事部经理是个老人，已经快六十了，但是没人敢小瞧他。

此人早前是国企高管，相当传奇，听说已经退休了……谁也没有想到乔暖能把人返聘回来。

乔氏员工只说老板越来越厉害了，公司欣欣向荣，所有员工都拥有一颗积极向上的进取心。

至于董事会……也悄悄开了个会。

"她绝对是早有预谋，要把我们这些老骨头一个个轰走！"

"刘老都请来了，她早就想让葛天明走了！我上次还和他一起喝过酒，怎么可能就病了？！"

"是啊是啊！"

董事们七嘴八舌，叶董事冷眼旁观，好一会儿才咳嗽一声，所有人把视线放在了他的身上，他们一向以他马首是瞻。

"乔暖把自己员工赶走了和你们有什么关系？你们是董事，她赶你们走了吗？"

"这不是早晚的……"

"你要是害怕就把股份卖给我，我高价买！我不怕！"叶董事这话一落地，瞬间就没人说话了，谁不知道乔氏越来越好了？

"做人最忌认不清形势，我们拿的是股份，等分红就可以了，她能把

531

这公司办好，让我手头股份十倍二十倍地翻，我就谢谢她！"

他眼睛扫过众人："你们一个个，整得好像她会算计你们似的，没事不要去她面前碍眼，让她好好把公司经营好了就行！"

董事们不说话了。

随后乔暖也是突然发现，开会的时候坐在旁边碍眼的那一堆董事，已经不怎么来了……

这事她乐见其成，也就没去在意，只让人给叶董事送了点东西过去。

乔暖又一头扎进忙碌的工作当中。

她是真忙，荣谨也忙，昌都财团被他折腾得现在是到了穷途末路的境地，听说对方已经准备回日本了。

山口戒刀扔了大本营跑中国来和荣谨抢地方，就是因为中国市场广阔，即使漏下一块蛋糕都赶上他在日本本土的了。

可惜这人伸手想拿大的，被荣谨剩了手。

元夏也因此元气大伤。乔暖忙着侵占元夏的江山，整个公司规模再次扩大，楼层都往上加了两层。

山口戒刀准备走的时候，突然收到荣氏送过来的一份合同，他惊疑不定地看了两遍，又是心酸又是一种说不出的感受。

荣氏是要让他昌都财团给他"打工"！可不是打工吗？蛋糕倒是送来了，就是让他们帮忙切，回头吃点剩下的。

山口戒刀还是签字了。

毕竟这点剩下的，也能让他获得很大很丰厚的利益了，山口家在日本确实厉害，可照样还有其他公司，切过的小蛋糕可没有大蛋糕剩下的多。

再加上他还能兼顾两头，倒也是赚了。

当然，此时的他绝对不会想到，荣氏早就想跟他们谈"蛋糕"的事了，原来的利益分配也不是这点。但因为上次的"绑架"事件，荣谨死死记得，不榨干他们，他泄不了愤。

两人这一忙就忙到了快过年，好不容易稍稍脱身，两人却又收到了请帖——邓容和汤博锟要结婚了。

荣谨看了眼请帖，又酸溜溜地看向乔暖。

大红色信封放在茶几上，荣谨路过一次，就酸溜溜地看一次。

乔暖正抱着电脑和邓容聊天，难以想象这女人一本正经地和人讨论结婚的事情。

"在聊什么？"荣谨在她旁边坐下，眼睛不自觉地就瞄向电脑。

乔暖自然而然地合上电脑，看了他一眼："做饭去，我饿了。"

"哦……"荣谨站了起来，撇撇嘴，"还不让看了？"

"女人的私事，你一个男人打听什么？"乔暖挑眉，重新打开电脑，蜷着腿把电脑放在膝盖上，人在沙发上继续窝着。

她卸了妆，头发简单地绾着，又穿上休闲装，那么小小的一只窝在沙发里，看得荣谨心头一软，咕咚咚地冒着泡。

但视线移到茶几上的请帖上，他就有些不痛快。

他也想结婚了，可是不敢和乔暖提，他们两次提起关于结婚的话题都不欢而散，爱得多的害怕就多，所以这个话题他没敢再明着提。

荣谨越看心头越不爽，想不通那个又怂又胆小还带了个儿子的老汤总怎么就求婚成功了。

他伸出手，把请帖拿起来，又扔回到茶几上。

荣谨心里酸得都冒泡了，自欺欺人都做不到了，他拖着无力的双腿走向厨房。

目睹一切的乔暖低头，继续在键盘上敲敲打打。

【乔暖：真的可以？】

【邓容：那当然，咱们不说这个！哈哈哈，我的荣幸！】

荣谨一顿饭做完，乔暖还在和邓容聊天，"怎么还在和她聊天？又不是你结婚，自己结婚自己想办法，让你帮忙算个什么事。"

他这语气太酸，乔暖合上电脑，穿着荣谨买的极度直男审美的粉色拖鞋慢吞吞地向餐桌走去。

荣谨突然心中一动："算了算了，能帮就帮吧，也算是提前演练……"

乔暖坐下，接过他递来的筷子："我不需要演练。"

荣谨："……"

他这心口生疼，不需要演练是说她不打算结婚吗？

"这么简单的事不需要演练。"乔暖又说了第二句。

荣谨愣住，突然眨眨眼睛："所以你、你、你是说我们……"

乔暖淡定地吃了口饭："我们什么？"

荣谨："……"

所以她到底是结婚还是不结婚？

荣谨一顿饭吃得相当纠结，乔暖倒是淡定地吃完了，而后收拾碗筷准备洗碗。

"别别别，洗碗伤手，你去忙其他的吧。"荣谨阻止了她。乔暖一向不会理所当然地享受别人的宠爱，她会主动承担家务，尽管最后荣谨都没有允许。

她摇摇头，并没有走出厨房："那我帮你吧。"

荣谨洗碗，乔暖就帮他收拾。

他看着旁边的女人，嘴角微微上扬，再一次在心里告诉自己：这样的幸福已经足够，不要再贪婪了。

邓容的请帖发得挺早，提前了两个月，那一天乔暖是怎么都要去的。

她的婚礼筹备乔暖也帮了大忙，整个婚礼策划都是乔暖做的。

拿邓容的话来说："暖暖？你现在做项目是多少钱来着？我是不是请了最贵的婚礼策划？"

乔暖只是淡定地合上文件夹，抬眼看她道："有价无市。"

邓容上前搂住她："我的冷美人，笑笑呗，以前做人下属的时候还笑脸迎人，现在做了老板……啧啧，你知道别人怎么说你吗？女修罗升级版！"

乔暖忍俊不禁。她现在确实没有以前爱笑了，事实上她从来就不喜欢笑，不过是以前要生活，要往上爬，所以戴着面具。

现在乔暖终于算是走到了顶峰，就随了心，不想笑就绝不笑。

当然，"女修罗升级版"这个说法也传到了荣谨的耳朵里，徐恪还悄悄问他："乔总在家是不是也不笑啊……你天天对着冷脸怎么受得了？"

对此，荣谨摸了摸下巴。

"哈哈哈……不要闹了！荣……哈哈哈荣谨！"

乔暖在床上翻来覆去，笑得眼泪都出来了。

荣谨抱着她的脚，使劲儿挠脚心，这是他发现的秘密——乔暖怕痒。

"说，喜不喜欢我！"

"哈哈哈……你松哈哈哈哈……松开！我……哈哈哈跟你没完！哈

534

哈哈……"

"喜不喜欢！"

乔暖屈服了："喜欢！"

荣谨笑了，至于待会儿会被虐得多惨……那是待会儿的事！

乔暖对他和对别人，到底是不一样的。

很快就到了汤博韫和邓容结婚的日子，荣谨开了辆帕加尼带着乔暖到了邓容家。

他们来得很早，本来邓容是想让乔暖做伴娘的，最后看着她的冷脸忍了下来，决定不折磨她了。

邓容虽然年纪不小，到底还是第一次结婚，极为忐忑。

乔暖还是穿的正装，进屋的时候邓容已经化好妆了，一群姑娘把乔暖拉了进去，把荣谨关在外面。

"你们把荣总关在外面，也不怕回头被他报复了。"一个伴娘调笑道。

"不怕不怕！乔总可还在里面呢，他不敢！咱们把他放进来，回头和新郎里应外合把门打开了怎么办？"一个小姑娘娇嗔道。

乔暖挑眉，里应外合？就荣谨那酸溜溜的心态，他今天进来了，新郎怕是就进不来了！

很快到了接亲的时候，汤博韫带了一大堆人过来，看起来倒是声势浩大。

"新郎来了！开门啊！"一伴郎大喊道。

荣谨退到一边，而后就观摩了一场"毛骨悚然"的接亲画面……

这群女人的战斗力也太强了吧！

一个个伴郎被折腾得死去活来，新郎也满头大汗，红包塞了不少，里面的却死活不开门。

"妈！我想你了！"汤胖子拉开嗓子一喊。

里面很快传来新娘中气十足的声音："哎呀，快给我儿子开门！"

乔暖笑了，看着老汤总激动地挤了进来，再看看后面笑得像个傻子的汤胖子……

邓容是幸福的。

荣谨趁机握住了乔暖的手。他虽说提醒自己不要贪婪，但这个时候还

535

是会想：如果他和乔暖结婚……

乔暖认识的人都是些厉害的，他要怎么做才能让里面开门呢？

拉一车红包倒在门口？

他想得眼睛有点热了，看汤博韫的眼神就带了羡慕，握着乔暖的手也紧了又紧。

接亲成功，他们长长的婚车队就往教堂开去。

他们的新房位置不错，但到底不是荣谨这种土豪，只是两层小别墅，不好搭台子办婚礼，就选择了教堂。

荣谨和乔暖坐在靠近舞台的一桌，同桌的是汤胖子和几个亲戚，汤博韫他们早就想到，这两人的同桌如果是生意人，一定会被缠得厉害。

看着别人结婚也是能感受到幸福的，乔暖全程带笑，最后两个"我愿意"被说出口的时候，就连荣谨也情不自禁地鼓掌欢呼。

当然，这婚礼还没结束，还有另外一个环节——扔捧花。

伴娘们和一些未婚的小姑娘挤在乔暖背后，眼巴巴地等着邓容扔捧花。

荣谨看了眼乔暖淡定的模样，把手伸在她背后，为她隔开拥挤的小姑娘们。

"一、二、三！"

那花淡定地朝着乔暖飞来，落在了她的怀里，乔暖也不吃惊，低头看了眼捧花，嘴角微不可见地动了动。

主持人一愣，他是知道这两个人的，乔暖最近上财经报纸和杂志的次数不少，而且随便一张照片就像可以当封面似的，令人印象深刻。

邓容戳了一下主持人，他赶紧按照流程继续说："下面有请这位接到新娘幸福花束的女士发言！"

主持人正要下来，乔暖已经站了起来，淡定地走上舞台，一步步像是踩在所有人的心上，让人不自觉地看向这位极美的女人。

荣谨突然发现，乔暖今天穿得格外正式，出乎寻常。

乔暖视线扫了一圈，看向邓容："首先祝福我的朋友邓容，今天是她的婚礼，祝福她永远幸福。我很开心收到朋友幸福的花束，那么我也愿意，就在今天，把这份幸福延续……"

她的视线看向荣谨，直勾勾地盯着他，让荣谨不自觉地站了起来。

乔暖嘴角上扬，眼底盛满星辰："有一个人，我和他认识的时间不短了，彼此了解，如果一年前有人问我会考虑结婚吗，我一定毫不犹豫地否决。"

"但是一年后的今天，如果结婚的对象是那个人的话，我想我是愿意的。"

全场安安静静，乔暖突然从花束里拿出一枚戒指，向着荣谨举了起来，笑出了几颗洁白的牙齿："亲爱的荣谨先生，你……"

没等她说完，荣谨两步跳上舞台，一只手握住戒指，一只手把人搂进怀里，眼眶已经湿了。

"我愿意！我愿意！"

乔暖："……"

邓容："……"

汤博锟："……"

你就不能……矜持点吗？！

你倒是让人把话说完啊！

（完）

番外一
采访

"莉姐！你带我去吧，我不说话的！"一个年轻的姑娘拽着另一位知性女性撒娇。

知性女性熊莉有些无奈，只道："可不敢带你这丫头，我带了你，她们怎么办？"

那年轻丫头循着熊莉的目光看过去，就见整个杂志社的男男女女都眼巴巴地看着她们，显然个个都想去。

"莉姐，好不容易有机会见到偶像，你就把我带上吧！"

熊莉不动如山："等你们以后能约到再说，这次人去多了不好。"

她说完就和另一个上了年纪的主编一起走出去，背后响起一阵遗憾的哀号。

熊莉无奈地摇摇头。乔暖以往不接受采访，他们杂志虽然是知名的财经杂志，也是预约了好久才能约上。

两年前的那场世纪婚礼还历历在目，荣氏总裁一掷千金，令那场婚礼轰动全城。

荣谨也就在那一次，公开露面。

熊莉还记得当时日报上的那张合照，那传说中的商界阎罗王荣谨一身黑色西装，气势凌人，可他却紧紧盯着旁边的女人，温柔缱绻，两人十指紧扣。

没人会因为荣谨的气势而忽略他旁边那个娇小的女人。

她五官精致，微微上挑的眼角显得独具风情又犀利，她的眼睛正好对着镜头，目光如炬，熊莉忘不了自己当时内心的震撼。

这就是传说中的女修罗乔暖了。

那场婚礼过后，荣谨和乔暖渐渐淡出了众人的视线，不过偶尔在财经报纸上还是可以看到荣氏怎么怎么，乔氏又如何如何。

这对夫妻的两家公司，俨然成了各自行业的龙头。

时隔两年，他们杂志社终于有机会拜访乔暖了。

这还是托了他们老板的福，听说老板和乔暖有些交情，这才让他们在这个周末上午去乔暖家做专访。

是的，是去她家里。

这次的采访整个杂志社都相当重视，尤其是小姑娘们，个个都恨不得跟着去见偶像一面。

乔暖这两年为倡导职场男女平等这个议题做了不少事情。

至少乔氏和荣氏是业内两个率先做到了男女平等的公司。

熊莉摇摇头，平复了自己忐忑的心情，毕竟是去乔暖家里，她有些怕自己失态。

她和另一个主编站在门口深深吸了一口气，熊莉伸出手，按响了门铃。

叮——

很快门就被打开，一个高大英俊的男人平静道："进来吧。"

熊莉和主编一愣，这是……荣总？

两人赶紧忐忑地走进去，乔暖从沙发上站起来，看见她俩时微微露出一个微笑。

熊莉也没想到最后这采访竟然成了对荣谨和乔暖这对夫妻的采访！

这简直就是买一赠一啊！

熊莉有些忐忑，见主编已经拿出了笔记本，赶紧擦了擦自己手心的汗，对着对面的两人轻声说："乔总、荣总，那就开始了……"

"好。"乔暖点头应道。

一旁的荣谨悄悄伸手，握住了乔暖的一只手。

熊莉余光看见乔暖偏头瞪了他一眼，满是风情。

荣总毫不收敛，嘴角上扬，扣着她的手紧了紧，不肯松开。

最终还是冷着脸的乔暖认输，纵容他在人前紧紧握着自己的手。

见乔暖看了过来，熊莉心尖一颤，仿佛对方知道了她在偷看。

她咳嗽一声，赶紧进入正题。

"乔总，请问……"

她照着提前写好的稿子问了几句，都是有关于乔氏未来发展，乔氏今后的方向，以及其他种种商业问题。

乔暖一一作答。荣谨就在旁边把玩她的手指，这位阎罗王此时显得有些幼稚。

问完了所有的商业问题，熊莉眼珠一转，该是问一些私人问题了。

"请问乔总，您和荣总在家的相处模式是怎么样的呢？我们都很好奇两位老板在家的生活状态。"她笑眯眯地问道。

乔暖愣了两秒，轻笑道："当然和普通家庭是一样的，其实没什么太大的差别。"

"没什么太大差别"这句话熊莉倒是相信的，毕竟这两人都是顶级富豪了，可是还是住着三室一厅的套房，和普通家庭没什么两样。

熊莉笑了起来："两位确实都挺随和，我听说二位现在住的这套房子还是婚前住的那套？"

把玩乔暖手指的荣谨抬起了头，眼底有了笑意："是暖暖婚前送给我的。"

熊莉眼睛微睁：送？乔暖送给荣谨？

仿佛看出了她的惊讶，荣谨笑道："我们家暖暖性子和别人不一样，现在还是她养着我，我带着嫁妆嫁给她。"

熊莉更吃惊了，显然没想到传闻中不好相处的荣谨会开这样的玩笑。

一旁的乔暖看了荣谨一眼，握着他的手动了动，显然在警告他，荣谨只是满脸笑意。

"乔总这样的女神一定很难追吧？荣总。"

乔暖停顿了两秒，代替荣谨回答："我向他求婚的。"

540

熊莉一愣，显然没想到会是乔暖先求婚。

"是她求的婚，可让我又惊又喜。"荣谨说话的时候不自觉就想伸手搂着乔暖，可对方冷冷地看了他一眼，他立刻委屈巴巴地收回了手。

熊莉突然有些想笑。

"真羡慕二位这么幸福……"

荣谨挑眉，大言不惭道："那就继续羡慕吧。"

熊莉："……"

随后她又问了一些问题，几人也算是平和地聊了会儿天。

"乔总能分享一下两位生活中的趣事吗？"熊莉笑眯了眼。

乔暖愣了几秒，嘴角微微上扬，流露出的幸福感不言而喻。

"他啊……有时候是挺傻的。"

乔暖想到当初结婚的时候，她的伴娘团人不少，向敏、何蓝这两人好说，没敢太为难荣谨，其他人也怕他，尤其是伴郎里面一个徐恪就能哄住不少人。

可那韩雅和孔栖玥不是一般地难缠，荣谨真拉了一车红包堆在门口，对方依旧不开门。

几个伴郎被折腾得狠了，新郎也急眼了。

最后韩雅问他："新郎以后在家是什么地位？"

这是要他承诺好好对乔暖，但荣谨那傻子当时已经急了，新娘一门之隔，他就是见不到！

尤记他当时紧紧盯着门，嘴一张："汪！"

乔暖自己在门内都被惊呆了，更不要说门内门外的其他人……

荣谨这在家……就是狗的地位啊！

想到过往，乔暖笑得开怀，荣谨哪能不知道她在想什么，这已经被她拿出来笑了他无数次了。

"不许笑！"荣谨伸手捂住乔暖的嘴，又是宠溺又是无奈。

熊莉："……"

你们倒是说啊，打什么哑谜！

这样丢人的事，荣谨自然不可能让乔暖说出来，两个人又捡了些其他的趣事说，虽说都是性格冷淡的人，可真的因为爱而撞在一起的时候，又有很多趣事。

幸福大概也就是这样了。

和预估时间差不多的时候，熊莉和主编站了起来，道别离开。

乔暖出乎意料地平易近人，尽管熊莉和主编还想多聊一会儿，职业操守却提醒二人该离开了。

熊莉走出乔暖家，关门的时候依稀看见荣谨把乔暖抱了起来，像是抱小孩一样，单手托了起来。

他们一个满脸笑意，一个一脸无奈。

熊莉心里道：这两人可真是幸福啊……

而此时房间内的荣谨抱起乔暖狠狠亲了两口，笑眯了眼。

乔暖睨了他一眼："这回知足了吧。"

"知足了，知足了！"这次接受采访其实是荣谨提出来的，这两年他们都忙，很久没有秀过恩爱了。

以至于荣谨去接乔暖的时候，还看见他们公司的年轻男员工打着汇报工作的由头献殷勤！

荣谨想：铁定是别人已经忘了乔暖和自己有多恩爱，所以他迫不及待地想要宣示主权。

那些年轻的臭小子们，你们崇拜的女人有老公了！而且夫妻很恩爱！

他这心思，乔暖怎么可能不知道，只伸出手狠狠地拧了他一下。

荣谨也没怕疼，笑得没皮没脸："中午吃什么？"

"……"

"炖猪蹄吧，补补身子。"

"……"

"补好了给我生个像你一样的大闺女！"

"……滚！"

番外二
幸福

荣谨和乔暖结婚已经五年，乔暖在她三十岁这年事业达到了顶峰。当然，在她看来后面还有更高的山峰需要登顶。

这女人一向看重事业。

相对而言，荣谨的事业心就不那么重了。一则是荣氏本来就是龙头，他的权力早已经是第一了。再则是昌都给他"打工"以来，荣氏蒸蒸日上，地位稳固。

这样一来荣谨在家的时间就比乔暖多多了，她时不时加个班，再时不时出个差，一忙起来连回家的时间都没有，更不要说休假。

荣谨做梦都盼着乔暖某天突然笑眯眯告诉自己：我准备休假几天。

啧，他一边包饺子一边美滋滋想着。

到了下午六点，荣谨就开始频频看向时钟，这年关刚过，暖暖忙点也是正常的。

一直到七点乔暖还没有回来，荣谨忍不住打出熟悉的电话。

"喂，暖暖。"

电话那头说了一句什么，荣谨难掩失落："行吧，你忙你的，我把饭给你留着。"

挂了电话荣谨愣了一会儿,又迈开步子走进厨房。

他看着一贯喜欢的饺子也吃不进去了,胡乱地扒了两个就收了起来。荣谨走到沙发上坐下,呆呆地看着电视里的财经新闻,也不知道在想什么。

他这一坐就到了凌晨一点,门轻轻转动的声音使得他骤然间转身。

"回来了?"好几个小时没说话,他的声音有点哑。

"嗯。"乔暖淡淡地应了一声,难掩疲惫。

荣谨有些心疼,站起来:"先吃饭。"

他一边往厨房走一边念叨:"怎么最近这么忙?多少事需要熬夜啊,手下都是吃干饭的吗?"

看得出他有些生气,乔暖眉头松开,眼底也有了温度:"最近事多。"

荣谨把饭菜端出来,嘴里念叨:"你就没有事少的时候!"

乔暖摸了摸鼻尖,老老实实接过他递过来的筷子,吃了起来。

乔暖差不多吃了小半碗,她打了个哈欠:"吃饱了,我先睡了。"

她是真的困,话音一落就放下碗筷走向卧室。荣谨叹口气,无奈地起身收拾起来。

感到软软的大床一侧微微塌下,乔暖动了动,声音又软又低:"阿谨。"

荣谨眼角有了笑意,所有的不安都被这两个字抹平。

他掀开被子,把人搂紧了,低头吻了过去。

"别闹,困。"乔暖挣脱开,翻了个身。

荣谨一僵,眼角刚刚勾起的弧度又落了下去。

是不是每一对夫妻的感情都会在漫长的相处过后变得平淡?激情褪去,曾经的热情变成冷淡?

荣谨觉得不是,至少五年过去,他对于乔暖的感情丝毫未褪,甚至愈来愈烈。

可他的暖暖是不是开始"平淡"了?

否则一整个星期,她怎么会天天加班、倒头就睡,拒绝他夜里所有的热情?

544

荣谨太在乎乔暖，以至于他清清楚楚地知道乔氏最近的业务并不可能忙到需要乔暖天天加班。

他觉得需要和乔暖谈谈了。

所以这天晚上荣谨坐在沙发上，打定主意一定要和乔暖谈谈！

她回来的时候已经十一点，听到门把手转动的声响，荣谨迅速回头。

入目的乔暖不施粉黛，眼睛半眯半睁，显然很困。

"还没睡？"她声音懒洋洋的，听得荣谨心头软软，但他想到自己的猜测，又泛起了酸。

"嗯，我想和你谈谈。"

乔暖一边换鞋一边去洗漱，嘴里喃喃："你说。"

"……"

荣谨觉得这样并不怎么好谈，场景不正式、态度不庄重。

"我觉得……"他刚起了个头，乔暖已经合上了卫生间的门。

"……"

荣谨忍了忍，实在没忍住！他趴在门口眼巴巴看着，他们卫生间装修得挺好的，只能隐隐约约听见一点水声，其他什么也看不见。

他耳朵动了动，不知道想到了什么，耳根慢慢红了起来。

乔暖收拾好出来的时候荣谨正靠在床头，手上随意翻着什么，心思显然没在上面。

"还不睡？"她说着走了过去，掀开被子的一角躺了上去。

荣谨把书往边上一扔，立刻躺下："还不困，暖暖，我需要和你谈谈。"

"嗯，你说。"

"最近你们公司事很多？"

"嗯。"

"你……"他有些不好问出口，难道直接说你对我太冷淡了？

荣谨眉头皱在一起，纠结了好久，总算整理好言语。

"暖暖，我觉得你最近对我太冷淡了！"他一口气说出来，房间陷入安静，没有任何回复。

荣谨偏头，旁边的女人呼吸明显轻了些，显然是……睡着了。

荣谨："……"

"那么业务方面就辛苦沈经理和孔秘书了，有什么解决不了的事再联系我。"上首的乔暖站起来，看着下面这些公司高层们，嘴角笑意渐浓。

"应该的。"孔栖玥笑着点头。她这几年升得挺快，这女人有股狠劲儿，确实和当年的乔暖有些相似，一门心思往上爬。

但她这种无所顾忌的姿态令她和沈辉有些小矛盾，大是大非倒是没问题，就是总要争个高下。

果然，孔栖玥应了过后沈辉同样恭敬出声："您放心，公司有我们呢，一年是没什么问题的。"

乔暖眼睛淡淡地扫过两人，并不担心他们的小矛盾，这两人要是关系好……反而让她担心。

"陶秘书，公司内部就交给你了。"。

陶阳是最好的秘书，这五年完美地辅助了乔暖。上一次他们去荣氏，杨达周还说了句后浪把他拍死了，可见陶阳这几年的进步。

他听了乔暖的话点点头，甚至笑着说："您就放心照顾好自己，公司这边不要担心。"

乔暖这五年为了这个公司有多努力他再清楚不过了，而他自己也早就和章唯结婚，孩子都三岁了，没有后顾之忧，多加点班也承受得住。

乔暖又再叮嘱了一些，随即站起来，笑着说："那么再见。"

乔暖说罢就提着文件夹大步走了出去，平底鞋也丝毫没影响她惊人的气势。

她这人一向公是公、私是私，公私分明又两头兼顾，最近加班加点料理完了公事，剩下的就是……私事了。

乔暖在公司大门站定，嘴角微微上扬，家里那个傻子如果知道了会有多开心？

"乔总。"

刚走了两步的乔暖被人叫住，她回头看了眼，微微挑眉。

是山口戒刀。

时间是个好东西，五年前他们的对手山口戒刀已经变成了合作伙伴，多次相处下来竟然成了有些惺惺相惜的"朋友"。

"山口先生，今儿是什么风把你给吹了过来？"

"怎么？我不能看看你？"山口戒刀也不在意她的态度，眼里只有欣赏。他越是熟悉乔暖，越是难以按捺对她的喜欢。

这人一向标榜"没有挖不动的墙脚，只有不努力的锄头"，所以荣谨最讨厌山口戒刀出现在乔暖面前。

他们两个人单独相处的机会也少之又少。

山口戒刀心中一动，上前一步，几乎是在乔暖的耳旁说："要不要……换个男人？"

这不是他第一次"调戏"乔暖了，每每调戏过后都会收获一个冷脸。

但今天乔暖却反常地露出一个意味深长的笑容，随即在他耳边说了四个字。

山口戒刀一愣，呆呆地看着乔暖，对方脸上竟然带了一丝调皮，嘴角也带着胜利的微笑。

这女人和荣谨结婚几年，反而越活越年轻了……

山口戒刀眼睛微微一动，余光看见一个熟悉的身影。

他在乔暖诧异的眼神中突然抱住她，笑着说："让我最后占一次便宜，也让我报复报复那个家伙。"

山口戒刀能不讨厌荣谨吗？中国那句"既生瑜何生亮"可不就是他和荣谨的真实写照吗？

对方不仅在事业上压他一头，就连他唯一看得上的女人，也是对方的。

趁着乔暖还在愣神，山口戒刀迅速转身离开，余光看了眼后面的男人，带着看好戏的笑容溜了。

这要是平常荣谨不可能这么轻松放过他，但今天荣谨没心思去报复。

他心里反复闪过无数的念头，心里空荡荡一片。最近乔暖的行为和今天他看见的这一幕，实实在在刺激到他了。

直到乔暖回头，他还愣愣地看着她。

乔暖突然间见荣谨在后方也有些吃惊，看着他的脸色渐渐苍白。

——坏了，他肯定想歪了。

乔暖正要上前，对方动了，三两步迅速过来，一把将她抱在怀里。

"暖暖，你不要离开我……"他的声音有点哑，显然相当痛苦。

乔暖一愣，荣谨没给她解释的时间，接着喃喃："我爱你……暖暖，你真的对我没了感情吗？不，我不会放你走的！"

他的声音突然变得狠辣："任何要抢走你的人我都不会放过他！暖暖，你不要逼我，你要是想要离开我，我就……"

荣谨的"霸道总裁"宣言还没说完，乔暖已经一巴掌呼开他，狠狠瞪了他一眼："我什么时候要离开你了？！我什么时候又对你没感情了？！"

她这话一落地，荣谨的表情立刻变得委屈："最近公司明明没有多少事，你还天天加班，回来也不跟我亲热，你还……"

乔暖听不下去了，一巴掌拍开他想要再次抱过来的手，把刚刚和山口戒刀说的那四个字又说了一次："我怀孕了。"

荣谨被一个超大的金馅饼砸到愣住。

乔暖深深吸气："所以你都不给我把公司一整年的事务安排一下的时间吗？所以你还想不顾孩子亲热？所以你还觉得我要离开你？"

她一口气扔出三个问题，把晕头转向的荣谨问得更加呆愣，随即转身就走。

乔暖走了大概十米，就听见后面传来一声吼叫："乔暖！你怀着我女儿还敢加班！"

番外三
孩子

　　自从乔暖怀孕以后，荣谨这家伙就变得有些唠叨。他做梦都想有个和乔暖长得一样的女儿，到时候大大小小两张一样的脸，眼巴巴看着他。

　　"老公，回来啦！"成熟明媚的爱人对他微笑……

　　"爸爸，回来啦！"缩小版的可爱暖暖对他微笑……

　　"哈哈哈……啊，疼！"大笑的荣谨被人重重拍了一下。

　　"你在想什么？"乔暖皱眉，这男人自从知道她怀孕后就不太正常。

　　荣谨回过神，没敢把自己想象的美景说出来，谄媚地对乔暖笑笑，伸手接过她手上的水果："你怎么自己洗水果了，想吃就叫我，别碰冷水。"

　　乔暖："……又不是坐月子，还不能碰冷水了？"

　　荣谨把人搂过来，让她轻轻靠在自己肩膀上，随即端着果盘剥葡萄："你小心些嘛，你现在可不是一个人了，别以为我没看见，上午你就打了五个电话，接了六个。"

　　他一边把葡萄喂给她，一边数落她："公司的事让他们找我，你就别操心了！"

乔暖白他一眼："你自己公司都不管了，还管荣氏？"

这话没说错，荣谨确实不怎么去公司了，虽然说荣氏已经不太需要他每天盯着，但大事还是要他拍案决定的。

这家伙以前还每天按时上下班，自从乔暖不怎么去公司了，他也不怎么去了。即使他有事去公司，最多两三个小时就屁颠屁颠跑了回来，仿佛离开她几个小时都不行。

"这不一样嘛，你听我的，不能操心了。咱们过几天去度假，正好给你养胎，你还欠着我蜜月！"荣谨低头，啃了口她的鼻子，双目炯炯。

结婚那一年正是乔暖最拼的时候，他们的蜜月基本是在电话轰炸当中度过，所以也没待多久就回来了。

"行行行。"乔暖无奈。

荣谨笑着拿出一本童话书："女儿，爸爸今天给你讲白雪公主的故事……"

乔暖眼里带笑地看着用磁性声音念着童话故事的荣谨，记忆中这个男人还曾经有些高高在上的模样，渐渐变成现在这个像个傻子的"煮夫"。

他带给她的何止是幸福……

乔暖不敢想象生命中如果没有这个男人，她现在的生活会是怎样的。

决定旅游的两人就真的装好行李搬去了度假村，这地方环境不错，比城市又少了一份喧嚣，最适合乔暖放松。

她这样自律的一个人，突然闲了下来还有些不太习惯。

每天六点半乔暖准时醒了后，荣谨又伸手把人搂住，不睡到八九点不让她起来。

就这样一个星期以后，乔暖已经能很自然地睡到日上三竿，午饭过后又慵懒地躺在摇椅上听荣谨讲故事。

下午他们再手拉手出去散散步，日子过得轻松又懒散。

这个孩子给结婚五年的两人带来了巨大惊喜，尤其是荣谨。

他总是害怕乔暖离开他，这个孩子像是给他们之间又多系了一根线，他担忧的心情总算缓了下来。

这天他讲故事到一半的时候，突然放下书，有些感叹般地问道："暖暖，我以为你还在避孕，从来没敢奢望……你是什么时候突然决定要孩子的呢？"

乔暖一愣，看着他一双亮晶晶的眼睛有些出神。

她其实不太想要孩子，她和所有的年轻女性一样，不想结婚、不想生育、不想面对未知的未来……

可当她遇见荣谨，就突然想尝试结婚了。这么多年的生活告诉她，这是她最正确的决定。

至于孩子……本来确实还没在乔暖的考虑范围以内。

有一天他们去看望刚刚生育的向敏，因为荣谨和沈辉有嫌隙，她本来准备自己一个人去的，但荣谨总想和她待在一起，也跟了过去。

乔暖本以为他就是走个过场，没成想在病房的时候他突然说想抱抱孩子。

乔暖现在还清晰地记得他那双渴望的眼睛和他抱着孩子时僵硬的肌肉，可能他自己也不知道他到底渴望的是抱一抱孩子还是渴望……孩子。

也就是那个时候，乔暖觉得他们可以有个孩子了。

这孩子一定会有一个好爸爸，还会有一个努力学习做好妈妈的妈妈。

乔暖轻轻张嘴："因为你会是个好父亲。"

荣谨笑得眼眶都湿了，把脸轻轻贴在她身上："我也会是个好丈夫。"

乔暖轻轻拍了拍他的脑袋："你一直都是。"

乔暖怀孕第八个月的时候，尽管医生无数次强调孩子很健康，乔暖也很健康，一定会平平安安生产，荣谨所有的喜悦还是被害怕替代。

他开始整宿整宿睡不着觉，乔暖动一下他都会害怕得抱住她。

他努力压抑自己的害怕，对着乔暖强颜欢笑，只是不再离开乔暖半步。

预产期即将到来，他们住进了医院待产，荣谨的害怕已经藏都藏不住了。

这个时期的乔暖也很难受，那么大的肚子使得她行动有些困难，睡得也不怎么舒坦。

这天晚上，乔暖半夜惊醒，突然发现病床旁边蹲着个人。

"阿谨？"她声音疑惑。

"暖暖，是我。"他一只手握住她的手，另一只手自然而然地伸进被

551

子为她揉腿。

"你不睡觉蹲在这儿做什么？"乔暖很是疑惑。自从乔暖住进医院待产以后，荣谨怕晚上睡觉压着她，就不和她睡一张床了。

"我……"荣谨咬咬牙，说不出话。

乔暖皱着眉伸手打开灯："怎么了？"

灯光下荣谨一张脸极为苍白，一双眼睛里满是担忧，眼睛下面也是一片青色，像是一只敏感的小兽，一点风吹草动都要吓到他。

"荣谨，你的状态很不好，你到底在怕什么！"乔暖突然质问。荣谨现在的模样明显比她这个孕妇还糟糕。

听到这话的荣谨瞳孔一缩，突然一双手紧紧握住她的手："暖暖！我们不生了，不生了！不要孩子了！"

他很恐慌，眼睛里都含了泪水。

乔暖深深吸气："为什么？"

荣谨的双手颤抖，上下唇动了动："我害怕失去你……"

乔暖松了口气，有些无奈："阿谨，没事的，你不会失去我。"

"暖暖，我不敢……我不敢承担一丝失去你的风险……"荣谨越是了解，越是知道生产是怎样危险的一件事情。

乔暖突然觉得有些想笑，这家伙不知道看了些什么，吓成这样。

"阿谨，不会有事的，现在医学很发达，而……"说到一半，乔暖突然皱眉，咬住下唇，嘤咛了一声。

"暖暖！你怎么了？！暖暖！"荣谨焦急地站起来。

乔暖深深吐出一口气，好一会儿才说："你可能后悔不了了……我要生了……"

荣谨倒吸一口气。

很快，病房传来一声高亢的呼喊："医生！"

荣谨在产房没待多久就被赶了出去，医生才不管这个男人是不是大富豪，因为他的存在影响了他们发挥，他就被赶了出去。

你们见过比孕妇状态还差的准爸爸吗？

荣谨就是。

这会儿被赶出来的荣谨眼巴巴看着里面，门关着了，他只能把耳朵贴在门上。

荣谨整个人像是从水里打捞出来，汗如雨下。

随着时间一分一秒地过去，荣谨被害怕笼罩，一分一秒都过得很是艰难，他的腿已经麻了，却没有心思移动一下，他所有的思绪和情绪全在这扇门内。

荣谨不知道过了多久，他甚至有一秒想过，要是没了暖暖，他也不要活下去了。

直到门被打开，荣谨紧紧捏住医生的衣服，嘴唇上下蠕动："暖暖！暖暖呢？"

"大人和孩子都平平安安，状态很好，孩子……"后半段荣谨没听到，他已经放心地晕了过去。

乔暖睁开眼睛，入目的是一张大脸。荣谨正眼巴巴看着她，满脸心疼。

荣谨见她醒来，他眼底有了惊喜，低头轻轻吻了下她的额头，声音微微颤抖："暖暖，辛苦了！暖暖……我爱你。"

乔暖嘴角微微上扬，眼底盈满了笑意。

傻瓜，我知道。

他们的故事就在这儿结束了，至于孩子是不是荣谨心心念念的小闺女……嘿嘿嘿，谁知道呢。